丽赛的故事

〔美〕斯蒂芬·金 著　陈宗琛 彭临桂 译

STEPHEN KING LISEY'S STORY

人民文学出版社
PEOPLE'S LITERATURE PUBLISHING HOUSE

著作权合同登记号：图字 01-2016-5214

图书在版编目(CIP)数据

丽赛的故事 / (美) 斯蒂芬·金著；陈宗琛，彭临桂译. — 北京：人民文学出版社，2016
(斯蒂芬·金作品系列)
ISBN 978-7-02-011875-5

Ⅰ. ①丽…　Ⅱ. ①斯…　②陈…　③彭…　Ⅲ. ①长篇小说-美国-现代　Ⅳ. ①I712.45

中国版本图书馆 CIP 数据核字(2016)第 169614 号

出 品 人　**黄育海**
责任编辑　**卜艳冰　仲召明**
封面设计　**陈　晔**

出版发行　**人民文学出版社**
社　　址　**北京市朝内大街 166 号**
邮政编码　**100705**
网　　址　**http://rw-cn.com**

印　　制　**上海利丰雅高印刷有限公司**
经　　销　**全国新华书店等**

字　　数　**490 千字**
开　　本　**890 毫米×1240 毫米　1/32**
印　　张　**17**
版　　次　**2016 年 10 月北京第 1 版**
印　　次　**2016 年 10 月第 1 次印刷**

书　　号　**978-7-02-011875-5**
定　　价　**56.00 元**

献给塔比

孤寂时你都去哪里?
忧郁时你都去哪里?
孤寂时你都去哪里?
当星星忧郁时，我将跟随你。

——雷恩·亚当斯，《当星星忧郁》

宝贝

亲爱的宝贝

目 录

第一部　寻　宝

“假如我是月亮，我将知道自己会沉落于何方。”

——D. H. 劳伦斯，《虹》

第一章　丽赛和阿曼达

（老样子）

1

在一般社会大众眼中，名作家的另一半就像空气。对于这一点，没有人比丽赛·兰登更有体会。她的丈夫得过普利策奖和国家图书奖，可是她自己呢？她大半辈子只不过接受了那么一次采访。那家很有名的女性杂志有个很有名的栏目，叫“他是我的另一半！”。那篇五百字左右的专访的一半篇幅是她在介绍自己的小名，因为她的小名和“茜茜”的发音很像。另一半主要则是她在解说慢火烤牛肉的独门秘方。丽赛的姐姐阿曼达说，专访所配照片里的丽赛看起来很胖。

丽赛那几个姐姐个个喜欢无事生非（她们的爸爸说，这叫“没事去捅马蜂窝”）。此外她们还喜欢没事闲磕牙，宣扬别人家的丑事。不过在几个姐姐当中，唯一真正让丽赛受不了的就是这个阿曼达。很久以前，德布夏家的姐妹在里斯本瀑布镇以搞怪闻名，阿曼达是姐妹中的老大（怪名堂也最多）。阿曼达目前独自住在一栋房子里，房子是丽赛给她的。房子不大，但足以遮风挡雨，缅因州堡景镇不远，几个姐妹——丽赛、黛拉和坎塔塔——也可以照看到阿曼达。那栋房子是丽赛七年前给阿曼达买的，房子买好五年后，丽赛的丈夫斯科特就过世了。舆论称他的死是“壮志未酬”，“英年早逝”。丽赛直到现在还不太相信他已经走了两年。这两年无比漫长，却又仿佛只是转眼之间。

丈夫去世后很久，丽赛才终于开始清理他的工作室。丈夫的工作室有好几个小房间，光线充足，看不出从前那里只是乡间谷仓楼上的小阁楼。清理到第三天，丽赛已经列好斯科特所有著作的外语版本清单（共计好几百种），准备接下来列出家具清单，在值得保留的东西旁边打个小星号。但就在这一天，阿曼达出现了。她算准阿曼达一定会开口讽刺她：老天，你动作可真快。没想到阿曼达居然没吭声。清点完家具后，丽赛开始动脑筋怎么处理信件。那些信件足足有好几个纸箱，都堆在大橱柜里。她已经想了一整天，连信件清单都还没列出来。阿曼达一直聚精会神地盯着那一大堆纪念品。那堆纪念品摆在书房南侧墙边，参差不齐地从左堆到右，仿佛蜿蜒的蛇一样占满整面墙。阿曼达在那一长排纪念品前走来走去，不发一语，手上拿着笔记本一直写个不停。

丽赛没有开口问她：你在找什么？你在写什么？斯科特说过不只一次，丽赛不会管太多闲事，除非你主动去找她。这是人类非常罕见的一种特质。不过阿曼达就不一样了。也许她没有立刻拿炸药把你炸得皮开肉绽，但炸药随时可用。对她那种人来说，打探别人的隐私是种无法克制的本能，开口只是早晚的事。

阿曼达和她丈夫本来一直住在伦福德（斯科特去那里拜访过他们一次，回来后发誓再也不去第二次。他说那地方很像“一群狼獾窝在下水道里”）。一九八五年，阿曼达的丈夫跑到南方去了。她有个女儿名叫英德梅索，小名梅兹。一九八九年，梅兹跟个当卡车司机的花花公子跑到北边的加拿大去了。“一个飞到南，一个飞到北，一个永远不知道闭嘴。”她们姐妹还小的时候，老爸丹迪·戴维·德布夏经常念这句顺口溜，这句话顺口还押韵，老丹迪家永远不知道闭嘴的，当然就是阿曼达。巧的是，阿曼达先被飞到南的丈夫抛弃，然后又被飞到北的女儿抛弃。

虽然阿曼达有时很让人受不了，不过丽赛不忍心把她一个人丢在伦福德。丽赛就是很不放心阿曼达，怕她一个人会出乱子，丽赛相信黛拉和坎塔塔也有相同的感觉，尽管她们从未明确地说出来。所以她和斯科特商量后，决定在海边买栋鳕鱼岬式小屋。屋主表示，只要他们肯付七万九千块现金，房子就是他们的了。于是没过多久阿曼达就搬了进去，进入他们能就近看管的范围。

如今斯科特已经过世，丽赛已经在清理他的写作工作室。到了第四天中午左右，那些外语版本都已打包装箱，信件也都做了记号，大致分类好了。至于那些家具，丽赛也已经想好留下哪些，送走哪些。但为什么她觉得整理工作只完成了一小部分呢？从一开始她心里就十分明白，这种工作急不来。斯科特过世后，很多人写信或打电话骚扰她，还有更多的人找上门来。那些人对斯科特尚未出版的遗稿兴趣浓厚，不断对她进行疲劳轰炸，索要遗稿。丽赛心里明白，无论如何这些人早晚总会得到他们想要的，只不过要等她准备好。然而一开始他们都没搞懂这点，他们就像俗话说的不屈不挠，奋战到最后一秒。现在呢，她心想，那些人真的多半已阵亡了。

斯科特的遗物有很多种，她真正能够理解的只有一个：纪念品。有一类遗物的名字很滑稽，那个单词好像应该念作“摇篮期遗稿”。那些急吼吼、连哄带骗、怒气冲冲的家伙想要的就是这玩意儿——斯科特的“摇篮期遗稿”。于是丽赛在心里把那些人叫作“遗稿狗仔”。

2

她的心情很复杂，但最明显的情绪是沮丧。从阿曼达出现后，丽赛更沮丧了。她为什么会沮丧呢？可能是因为她低估了这件工作的难度，不过也可能是因为她高估了自己，误以为自己有办法坚持到最后一秒，完成这件工作，顺利达到预料中的必然成果——所有她决定留下的家具放在底下的谷仓里，小地毯全部卷起来并用胶带捆好，黄色小货车该安安稳稳地停在车道上，货车的影子落在他们家与隔壁盖勒威家之间的木篱笆上。

噢，对了，别忘了那三台台式电脑。在这个伤心之地，那三台电脑是一切悲伤的源头。本来总共有四台，不过多亏丽赛，“记忆角落”里的那台好像被她搞坏了。这些电脑一台比一台新，一台比一台轻，不过最新的那台也是台式机中的大家伙。三台电脑都还能用，而且都设了密码。问题是她根本不知道密码。她从来没问过斯科特，因此根本没办法搞清楚电脑硬盘里究竟藏了些什么稀奇古怪的电子垃圾。日常用品采购清单？诗歌？色情产品？她很确定斯科特上过网，但问题是她根本不知道他上过什么网站。亚马逊网络书店？集媒体八卦之大成的“德拉吉报道”？乡村歌手汉克·威廉斯的现场演唱视频？“库伊拉夫人遍洒甘露与无敌猛男金枪不倒”情色网站？她不愿往最后一个方向想，她宁愿看到电脑里藏的是账单之类的东西（至少是斯科特私房钱的蛛丝马迹）。不过这当然只是纯属臆测。斯科特会瞒着她每个月藏一千块私房钱吗？太可笑了，斯科特根本不可能有那种念头。接下来的问题是，密码呢？好玩的是，说不定斯科特早就把密码告诉过她，只不过她的脑袋瓜一向记不住这种东西，所以说不定是她忘了。就这么回事吧。接着，她灵机一动，忽然想到也许可以试试自己的名字。说不定阿曼达等会儿累了就会自己回家去，到时再来试试看。只不过这一时半刻好像还不太可能，因为阿曼达的精神似乎还好得很。

丽赛往后一仰，靠在椅背上，噘起嘴唇吁了口气，把额头上的头发吹开。她心想，照这种速度，恐怕到七月我都还找不到斯科特的手稿。我目前这种乌龟漫步的进度，肯定会让那些“遗稿狗仔”抓狂，特别是最后找上门来那个。

大约五个月前吧，最后一个家伙找上门。他居然沉住气没有发作，讲起话来温文儒雅得不像话，表现可圈可点，丽赛几乎就要对他刮目相看，认为这个人应该和其他“遗稿狗仔”不同。当时丽赛告诉他，她已将近一年半没进过斯科特的写作工作室了，最近她才正准备鼓起勇气走上谷仓的楼梯，开始整理工作室，把斯科特留下的东西作个清点。

这位访客名叫约瑟夫·伍伯迪，是匹兹堡大学英文系教授。匹兹堡大学是斯科特的母校，这位伍伯迪开的两堂课“斯科特·兰登”与“美国神话”在学校里人气很旺，选修的学生多得吓人。今年他指导的研究生中，有四个人把“斯科特·兰登”当成论文研究主题。或许这就是后来这位“遗稿狗仔”终于快要按捺不住的原因，他听到丽赛说了些模棱两可的话，例如“早晚会找到的，应该不会太晚”，“我大概可以确定今年夏天左右会找到”。尽管如此，他还是强忍住气。但当他听到丽赛安抚他说“等到尘埃落定”她就会打电话给他时，他终于爆发了。

教授说，她和这位伟大的美国作家睡在同一张床上，不代表她有资格处理他的文学遗产。他说，这是专家的工作，他知道兰登太太没念过大学。他强调，自从斯科特·兰登已经过世很长一段时间了，外面流言四起。大家都认为斯科特应该还有大量遗稿尚未出版——可能是短篇小说，甚至可能是长篇小说。他问丽赛可不可以让他进工作室看看。只待片刻也没关系。他问丽赛可不可以让他看一下档案柜和书桌抽屉？有些传言很难听，如果丽赛能让他进去看看，至少流言可以消弭。他在工作室里时丽赛可以全程陪同——这当然无需特别强调。

“不行！”丽赛断然拒绝，然后把那位伍伯迪教授带到门口。“我还没准备好。”丽赛发觉自己低估他了。这人讲话文质彬彬，但话中却暗藏凶险——他有企图。他和其他家伙一样凶狠，他不同的地方是比较深沉、有耐性。“等我准备好了，我要找的不光是手稿，我会把所有东西全部清出来。”

“可是——”

丽赛一脸严肃地对他点点头。“还是老样子。”

“我听不懂。什么意思？”

他当然听不懂，这是他们夫妻二人的内部语言。斯科特曾不知多少次一阵风似的突然跨进屋里，嚷道：“嘿，丽赛，我回来了——还是老样子吗？”这句话的意思是：没事吧？还好吗？这种话就是所谓的“语带玄机”，话中有话（斯科特有一天对她解释什么叫“语带玄机”，但其实丽赛早就懂了）。“老样子”这句话暗藏的玄机，伍伯迪教授这种人根本不可能听得懂，就算丽赛口沫横飞解释个一天一夜，他还是一样听不懂。为什么呢？因为他根本就是个“遗稿狗仔”，“遗稿狗仔”只对斯科特·兰登的一样东西感兴趣。

“你懂不懂不重要，斯科特懂就好了。”这是五个月前的那天她对伍伯迪教授说的最后一句话。

3

斯科特“记忆角落”中的那些东西——也就是奖座、奖牌之类的——收在哪里了？如果阿曼达对丽赛问起这个问题，那丽赛只好编个谎话搪塞一下（她很少说谎，但撒谎水平还是不错的）。她会说：“在麦肯佛镇的出租仓库里。”不过阿曼达没有开口问起，只是一直翻着手上的小笔记本。她的动作很夸张，显然是想引起丽赛注意，让丽赛自己开口问她。这样一来，她就可以很自然地谈起笔记本。不过丽赛就是不开口。丽赛心里想的是，斯科特生前用过的东西几乎都已不在了，这个小角落如今变得如此空荡荡，如此“了无生趣”。有些坏掉的东西已经被丢掉了（比如说，电脑屏幕），有些东西因为伤痕累累，歪七扭八，实在见不得人，只好藏起来。留着那些东西，只会引发更多无法解释的困惑。

后来，阿曼达终于按捺不住了。她翻开笔记本说：“你看看这个，看看嘛。”

阿曼达把笔记本摊开到第一页，举在她面前。纸面上有蓝色线条，密密麻麻的数字从页面左边的装订线圈旁一路往右写到最边上。丽赛忽然觉得很累，心想，这些数字仿佛纽约市区常看到的疯子报出的密码，政府已经没钱再盖更多精神病院收容这些精神病患者了。大多数数字被圆圈框着，极少数数字被方框框着。阿曼达翻到下一页。两页密密麻麻的数字？还好第二页只有半页数字，最后一个数字是 846。

阿曼达突然满脸通红，斜眼瞄着丽赛，露出有点滑稽的傲慢表情。又来了。丽赛两岁时（阿曼达十二岁）时就知道这意味着什么。阿曼达的那种表情意味着她又想出了什么馊主意，她想知道谁愿意和她一起凑热闹。不过最后通常是阿曼达自己一个人实行自己的计划。丽赛突然有点好奇，很想知道这次她葫芦里究竟又在卖什么药，不过丽赛心里有点毛毛的。阿曼达从进门后举动就一直阴阳怪气。也许是天气的关系吧，天色阴沉，又闷又热。不过更有可能是因为她那个交往多年的男友忽然人间蒸发了。丽赛心想，那个叫查理·克里夫的家伙甩了她，所以她的情绪已濒临失控，暴风雨就快来了？如果是这样，那丽赛可得准备全副武装了。她一直不喜欢那个姓克里夫的家伙，一直认为那人靠不住。有年春天，本地图书馆办了场烘焙糕点义卖会，那几个一天到晚在“大老虎酒吧”鬼混的家伙正好也在现场闲磕牙。她无意间听到他们说，克里夫的绰号叫“青春痘”。青春痘？有这种绰号的男人靠得住吗？更何况身为银行高级主管的他怎么会有这种绰号呢？青春痘这个字眼到底有什么名堂？他也应该很清楚，阿曼达从前有精神方面的毛病——

“丽赛，”阿曼达皱起眉头叫了她一声。

“抱歉，”丽赛说，“我刚刚有点……稍微恍神了一下。”

“你老是这样。”阿曼达说，“大概是被斯科特传染的。丽赛，拜托你专心点好不好？你看到墙边那一大堆东西没有？都是杂志、期刊和学术研究报告之类的东西，每一本我都编了个号码。”

丽赛点点头，仿佛心里很清楚阿曼达说这些话的用意。

“那些号码我是用铅笔写的，写得并不用力，”阿曼达继续说，“都是我趁你不注意的时候写的。只要你一转身背对我或者走到外面去，我就偷偷写下来。因为我觉得要是被你看到了，你可能会叫我不要写。”

“我不会这样。”丽赛说着把那本小笔记本拿过来。笔记本的纸已经被阿曼达的汗水浸湿了，松垮垮的。“八百四十六！这么多啊！”其实她知道她自己并不喜欢看墙边那堆期刊杂志，因为那可不是她家客厅里那些妇女家庭杂志，例如《欧普拉之家》《居家生活》《女士》等。那都是些专业学术文化期刊，什么《小塞万尼评论》《微光列车》《都会万象》，有些刊物的名字她都看不懂，例如《毕斯卡亚》。

“恐怕不只八百四十六。”阿曼达说着边竖起大拇指反手指向身后那一大堆书和杂志。丽赛仔细一看，发觉姐姐说得没错，肯定不止八百四十六本。“总共大概有三千本。我不知道你打算把那些玩意儿放哪里，也不知道谁会想要这些东西。所以你搞错了，八百四十六不是总数，这八百四十六本里都有你的照片。”

她讲得颠三倒四，丽赛一开始没听懂。过了一会儿，她终于明白了，心里很高兴。她居然从来没想过说不定可以在那堆杂志里找到一些意想不到的珍贵照片——说不定那里埋藏着许多点点滴滴的回忆，记录着她和斯科特两人共同走过的岁月。她越想越觉得很有可能。从他们结婚到他过世，他们在一起二十五年多。斯科特性好浪迹天涯，二十五年来总是马不停蹄到处奔走。在写完一本书和开始写下一本之间这一段时间，他会跑到全国各地大学演讲或是朗读作品。他一年要跑九十几所大学，尽管风尘仆仆、披星戴月，他的短篇小说却仍旧一篇接一篇诞生，这就是他厉害的地方。他几乎每次都会带着丽赛一起去外地。在汽车旅馆的那些夜晚，他们总是各据一角做自己的事。丽赛随身总带着小蒸汽熨斗，一边看着电视里叽叽喳喳的脱口秀，一边帮斯科特熨烫西装。斯科特则趴在他的手提打字机前，劈里啪啦埋头苦干，一小撮卷曲的头发垂挂下来遮在他的前额。在他们婚姻早期他用的是打字机，最后那几年，打字机换成了笔记本电脑，声音小多了。他们究竟光顾过全国各地多少家汽车旅馆？多到数不清。

阿曼达没好气地瞪着她，显然对她冷淡的反应不怎么满意。“有些号码被我用圆圈框起来——总共有六百多个。圆圈的含义是，那本杂志里的照片说明对你很不尊重。”

“是吗？”丽赛似乎有点惊讶。

“我拿给你看。”阿曼达低头看看笔记本，然后走到墙边。那些杂志期刊安安稳稳地堆在墙边，从左到右堆满一整面墙。阿曼达在杂志堆里翻捡了老半天，最后终于挑出两本。其中一本是半年期刊，是位于博灵格林的肯塔基州立大学出版的，精装封面，看起来很高级，应该是花了不少钱印的。另一本看起来就像学生刊物，大小和《读者文摘》差不多，名称是《春风野火》。一看到名字就知道这是英文系学生搞出来的名堂，听起来很耸动，只可惜根本不知所云。

“打开呀，打开看看呀！”阿曼达用命令的口吻催促她，然后把两本杂志塞到丽赛手上。这时丽赛忽然闻到姐姐身上那股辛辣而刺鼻的汗臭味。“有照片的地方夹着纸渣，看到没？”

纸渣，她们的妈妈把碎片、垃圾之类的破烂东西都叫渣。丽赛先翻开那本半年期刊，翻到夹着碎纸片的那页。照片拍得很棒，印得也很好，是她和斯科特两人。照片中，斯科特正要走向讲台，而她就站在他后面鼓掌，另外听众也在鼓掌。至于《春风野火》上的那张照片，印刷质量可就差了十万八千里。一看照片就知道是针式打印机印的，点状颗粒粗得像是用钝掉的铅笔尖点出来的，而且纸张还是那种里头混杂着细细木屑的廉价杂志纸。然而看着那张照片，丽赛突然有点想哭。照片里，斯科特正要走进一个黑漆漆、闹哄哄的聚会场所。他咧嘴笑着，那是他的招牌笑容，仿佛心中正呐喊着，噢，对了，来对地方了。她走在他身后一两步。当时照相机的大型闪光灯刚闪过，残光中的她面露微笑。她认出自己当天穿的是安·克莱牌蓝色上衣，左边有条看起来很滑稽的红色条纹。由于闪光灯的缘故，照片里她的下半身笼罩在阴影中，什么都看不见。她已经想不起那天晚上是什么场合，不过她知道自己穿的一定是牛仔裤。每当她要彻夜狂欢时，一定会穿那条褪色牛仔裤。照片底下的说明文字是：“当代传奇人物斯科特·兰登上月至佛蒙特州立大学访问，并参加该校‘战俘营俱乐部’举办的派对（陪同出席的还有他的女性好友）。兰登先生全程参与，在派对上朗读作品、跳舞、玩乐，直到派对结束。这个男人很懂及时行乐。”

是的，这个男人真的很懂及时行乐。她可以作证。

她看看那些堆积如山的期刊杂志，突然有点不知所措。太多了，说不定她能在里面找到无穷无尽的回忆。她突然明白，阿曼达做了这件事，等于又在她心头撕裂一道伤口，而这道伤口会不停淌血，很久之后都愈合不了。是否只有他一个人体验过那黑暗的世界？在那黑暗悲惨的世界里，他会不会感到无比孤单，想大声呐喊，却发不出半点声音？也许丽赛不完全知道他过去的一切，然而她知道的已经够多了。她知道斯科特曾被恐怖的梦魇侵扰过，太阳下山后，他绝对不看镜子——如果可能的话，他甚至不看任何会反光的东西。尽管如此，她还是很爱斯科特，因为这男人很懂及时行乐。

只可惜，他们再也无法一起活在当下及时行乐了。如今他已经走了，就像俗话说的，“长眠于九泉之下”。她的人生已来到一个新的阶段，从此以后，人生路上她只能踽踽独行，而且再也无法回头了。

想到这些，她浑身忽然起了一阵寒颤，脑中浮现许多思绪。

（她突然想到某种紫色的东西，某种身上有斑纹的东西。）

接着，她告诉自己，最好还是别再想了，于是她试着把脑中那些思绪挥开。

“谢谢你帮我找到这些照片，我好开心，”她用热切的语气对阿曼达说，“知道吗？你真是个好大姐。”

阿曼达的反应一如丽赛的希望（不过丽赛倒也不敢抱太大期望），她有点惊讶，因为她没想到丽赛会是这种不卑不亢的姿态。她狐疑地看着丽赛，似乎想从丽赛的表情中找出一点虚情假意的痕迹，不过她实在看不出任何破绽。过了一会儿，她那副剑拔弩张的姿态渐渐松懈下来。她拿回笔记本，皱起眉头看着笔记本，表情有些茫然，仿佛不太确定笔记本是从哪儿来的。丽赛心想，阿曼达表现出的合作态度，说不定接下来对她会很有帮助。想想看，杂志的数量多么惊人。

接着，阿曼达忽然点起头来，那副模样就像那些想到什么事情时，一开始会有点失神的人。“那些没框起来的号码，表示那些杂志里的照片好歹打上了你的名字——丽赛·兰登，好歹当你是个人。虽然只是个名字，但至少有点意义——想想看，平常我们都怎么叫你的？而他们居然这么正儿八经地称呼你，你看看，够不够讽刺？另外你有没有注意到还有些号码是用四方形框起来的？那些杂志里有你的独照！”说到这里，她意味深长地看了丽赛一眼，那种眼神让人有点害怕。“你一定会很有兴趣。”

“那当然。”丽赛回答时努力装出兴奋的语气，但事实上她根本想不透，那些年中她身边一直都有斯科特，所以自己怎么会有兴趣拍下独照呢？这些年来她和斯科特朝夕相处，而他是那么好的一个人，不会咄咄逼人，却又懂得“上紧发条”。如今回想起来，那些年，那些年竟如此短暂，倏忽就过去了。她抬起头，看着那一大堆参差不齐、如山峦起伏的杂志期刊，脑中思潮起伏。她想象自己盘腿坐在“记忆角落”的地板上，（除此之外还能坐在哪里呢？）一本接着一本、一堆接着一堆，把那些期刊杂志从头到尾看过一遍。她想，那会是什么样的感觉？有些照片令阿曼达生气，不过丽赛在照片里看到的是她走在斯科特身后，抬头看着他。现场听众鼓掌时，她也跟着一起鼓掌。她的表情很平静，看不出喜怒哀乐，唯一显露出的是种很优雅的专注神情。那神情仿佛在说：听他演讲一点都不无聊。那神情仿佛在说：我听他演讲也不会激动。那神情仿佛在说：他并未点燃我心里的热火，我对他也是一样（这当然是谎言，他们对彼此都热情如火）。那神情仿佛在说：一切都是老样子。

阿曼达恨死了那些照片。她觉得那些人简直就把她妹妹当成黄脸婆和女佣。她觉得，在那些人眼里她妹妹不过是“兰登太太”，有时候是“斯科特·兰登的太太”——最令她气愤的是，有时她妹妹什么都不是，甚至还被贬低到“女性好友”的地位。在阿曼达看来，这比干脆杀掉她妹妹还残忍。

“嗨，阿曼达？”

阿曼达转过头来看着她，就在那一刹那，丽赛心头一震，因为光线是很残酷的。她忽然想到，今年秋天阿曼达就六十岁了。六十岁！接着丽赛又想到，在多少个夜里，仿佛有什么恐怖的东西在侵扰斯科特，令他辗转难眠。只要她能照自己的方式处理斯科特的遗物，她永远不会让伍伯迪那些家伙知道这些事。那个东西身上有无数斑纹。癌症病人最容易看到那种东西。他们每当看着点滴瓶子里的止痛药空了，第二天早上护士才会来帮他们补药时，就特别容易看到那个东西。

丽赛，它靠得很近了。我看不见它，可是听得到它好像在吃什么东西。

别乱讲，斯科特，我听不懂你在说什么。

“丽赛？”阿曼达叫了她一声，“你在说什么吗？”

“没什么，只是自言自语。”她勉强笑了一下。

“你在跟斯科特说话吗？”

丽赛笑不出来了。“是的，大概是吧。有时候我还是会不自觉地跟他说话。我一定是精神不太正常了，嗯？”

“我不觉得你精神不正常。如果你真的跟他说话了，那就不叫精神不正常。我知道那种感觉。我自己也有过那种经历，不是吗？”

“阿曼达——”

但阿曼达没在看她。她一直转着头看那堆杂志和学生刊物。后来，她终于回头凝视着丽赛，脸上露出似笑非笑的神情。“丽赛，我帮上忙了吗？我只希望能帮得上忙——”

丽赛拉起阿曼达的手，轻轻捏了捏。“你已经帮了我很大的忙了，我们出去吧，好不好？我们来丢铜板决定谁先洗澡，好不好？”

4

我迷失在黑暗中，但你找到了我。我好热——好热好热——幸好有你拿冰给我。

那是斯科特的声音。

丽赛睁开眼时，还以为一定是刚才家事做到一半突然恍神做了个梦。她梦见斯科特已经死了，而她不得不开始清理他谷仓里的那个工作室。那真是个浩大工程。那个梦感觉如此逼真，仿佛历历在目。此刻她睁大眼睛，突然意识到斯科特真的死了。她想起来了，刚才她把阿曼达送回去后，回到家里躺在床上睡着了。她的梦其实是另一幅场景。

梦境里，她仿佛在月光中漂浮。她闻到阵阵花香，一种充满异国情调的气味。一阵温柔的风轻轻掠过发际，头发随风扬起，向后飘散。她仿佛置身在一个离家很远很远的秘密世界里。在那个世界里，午夜之后总会吹起这样温柔的风。然而她知道，那是她的家，一定是，因为那栋谷仓就在眼前，斯科特的工作室就在谷仓里面。那些“遗稿狗仔”虎视眈眈的东西就在那里。而现在，多亏了阿曼达，她发现那里还埋藏着许多照片。照片里的人就是她自己，还有她过世的丈夫。那是深埋多年的秘宝，珍藏的感情。

此刻，温柔的风仿佛在她耳边低语：你最好还是别看那些照片。

噢，毫无疑问，她当然明白。然而她知道自己一定会去看，既然已经发现，怎么可能忍得住不看呢？

她发现自己在一片巨大无比的布面上起伏摆荡，布面上印满密密麻麻的字，反反复复都是同一句话：“皮尔斯布里顶级面粉”。银色月光遍洒而下，映照在布面上，布面四角像手帕一样打着结。那种奇妙的感觉仿佛腾云驾雾，令她十分陶醉。

斯科特。丽赛试着大声呼唤他的名字，可是却喊不出声音。这是梦，她身不由己。她发现谷仓前的那条车道不见了。房子和谷仓中间那片空地也不见了，变成一大片浩瀚辽阔的紫色花海，沐浴在银色月光下，如梦似幻。斯科特，我爱你，我要救你，我……

5

接着她醒来了，发现四周一片漆黑，听到自己一次又一次说着同一句话，仿佛某种咒语：“我爱你，我要救你，我拿冰块给你。我爱你，我要救你，我拿冰块给你。我爱你，我要救你，我拿冰块给你。”

她在床上躺了很久，忽然想到一件往事。某年八月，他们来到纳什维尔，那天很热。这件事又让她联想到多年来两人相依相偎，如今忽然只剩她一个，那种感觉真的很怪异，她很不习惯。当然，这已经不是她第一次有这种感觉了。她一直以为，两年过去了，应该够久了，那种怪异而陌生的感觉也该消失了，然而，两年过去了，她至今还是无法适应。假如悲伤就像刀刃，那么时间只不过是让刀刃变钝。刀刃再也无法在她心头划出一道细细的伤口，但却能狠狠劈开她的心。因为，世上的一切再也不是“老样子”了。外面的世界不一样了，她的内心也不一样了，这世界再也不属于她了。这张床本来是他们两人的小天地，此刻丽赛一个人孤零零地躺在床上，忽然感到前所未有的寂寞。丽赛觉得独自醒来发觉自己仍然独自拥有这栋房子是最孤独的时刻。整栋房子里，只有你和墙中的老鼠还在呼吸。

第二章　丽赛和疯狂怪客
（黑暗爱他）

1

第二天早上，丽赛走进斯科特的“记忆角落”，盘腿坐在地板上，愣愣地看着南墙边那堆积如山的东西。其中有杂志、学术论文、英文系系刊，还有大学期刊。她还没看过里面的照片，因此那些照片一直鬼鬼祟祟盘踞在她脑海中，不断唤起她的好奇心。她心想，就这样坐在这里看看，或许就足以驱散那想看照片的冲动。然而她真的坐下来才发觉自己是异想天开。此外，她发觉自己根本不需要阿曼达那本破破烂烂、写满密密麻麻数字的笔记本。那笔记本被丢在旁边的地板上，丽赛伸手捡起来，塞进牛仔裤后口袋。她那脑袋有点问题的姐姐把这笔记当宝，但这东西让丽赛很不自在。

接着她又开始打量那堆书报杂志，一大堆沿着南面墙边堆得参差不齐，共三十英尺长，平均约四英尺高。要不是看在阿曼达辛苦半天的份上，她可能连看都不会再多看一眼就找几个水果纸箱把杂志全塞进去。她甚至懒得再去想斯科特为什么要留下这一大堆玩意儿。

她告诉自己，我没有能力想这个问题。我根本不是那块料。

也许吧，不过你的记忆力勇冠三军，脑袋里记得的东西可不少。

斯科特就是这么可爱，这么调皮，喜欢这样消遣她。她就是抗拒不了斯科特的魅力。不过话说回来，其实她忘掉的东西更多，而斯科特也一样。他们俩都遗忘了很多东西，但各有各的原因。斯科特说，她的记忆力勇冠三军，既然如此，她是不是可以证明一下呢？于是她开始回想当年在纳什维尔的情景。她记得当时有两个声音在对话。其中一个声音她很熟悉——是斯科特的声音，而另一个声音有点南方腔，而且听起来似乎有点狂妄。

——有位托尼先生想写一篇报道，刊登在……（我忘了那是什么劳什子杂志，不管了）兰登先生，您想要一份看看吗？

——哦？那还用问吗？当然想。

当时他们被四周嘈杂的人声淹没了，斯科特根本没听清楚托尼写报道的事。他面向舞台前方，面对那些专程前来拜会他的人。每当他面对群众，就会不自觉地摆出这种姿势，这是他多年来训练出的一套类似政客的本领。人群越聚越多，七嘴八舌抢着发问。斯科特一边仔细聆听问题，一边已经开始思考，到了什么时间点就截住他们的话头，开始回答。问答时间他仿佛散发出一股魔力，震慑住全场听众，接着，那股魔力会增强两倍甚至三倍，再回流到他身上。他热爱这样的交流，但丽赛认为，他其实更喜欢截住问题的那一瞬间。他会先假装思考一下，然后再回答。

——欢迎大家把东西寄给我，照片、学术刊物上的文章或评论、大学系刊报道，诸如此类，什么都可以。我都很有兴趣。我工作室的地址是，缅因州，城堡岩镇，苏克塔丘路，免费邮政信箱二号。寄件人免付邮资。邮政编码等一下丽赛告诉大家，我老是记不住。

每次介绍到丽赛时，除了“邮政编码等一下丽赛会告诉大家”这句话，别的就什么都没有了。阿曼达要是也在场，看到这种场面铁定会发飙！不过每次跟斯科特到外地，不管是什么场合，丽赛倒希望最好不要有人注意到她，她喜欢冷眼旁观。

有次斯科特问她，你是喜欢像A片里那些家伙一样站在旁边看吗？她冷冷一笑，暗示他这句话快踩到她的红线了。她回答说，大概吧，亲爱的。

他们每抵达一个地方，他都会把丽赛介绍给大家认识。中途如果有必要，他会再介绍丽赛，只不过这种机会实在微乎其微。学术圈的那些家伙对本行以外的任何事物根本毫无兴趣。他们大多数人只是很高兴能看到《船长之女》（国家图书奖）和《圣物》（普利策奖）的作者。后来大概有十年期间，在众人眼中他有如神明，有时甚至连他自己也这么觉得。不过丽赛可没这种感觉。因为她可是那个斯科特上完厕所发觉卫生纸用光时，拿卷新的卫生纸给他的人。舞台上没有发电装置，但是他站上舞台拿起迈克尔风的那一刹那，他和听众之间便仿佛产生了一种无形的连结，这点连丽赛都感觉得到。那是种电流般的魔力，仿佛他和听众之间真的连接着电线。这种魔力可能有一小部分来自他的作家身份，来自他的作品。然而也有可能根本与这些无关。那股魔力似乎和斯科特本身的特质有关。听起来有点疯狂，不过却千真万确。那种魔力似乎并没有改变他，也没有伤害到他。只不过后来——

她的视线在那堆书刊杂志上游移，过了一会儿，她被一本精装书吸引住。书脊上用烫金字体印了几个字：《田纳西大学纳什维尔分校一九八八年评论集》。

一九八八。就是斯科特本来打算用土摇滚[①]为题材写本小说，却终究没有完成的那一年。

一九八八。“疯狂怪客”就是那年出现的。

——这位托尼先生写了篇报道。

“不对，”丽赛说，“不对，他不是叫他托尼，他叫他——”

——东溺。

没错，这就对了。他叫他东溺。

——有位东溺先生写了篇报道——

“——刊登在田纳西大学纳什维尔分校一九八八年评论集上，”丽赛说，“他说……”

——偶可以用快递寄给你。

丽赛发誓，那家伙看起来就像小一号的田纳西·威廉斯，他的南方口音很重，不但把“托尼”念成“东溺”，还差点把“快递”念成“怪递”。没关系，他不过是口音有点奇怪而已，南方人炸鸡吃多了，都会有那种怪口音。还有，他叫什么名字来着？达西摩？达西曼？达

---

① 一九五〇年代起源于美国，融合白人乡村乐与黑人节奏蓝调，可说是摇滚乐的原始形式。

西，达西，名字听起来有点田径明星冲锋陷阵的味道。好了，他的名字叫——

“达西米尔！”丽赛在空荡荡的工作室里喃喃自语，然后不自觉地握起拳头。她死盯着那本烫金书脊的精装书，仿佛只要视线一离开，那本书就会立刻凭空消失。“那个眼睛长在头顶上的小南方佬叫达西米尔，他跑得跟兔子一样快。”

不过，如果有人说要用限时邮件或联邦快递寄东西给他，斯科特会拒绝，因为他认为没必要多花钱。寄个东西不用那么急——打个恐怖点的比方，你把尸体丢进河里，到了下游尸体自然就浮起来了。然而假如要寄给他的是评论他小说的文章，那他可就没那么气定神闲了。他会希望早点收到。不过如果只是些关于他到外地访问的报道，那么寄平信就行了。工作室有独立地址，所以丽赛很清楚，邮差送信时会直接把邮件拿到谷仓那边，她不太可能看得到。那么，一旦邮件寄到了……嗯，工作室这几个房间就像斯科特发挥创意的游乐场，通风良好、光线充足，只不过这里不是她的地盘，而是斯科特一人独享的俱乐部。这里有个小房间，墙上装了隔音软垫。他给这小房间取了个绰号叫“精神病房”。在这里，他可以写小说，听音乐，爱放多大声就多大声。不过房间门口没有挂着“闲人免进”的牌子，所以斯科特在世时，她也上来过好几次，而斯科特也很高兴看到她。不过也正因为门上没有牌子，阿曼达才会长驱直入，对南墙边那一整排蜿蜒起伏的书堆产生兴趣，深入挖掘。阿曼达这个人像刺猬一样，疑神疑鬼，仿佛美国民防局似的，防卫机制随时可以启动。阿曼达坚持要往她家厨房的炉子里塞三块槭木片，而且一定要三块，不能多也不能少，仿佛如果不照她的话做，厨房就会烧起来，整栋房子就会被大火夷为平地。有时她只要跨出门又发现什么东西忘了拿，就一定要先在门廊上绕三圈，然后再走回屋里。这习惯她一辈子都改不了。如果你看到阿曼达的种种行径（或者如果你听到她一边刷牙还要一边算刷了几下），你一定很容易把她当成是那种“性饥渴的老女仆”，很想叫医生开个“乐复得”或“百忧解”之类的抗忧郁药给她。然而，要不是因为阿曼达，我们的小丽赛有可能发现那些照片吗？那堆书刊杂志里有成百上千张照片——她和斯科特的照片。长久以来，那些照片一直等待着丽赛，等着唤醒她脑中数不清的回忆，而且大部分回忆应该是很美好的，不会再出现像达西米尔那种讨人厌的家伙。那个炸鸡吃太多的南方混蛋……

“好了！”她喃喃自语道，“丽赛·德布夏·兰登，别再想那些了。放手让过去随风消逝吧。”

然而，她显然办不到，因为她忽然站起来，走到房间另一头，在那排书刊杂志前蹲下来。她伸出右手在面前晃了半天，仿佛魔术师在变戏法。接着，她抽出那本《田纳西大学纳什维尔分校一九八八年评论集》。那一瞬间，她心头怦怦狂跳。那种感觉不是兴奋而是恐惧。尽管她脑中有个声音不断告诉自己，那已经是十八年前的往事了，然而她还是控制不住情绪，她的心脏依旧不听使唤，怦怦狂跳。那个“疯狂怪客”有一头淡到接近白色的金发，那个“疯狂怪客”是个研究生，他滔滔不绝说个不停，但倒也不完全是胡言乱语。枪击事件发生第二天，斯科特的情况慢慢恢复稳定后，丽赛曾问他，那个研究生疯狂怪客会不会也是那种“上紧发条”的人？斯科特有气无力地说，他不知道疯子是否真有办法“上紧发条”。“上紧发条”是种英雄行径，是种意志力的展现，而疯子不太可能会有什么意志力……不过，他问丽赛，你有不同的看法吗？

——我不知道，斯科特。我会想想看。

其实，她根本就没打算要想这件事。如果可以的话，她宁可永远不要再想到这件事。自从和斯科特在一起后，她遗忘了许多事情。丽赛希望自己能够忘掉那个拿着枪的他妈的兔崽子，就像忘掉从前那些事情一样。

——好热，对不对？

斯科特躺在床上，脸色惨白，没半点血色，不过还好他后来总算渐渐恢复了。当时他只是漫不经心地聊着，没什么特殊的表情。想到这里，丽赛忽然颤抖了一下。现在只剩她一个人了，兰登太太已成了寡妇。

“他忘了发生过什么事。”她自言自语道。

丽赛几乎可以断定，他真的忘了。他忘了自己当时躺在地上，而且他们俩都认定，这次他是再也救不回来了。他忘了当时自己已经快死了，当时他们所说的话，将是他们这辈子最后一次说话，于是突然间他们仿佛都有千言万语想向对方倾诉。后来丽赛好不容易鼓起勇气，去找那个神经科医生谈了一下。医生说，一个人在遭到意外伤害的那一刻会遗忘某些事情，接下来，受害人逐渐复原后通常都会发觉自己脑中的部分记忆已经毁损，仿佛放映中的电影胶卷被高温烧焦一样。那段毁损的记忆可能超过五分钟、五个钟头，甚至五天。有时候，在几年，甚至几十年后，某些片段记忆会重新浮现脑海，精神科医生称之为“防卫机制”。

丽赛觉得很有道理。

她离开医院后，回到下榻的汽车旅馆。那个房间实在不怎么样，后院什么东西都没有，只有一道木篱笆。四下一片寂静，只听得到此起彼落的狗吠声，仿佛有上百条狗同时吠叫着。尽管如此，她倒是一点也不在意。她的丈夫在校园里遭到枪击，当然，她很不愿再想到和那所大学有关的任何东西。她踢掉脚上的鞋子，倒在那张硬邦邦的双人床上，心想：黑暗爱他。

是真的吗？

她根本不知道自己在说什么，也不知道自己为什么那样说。

你知道的，亲一下，这就是爸爸给你的奖品。

丽赛的头在枕头上猛力一甩，仿佛有只无形的手甩了她个大耳光。闭嘴！别再说了！

她想不透……想不透……然而，仿佛有个邪恶狡猾的声音在说：黑暗爱他。他与黑暗共舞，仿佛黑暗是他的爱人。银色月光遍洒紫色山丘，原本清新甜美的空气忽然弥漫着一股腐臭味，闻起来像毒气。

接着，她的头又猛然甩向一边。此刻，八月的天空中，夕阳逐渐沉落到远方的地平线外，天际笼罩在一片橘红色的暮霭光晕中。房间外面狗吠声沸沸扬扬，仿佛全纳什维尔那些该死的狗正集体朝着夕阳嚎叫，迎接夜幕降临。从小妈妈就告诉她，黑暗没什么好怕的，而她也一直都相信妈妈的话。有时候，四下一片漆黑，有时夜晚雷电交加，隆隆雷声划破寂静，刺眼强光撕裂无边的黑暗。在那样的时刻，她反而兴高采烈。比她大好几岁的姐姐阿曼达吓得蒙在被子里，而小丽赛却直挺挺地坐在床上，一边吸着大拇指，一边吵着要大人拿手电筒来念故事书给她听。有一次她把这件事说给斯科特听，斯科特突然握住她的手说："丽赛，你是我的光，请你把光明带给我，好不好?"她也真的努力想把光明带给他，只可惜——

"我在一个黑暗的世界里。"此刻，丽赛坐在空荡荡的工作室里，手上拿着那本《田纳西大学纳什维尔评论集》，嘴里喃喃低语道："斯科特，这句话是你说的吗？是你说的，对不对?"

——我在一个黑暗的世界里，而你找到了我。你救了我。

当年在纳什维尔，也许真是这样。然而到了最后，她还是救不了斯科特。

——丽赛，你一直在救我。你还记得我第一次在你公寓过夜的事吗?

此刻，丽赛坐在地上，那本书摊开在她大腿上。她微微一笑，心想，我当然记得。那天晚上，她记得最清楚的就是自己喝了一肚子薄荷杜松子酒，弄得胃酸酸的。而且一开始，他有点障碍，无法持续勃起，还好后来他渐渐恢复正常，当时她还以为那是因为他酒喝多了。接下来，他们度过了美好的一夜。很久以后，他才告诉她，其实在遇见她之前，他一直都是不行的。她是他的第一个女人，也是唯一的女人。从前他编了很多故事，说他年轻时性经验是如何轰轰烈烈，跟男人上床也跟女人上床，但其实都是鬼扯。那么，丽赛呢？那天晚上，她的感觉是，斯科特仿佛是她一项未完成的使命，她必须在睡觉前做好这件事。她要帮这位炙手可热的年轻作家吹喇叭，直到他坚挺起来。那感觉就像是应付那台老爷洗碗机，一开始会卡住，发出震耳欲聋的嘎吱声，必须拍拍才会恢复正常。也像砂锅里干掉变硬的食物残渣，必须先泡泡水才好洗。

——那天晚上结束后，你很快就睡着了，我却毫无睡意。我一直听着你床头桌上的时钟滴答滴答，听着屋外风声呼号，心里忽然明白，我已经到家了。躺在这张床上，你依偎在我身边，我忽然明白这里就是我的家。黑暗中本来有某种东西一直朝我逼近，但此刻它突然消失了，被赶走了。我心里非常清楚，它还会再回来，它有办法找到我。不过它没办法逗留，所以我终于能够好好睡觉了。我感觉内心满是感激，心情无比激荡。我想，这是我有生以来第一次体会到什么叫感激。我躺在你身旁，泪流满面，泪水沿着脸颊滴到枕头上。那天晚上，我爱上了你。此刻，我依然爱着你。从那一夜起，直到此刻，每一天，每一夜，每一分，每一秒，我对你的爱从未停止。我不在乎你是否真的了解我。大家都很计较别人是否了解自己，只不过，了解与否其实并不那么重要。大家都不明白，每个人最欠缺的，其实是安全感。当那个东西渐渐远离，远离我所在的黑暗世界，那一刹那，我感受到一种前所未有的安全。我永远忘不了。

“亲一下，这是爸爸给你的奖品。”

这次丽赛大声将这句话说了出口。虽然空荡荡的工作室里感觉很暖和，但话一出口，她就突然打了个冷颤。她始终搞不懂这句话有什么含意，可是她记得很清楚，就在他们结婚前夕，斯科特说过“亲一下，这是爸爸给你的奖品”这句话。他还说，她是他的第一个女人，又说，大家都不明白，每个人最欠缺的，其实是安全感。她尽全力让斯科特得到安全感。只可惜到最后，斯科特害怕的那个东西终究还是回来找上了他——有时候，在镜子里，或是水面倒影上，他会瞥见那个东西。那个身上有无数斑纹的东西。那个“高个子”。

有那么一刹那，丽赛忽然害怕起来，转头看看工作室四周。不知此刻那个“高个子”是否正躲在什么地方偷看着她。

2

她翻开那本《田纳西大学纳什维尔一九八八年评论集》那一刹那，书脊突然发出“劈啪”一声巨响，大得像是枪声。她吓得大叫一声，手上的书一滑，掉在地板上。接着她笑了起来（声音却有点颤抖）：“丽赛，你真没用。”

接着，她又翻开那本评论集，忽然有张折起来的剪报掉出来。那张剪报已经发黄变脆，一碰就裂开了。她把那张剪报摊开，发现上面是张颗粒很粗糙的照片，底下还有一排说明文字。照片里是个年轻小伙子，看起来大概二十三岁左右，不过，他好像受到什么惊吓，露出一脸茫然的表情，使他看起来比实际年龄更小。他右手拿着一把短柄小铲子，铲片银光闪闪，上面刻着几个字。虽然从照片上看不清楚那几个是什么字，不过丽赛亲眼看过那把铲子，到现在还记得上面那几个字："谢普曼图书馆破土典礼"。

那个年轻小伙子好像在……呃……盯着那把铲子。但丽赛看得出来，那小伙子眼睛虽然看着铲子，可是好像根本搞不清楚自己手上拿的是什么东西。这点不但从他的表情看得出来，就连他的动作也透出一些端倪。他那竹竿般瘦长的身体姿势很怪异，仿佛有点不知所措。说不定他以为自己手上拿的是炮弹壳或是一株小盆栽，或是一根辐射探测器，或是一只陶瓷小猪存钱罐。也可能是根"那话儿"，或是个象征不朽爱情的护身符，或是顶土狼皮做的钟形女帽。也可能是希腊抒情诗人品达的阴茎。总而言之，这家伙根本搞不清楚状况，而且她敢打赌，他一定没发觉自己的左手被人握住了。从颗粒粗糙的照片里还看得出来，握住他左手的那个人，身上穿的好像是化妆舞会式的公路巡警制服，没有配枪，却挂着一条武装腰带，从肩头垂挂到腰际。照片里的斯科特瞪大眼睛笑着。他一定会说那是"大——得——吓——死——人的一个洞"。其实，斯科特脸上的笑也是"大——得——吓——死——人"的笑，笑得牙齿都露出来了。那笑容仿佛在说，谢天谢地，小子，等会儿到另一家酒吧去，你根本不用再花钱买醉了，因为我也会去，而且身上正好有一块钱，足够请你再喝一杯了。她看到达西米尔也在照片的背景里。那个逃之夭夭、一脸正经的小南方佬。她忽然想到，那个人名叫罗杰·C. 达西米尔。他名字中间那个字母 C 铁定是"混蛋"（chickenShit）的意思。

照片里，那个春风满面的校园警卫好像在跟那个一脸茫然的年轻人握手。当时，我们的小丽赛·兰登看到了吗？没有，不过……嘿……

嘿——烟斗……你听着……想不想体验一下做白日梦的真实感？

想不想跟梦游仙境的那个爱丽丝一样，掉进兔子洞，或是亲眼看看那个戴着高礼帽、开古董车的蟾蜍？如果你想，就仔细看看这个吧，就在照片右边。

丽赛弯腰低下头，鼻子就快碰到那张发黄的剪报了。那张剪报是从《纳什维尔美国人报》上剪下来的。斯科特最大的那张书桌中间有个很宽的抽屉，里头有个放大镜。丽赛看过好几次，那个抽屉里有两样非常珍贵的古董：一包未拆封、全世界最老的“贺伯·泰雷登”烟，还有一本美国最古老的“S&H”邮票册。放大镜就在这两样东西中间。她本来可以去拿放大镜来用，但又懒得去拿。她很清楚自己要看的是什么，根本用不着放大镜。那是只鞋跟很浅、只能看到一半的西班牙哥多华上等皮革棕色平底鞋。她对那双平底鞋印象非常深刻，因为穿起来非常舒服。那天她穿的一定是那双鞋，不是吗？她不记得那天看到过那个笑眯眯的警察，也不记得看到那个发愣的年轻小伙子（她可以确定，他就是“东溺写了篇报道”的那个托尼）。此外，事情发生的那一刹那，她也不记得看到了达西米尔，那个炸鸡吃太多的南方混蛋。那些人，他妈的那伙人，她根本完全不在乎了。那一刹那，她满脑子想的只有一件事，只有斯科特。当时，斯科特离她只有十英尺远，然而她心里很清楚，要是她没有立刻冲到他身边，群众就会把她挡在外面……而一旦她被挡在外面，那些群众可能会害死他。他们的爱很危险，他们的热情横征暴敛，足以害死他。更何况，他妈的，紫罗兰，他可能已经快死了。要是他真的快死了，那么他断气时，她一定要陪在他身边。换成她爸妈那代人的说法，断气应该要说成“咽下最后一口气”。

此刻万籁俱寂，整个工作室笼罩在夕阳的余晖中，那一堆满是灰尘的杂志沿着墙边蜿蜒起伏。她自言自语道：“当时我心里很清楚，他活不成了。”

斯科特忽然倒地，她立刻冲向丈夫身边。那位报社摄影记者也立刻捕捉到那一瞬间的画面。他本来只是来拍些例行的官方照片，比如说，学校的几个领导，一位莅临访问的知名作家，他们聚在一起，用一把银铲子“铲起第一勺土”，为一座图书馆进行破土典礼。结果他拍到的却是更戏剧性的画面，不是吗？这是张足以登在报纸头版的照片，甚至堪称历史经典画面。假如你正在吃早餐，正舀起一匙麦片粥往嘴里送，这时忽然看到这张照片，那你一定会目瞪口呆。汤匙举在半空中，麦片粥还往下滴，滴到报纸的分类广告栏上。看到这张照片，感觉就像看到暗杀肯尼迪的奥斯瓦尔德临死前的那张照片。他双手按着肚子，嘴巴张得大大的，仿佛想发出一声垂死的呼号。那种静止画面会让你一辈子忘不了。只有丽赛本人才看得出来，那张照片里还有那位作家的太太，或者，严格说来，应该只能算是那位作家太太脚上的鞋跟。

照片底下的说明文字是这样写的：

> 田纳西大学校区警卫队长赫弗南向托尼·艾丁顿致谢。就在这张照片拍摄的几秒钟前，艾丁顿救了名作家斯科特·兰登一命。当时兰登正好莅临该校访问。“他是位货真价实的英雄。”赫弗南队长说，“当时他距离兰登最近，除了他之外，没有人能伸出援手。”（第四版和第九版有补充报道）

照片左边有一大段长长的注记，看不出是谁的字迹。照片右边有两行斯科特零乱的手写字迹，第一行的字体比第二行稍大……而且还有个小箭头，老天，箭头指向那只鞋！她知道斯科特为什么要画那个箭头。他一眼就认出那只鞋了，因为他知道那只鞋的来历，而且他还知道他太太以前发生过什么事——那故事可以称之为“丽赛和疯狂怪客”，一个惊心动魄的故事。所以他什么都明白。那么他会不高兴吗？不会，因为他知道他太太并没有不高兴。他知道丽赛觉得很好玩，而且那确实很好玩，一场他妈的大混乱。既然如此，她为什么会突然有点想哭呢？这辈子她从来没有这么惊讶过，觉得仿佛被自己的感情蒙蔽了，被自己的感情击垮了，仿佛回到了斯科特过世前的那段日子。

这时，丽赛忽然把那张剪报丢在书堆上，因为她很怕眼泪会突然滴下来，把那张剪报像口水溶掉满嘴的棉花糖一样吞没。她两手弓成杯状捂住眼睛，等着眼泪掉出来。当她发现自己没有掉眼泪后，总算安下心来，于是又捡起那张剪报，看看斯科特写了些什么。

一定要拿给丽赛看！她一定会笑死！

可是，她看得懂吗？（根据我们的研究，她一定看得懂。）

他把惊叹号底下那个点画成七〇年代流行的灿烂笑脸图案，仿佛在对她说早安。丽赛真的懂。尽管已经事隔十八年，但那又怎样？记忆本来就是相对的。

要是斯科特知道她心里在想什么，可能会说：哇，小蚱蜢，你的话真是充满禅机。

“禅你个头。我只是有点好奇我们那位托尼先生最近好不好。我对这位解救了大名鼎鼎的斯科特·兰登的大英雄有些兴趣。”说着，她笑了起来，凝聚在眼角的泪水开始沿着脸颊流下。

接着，她把那张照片反转一百八十度，开始看左边那一大段更长的注记。

一九八八年八月十八日

亲爱的斯科特（希望你不介意我这样称呼您）：我们觉得您也许会想要这张安托尼·艾丁顿三世（也就是“托尼”）的照片。他就是救了您的那位研究生。当然，田纳西大学一定要颁奖表扬他。我们想，也许你也希望和他取得联络。他的地址是：田纳西州，纳什维尔郡，北纳什维尔市，科德维路七百四十八号，邮政编码三七二三五。艾丁顿先生是位杰出的青年诗人，他出身田纳西州南部的家庭，“家境贫困，但品格高尚”。我相信，您一定希望用您自己的方式亲自向他致谢（说不定您甚至会想给他一点实质的回馈）。

敬请台安

罗杰·C.达西米尔

田纳西州立大学纳什维尔校区

英语系助理教授

丽赛看了一次、两次（斯科特可能会跟她开玩笑，说一而再再而三，无三不成礼），这时她脸上虽然还挂着笑容，但已开始掺杂着惊讶的神色，一种终于恍然大悟的神色。罗杰·达西米尔可能和那个校园警卫队长一样，根本搞不清楚整件事的真相。也就是说，天底下只有两个人知道那天下午的真实经过，一个是丽赛·兰登，另一个就是托尼·艾丁顿——那个“帮年度评论集写篇报道”的家伙。不过，说不定连这位“东溺”先生都搞不清楚那天在典礼上，当他们把第一勺泥沙翻起来后，现场究竟出了什么事。说不定他根本就吓坏了，当场眼前一黑就什么都不知道了。他仔细想过之后可能真的以为自己救了斯科特·兰登的性命。

不对。丽赛可不这么认为。她想到的是，照片旁边这段注记笔迹潦草，看了就让人讨厌，然而，说不定那是达西米尔为了报复斯科特所写的……只是，为了什么呢？

因为斯科特高人一等？

因为斯科特没把这位“大文豪”达西米尔放在眼里，对他视而不见？

还是因为斯科特这浑球实在太有创造力，他只要到这里说几句激励人心的话，拿把铲子挖一下泥巴，轻轻松松一万五千块就入袋了。说不定连那些泥巴都已经事先挖松了。

当然，除了这些之外还有别的原因。丽赛觉得，达西米尔似乎认为如果这世界能更公平更真实，那么他和斯科特的角色应该互换。也就是说，在那样的世界里，他——罗杰·达西米尔——才应该是文化圈里众所瞩目的焦点，他才该是学生整天围在身边巴结的对象，而斯科特·兰登才该在校园里做牛做马，还有他那胆小如鼠的老婆。要是放屁会送命，那他老婆铁定连屁都不敢放。在那样的世界里，应该是他们必须到处逢迎巴结，随时留心系里的政治风向，四处奔走寻求加薪水。

“不管怎样，反正他就是不喜欢斯科特，而这张剪报就是他用来报复斯科特的东西，”谷仓楼上阳光灿烂，她独自朝着这几间空荡荡的房间嚷道，“这……这张剪报上写的这些话实在很恶毒。”

那个念头在她脑中盘桓片刻，然后她突然用双手按住胸口上方，大笑起来。

笑了一会儿，她渐渐静下来，开始把那本评论集从头到尾翻了一次，很快找到了她想看的那篇文章：《美国最知名的小说家莅临主持图书馆破土典礼，正式启动一个长久以来的梦想》。作者是安托尼·艾丁顿，也就是那位“东溺”。丽赛把那篇文章迅速浏览一遍后，忽然觉得很生气，甚至愤怒。文章里从头到尾都没提到那天的典礼是怎么结束的，也没提到那次事件中作者一厢情愿幻想出的英雄行径。那篇文章一直到最后几行才透露出一点蛛丝马迹，让人感觉发生了很严重的事。“典礼结束后，兰登先生本来打算当天晚上在学生交谊厅发表演说，并朗读他的作品，不过该场活动却因为突如其来的意外事故而临时取消。尽管如此，我们还是希望这位美国文坛巨人能够很快再度光临我们的校园。也许到了一九九一年，谢普曼图书馆开幕那天，他可以再度莅临，为我们主持剪彩仪式！”

她提醒自己，这是本大学刊物，而且老天，他们花了大把钞票把一本大学刊物印成富丽堂皇的精装本，就是为了寄给那些想必很有钱的校友，让他们慷慨解囊。而且他们应该也希望借此平息她的怒气。她自问，你该不会真的认为《田纳西大学纳什维尔一九八八年评论集》让旗下写手写这篇文章，目的是为了激怒你，让你重温一次当天那场低级闹剧吧？而且要是惹毛了你，他们还能指望从这傻瓜校友身上募到多少钱呢？而且她提醒自己，斯科特似乎认为这篇文章很好玩，应该有助于……可惜没什么效。毕竟斯科特已经不在她身边了，再也无法搂着她，亲亲她的脸，轻轻捏一下她的乳头，逗得她意乱情迷，然后在她耳边低语：人世间的一切就像四季的变换——什么季节该播种，什么季节该收割，什么时候该好好把握，什么时候该放手。人生就是如此，千真万确。

斯科特，你真该死，你为什么要离开我？而且——

“而且他是为了你们这些人才受伤的。”她喃喃嘀咕，那充满怨恨的口气听起来很像阿曼达。“为了你们这些人，他差点就死了。后来他能侥幸活下来，简直是不可能的奇迹。”

这时候，斯科特又在跟她说话了。虽然他已不在人世，却仿佛有办法从另一个世界跟她说话。她心里明白，那只是因为她脑中有人用腹语术模仿斯科特说话——那个人深爱斯科特说过的每一句话，记得比她还清楚。尽管如此，那种感觉却如此真实，仿佛真的是斯科特在说话，而不是有人用腹语术说话。

斯科特说，你是我生命中的奇迹。你是我生命中几乎不可能出现的奇迹，不只那天，而是一生一世。丽赛，是你为我赶走了黑暗。你是我的生命之光。

“我想你的确有过这种感觉。”她茫然地自言自语。

——好热，对不对？

是的，那天真的很热，而且不光热，还很——

“很潮湿，”丽赛说，“而且很闷。而且我从一开始就有不祥的预感。”

此刻，丽赛坐在那堆高低起伏的杂志前，那本《田纳西大学纳什维尔一九八八年评论集》摊开在腿上。她脑中突然闪过一幕鲜明的画面，看到当年在老家时，德家老奶奶喂鸡的模样。“我在浴室里就开始感觉不对劲了。因为我打破了——”

3

当时她多渴望逃离那个热得要命的鬼地方。不过只要那念头一停，她就会一直想到玻璃。那些该死的碎玻璃。

当时，丽赛就站在斯科特身后稍微偏右。她一脸正经地鼓掌，眼睛看着斯科特。她看着他一脚撑在地上保持平衡，另一脚踩在那把烂铲子的铲片上，铲片有一半插在泥沙里。那堆泥沙是为了典礼专程送来的，事先已经挖松了。那天热得吓人，潮湿滞闷得让人受不了，而看到现场围观的人群只会让人更难受。他们和那些贵宾不同，他们穿的是牛仔裤、短裤、五分裤。虽然在那闷热潮湿的天气下，那样的打扮也不见得舒服到哪里去，不过已经够让丽赛羡慕的了。当时是田纳西州的午后，丽赛站在人群的最前面，觉得自己简直就像块烤炉里冒着油的肥肉。她身上穿的已经是最凉爽的夏季服装，但站在那里，她不禁开始担心，她穿在外面的亚麻布上衣是米黄色，但里面的人造丝胸罩却是蓝色。万一她的外衣被汗水浸透了，胸前就会露出两团黑黑圆圆的形状。那件胸罩已经是夏天穿起来最舒服的了一件，可是乳房下方还是像针扎一样刺痛。小宝贝，今天可真是个好日子。

当时，斯科特仍是一只脚撑在地面保持平衡。偶尔一阵热风袭来，他脑袋后方的长发就会随风扬起。他的头发实在太长，真该剪一剪了。她知道他是刻意把头发留长，因为觉得这样看起来很像摇滚明星，只可惜，她却觉得他那模样看起来很要命，简直就像伍迪·格斯里[①]歌里描写的流浪汉。他天生就是媒体的宠儿，很懂得应付将他团团包围的摄影师。他真的很有一套。站在他左边的人是托尼·艾丁顿。这家伙好像正在帮什么劳什子校刊写什么劳什子报道。

站在斯科特这位临时主持人右边的就是这位罗杰·达西米尔，英语系的中坚分子。达西米尔是那种看起来比实际年龄苍老的人，这类人显老不是因为头发掉得太多，肚子太大，而是因为他们老爱板着脸孔故作正经。丽赛觉得，就连他们刻意讲的俏皮话就像保险合约的附加条款一样无聊。

不过丽赛真正难以忍受的是这个达西米尔对她先生不怀好意。这点丽赛立刻就察觉到了（一点都不难，因为绝大多数人都喜欢他，对比十分强烈）。接着她终于明白自己心里为何一直隐隐感到不安了。自从来到这里后，她就一直觉得不安，非常不安。她拼命安慰自己：那种不安只是因为天气太潮湿，只是因为西边天际的乌云越来越浓密，好像预告着午后将有一场雷电交加的暴风雨，或甚至刮起龙卷风之类的低气压产物。只不过她那天早上六点四十五分起床时，缅因州似乎并不像有低气压的样子。

---

① 伍迪·格斯里（1912—1967），美国二十世纪四十至六十年代民谣歌手。

那是个风和日丽的夏日早晨，蔚蓝天空万里无云。在主屋和斯科特的工作室之间那片草坪上，草叶点缀着难以数计的露珠，在初升旭日的照耀下闪烁着繁星般的点点光芒。要是她爸爸老丹迪·戴维·德布夏看到这样的天气，一定会说那是“蓝天白云青菜豆腐，半点不稀奇”。然而她一下床，脚刚踩上房间的橡木地板，就突然想到今天要去纳什维尔——八点要出发到波特兰民用机场，达美航空九点四十分的班机——那一刹那，一阵莫名恐惧忽然涌上心头。平常刚起床的这个时间，她的胃一向很舒服，此时空空的胃里却咕噜噜一阵翻搅。

这种恐惧感令她十分讶异，因为平常她很喜欢旅行，尤其是跟斯科特一起到外地去。在飞机上，两个人会并肩坐在一起，各看各的书。有时斯科特会读一小段他的书给她听，有时她也会礼尚往来读一小段。有时候，她会摸摸斯科特，抬头看看他的眼睛。而斯科特总是一脸严肃地看看她，仿佛在他眼中，丽赛一直是一团谜。

是的，有时飞机会碰上乱流，但她很喜欢那种感觉，仿佛小时候和几个姐妹到嘉年华会游乐场上骑电动马，坐碰碰杯，开碰碰车。而斯科特也从来不把乱流当回事。她印象最深刻的是一次丹佛之行——那天狂风呼号，雷电交加，那架涡轮引擎小飞机仿佛在要命的天空中和死神玩捉迷藏。然而她却亲眼看到斯科特就像个急着上厕所的小孩，在座位上又弹又跳，露出龇牙咧嘴的狂乱笑容。其实，斯科特并不怕这种乱流，他怕的是夜半时刻缓缓沉入乱流般的梦魇。他偶尔会告诉丽赛一些事，说得正儿八经，甚至面带微笑。然而那些事十分诡异，仿佛在一台坏掉的电视机上突然看到某种画面。或者当你拿着一个小酒杯，斜斜举在眼前时，透过某个特定角度，就能在上面看到某种画面。他每次讲那些事都能把丽赛吓得半死，因为那些事听起来太疯狂了，也因为她听得懂斯科特在说什么，尽管她并不想懂。

所以她会感到不安并不是因为什么低气压，当然也不是因为等一下又要坐飞机。后来她走进浴室，打开洗手台上方的灯。他们已经在苏克塔丘住了八年，也就是大约三千个日子。这八年来，除了少数出门在外的日子，她每天都会重复这个相同的动作，自然而然地走进浴室把灯打开。然而那天她刷牙时，手背却突然撞到装着他们牙刷的玻璃水杯，杯子掉到瓷砖地板上，摔成大约三千片该死的碎片。

“该死，你在干什么！”她大叫一声，心中感到一阵莫名的恐惧，而且很不高兴，暗骂自己怎么那么……因为她并不相信预兆之类的东西。她是丽赛·兰登，名作家的太太，她不会相信这种东西。她来自里斯本瀑布镇的沙巴特斯路，她是德布夏家的小丽赛，她不会相信这种东西。只有那些住在破木屋里的爱尔兰人才会信这种鬼东西。

那一刹那，斯科特正好走进房间，带着两杯咖啡和一盘奶油土司。他当场愣住，立刻停下脚步。“小宝贝，你打破了什么？”

“没什么，见鬼了而已！”丽赛没好气地大吼一声，那一瞬间，她被自己吓了一跳。刚刚那句话也是她们德布夏家历代老奶奶的名言之一。还有，德布夏家老奶奶是很相信预兆的。大约丽赛四岁那年，那位爱尔兰裔老太太就一命归天了，丽赛还可能记得她吗？似乎还记得，因为当丽赛站在那里，低头看着满地的漱口杯碎片那一刹那，仿佛真的有个声音在告诉她这是个预兆。那是嚼烟草的德布夏家老奶奶嘶哑的声音……好了，再回头说破土典礼。她站在那里看着她丈夫。他身上穿着一件质料轻薄的夏季休闲外套，看起来人模人样（天知道再过一下子，他就会汗流浃背，整件外套都会湿透）。

——早上碎玻璃，晚上碎了心。

没错，这就是德布夏家老奶奶的经典名言。整个德布夏家至少还有个小女孩记得这句话。老奶奶对小丽赛说完这句话后第二天走到养鸡场时，便突然倒在地上，奄奄一息。当时她的喉咙发出咯咯声响，腰上那条围裙的口袋里装满了鸡饲料，手上那包吃剩的婴儿食品撒在衣袖上。

所以说。

不是因为天气太热，也不是因为坐飞机，甚至不是因为达西米尔那家伙。那家伙最后只跟斯科特握手寒暄了一下，然后就匆匆赶回医院去了，因为前一天英语系系主任才十万火急地动完胆囊切除手术。一切都是那个摔破的……该死……那个摔破的玻璃漱口杯惹的祸，再加上爱尔兰老奶奶的预言。这整件事是多么荒唐可笑（就像斯科特后来在那张剪报上写的）。但这件事也足够令她紧张，按捺不住。

事后不久，斯科特躺在医院病床上。噢，他只差一点就要躺在太平间的冷藏柜里了，如果他进了冷藏柜，那无数辗转反侧的夜晚，那无数狂乱骇人的思绪，就都结束了。他说起话来十分费力，气若游丝。他对丽赛说，俗话说得好，有时候，刚刚好就够了。

她完全了解他在说什么。

4

丽赛看得出来，今天轮到罗杰·达西米尔头痛了，只不过她不会因此减少对他的讨厌。典礼的场面调度通常都有书面脚本，只可惜就算真的有，系主任海格斯托姆教授（胆囊发炎，去动紧急手术的就是他）现在神志不清，根本没办法告诉达西米尔或其他任何人脚本长什么样子，收在什么地方。这样一来，我们的达西米尔就只剩下一天时间了，他要怎么调度现场贵宾完成这个典礼呢？而且与会贵宾当中，最重要的人物是他很不喜欢的一位作家。“英曼厅”的宴会结束后，一小群贵宾走出会场，朝谢普曼图书馆的预定地点走去。路程虽然不远，但天气却热得让人难受。一路上，达西米尔对斯科特说，他们恐怕得用临场即兴的方式来完成这个典礼了。斯科特耸耸肩，一副气定神闲的样子。当然没问题，斯科特·兰登本来就是靠即兴吃饭的。

多年后，丽赛都用“南方炸鸡小混蛋”来代替那人的名字。当时那混蛋低声对斯科特说：“等一下偶会介绍你。”他们一路走向那一小堆泥沙。那堆湿亮的泥沙在大太阳下被烤得热烘烘的，那里就是图书馆预定地点（达西米尔肯定会用南方口音将它念成“土苏馆”）。现场有位摄影师负责把整个典礼的场面记录下来，成为永垂不朽的画面。他在现场东奔西跑，像跳蚤般不停跳来跳去，手上的相机喀嚓喀嚓响个不停。丽赛可以看到前面不远的地面上有片土黄色的长方形，大约九英尺长，五英尺宽。泥沙的颜色已经开始变淡。由此判断，那堆泥沙应该是今天早上用卡车运来的。显然没人想到应该在那堆泥沙上方搭座帐篷，因此那堆新鲜的泥沙已经开始变得灰灰暗暗的。

“是该有人介绍一下。”斯科特说。

他的口气轻松愉快，可是达西米尔忽然皱起眉头，仿佛被人莫名其妙数落了一顿，蒙受了什么不白之冤似的。接着，他深深叹了口气，又继续说：“介绍完后，大家会开始鼓掌——”

“就像白天过后就是晚上。”斯科特喃喃说道。

“——接下来，你就要跟大家说几句话。”达西米尔等斯科特说完，又接着把刚才被打断的话接上。图书馆预定地点的另一边是片最近刚铺好的停车场，平坦的柏油地面和耀眼的黄线在阳光下闪闪发亮。丽赛看到停车场远处边界上仿佛有片波光粼粼、海市蜃楼般的水面。

“那是我的荣幸。”斯科特说。

然而他温和的语气却让达西米尔有点焦虑，他告诉斯科特：“不过，偶希望你对破土典礼的致词能够简短一点。”这时两人已逐渐靠近绳子围出的那片区域。那堆泥沙前面是空地，可是四周已挤满等候的人潮，几乎就要挤到停车场上了。此外达西米尔和兰登夫妇从英曼厅出来时，后面也跟了一群人。那个人群更加庞大，这两群人很快就会汇合成更大一群人。平常丽赛并不害怕人群，就像她在两万英尺的高空中不怕乱流，然而眼前的景象令丽赛有点担心。她忽然想到，天气这么热，人这么多，说不定空气会被吸光。这实在是个愚蠢的念头，可是——

“就算在纳什维尔，这样的八月天也真够热的了。你觉得呢，东溺？”

托尼·艾丁顿心不在焉地点点头，没有吭声。到目前为止，他唯一一次开口说话，是叫出那个摄影师的名字。他说，那个满场蹦蹦跳跳的摄影师就是《纳什维尔美国人报》的斯蒂芬·昆斯兰——而且他是田纳西大学纳什维尔分校八十五届毕业生。他们开始走向预定地点时，托尼·艾丁顿对斯科特说：“希望你们能帮他个忙。”

可是达西米尔却说：“等一下你要致辞。你致完辞后，大家会再鼓一次掌。到时候，兰登先生——”

“叫我斯科特就行了。”

达西米尔龇牙咧嘴笑了一下，但又立刻收起笑容。“然后，斯科特，接下来你要拿起铲子把低伊展堵欢开。”低伊？堵？欢开？丽赛越听越觉得好笑。接着，她突然想到，这位达西米尔说的很可能是“你要拿起铲子把第一铲土翻开”，只可惜他那路易斯安那州的南方土腔实在太重了。

“没问题。”斯科特答道。说到这里，他已经没有时间再多说什么了，因为他们已经走到了那里。

5

也许是早上打破那个玻璃漱口杯让她仍心有余悸—— 一种不祥的预感。此刻，丽赛忽然觉得那堆卡车载来的泥沙看起来很像坟墓，一个用来埋葬巨人的超大尺寸坟墓。两堆观众汇聚成一大群，围绕着那堆泥沙，那一刻，土堆正中央仿佛变成热烘烘的烤炉，令人窒息。泥沙堆四周用天鹅绒绳围成长方形，四个角落各自站着校警，达西米尔、斯科特和“东溺”·艾丁顿三个人从绳子底下钻过去。摄影师昆斯兰还是满场跳来跳去，手上拿着台斗大的尼康相机遮在脸孔前方。丽赛心想，摄影大师再世。这时她突然明白，她很羡慕摄影师。他是那么自由自在，在酷热中像蚱蜢一样跳来跳去。他今年二十五岁，耳聪目明手脚灵活。可是，达西米尔看着他时脸上的表情越来越不耐烦，而昆斯兰则装作没看到。不过后来，当昆斯兰好不容易拍到达西米尔想要的照片后，达西米尔脸上那不耐的表情就消失了。丽赛觉得，达西米尔想要的是那张斯科特的独照。在那张照片里，斯科特一脚踩在那把破银铲的铲片上，一头长发在风中往后飞扬。总之，这位摄影大师再世的小伙子最后终于放下手上的相机，往后退到人群边缘。昆斯兰往后退时，丽赛一直盯着他，也就是这时候，她第一次看到那个“疯狂怪客”。事件发生后，当地记者曾这么描述那人的长相：

“他看起来就像约翰·列依晚年吸食海洛因时的模样——眼神空洞、充满戒心，和他以往孩子气的渴慕神情有着天壤之别。”

当时丽赛只注意到那家伙有一头凌乱的金发。今天她没什么兴趣看人，只希望典礼赶快结束，然后他们就能赶快到停车场对面的英文系，找间厕所把那件跟她过不去的内裤脱掉，她已经开始想嘘嘘了。然而此刻她也只能先忍忍。

“各位女士，各位先生！”达西米尔拉大嗓门说，“很荣幸有这个机会向大家介绍斯科特·兰登先生。他就是普利策奖得奖作《圣物》，以及国家图书奖作品《船常之女》的作者。他在夫人的陪同下，千里迢迢从缅因州赶来，为我们的谢普曼图书馆主持破土典礼。是的，我们的梦想就要实现了。各位纳什维尔的父老乡亲，这位就是斯科特·兰登先生，请大家报以最热烈的掌声，欢迎他的莅临！”

现场观众立刻扬起一片掌声，热烈的掌声。我们的兰登夫人跟着大家一起鼓掌时，眼睛看着达西米尔，心想，荣获国家图书奖的作品叫《船长之女》，不是《船常之女》，而且我认为你不可能搞错。我觉得你他妈是故意的。你这小鼻子小眼睛的家伙，你为什么不喜欢他？

接着，她瞄向达西米尔身后。这次，她真的注意到格德·埃伦·科尔了。他站在那里，一头金发格外显眼，凌乱的发丝遮住了眉毛。他身上那件白衬衫实在太大了，袖子高高卷到上臂。衬衫下摆露在裤子外面，几乎就快垂到膝盖，而他那条牛仔裤的膝部已经泛白。他穿着一双侧边有带扣的重型机车骑士靴。在丽赛看来，他那身打扮一定让他热得半死。那个“金毛小子”没有鼓掌，而是握住双手，动作十分拘谨。他的嘴角挂着一抹令人毛骨悚然的微笑，两手缓缓摆动着，仿佛在默默祈祷。他目不转睛死盯着斯科特。那一刹那，丽赛立刻盯住那金毛小子。在丽赛眼里，有些家伙算得上是斯科特的“宇宙密码狂”——他们几乎都是男的。这些“宇宙密码狂”都有很多话要说，他们渴望抓住斯科特的手，亲口告诉他，他们看得懂他书里隐藏的信息，他们明白他的书真的能够引导他们走向上帝，或是走向撒旦，甚至引导他们找到传说中失落已久的《诺斯底福音书》。“宇宙密码狂”通常都信基督教“科学论派”，信仰“希腊生命数字”。甚至有个家伙信仰“杨百翰的宇宙谎言”。有时候，他们很想跟斯科特谈谈“别的世界”。两年前，有个“宇宙密码狂”千里迢迢从德州一路搭便车来到缅因州，目的只是跟斯科特谈谈所谓的“遗迹”。他说，那些“遗迹”通常都是在南半球的无人岛上被发现的。他说他知道斯科特的《圣物》里写的就是那些东西。他在书中的某些句子底下画了线，证明他没说错。看到那家伙的模样——眼珠子几乎全是眼白，眼神空洞茫然——丽赛紧张得要命。不过斯科特还是跟他聊了一下，请他喝了罐啤酒，跟他讨论了一会儿复活岛上的石像，收下几本宣传手册，并且拿出一本全新的《圣物》签名送给那小子，然后送他到门口。然后他可乐了，只是乐而已吗？他妈的简直是手舞足蹈。当斯科特上紧发条时，那可真是“惊心动魄”。没别的字眼可以形容。

但她不认为真会出现暴力场面——这“金毛小子”想效法马克·戴维·查普曼[①]，对她丈夫下手。她或许这样告诉过自己，这不是我的思考模式。我只是不喜欢那小子的邪恶笑容。

斯科特接受众人鼓掌喝彩——有几个家伙吼得特别夸张，声音都哑了。然后他露出数百万册小说封面上都能看到的“斯科特·兰登”招牌笑容。这段时间，他的一只脚一直踩在那把烂铲子的铲片上，让铲尖慢慢没入那堆泥沙中。他保持这个姿势十到十五秒，让掌声持续了十到十五秒。为什么是十到十五秒呢？那是他的直觉（而且他的直觉一向很准）。接着，他把铲子连着泥沙往旁边一拨。那一刹那，现场立刻爆出满堂彩，哗啦哗啦，真是酷毙了。

他刚开口说话时，声音似乎不怎么大，跟达西米尔完全不能比，可是丽赛心里明白，他根本不需要麦克风，不需要扩音器，就能让最后面的观众一样听得清清楚楚。丽赛甚至觉得，那天下午现场之所以没有麦克风和扩音器，很可能是某个人的预谋。而全场观众都竖起耳朵，生怕漏了半个字，因为此刻站在他们面前的可是个风云人物，一位名作家、思想家。现在他要开始说话了，那可是智慧的结晶，字字珠玑啊。

---

① 刺杀约翰·列侬的凶手。

丽赛心想，什么字字珠玑，根本就是对猪弹琴，一群汗流浃背的猪。但她突然又想到，她爸爸不是说过猪不会流汗吗？

这时她对面那个金毛小子小心翼翼地拨了拨头发，把苍白额头上那几撮凌乱的头发拨到后面。他的手像额头一样苍白。丽赛心想，这只小猪可能常待在屋子里吧，一只宠物猪。好像蛮有可能的，不是吗？他真的需要多到外头吸收点稀奇古怪的新知识。

她挪动一下身体，把重心移到另一只脚上。这时她感觉那条丝质内裤仿佛在她两片屁股中间嘎嘎吱吱地摩擦着。噢，她快疯了！她立刻把那金毛小子抛到脑后，开始盘算，在斯科特致辞的时候……这样会不会不太好……太鬼祟了，不太好……

好了，那位大人物开口说话了，肃静。给我听着，不准跟我辩。不行，丽赛，你等一下。

"我今天不是来传道的。"斯科特说。一听到这句话，丽赛很快认出那是一本科幻小说里的台词。那是斯科特最喜欢的小说，书名叫《群星，我的归宿》，作者是阿尔弗雷德·贝斯特，书中主角古利·福伊尔常把这句江湖术语挂在嘴上。接着，斯科特又说："这种大热天不是传道的好日子。"

"带我们一起走吧！"忽然有人声嘶力竭喊出一句小说里的台词。停车场旁边挤了好几排观众，那个人好像站在第五排还是第六排。现场观众立刻爆出一阵大笑，满堂喝彩。

"没办法，各位兄弟，"斯科特说，"太空运输舰全都挂了，锂水晶也用光了。"现场的观众都是初次领教斯科特的机智和妙语如珠（但丽赛已经听过这句话不下五十次了），现场立刻又爆出满堂彩，掌声如雷贯耳。丽赛注意到，对面那个金毛小子只是淡淡笑了一下。他完全没有流汗，右手抓着细细的左腕。他的手指好修长。这时斯科特的脚放开了铲片。那感觉不像是他已经踩得不耐烦了，而是仿佛他的脚还有别的事要做——至少在那一刹那。他好像真的有事要做。她全神贯注看着斯科特，虽然她已经太了解他了，但还是看得很入迷。这是斯科特的拿手好戏，看他表演吧。

"今年是一九八八年，整个世界越来越黑暗了。"他说着，提起那把典礼用的铲子，倒转过来，然后稍微松开拳头，让木柄从手中往下滑。有那么一刹那，铲片将阳光反射到丽赛的眼中。接着，铲片几乎完全被斯科特身上那件薄外套的袖子遮住，只剩下那根细细的木柄露在外面。他把木柄当作指挥棒，在空中不停比划，仿佛眼前有许多灾难和悲剧，他要一件件指给大家看。

“今年三月，奥利弗·诺斯和海军中将约翰·庞德科斯特涉嫌图利——这就是‘伊朗军售事件’建构出的美好世界，枪杆子出政权，金钱统治世界。

“在直布罗陀海峡，英国空军特勤队成员杀害了三名手无寸铁的爱尔兰共和军。也许他们应该考虑改一下空军特勤队的座右铭，把‘勇者无敌’改成‘先斩后奏’。”

观众群中此起彼落扬起一阵笑声。罗杰·达西米尔本来有点兴奋，但没想到斯科特居然帮大家上起时事课，于是马上冷淡下来，而那位托尼·艾丁顿则终于开始抄笔记了。

“或者谈谈我们自己的国家吧。今年七月，我们判断错误，结果把一架伊朗的民航机打下来，机上有两百九十位平民，其中有六十六个儿童。

“艾滋病杀害了成千上万的人，感染人数……呃，无法确定，对不对？几十万？几百万？

“这个世界越来越黑暗。叶芝笔下的红潮已经开始泛滥，越涨越高，越涨越高。”

这时，他忽然低头看着灰扑扑的泥沙，仿佛底下真的有水慢慢涨了起来。那一瞬间，丽赛忽然开始害怕，以为他又看到那东西了。那个身上有数不清凌乱斑纹的东西。她很怕斯科特会突然失控，甚至崩溃，因为她知道斯科特很怕那东西（老实说，她自己也跟他一样害怕）。她感觉自己的心脏已经快要开始狂跳了，这时，他忽然抬起头咧嘴笑着，那模样像极了走进游乐场的小孩。接着，他的手忽然迅如闪电地滑到铲柄中央。这是个极度炫耀的动作，最前排的观众哗的一声发出惊呼。但斯科特才刚要开始而已。他把铲子举在身前，开始用手指转动木柄，动作非常灵活，越转越快。银色铲片在阳光照耀下形成一轮光圈，乍看之下简直就像女生乐队的领队在用指挥棒耍花枪，令人目眩神迷。这出乎意料的表演令人惊叹。她是一九七九年嫁给斯科特的，但这些年来她完全不知道斯科特竟然会玩这么酷的把戏。（两天后，她自己一人住在一家简陋的汽车旅馆里，孤零零地躺在房间的床上，听着外头的狗群在昏黄月色下狂吠，脑海中思潮起伏。她一直在想，日子在单调乏味的生活中一天天过去，一天天累积，变得越来越沉重，到最后，婚姻生活中所有的奇妙情趣都会磨灭殆尽，而这样的过程要花上多少年呢？你的运气得好到什么程度，你的另一半才有可能活得比你久？）铲子高速旋转，形成一轮银色光环，耀眼的阳光反射到最前面的观众群中。现场观众热得昏昏欲睡，汗流浃背，那刺眼的闪光仿佛在高喊："醒醒吧！醒醒吧！"这时丽赛发觉自己的丈夫仿佛突然成了叫卖商品的小贩，脸上带着非常狡猾的笑容。那一刹那，她忽然松了口气，感到前所未有的轻松。他已煽起观众的情绪，现在，他要开始叫卖那可治百病的仙丹了，希望每个人都买一瓶带回家。丽赛觉得，不管是不是八月午后的天气让他们热昏了头，他们都一样会买。斯科特使出浑身解数时，甚至有本事像那个笑话说的一样，把冰箱卖给爱斯基摩人……如果语言像一摊水，而大家已经等着要去喝水的话，那么老天保佑，斯科特一定会在水里加料（说不定他已经加了）。

"不过我相信，坚决相信，每本书就像黑暗中的一丝火花，因为不管我写的好不好，写出来的书是不是陈腔滥调，至少我写了书，不是吗？如果每本书就像黑暗中的一丝火花，那么每座图书馆就像一堆永不熄灭的巨大营火，而每一天每一夜，都有成千上万的人围绕着这堆营火取暖。不过我说的可不是《华氏四五一度》①。各位，想象一下，这堆火的温度高达华氏四千度，因为这可不是厨房里的火炉，而是我们脑子里的高温炼钢炉，里头装满了火红的智慧铁浆。今天下午，我们聚集在此，就是为了庆祝我们点燃了一堆火，而我很荣幸能

---

① 经典反乌托邦科幻小说，描述未来政府禁止人们思考，消防员的工作不再是灭火，而是焚烧书籍。

和你们共襄盛举。我们在这里唾弃善于遗忘的本性，一脚踢中无知又老又皱的蛋蛋。嘿，摄影师呢？”

斯蒂芬·昆斯兰笑着应了一声。

斯科特也笑着说：“来，拍一张。你老板也许不想用这张照片，不过我敢跟你打赌，你一定希望能把这张照片摆进作品集里。”

说着，斯科特又把那充满象征色彩的铲子举起来，仿佛又要开始表演旋转特技。这时观众满怀期待地屏住气，然而斯科特只是在逗他们。他的左手滑到铲柄顶端的握环，然后把铲片深深插进泥沙里，耀眼的光辉瞬间淹没在泥沙中。接着，他把那铲土铲到旁边，然后大吼一声：“我宣布，谢普曼图书馆此刻正式开张！”

现场观众立刻爆出满堂彩，一片欢声雷动。跟现在比起来，开场时那次简直就像贵族中学网球赛现场观众礼貌性的鼓掌，根本是小巫见大巫。丽赛不确定这位昆斯兰先生有没有捕捉到刚才开场铲起第一勺土的画面，不过刚刚斯科特像奥运选手一样耍着那把银色烂铲子时，昆斯兰确实拍到一张，而且按下快门的刹那还笑得很开心。斯科特故意多耍了一会儿。当时丽赛正好瞥见达西米尔，看到他对那位“东溺”·艾丁顿先生翻了翻白眼。接着他把铲子放下，双手抱在胸前，咧嘴笑着。他的脸颊和额头上冒出斗大的汗珠。这时观众以为典礼结束了，鼓掌喝彩声也开始安静下来。不过丽赛认为，刚才他只是开了第二枪，后面还没完。

当斯科特发觉观众安静下来，可以听得见他讲话时，他又铲了一勺土。“这铲献给叶芝！”他大喊：“我们的杜鹃窝英雄！接着，这一铲献给爱伦·坡，也有人叫他‘巴尔的摩的埃迪’。接着，这铲要献给阿尔弗雷德·贝斯特，如果你还没读过他的小说，那实在太丢脸了！”这时丽赛开始有点担心，他的声音听起来好像快喘不过气了。天气实在太热，她努力回想，他中午吃了些什么——是清淡的还是重口味的？

“接着，这铲……”说到一半，他忽然把铲子往泥沙里一丢。此刻，那片小小的长方形区域只剩下一小撮泥沙，底下的草坪露了出来。他身上那件衬衫的前襟已经被汗水浸透。“这样吧，在场各位都回想一下，你这辈子读过的第一本好书是哪一本？作者是谁？我的意思是，那个人必须有种魔力，而他的书就像魔毯一样，可以载着你腾云驾雾。大家听得懂我在说什么吗？”

他们懂。每个人都看着他，而每个人的表情仿佛都在说，我懂。

“如果一切顺利，那么在谢普曼图书馆开幕那天，你一进门第一本想找的书是哪一本？我的意思是，那本书的作者就是你心目中的那个人了。这一铲，就是要献给大家心目中的那位作者。”说着，他铲起最后一勺泥沙，然后转身看着达西米尔。先前达西米尔叫斯科特即兴演出，而斯科特也真的来了场精彩演出。照理说，看到斯科特的表演，达西米尔应该很高兴才对。但他很激动，而且气炸了。“我想这样应该可以了。”斯科特边说边将那把铲子拿给达西米尔。

“不用给我，尼留着吧，”达西米尔说，“就当作纪念品，也代表偶们的谢礼，当难，等一下还会加张支票。”他笑得很像在龇牙咧嘴，脸上的肌肉好像有点断断续续地抽出。“走吧，‘偶’们去找个有冷气的地方，好不好？”

“当然好。”斯科特说。他似乎有点想笑，然后他把铲子递给丽赛。过去这十二年来，他不知已拿过多少东西给丽赛。都是些他不想要的纪念品，五花八门应有尽有，例如典礼用的船桨，例如几顶装在透明树脂盒里的红袜队球帽，例如哭脸笑脸面具组……不过最多的还是对笔礼盒。五花八门的各种牌子，多到数不清，例如派克、西华、万宝龙，只要你叫得出来的，应有尽有。她看着那把铲子，看着闪闪发亮银色铲片，忽然发觉自己也和深爱的人一样（到现在他还是她深爱的人），觉得很好笑。铲片上刻了几个字：“谢普曼图书馆破土典礼”。丽赛看到那几个字上沾了些泥巴，于是用力把泥巴吹掉。这种不太像手工艺品的手工艺品应该收在哪里好呢？一九八八的那个夏天，斯科特的工作室还在施工。不过谷仓的地址已经独立出来，而且斯科特也开始在谷仓一楼的马厩里堆东西了。他在好几个纸箱上用平头奇异笔写了几个斗大的字：“斯科特！初期！”这么看来，那把银铲子倒是最适合放在那些纸箱里。在黑漆漆的纸箱里，就算是银铲子也一样黯淡无光。说不定她应该亲自把铲子收在谷仓一楼，然后在纸箱上写上："斯科特！中期！"这几个字，消遣一下斯科特……或者表明这是他的战利品。斯科特一向称这种意料之外的礼物为……

然而达西米尔已经转身走开，他好像很受不了眼前的一切，想尽快把整件事抛到脑后。他没再吭声，重重踩过那堆长方形泥沙。斯科特刚刚铲了最后一大铲土，在那个土堆里铲出一个小土坑，底下的草坪露了出来。达西米尔绕过那一小片草坪，每用力踩出一步，亮晶晶的黑皮鞋就会陷进泥沙，他那副架势仿佛在说，助理教授来了，别挡路。他用力踩着脚步，结果却走得摇摇晃晃，不得不努力保持平衡。丽赛看着他那副模样，心想就算你踩得再用力，显然心情也不会变好。托尼·艾丁顿走在他旁边，看起来心事重重。斯科特迟疑了一下，仿佛搞不清楚究竟是怎么回事，接着，他迅速奔上前，走到典礼主持人和临时客串帮他写报道的人中间。后来，丽赛也跟了上去，这已经成了习惯动作。刚才斯科特的表演逗得她很开心，让她几乎忘了脑中的不祥预感。

（早上碎玻璃）

但片刻之后那不祥的预感又回来了。

（夜晚碎了心）

而且这感觉越来越强烈。一定是因为感觉太强烈，所以她特别留意经过的每个小地方。她想，等他们走到有冷气的房间后，等她把黏在屁股上的那件恶心的小内裤脱掉后，这个世界就会恢复正常了。

她告诉自己，这一切差不多要结束了。然而人生是多么令人啼笑皆非——偏偏就在这时候，整个世界开始天翻地覆。

当时的景象深深烙印在丽赛的脑海中。那堆长方形的泥沙四周围着一圈绳子，有位校警把对面那边的绳子拉起来。他看起来比另外几位校警来得老一点（十八年后的此刻，当她看着昆斯兰当年拍的照片，终于认出那个老校警就是赫弗南队长）。她只记得当时队长穿的那件卡其衬衫肩上套着的弹带，那条弹带可能会被斯科特嘲笑说是"大得吓死人"的玩意儿。斯科特和身边那两人弯腰从绳子下方钻过，动作整齐划一，简直就像预先排练过似的。

现场观众跟着那几位大人物往停车场方向移动……可是，有个人没动。那个“金毛小子”没有跟着大家往停车场方向走。他站在典礼会场靠停车场那边，一动不动。有几个观众擦撞到他，他只好往后退，退到那堆被太阳晒得硬邦邦的泥沙上。到了一九九一年，这堆泥沙上就会出现一座“谢普曼图书馆”（如果主要承建商的承诺可信的话）。接着，他开始在人潮中逆向前行，伸出手挡在身前，推开那些挡住去路的人。他把一个女生推到左边，然后又把一个男生推到右边。他嘴里好像一直嘀咕着什么。一开始丽赛还以为他又在暗自祷告，可是后来，她断断续续听到他的声音——听起来很像詹姆斯·乔伊斯写坏的梦呓式文字。这时候，她真的开始感觉不对劲了。金毛小子那双蓝眼睛死死盯着斯科特，而丽赛感觉得到，那小子并不是想和她丈夫讨论什么“遗迹”，也不是想讨论斯科特小说里隐藏的神秘信息。这小子不是那种“宇宙密码狂”。

“天使街上传来阵阵教堂钟声。”金毛小子——格德·埃伦·科尔嘴里喃喃嘀咕着。事件发生后，大家才知道金毛小子的背景来历。过去十七年中，他绝大多数时间都在弗吉尼亚州一家高级精神疗养院接受治疗，后来院方认为他已痊愈，把他放了出来。他嘴里念的每一句话，丽赛都听得清清楚楚。他的声音仿佛刀子切过松软的蛋糕，穿透周遭群众的嘈杂声，传进她耳里。“那钟声实在太刺耳，简直就像大雨打在铁皮屋顶上！污秽的花，肮脏却又甜美。那可怕的钟声传进我的地下室，难道你不知道吗？”

这时他那修长苍白的手指头开始伸向白衬衫的下摆。那一刹那，丽赛终于明白他想干什么了，那一刹那，丽赛脑中忽然浮现出很久以前的某些电视画面。

（一九七二年，阿瑟·布雷莫枪杀民主党总统候选人乔治·华莱士。）

那是她小时候的记忆。她看着斯科特，但斯科特却一直在跟达西米尔讲话，而达西米尔却一直看着斯蒂芬·昆斯兰。达西米尔看起来很不高兴，那表情仿佛在说，我受够了！已经拍了一整天了！谢谢你！够了！昆斯兰低头调整相机，而那位安托尼·“东溺”·艾丁顿则埋头做他的笔记。接着，她瞄向那位老校警。那位老先生穿着卡其制服，身上挂着一条“大得吓死人”的弹带，眼睛盯着那些观众。然而，这正是整个过程中最诡异的地方。她看到斯科特，看到达西米尔，看到斯蒂芬，看到托尼，看到那金毛小子，但奇怪的是，她怎么可能把每个人都看得一清二楚？但她偏偏就有这本事，她真的都看到了。她甚至看得到斯科特的嘴型，看得出他正在说：我觉得整个场面看起来还不错。他每次参加这种典礼，都会试探性地发表一下这种意见。噢，老天，噢，耶稣圣母，她想拼命大声喊出斯科特的名字，可是喉咙又干又涩，完全哽住，根本喊不出声音。那个金毛小子抓住那件特大号白衬衫的下摆，把衬衫掀起来。他的裤子上没有皮带，露出光秃秃的苍白啤酒肚。她注意到，他肚子苍白的皮肤上露出一截枪柄，而他的手就握在枪柄上。他正从右边逐渐靠近斯科特。她听到金发小子嘴里念着：“只要让那钟声消失，任务就完成了。对不起，爸爸。”

这时她开始往前冲，可是却跑不动，因为她的脚仿佛突然变得“大得吓死人”，仿佛突然黏在地上，而且前面有人挡住她的路。其中有个高大魁梧的女学生头上绑着一条很宽的白丝缎带，带子上还用蓝底红框的字写着“纳什维尔”（你看，连这种小细节她都看得那么清楚）。丽赛用她拿银铲子的那只手推开那个女学生，那个女学生大叫一声：“嘿！”然而听在丽赛耳里，那声音却变得好慢，拖得好长，仿佛是四十五转唱片速度的录音，结果却用三十三又三分之一转、甚至十六转的速度播放。整个世界仿佛突然凝结成一团火热的柏油，而那高大的女学生也仿佛一直挡在丽赛前面一动不动，她头上那条写着“纳什维尔”的缎带挡住丽赛的视线。丽赛看不到斯科特，只看得到达西米尔的肩膀，还有托尼·艾丁顿在翻那他妈的笔记本。

后来，那个女学生终于被她推到旁边去了。这时候，她终于清楚看到达西米尔和她丈夫了。丽赛看到达西米尔猛然抬起头来，摆出戒备姿态。这一切全发生在一瞬间。丽赛看到了达西米尔看到的东西。枪已经到了那小子的手上，指着她丈夫（事后的调查显示那把枪是韩国生产的点二二口径女用手枪，是他在南纳什维尔市一场车库拍卖会上花三十七块钱买的）。斯科特察觉苗头不对，立刻站定不动，丽赛则觉得周遭的世界仿佛凝结了，时间变得很慢很慢。她没有真的看到子弹从那把点二二手枪的枪口飞出，不过倒是听到斯科特说："别冲动，我们聊聊，好不好?"在那个时间凝结的世界里，丽赛感觉斯科特的声音很轻柔，速度好慢好慢，仿佛拖了十到十五秒。接着，她看见镀镍枪管冒出刺眼的金黄火花，听到"砰"的一声——那声音听起来很像有人把个鼓胀的纸袋打破。她看到达西米尔——那个南方炸鸡小混蛋——像兔子一样立刻往左一跳。她看到斯科特的脚还在原地，身体却猛然往后一弹，同时头却往前一俯，这套动作看起来很优雅，就像在跳舞。接着，她看到斯科特那件夏季薄外套的右胸口上迸开一个黑色的洞。"年轻人，你一定不是真的想这么做。"在那时间凝结的世界里，丽赛感觉斯科特的声音拖得好长，但仍听得出来他的声音越来越微弱，他说的每个字听起来都闷闷的，好像试飞员在高空机舱中的说话声。然而丽赛认为斯科特还不知道自己中枪了。关于这一点丽赛几乎可以完全确定，因为他伸出手，仿佛还想阻止那个杀手。那一刹那，她还发现了两件事。第一，他外套里的衬衫已经开始泛红，第二，她自己终于可以跑了。

"我一定要让这可怕的钟声消失。"格德·埃伦·科尔一字字说得十分清楚，声音中充满苦恼。"为了小苍兰，我一定要让这可怕的钟声消失。"那一瞬间，丽赛突然明白，一旦斯科特死了，该死的人死了，这金毛小子可能会自杀，或者至少会企图自杀。但此刻任务还未完成，他得先杀了这个大作家。金毛小子的手腕略微转了一下，将那把枪口还冒着烟的点二二手枪转向斯科特的左胸。在丽赛眼里，时间变得很慢很慢，金发小子的动作也变得很慢很慢。杀手已经射穿了斯科特的肺，接下来他要朝斯科特的心脏开枪了。丽赛心里明白，她一定要在科尔扣下扳机前阻止他。只要这个神经病不再把子弹射进斯科特体内，斯科特就还有活命的机会。

格德·埃伦·科尔仿佛要反驳她似的，再度开口说话："除非你倒下去，否则这一切永远不会结束。老小子，这些没完没了的事情都是你的错。你是地狱来的恶魔，你是畜生，现在，我要亲手料理你这畜生。"

到目前为止，他说过的话当中，只有这几句话丽赛能听得懂。而且他开口说话，正好让丽赛有时间采取行动。那一刹那，丽赛握紧手上的银铲子，用力往上挥——那是身体的本能反应，在动手前，丽赛早已握住那四十英寸木柄的尾端。但这毕竟仍是千钧一发的危急时刻，假如是在赛马场上，那显示板上一定会亮起“等待起跑信号”这个信息。只不过眼前这场攸关生死的时间竞赛，一方是个持枪男子，另一方是个拿铲子的女人，用不着等起跑信号。在这时间凝结的世界里，她看着银铲片击中那把枪，枪口被打得向上扬起，同一瞬间枪口冒出火花（这次她没有看到完整的火花，因为枪管被铲片遮住了）。那第二枪射向八月的天空，没有造成任何伤害。那一刹那，她看着铲片继续往前挥，然后向上扬起。她看着那把枪脱手而出，紧接着，在铲片打中金毛小子脸部的前一瞬间，她居然还有时间想到，老天！这一记打得真是漂亮！银铲片虽然被他的手挡了一下（他修长的三只手指即将被打断），但还是结结实实打在他脸上。他的鼻梁断了，右颧骨被打碎，右眼窝的骨头也碎了，连牙齿都被打掉了九颗。就算让黑手党戴着铜指环，恐怕也不见得能把他打得更惨了。

此刻——在那时间凝结的世界里，一切动作还是很慢很慢——看着斯蒂芬·昆斯兰那张得奖照片，看着照片捕捉到的细节，她脑中开始拼凑出整个事件的经过。

就在丽赛出手后一两秒，那位赫弗南队长也察觉苗头不对了。然而他被观众挡住，没办法立刻冲过来。挡住他的那家伙很胖，满脸青春痘、穿着松垮垮的百慕大短裤和T恤，T恤上还印着斯科特·兰登的笑脸图案，赫弗南队长用他宽厚的肩膀把那家伙撞了开来。

这时金毛小子已经倒下去了（因此不在摄影师的取景框之内），一只眼睛露出困惑的神色，另一只眼睛血流如注。此外，他嘴里也不断冒出鲜血。要过很久之后，他的嘴巴才有办法再度说话吃东西，赫弗南队长完全没有看到事件经过。

接着，罗杰·达西米尔好像突然想到自己是典礼的主持人，而不是跑龙套的兔宝宝玩偶。他转身看着艾丁顿和兰登，一个是他徒弟、一个是令他头痛的贵宾。在那张得奖照片有点模糊的背景中，正好捕捉到他瞪大眼睛的瞬间表情。

此外，那张得奖照片也没拍到斯科特·兰登。当时他一脸惊魂未定，眼睛看着停车场和更远处的“尼尔森厅”，仿佛不在乎酷热的天气，摇摇晃晃朝那方向走去。“尼尔森厅”是英语系的地盘，而且谢天谢地，里面有冷气。他的脚步很轻快，至少，刚开始很轻快。一大群观众跟在他后面，他们几乎都没察觉刚才发生了一件大事。丽赛一方面气疯了，但一方面也并不觉得意外，因为话说回来，有几个人看到那金毛小子手上拿着把枪呢？又有几个发觉那“砰”的一声是枪声呢？还有，说不定他们以为斯科特外套上那个洞，是刚刚铲土时沾到的泥巴，说不定他们根本就没看到斯科特的衬衫已经被血浸湿了。他每吸一口气胸口就发出奇怪的嘶嘶声，可是有几个人听到呢？没有。他们注意到的是丽赛——或者说，有几个人注意到她——他们注意到有个疯婆子莫名其妙冲向一个小伙子，拿着那把典礼用的银铲子把他打得头破血流。很多人笑了起来，以为是典礼主办单位为了娱乐观众而特别设计的余兴节目，“斯科特·兰登特别秀”。嗯，去你们的，那该死的达西米尔，那个挂着一条“大得吓死人”的弹带却没什么鸟用的该死校警。此时此刻，她满脑子只有斯科特。她瞄了右边一眼，瞄到我们那位客串的传记作家艾丁顿，于是把铲子拿给他。事实上，如果他不拿，可能就轮到他的鼻子被打扁了。此刻，在那时间凝结的世界里，所有动作还是很慢很慢。接着丽赛开始朝她丈夫身后追过去。这时斯科特已经走到停车场上，脚步已经没有刚才那么轻快了。天气热得像烤炉。托尼·艾丁顿站在她后方，愣愣地看着那把银铲子，那模样仿佛他手上拿的是个炮弹壳，或是一把辐射探测器，或是远古时代某个原始民族的“遗迹”。接着，赫弗南队长朝他走去。他误以为我们的艾丁顿一定就是今天的大英雄。丽赛本来不知道他们有这样的误会。要不是因为十八年后的此刻看到昆斯兰拍的那张照片，她可能永远都不知道有这回事。不过就算知道她也根本不在乎。当时她所有的注意力都集中在她丈夫身上。那时他跪倒在停车场上，手撑着地。她拼命想挣脱自己脑中那凝滞的时间，想让时间变快。也就在那一刹那，昆斯兰拍下那张得奖照片，拍到她的半只鞋子，在画面右边远远的地方。当时昆斯兰没发现那张照片有什么异样，也可能这辈子都不会发现。

6

他是普利策奖得主，人称“恐怖小子”，二十二岁就出版第一本小说。如今，他走了，就像俗话说的，“挂了”。

丽赛似乎被困在那要命的凝滞时间里，拼命想挣脱出来。她非挣脱不可，因为要是她没抢先冲到他身边，后果将不堪设想。一旦那些观众把他团团围住，她就会被挡在外面，接着这些关心他的人反而会害他送命。他会窒息而死。

“——他……受……伤……了。”有人放声大喊。

而她也在脑海中呐喊：

（振作起来，马上给我振作起来！）

这声呐喊发挥了作用。她仿佛忽然从凝结的时间中挣脱出来，闪电般冲向前去。整个世界一片嘈杂，热气弥漫，汗流浃背的人潮互相推挤。那条该死的内裤陷在两片该死的屁股中间，她伸手去抓左边的屁股，把内裤从夹缝里拉出来。那一刹那，她暗自感谢，感谢时间终于恢复了正常。今天这鬼打架的日子，什么都不对劲，不过至少内裤拉出来了，好歹解决了一个问题。

她和斯科特中间隔着一排拥挤的人群，只剩一道狭窄的人缝，有个女学生正好挡住她的去路。那个女生身上穿着一件圆领无袖罩衫，肩带上打着个大大的蝴蝶结。丽赛整个人趴了下去，像滑垒般从那女生胯下穿过。当时她并未察觉自己的膝盖已经磨得皮破血流，而且起了水泡。直到后来她到了医院，有个好心的护士发现了，才帮她消毒涂上药水。护士帮她上药时，她心头忽然一阵温暖，整个人随即放松，差点哭了出来。不过那是后来的事了。此刻，在停车场旁边，她感觉整个世界仿佛只剩下她和斯科特两个人。这片热得吓人的停车场铺着黑色柏油，画着黄线，温度至少有摄氏五十四度，甚至可能高达摄氏六十五度。她脑中浮现出一个画面，仿佛看到妈妈那黑色铁锅里正煎着荷包蛋，她拼命挥开脑中的想象。

斯科特正看着她。他眼睛凝视着上方，脸色惨白，褐色眼珠下方的眼袋却开始出现黑色斑点，右边嘴角开始涌出一道血流，流到下巴。“丽赛！”他的声音很微弱，听起来闷闷的，“那家伙真的开枪打我了吗？”

“别说话。”她伸出一只手按在斯科特的胸口上。老天，他的衬衫已经被鲜血湿透了。她感觉得到斯科特心跳好快，可是很微弱。那简直就是小鸟的心跳，不是人类的。丽赛心想，他的脉搏弱得像鸽子一样。就在这时，那个肩上有蝴蝶结的女学生忽然倒下来，压在她身上。本来她可能会压在斯科特身上，但丽赛出于本能反应，用背部挡住了她，撑住她全身的重量（“嘿！狗屎！妈的！”那女孩吓得大叫起来）。丽赛看到那女孩飞快伸出手撑住地面以免跌倒。她又想，年轻真好，身体就是这么有弹性。不过她似乎忘了，她自己今年才三十一岁，也没那么老。接着，那女孩手一碰到热滚滚的柏油地面，又立刻尖叫起来：“噢！噢！噢！”

“丽赛。”斯科特气若游丝地叫了她一声。老天，他吸气时居然会像空气通过管子一样发出嘶嘶声。

“是谁推我？”那个蝴蝶结女孩大声质问。她蹲在地上，头上的马尾散开，散乱的头发刺到眼睛。她一方面受到惊吓，同时被撞得很痛，又觉得很丢脸，于是大哭起来。

丽赛凑近斯科特。斯科特的体温高得令她害怕，此时丽赛只觉得体内充满对斯科特深深的怜惜。斯科特发着高烧，全身发抖。丽赛用一只手费力地脱掉他身上的外套。“对，你中弹了，现在不要讲话，不要……”

“我好热。”他抖得越来越厉害了。接下来会怎么样？抽搐？他那双淡褐色的眼睛看着丽赛的蓝眼睛，嘴角不断淌出鲜血。丽赛甚至闻得到那股血腥味。此刻斯科特的衬衫领子都被染红了。丽赛心想，他的“万灵茶”恐怕也没用了。事实上，丽赛已经搞不清楚自己脑袋里在想什么了。他这次流了太多血，太多太多了。“丽赛，我好热，求求你，冰块给我好不好？”

“我去拿。”她一边说，一边把那件外套垫在斯科特的头下。“我会去拿，斯科特。”同时丽赛心想，谢天谢地，还好他穿的是夏季外套。这时她脑中闪过一个念头。丽赛转向那个蹲在旁边哭的女孩，一把抓住对方的手臂。“你叫什么名字？”

那女孩瞪大眼睛看着她，以为她疯了，不过还是答“丽赛·兰克”。

原来你也叫丽赛，世界真小。丽赛这么想，不过没说出口。她说的是：“丽赛，我先生中枪了，能不能麻烦你去……”她忽然忘了那栋建筑的名字，只记得那里是做什么用的。“……到英文系办公室去打九一一好不好？叫救护车——”

“这位太太？兰登太太？”是那个校警在叫她，那个身上挂着“大得吓死人”弹带的校警。他正用肥硕的手肘一路挤开人群朝丽赛跑来。他跑到丽赛旁边蹲下，膝盖发出“啪”的一声。听到那声音，丽赛想，比那金毛小子的枪声还大声。他手上拿着对讲机，小心翼翼地对丽赛说话，说得很慢，仿佛在跟个心情很沮丧的小孩说话。“兰登太太，我已经通知学校医务室了，救护车已经过来，等一下会把你先生送到纳什维尔纪念医院去。你明白了吗？”

她明白，而且很感激（丽赛忽然觉得这个校警好像没有她想得那么“没什么鸟用”），此刻感激涕零的感觉和对斯科特的怜惜一样强烈。此刻，她先生躺在热腾腾的柏油地面上，浑身发抖，仿佛发烧的小狗。丽赛抽抽噎噎地哭着。这是她第一次哭，后来她在斯科特上飞机回缅因州前又哭了好几次——后来，他们并不是搭达美航空的班机，而是搭私人飞机回缅因州，而且机上有位特别护士。当飞机在波特兰民用机场降落时，救护车和另一位特别护士已经等在那里了——她回头对那姓兰克的女孩说：“他在发烧——小姐，有冰块吗？你知道哪里有冰块吗？这附近哪里有？”

她只是随便问问，并不抱什么希望，没想到丽赛·兰克竟马上点头，令她喜出望外。“那边有家卖零食的小店，里面有台可乐贩卖机。”她一面说着，一面指向“尼尔森厅”方向。然而人群挡住了视线，丽赛根本看不到那栋建筑，只见眼前一双双裸露的腿，毛茸茸的腿、光秃秃的腿、雪白的腿、古铜色的腿，还有黝黑的腿。她知道自己被彻底困住了，知道自己的丈夫快死了，而她却仿佛被封在一个巨大的胶囊里。她看着四周密密麻麻的人群，开始感到惊慌。好像有个心理学术语叫“开放空间恐惧症”，是不是？斯科特一定知道。

“你能不能帮忙拿些冰块给他？如果可以的话，拜托你。”丽赛说，“而且求求你快一点。”接着她又转身面对那个校警。校警好像在帮斯科特量脉搏，不过在丽赛看来，那根本是多此一举。此时此刻，不是死了就是活着。“你能不能叫那些人往后退？”她的声音听起来几乎像在哀求。“这里太热了，而且——”

她话都还没说完，校警就已经像弹簧般跳起来，放声大喊：“麻烦各位往后退！让这女孩过去！往后退！让这女孩过去！麻烦大家，这里的空气需要流通，麻烦大家。”

人群开始慢慢往后退……但丽赛却觉得大家似乎很不情愿，好像很不想错过任何血腥场面。

那骇人的高温是从地面蒸腾上来的。她本来有点希望自己能适应这高温，就像洗澡时觉得水太热，但过一会儿就不觉得热了。可惜她没能适应。她竖耳聆听，想知道有没有救护车的鸣笛声，但听了半天却什么都没听到。接着她听到了，她听到斯科特在叫她，但那声音听起来低沉而沙哑。他一面叫她的名字，一面扯着她的无袖罩衫的衣摆（那件丝质罩衫已被汗水浸透，底下两团胸罩圆鼓鼓的非常显眼，仿佛两片肿起来的刺青）。她低头，看到自己最不愿看到的景象。斯科特在笑，他的嘴唇四周都被鲜血染红，他的模样很像小丑。没人喜欢三更半夜看到小丑，她忽然想到这句话，却一时想不起是从哪里知道这句话的。后来斯科特住院，她独自住在汽车旅馆。漫漫长夜辗转难眠时，她听着屋外此起彼落的狗吠声，仿佛在这八月的炎热夜晚，全纳什维尔的狗同时朝着月亮狂吠。那时她才想到那是斯科特第三本小说里的一句话。那是斯科特唯一一本能让她和书评都很讨厌的书，不过那本书——《空虚的恶魔》却让他们发了大财。

斯科特继续拉扯她那件蓝色丝质罩衫，他的眼眶发黑，两眼却仍旧炯炯有神，露出狂热的神色。他好像想说什么。她凑上前去，听听他要说什么。他轻轻吸了口气，感觉很像在喘气。他的喘气声很大，凑近他后丽赛十分害怕，因为血腥味更重了。那气味闻起来很不舒服，很像矿物。

那是死亡。那是死亡的气味。

然后斯科特开口说话了。他讲的话仿佛在印证刚刚她脑中闪过的念头。“亲爱的，它来了，已经很接近了。我看不到它，可是我……”说到这里，他又停下来好一会儿，吸了一大口气，喉咙发出嘶嘶声。“我能听见它好像在吃什么，我能听见它在嚎叫。”他说话时，脸上还是那小丑般的笑容。

“我听不懂你在说什——”

斯科特的手本来抓着她的衣服，这时，他忽然掐住她的腰，掐得很用力。难得他的手还这么有力气。后来她回到汽车旅馆，掀开衣服发现腰部肿起一块淤青，乍看之下仿佛亲热时被种了草莓。

“你……”斯科特嘶嘶地喘了口气。“你知道……”他又喘了口气，这次喘得更用力了。他脸上还是挂着那诡异的笑容，仿佛两人在谈论什么可怕的秘密。一个紫色的秘密。紫色，淤青的颜色。紫色，某种花的颜色。那种花生长在某个……

（噢，不要说，丽赛，不要说）

对了，在某座山的山脚下。“你……你知道……不要……侮辱我的智慧。”他说着又嘶嘶地喘了口气。“也不要侮辱你自己。”

她心想，也许我真的知道些什么吧。斯科特说那东西叫“高个子”，不过有时候，他也会说那是“有着无数斑纹的东西”。有一次她想去查查字典，看看“斑纹”（piebald）究竟是什么意思，可是后来她忘了——和跟斯科特在一起后的这些年，她自然而然地把遗忘的本事磨炼得越来越炉火纯青。不过，虽然忘了，她还是明白他说的是什么。是的，她很清楚。

这时斯科特放开了她的腰，可能是因为他已经没力气了。丽赛往后退缩——只退缩了一点点。斯科特眼眶发黑，眼睛深陷，凝视着她。斯科特的眼睛还是和以前一样炯炯有神，可是丽赛觉得他眼中流露出深深的恐惧，还有种怪异而无法解释的喜悦神采（这才是她最害怕的）。他的说话声还是很微弱。这也许只是因为他不想让别人听到，不过也可能是因为他已经没力气说话了。他说："丽赛，我的小丽赛，你听着，我学它的声音给你听。那双眼睛四处扫射的时候，它会发出一种奇怪的嚎叫声。"

"斯科特，不要——不要再说了。"

可是斯科特根本不理她。他又深深喘了口气，噘起血红的嘴唇，发出一种低沉的呼呼声，令丽赛毛骨悚然。然后他的喉咙一阵抽搐，口中突然喷出一大片血雾，弥漫在炽热的空气中。有个女孩看到这一幕，吓得尖叫出声。不用校警吆喝，群众自动退开到四英尺之外，让丽赛、斯科特和赫弗南队长有充足的活动空间。

斯科特发出的声音很短促，可是老天，那听起来真的很像某种野兽的嚎叫。接着，斯科特猛咳起来，胸口随着咳嗽剧烈起伏，而胸口每起伏一次，伤口就涌出更多鲜血。接着，他举起一只手指比了个手势，叫丽赛靠过来。丽赛靠过去，撑在地面的手几乎就要被烤熟。他那深陷的眼睛，还有那焕发出死亡气息的狰狞笑容仿佛有种魔力，令丽赛不由自主地靠过去。

他把头转向旁边，把一团半凝固的血吐到热腾腾的柏油地面上，然后又转回头看着丽赛。"这样……就可以把它叫过来，"他有气无力地说，"它快来了。然后，那种……从来没停过的……颤抖……就要结束了，你也可以解脱了。"

丽赛知道他是认真的，而且有那么一刹那，她相信这一切真的会发生（这当然是因为他眼中散发出的魔力）。到时候他会再度发出那嚎叫声，不但更大声，而且嘴里还喃喃嘀咕着"高个子"。不眠之夜的王，它静默无声而又饥渴地转过头来了。用不了多久，斯科特·兰登就会在这片滚烫的地上浑身颤抖着死去。也许死亡证明书上会有些合理的解释，可是丽赛还知道另外一种解释：那来自他内心黑暗世界的怪物终于看到他了，它即将找上他，将他生吞活剥。

接下来发生的事，他们后来一直没再提起，也没告诉任何人。因为那太可怕了。所有婚姻关系都有两个核心，一种是光明之心，一种是黑暗之心。而那件事就是他们俩的黑暗之心，一个真正的秘密，可怕的秘密。她趴在滚烫的地上，凑近斯科特。他真的快死了，可是丽赛无论如何都要让他撑下去。如果为了救他而必须和那“高个子”对抗，就算手无寸铁，只能以指甲当武器，丽赛也不会犹豫。

“呃……丽赛？”他脸上还是那狰狞可怕、意味深沉的笑容。“你……觉得……怎么样？”

丽赛越靠越近，闻到了那股夹杂着汗臭和血腥的气味，不由自主地颤抖。丽赛靠得更近些，闻到了一股香气。那是斯科特早上用的洗发水和剃须膏的香气。丽赛靠得更近，将嘴唇凑到他耳边。丽赛轻声说道：“别再说话了，斯科特。我求你，这次你要听我的，这辈子你只听我这一次就好，不要再说话了。”

接着，丽赛又看看他的眼睛，发现他的眼神变了。他眼中那股狂热的神色已经消失。他的脸色越来越苍白，不过，也许没什么关系，因为他的神智好像恢复了正常了。“丽赛？”

丽赛凝视着他的双眼，继续轻声细语地对他说：“别管那个鬼东西了，它会走开的。”讲到这里，丽赛犹豫了一下。丽赛本来很想告诉他，你可以等一下再应付那鬼东西。但她想了一下，忽然觉得这句话很荒谬，因为斯科特现在能为自己做的，就是不要死去。于是她说：“别再发出那种怪声音了。”

斯科特舔了一下嘴唇。丽赛看到他血红的舌头，忽然觉得一阵恶心，但她还是守在斯科特身边。她想，接下来会怎么样？是否就这样守在他旁边，等救护车来把他运走？或者，他会不会很快断气，死在距离刚才轰轰烈烈的表演之处一百码外的滚烫地面上？如果是第二种结果，她心想，要是她熬得过去，那么天底下就没有她熬不过的事了。

“我好热，”斯科特说，“我好想嚼个冰块……”

“马上来了。”丽赛说。她不知道自己是不是说大话了，不过她管不了那么多了。“冰块很快就来了。”还好这时她听到救护车的声音朝着这边过来了。太好了。

接着，奇迹出现了。那个肩上有蝴蝶结的女孩出现了。她一路挤过人群，挤到最前面来。她气喘吁吁，脸上和脖子上全是汗水，仿佛刚跑完一场田径比赛。她手上端着两个纸杯。“真该死，一路跑回这里，杯里的可乐已经洒掉一大半了。”她边说边露出愤愤不平的眼神，转头瞪了人群一眼。“不过冰块没掉。冰块在——”突然间她两眼一翻，整个人直接往后倒，还好那个校警及时扶住她，把她手上的杯子接过来——虽然他背着那条“大得吓死人”的可笑弹带，不过他真是太伟大了，愿上帝保佑他。他把一个杯子拿给丽赛，然后扶着那个叫丽赛的女孩，喂她喝掉另一杯可乐。不过当时丽赛并没有留意他在做什么。直到多年后看到照片，昔日情景才又一幕幕浮现她脑中。她很惊讶地发现，自己竟然那么自我主义，完全不曾顾虑别人。当时她满脑子只想：好心的警卫先生，她又昏倒了，小心别让她又倒在我身上。接着，她又转身过去看着斯科特。

他抖得越来越厉害，目光越来越呆滞，视线开始涣散，已经看不见丽赛了。不过斯科特还是一直叫她：“丽赛……我好热……冰块……”

“冰块来了，斯科特。不过现在能不能拜托你不要再说话了。”

“一个飞到南，一个飞到北。”他嘶哑着嗓子说了最后一句话，然后乖乖闭嘴。也许是因为他把想说的都说完了。有话一定要说，这就是斯科特·兰登的风格。

丽赛把手伸进杯子里，让里面的可乐满上来溢出杯口。那冰凉的感觉好刺激，舒服极了。她抓了满满一把冰块，心里忽然觉得很讽刺：从前她每次和斯科特在高速公路休息站停车休息，她都不找那种罐装饮料贩卖机，反而比较喜欢买纸杯装饮料的贩卖机。而且她每次都会按那个“不加冰块”的按钮，觉得这样才不会吃亏——别的客人都不会这么做，结果一杯饮料里往往有半杯是冰块。不过我们的小丽赛绝对不上这个当。她可是德布夏家老戴维的小宝贝。我们德布夏家老爹是怎么说来着？我可不是第一天出来混的！不过现在情况不同了，她希望冰块能多点，可乐能少点……尽管她并不认为多几个冰块就能怎样，不过，她还是希望这杯可乐会有奇迹出现。

“斯科特，冰块来了。”

斯科特的眼睛就要闭上，不过嘴倒是张开了。她抓着满手冰块，先擦擦他的嘴唇。一小块快融掉的冰屑掉在他血红的舌头上，那一刹那，他的颤抖立刻停住了。老天，真是神奇。丽赛立刻精神振奋。冰块融化的水从她手上滴下，她用冰冷的手轻抚着斯科特的脸，从右脸颊到左脸颊，然后移向额头。混着冰水的棕色可乐滴在他眉毛上，然后流到鼻子两侧。

“噢，丽赛，我好像在天堂。”他的声音虽然还是有点嘶哑，不过讲起话来好像比较正常了……神志清楚多了。这时救护车到了，停在人群左边，警笛声渐渐安静下来。过了一会儿，她听到有个男人很不耐烦地大喊着：“急救人员！让开！我们是急救人员！麻烦大家让个路，让我们过去！请让开！”

这时那个南方炸鸡混蛋达西米尔忽然跑到丽赛身边，凑近她的耳朵对她说话。刚才典礼结束时，他溜得飞快，现在讲起话来却又装出一副关心的口吻，听得她咬牙切齿。他说：“亲爱的，他还好吗？”

她头也不回地说：“死不了。”

7

“死不了。”她自言自语嘀咕着，那本《田纳西大学纳什维尔分校一九九八年评论集》摊开在她大腿上。她用手掌轻抚着光滑的纸面。在那张照片里，斯科特一脚踩在那把烂铲子上。接着，她“啪”的一声把那本书合起来，丢回满是灰尘的书堆里。今天她已经没胃口再看照片——也不想再陷入往日回忆里。她的左眼窝在抽痛。她想吃点止痛药，不过她可不是想吃什么狗屁“泰诺”，因为她老公在世时说吃那东西“会变白痴”。斯科特一直吃“伊克赛锭”。如果家里剩下的还没过期，丽赛拿几颗来吃就行了，然后到他们的房间躺一下，等头痛过了再起来。说不定可以小睡一下。

这时她忽然想到，我到现在还觉得那是“我们的”房间。想到这里，她觉得有点好笑。当时她正朝楼梯走去，准备到楼下的谷仓。其实谷仓早就已经被隔成一间间小储藏室，根本不能算是谷仓了……不过这里仍旧残留着像干草、绳索、曳引机的机油等旧日农场的美好气味。都两年了，但这一切仍是“我们的”。

那又怎样？有什么不对吗？

她耸耸肩。“应该没什么不对吧。”

听到自己自言自语，她吓了一跳。这些话听起来好像无意义的梦呓。刚才看了那张照片后，往日记忆栩栩如生地浮现眼前，把她折磨得筋疲力尽，一阵沮丧再度涌上心头。但至少还有件事值得庆幸：那堆期刊杂志里不可能再有另一张那样的照片了。那样的照片会勾起太伤痛的回忆，而斯科特只拍过一张这样的照片。也不会有其他大学寄那种照片给他，那种幻……

（闭嘴，别再想这个了。）

“没错。”她自言自语道。这时她已经走到楼梯最底下了。她根本搞不清楚自己为什么会这么激动。

（斯科特，你这老家伙）

她搞不懂自己究竟在想什么，只觉脑袋一片空白，全身都是冷汗，仿佛刚从一场意外中侥幸逃生，然后她又说：“闭嘴，够了。”

这时电话铃声突然响起，仿佛是被她刚才那句话触动的一样。铃声从右边那扇关着的木门里传出，当时丽赛正好走到楼下的走廊上，那一刹那，她立刻停下脚步。那扇门内从前是个马厩，可以容纳三匹马。现在那扇门上挂着个牌子，上面写着“高压电！”。丽赛挂那牌子只是为了好玩，当初她本来想把那个房间布置成小办公室，放些文件档案和每个月的账单（其实他们有个专属会计师，不过人在纽约，而且像杂货店账单之类的小事他是不管的）。但她只来得及在那房间放了张办公桌、一台电话和传真机，还有几个档案柜……然后，斯科特就死了。自从斯科特过世后，她进去过吗？她记得自己只进去过一次。今年初春，三月底，地上还有些残雪。她到里面去删除录音机留言。显示屏上的数字是二十一。第一到十七，十九到二十一，都是斯科特称之为“电话垃圾”的电话营销留言。不过第十八通是阿曼达打来的（丽赛一点都不意外）。留言里说：“我打来只是想看看你电话有没有挂好。斯科特过世前，你把这个电话号码告诉了我、黛拉，还有坎塔塔。”说到这里，她停了一下。“我猜你应该弄好了。”又停一下。“我的意思是，我猜你该已经把电话挂好了。”她再停一下，又急急忙忙说道：“可是听完你的答录信息，我等了好久好久才听到哔声。老天，你到底有多少留言没听啊！我的丽赛小妹妹，你真的应该常听一下这玩意儿，万一有人要送你免费赠品什么的，没接到就太可惜了。”又停一下。“呃……拜。”

此刻，她站在办公室紧闭的门口，右眼眶里忽然阵阵抽痛。心脏每跳一下，她就痛一下。她听着那电话铃声，一声，两声，三声，四声。响到第五声时，喀嚓一声，然后她自己的声音在说，不管你是谁，这里是七二七五九三二。为了避免对方有错误的期待，她的答录信息中没有提到会回电，甚至也没说听到哔声后请留言之类的话。好了，言归正传，她为什么要留下那种信息呢？还有谁会打电话到这办公室来找她？斯科特已经死了，这地方已失去生命力，徒剩躯壳了。这里只剩下里斯本瀑布镇德布夏家的小丽赛，斯科特·兰登的遗孀。现在只剩下我们小丽赛独自住在这大得吓人的房子里，她不写小说，只写购物清单。

在丽赛的答录信息和哔声之间有段很长很长的停顿，仿佛占据了整卷录音带的长度，就算录音带还有剩，打电话来的人大概也会等得不耐烦而挂断电话。过了很久，隔着那扇关着的门，她听到有个女人在答录机里说（或者应该说是大声吆喝）：“如果你还是想打来……那，就打到电信局找总机小姐吧！”好在当初她总算没加上“妈的”或“狗屎”之类的脏话，不过丽赛还是觉得，套句斯科特的话，那是她的“潜台词”。

没想到哔声后，她竟听到一个男人的声音。那人只讲了一句话。照说，她没理由要害怕那句话，但她却立刻觉得毛骨悚然。那人说：“我会再打。”

喀嚓一声。

然后一片寂静。

8

她心里想，此刻的“现在”感觉好多了，只不过，她心里明白，此刻并非“过去”，也不是“现在”，而是在梦里。此刻，她应该是躺在那张双人床上，躺在……

（我们的我们的我们的我们的我们的）

……房间里，天花板上的吊扇缓缓旋转。浴室的药柜有个角落专门用来摆斯科特的药，她从那里拿了两颗“伊克赛锭”（有效日期至二〇〇七年十月）吞下。尽管那两颗药的咖啡因量合计达一百三十毫克，但她很快地睡着了。如果她不知道自己是否真在做梦，只要转头看看四周就知道了——此刻展现在她眼前的是纳什维尔纪念医院加护病房区三楼。而且她移动的方式很特殊，她发觉自己飘荡在一块巨大无比的布面上。布面上印着密密麻麻的“皮尔斯布里顶级面粉”。她很高兴再次看到这个景象。这条看来平凡无奇的魔毯，四个角像手帕般打了结。她坐在上面，双臂交抱在胸部下方，姿态宛如帝王般庄严。她飘得很高，几乎就要碰到天花板。那几座吊扇缓缓旋转（梦中的吊扇看起来和她房间里的几乎一样），“皮尔斯布里顶级面粉”魔毯从其中一座吊扇下方飞掠而过，她不得不平躺下来，以免被叶片打中。叶片散发着光泽，缓慢而庄严地旋转着，“咻、咻、咻”的声音绵延不绝。坐在魔毯上往下看，只见护士来来去去，鞋底踩在地面上，发出嘎吱嘎吱声。有几个护士身上穿着色彩鲜艳的罩袍，不过大多数护士还是穿着普通白色制服、白色长袜，和老是让丽赛觉得很像鸽子填充布偶的护士帽。要到很多年后，那种有色的护士罩袍才会逐渐成为护士制服主流。两个医生站在饮水机旁聊天——虽然那两人看起来连胡子都还没开始长，不过一定是医生没错。墙上的瓷砖是淡绿色的。白天的酷热似乎无法侵入医院。医院里除了风扇外，大概还有冷气吧，不过她听不到冷气机的声音。

她告诉自己，那还用说，这是在梦里，当然听不到。这似乎说得通。前面就是三一九号病房了。体内的子弹被取出后，斯科特就被送到这个房间休息。她顺利飘到门口，可是到了门口却发觉自己飘得太高，进不了门。她很想进去。她一直没机会告诉斯科特，你可以等以后再对付这鬼东西，可是真有必要对他说吗？斯科特·兰登可不是第一天出来混的。丽赛非常想知道，正确的咒语是什么。她必须说出什么字眼，才有办法让这面“皮尔斯布里顶级面粉”魔毯降下来？

接着，她忽然想通了。她不希望自己的嘴巴会说出那个词（那是金毛小子的语言），但那是面对魔鬼时不得不说的词——老爹丹迪也说过。那么……

丽赛开口说：“小苍兰。”那一刹那，那片色彩暗淡、四角打结的布立刻降了下来，从天花板附近往下降了大约三英尺。门开了，丽赛看看里面，很快就看到了斯科特。手术大概已经结束五个小时了。此刻斯科特躺在一张窄床上。那张床虽窄，但床架头尾曲线优雅，看起来很漂亮。监视屏幕发出哔哔声响，听起来很像电话录音机。他的床和墙壁中间有根柱子，柱子上挂着两个透明塑料袋，里面似乎装着某种液体。他好像睡着了。他床边有张直背椅，一九八八年的丽赛就坐在椅子上，一只手握住丈夫的手，另一只手上拿着一本廉价平装小说。那本小说跟着她一路来到田纳西州——而且她没想到自己会有那么多时间，那本小说居然就快要被看完了。斯科特读的都是像博尔赫斯、托马斯·品钦、安·泰勒或玛格丽特·阿特伍德这些大师级作家，丽赛看的则多半是梅芙·宾奇、柯琳·迈克尔勒或珍·奥尔（不过她对奥尔的书有些不耐烦了，因为书里的原始人性欲好像太旺盛了点）这类小说家的作品。另外她也喜欢乔伊斯·卡罗尔·欧茨，最近迷上的则是雪莉·康伦。她带到三一九号房看的就是雪莉·康伦的最新作品《野蛮人》。丽赛很喜欢这本书，她目前看到的段落正好写到那些女人被困在丛林里，用莱卡布料胸罩做成弹弓来当武器。丽赛不知道美国的言情小说读者是否已经进步到能接受康伦这样的新风格，不过她自己倒觉得这本小说充满勇气，而且有种独特的美感。说到底，勇气也是一种美，不是吗？

黄澄澄的夕阳余晖从窗口流泄进来，整间病房染上一抹淡淡的红晕，浪漫迷人，却又弥漫着不祥的气息。一九八八年的丽赛已经精疲力尽，人累了，心也累，她已经快受不了南方这种鬼地方了。假如再有人用南方腔对她说“泥好”，她一定会放声尖叫。那么有什么好消息吗？有，她不用像这些南方人一样一辈子待在这鬼地方，因为……呃……她对斯科特的身体复原能力有信心，就这样。

等一下她就会回汽车旅馆去，想办法续租他们前一天住的那个房间（每次出门在外，斯科特总喜欢住隐秘点的旅馆，就算旅馆厕所烂到像他形容的那种“老式粪坑”也无妨）。然而她有种预感，恐怕是租不到了——在南方，女人会受到什么样的待遇，完全要看有没有男人在身边，不管你的男人是不是大人物，有没有男人待遇就是会有天壤之别。可是这家旅馆地点很理想，离医院和大学都很近，而且眼前她还有非常重要的事要处理，所以她管不了能不能续租到同一间房了。萨德维医生是斯科特的主治大夫。他告诉丽赛，今晚和往后几天丽赛最好从后门离开医院，这样才能避开那些记者。他告诉丽赛：“只要你跟柜台的麦金利太太打个暗号”，她就会帮丽赛叫辆出租车，让车子在医院后面的餐厅卸货平台等着。丽赛本来早就想回汽车旅馆去了，可是在过去的这个钟头里斯科特一直睡得很不安稳。萨德维医生说，斯科特会一直昏迷到半夜，只不过萨德维不像她那么了解斯科特。接近黄昏时，斯科特就已断断续续醒来好几次。丽赛对此一点都不意外。有两次他认出了丽赛，另外两次他甚至开口问丽赛究竟发生了什么事。丽赛告诉他，有个疯子开枪射他。她第二次告诉他时，斯科特只开口说了一句：“嘿——你——他妈的银色”，然后很快又昏了过去。她听了开始大笑，忽然很希望他赶快再醒来一次，告诉他，她暂时还不会回缅因州，她会先住在汽车旅馆，明天早上再来看他。

这一切，二〇〇六年的丽赛都知道。不过这究竟是她回想起来的，还是她感觉到的呢？这不重要。此刻丽赛坐在那张“皮尔斯布里顶级面粉”魔毯上，心想：他睁开眼睛了。他在看我。他说：“我迷失在黑暗中，但你找到了我。我好热——好热好热——幸好有你拿冰给我。”

可是，这真是斯科特说的吗？事情经过真是这样吗？难道事情经过不是这样吗？假如她真的隐瞒了真相——欺骗了自己——那么，她为什么要隐瞒呢？

斯科特躺在床上，笼罩在夕阳余晖的光晕中。他睁开眼，看到太太正在看书。他呼吸时已不再发出那种嘶嘶声。他深深吸了口气，叫了丽赛一声。他吸气时，还是会发出隐约的咻咻声。他的声音很嘶哑、很微弱。床边那位一九八八年的丽赛立刻放下书看着他。

“嘿，你又醒了，”她说，“我来考考你的记忆力，你还记不记得自己出了什么事？”

“我中枪了，”他有气无力地说，“有个小鬼。管子。后退。好痛。”

“没关系，等一下会给你一点药止痛，”她说，“不过现在，你想不想——”

斯科特在她手上捏了一下，意思是别再说了。这时二〇〇六年的丽赛心想，就是这时候，他告诉我，他在一个黑暗的世界里，找不到方向，而我拿了冰块给他。

尽管那天下午，他太太才用一把银铲子猛敲那疯子的脑袋，救了他的命，但此刻他只是对他太太说：“好热喔，对不对？”语气轻描淡写，表情淡然，完全就是日常对话。过了一会儿，红灯忽然变亮，仪器发出惊心动魄的哔哔声。二〇〇六年的丽赛在门口附近的半空中飘浮，看着底下的一切。她看着那个更年轻的自己，看着那个丽赛的肩膀忽然开始颤抖。虽然抖得不厉害，但确实在颤抖。她看到那个丽赛的左手食指突然一松，放开了那本平装版《野蛮人》。

我一直在想，先前他受重伤时说了什么，还有，我又说了什么，这些他都忘光了。他忘了他说过，他爱怎么称呼那东西都随他高兴。他还说，如果我想跟他一起走，他可以把那“高个子”召唤过来。另外他也忘了当时我叫他不要再说话，不要管那东西……如果他能他妈的不要再说话，那东西就会消失了。可是他是真的忘了呢，还是假装忘了？有人开枪射杀他，而他竟然忘了。我开始感到困惑，人真的会忘记这种事吗？还是说，那并非寻常的遗忘，而是刻意把不愉快的记忆丢进一个盒子里，然后把盒子紧紧锁上。其实只要他别忘了让自己好起来，他有没有忘了那件事，有那么重要吗？

丽赛躺在床上（此刻，她正坐在那张魔毯上神游梦境），翻来覆去睡得很不安稳，拼命想对从前的自己大叫，想大声告诉她，那件事很重要，真的很重要。不要放过他，不能让他忘记！她拼命想大喊。你不能永远想不起来！但这时，她忽然想到从前有人说过另一句名言。那些年的夏天，他们到安息湖畔度假时，都会玩桥牌玩个不停。每当有人只是想丢掉手上没用的牌，不想把这圈牌打得漂亮点时，那个人就会大喊一声：不准碰！人死不能复生！

人死不能复生。

不过她还是试着再次大喊一声。二〇〇六年的丽赛坐在那张魔毯上，弯身向前，集中所有意志力对着从前的自己拼命大喊，他是装的！斯科特从来不曾忘记任何东西！

接着，仿佛奇迹出现，从前的她好像听见了……她知道从前的自己听见了。一九八八年的丽赛在椅子上颤抖了一下，那本书从手上滑掉，啪的一声摔到地上。可是，从前的她还来不及转头看看四周，斯科特已经先看到了。他凝视着在门口半空中飘浮的女人。接着，他又噘起嘴唇，仿佛又要发出那种嚎叫声。不过他没有叫，而是吹了口气。然而严格说起来，那实在算不上吹气，因为以当时的身体状况，他怎么可能吹得出气呢？不过，就这么轻轻一口气，已经把那片“皮尔斯布里”魔毯吹得往后飞，陡然往下一沉，仿佛一朵被龙卷风吹得翻飞的芒草花。魔毯翻腾飞舞，她拼死命抓住魔毯，只见旁边的墙壁飞闪而逝。接着，魔毯猛然一斜，她终于还是掉下去了……

9

丽赛惊醒过来，直挺挺地从床上坐起来，额头和腋下满是汗水。房间里有风扇，很凉爽，但她还是觉得很热，热得像……

热得像烤炉。

“管它热得像什么。”她自言自语道，接着突然笑得浑身发颤。

梦中景象她印象最深的是那仿佛来自另一个世界的夕阳发出的红晕。但她会惊醒过来，是因为脑中突然浮出一个疯狂的念头，她想到一件非做不可而且十万火急的事：她一定要找到那把该死的铲子。那把银铲子。

“为什么？”她对着空荡的房间自问，声音在房中回响。她拿起床头桌上的时钟凑近眼前。她以为自己至少睡了一个钟头，或者两个钟头。但她看到时钟吓了一跳。她竟然只睡了十二分钟。她把时钟放回床头桌，然后伸手在自己上衣前襟一抹，仿佛刚才拿的是什么沾满细菌的脏东西。“为什么要找那东西？”

不用想那么多。她没说话，这是斯科特的声音。这阵子斯科特很少能把话说得这么清楚，但这次真的很不一样，你听听，声音好大，清清楚楚。那不关你的事，反正你把那个找出来就对了，然后把它放在……呃，你知道的。

她当然知道。

“放在能让我热情如火的地方。”她嘴里喃喃嘀咕，然后用手揉揉脸颊，不禁笑了起来。

没错，小宝贝。她那已不在人世的丈夫说。只要时机一成熟，立刻就做。

第三章　丽赛和银铲子
（蓄势待发）

1

梦中的景象如此鲜明，然而这个梦却完全无法帮助丽赛摆脱当年纳什维尔那梦魇般的记忆，特别是杀手调转枪口那一幕。杀手先开枪射穿了斯科特的右肺，然后调转枪口对准斯科特的心脏。被子弹射穿肺部或许还有救，可是一旦心脏被打中，那就真的救不了了。事件发生的瞬间，整个世界仿佛突然慢了下来，那调转枪口的动作如此“和缓平稳”，仿佛枪是架在航海罗盘的平衡环上。那幕画面总是一次次在她脑海中猛然窜出，仿佛暴牙的人舌头老是会不经意从牙齿间冒出来。

丽赛用吸尘器把还很干净的客厅地板清了一下，然后把不到洗衣槽一半高的脏衣服拿去洗。放脏衣服的篮子总要好久好久才放得满，因为家里只剩她一个人了。两年了，她到现在还是很不习惯。后来丽赛穿上那件很旧的连身泳装到后院游泳池游了几趟：五趟，十趟，十五趟，游到第十七趟时，她气喘如牛。后来她攀在浅水区池边，身体浮在水里，两腿在后面踢着水，拼命喘气。乌黑的头发黏在脸颊、额头和脖子上，乍看之下她仿佛戴着一顶闪闪发亮的黑色头盔。

那一刹那，当年的景象忽然又回到眼前。她看到那只苍白修长的手慢慢转动，看到那把史密斯女用手枪也跟着转动（那把枪的名称充满女性生殖器那种淫秽又致命的意味。一旦你听过那名字，就很难再把它当成普通手枪了），看到那个小黑洞也跟着向左移动。她感觉得到，死亡就隐藏在那个黑洞里。当时她感觉手上的铲子有如千斤重，觉得自己根本不可能来得及，不可能比那疯狂杀手更快。

她用腿缓缓踢着水，溅起浅浅的水花。斯科特很喜欢这个游泳池，尽管他很少真的下去游。他是只书虫，喜欢喝啤酒，没有游泳圈就不敢下水。他就是这种人，只要没到外地去时，在家里就是这副德性。有时他会窝在书房里写小说，音乐放得震天响。有时在凄冷的冬夜，寒风从北极席卷而来，屋外狂风怒号，他会在凌晨两点独自窝在客房的摇椅上，瞪着大眼，将全身从脚底到下巴紧紧裹在“德布夏大妈”的阿富汗羊皮大衣里——这是斯科特的另一面。一个飞到南，一个飞到北，然而老天，这两个斯科特都是她深爱的，一切都是老样子。

“够了！”丽赛懊恼地大喊一声，“我及时救了他，我及时赶上了。我没错，那个神经小子只打到了他的肺。”只可惜，昔日景象始终在她脑中阴魂不散。此刻，丽赛又看到，那把女用手枪开始慢慢转向。那一刹那，她按住池边，用尽全身力气从游泳池里窜出，想借这激烈的动作驱散脑中的影像，而影像也真的消失了。过了一会儿，她到更衣室里冲了个澡，然后用浴巾擦干身体。就在这时，那金毛小子再度浮现眼前，那个杀手又回来了。她仿佛听见他说，为了小苍兰，我一定要让这可怕的钟声消失。她又看到一九八八年的丽赛抓着那把银铲子猛力一挥，可是这次，在那时间凝滞的世界里，该死，空气突然变得好浓好浓，铲子挥舞的速度变慢了，来不及了。那一瞬间，就差那么一点点，她看到枪口冒出火焰，只不过这次火焰没被铲子挡住。她看到的是一团完整的火花，而不是局部。这次，斯科特休闲外套的左胸口立刻破开一个漆黑的洞。这次，那件休闲外套变成了寿衣——

“够了！”丽赛大吼一声，气冲冲地把浴巾甩进篮子里。“可以了！”

她迈开大步，把衣服夹在腋下，赤裸着身子走回屋里——后院之所以搭起高高的木板围墙，道理就在这里。

2

游完泳后，丽赛肚子饿了。说得更贴切点，她快饿昏了。虽然还不到下午五点，她还是决定立刻弄份“懒人餐”大快朵颐。德布夏家的老二黛拉一定不会说那是“懒人餐”，而是“安慰餐”。而斯科特一定会不屑地说那是“垃圾食品”。冰箱里有一磅牛绞肉，另外冷藏柜里还藏着其他好料：奶酪口味快餐汉堡馅。丽赛把牛绞肉和汉堡馅一起丢进炒锅，用小火慢煎。锅煎着肉的时候，她倒了杯罐装柠檬汁，加了很多糖。五点二十分，整间厨房已弥漫着锅里肉的香气，而脑中杀手的画面也已烟消云散。至少此刻，她满脑子想的都是大餐，那个杀手已被她抛到脑后了。她足足吃了两人份的“大锅炒”，两大杯柠檬汁也喝到只剩杯底未溶化的糖渣。吃饱喝足的那一刹那，她打了个惊天动地的响嗝，然后说：“妈的，要是有烟可抽该有多好。”

真的，她很难得这么想抽烟，来根赛伦淡烟最好了。当年他们在缅因州大学相识时，斯科特抽烟。当年他还在念研究生，同时也是所谓的“全世界最年轻的驻校作家”。而丽赛在市中心的帕特小馆当服务生烤披萨和汉堡，同时在大学里选修课程（不过并未坚持多久）。她会抽烟是斯科特教的，他是全美国最老牌的贺伯·泰雷登香烟的忠实客户。后来他们俩互相鼓励，一起戒了。那是一九八七年。到了第二年，那个名叫格德·埃伦·科尔的杀手用惊天动地的方式证明了一件事：足以对人类肺部造成伤害的不是只有香烟。那次事件发生后的这些年，丽赛有时会连续好多天想不到香烟，但有时又非常渴望想抽烟。然而从另一个角度来看，想抽烟也可算是一种进步。因为想抽烟总比想到……

（格德·埃伦·科尔烦躁不安，一字一句地说得清清楚楚，为了小苍兰，我一定要让这可怕的钟声消失。接着，他轻轻转动手腕）

金毛小子。

（动作和缓）

还有，纳什维尔。

（于是，那把枪口还冒着烟的女用手枪对准斯科特的左胸）

还有，妈的又来了，她又开始想了。

冰箱里有块先前买的雪藏蛋糕可以当点心，还有一罐液态鲜奶油可以挤在蛋糕上。液态鲜奶油可算是最可怕的“垃圾食品”。不过丽赛吃得太饱，暂时还不想吃那块蛋糕。可是她忽然发觉，明明刚才吃了满肚子的高热量食物，那些要命的昔日记忆还是立刻又开始回笼了。她觉得很沮丧，觉得自己好像突然明白退伍老兵的感受了。那是她这辈子唯一的战争，可是……

（不可以这样，丽赛）

"不要再说了。"她自言自语嘀咕道，然后很粗暴地……

（不可以这样，小宝贝）

……用力把盘子推开。老天，她好想……

（你该明白的）

……抽根烟。不过抽烟还不是她最渴望的。她最渴望的是从前那些记忆立刻统统消——

丽赛！

是斯科特声音。那声音听起来如此清晰，正等着她回答。此刻她坐在厨房的餐桌旁。她立刻不假思索地大声回答："怎么了，亲爱的？"

去把那银铲子找出来。找出来后这些讨厌的东西就会消失了……就好像，南风吹来时，磨坊的气味就会消散。还记得吗？

她当然记得。当年她在缅因州立大学奥兰诺分校念书，她住的那栋公寓就在奥兰诺旁边一个叫"克里夫磨坊"的小镇。其实当年丽赛住在那里时，镇上并没有磨坊，不过北边老城区那里倒是真有不少磨坊。每当北风吹起，尤其在湿气很重的阴天，那股随风而来的臭味真的很令人作呕。然后等到风向一变……老天！你就闻到一股海洋的清新气息，那种感觉就像你又重新活过来了。于是，有很长一段时间，"等南风吹来时"这句话是他们夫妻之间的"私房话"。他们之间有很多"私房话"，比如"上紧发条"，比如"伺机而动"。后来不知什么时候，他们开始觉得那些私房话越来越没意思了，而她也很多年没再想到那些话了。"等南风吹来时"的意思是，亲爱的，你要忍耐，要撑下去。别那么快放弃。不过大概只有结婚没几年的夫妻才会这么乐天吧。天知道，斯科特谈到这种问题说不定就是有本事说得头头是道。当年，他们还没发迹时……

（初期！）

……他还曾写过日记，每天傍晚写个十五分钟。那段时间，她不是在看电视上的情境喜剧，就是在处理家中账务。不过有时她也会突然不想看电视，也不记账，就这么愣愣地看着斯科特。她喜欢看斯科特那时候的模样，他埋头在活页笔记本上振笔疾书，昏黄的灯光照在他头上，在他脸颊下方拉出三角形的阴影。那些年，他头发比较长，也比较黑。后来一直到过世前那阵子，他头上才开始冒出几丝灰白。她喜欢斯科特的小说，不过也同样喜欢他当年的模样，喜欢看他的头发笼罩在昏黄的灯光下。她总是觉得，那模样本身就是个故事，只是斯科特自己不知道罢了。她喜欢抚摸斯科特的肌肤，喜欢那种触感。不管是额头，还是包皮，摸起来感觉都好舒服。而且两者缺一不可。她必须摸摸他的额头，再摸摸那里，才会有感觉。

丽赛！把那把铲子找出来！

她把桌子清理干净，然后把吃剩的东西连盘子一起收进冰箱。其实她心里明白，既然那令人发狂的影像已经消失了，她就不可能再去吃那些东西，可是东西实在太多了，水槽里的垃圾处理机恐怕会被塞爆。她身上毕竟流着“德布夏家老妈”的血，而老妈持家的风格仍在她脑海中阴魂不散。要是老妈在天之灵看到她把这么多吃剩的东西倒掉，铁定会抓狂。所以，最好还是先把东西收进冰箱，摆在芦笋和酸奶后面。最后一定会摆到馊掉，到时再处理吧。她收拾东西时脑中忽然闪过一丝疑惑。老天，圣母玛利亚耶稣基督，找到那把烂铲子，她的内心就能得到平静了吗？这两件事怎么能扯得上关系呢？难不成银铲子本身有什么魔力吗？她忽然想到小时候有一次和黛拉、坎塔塔一起看午夜电视剧，那天演的好像是狼人之类的恐怖片……不过三个人中只有丽赛觉得那没什么好怕的，那个电视剧与其说恐怖，倒不如说悲伤。更何况——影片的拍摄手法还满粗糙的。看得出偶尔会拍到一半停下来，关机帮狼人补妆，然后再开机继续拍摄。应该赞赏他们的用心，可是老实说，他们拍出来的东西很假。不过平心而论，故事还算有趣。故事开头是一家英国酒吧，里面有很多看起来怪怪的老头在喝酒。有个老头说，只有银子弹才能杀死狼人。这时她突然想到，那个叫格德·埃伦·科尔的杀手会不会是狼人？

“算了吧，小朋友。”她自言自语道。她把盘子用水冲冲，塞进空荡荡的洗碗机。“也许斯科特应该在他哪本小说里加点这种元素，不过他还真不是写这种狗血小说的料，不是吗？”接着，她“砰”的一声用力盖上洗碗机。机器加水的速度真是慢，大概要等到七月四日国庆才会开始洗。“好了，要是你真想去找那把铲子，现在就可以去了，不是吗？”

她没来得及回答自己这个纯粹只是修辞学上的发问，斯科特的声音便冒了出来——这声音仿佛一直潜伏在她脑子最外层，准备随时冒出头。

小宝贝，我在笔记里留了线索给你。

丽赛本来正要伸手拿条抹布擦手，听到这句话手立刻停在半空中。她认得那个声音，当然认得，她每星期都会听到三四次。在这空荡荡的屋子里，有个声音陪伴毕竟不是什么坏事。只不过她才刚想到那把铲子，那声音就立刻出现，这也未免太快了……

什么笔记？

什么笔记？

丽赛把手擦干，将抹布放回横杆上晾着。接着她向后一转，背靠水槽，看着眼前的整个厨房。夏日阳光从窗口照进来，整个厨房灿亮无比（当然厨房里还弥漫着汉堡馅的香味，只不过她已经吃饱了，那气味闻起来没那么香了）。她闭上眼，从一数到十，然后猛然睁开眼睛。那一刹那，她感觉午后的阳光笼罩着她，仿佛穿透了她的身体。

“斯科特？”丽赛叫了一声。刹那间，她突然觉得自己仿佛变成了大姐阿曼达，意思就是，精神有点问题。“你不会是显灵了吧？”

不过她倒不是真的指望斯科特会回答——她可是当年看狼人恐怖片和遇到暴风雨时不但不怕，反而大声欢呼的小丽赛·德布夏。她并不真的把斯科特的声音当一回事，只觉得那就像没拍好的定时连续摄影。接着，突然有阵狂风从水槽上方的窗口灌进来，把窗帘吹得劈啪作响，把她湿湿的头发吹得飞起。一阵令人心碎的花香随风吹进来，弥漫整间厨房。这阵风仿佛是斯科特对她的回答。她又闭上眼，仿佛隐隐约约听到一阵旋律。不是风铃声，而是汉克·威廉斯的一首乡村老歌：别了老乔，我将远走他乡……

那一刹那，她的手臂上忽然起了一阵鸡皮疙瘩。

接着风停了，丽赛回过神来。她不是阿曼达，不是坎塔塔，不是黛拉。她当然不是……

（一个飞到南）

……不是那个飞到迈阿密的乔德莎。她是货真价实的现在的丽赛，二〇〇六年的丽赛，斯科特·兰登的遗孀。天底下没有鬼魂这种东西，只有孤零零的丽赛。

不过她还是想找到那把银铲子。多亏那把银铲子，她才能在紧要关头救了丈夫，让他多活十六年，多写七本小说。此外，一九九二年，《新闻周刊》为斯科特做了篇专题报道，把斯科特奉若神明。封面字体是动画大师彼得·马克斯设计的，标题是“魔幻写实主义与兰登热潮”。她很好奇，不知道那个“动如脱兔”的罗杰·达西米尔看了会作何感想。

现在是初夏，虽然已近黄昏，不过天色还很亮。丽赛决定马上去找那把铲子。不管世上有没有鬼，一旦天黑，她就不想再进谷仓了，包括谷仓楼上的工作室。

3

那间一直没有完工的办公室对面是排马厩，里头黑漆漆的，有股霉味。现在的兰登家，很久很久以前叫做“苏克塔农场”，而那些马厩从前是用来当储藏室的，里头放满各式各样的工具、绳索，还有些农耕机具的备用零件。而最宽敞的那间马厩从前是用来养鸡的，虽然后来有家专业清洁公司彻底清洗过，被粉刷成了白色（是斯科特亲自动手的）。大概是《汤姆历险记》给他的灵感，可是里头还是有股长年累积下来的淡淡尿骚味。丽赛觉得那味道似曾相识，因为她很小的时候，家里也有那股气味。她痛恨那种气味……可能是因为德布夏家老奶奶的关系。她就是在喂鸡时，突然跪倒在地，就此一命呜呼。

有两间马厩里堆满箱子，其中多半是用来装酒瓶的纸箱。在那些箱子里根本看不到任何挖掘工具，更不用说什么银铲子了。从前用来养鸡的那间马厩里有张双人床，床上还铺着床单，那是他们当年的“德国实验”留下来的唯一纪念品。当年他们在德国住了九个月，那张床是在德国不来梅买的，后来因为斯科特坚持，他们花了一大笔吓死人的运费将床运回美国。这些年来，丽赛早就把那张床忘得一干二净，直到现在看到了才想起来。

你看吧，看看你当年干了什么狗屁倒灶的事！丽赛想想觉得很得意，然后大喊着：“这鬼玩意儿已经在这烂鸡舍里窝了二十几年了，斯科特，要是你真以为我会睡这张床——”

——那你一定是疯了！丽赛本来想接着说这句话，最后却说不出口，反而狂笑起来。老天，真是跟钱过不去！真他妈跟钱过不去！这张床花了多少钱买的？是一千块美元吗？差不多就是一千块。那运回来又花了多少钱呢？又一千块吗？差不多吧。斯科特可能会说，老天，搞了半天，结果竟然把它塞在这阴森森的鬼地方。老天，它大概会永远窝在这里，一直到世界末日，被天火毁灭，或是被冰河淹没。在德国那段时间，所有事情都一塌糊涂，斯科特根本没什么东西好写。斯科特和房东为了小事争执，最后大打出手。连他的演讲也不太顺利，观众不是缺乏幽默感，就是根本听不懂。还有——

这时电话铃声突然响起。铃声是马厩对面传过来的，就在挂着“高压电！”牌子的那扇门内。丽赛愣住了，一动不动，浑身冒起鸡皮疙瘩。她忽然觉得电话响起好像是种莫名的宿命，仿佛她到这里不是为了找那把银铲子，而是为了接电话。

电话响到第二声时，她转身穿越昏暗的中央走道。响到第三声，她走到门口。她拉开那道老式门闩，轻易将门打开，不过长年未曾转动的铰链发出微弱的嘎吱声。那种感觉就像我们的小丽赛来到一座阴森森的墓穴，仿佛里头会有个声音“嘿、嘿、嘿”地笑几声，然后说我们等你好久了。这时四周突然卷起一阵风，丽赛的上衣立刻被风吹得贴在背脊上。她立刻伸手到墙上摸索，摸到电灯开关，然后啪的一声打开。她实在没把握灯会不会亮，不过还好，天花板上的灯亮了。当然会亮。缅因州中央电力公司不会放过任何一个顾客。这里是“苏克塔丘路，免费邮政信箱二号，工作室”，登记在案的地址，对电力公司来说，楼上楼下一视同仁。

接着，办公桌上的电话响了第四声。响到第五声录音机就会启动。就在第五声快响起的瞬间，丽赛抢先抓起话筒。“喂？”

有那么一会儿，电话里没有任何声音。她正要再说一次“喂”时，对方忽然开口了。那声音听起来有点困惑，不过还是老样子，丽赛立刻听出那是谁的声音。光听一个字就够了，就像你绝对不会听错自己的声音。

“黛拉？”

“丽赛——真的是你！”

“当然是我。”

“你在哪里？”

“斯科特以前的工作室。”

“怎么可能？我刚刚才打过那边的电话。”

丽赛转念一想，立刻就明白是怎么回事。斯科特喜欢把音乐放得很大声，事实上，在他听来正常的音量，却可能会让别人耳聋。而放电话的房间墙上又铺了隔音软垫。斯科特曾开玩笑说，那地方就叫“我的神经病安全室”。所以难怪她在楼下听不到电话铃响。不过好像没必要跟姐姐解释这么多。

“黛拉，你怎么知道这个号码？还有你怎么会打来？出了什么事吗？”

电话里，黛拉迟疑了一下，然后才说：“我在阿曼达家。我在她的电话簿里找到这个号码，她有你的四个电话号码。我刚才一个个打，这是最后一个。”

丽赛突然感觉胸口和胃陡然一沉，阿曼达和黛拉从小就一直是死对头，她们为了抢东西不知道激烈地厮打过多少次——抢洋娃娃、抢图书馆借来的书、抢衣服。最后一次，也是最惨烈的一次，是为了一个叫李奇·斯坦奇菲的男生。那次伤亡惨重，黛拉左眼裂开一个很深的伤口，被送进缅因州中央总医院急诊室，总共缝了六针，到现在还留着苍白的伤疤。长大后她们俩的关系虽然略有改善，不过也只勉强维持着“文明”的敌对状态：她们还是经常争执，不过已不再让彼此挂彩。她们会想尽办法不跟对方碰面。她们家的姐妹每个月会有一两次“周日聚餐”（携伴参加），一起到餐厅吃晚饭或中饭。在这种场合，两人一定隔得远远的。但就算有丽赛和坎塔塔夹在中间，气氛还是很诡异。而现在，黛拉居然会从阿曼达家打电话给她，恐怕大事不妙。

“黛拉，她出了什么事吗？”这个问题实在很蠢。她该问的是，事情有多严重。

“琼斯太太听到她在屋子里惨叫，大吼大叫，乱摔东西。她又‘大爆炸’了。”

“大爆炸”的意思是她又大发脾气了。

“琼斯太太先打电话给坎塔塔，可是坎塔塔和理查德到波士顿去了。琼斯太太在坎塔塔的录音机里听到她留的联络信息后，就赶快打电话给我。”

这样就说得通了。以阿曼达家为中心，沿着十九号公路往北走一英里，就是坎塔塔和理查的家，而往南大约两英里路就是黛拉家。从某个角度来看，这应验了她们老爸当年的口头禅：一个飞到南，一个飞到北，一个永远不知道闭嘴。至于丽赛，她家距离阿曼达家大约五英里。阿曼达家是栋经过防风雨强化处理的鳕鱼角式小屋，琼斯太太就住在马路对面。她之所以懂得先打电话给坎塔塔，并不光是因为坎塔塔住得比较近，也是因为她对她们姐妹的状况略知一二。

她在屋子里惨叫，大吼大叫，乱摔东西。

“这次有多严重？”丽赛感觉到自己的语气很平淡，而且异乎寻常的冷漠。“需要我过去一趟吗？”当然，这句话的意思是，需不需要我马上过去？

“她……她目前应该还好，”黛拉说，“不过她刚才又发作了一次。她的手臂受伤了，大腿上也有好几处伤口。那个……你知道的。”

丽赛当然知道。之前阿曼达有过三次严重发作，她的精神科医生珍·惠勒称之为“诱发性半紧张症”。只不过，那种状况和很久以前……

（这个不能说）

（我不会说的）

……一九九六年，斯科特也出现过类似的状况。两人状况不同，但相同之处是都非常吓人。阿曼达那三次发作，事先都曾出现兴奋的迹象。这时丽赛突然想到，先前在斯科特的工作室里，阿曼达就有那种兴奋的样子。一开始是兴奋，然后就是歇斯底里，接着就是自残，虽然自残时间只是短暂的一瞬。但有次发作时，阿曼达显然企图割开自己的肚脐。那一次她在肚脐四周留下一个淡淡的环状疤痕。丽赛想过帮她安排整容手术。虽然她不知道这种手术有没有效，不过她向阿曼达表示过，如果阿曼达愿意考虑的话，她愿意负担手术费用。但阿曼达用十分嘲讽的姿态拒绝了她的好意。“我喜欢这个疤痕，”她说，“如果下次我又想自残，说不定一看到那个疤我就会停手了。”

说不定？这字眼还真让人安心。

“黛拉，这次到底多严重？你老实说。”

“丽赛……亲爱的……”

丽赛开始觉得苗头不对了（可能比她想象的严重）。她感觉得到她姐姐想拼命忍住不要哭出来。“黛拉！深呼吸，然后老实告诉我。”

“我没事。我只是……今天很不好过。”

“麦特到蒙特利尔去了吧？他什么时候回来？”

“下下星期，不过我绝对不会打电话给他的——他现在拼命赚钱，就是为了明年冬天我们可以到圣巴特去度假。他一定不希望有人吵他。这件事我们自己处理就行了。”

“我们行吗？”

“当然行。”

“那你觉得我们该怎么处理？”

“这样吧，”丽赛听到黛拉深深吸了口气，“她手臂上的伤口不深，绷带就可以应付了。大腿上的伤口比较深，一定会留下疤痕，不过谢天谢地，伤口的血已经凝结了，也就是说，她没割到动脉，对不对，丽赛？”

“什么？你给我上……你老实说。”

她差点脱口而出叫黛拉上紧发条，不过她姐姐一定会听得一头雾水。丽赛心里明白，不管黛拉接下来要说什么，那铁定都是废话。这点光听黛拉讲话的语气就知道了。打从还在吃奶的时候起，丽赛不知道听过黛拉这种语气多少次了，因此她已经开始做最坏的打算。她靠在办公桌上四下张望……老天，就在墙角，在一堆装酒的纸箱旁边（纸箱上贴着“斯科特！初期！”标签）。该死，那把银铲子就这么大剌剌地放在办公室东北边墙角。她没想到自己眼睛这么大，进门时竟然没看到。要不是她急着接电话，免得电话录音机启动，说不定早就看到了。她靠在办公桌旁，远远就能看到铲片上的几个大字：“谢普曼图书馆破土典礼”。那一瞬间，她仿佛又听到那个南方炸鸡小混蛋在说话。他正在告诉斯科特，那位“东溺”要为他写篇报道，准备登在年度评论集上，问他需不需要寄一本给他。斯科特回答说——

“丽赛？”黛拉突然再度开口。现在她的语气听起来有点烦恼了。那一刹那，丽赛立刻又回过神来。难怪黛拉会烦恼，因为坎塔塔人在波士顿，而且会在那边待上一整个星期，甚至更久。她老公在马尔登和林恩市一带忙他的汽车批发生意——收购中古车、拍卖车，还有淘汰的出租车。坎塔塔在老公做生意时，只好上街血拼。而黛拉呢？她老公麦特到加拿大演讲，题目是“北美印第安人的迁徙模式”。黛拉告诉过丽赛，她老公的巡回演讲很有赚头，只不过现在再多的钱也救不了她们。此时这里只剩她们两个弱女子，好一对苦情姐妹花。“丽赛，你在听到我说话吗？你还在——”

“我听到了，”丽赛说，“不好意思，刚才有点恍神。可能是电话的关系——这太电话在谷仓楼下，已经很久没人用了。我本来要拿这个房间当办公室的，可是后来一直没装潢好，好像是斯科特过世前的事吧。”

“噢，我明白了。”黛拉显然一头雾水。丽赛猜，黛拉现在一定心想，真他妈听不懂她在讲什么。“你现在听得见我说话了吗？”

“很清楚。”她边说边盯着那把银铲子，脑中又浮现出格德·埃伦·科尔的影像。她想到他当时说：为了小苍兰，我一定要让这可怕的钟声消失。

黛拉深深吸了口气。丽赛听着她深呼吸的声音，仿佛听到一阵风沿着电话线吹来。接着黛拉说："她嘴上不承认，可是我觉得她……呃……这次，她好像喝了自己的血。丽赛——我一进门就看到她的嘴上和下巴上全是血，可是她嘴里没有伤口。我忽然想到，小时候老妈给过我们一支口红，我们乱涂一通的样子。"

此时丽赛脑中想到的不是小时候玩过家家的情景——她们穿着老妈的高跟鞋，叮叮咚咚走来走去。那一刹那，她想到的是纳什维尔那个燠热的午后，当时斯科特倒在停车场上，浑身颤抖，满嘴是血。没人喜欢三更半夜看到小丑。

丽赛，我的小丽赛，你听着，我学它的声音给你听。双眼四处扫射时，它会发出一种奇怪的号叫声。

此刻，墙角那把银铲子闪闪发亮……当年它没被敲坏吗？她很确定那把铲子一定被她敲坏了。可是当年她真的及时出手了吗……有时候她会在三更半夜猛然惊醒，汗流浃背，以为自己晚了一秒出手。而后来那几年两人一起生活的情景其实只是场梦……

"丽赛，你要过来吗？刚刚她清醒的时候，一直说要找你。"

丽赛突然又紧张起来。"你说什么？她清醒的时候？这是什么意思？你刚才不是说她没事吗？"

"她没事……她应该没事。"说到这里，黛拉迟疑了一下，接着又说："她一直说要找你，而且说想喝茶。我泡了些茶给她喝，她也喝了。还不错吧？"

"很不错，"丽赛说，"黛拉，你知不知道她为什么发作？"

"噢，当然知道。好像是镇上有很多传言。我本来不知道，是琼斯太太后来在电话里告诉我的。"

"什么事？"其实丽赛早就心里有数。

"查理·克里夫又回镇上了，"说着，黛拉突然压低声音继续说，"那个人见人爱的青春痘银行家。这次他还带了个女人一起回来，听说那个女人之前是圣约翰谷那里的 AV 女优。"她故意用很重的缅因州口音讲圣约翰谷这几个字，听起来很像“圣强谷”。

丽赛愣愣地站在那里看着那把银铲子，等着黛拉继续爆料。后面一定还有故事。

“丽赛，他们结婚了。”黛拉说。这时丽赛听到电话中传来一阵喉咙哽住的咯咯声。起初她以为黛拉强忍着不敢哭出来，后来才发现她姐姐是在偷偷地笑，她怕被阿曼达听见，所以压低了笑声。天知道阿曼达在不在她旁边。

“我会尽快赶过去，”丽赛说，“还有，黛拉？黛拉？”

黛拉没有回答。丽赛只听到电话里一直传来咯咯咯的声音。

“要是被她听到你在笑，等一下她再发作时刀子就不是刺在她自己身上了。”

一听到这句话，黛拉立刻止住笑声。丽赛听到黛拉深深吸了一口气然后说：“你知道吗，给她看病的那个精神科医生已经搬走了。她好像叫惠勒吧？就是那个老戴珍珠项链的女人，你还记得吗？如果我没记错，她好像搬到阿拉斯加去了。”

丽赛记得她好像搬到了蒙大拿州，不过，管他的。“噢，我们先看看她状况怎么样再决定。斯科特以前去过一个地方疗养……绿茵，离双子城不远——”

“噢，丽赛！”黛拉的口气像足了她们老妈。

“丽赛怎么样？”丽赛不太高兴了，“丽赛怎么样？你打算搬进去跟她一起住吗？万一她下次发作，拿起刀子要在自己胸口刺上查理·克里夫的名字，谁要阻止她？是你吗？还是你觉得坎塔塔愿意担起这项责任？”

“丽赛，我不是那个意思——”

“还是你要把你的宝贝儿子比利从学校叫回来照顾她？我记得他好像年年拿奖学金，对不对？”

“丽赛——”

“怎么样，你有没有什么好主意？”这时丽赛发现自己又露出作威作福的口气。她很讨厌自己这样。这就是钱的力量，如果你很有钱，那么过了十年二十年后，你就会变成这副德性——你会开始认为有钱能使鬼推磨，天大的麻烦都能用钱摆平。她还记得斯科特说过，不能买太大的房子，房子厕所不能超过两间。没人够资格拥有那种大房子，因为那种房子会让人误以为自己是大人物。她又看看那把铲子，突然觉得那把铲子仿佛正凝视着她，仿佛在安慰她。你救了他的命。那不是你的错。真的吗？她想不起来了。难道那又是另一件她想刻意遗忘的事吗？她也想不起来了。真可笑。可笑又可悲。

“丽赛，很抱歉……我只是——”

“我知道。”其实丽赛的意思是她知道自己累了，知道自己很困惑，知道自己对这种跋扈的态度很惭愧。“总会有办法的。我现在马上过去好不好？”

“好啊，”黛拉松了口气，“太好了。”

“那个法国佬，”丽赛说，“真是王八蛋。走了也好，眼不见为净。”

“赶快过来吧，越快越好。”

“我马上过去，待会儿见。”

丽赛挂断电话，然后走到办公室东北边墙角，伸手去摸那把银铲子的握柄。那一瞬间，她觉得这仿佛是她第一次拿这把铲子。为什么会有如此怪异的感觉？当年斯科特把铲子交给她时，她只觉得那个银铲片上刻着几个字，看起来很好玩。后来，事件发生的那一刻，她挥起铲子朝那家伙打去，但那仿佛是她的手的自主行动……好像是。她感觉自己的脑袋仿佛有个最原始的区域具有独立的求生意志，而就是这个区域在指挥她的手。这个区域在保护丽赛，保护现在这个丽赛。

她一手沿着光滑的握柄往下摸。她喜欢那种滑溜溜的感觉。她弯下腰时，眼睛又看着那三个堆着的纸箱子。纸箱一侧用黑色记号笔写着几个斗大的字：“斯科特！初期！”其中有个纸箱本来是用来装琴酒的，箱口没用胶带封住，只是交叠盖着。丽赛拍拍箱子上的灰尘。她心中暗暗吃惊，因为灰尘厚得吓人，而且她突然想到最后摸过那个纸箱的人是谁。当年那个人把箱口交叠盖好后，把箱子放到最上面，而现在，那个人却已长眠地下。

那个箱子里放满了纸。在她看来，那很像手稿。最上面的标题页已经发黄了，页面中间是手稿标题，字体很大，底下还划线。标题底下的第二行字是斯科特的姓名。她一眼就认出那字体，那种感觉就像她永远认得斯科特的独特微笑。当年他还很年轻时，当年丽赛刚认识他时，那种字体就是他的注册商标，一辈子都没变过。她一眼就能认出他的字体，可是她却从没见过那个书名：

艾克归乡

斯科特·兰登　著

这是长篇小说吗？还是短篇小说？就这样看着箱子根本没办法判断，不过里头至少有上千张稿纸。绝大多数稿纸摞成一整堆，书名页在最上面，不过另外还有些稿纸分别竖起来塞在两边，感觉上好像是为了夹住那堆稿纸。如果那是本长篇小说，而这整箱都是那本小说的稿子，那它铁定比《飘》还要厚。有可能吗？在丽赛看来，是有可能的。斯科特每写完一本小说都会拿给她看，而且就算是写到一半的小说，如果她开口说想看，他也都很乐于让她看（这可是丽赛独享的特权。就连跟斯科特合作多年的编辑卡尔森·弗里也享受不到这种待遇）。不过话说回来，要是她没开口，那他通常就隐而不宣。从他开始写作一直到他过世为止，他的产量一直相当惊人。无论出门在外或在家里，他的笔从没停过。

然而，这可是本厚达一千多页的小说啊。如果是长篇小说，他怎么可能从来没提过呢？所以说，我敢打赌，那一定是篇短篇小说，而且他自己一定不喜欢。如果是短篇小说，那么底下的稿子和塞在旁边那些稿子又是什么呢？说不定是他早年几本小说的手稿。也可能是他称之为“杂碎”的印刷校样稿。

匹兹堡大学图书馆一直在为他整理一套“斯科特·兰登文集”。那么，他将这些“杂碎”校对过后，不是应该都已寄到那里去了吗？换个说法，不是应该都已寄给那些遗稿狗仔，让他们边看边流口水，不是吗？而且楼上有个柜子，上面标示着“留存手稿”，早期小说的手稿都保存在那里。如果这几个箱子里的稿子是早期手稿，那么楼上的柜子里怎么可能还会有早期的手稿？想到这里，丽赛又想到旧鸡舍两边那几间马厩，那里放的又是什么东西呢？

她抬头往上看，仿佛她忽然变成了有透视眼的神力女超人，可以看穿天花板，看到那个柜子里的东西。就在这时，办公桌上的电话忽然又响了起来。

4

她走到办公桌旁，不怀好意地看着电话机，脸上露出既害怕又生气的表情……严格说来，生气的成分比较多。会不会是阿曼达又发疯了，决定效法梵高，割掉自己的耳朵？或者她想拿刀割断自己的喉咙或者大腿、手臂？丽赛仔细想想，觉得不太可能，应该只是黛拉的老毛病又犯了。所有姐妹中，最有可能在挂了电话后，隔三分钟又打来，然后告诉你："对了，刚刚忘了告诉你……"的就是黛拉。

"怎么了，黛拉？"

好一会儿，电话里没有半点声音。接着，她听到一个男人的声音说："兰登太太吗？"她好像在哪里听过那声音。

这下轮到丽赛犹豫了。那一瞬间，她脑中闪过几个男人的名字。其实这些年来，她认识的男人已经没几个了。当你老公过世后，你会很惊讶地发现，你认识的人好像越来越少了。她想到雅各布·蒙塔诺。他是他们家的律师，住在波特兰。她想到阿瑟·威廉斯。那个宁死一毛不拔的家伙是他们家的会计师，住在纽约。她想到戴克·威廉斯。他是个营造商，住在布赖顿。就是他把谷仓楼上空荡荡的秣草棚改建成了斯科特的工作室，就是他改建了他们家二楼，把那几间阴森森的房间变成阳光灿烂的童话世界。哦，对了，他和前面那位阿瑟·威廉斯没有任何亲属关系。她想到斯迈利·法兰德斯。他是个水电工，住在莫登附近。那人妙语如珠，仿佛有永远讲不完的笑话，而且荤素不拘。她想到查理·海登菲尔。他是斯科特的经纪人，常会打电话来谈公事（主要是海外版权和短篇小说选集的授权）。除了这些人，只剩斯科特的几个朋友还和她保持联络。只不过就算这个号码登记在电话黄页上，这些人也不可能打。当时登记了吗？她已经想不起来了。不管怎么样，这个声音不属于前面提到那几个她认识的人（或是她自以为认识的人）。可是，真该死——

“兰登夫人？”

“请问你是哪位？”她问。

“夫人，我叫什么不重要。”那人用一口南方腔答道。这时她脑中忽然闪过格德·埃伦·科尔的影像。她仿佛看到科尔的嘴唇喃喃嘀咕着什么，好像在祷告。不过这次，她倒是没看到科尔那诗人般秀气修长的手指，没看到他手上拿着枪。她心里呐喊着，老天保佑，但愿这家伙不会又是另一个神经病。但愿这家伙不会是第二个金毛小子。然而她发觉自己的手已经不知不觉又抓着那把银铲子，刚才她接起电话时，手就已抓在铲柄上了。这意味着，不太对劲，真的不太对劲。

“但对我来说很重要。”她暗自吃惊，没想到自己的语气竟能这么不动声色。她心里紧张得要命，但没想到自己讲起话来竟然还能这么犀利而冷静。接着，一个闪电般的念头忽然闪过脑际。她忽然想到在哪里听过那声音了。就在今天下午，就在连着这台电话的录音机上。而且难怪她刚接起电话时，没有立刻认出那声音，因为那个人在录音机上只说了短短一句话：我会再打。接着她又说：“请你现在立刻表明身份，否则我就挂电话了。”

她听到那人叹了口气。他的声音听起来很疲倦，而且友善。“夫人，别为难我好吗？我只希望能帮上你的忙。真的。”

丽赛突然想到斯科特最喜欢的“最后一场电影”。她想到的是电影里男主角的沙哑声音。另外她也想到乡村歌手汉克·威廉斯的沙哑嗓音，仿佛听到了他在演唱那首轻快的《强巴拉亚》。接着丽赛说：“我要挂电话了，再见，祝你愉快。”虽然她嘴里这么说，但话筒却没离开耳边。时候还没到。

“夫人，你可以叫我扎克。这名字应该还不错吧？这样可以吗？”

“扎克？那你姓什么？”

“马库尔。”

“哇，那你不就是电视名嘴吗？如果你是扎克·马库尔，那我就是伊丽莎白·泰勒了。”

“刚才你叫我告诉你个名字，我只好随口说一个。”

这人倒是伶牙俐齿。“那么扎克，这个号码是谁告诉你的？”

“电信公司的接线生告诉我的。”这么说来，这个号码确实登记在黄页上。所以他才会知道。也许吧。“我有几句话要告诉你，你想听听看吗？”

“我在听。”她是在听……不过手上也抓着那把银铲子……她在等待南风吹来。这是最重要的，因为情况很快就会产生变化。她全身的每个细胞都感觉到了。

“夫人，前阵子有人来找你，说想看看你先生留下的稿子。噢，对了，请你节哀。”

丽赛假装没听到最后那句话。“斯科特过世后很多人来找过我，他们都想看看我先生留下的稿子。”她暗暗祈祷，希望电话里那家伙没那么敏锐，不会察觉到她的心跳有多厉害。“对那些人，我说的都是同一句话：过些时候，等时机成熟了，我就会让他们看——”

“夫人，那个人在你老公的母校教书。他说交给他们是最合理的，从各方面来看，他们最有资格处理那些稿子。”

丽赛沉默了好一会儿，半句话也没说。她想到这个人刚刚讲到“老公”这两个字时口气很奇怪，似乎有点粗鲁。还有，他叫她“夫人”时腔调也很怪。听得出他不是缅因州人，也不是纽约人，而且似乎没受过什么教育。至少斯科特会称呼某某夫人，不会只叫人家夫人。她心想，这位“扎克·马库尔”一定没念过大学。而且她感觉到，已经开始吹南风了。她已经不害怕了，相反，她开始感到愤怒。非常愤怒，像头被惹毛的母狮子。

丽赛开口说话。她的声音很低沉，仿佛喉咙哽住了，她几乎认不出自己的声音了。她说：“他叫伍伯迪。你说的就是他，对不对？约瑟夫·伍伯迪。那个遗稿狗仔，那兔崽子。”

电话里，那人迟疑了一下，然后说：“夫人，我听不懂你在说什么。”

这时丽赛的火气越来越大。她喜欢这种感觉。“别跟我装傻了。是那个约瑟夫·伍伯迪教授派你来的吧？那个遗稿狗仔大王。是他叫你打电话来恐吓我……他怎么说来着？要我把我丈夫工作室的钥匙交出来，这样他就可以清查斯科特的手稿，爱拿什么就拿什么，是不是？他就是这么……难道他真以为……”讲到这里，她忽然说不下去了。没她想得那么容易。她是真的很生气，可是讲话的语气却不够凶，太斯文了点。她得装凶一点。“你给我说清楚，扎克，是不是他？是那个约瑟夫·伍伯迪教授叫你来的吗？”

“夫人，我是谁找来的关你屁事。”

丽赛忽然不知该怎么回答。一时间，她被对方嚣张的气焰吓住了。要是斯科特在这里，他一定会说，这真是……

（关你屁事）

夸张得吓死人。

“还有，我办事不会只试试看。我一定会干到底。”讲到这里，他停了一下。然后又说：“意思是，我不达目的绝不罢休。好了，夫人，从现在开始，给我闭嘴，给我仔细听好。听清楚了吗？”

她冷冷地站在那里，电话贴着耳朵，一句话也说不出来，脑中回荡着那句话——听清楚了吗？

“我听得到你的呼吸声，所以我知道你听得很清楚。很好。夫人，一旦我收了人家的钱办事，就绝对不会只是试试看，我一定会干到底。是的，你不知道我是谁，不过没办法，那就是你吃亏的地方，我占上风。我可……我可不是吹牛。我办事不会只试试看。我一定会干到底。所以，我要什么，你就给我什么，知道吗？我会打电话给你，或是发电子邮件，用我们现在这种方式沟通，然后有天我会告诉你：‘没事了，我要的东西拿到了。’万一结果不是这样……万一我没有在限定时间内拿到我要的东西，那我就会到你家来找你。我会好好整治你。想想当年你参加学校舞会时身上什么地方不准男生碰，我会让你那个地方痛到死。”

那人滔滔不绝，好像在背诵事先编好的台词。丽赛听到一半，不知不觉闭上眼睛。她感觉到温热的泪水沿着脸颊滑落，可那是愤怒的泪水，还是……

羞愧的泪水？难道她真是因为觉得丢脸而掉泪吗？是的，亲耳听到陌生人对她说出那种话，确实很丢脸。感觉就像到了所新学校，第一天就被老师当众训斥。

这时她仿佛听到斯科特说，他妈的，小宝贝，你应该知道怎么对付他的。

是的，她很清楚。面对这种场面，要么“上紧发条”，要么投降。尽管她从来没有真正碰过这种场面，不过还是很清楚该怎么做。

“夫人？我刚才说的话你听懂了吗？”

她很清楚自己想跟他说什么，不过他可能听不懂。所以丽赛决定换种简洁有力的表达方式。

“扎克？”丽赛很小声地叫他一声。

“怎么样，夫人。”他也跟着变得小声起来。说不定他以为这是种共谋的意思。

“你听得见我说话吗？”

“你讲话声音好像有点小，不过……怎么样，夫人？”

她深深吸了口气，然后憋住。她开始想象那人的模样，想到他满嘴什么夫人老公的，连文法都会搞错。她想象得到，那人现在一定让电话紧贴着耳朵，竖起耳朵想听清楚她要说什么。他的模样仿佛真的浮现在丽赛眼前了，那一刹那，丽赛用尽吃奶的力气朝着话筒大吼一声：“操你妈的去死吧！”

接着，丽赛把话筒重重摔到电话机上，由于力道实在太猛，话机上的灰尘漫天飞舞。

5

电话铃声几乎立刻又响了起来，可是丽赛已经没兴趣再跟那个

“扎克·马库尔”说话了。她想，自己应该不会再跟那个电视名嘴“对话”了。而且这样的“对话”可不是她自愿的。另外她甚至也不想在录音机里听到那人的声音。想也知道，他的口气不可能再像刚才那样假装斯文了。他一定会破口大骂丽赛是贱人、臭婊子、烂货。她沿着电话线找到墙上的插孔——就在那些纸箱旁边。她一把扯掉电话线。那一瞬间，电话正好响到第三声，然后就没声音了。“扎克·马库尔”的问题到此结束，至少目前暂时结束。也许丽赛还是得对付他，不过眼前得先处理阿曼达的问题。更何况此刻黛拉正在等她过去。没有丽赛她根本不知道该怎么办。她要立刻到厨房去，把挂在墙上的车钥匙拿下来……然后，她大概得花个两分钟，把整间屋子的门都锁起来。其实白天她本来是懒得锁门的。

屋子要锁，谷仓和工作室也要锁。

是的，特别是工作室。工作室几乎是斯科特的一切，里面是他毕生心血的结晶。尽管她不像斯科特那么懂工作室有多重要，不过还是得锁起来。对了，谈到斯科特毕生心血的结晶……

她不自觉地又低头看看最上面那个纸箱，她刚才没把箱口盖上，所以里头的东西看得一清二楚。

艾克归乡

斯科特·兰登　著

丽赛突然觉得好奇，她转念一想，看看应该没关系吧，花不了一两分钟。于是她弯下腰把银铲子靠在墙上，把那张书名页拿起来，看看底下是什么东西。第二页上面写着：

艾克衣锦还乡，从此过着幸福快乐的日子。

秘宝找到了！游戏结束！

就这样，没别的了。

丽赛呆呆看着那张纸，愣了好一会儿，几乎忘了自己还得去个地方，还有事情要办。她又开始起鸡皮疙瘩了，不过这次应该是因为心情愉快……不对，不能说应该是，是真的很愉快。她嘴角泛起一抹淡淡的微笑。自从她开始动手清理斯科特的工作室后……不对，正确的说法是，她开始发神经，把斯科特口中的“记忆角落”搞得乱七八糟后。反正从那时候起，她就一直感觉得到斯科特的存在……但从来不曾像这次一样，感觉那么接近，那么真实。她把手伸进箱子里，用大拇指翻翻那一大沓稿纸。其实她早有预感会看到什么，果然不出所料，那沓全是空白稿纸。接着，她顺手翻翻塞在旁边的两沓稿纸，结果也全是空白的。斯科特小时候发明了几个字眼，其中，“秘动”是指瞬间移动，至于“秘宝”……呃……这个意思就比较复杂了。不过从第二页稿纸看来，意思应该是开玩笑，或无伤大雅的恶作剧。反正这一大沓冒充的小说就是斯科特·兰登的“冷笑话”。

那么，另外那两个箱子里也是“秘宝”吗？还有，走道对面那几间马厩和那个旧养鸡场里头也堆了很多纸箱子。难不成那些箱子里也都是“秘宝”吗？开玩笑有需要费这么大的功夫吗？如果真是玩笑，那斯科特究竟是想跟谁开玩笑？她吗？还是伍伯迪之类的遗稿狗仔？应该是他们没错。斯科特一向很喜欢消遣那些家伙。他都说那些家伙是“文本狂”。可是，这种玩笑本身却暗藏着另一种可怕的假设：他可能早就有预感……

（英年早逝）

死亡已经逼近。

（壮志未酬）

而斯科特竟然什么都不告诉她。这又让她想到另一个问题：就算斯科特告诉她了，她会相信吗？她第一个反应一定是说不会——她一定会告诉自己，我是个很实际的人，每次他要出门，我都会帮他检查行李，看看他内裤带得够不够，并且提醒他要先打电话查询，看看班机是不是准时起飞。然而，她还是永远忘不了那一幕：他满嘴都是血，笑起来的样子很像小丑。她还记得，有一次斯科特告诉她一件匪夷所思的事，可是说话时神智似乎很清楚。他说，太阳下山后，最好不要吃任何新鲜水果，因为那样很危险。还有，半夜十二点到凌晨六点这段时间，什么东西都不要吃。斯科特解释说，“夜里的食物”通常都有毒。他似乎言之有理。因为——

（嘘，不要说）

“我差点就相信他了，好了，够了。”她自言自语嘀咕道。她以为自己又要掉泪了，于是赶快低下头，闭上眼睛，以免眼泪掉出来。其实她眼里根本没有眼泪。刚才那个“扎克·马库尔”的那些话气得她掉眼泪，但现在她的眼睛却干得像沙漠一样，该死的眼睛！

斯科特书桌的抽屉，还有楼上最大的那个档案柜里头也塞了很多手稿。丽赛心里明白，那些当然不可能是“秘宝”，其中有些是出版过的短篇小说存稿，有些是改写的版本。斯科特帮他的一张书桌取了个绰号叫“垃圾堆”，丽赛在那张书桌里看过三本未完成的小说，还有一篇未完成的中篇小说——伍伯迪看了一定会口水直流。此外至少还有五六篇已完成的短篇小说，不过斯科特好像不怎么在乎那几篇小说，从来没想过要寄去出版。从字体上看，那几篇小说已经是多年前的旧作了。丽赛实在没有能力判断，这些小说中哪一篇是杰作、哪一篇是垃圾，不过她倒是可以确定，随便哪一篇都足以让那些“兰登学者”趋之若鹜。然而，这些……套用斯科特的字眼，这些“秘宝”……

接着她抓住那把银铲子的握柄，紧紧地攥着。她突然觉得，这世界越来越像蜘蛛网般纠缠不清。而在这样的世界里，只剩那把铲子能给她真实感。她再度睁开眼，自言自语说道：“斯科特，这只是恶作剧吗？或者你还在跟我过不去？”

没人回答，当然不会有人回答，此刻她得赶快去照顾那两个姐姐。哪一天，等时候到了，她会把这些东西全丢进后院的火炉，她相信斯科特一定会明白的。

不过，不管是现在去找姐姐，或是未来要把那些稿子全丢到后院烧掉，这把铲子都派得上用场，她决定将铲子随时带在身边。

她喜欢铲子握在手上的那种感觉。

6

丽赛把电话线接回去，然后在电话铃响起之前匆匆走出办公室。谷仓外，太阳已逐渐西沉，西风强劲。刚才她接了两通令她肝火上升的电话，而第一通是她姐姐打来的。她正要打开门进办公室接电话时，四周忽然刮起一阵怪风。现在她终于知道那阵风是哪来的了。小宝贝，那阵风不是什么鬼魂作祟。今天真是漫长，仿佛一个月已经过去了。然而此刻，风吹在身上，感觉却如此和煦，如此清新舒畅，让她想起昨晚梦中的风。她从谷仓走回家中厨房时，并不担心“扎克·马库尔”会突然从附近某处突然冒出来。丽赛知道他不是用手机打的。如果有人用手机在附近打电话，那种声音她一定听得出来。电话里一定会出现吱吱喳喳的杂音，而且音讯会断断续续。斯科特跟她解释过，手机信号必须通过电力线通信网络（斯科特喜欢称之为“飞碟加油站”）传送。而那位“扎克”老兄的声音听起来太清楚了。我们这位“密码解读人”一定是用市内电话打的。这么说来，他不可能是在这附近打的，除非她家附近的邻居开门让他进去借电话用，当场听他恐吓丽赛。

她抓起车钥匙，然后把钥匙塞进牛仔裤旁的口袋里（她没有察觉阿曼达那本小笔记本还在她的后口袋里，不过一会儿之后她就会发现了）。除了车钥匙，她还拿了更大的一串钥匙环，上面有“兰登王国”各个出入口的钥匙，而每一把钥匙上都有标签贴纸，贴纸上有斯科特·兰登清秀的字迹。她把房子锁起来，然后锁上谷仓侧门，再从谷仓外的楼梯走上二楼斯科特工作室门口，把那道门也锁上。等所有门都锁好了，她把铲子扛在肩上，朝车走去。六月的夕阳余晖的红晕映照着她，她长长的影子拖在庭院的泥地上。

第四章　丽赛和血秘宝

（邪）

1

十七号公路最近刚拓宽，路面也重新铺设过。沿着十七号公路开往阿曼达家，途中会经过通往哈洛市的狄卡路。尽管狄卡路的十字路口有减速警告灯，这趟路大概只有十五分钟车程。在这短短的十五分钟里，她脑中思绪起伏，几乎没有停过。她不由自主地想到那些“秘宝”，除了一般的秘宝之外，她特别想到那个秘宝：第一个秘宝。那个可不是玩笑。

“可是里斯本瀑布镇的那个小傻瓜还是不知死活嫁给了他。”她不自觉地笑起来，嘴里喃喃嘀咕。接着她踩在油门上的脚忽然松开。“帕特超市”到了，就在马路左边。门口广场上有家自助式加油站，招牌灯光很刺眼，而黑色的店名字母看起来反而更鲜明。那一刹那，她发觉自己突然起了股强烈的冲动，很想把车子开进去，到店里买包烟。记忆中的赛伦淡烟的滋味多美妙啊。此外说不定还可以顺便买几个甜甜圈。阿曼达喜欢甜甜圈，特别是南瓜口味。还有，干脆顺便买几个奶油卷心蛋糕犒赏一下自己吧。

“你这天字第一号神经病。”她笑着咒骂自己一句。接着她又踩下油门，车窗外“帕特超市”逐渐消失在后方，尽管天际还有一抹淡淡的晚霞，但她已经把车灯打开了。她瞄了一眼照后镜，看到那把笨铲子好端端地躺在后座，然后又说了一次：“真的，你真是天字第一号神经病！”这次她边说边笑。

她会不会真的发神经了？管他的，是又怎样？

2

车子到了阿曼达家那栋鳕鱼角式迷你小屋前面。丽赛把车停在黛拉那辆丰田普锐斯后面，下车走向门口。她才走到一半黛拉就冲了出来。她冲得不是很快，不过看得出她强忍着不敢哭出来。

“谢天谢地，你终于来了。”她说。丽赛一看到黛拉满手的血，脑中忽然又想到那些“秘宝”，想到她丈夫。她想起当年他们还没结婚时，斯科特从黑暗中走出，朝她伸出手。然而那只手看起来已经不太像手了。

“黛拉，怎么——”

“她又发作了！那疯婆子又发作了，她又拿刀割自己了！我刚才只是上一下厕所……让她自己在厨房里喝茶……我说：‘阿曼达，你还可以吧。’……后来……”

“等一下。”丽赛制止她再说下去，同时提醒自己保持冷静。她一直是几个姐妹中最冷静的，很多事情都要靠她出面。每次碰到什么状况，总是她在说“等一下”，总是她在说“还有机会，不要那么悲观”。可是很奇怪，这应该是大姐的工作，不是吗？呃，不过如果那位要命的大姐精神状态有问题，那就另当别论了。

“噢，她死不了，可是里头乱七八糟，我已经不知道该怎么办了。”黛拉终于忍不住哭出来。丽赛心想，是哦，我一来你就不管了。说不定咱们家这位小丽赛自己家里也有一堆问题，难道你们从来没想过吗？

这时黛拉擤了一下鼻涕，一次擤一个鼻孔，发出两声猪嚎一样的声音，把鼻涕擤到阿曼达家的草坪上，那模样实在很不雅。“里头乱得跟战场一样。也许你是对的，也许应该把她送到绿茵去……只要那里是私人机构……只要那里够隐秘……我不知道……也许你有办法应付她，说不定你有办法。她一向很听你的，一直都是。我已经无能为力了……”

“没事了，黛拉。”丽赛安慰她。这时，她忽然发觉自己根本不是真的想抽烟。抽烟是从前的坏习惯。香烟就像她死去的丈夫一样，永远不会回来了。两年前，她丈夫看书看到一半突然倒下，被送到肯塔基医院，没多久就死了。此刻她想抓住的，不是赛伦淡烟，而是那把银铲子。

有些东西根本不用打火机点燃，但一样能给你安慰。

3

丽赛，那是秘宝！

她走进阿曼达家的厨房，打开灯，那一刹那，她又听到那声音了。而且她脑中再度浮现那幕景象，看到当年“克里夫磨坊”的那间公寓，看到他从公寓后面那片草坪的阴影中出现朝她走来。在某些不同寻常状况下，斯科特有时疯疯癫癫，有时又很勇敢，有时候则既疯癫又勇敢。

而且，那不是普通的秘宝。那是“血秘宝”。

就在公寓后面那片草坪上，丽赛教他怎么跟女人亲热，让他第一次成为真正的男人，而斯科特也教她怎么把脏话说得文雅一点。他们在彼此身上学会了如何等待，等待，等待南风吹起。夏日将至，帕克花房就在草坪那边，夜风从敞开的天窗吹进花房，各式各样的花朵交织成浓烈的香味随风飘散，令人迷醉。斯科特摇摇晃晃地走来。在那春末的夜晚，斯科特伴随着阵阵花香朝她走来，走进灯火通明的后门，而丽赛就在门口等他。丽赛在生他的气，不过火气倒不是真的那么大，其实已经准备跟他和好了。从前，有人约会迟到，害她等了好久（不过斯科特约会倒是从没迟到过）。从前，她的男友也常喝得烂醉如泥（包括斯科特在内）。可是，丽赛看到斯科特的那一瞬间——

那是她的第一个“血秘宝”。

此刻，眼前又是另一个“血秘宝”。阿曼达的厨房满目疮痍，一片狼藉，血迹溅得到处都是。斯科特要是在这里，一定会模仿运动主播的夸张语气，大叫“血流成河了”。桃黄色塑料面流理台上血迹斑斑，甚至连微波炉的玻璃门上也喷满了血。油布地毡上也是血迹斑斑，甚至还有个血脚印，水槽里有条被血浸透的抹布。

丽赛看着眼前的景象，感觉自己心脏越跳越快。她告诉自己，心跳加速是很正常的。看到血淋淋的场面，每个人都会有这种反应。更何况她已经紧张了一整天，有点神经过敏了。她提醒自己：别忘了，这种场面通常没有眼睛看到的那么严重。阿曼达一定是故意把血喷得到处都是。阿曼达那种戏剧化的夸张天性永远会发挥得淋漓尽致。而且丽赛，比这更可怕的场面你又不是没见过。比如说，阿曼达用刀子割肚脐那次就更恐怖。或者当年在克里夫磨坊时，斯科特发作那次也比这个更可怕，不是吗？

“你说什么？”黛拉问。

“我没说话呀。”丽赛说。她们站在厨房门口，看着她们可怜的大姐。阿曼达坐在餐桌旁，低垂着头，散乱的头发把脸都遮住了。哦，对了，餐桌也是桃黄色塑料桌面。

“你刚才明明说话了，你说没事了。”

“好吧，没事了就没事了。”丽赛很不高兴地说。“老妈以前说过，那些喜欢自言自语的人通常都很有钱。”而她确实很有钱，这要归功于斯科特。她目前的资产大概在两千万美元左右。至于是两千多万，还是不到两千万，那就得看今天的证券市场行情，看看她手上的美国国库债券和几支股票今天行情如何。

只可惜，站在这里看着血淋淋的厨房，就算你拼命想着钱也无济于事。丽赛突然很好奇，阿曼达之所以没用大便把厨房喷得到处都是，是不是只因为她没想到。万一哪天她心血来潮，突然想到可以用大便，那就真要谢天谢地了，不是吗？

“你把刀拿走了吗？”她轻声问黛拉。

“当然拿走了。”黛拉忿忿不平地说……不过接着她也同样轻声说道：“可是，丽赛，她是用茶杯碎片割自己的，她趁我去尿尿的时候割的。”

丽赛也猜到，同时也盘算好了，她会尽快到大卖场买些新杯子。而且要买黄色的杯子，这样跟整间厨房的色调比较搭配。不过真正的重点是，必须是塑料杯，最好旁边还贴着“打不破”的标签。

丽赛走到阿曼达身边跪下来，想拉她的手。黛拉说：“她割的就是那里，丽赛，她割了自己的手掌，两只都割了。”

阿曼达的手摆在大腿上，丽赛小心翼翼地把她的手拉起来然后翻过来。那一刹那，她突然皱起眉头。伤口的血已经开始凝结，可是看到那血淋淋的画面，丽赛的胃突然痛起来。眼前的景象又令她想起斯科特。她仿佛又看到那个夏日夜晚，斯科特从黑暗中走出，伸出血淋淋的双手仿佛想要拥抱她。他那么做是为了赎罪，因为他喝醉了，忘了他们的约会。老天，跟斯科特比起来，那个科尔算得上是疯子吗？

阿曼达斜着割破了自己的手掌，从大拇指下方一直划到小指下方，切断了掌纹的感情线、智慧线、生命线。在丽赛的想象中，割第一只手掌应该不难，可是她怎么有办法割第二只手呢？阿曼达真是倒霉透了（根据传说），反正不管怎样，她办到了。然后阿曼达绕着厨房晃来晃去，把血洒得到处都是，就像个把血当糖霜，把地板当蛋糕的疯婆子——嘿，大家看！大家看！谁敢说自己是天字第一号神经病！我才是天下第一！阿曼达是天字第一号神经病，如假包换！而且就在黛拉去上厕所那一会儿工夫，她已经像挤柠檬似的挤了满地的血。阿曼达，真有你的，你不但是天字第一号神经病，还是天字第一号闪电侠。

“黛拉，亲爱的，这可不是绷带和双氧水能应付的。我们得送她去急诊室了。”

“噢，真他妈的。”黛拉垂头丧气地诅咒一声，然后又哭起来。

丽赛看看阿曼达的脸，她虽然披头散发，不过勉强看得到她的脸。“阿曼达。”丽赛叫了她一声。

阿曼达没有吭声，身体也没动。

“阿曼达。”

她还是没半点反应。阿曼达低垂着脑袋，像洋娃娃一样一动不动。丽赛心里暗暗咒骂，该死的查理·克里夫！真他妈该死的法国佬克里夫！不过话说回来，就算没有那个“废物”，永远也会有别的原因。阿曼达这种人不管怎样都会出事的。如果有天她们一命归天，你绝对不会意外，反过来，要是她们竟然死不了，你才会觉得那是上帝在彰显神迹。只不过，上帝也会累，最后也就懒得再表演神迹了，她们肯定会在哪天玩这种把戏时死掉。

“阿曼达兔宝宝？”

没想到她小时候的绰号居然奏效了，阿曼达慢慢把头抬了起来。丽赛看着她的脸，却意外发现她的脸不像预期中血迹斑斑，也不像吸了迷幻药那样一脸茫然（不错，阿曼达的嘴唇一片血红，而且那种颜色不像蜜思佛陀的口红）。相反，她双眼炯炯有神，脸上露出顽皮狡猾的神情，洋洋得意却又不怀好意。她小时候一个人闯了大祸之后等着大家收拾烂摊子时就是这种神情。

“秘宝。”阿曼达嘴里喃喃嘀咕了一句。这一瞬间，丽赛感觉全身血液仿佛突然变得像冰一样冷。

4

她们两个把阿曼达夹在中间，而阿曼达也乖乖让她们扶着，慢慢走到客厅去。她们把她扶到沙发前面让她坐下。接着，丽赛和黛拉又走回厨房门口。站在这个位置，一方面可以监视阿曼达，一方面也可以悄悄商量一下，不会被她听到。

“丽赛，她刚才跟你说了什么？你的脸怎么白得像鬼一样。”

丽赛心想，黛拉怎么不说白得跟纸一样？她很不想听到鬼这个字，尤其现在太阳已经下山了，迷信这种东西好像很蠢，不过偏就由不得你不信。

“没什么，”她说，“呃……她只是说，宝贝蛋，大概就像说‘丽赛，你这宝贝蛋，你看，我搞得满身是血，怎么样，喜欢吗？’好了，黛拉，不是只有你会紧张。我也一样。”

“如果我们送她急诊，他们会怎么处理？他们会不会派人监视她，以防她自杀，还是怎么样？”

“可能会吧。”丽赛同意她的看法。现在她脑袋比较清醒了，又想到“秘宝”这两个字。那感觉就像被人打了一巴掌，或吸了兴奋剂一样。尽管刚才她听到那两个字时吓得魂飞魄散，不过……假如阿曼达有话想告诉她，那丽赛可是很想听听她想说什么。她有种感觉，最近发生在她身上的事，甚至包括“扎克·马库尔”来电一事，彼此之间似乎有某个共同点……是什么呢？斯科特的鬼魂？别荒唐了。那么，会是斯科特的“血秘宝”吗？有可能吗？

或者，会不会是那个“高个子”？那个“身上有无数斑纹的东西”？

丽赛，那东西并不存在。那东西只是斯科特凭空想象出来的……只不过，那个想象很强烈，足以影响到和斯科特很亲近的人。那想象实在太强烈了，令斯科特提心吊胆。举例来说，斯科特晚上甚至不太敢吃水果。然而丽赛心里明白，那可能只是些阴魂不散的儿时幻想。至于那个“高个子”，大概也是这么回事吧。这你应该明白的，不是吗？

可是，她真的明白吗？如果真的明白，那刚才她想到那些东西时，为什么某些谜样的思绪会悄悄渗透到脑中，令她心烦意乱？为什么脑中一直有个声音在对她说话，叫她不可以把那些东西说出来？

丽赛这时发现黛拉正用一种怪异的眼神看着她，于是，她赶快挥开那些凌乱的思绪，回过神来面对眼前的人和眼前的问题。这下她才猛然发现黛拉的样子有多疲倦：她鼻翼两侧的法令纹陷得好深，黑眼圈深重。丽赛伸手拉住姐姐的臂膀，赫然发觉她是这么的瘦。她的肩窝深陷，胸罩的带子从肩上滑落，掉在丽赛的拇指上。看到姐姐这个样子，丽赛有点难过。那一刹那，丽赛忽然回想起姐姐到里斯本高中念书那年，里斯本可是灰狗巴士的故乡呢，当时她好羡慕。没想到，光阴荏苒，今年阿曼达就要六十岁了，而黛拉紧追在后。她们已经变成老太婆了，真的老了。

“黛拉，你听我说，”她告诉黛拉，“他们的确可能派人盯着她，提防她自杀，但你不能把那当作监视……这样想太残忍了。他们只是观察。”其实她也搞不清楚自己怎么会知道，不过应该不会错，医院都是这样。“第一天他们会派人二十四小时看着她，也说不定是连续两天四十八个钟头。”

“他们可以未经同意就做这种事吗？”

“如果那个人犯了罪被警察送进去，那他们就有权这么做。”

“你要不要打个电话给你的律师确认一下，那家伙好像叫蒙大拿对吧？”

“他叫蒙塔诺，他现在应该在家。他家的电话没有登记在黄页上，我记在电话簿里，可是我的电话簿摆在家里。这样吧，我们送她到挪南巴的斯蒂芬纪念医院去，那就没问题了。”

“挪威南方巴黎”是牛津郡的一个小镇，当地人都简称“挪南巴”。开车到那边用不了一天，沿途会经过几个名字充满异国情调的景点，譬如墨西哥、马德里、基列山、中国、柯林斯等。斯蒂芬纪念医院是个偏僻的小医院，和波特兰或鲁威斯顿的大医院不太一样。

“我们到了那里之后，他们大概会帮她把手消毒包扎一下，然后我们就可以带她回家，不会有别的麻烦。”丽赛停了一下，然后又补上一句，“假如……”

“假如？”

“假如我们真想带她回来，还有假如她自己想回来。我的意思是，我们不要自欺欺人，不要假装没看到问题，好吗？他们可能会追问，要我们说实话。我相信他们一定会问，到时我们就得承认，是的，她从前是有点忧郁的倾向，不过已经很久没发作了。”

“五年不算很久吧——”

“凡事都是相对而言，”丽赛说，“还有她自己也可以解释，她男朋友多年来避不见面，最近突然又回到镇上，而且结了婚，还把那女人也带回来，于是她就抓狂了。”

“万一她不肯说呢？”

“黛拉，要是她不肯说，那他们可能会征求我们俩的同意，把她留下来观察二十四小时。我的意思是，假如现在她的脑袋还在神游，你真的要带她回来吗？”

黛拉想了一下，叹了口气，然后摇摇头。

“我想这多半要看阿曼达自己了，”丽赛说，“不过眼前最重要的是先帮她把身体洗干净。必要的话，等一下我可以和她一起洗澡。”

“没错，”黛拉边说边用手拨了一下那头短发，“大概也只能这样。”说着，她突然打了个大呵欠。她的嘴张得好大，大得异乎寻常，丽赛几乎能看见她喉咙里的扁桃体。丽赛又瞄一眼黛拉脸上的黑眼圈，这才想到，为了接“扎克”那通电话，她没有立刻赶到阿曼达家，所以阿曼达发作的经过可能有很多她还不知道的事。

于是她又伸手拉住黛拉的手臂，她不是很用力，不过显示出一种坚定。“琼斯太太不是今天打电话给你的，对不对？”

黛拉瞪大眼睛，眨了一下。“没错，丽赛，”她说，“她是昨天打的。昨天快傍晚的时候。我立刻赶过来，用绷带想尽办法帮她包扎一下，然后一直看着她，整晚都没睡。我刚才没告诉你吗？”

“没有，我一直以为她是今天才发作的。”

“丽赛，你这傻瓜。”黛拉说着，脸上露出疲倦的笑容。

“你为什么不早点打电话给我？”

“我不想再麻烦你。你从前已经帮过我们太多忙，给过我们太多东西了。”

“别这么说。”丽赛说。每次听到黛拉或坎塔塔说这种话（有时另一个住在远地的姐姐乔德莎也会打电话给她说这种话），她都会觉得很难过。她不懂自己为什么老是帮这几个姐姐收拾烂摊子。也许她脑筋有问题。不过不管是不是脑筋有问题，她终究还是不会袖手旁观。“反正斯科特有钱，不花白不花。”

“你错了，丽赛。不是因为斯科特有钱，而是因为你有那个心。你真的对我们很好。”说到这里，黛拉迟疑了一下，然后又说：“不说这些了。重要的是我一直以为自己就能应付她，我和阿曼达两个自己就能把问题处理掉。可是我错了。”

丽赛在姐姐脸上亲了一下，又紧紧抱她一下，然后走向沙发，坐到阿曼达旁边。

5

“阿曼达。”

阿曼达没反应。

“阿曼达兔宝宝？”妈的，只好用这招了。刚才这招有用的。

果然没错。阿曼达把头抬起来了。“你……想怎样？”

“阿曼达兔宝宝，我们要带你去医院。”

“我……不想……去。”

阿曼达话说到一半，丽赛忽然点点头，然后动手剥开阿曼达上衣的纽扣。那件上衣沾满了血。“我知道，可是，看看你的手，我真的好心疼。我和黛拉已经应付不了了，要找人帮你进一步治疗。不过我们要问你，你想在挪南巴的医院里过一夜，还是看完医生就回家。如果你想回家，我就住在这里陪你。”丽赛心想，我们可以聊聊秘宝，甚至可以聊聊血秘宝。“怎么样，阿曼达？你想回来呢，还是想在斯蒂芬医院里待一阵子？”

“想……回来。”接着丽赛叫阿曼达站起来，这样才能帮她把那件卡其裤脱掉。阿曼达立刻乖乖站起来，不过她起身时，显然一直打量着客厅的电灯。那位精神科医生说过，阿曼达的毛病是“半紧张症”。此刻阿曼达的举动就是“半紧张症”吗？如果不是，那丽赛就要担心了。阿曼达忽然又开口说：“我们不是要……出去吗？那你……为什么……还要脱……我的衣服呢？”这听起来比较像正常人在说话了，丽赛立刻松了一大口气。

“因为你得先把身体洗干净啊，”丽赛边说边牵着她走向浴室，“而且还要换上干净的衣服。你身上的衣服……已经脏掉了。”说着，她回头一瞥，看到黛拉正要把脏掉的上衣和裤子捡起来。这时阿曼达也乖乖一步步走向浴室。看到她一步步走开的身影，丽赛突然心头一痛。不过倒不是因为看到她伤痕累累的身体，而是因为看到阿曼达身上那条纯白男性内裤。多年来，阿曼达一直穿男性四角内裤。她身材瘦削，穿那种内裤看起来比较适合，甚至比较性感。可是现在那件内裤右半边的臀部有块紫红色污痕。

噢，阿曼达，丽赛在心里呐喊道，噢，我可怜的阿曼达。

她看着阿曼达走进浴室，仿佛走过一扇X光检验门，身上的胸罩、男性内裤和白色长筒袜一览无遗，充分显示出她的反社会倾向。接着丽赛转头看看黛拉。黛拉还站在客厅里。有那么一会儿，丽赛脑中忽然回荡起当年德布夏家姐妹们的喧闹声，昔日景象一幕幕闪过眼前。接着丽赛忽然转身，跟在阿曼达身后走进浴室。丽赛还记得自己小时候总是管阿曼达叫“阿曼达兔宝宝姐姐”。此刻阿曼达站在浴室的防滑垫上，低着头，双手垂在身旁，等着别人帮她脱衣服。

丽赛正要伸手解开阿曼达胸罩的钩子时，阿曼达突然转过来抓住她的手臂。丽赛发觉她的手冷得吓人。那一瞬间，丽赛以为这位“阿曼达兔宝宝姐姐”准备要把一切和盘托出，她已经准备把“血秘宝”和所有事情全部告诉丽赛。结果不是。她的眼神看来很清醒，但只是盯着丽赛，然后对她说：“我家的查理娶了另一个女人。”然后她把额头埋在丽赛肩上哭了起来，她的额头冷得像冰。

6

晚上，丽赛忽然想到斯科特瞎掰的“兰登家恶劣气候应变守则”。守则里说：如果你睡着了，以为暴风雨就要转移到海上去了，那么暴风雨就会在原地打转，掀掉你家的屋顶。如果你怕暴风雪造成损害，于是一大早起来用木板把门窗钉上，结果天空只会飘些雪花，暴风雪根本不会来。

当时丽赛曾问过斯科特，重点是什么？当时他们两个刚亲热完，互相依偎着躺在床上。他们刚结婚那几年换过好几张床，那张床是其中之一。当时他手上挟着一根贺伯·泰雷登香烟，烟灰缸放在胸口，屋外狂风怒吼。然而她根本想不起来，那年是哪一年，他们躺的是哪张床，那天吹的是南风还是北风，暴风雨有多猛烈。

当时他答道，重点就在“静动”。她记得很清楚，斯科特是这么回答的。不过最开始丽赛以为自己听错，不然就是误解了。

静动？静动是什么意思？

斯科特把香烟按熄，然后把烟灰缸放到床头桌上。接着他用手捧住丽赛的脸，捂住她的耳朵，吻上她的唇，足足吻了一分钟。在那一分钟里，丽赛感觉自己仿佛跟整个世界隔绝开来。然后斯科特放开她的耳朵，要她仔细听他说话。斯科特·兰登永远有话要说。

小宝贝，“静动”就是静观其变伺机而动。

他解释之前，丽赛一直在思考那两个字的含意。她的反应虽然没他快，不过最后还是会想通。后来她终于明白，那又是他发明的“私房话”。静观其变伺机而动。丽赛很喜欢这句话。虽然听起来很陈腔滥调，不过也正因为陈腔滥调，反而让她更喜欢。她开始大笑，斯科特也跟着她一起笑。没多久斯科特又坚挺起来，再度进入她体内。屋里一片温馨旖旎，屋外却是狂风怒吼、惊天动地。

跟斯科特在一起，永远笑声不断。

7

后来她们送阿曼达到急诊室，简单处理了她的伤口，然后又回到阿曼达家，那栋位于堡景镇和哈洛狄卡之间的鳕鱼角式小屋。可是在她们出发去医院之前，丽赛一次又一次想到斯科特说的那些话。斯科特说，如果你害怕暴风雪来袭，用木板把门窗都钉上，那么暴风雪反而会跟你擦身而过。为什么会想到这个呢？因为阿曼达的心情似乎好一点了，情况开始渐渐好转。可是丽赛又想到一件事，她想到自己有时候会看到昏暗的灯泡突然亮起来，一亮就是一两个钟头，然后就烧掉了，永远不会再亮了，这念头好像有点病态吧。就在洗澡时，阿曼达突然清醒过来，阿曼达本来站在浴室里，肩膀松垮垮地往下垂，两手垂在身旁晃荡着，那姿态看起来很像猴子。后来丽赛脱掉衣服走进浴室陪她，小心翼翼把水温调得刚好，然后用莲蓬头直接冲洗阿曼达被割伤的左手掌。

“哇！哇！”阿曼达大叫起来，手立刻缩了回去。“丽赛！好痛！对着伤口冲水小心点好不好。”

听到姐姐愤怒的口气，丽赛还蛮高兴的，不过，她倒是立刻回嘴，而且和姐姐一样，口气很差。尽管两人都脱得赤条条的，阿曼达大概也不敢指望丽赛的口气会有多好。丽赛说：“哇，请你多包涵，不过拿破盘子割自己手的人可不是我。”

“噢，没办法，因为我割不到他，不是吗？”阿曼达又回嘴了。接下来，阿曼达开始滔滔不绝地破口大骂，臭骂那个查理·克里夫，还有他带回来的臭婊子。阿曼达说那臭婊子荡起来就像饥渴太久的老女人，讲起话来却像三岁小孩一样幼稚。丽赛听得目瞪口呆，越听越觉得好笑，敬仰之心油然而生。

后来，阿曼达停下来喘口气时，丽赛说：“哇哈，就是操他妈的嘴贱，对吧？”

阿曼达脸色一沉，气冲冲地说：“操你，丽赛。”

“等一下要带你去找医生包扎伤口。我劝你见到医生最好把嘴巴放干净点，如果你还想回家的话。”

“你一定当我是笨蛋，对吧？”

“没有。我没有，只不过……骂他几句，发泄一下应该够了吧？”

“我的手又流血了。”

“很多吗？”

“一点点，你还是帮我涂点凡士林好了。”

“你真的要？不怕痛吗？”

“爱永远让人心痛。”阿曼达一脸正经地说……接着，她突然嗤嗤笑出声来。一听到那种笑声，丽赛忽然觉得整个人轻松起来。

后来，她和黛拉两人合力扶着阿曼达，把她塞进丽赛那辆宝马里面，然后开车上路，朝挪南巴出发。阿曼达忽然问丽赛工作室整理得怎么样了，那副口吻仿佛今天什么事都没发生过一样。丽赛没跟她提到“扎克·马库尔”打电话来的事，不过倒是提到了“艾克返乡”的稿子，并告诉她们稿子里最后那行字：“秘宝找到了！全书完！”其实她是故意当着阿曼达的面说出“秘宝”这个词，她想看看阿曼达会有什么反应。

结果黛拉先开口了：“丽赛，你老公真是个怪人。”

“黛拉，说点新鲜的吧，这已经不是新闻了。”丽赛瞄了后照镜一眼，看看独坐在后座的阿曼达。要是德布夏家老妈看到她那模样，一定会说她又是“处在孤独的光辉中”。于是，丽赛开口问：“你觉得怎么样，阿曼达？”

阿曼达耸耸肩。丽赛看到她的反应，本来以为大概不会再说什么了。没想到过了一会儿，阿曼达忽然开始滔滔不绝起来。

“他天生就是那样，没什么大不了。有一次我搭他的便车到城里去。当时他想去文具店买点东西，我正好想去买双新鞋。你知道的，那种高级登山鞋，去野外爬山时可以穿。半路上，我们正好经过‘奥本整人玩具专卖店’，他说他从来没听说过这种店。虽然店里没有他要的东西，但他还是停车跑进去。老天，他那样子简直就像十岁小男生！我只是怕爬山的时候被野葛刺得满脚都是，想买双登山鞋，可是他却一副要把整个玩具店搬光的样子。痒痒粉、电人握手夹、胡椒口香糖、塑料假大便、透视眼镜，你听说过的，他几乎都买了。他把整个结账柜台堆得满满的，另外还买了一堆成人棒棒糖。你吃完那种棒棒糖的外层之后，里面会出现一个裸体美女。那天他买那些东南亚生产的鬼玩意儿花了大概一百多块钱。你还记得吗，丽赛？”

丽赛记得，不过她印象最深的是斯科特那天回到家时的表情。他怀里抱着满满一堆袋子，袋子上印满密密麻麻的商标字母，上面还有卡通造型的笑脸。当时他脸色多红润啊。他说那些东西是“狗屎”，不过他却故意念成“狗数”。你相信吗，那种腔调是学丽赛的。德布夏家老妈常说，以其人之道还治其人之身，人生本来就是这样。只不过，“狗数”可是德布夏家老爹的口头禅。德布夏家老爹说起什么不好的东西，有时候会说“甩他妈的”。斯科特好喜欢那句话。他说那句话念起来很有力道，比什么“丢掉算了”强太多了，甚至“不要也罢”也根本没得比。

这就是斯科特，提到语言，他的鬼点子特别多。他脑袋里有数不清的字眼，数不清的故事，数不清的谜。

要命的斯科特·兰登。

斯科特去世后，有时候丽赛会整天想不到他，也不会想念他。那又怎么样？她有自己的日子要过，而且说真的，那人实在很难相处，很难一起过日子。像她老爹那样的老派北方人一定会说，斯科特这个人根本就是“铁板一块”。然而有时候，在某些日子，她也会突然感觉人生变得黯淡无光。在那样阴沉沉的日子里（即使阳光普照），她就会非常想念斯科特，感觉整个人好空虚。在那样的日子里她不再是个女人，而是变成一棵树，在十二月的风雪中飘摇。此刻她就是那种感觉，突然很想大声呼唤斯科特的名字，叫他赶快回家。想到未来的日子还那么漫长，而她却必须这样饱受思念的煎熬，在这种情况下，爱，还有什么意义呢？这样的煎熬，就算只是短短一刹那，都令人难以忍受。想到这些，她突然感觉心好痛。

8

阿曼达清醒过来了，这是好的开始。此外值班医生孟辛格不是白发苍苍的老先生，这是第二个好的开始。他看起来不像斯科特临终前的主治医生约翰逊那么年轻，不过丽赛很确定他应该只有三十出头。至于第三个好的开始，则是斯文登一带的路上出了车祸，而那几个受伤的病人也来到医院，她做梦也想不到自己运气这么好。

丽赛和黛拉扶着阿曼达走进斯蒂芬纪念医院，等候室里空荡荡的，只看到一个妈妈带着一个大约十岁的小孩。当时那些车祸受伤的人都还没到。那个小男孩长了疹子，他妈妈一直大声叱喝，叫他不要抓。他们被叫进诊疗室时，那个妈妈还在叫骂。过了五分钟，那个小男孩从诊疗室走出来了，手臂上缠着绷带，一脸不高兴。那个妈妈手上拿着几条药膏样品，嘴里还在叫骂。

接着，护士叫了阿曼达的名字。“小姐，孟辛格医生要帮你看诊了。”那个护士有很浓的缅因州口音。

阿曼达看看丽赛，然后又看看黛拉，满脸通红，露出一种女王般倨傲的眼神。接着她说：“我要自己进去。”

“你高兴就好，女王陛下。”丽赛说着，然后朝阿曼达吐了一下舌头。那一刹那，她根本不在乎了。医院会不会把这骨瘦如柴脾气又坏的老太婆关在医院里？关一个晚上，一整个星期，或者一整年，一整天？这些她都不在乎了。刚才在厨房里，丽赛走到餐桌旁，在阿曼达旁边蹲下，当时阿曼达说了些什么？这重要吗？当时丽赛告诉黛拉说，阿曼达说的是“宝贝蛋”。也许阿曼达真的说了“宝贝蛋”，就算当时阿曼达说的真的是那个字眼，难道她丽赛真的想再回到阿曼达家，跟她睡在同一个房间，听她的疯言疯语。斯科特要是在这里，一定会说：小宝贝，该他妈的收工了。

“别忘了我们刚才说好的，”黛拉说，“你告诉医生，你男朋友跟人跑了，你气疯了，就拿刀割自己。不过现在好多了，你已经熬过去了。”

阿曼达瞄了黛拉一眼，丽赛看不出那个眼神里有什么含义。“没错，”阿曼达说，“我已经熬过去了。”

9

没多久，在斯温顿小镇出车祸的那几个人也来到医院。要是其中有人受了重伤，丽赛就不敢说那是好的开始了。还好，车祸显然并不严重。那几个人都是走进医院的，其中两个男人居然还在大声谈笑，只有一个女孩在哭。她看起来大概只有十七岁，头发上有血迹，嘴唇上挂着鼻涕。他们总共六个人，而且很明显是两辆车的乘客。那两个大笑的人身上还散发出一股啤酒味，看得出其中一个是手臂扭到了。带那六个人进来的是两个急救员和两个警察。那两个急救员虽然披着白袍，白袍里面却是便服。而那两个警察一个是州警，一个是当地警察。那六个人进来后，整间候诊室好像立刻变得十分拥挤。刚刚叫阿曼达进去的那个护士探出头来看了一下，一脸惊讶。过了一会儿，那位年轻的孟辛格医生也探出头来。接着，那女孩突然歇斯底里地哭叫起来，对着全场的人大声嚷嚷，说她继母想谋杀她。这时护士立刻冲出来招呼她（丽赛注意到护士的口气已经没有刚才那么温柔了），而这时阿曼达也从第二诊疗室走出来，手上也拿着一条软膏。在她那条全是口袋的牛仔裤上，左边的口袋露出几张折好的处方笺。

“我们应该可以走了。”阿曼达说道，脸上还是那幅女王般的倨傲表情。

丽赛心想，恐怕没这么容易吧。没错，那个值班医生是很年轻，医院里也确实突然又涌进一大批病人，然而即使在这种情况下，医院也不可能那么容易就放过她。事实证明，她猜得没错。那个护士突然从“第一诊疗室”门口探出头，仿佛火车司机从驾驶座窗口探头出来。她问：“请问你们两位是德布夏小姐的姐妹吗？”

丽赛和黛拉点点头，心想，被你们逮到了。

“在两位离开前，大夫想跟你们谈谈。”说完她又把头缩回诊疗室。从外面看得到女孩还在诊疗室里面哭泣。

候诊室另一头，那两个浑身酒味的男人又开始大笑。丽赛心想：虽然我不知道那两个家伙有什么毛病，不过可以断定他们应该不是肇事者。她猜得没错，那两个警察似乎一直盯着那脸色苍白的男孩。那个男孩的年纪和那头发上有血的女孩差不多。另外还有个男孩一直霸着公共电话不放。他脸颊上有道很深的伤口。在丽赛看来，他恐怕得缝上好几针了。另外，还有个男孩在他后面争着要打电话，那个男孩没有明显外伤。

阿曼达的手掌涂上了白色药膏。“医生说用缝针反而会好得比较慢，”她对她们两个说，脸上有种得意的表情，“而且我觉得用绷带包着，对伤口好像不太好。医生交代说药膏不可以擦掉，嗯，你们闻看，很臭吧？还有，接下来的三天，我一天要吃三次药。医生开了两张处方笺给我，一张是药膏，一张是内服药。他交代我尽量不要把手掌合起来，拿东西用两只指头夹，就像这样。”阿曼达伸出右手，用食指和中指把一本过期很久的《时人杂志》夹住，提起来一点点，然后又放下来。

这时护士跑出来了。“孟辛格医生已经在等两位，两位要一起进去吗？一次进去一个也可以。”听她的口气，好像时间很紧迫。她们三个坐在椅子上，丽赛和黛拉把阿曼达夹在中间。那一刹那，丽赛和黛拉对望一眼。阿曼达没注意到她们俩的动作，因为她显然对候诊室另一头那些人很感兴趣，一直打量着他们。

“你去吧，丽赛，”黛拉说，“我在这里陪她。”

10

护士打开第二诊疗室的门让丽赛进去，然后又回去陪那个女孩。女孩嘴唇抿得好紧，几乎快要看不见了。丽赛坐在一张椅子上，看着挂在墙上的一张图片。图片里有只毛茸茸的西班牙长耳猎犬在一片长满黄水仙的草原上奔驰。过没多久，孟辛格医生匆匆走进来（医生肯定急于摆脱他们，否则她得等更久）。女孩哭得很大声。医生关上门，一屁股坐在检验台上。

“我叫哈尔·孟辛格。”他说。

“丽赛·兰登。”她伸出手，哈尔·孟辛格医生和她握了手。

“我想你应该知道，我必须把你姐姐的状况列入病历记录。我本来想多听你说些你姐姐的状况，可是现在实在分不开身。我已经打电话请人来帮忙，可是以目前的状况来看，今晚大概不好过了。”

“你这么忙还要抽出时间，真的很感谢。”丽赛说道。其实她心里更感谢的是自己，她没想到自己的语气竟能这么冷静。那口气仿佛在说，场面已经控制住了。“我可以保证，我姐姐阿曼达不会危及自己的生命安全，我猜你担心的是这个。”

“呃，没错，我是有点担心，不过我相信你，另外我也相信她。她已经是成年人了，而且从各方面来看，她显然不是意图自杀。”他本来低头看着写字板，这时突然抬起头盯着丽赛，眼神十分锐利，令人不安。“应该不是吧？”

“不是。”

“好，不是。不过话说回来，大概不用福尔摩斯出马，谁都看得出来，你姐姐有自残倾向。”

丽赛叹了口气。

“她告诉我她已经在接受治疗，可是她的医生搬到爱达荷州去了。”

爱达荷？阿拉斯加？干脆说火星算了。谁管那泼妇搬去哪里了？“我相信她说的是实话。”丽赛大声说道。

“她恐怕得赶快再找个医生了，你明白吗，兰登太太？而且要快。自残倾向和厌食症一样，都不是自杀行为，可是都足以致命，你懂我的意思吗？”说着，他从白袍口袋里掏出一本便条纸，然后在上面写了起来。“我要推荐一本书给你和你姐姐。那本书叫《自残行为》，作者是——”

“——彼得·马克·斯坦。”丽赛打断他接着说完。

孟辛格医生突然抬起头看着她，一脸惊讶。

“自从上次阿曼达……自从她出现斯坦先生所说的……我先生就去买了这本书。”

（她的“秘宝”，她的“血秘宝”）

年轻的孟辛格医生还在看着她，等着听她接下来要说什么。

（说吧丽赛，说出来吧，说“血秘宝”）

她拼命赶开那些纷乱的思绪。“她上次发作，就是斯坦所说的‘释放’，斯坦用的就是这个术语，对吧？释放？”她还能维持语气平静，但她感觉得到的太阳穴已经开始冒汗了。其实她心里明白，她脑中那个声音说对了。“释放”也罢，“血秘宝”也罢，根本没有差别。一切都是老样子。

“应该是吧，”孟辛格说，“我已经很多年没再重读那本书了。”

“我刚说过，我先生跑去买了那本书来读，然后拿给我读。我会把那本书找出来拿给我姐姐黛拉看。我还有一个姐姐也住这一带。她目前人到波士顿去了，等她回来，我也会叫她读读这本书。我们会一起盯着阿曼达。也许她很难应付，不过我们都爱她。”

“好吧，这样应该可以了。”说着，医生把那瘦巴巴的屁股从检验台面挪开，站了起来。覆在台面上的那张纸发出窸窸窣窣的声响。“对了，你叫兰登，那么，你先生就是那位作家吧。”

“是的。”

“请你节哀。”

她越来越觉得嫁给大人物有很多困扰，这又是另一个令她困扰的地方。已经两年了，大家居然还在请她节哀。如果她猜得没错，再过两年可能还是一样吧。搞不好十年后还是一样。想到这个，她突然觉得很沮丧。“谢谢你，孟辛格大夫。”

他点点头，然后继续谈正事，这让丽赛松了口气。“根据过去的病历，成年女性中很少出现这类患者，最常出现自残倾向的，是——”

丽赛还以为他可能会说——像隔壁那个一把鼻涕一把眼泪的小鬼。就在这时，候诊室忽然传来“砰”的一声，接着有人慌慌张张地大喊。第二诊疗室的门哗的一声打开，护士从门里冒出来。那一瞬间，不知为何，她的体型仿佛突然变大了，仿佛一碰到麻烦，整个人都肿起来了。“大夫，能不能过来一下？”

孟辛格完全没和她打招呼就一溜烟不见了。丽赛很佩服他：他可真是“静动”。

她连忙冲到门口，正好来得及看到那一幕精彩画面。那女孩从第一诊疗室里跑出来，想看看外面究竟怎么回事，结果差点被那位好好大夫撞倒。而目瞪口呆的阿曼达却被那位大夫撞个正着，重重摔在黛拉怀里，两人差点就摔倒在地。那位看起来似乎没受伤的男孩本来正等着打电话，但现在已经倒在地上，不知是太虚弱还是昏倒了，而州警和本地警察则站在他旁边。至于那位脸颊上有伤口的男孩还在讲电话，仿佛根本不知道旁边出了什么事。看着眼前的景象，丽赛突然想到，斯科特曾经念过一首诗给她听。那首诗很美，也很可怕，描写全世界的人依然故我，根本不在乎……

（狗屎）

他妈的你有多痛苦。那首诗是谁写的呢？是艾略特？还是奥登？还是那个写过《轰炸机旋转炮塔机枪手之死》的诗人？斯科特应该告诉过她。这时她忽然有股强烈的渴望，只要斯科特此刻能立刻出现在她身边，就算倾家荡产她也在所不惜。这样一来，丽赛就可以马上问他，那首描写痛苦的诗究竟是谁写的。

11

“你真的没问题吗？”黛拉问道。此刻阿曼达家那栋小屋的门开着，黛拉就站在门口。七月晚风徐徐吹来，吹过她们的脚踝。玄关的茶几上放着一本杂志，杂志的内页被风吹得翻来翻去。

丽赛朝她做了个鬼脸。“你再问的话，我就把你丢到外面吃泥巴了。我们不会有事的。等一下我会让她喝点可可——不过我会亲自喂她，因为以她目前的状况，让她自己拿杯子——”

“那就好，”黛拉说，“一想到她上回用杯子——”

“然后我就带她上床睡觉。就我们德布夏家的两个老姐妹，当然，我们不会带假阳具上床。”

“很好笑。”

“别忘了明天早上天亮就给我起床！准备咖啡！准备麦片粥！拿处方笺到药房拿药！然后马上过来帮她上药膏！然后，亲爱的黛拉，就换你接班了！”

“那当然。只要你今晚没问题。”

“没问题，去吧，回去喂你家的猫吧。”

黛拉有点不太放心地看了最后一眼，轻轻在她脸颊上一吻，用一只手搂了她一下，然后沿着车道走到她那辆小车旁边。丽赛关上门，把门锁好，接着瞥了阿曼达一眼。阿曼达穿着睡袍坐在沙发上，那模样看起来好尊贵，很安详。丽赛这时突然联想到一本十八世纪哥特浪漫小说……好像是她十几岁时看的。书名叫《神秘女郎》。

“阿曼达?”丽赛轻轻叫了一声。

阿曼达抬头看她，那双德布夏家特有的蓝眼睛睁得大大的，眼神看起来好无辜。这一刹那，丽赛突然不忍心再追问阿曼达下午说过的话。其实丽赛心里想问的是：斯科特和秘宝，斯科特和血秘宝。也许等一下关了灯，房里一片漆黑，两人一齐躺在床上时，说不定阿曼达会自己开口提这件事。那就没关系了。可是今天阿曼达受了不少罪，丽赛忍心开口追问这种事情吗?

亲爱的小丽赛，你自己今天也受了不少罪。

是没错，可是就算这样，她还是不忍心破坏此刻阿曼达眼中流露出的安详。

“怎么了，小妹?”

“你想喝点可可吗?这样等一下比较容易睡着。”

阿曼达微微一笑，她仿佛突然年轻了好几岁。“睡觉前喝点可可，嗯，好像还不错。”

于是她们两个就喝起可可来了。阿曼达没办法拿杯子，丽赛找了半天，好不容易在厨房碗柜里找出一根扭得乱七八糟的吸管给她——那根吸管倒是很像整人玩具店里的玩意儿。阿曼达正准备喝那杯可可时，忽然把那根吸管举起来，在丽赛眼前晃了晃(她用两根手指夹着，就像医生交代的那样)。接着，阿曼达说：“丽赛，你看，我的脑袋瓜就像这样。”

丽赛一差点呛到，她不敢相信姐姐会讲这种笑话。过了一会儿，丽赛大笑出声，两人笑成一团。

12

喝过可可后，两人轮流进浴室刷牙。小时候，在她们出生并长大的那个农场里，睡觉前她们也是这样轮流去刷牙。接着床头台灯关掉了，房里陷入一片漆黑。这时阿曼达忽然叫了妹妹一声。

丽赛顿时开始忐忑不安，心想，老天，又来了。阿曼达又要开始咒骂那该死的老查理了……还是，她想告诉我秘宝的事？会是秘宝的事吗？如果是的话，我真的想听吗？

“怎么了，阿曼达？”

“谢谢你帮我这么多忙，”阿曼达说，“医生在我手上涂了这玩意儿之后，我感觉舒服多了。”说完，她就翻身转过去了。

丽赛突然又愣住了——就这样吗？好像是这样，因为一两分钟后，阿曼达的呼吸声忽然变得很缓慢，很深沉。她睡着了。也许她半夜会突然爬起来到处找止痛药，不过现在她已经睡着了。

其实丽赛倒没真的指望阿曼达说什么。两年前，她和斯科特一起到外地去，结果那天晚上斯科特忽然发病，不久就过世了。那天晚上是她最后一次和他同床共枕。从那时候起一直到现在，她已经很久没有跟别人一起睡了，现在她已经不习惯和别人一起睡。除此之外她也得想想“扎克·马库尔”的事情，当然也包括雇用“扎克”的人，那个王八蛋伍伯迪。她很快就会去找那个伍伯迪的，准确地说就是明天。此刻她最好还是先别睡觉，也许整晚都别睡。也许她可以到楼下，到阿曼达那张波士顿摇椅上坐两三个钟头……不过那也得看阿曼达家的书架上有没有什么可看的书……

她忽然想到：《神秘女郎》？作者好像是海伦·麦锡尼吧？不过可以确定的是，绝对不会是写《轰炸机旋转炮塔机枪手之死》的那个……

想到这里，她不知不觉睡着了，睡得很沉很沉。她没做梦，那张“皮尔斯布里顶级面粉”魔毯没有再出现。什么都没有出现。

13

到了半夜她突然醒来，窗外的天空没有月亮，时间是半夜十二点。她并没有真的意识到自己已经醒来，也没察觉到自己整个人贴在阿曼达温暖的背上，膝盖伸在阿曼达的腿弯里。很久很久以前，在别的床上，她也曾这样贴在斯科特背后——在一百家汽车旅馆里。要命，可能有五百家吧？甚至七百家？会不会是一千家？哪个人告诉我一下，是不是一千家？此刻，她想到“秘宝”，想到“血秘宝”。她也想到“静动”。她也想到，有时候我们也只能静观其变，等待南风吹起。她也想到，如果黑暗爱上了斯科特，而斯科特也爱黑暗，那么她和斯科特之间怎么还会有真爱呢？在漫长的岁月里，斯科特和黑暗共舞，直到有一天，黑暗终于遗弃了他。

她在内心里说：我又要去那里了。

她脑海中有个声音，（她觉得那应该是斯科特的声音，不过，谁知道呢？）斯科特的声音说：你要去哪里，丽赛？去哪里，小宝贝？

她的内心说：回到现在。

斯科特的声音说：那部电影叫“回到未来”，我们一起去看的，你忘了吗？

她的内心说：这不是电影，这是我们的人生。

斯科特的声音说：小宝贝，你有什么麻烦吗？

她的内心说：我怎么会爱上这种……

14

斯科特真是个笨蛋，她心里想。而我也是笨蛋，所以才会跟他一起搅和。

她一直站在那里看着后面的草坪，不想叫他，不过，现在她开始紧张起来了，因为十分钟前，他从厨房的门走出去，走到后院的草坪上，走进那片阴影中。当时是晚上十一点，他跑去那里干什么？那里什么都没有，只有篱笆和——

接着，她听到不远处传来一阵尖锐的轮胎摩擦声、玻璃碎裂声、狗吠声，还有一阵笑闹声。在这大学城的周五夜里，这种声音很寻常。她很想大声喊斯科特，然而，要是她真的喊出来，就算只是喊斯科特的名字，斯科特就会知道她已经不生他的气了。或者说已经没那么生气了。

事实上，她真的已经不生气了。不过问题是，他真的不应该在这星期五晚上又喝醉酒。从前他们约会时，他就有好几次醉醺醺地出现。这已经是第六次还是第七次了。而且最早那一次，他几乎完全忘了跟她有约，很晚才出现。他们本来计划去看电影，一部斯科特很迷的电影。好像是个瑞典导演拍的。当时她只希望那部电影已经改成英语配音，而不是只打上了英文字幕。

为了陪他看那部电影，丽赛下班后只草草吃了份快餐色拉，以为等一下看完电影后斯科特会带她到熊屋去吃个大汉堡（要是斯特克没带她去，丽赛带他去也没关系）。后来，电话铃声响了，她真希望是斯科特打来的，希望他已经改变心意，决定带她去看劳伯·瑞福的那部院线片（不过老天保佑，可千万别说要去舞厅跳舞，因为她上班已经站了整整八个钟头了）。

结果电话是黛拉打来的，她说只是打来“跟她聊聊天”，接着，真正的好戏上演了。黛拉开始骂她，骂得很难听，说她自己一个跑到“梦幻仙境”去逍遥（这是黛拉的术语），和“大学男生鬼混”，却把烂摊子丢给她、阿曼达和坎塔塔（所谓的烂摊子指的是“老妈”。不过，在一九七九年之前，“老妈”不叫“老妈”，而是叫“肥妈”、“瞎妈”，还有最可怕的“疯妈”）。照黛拉的意思，仿佛她做服务生站了一整天只是在度假。

对丽赛来说，所谓的“梦幻仙境”是家披萨店，距离缅因州立大学大约三英里路。而到披萨店的学生都是些“梦幻少年”，个个看起来都像“救世军”那种热血青年，可是满脑子想的都是怎么把手伸进她裙子里。她本来怀着浪漫的梦想，想到大学里选修一些课程（也许可以趁晚上的时间），可是天知道，现在那个梦想破灭了。那并不是因为她没脑袋，而是因为她没时间，没力气。

她拼命耐着性子听黛拉发脾气，可是到后来终于按捺不住了。结果两人隔着一百四十英里的距离在电话里互相叫骂，把些老掉牙的陈年往事也搬出来说。要是斯科特听到她们俩在吵什么，铁定会说那真是“狗屁倒灶”。

他们每次吵到最后，黛拉都会说：“算了，随便你，爱干什么就干什么——反正你永远都不会改变。”

丽赛和黛拉吵完架之后，看着那块从餐厅带回来当点心的奶酪蛋糕，越看越没胃口。而且她当然也没心情再去看什么劳什子英格玛·博格曼的电影了……可是她很希望跟斯科特在一起。是的，因为过去这几个月来，特别是过去这四五个星期来，她很奇怪地发现自己越来越依赖斯科特。

也许听起来有点陈腔滥调，不过当斯科特把她搂在怀里时，她的确会有种安全感。那种安全感是另外那些家伙没办法给她的。跟那些家伙在一起，她老会觉得很不耐烦，或是会提心吊胆（不过有时倒是会有那种一闪而逝的肉欲激情）。然而她在斯科特身上看到的却是颗善良的心，而且从一开始她就感觉到斯科特是真的有心——对她有心。

她简直不敢相信，因为斯科特实在比她聪明得多，也更有才气（对丽赛来说，善良的心比聪明和才气重要多了）。然而她相信斯科特真的对她有心。而且斯科特说话时会用些很奇特的字眼。从一开始，丽赛就如饥似渴地想弄懂他那些独门语汇，那不像她们德布夏家人说的话，但她却觉得非常熟悉，感觉一模一样——仿佛她曾在梦里说过那些话。

然而要是没人可以说话，要是没人在你哭泣时安慰你，那就算说话方式再怎么特别，又有什么用呢？特别是今晚，她最需要的就是一个可以说话的人，可以哭诉的人。她从来没有跟他提过自己那群疯狂的家人——噢，抱歉，这样说还不够传神，应该说那群天杀的疯狂家人。今晚，她决定一五一十全部告诉他。她觉得自己非说不可，否则她就会被那悲惨的情绪碾碎。然而他偏偏就挑今晚迟到。

她边等边告诉自己，斯科特是无辜的，他不知道她和她那泼妇姐姐大吵了一架，有史以来吵得最凶的一次。然而六点过去了，七点过去了，八点过去了。哦，九点到了吗？哪个人来告诉她现在是不是已经九点了？她把那块奶酪蛋糕拿起来吃了一小口，然后突然把它丢得远远的，因为她实在他妈的……不，操他妈的气到吃不下了。九点了。十点了吗？哪个人来告诉她现在他妈十点了吗？已经十点了，可是，她还是看不到车子的大灯，看不到那辆七三年的福特开上车道，停在“北缅因州大街”这栋公寓门口。她越来越生气了，她快气炸了。

她坐在电视机前，身旁摆着一杯红酒，然而她根本没在看电视里的自然生态节目，那杯酒也几乎碰都没碰。而且她越来越觉得，今晚的约会，斯科特是铁定不会来了。那时她已经气得快发狂了。就像俗话说的，斯科特在“引蛇出洞”，大概是“初生之犊不畏虎”，想初次体验一下她发飙的滋味。

斯科特满脑子都是这种“语带玄机”，而我们两个都“乐在其中”，“各取所需”。他可真是满肚子学问，而我们还真是“出口成章”。就连两人亲热都可以说得文绉绉的，像什么“蚂蚁上树”，什么“观音坐莲”，什么“吞吞吐吐”，什么“长驱直入”，还有那句夸张到不行的“屹立不摇”。那可真是他们俩的“梦幻仙境”。

当时她坐在那里，竖起耳朵听着外面的动静，听听看那位“梦幻少年”来了没，听听看有没有那辆七三年福特宝云的引擎声——那低沉洪亮的怒吼声，那种消音器特有的空洞回声丽赛是绝对不会听错的。接着，她也想到黛拉说她“爱干什么就干什么，你永远都不会改变”，说得真好。

此刻我们的小丽赛，君临天下的女王，还真是“爱干什么就干什么”，一个人坐在这冷冷清清的小公寓里等男友，结果斯科特不但迟到，来的时候还喝得醉醺醺的。更气人的是，他一进门居然还想“来一发”，因为他觉得他们俩都想要。而且他还用戏谑玩笑的口吻说：嘿，小姐，给我来杯“小姐外带”，一杯咖啡加现挤鲜奶。

当时丽赛坐在一张二手商店买来的破椅子上，脚和头都痛。那台二手电视屏幕上有雪花般的噪声，画面里那只土狼正在吃一只地鼠。丽赛·德布夏，君临天下的女王，你的人生可真是精彩刺激。

然而，当时钟指针越过十点刻度时，她是不是很邪门地暗暗高兴？此刻，丽赛忐忑不安地看着草坪那边的阴影，心里暗暗呐喊着，是的，我很高兴。她知道自己很高兴。她坐在那里，脑袋阵阵抽痛，啜饮着那杯苦涩的红酒，看着电视上土狼吃掉地鼠，旁白叙述道："掠食者心里明白，接下来会有很长一段日子享受不到这样的美味。"丽赛心里很清楚，她爱斯科特，而且知道哪些事情会伤害到他。

斯科特也爱她？而这会伤害到斯科特？

是的。可是在目前的情况下，斯科特爱她这件事还不是对他自己最大的伤害。真正要命的是，她看到了斯科特的极限。斯科特那些朋友看到的都是他的才气，而且都被他的才气迷住了。然而丽赛却看到他拼命在满足那些不相干的人的期待。丽赛已经看穿了，尽管斯科特口若悬河（有时候真是妙语如珠），尽管他已经出版了两本小说，丽赛还是能够轻易地击垮他，只要她想这么做。套句她爸爸的口头禅，斯科特真是"搬砖头砸自己的脚"。表面上看起来，斯科特的人生真他妈光鲜亮丽——不对，更正一下，他的人生真操他妈光鲜亮丽，然而今晚，这一切光鲜亮丽的表象就要被戳破了。谁来戳破呢？就是她。

我们的小丽赛。

后来她关了电视，端着那杯红酒走进厨房，然后把杯子里的酒倒进水槽。她已经不想再喝了，红酒在嘴里越来越苦涩。她心想，是你让酒变得越来越涩，因为你火气太大了，她自己很清楚这一点。一台老旧收音机摆在水槽上方的窗台上，好像不是很稳，随时会掉下来。那是台很老式的收音机，外壳已经裂开。她之所以把这台收音机摆在窗台上，是因为只有摆在这里才收得到当地电台的信号。那台收音机本来是丹迪老爹的，从前他把它摆在外面的谷仓里，一边干活儿一边听。这是丽赛手上仅剩的一样老爹留下的东西。

那是乔德莎有一年圣诞节送给老爹的，是台二手货，然而我们的老丹迪拆开包装盒的那一刻，还是笑得合不拢嘴。丽赛永远忘不了，当时他万分感激，一次又一次向乔德莎道谢！他最爱的永远都是乔德莎，而出大事的偏偏也是乔德莎。那个星期天晚上，大家围坐吃晚餐时，乔德莎忽然向爸妈宣布——其实也等于向全家人宣布——她怀孕了，而害她怀孕的那小伙子却跑去参加海军了。她问爸妈，她可不可以到新罕布什尔州沃夫伯罗的辛西亚阿姨家住一阵子，等小孩生下来后，送给别人养。当时她真的就是这种口气，仿佛小孩只是个放在谷仓外的拍卖品。一听到这消息，整桌人顿时陷入异样的沉默。德布夏家晚餐时间，通常只听得到刀叉杯盘互相碰撞发出的惊人叮当声，七个德布夏动作迅如闪电，盘子里的烤肉很快就只剩下骨头。

那一刹那，那叮叮当当的嘈杂声戛然而止，所有动作都停了下来。丽赛记得在她大半辈子中，这种现象只发生过几次——或者可以说，就只有那么一次。过了一会儿，“老妈”终于开口问，乔德莎，你跟上帝谈过这件事了吗？而乔德莎立刻回嘴：教我学做人的是唐·克罗迪，不是上帝。就在这时，老爸起身离开餐桌，没有回头再看一眼他最心爱的这个女儿。过了一会儿，丽赛听到谷仓那边隐隐约约传来收音机的声音。

三个星期后他中风了，那是他第一次中风。如今乔德莎离开了（当时还没到迈阿密去，那是后来的事），结果丽赛却成了黛拉炮轰的对象，成了炮灰，居然要听她打电话来破口大骂。可怜的小丽赛，这是什么道理？因为坎塔塔和黛拉一鼻孔出气，而打电话给乔德莎根本没个屁用。乔德莎和德布夏家其他几个姐妹不同。黛拉说她很冷酷，坎塔塔说她很自私，而她们都说她很无情。然而丽赛却有不同的看法——她没那么严苛，但观察得更细。德布夏家弥漫着一种莫名的罪恶感，那罪恶感仿佛一团袅袅不散的烟雾。

五个姐妹中，乔德莎是唯一真正的幸存者，完全不受那团烟雾侵扰。德布夏家老奶奶是第一个点火烧出烟雾的人，而她们的妈妈完全被笼罩在烟雾中。黛拉和坎塔塔已经准备照单全收，因为她们心里明白，那团会令人上瘾的毒雾叫“责任”，但她们却不知道怎么扑灭烧出烟雾的那堆火。至于丽赛，她还真希望自己能更像乔德莎一点，这样一来，黛拉打电话来时，她就可以嗤之以鼻：亲爱的黛拉，火烧屁股也是你自己点的火，你只好自作自受。

15

丽赛站在厨房后门口，看着那片又长又斜的后院草坪，期待着看到斯科特从那团黑暗中走回来。丽赛渴望开口呼唤他，叫他回来——是的，从来没有这么渴望过——可是却又赌气不肯开口。她已经等了他一整晚，她可以再多等一下。

但只等片刻。

她已经开始害怕了。

16

老爹的这台收音机只有 AM 频道。专播老歌的 WGUY 电台已经很久没有播音了，倒是 WDER 正在播放几首老歌。此刻她站在水槽前洗那个酒杯，收音机里五十年代的某个天王巨星正娓娓唱出一段昔日年少时的恋情。后来她回到客厅时，斯科特出现了。斯科特站在门口，手上拿着一罐啤酒，脸上挂着那副招牌微笑。大概是因为刚才收音机在放音乐，或是因为她头痛，或是因为头痛加上音乐，所以丽赛才没听到他那辆福特开上车道的声音。

“嗨，丽赛，”他说，“不好意思，我迟到了。刚听完戴维·霍纳的座谈会，我们一票人在讨论托马斯·哈代，结果一吵起来就没完没了——”

她一声不吭地转身走回厨房，回去听她的收音机。这时，收音机里是一票男人在合唱《嘘——隆隆》这首老歌。斯科特也跟在她身后走进厨房。她知道斯科特一定会跟来，故事都是这样。她感觉得到自己有一肚子话想说，鲠在喉咙不吐不快。那些话很难听、很恶毒。这时她脑中仿佛有个寂寞而又恐惧的声音在告诉她，不要说出那些话，不要对这男人说那种话。但她奋力把那声音挥开，她实在气坏了，再也按捺不住了。

这时斯科特还没搞清楚状况，竟然伸出大拇指反手指向那台收音机，洋洋得意地展现他无用的音乐知识。“那是‘和弦合唱团’，正宗黑人原唱。”

这时丽赛忽然转过来对他说：“我上班站了八个钟头，晚上又等了你五个钟头，你以为我还有心情管他妈收音机里是谁在唱歌？已经十点十五分了，你现在才来，而你竟然还笑得出来，手上竟然还拿着啤酒，还跟我鬼扯什么已经死掉的诗人。在你心中那个死了不知道多少年的家伙比我重要吗？”

斯科特嘴上还挂着微笑，但笑容已经有点僵硬。到后来他脸上是一种似笑非笑的表情，嘴角很怪异地扭曲着，脸颊上还残留着一个浅浅的酒窝，接着他眼里泛出泪光。这时丽赛脑中那个恐惧的声音又开始提醒她，但她置之不理，这次她铁了心要撕破脸。但这一刻，看到他僵硬的笑容，看到他眼中受伤的神色，丽赛忽然明白斯科特有多爱她。只可惜她已经停不住了，为什么呢？因为丽赛发现自己有能力伤害他。

此刻她站在厨房门口，等着斯科特走过来，她已经忘了刚才说了什么，只记得自己越说越难听，越说越伤斯科特的心。有那么一刹那，她发觉自己讲话居然很像黛拉，而且是最恶毒时的黛拉——又一个德布夏家的火爆女郎。这时斯科特已经完全笑不出来了，他一脸严肃地看着丽赛，眼睛睁得好大，大到让丽赛看得害怕起来。斯科特眼里噙着泪水，后来泪水终于夺眶而出，流了满脸。

当时丽赛还在滔滔不绝地骂着，骂他指甲老是脏兮兮，而且看书时喜欢边看边啃指甲，活像只老鼠。骂到这里，她忽然停了下来。这一瞬间，她发觉四下忽然变得静悄悄的，镇上的饭店和磨坊那里的嘈杂车声都消失了，也听不到轮胎高速摩擦地面的吱吱声，甚至连舞厅那里隐隐约约的乐团演奏声都停止了。刹那间万籁俱寂，她开始懊悔了，不想再骂下去了，可是却怎么也停下来。其实有一句很简单的话——可是，斯科特，不管怎样，我还是爱你，我们去睡觉好不好。只可惜，她事后才想到这句话，也就是说，一直等到“秘宝”出现之后她才想到。

“斯科特……我——”

她忽然不知该说什么了，仿佛没什么好说的了。这时斯科特忽然伸出左手食指，那样子很像老师打算提醒学生一件很重要的事，而且他的嘴角再度泛起一丝笑意，看起来像是在微笑。

“你等一下。”他说。

“等什么?”

他看起来很开心，仿佛面前这个学生终于听懂了他说的话。“你等一下。”

接着，她还来不及开口说话，他就已经从厨房后门走了出去，走进外面的夜色中。他挺直背脊，笔直地往前走（已经看不出喝醉了），细瘦的屁股在牛仔裤里一摇一摆。这时丽赛又叫了他一声——“斯科特?”但他只是又举起食指，意思是：你等一下，接着他整个人就被那团阴影吞没了。

17

此刻丽赛忐忑不安地盯着那片草坪，她已经关掉厨房的灯，觉得这样比较容易看到斯科特。然而尽管隔壁人家的庭院里有一柱灯光，但整片小山丘还是有一大半笼罩在阴影中。隔壁人家院子里那条狗吠得声嘶力竭。那条狗叫布鲁托，和迪士尼卡通片里那条狗一样。她之所以知道它的名字，是因为她偶尔会听到隔壁邻居咒骂那条狗，骂它一点屁用都没有。接着，她忽然想到，大约一分钟前，她听到玻璃碎裂的声音。那声音听起来很近，和狗吠声的距离差不多。在这骚动不安令人不快的夜里，听得到各式各样的杂音，但那玻璃碎裂的声音格外引人注意。

为什么？到底为什么？她为什么要这样羞辱斯科特？一开始她就不想跟斯科特去看那劳什子瑞典电影！然而此刻，为什么她心里会有种莫名的得意？为什么她会有种痛快的感觉，为什么她这么不怀好意和卑鄙？

她自己也搞不懂。在这晚春的夜里，微风从她身边轻轻拂过。接着她忽然想到，从他刚才走进那团阴影到现在时间过去多久了？两分钟？五分钟吗？好像不止了。对了，她刚才听到了玻璃碎裂的声音，是斯科特打破的吗？

帕克斯花房的温室就在那玻璃下面。

不知怎么，听到玻璃碎裂的声音，她的心脏开始怦怦狂跳。好像没什么道理，但她真的开始忐忑不安。她能感觉到自己心脏越跳越快，就在这时，她似乎看到那边有动静了。

刚才她聚精会神地盯着那团阴影，却什么都看不见，但现在阴影忽然有动静了。过了片刻，她看到那边有东西在动，再仔细一看，是个人影。她忽然松了口气，可是心里还是有种莫名的恐惧。她一直想着刚才玻璃碎裂的声音，而且斯科特走路的样子有点怪怪的，他的步伐已经没那么灵活，他也不再抬头挺胸。

这时她终于开口喊了斯科特一声，但几乎喊不出声音来。“斯科特？”她喊，手指开始不由自主地在墙上乱抓，想摸电灯开关，把门廊上的灯打开。

她喊得很小声，不过那个人影已经开始沿着草坪走了上来——步履蹒跚，脚步沉重。她感觉自己的手指突然变得好笨拙，在墙上摸了半天，好不容易终于摸到了电灯开关。她用拇指“啪”的一声打开电灯，这时那个人忽然抬起头来。接着就在灯亮的同时，他忽然大喊一声：“丽赛，这是秘宝！”时间拿捏得恰到好处。那一刻她忽然想到，如果他有机会预先排练，效果会更好吗？恐怕也很难更好。他的语气洋洋得意，好像松了口气，仿佛他挽回了什么。“而且这不是普通的秘宝，这是血秘宝！”

她从来没听他说过“秘宝”(bool)这个字眼，不过她倒没听错，没听成“笨蛋”(boo)或“书本”(book)。是“秘宝”没错，这又是斯科特发明的另一个字眼，而且不是普通的秘宝，是“血秘宝”。厨房的灯光照在草坪上，照在他身上。灯光下，只见他朝丽赛伸出左手，仿佛要把自己的手当礼物送给她。

看他的动作，丽赛觉得他真的是要把自己的手当成礼物送给她，就像她敢确定他还有另外一只手一样。但此刻，她暗暗祈祷，祈求老天保佑，希望他另外那只手还在。他现在正在写一本小说，接下来应该还会写更多小说，老天保佑，但愿他在写那些小说时，不会只用一只手打字。

为什么她会担心斯科特的右手呢？因为她看到他的左手已经变成血淋淋的一团。他的五只手指血流如注，乍看之下就像只红海星。丽赛立刻朝他飞奔而去。她一边快步走下后门廊的阶梯，一边盯着那只血淋淋的手掌，算算有几根手指。一二三四，谢天谢地，第五根是大拇指。手指头都还在，一根也没少。

他那条牛仔裤已经被血染红了，而他还是举着那只血淋淋的手向她伸来。他在草坪斜坡的最底下，肩膀靠在篱笆上，一步步慢慢往前移动，想要爬上来。此刻他举着左手，仿佛要把这只手当成礼物送给丽赛，用来弥补迟到的罪过。这是他的“血秘宝”。

“这是要献给你的。”他说。这时丽赛飞快脱掉上衣，把那只血淋淋的手包了起来。她感觉得到鲜血立刻浸透了衣服，感觉到一股温热，而且那一刹那，她忽然明白自己脑中那个声音为什么听起来那么害怕，一直叫她不要说出那些话。仿佛那个声音一直都知道：这个男人不但爱她，而且也爱死亡。而且他非常敏感，只要有人对他说了难听的话中伤他，不管是谁说的，他都会信以为真。

不管谁说他都会相信吗？

不对，不能这么说。他不至于那么脆弱。应该说，他在意的是他所爱的人对他说了什么。丽赛很少提到自己的过去，但那一刹那丽赛忽然明白，原来她对斯科特的过去也几乎一无所知。

“这是献给你的。我要跟你说对不起，因为我忘了我们的约会，而且我保证以后不再发生了。这是一份秘宝。我们——”

“斯科特，不要说话。没事了，我没有——”

“我们都说那叫‘血秘宝’。这是很特别的。爸爸告诉我和保罗——”

“我没生你的气。我从来没生过你的气。”

这时他们已经走到后门廊的阶梯底下了，斯科特愣愣地看着她，那样子好像个十岁的小男生。她的上衣包在斯科特的手上，仿佛中世纪武士的护手铠甲。衣服本来是黄色的，现在已是一片血红。丽赛站在草坪上，上半身只剩一件媚登峰胸罩，感觉到草叶刺在她的脚踝上。厨房昏黄的灯光照在他们身上，在她的乳沟上映出一道深深的阴影。“你要收下吗？”

斯科特看着她，露出恳求的眼神，像孩子般天真，看起来好无辜。此刻的他已经不是个大男人了。他一直看着丽赛，渴求的眼神充满痛苦。丽赛知道那种痛苦并非因为他割伤了手，可是一时间丽赛不知该说什么。她已经乱了方寸。她刚才镇静地压住斯科特血淋淋的手掌，帮他止了血，但现在她却忽然不知所措。她心想，该怎么说才对？更重要的是，她会不会说错什么？她会不会说什么刺激到斯科特的话，惹得他又抓狂？

这时候斯科特帮她解了围。“只要你收下秘宝，特别是血秘宝，那就表示你谅解我了。那是我爸爸说的，爸爸告诉过保罗和我，不知道说过多少次了。”他说话时忽然含含糊糊，好像退化成小孩。噢，老天，老天爷。

丽赛说：“好吧，那我就收下，不过其实我不是在生什么气，只是因为我根本不想跟你去看那部什么瑞典电影，因为，第一，那部电影没有英语配音，只有英文字幕；第二，我的脚很痛，我只想你陪我一起睡觉。结果呢，现在我们恐怕得到急诊室去了。”

他摇摇头，动作不快，但态度很坚定。

“斯科特——”

“如果你没生气，为什么要对我大吼大叫，为什么要对我说那些‘邪’话？”

那些“邪”话？这大概又是他自己小时候发明的字眼。她特别记住这个字眼，不过决定暂时先不管它，等以后再研究。

“因为刚才我不敢跟我姐姐大吼大叫。”她说。这实在有点扯远了，她自己听了都觉得好笑，于是大笑起来。她笑得上气不接下气，但那种狂笑却让她自己都觉得心惊，然后她突然又哭了起来。后来她忽然觉得有点头重脚轻，于是赶快坐下，坐在台阶上。她觉得自己好像快昏倒了。

斯科特也跟着坐下，坐在她旁边。他今年二十四岁，身材瘦得像竹竿，长发披肩，满脸胡碴。他已经两天没刮胡子了。他左手包着她的上衣，可是一条袖子已经松开，垂了下来。他亲了一下丽赛隐隐作痛的太阳穴，然后用心照不宣的眼神看着她。过了一会儿，斯科特又开口说话了，听起来他已经恢复正常。

“这个我懂，”他说，“家家有本难念的经。”

“是啊。”丽赛嘀咕道。

斯科特搂住她的腰——用左手。丽赛开始觉得他的左手就是血秘宝，这是斯科特送她的礼物。这是他在这个他妈的该死的周五晚上送她的礼物。

“不过根本不用放在心上。”斯科特的语气中有种异样的安详，仿佛刚才的一切都没发生过，仿佛他没有把自己的左手割得血肉模糊。“听我说，丽赛，人很擅于遗忘，时间久了，什么都会忘光。”

丽赛用狐疑的眼神看着他。“有可能吗？”

“真的。眼前的一切只属于我们两个，你和我。只有这个才有意义。”

你和我。然而，这真是丽赛要的吗？现在她已经知道斯科特是个内心世界很不平衡的人，那丽赛还要和他在一起吗？现在丽赛就已经可以预见未来和他一起生活会是什么样子，那她还要和斯科特在一起吗？然而她又想到，刚才斯科特在她太阳穴上亲了一下，那感觉是多么美好。对她来说，太阳穴是个神奇而又秘密的地方。接着她又想，有什么好怕的？再怎么可怕的台风，总会有个台风眼吧，不是吗？

“是吗？”她问。

有好一会儿，斯科特没再说话，只是默默搂着她。克里夫磨坊镇那小小的商业区就在前面不远处，隐隐约约听得到车子的引擎声，人群吆喝笑闹的嘈杂声。现在是周五晚上，那些“梦幻少年”都跑到镇上来找乐子。然而此刻，那一切仿佛距离他们十分遥远。此刻她眼里只看得到后院那片长长的斜坡，只感觉得到那夏日慵懒的气息，只听得到布鲁托在隔壁庭院的灯柱下猛吠，只感觉得到斯科特的手臂搂着自己的腰。他手上包着的上衣被血浸湿了，压在腰上感觉湿湿的，在她腹部的皮肤上留下血痕，仿佛是个商标。然而，那种感觉还是很舒服。

“小宝贝。”斯科特终于叫了她一声。

他顿了一下，接着说：“我心爱的小宝贝。”

丽赛·德布夏今年二十二岁，她的家人令她感觉十分疲倦，然而她却也不想再一个人过日子了，她终于受够了。斯科特在召唤她，要给她一个家，世界仿佛是一片黑暗，在黑暗中她决定把自己交给这个斯科特。从此时此刻开始，直到生命的尽头，她永远不会再回头了。

18

后来他们又进了厨房。她把包在斯科特手上的衣服拿掉，查看他的伤口。才看了一眼，她立刻感到头晕目眩，感觉自己仿佛突然飘了起来，然后迅速往下跌落，感觉自己仿佛从一片光亮中掉入黑暗的深渊。她拼命打起精神，不让自己昏倒。她一次又一次告诉自己，斯科特需要我。他需要我开车带他去医院急诊室。

还好，他没割到手腕上的动脉，只差一点点——这简直是不可能的奇迹。不过他在自己的手掌上割出了四道很深的伤口，整片皮肤像壁纸一样掀开并垂挂下来，另外有三根手指也割伤了。最严重的伤在他的小臂上，那个恐怖的伤口上还有一片三角形的绿色玻璃突出来，乍看之下很像鲨鱼的背鳍。斯科特把那片玻璃拔出来时，丽赛听到自己很无助地惊叫一声。然而斯科特拔出玻璃那一刹那面不改色，然后随手把那片玻璃丢进垃圾桶。

他拔玻璃时，把她那件被血浸湿的衣服垫在手掌和手臂下面，怕把她厨房的地面弄脏，蛮体贴的。虽然还是有几滴血滴在油布地毡上，但丽赛后来擦地板时，发觉滴下来的血没有想象中多。流理台前有张高脚凳，有时她会坐在上面切菜或洗盘子（如果你一天要站上八个钟头，如果可以坐着你绝对不会站着）。此刻斯科特坐到凳子上，用一只脚钩住，身体靠向水槽后把手垂在水槽里。斯科特说他会告诉丽赛接下来该怎么处理。

"可是你非到急诊室不可，"丽赛告诉他，"斯科特，你脑袋要清楚一点！人的手上到处都是肌腱和神经。你不怕自己的手废掉吗？那不是不可能！你的手真的很可能废掉！要是你怕他们追问，你可以编个故事蒙混过去，编故事不正是你的专长吗？而且，我会帮——"

"如果你明天还是要我去，我会去。"斯科特对她说。此刻，他看起来已经完全恢复正常。他又变回那个很有理性的人，充满魅力，甚至还有种催眠般的说服能力。"今天晚上我还不至于因为手受伤就死掉。现在血已经越流越少了。更何况——你知道星期五晚上的急诊室是什么样子吗？一大群酒鬼在门口排队呢！真要去，最好等星期六一早再去。"这时他又咧开嘴对着丽赛笑。那开心的模样仿佛在说，亲爱的，我在对你笑，你是不是也该对我笑笑？她想拼命忍住笑意，可惜最后还是被他打败了。"更何况，兰登家的人就算受伤也会好得很快，而且我们一定得很快好起来。来吧，我来教你接下来该怎么做。"

"看看你，你以前到底打破过多少温室的窗户？"

"一次都没有。"他说着，脸上的笑容稍微僵了一下。"今晚是第一次。以前我根本没打破过温室的玻璃。不过以前我倒是常常受伤。保罗和我都一样。"

"他就是你哥哥吗？"

"对，不过他已经死了。对了，丽赛，帮我在水槽里放点温水好不好？温温的就好，不要太热。"

她有一大堆问题想问他。她很想问他哥哥……

（爸爸告诉过保罗和我不知道多少次）

她一直不知道斯科特有个哥哥，不过现在不太方便问这个。还有，她也不想再逼斯科特到急诊室去了，至少现在不想。第一个理由是，万一斯科特答应跟她一起去医院，她就得开车送他去。可是现在她实在不知道自己还能不能开车。今晚她受了太大惊吓。而且，斯科特说对了，他的手已经几乎不再流血，谢天谢地。

丽赛从水槽下把那白色脸盆拿出来（那是她在超市买的，七毛九分钱），然后在里面装了温水。接着，斯科特把手泡进脸盆里。丽赛看到水面上浮出一线线血丝时，还能保持镇静。可是后来，斯科特开始轻轻搓自己的手，整盆水开始变成粉红色，这时丽赛立刻把头撇开，问他为什么要这样。把手泡在水里面，伤口不是又会开始流血了吗？

"我必须先把伤口洗干净，"他说，"伤口必须先洗干净，然后我才可以——"讲到这里，他忽然迟疑了一下，然后继续说："跟你一起去睡觉。我可以留在这里吗？可以吗？"

"可以，"她说，"当然可以。"可是她心里想的是：你根本不是要说这个。

后来，他觉得浸泡得差不多了，于是自己把那脸盆的血水倒掉，免得劳驾丽赛。然后，他让丽赛看看他的手。他那只湿湿的手看起来晶莹剔透，伤口看起来没之前那么严重，可是却更可怕，乍看之下仿佛十字形的鱼鳃，伤口里的粉红色开始越来越红。

"丽赛，可以把你的茶包借给我用一下吗？我保证一定买一盒还你。我很快就会收到一张支票，是很大一笔钱，大约五千多块。我的经纪人说他用他的良心担保，我很快就会拿到支票。我跟他说这倒新鲜，我不知道你有良心。当然，只是玩笑话。"

"我知道那是玩笑话，我没那么笨——"

"你一点也不笨。"

"斯科特，你要一整盒茶包干什么？"

"你去拿就好了，等一下你就知道了。"

于是她把茶包拿来。斯科特还是坐在那张凳子上，用一只手做事。他在脸盆里倒了更多温水，然后打开那个立顿红茶的盒子。"这是保罗想出来的点子。"他语气兴奋地说。她心想，他那兴奋的样子看起来好像小孩，仿佛在说：你看，这架飞机模型是我自己做的，漂不漂亮？你看，这种隐形魔术墨水是我用化学药品做出来的，怎么样？接着，他把茶包丢下去，十八包全部丢下去。茶包一沉到盆底，水很快就开始变色，变成浓浓的琥珀色。“你看着，等一下会有点怪味道，不过真的真的很好用。”

真的真的很好用，丽赛注意到这句话很特别。

接着，他把手伸进刚泡好的茶水里。那一刹那，他忽然龇牙咧嘴。丽赛发现他的牙齿有点歪，还有点黄。“有点痛，”他说，“不过很有效，丽赛，真的真的很有效。”

“我知道。”她说。这看起来有点怪，不过她心想，说不定真的可以预防感染，或是可以让伤口愈合得更快。说不定两种效果都有。查克·简德伦是餐厅里的快餐师傅，他是《惊爆内幕》杂志的死忠读者。有时候丽赛会把他的杂志拿起来瞄一眼。就在几星期前，她在杂志最后那几页读到一篇文章。文章提到，茶有很多功效，有益身体健康。只不过同一页还有另一篇文章说，在明尼苏达州发现大脚哈利。“我知道，你说的应该没错。”

“这不是我的点子。是保罗的。”他很兴奋，脸色开始恢复红润。丽赛心想，看他那样子，好像已经完全忘了刚刚才把自己割伤。

这时斯科特歪了歪下巴，指着自己的上衣口袋。“小宝贝，帮我点根烟好不好？”

“你的手伤成这样，抽烟好吗？”

“没问题，没问题。”

于是丽赛从他胸前口袋里把香烟掏出来，塞了一根到他嘴里，帮他点火。丽赛立刻闻到一股淡淡的清香，看到一缕青烟袅袅上升，飘向厨房的天花板。天花板松垮垮地往下垂，上面全是水渍。丽赛想问他更多关于秘宝的事情，特别是“血秘宝”。她似乎渐渐看到了一幅画面。

“斯科特，你和你哥哥小时候，爸妈都在你们身边吗？”

“没有。”他把烟叼在嘴角，烟雾往上飘，熏得他只好眯着眼睛。“妈妈生我的时候难产死了。我爸爸老是说，我妈是被我害死的，因为我太贪睡，在她肚子窝太久，又长得太大。”说着，他忽然笑起来，仿佛这是全世界最好笑的笑话。只不过，他的笑声也透着一种紧张，仿佛小孩听到那种听不太懂的黄色笑话，只好勉强跟着人家笑。

丽赛没说什么。她不敢说话。

斯科特低头看着脸盆。整个脸盆里的茶水都被鲜血染红了，已经看不见手了。他一口又一口猛吸嘴上的香烟，前端的烟灰越来越长。他的眼睛还是半眯着，不知怎么，丽赛忽然觉得他的样子看起来跟平常不太一样。她并不是觉得斯科特陌生，但是斯科特很不一样，就好像……

噢，就好像他哥哥。那个死掉的哥哥。

“虽然我太贪睡，时候到了还不肯出来，不过爸爸说，那不能怪我。他说妈妈应该把我叫醒，可是她没有，所以我才会长得太大，所以她才会难产死掉。秘宝找到了。游戏结束了。”说完，他笑了起来。这时那截烟灰掉了下来，掉在流理台上，但他似乎没注意到。他一直盯着泡在茶水里的手，不再说话。

眼前的景象让丽赛感觉到一种微妙的矛盾。她该不该再继续追问呢？她很怕斯科特不肯回答，怕斯科特会突然大吼大叫骂她（她知道斯科特很会骂人。她偶尔会去参加他主持的现代文学研讨会）。另一方面，她也怕斯科特真的肯回答。

“斯科特？”她非常小声地问道。

“嗯？”他嘴上的烟差不多快烧到滤嘴了。贺伯·泰雷登牌香烟的尾端看起来很像滤嘴，但里面其实还是烟草，只是外面颜色不太一样。

“你爸爸也会藏宝吗？”

“要命的宝，那当然。如果他心里有些说不出口的‘邪’话，他就会开始做秘宝。保罗藏的秘宝就很棒了，很好玩的秘宝，就像玩寻宝游戏一样，追踪线索。‘秘宝找到了！游戏结束了！’，然后就可以拿奖品了，比如说糖果或者一罐汽水。”说到这里，烟头上的烟灰又掉了下来。斯科特还是盯着脸盆里血红的茶水。“不过，爸爸的奖品只是亲我们一下。”说到这里，他凝视着丽赛。那一刹那，丽赛忽然明白了，原来斯科特一直都知道她不太好意思问的问题是什么，而现在他就是在尽量回答她的问题。只要他敢说的，他都说了。“这就是爸爸的奖品，找到秘宝的时候，他就会亲我们一下。”

19

丽赛的药柜里没有合用的绷带，于是她只好找一条床单，撕下长长的一条。虽然那是件很旧的床单，但她还是一样有点心疼——因为她只是个女服务生，薪水少得可怜（当然再加上一点小费。不过那些“梦幻少年”给小费都很小气，倒是学校的教职员出手会慷慨一点），衣柜里的床单真的没几条。不过一想到他手掌上割得惨不忍睹的伤口，还有小臂上那条更深更长的伤口，她还是毫不迟疑地把床单拿了出来。

斯科特躺到她那张窄得可怜的床上内侧，几乎头一碰到枕头就睡着了。丽赛心想，等一下她一定还会再想斯科特告诉她的那些事，所以应该不会马上睡着，但她没想到自己一躺下去也立即睡着了。

那天晚上，她半夜醒来两次。第一次是为了上厕所，却发现斯科特不在床上。丽赛身上穿的那件缅因州立大学的T恤太大了。她睡眼惺忪地走到浴室，边走边把那件T恤撩起来，撩到屁股上，嘴里嘟囔着：“斯科特，快点好不好，我真的得——”浴室里有盏晚上不关的小夜灯，所以她一走进浴室，立刻就发现浴室里空荡荡的。斯科特不在里面，而且马桶坐垫也没掀起来。平常他小便过后坐垫都不会放下的。

那一瞬间，丽赛忽然尿意全消，一阵恐惧袭上心头。她很怕斯科特痛醒之后，忽然又想到自己对她说了什么，然后就崩溃了——查克那本《惊爆内幕》里那篇文章是怎么说来着，对了——被“恢复的记忆”击垮了。

他那些记忆是否又回来了？或者，他心里是否藏着更多不可告人的秘密？她实在无法确定，不过她忽然想到，斯科特像个小孩子那样讲话，实在让人有点毛骨悚然……他会不会又走回帕克花房的温室，想继续完成那件没有做完的事？会不会这次他割的不是手，而是喉咙？

她转头看向昏暗的厨房——其实，整套公寓也不过就是一间卧室和一间厨房——忽然看到他整个人蜷成一团窝在床上。他平常睡觉的姿势就是那样，额头靠在墙上，膝盖几乎抵到胸口，那模样看起来很像胎儿（那年秋天，他们搬出这套公寓时，墙上留下一道隐隐约约的痕迹——斯科特的痕迹）。其实她告诉过斯科特好几次，叫他睡在床的外侧，这样翻身方便点，可是他就是不肯。这时他轻轻翻了一下身，床垫的弹簧发出嘎吱一声。路灯的光线从窗口照进来，在昏暗的光晕下，丽赛看到他脸上覆盖着一撮头发。

斯科特刚才并不在床上。

可是现在，他明明就在床上，睡在床的内侧。要是她怀疑，可以把他脸上那撮头发拉起来，感觉一下它的重量。

刚才我是不是在做梦，梦见他不在？

这就说得通了——勉强说得通。然后她又走回浴室，坐在马桶上。她忽然又想到：刚才我起来的时候，他真的不在床上。床上根本他妈的连他的影子都没有。

丽赛上完厕所，把马桶坐垫掀起来，因为怕斯科特半夜起来上厕所时，迷迷糊糊忘了掀坐垫。然后她就回床上睡觉去了。才刚爬上床，她就已经昏昏欲睡，此刻，斯科特就躺在她身边。这才是重要的，真的，这才是重要的。

20

第二次，她不是自己醒过来的。

“丽赛，”是斯科特在摇她，“丽赛，我的小丽赛。”

丽赛实在懒得回应他。她已经累了一整天——不对，已经累了一整个星期。可是斯科特就是不放弃，一直摇她。

“丽赛，你醒醒！”

她本来以为太阳应该已经出来了，没想到一睁开眼，却发觉房间里还是一片漆黑。

“斯科特，嗯？”她本来想问他是不是又流血了，还是手上的绷带滑掉了。可是她的脑袋还是昏昏沉沉的，她一时间问不出那么复杂的问题，所以干脆“嗯”了一声应付一下。

她发现斯科特的脸几乎快贴到她脸上了。斯科特已经完全醒了，看起来很激动，不过倒没有惊慌或痛苦。他说：“我们不能继续这样过日子了。”

一听到这句话，丽赛整个人突然清醒过来。丽赛吓到了。斯科特到底在说什么？他想分手吗？

“斯科特？”丽赛伸手在地板上摸了半天，终于摸到她那块天美时手表。“现在是凌晨四点十五分，你知道吗？”她的口气听起来不太高兴，不过除了不高兴，也带着一点害怕。

“丽赛，我们应该去找栋真正的房子，把它买下来。”然后斯科特忽然又摇摇头。“不对，那是以后的事。我们应该先结婚。”

丽赛松了口气，整个人忽然放松下来，手表又“啪”的一声掉回地板上。没关系，天美时表再怎么摔还是一样准。丽赛平静下来并回过神来，开始觉得惊讶。这时她才意识到，斯科特刚才在跟她求婚。她感觉自己好像突然成了言情小说里的女主角。但是丽赛也隐约感到一丝恐惧。这个人昨晚约会迟到、放她鸽子，结果丽赛为了这件事（好吧，当然另外还有别的原因）破口大骂他。后来他跑去把自己的手割得血肉模糊，从草坪那边跑上来，把受伤的手举得高高的，仿佛要当成他妈的圣诞礼物送给丽赛。而这个人现在却跟她求婚（而且是在凌晨四点十五分）。而且一直到昨晚她才知道，这人还有个死去的哥哥，而他妈妈之所以会死掉，可能是因为他——嗯，我们这位当红炸子鸡大作家怎么说来着？——对了，他说因为他在妈妈肚子里长得太大了。

“怎么样，丽赛？”

“噢，别说了好不好？我得想想。”可是深更半夜，脑筋都打结了，怎么想呢？

“我爱你。”他无限温柔地说。

“我知道，我也爱你，不过这不是关键。”

“这应该就是关键了，”他说，“我的意思是，你爱我，很可能这就是关键。在这个世界上，除了保罗，没有别人爱过我。”说到这里，斯科特迟疑了好一会儿，然后又说：“还有，我爸爸应该也爱我吧。”

这时丽赛用手肘把自己撑起来。“斯科特，爱你的人很多很多。那一次，你朗读你的上一本小说——还有一次，你朗读正在写的这本小说——”说到这里，她皱皱鼻头。这本新小说叫《空虚的恶魔》。她看过一部分，也听他朗读过一部分，可是她很不喜欢。“你朗读正在写的这部小说时，竟然有五百个观众涌到现场！结果主办单位只好赶紧把会场从文艺厅转移到体育场！朗读结束之后，全场观众都站起来喝彩！”

“那不叫爱，”他说，“那叫好奇。还有，偷偷告诉你，在那些人眼里，我和马戏团展示的怪物没什么两样。假如你二十一岁就出版了第一本小说，你就会知道当怪物是什么滋味。就算只有在图书馆才能找到那玩意儿，而且连平装本都没有，怪物就是怪物。可是，丽赛，你不一样，你没有把我当成那种怪物天才儿童——”

“其实我也是——”

“哦，不过……小宝贝，帮我点根烟好不好？”他那包烟就放在地上那个烟灰缸里。那是丽赛特别帮他准备的烟灰缸。丽赛把烟灰缸递给他，然后塞了根烟到他嘴里，帮他点火。斯科特接着又说：“至少你还会关心我有没有刷牙——”

“呃，是没错——”

“而且，你还会关心我洗发水用得对不对，是真的能够去头皮屑，越洗头皮屑越多——”

听到这句话，丽赛忽然想到一件事。“对了，我帮你买了罐海飞丝，在浴室里，你一定要试试。”

斯科特突然大笑起来。“你看！你看！我说的就是这个！你就是从宏观角度来看我这个人——”

“什么意思？”丽赛皱起眉头问。

斯科特把那根才吸了两三口的烟按熄。“我的意思是，你在看我这个人的时候，看到的是我的全部，无论优点缺点，无论好坏，你都能用平常心来看待。”

丽赛想了片刻，然后点点头说：“大概吧。”

“你一定没办法体会我的感受。小时候，我只是……我只是扮演某种角色。而过去这六年中，我又成了另一种角色。虽然感觉比较好了，只不过无论是现在，还是从前在匹兹堡大学，大家只是把我当成一台……一台故事贩卖机，丢个铜板下去，机器里就会吐出一个故事来。”他说这些话时并没有生气，可是丽赛感觉得到，有一天斯科特会变得很愤怒。有一天，当他找不到那个地方，那个可以给他安全感、可以当个正常人的地方，他就会开始愤怒。是的，丽赛很可能就是他想找的那个人，她可以给斯科特一个那样的地方。斯科特可以帮她打造出那样的地方。在某种程度上，他们已经打造出那个地方了。

“丽赛，你跟别人不同。我第一次见到你，是在文艺厅‘蓝色之夜’音乐会现场，从那一刻起，我就明白了——你还记得吗？”

老天，丽赛当然记得。那天晚上，她到大学霍克体育场外看画展，后来她隐隐约约听到文艺厅那里传来阵阵音乐，于是心血来潮走了进去。过了一会儿，斯科特也走进去。斯科特在拥挤的人群中左顾右盼半天，然后走到她坐的那张沙发旁，问她旁边的座位有没有人坐。当时丽赛本来已经不想听音乐了，她想出去赶八点三十分的公交车回克里夫镇。好险，要是她当时走了，那天晚上就不会有人跟她一起回家，在她的公寓过夜了。想到这里，丽赛忽然一阵晕眩，就好像站在高楼的窗口往下看。

丽赛点点头，没有吭声。

“对我来说，你就像……”说到一半，斯科特忽然停下来，对她微微一笑。斯科特的笑容看起来好真诚，露出一嘴歪扭的牙齿。“你就像那个池子，那是属于我们俩的池子，我告诉过你池子的故事吗？”

这次丽赛也跟着笑起来，然后又点点头。斯科特没有直接跟她谈到过那些池子，不过她曾经听斯科特在朗读作品时提过。斯科特曾经很热情地邀请她去听他演讲。有好几次，她坐在演讲厅的后排座位上，听斯科特提到所谓池子。他每次讲到池子，总是伸出手，仿佛要把手伸进池子里，或是要从池子里把东西拖出来——仿佛池子里有语言之鱼。

她总觉得斯科特那姿势看起来很可爱，很孩子气。有时斯科特会说那个池子是“谜池”，有时说那是“语汇之池”。他说，每当你形容一个好东西是金鸡蛋，形容一个不好的东西是烂苹果，你就是在喝那池子里的水，或是在池边抓蝌蚪。又比如说，你热爱国旗，并且教你的孩子也学着去爱那面国旗，然后你送自己的孩子上战场，导致他面临死亡的威胁，而这一切只是因为你爱那面国旗，教你的孩子也学着去爱那面国旗。你这么做，就像是在那池子里游泳……而那池子深不见底，潜伏着满口利齿的怪物。

“我来到你身边，而你总是能看到完整的我，”斯科特说，“你爱我，爱的是我的一切好与坏，而不是只爱我写的故事。当你关上门，远离外面的世界，在这个小天地里，我跟你一样，只是个平凡人。”

“斯科特，对我来说，你是高不可攀的。”

“别说那些，我知道你一定明白我的意思。”

丽赛心想，也许吧。此刻在这万籁俱寂的夜里，她心里是满满的感动。就算明天一早她可能后悔，但她忽然有股强烈的冲动想答应斯科特。“我们明天再谈好不好？”她边说边把斯科特的烟灰缸拿过来，放回地板上，“你可以等明天早上再问我一次，如果你还想问的话。”

“噢，我不会改变主意的。”斯科特信心满满地说。

“那就等着看吧，现在我们先睡吧。”

斯科特翻身转过去，刚开始还挺直着身体，可是当他渐渐睡着时，身体又开始蜷曲起来了，膝盖渐渐抬向他窄窄的胸口，而他的头——那个仿佛有无数故事像鱼一样在里面游来游去的头——又靠向墙壁。

我了解这个人，我终于开始了解这个人了。

丽赛内心顿时涌现一阵爱意，她告诉自己闭嘴，千万不要说出那种危险的话。有些话一旦说出口就很难再收回来了，说不定永远收不回来了。她靠向斯科特，胸口贴在他背上，肚子贴在他赤裸的屁股上。窗外传来几声疏疏落落的蟋蟀鸣叫，没想到这个季节还有蟋蟀。还有，布鲁托也还在吠个不停，大概打算熬夜吠到天亮。丽赛觉得眼皮越来越沉重，开始昏昏欲睡。

“丽赛？”斯科特的声音听起来仿佛是从另一个世界传过来的。

“嗯？”

“我知道，你不喜欢《空虚的恶魔》那本——”

“很讨厌。”丽赛含含糊糊地咕哝着。她越来越困，越来越昏沉，已经快要不省人事了，能说出这三个字，已经很不容易了。

“是啊，而且我相信不会只有你讨厌，不过我的编辑倒是非常喜欢，他说他们公司的几个领导已经把它定位成恐怖小说。他们高兴怎么弄就怎么弄，我无所谓。那句话是怎么说来着？你爱怎么叫我都没关系，只要别忘了叫我吃饭就好。”

“闭嘴，斯科特，睡吧。”

她不知道斯科特究竟有没有睡觉，不过，奇迹出现了（简直是不可能的奇迹），斯科特·兰登真的闭嘴了。

21

星期六早上，丽赛·德布夏醒来时，闻到一阵培根的香味。她看看时钟，发现已经九点了。她做梦都没想到自己会睡得这么香。灿烂的阳光透过窗口照在地板上，照在床上。丽赛走向外面的厨房，看到斯科特穿着内裤在煎培根。这时她赫然发现，斯科特已经把她辛辛苦苦包扎的绷带都拆掉了。丽赛不太高兴，骂他怎么可以这样，斯科特却只是轻描淡写地说手会痒。

“何况，”斯科特说，“现在是白天，伤口看起来没那么可怕了，不是吗？”他说话时朝她伸出手。看到他这个动作，丽赛忽然想到昨晚他从那团阴影中走出来的样子，差点全身冒起鸡皮疙瘩。

丽赛拉起他的手，低头看着他的手掌，仿佛要帮他看手相。丽赛看了半天，斯科特终于受不了了，把手缩回去，嘴里嘀咕着再不把培根翻面就要烧焦了。丽赛觉得现在伤口没那么吓人了。也许是因为现在已经不是黑漆漆的夜晚，也不是在阴暗的房间里。现在已经是周末早上，阳光普照，窗台上的老收音机飘扬着轻快的乡村歌曲。丽赛虽然一直听不懂歌词的含意，不过很喜欢。看了他的伤口，丽赛没有吓到，可是……她觉得很困惑。为什么困惑呢？因为她本来认定伤口应该很严重，可是实际并不是她想象的那样。丽赛不但困惑，而且有点不知所措，因为伤口根本没有她想象中的严重，几乎没有裂开。伤口不但已经愈合，甚至已经开始结痂。丽赛要是真的带他去急诊室，说不定会被医院赶出来。

兰登家的人受伤都会很快痊愈。他们非痊愈不可。

这时斯科特用叉子把又酥又脆的培根叉起来，放在折好的餐巾纸上。丽赛这才发现，斯科特不但写文章了得，连煎肉的功夫都是一流。最起码他只要够专心，做出来的菜就有模有样。接着丽赛忽然想到，他真的该换条新内裤了。松紧带已经完全失去弹性，内裤快要掉下去了，看起来很滑稽。斯科特说他很快就会收到一张支票，那好，等他收到了，丽赛一定要想办法叫他去买几条新内裤。不过，此刻她脑中想的当然不是他的内裤，而是他的伤口。从昨晚到今天早上，伤口的变化实在很不可思议。昨天晚上，她看到斯科特的伤口像鱼鳃一样裂得很深，从粉红色慢慢变成肝脏般的深红色。可是今天早上，她看到的却只是细细的裂痕。她心想，除了圣经上的奇迹，天下真有人能痊愈得这么快吗？真的有可能吗？而且斯科特不是用普通的玻璃割破自己的手。他用的是温室的玻璃。这时丽赛忽然又想到，打破了人家的温室玻璃，他们总得去收拾一下善后吧，斯科特得去——

“丽赛。”

她猛然回过神来，忽然发觉自己不知何时已经坐在餐桌旁，双手不安地扭着双腿间的T恤。“怎么了？”

“你要一个蛋，还是两个蛋？”

她想了一下。“两个好了。”

“两面煎半熟，还是单面？”

“煎双面。”她说。

“你要嫁给我吗？”斯科特问的时候，口气还是跟昨晚一样兴奋，而且边问边用没受伤的右手把蛋壳敲破，然后把蛋黄蛋白扑通一声丢进锅里。

丽赛淡淡一笑，她觉得好笑倒不是因为斯科特那煞有介事的口气，而是因为他的话题转得太快。不过丽赛一点都不意外，其实她早有预感……该怎么说呢，她早就料到斯科特一定会再问的。丽赛说不定昨晚在睡梦中思考过这个问题。

“你是说真的吗？”丽赛问。

“当然是真的，”他说，“你觉得呢，小宝贝？”

“小宝贝觉得好像可以计划一下。”

“太好了，”斯科特说，“太好了。”斯科特停顿了一下，然后又说：“谢谢你。”

有那么一会儿，他们俩都没再说话。窗台上那台破收音机依然播放着音乐，不过那是丽赛的爸爸绝对不会想听的音乐。锅里的蛋吱吱作响。丽赛肚子饿了，但很开心。

“秋天好了。”她说。

斯科特点点头，然后伸手去拉盘子。“很好，十月怎么样？”

“会不会太仓促？你觉得感恩节前后怎么样？对了，鸡蛋还有吗？”

“还有一个。我吃一个就够了。”

丽赛说：“如果你不去买几条新的内裤，我就不嫁给你。”

斯科特没有笑。“我等一下就去买。”

斯科特把盘子放在她面前，里头有培根和荷包蛋。丽赛真的饿坏了，迫不及待地吃了起来，这时他把最后一个蛋丢进锅子里。

“丽赛·兰登，”他说，“怎么样，听起来还习惯吗？”

“听起来有点像足球守门员，你知道我说的人是谁吗？”

“好像听过。”

“对，就是他。”这时丽赛自己也念了一次这个名字。“丽赛·兰登。”念起来就像斯科特煎的蛋一样，感觉还不错。

“小丽赛·兰登。”斯科特又叫了一次她的名字，然后把锅子里的蛋甩到半空中。那个荷包蛋在半空中转了两圈，然后啪的一声稳稳地掉回锅子里。

“斯科特·兰登，你能不能保证以后会上紧发条，而且永远不放松？”丽赛问。

“就算病到手没力气，我也会用脚上发条。”斯科特说。然后两人忽然像神经病一样大笑起来，笑得上气不接下气。窗外阳光灿烂，音乐悠扬袅绕。

22

跟斯科特在一起，永远笑声不断。几个星期后，他手上的伤口已经完全愈合，连小臂上的伤口也好了。

而且，伤口没有留下半点疤痕。

23

丽赛又醒过来了，可是她已经搞不清楚，自己究竟还在过去神游，还是已经回到现在。不过第一道晨曦的光芒已经悄悄爬到床上，在迷蒙的光晕中，她看到的是冷冷的蓝色壁纸，还有墙上那幅海景壁画。现在她知道了，这是阿曼达的房间，可是她现在真的在阿曼达的房间里吗？过去和现在纠缠不清，模糊难辨，她已经分不清是真是假。此刻她觉得自己只是在做梦，梦见了未来的阿曼达的房间。她感觉自己仿佛还在从前那套小小的公寓，躺在那张窄窄的床上。往后的许多夜晚，一直到十一月结婚，她和斯科特还会睡在那张床上。

那么，她是被什么吵醒的？

阿曼达还是背对她躺着，而丽赛像根汤匙似的紧贴着她，胸口贴着阿曼达的背，肚子贴在阿曼达屁股上。奇怪，她究竟是被什么吵醒的？她并不想尿尿……没那么想，那么？

阿曼达，你刚才跟我说话了吗？你想要什么吗？是不是想喝水？你是不是想找片温室玻璃割自己的手腕？

接着，无数纷乱的思绪闪过丽赛的脑海，可是她不想开口说话，因为她忽然有种奇怪的感觉。虽然她看到的是阿曼达那头凌乱的灰发，脖子四周睡衣的波浪形褶边，可是她却觉得躺在床上的人是斯科特。

没错！就在夜里的某些时刻，斯科特……斯科特怎么样？难道斯科特从她记忆深处爬出来，钻进阿曼达的身体里？差不多就是这种感觉吧。好吧，这念头是很可笑，不过她还是不想开口说话，因为她很怕一旦开口说话，会听到阿曼达用斯科特的声音回答。

要是真的发生这种事，她会怎么样？会吓得尖叫起来吗？她的尖叫声会有多凄厉？会像俗话形容的那样，把死人都吵醒吗？这念头确实很荒唐，可是——

可是看看阿曼达，看看她睡觉的样子。她的膝盖缩到胸口上，歪着头。要是旁边有墙壁，她的额头一定会靠到墙上。难怪你会觉得——

清晨五点，房间里透进些许黎明前的微曦，这时她突然听到阿曼达开口说话了。阿曼达背对着她，她看不到阿曼达的脸。

"宝贝。"阿曼达叫了她一声。

丽赛没吭声。

接着阿曼达又叫了她一声："小宝贝。"

昨天晚上，丽赛听到阿曼达说出秘宝那两个字，当时她感觉自己的血液仿佛突然变得像冰一样冷，而此刻，她的感觉是全身血液瞬间冻成了冰。尽管阿曼达说话的声音还是女人的声音，可是口气却百分之百是斯科特的口气。丽赛和斯科特在一起生活了二十几年，他说话的调调，丽赛一听就知道。

她告诉自己，我在做梦，所以搞不清楚自己究竟是在过去神游，还是已经回到现在。只要我转头看看四周，一定会看到那张“皮尔斯布里顶级面粉”魔毯在墙角飘来飘去。

可是她却发觉自己没办法转头。有好一会儿，她根本动弹不得。后来，她发觉天色越来越亮，才终于鼓起勇气开口说话。天已经快亮了，如果她现在不是做梦，是真的醒了，而讲话的人也真的是斯科特，那么斯科特一定有什么理由非回来不可。

当然，斯科特绝对不会伤害她，他永远不会伤害丽赛，至少……不会故意伤害她。可是丽赛发觉自己叫不出他的名字，也叫不出阿曼达的名字，仿佛怎么叫都不对。她不由自主地抓住阿曼达的肩膀，把她的身体翻过来。那一刹那，她心里直犯嘀咕，不知道会在那团凌乱的灰发底下看到谁的脸。万一是斯科特的脸，怎么办？老天，万一。

太阳快出来了。这时她突然明白，要是太阳出来之前她没开口，那么过去和现在中间的那扇门就会关起来，而她就会失去找出答案的机会了。

那就别再考虑该叫她哪个名字了。不用再管旁边这个穿着睡袍的人是谁了。

“为什么阿曼达会说出‘秘宝’这两个字？”她开口问道。她的声音回荡在整个房间里，听起来有点嘶哑。房间里虽然仍旧一片昏暗，不过已经越来越亮，越来越亮。

“我藏了个秘宝要让你去找。”躺在床上那个人回答。她背对着丽赛，屁股顶在丽赛的肚子上。

噢，老天，噢，老天，这可真“邪”了。如果真有所谓的“邪”，那这就是“邪”了——

但接着丽赛又想：冷静点，上紧他妈的发条，现在就把这件事搞清楚。

“是不是……”她的声音从来没这么嘶哑过。房间越来越亮，她突然觉得天亮得太快了，太阳随时会从地平线冒出来。“是不是‘血秘宝’？”

“你很快就会找到一个‘血秘宝’。”那声音告诉她，但口气中似乎隐含着一丝遗憾。噢，真的好像斯科特在讲话，不过也有点像阿曼达的口气。丽赛从来没这么害怕过。

然后那个人的语气开始变得爽朗。“不过丽赛，你要找的是个好的秘宝，藏在‘紫色’后面。其实最前面三个线索你都找到了，再多找到几个线索，你就可以拿到奖品了。”

“我的奖品是什么？”她问。

“一罐饮料。”那个声音立刻回答她。

“是可口可乐？还是皇冠可乐？”

“别说话，我们要看看蜀葵。”

那个声音充满了异样的、无限的渴望。而且，“蜀葵”这个词为什么听起来这么熟悉？为什么听起来很像某种东西的名字，而不只是一种野草？这是否又是一个藏在“紫色”后面的东西？这个东西是否一直深藏在她的记忆中，而她却不愿去想？

没时间想这些了，连问个问题的时间都没有了，因为一道红红的曙光已经从窗口射进来。丽赛清楚地感觉到，她又回到了“现在”。这时她还是很害怕，却也非常后悔。

“我什么时候会找到那个血秘宝？”她问，“求求你告诉我。”

那个声音没有回答，丽赛知道那个声音不会回答了。不久前，太阳还躲在地平线下，尚未射出曙光，她内心充满恐惧和困惑。但此刻恐惧和困惑已经一扫而空，但她越来越沮丧。

“我什么时候会找到？真该死，什么时候？”她开始大叫，猛摇那个人的肩膀。她摇得好用力，那个人的头发被她摇乱了……可是那个人还是没有回答。这时丽赛终于发火了。“斯科特，不要这样折磨我，告诉我，究竟什么时候？”

现在她不光是摇了，而是用尽全力把那人的肩膀扳过来。那个身体翻转了过来，可是全身僵硬毫无反应。是阿曼达没错。她的眼睛是睁开的，她也还在呼吸，脸色还相当红润。但是丽赛从眼神看得出来，她的阿曼达兔宝宝大姐又发作了。从前她陷入痴呆时，就会出现这种遥远空洞的眼神。丽赛自己也快陷入痴呆状态了。她已经完全搞不清楚，刚才那个声音真的是斯科特，还是她半睡半醒时产生的幻觉。不过她可以百分之百确定的是：在半夜的某个时刻，阿曼达又陷入痴呆状态，这一次她可能再也醒不过来了。

/

第二部　静　动

“她一转身，看到山顶那轮巨大的明月正凝视着她。她裸露着胸部，面对那轮明月，月光穿透她的躯体，仿佛穿透一颗晶莹剔透的宝石。她静静伫立，体内盈溢着月光，展开双臂迎接那轮明月。她伸展着双臂，仿佛一朵风中颤抖的秋牡丹，高挺的双乳迎向明月，仿佛为明月指引方向。明月触动了她的温柔，而她以无比的热情等待明月投入她的怀抱。”

——D. H. 劳伦斯，《虹》

第五章　丽赛和那无比漫长的星期四
（秘宝的线索）

1

丽赛很快就发现，阿曼达这次的发作比前三次要严重得多。套用那个神经病医生的术语，那就是所谓的“诱发性半紧张症”。她姐姐平常很容易惹人生气，很会找麻烦，可是现在她仿佛突然变成一具会呼吸的玩偶。丽赛想办法把阿曼达拉起来坐着，然后把头转过去，让她坐在床缘。刚才天快亮时，这个穿着白色棉睡袍的女人有没有跟她说话呢？她的声音听起来是不是和她已故的丈夫一样呢？这些丽赛自己也搞不清楚，但现在很清楚的是，不管丽赛怎么叫她，怎么声嘶力竭地大吼大叫，她都没有反应。她就这么一动不动地坐在那里，手摆在大腿上，双眼空洞地盯着妹妹。丽赛从她面前走开时，她还是愣愣地直视前方。

丽赛随手抓了件衣服，跑进浴室用冷水浸湿。结果她走出来时，发现姐姐又倒在床上，不过脚还踩在地上。丽赛又动手把她拉起来，但拉到一半又忽然停住，因为阿曼达的屁股已经滑到床缘，就快滑到地上了。要是她继续拉，阿曼达一定会摔到地上去。

“阿曼达兔宝宝！”

丽赛学小时候那样叫她的绰号，可是她还是没反应。接着，丽赛决定叫她完整的绰号试试看。

“阿曼达兔宝宝姐姐！”

还是没反应，但丽赛并不害怕（可是她很快就会害怕了），而是火冒三丈。从前阿曼达发作时，丽赛也曾经这样拼命想唤醒她，结果也是徒劳无功，可是当时她并不像现在这样火冒三丈。

“够了！别装了！把你那臭屁股抬起来，坐回床上，然后给我乖乖站起来！”

还是没用。然后丽赛弯下腰，用那条冷冷的湿毛巾猛搓阿曼达那张面无表情的脸。还是没用。就连湿毛巾从她脸上搓过，她的眼睛还是眨都不眨，这时丽赛开始害怕了。她偷瞄了一眼床头的收音机电子钟，发现已经六点多，可以打电话给黛拉了。不用怕吵醒麦特，因为他不在家。他现在大概还在蒙特利尔睡他的大觉。不过她并不想打电话，还不想打。打电话给黛拉就意味着她承认失败了，而她还不打算承认失败。

她绕到床的另一边，抓住阿曼达的腋下，把她往后拖。虽然阿曼达骨瘦如柴，但丽赛觉得这动作却比想象中吃力。

小宝贝，那是因为你现在拖的是她全身的重量。

“你闭嘴。”她大吼一声，只不过，她不知道自己在跟谁说话。“闭上嘴。”

接着，她自己爬上床，跪在床上，两只膝盖跪在阿曼达的大腿两侧，手摆在她脖子两边。这个跪姿看起来有点像情人间的动作，不过可以正眼看着阿曼达仰着的脸，看着她失神的双眼。

阿曼达前几次发作时，服服帖帖地任人摆布……当时丽赛觉得，她几乎就像个被催眠的人。可是这次似乎很不一样。此刻丽赛只能暗暗祈祷，希望状况不太严重。每个人早上起床时一定会有几件事情要先做。也就是说，如果这个人还想继续住在这栋鳕鱼角式小屋，还想自由自在地过日子，那么就必须先要有能力做这些事。

“阿曼达！”她面对面朝着姐姐大喊一声。接下来她要说的话听起来会有点滑稽（不过因为这里只有她们两个，所以还好）。她说道：“阿曼达……兔宝宝……大……姐姐！我要你……站起来……站起来！然后去厕所……去坐马桶！阿曼达兔宝宝，去坐马桶！我数到三！一！二！三！”数到三的时候，丽赛又大吼一声，叫阿曼达站起来，可是阿曼达还是一动也不动。

到了六点二十分左右，丽赛还真的成功了一次，可惜成功只持续了片刻。阿曼达终于勉强撑起上半身。那一刹那丽赛忽然想起当年自己是怎么跟第一辆车搏斗的，两种感觉真的好像。那是一辆七四年的福特斑马。整整两分钟，她一次又一次启动，后来就在电池快要没电的那一刹那，引擎突然发动了。可惜最后的结局不同，阿曼达没有像那辆车一样发动。她没有坐起来，让丽赛带她到浴室。她又倒回床上，而且整个人歪向一边。这时丽赛只好赶快冲上去，托住她腋下，一边咒骂一边撑住她的身体，以免她倒在地上。

“你这个贱人，别装了！”她朝着阿曼达大声叱骂，其实心里很清楚阿曼达并不是装的。“噢，随便你！不管你了——”她吼得好响亮，连自己都吓了一跳。要是不小心，也许她会惊动对面的琼斯太太。于是她赶紧压低声音。“随便你，爱躺就躺吧。不过别以为我会整个早上在这里伺候你，被你耍得人仰马翻。别做梦了。我要到楼下去了，我要去冲杯咖啡，泡碗麦片粥，享受一下。对了，女王陛下，等一下你如果闻到香味流口水，可以叫我。或是可以派个他妈的手下到楼下来拿外卖。”

不知道我们的阿曼达兔宝宝姐姐，觉得咖啡和麦片粥闻起来香不香呢？至少丽赛自己觉得很香，特别是咖啡。吃燕麦粥前，她先喝了杯黑咖啡，喝完后又冲了另一杯，放了双份的糖和奶油。她举起杯子啜了一小口，心想：能来根烟多好，这样一来，今天铁定生龙活虎。要是能来根他妈的赛伦淡烟该有多好。

这时候，她发现有些思绪又开始在脑海里蠢蠢欲动。她又开始想到昨晚做的梦和昔日的回忆（她忽然想到，那就是“斯科特和丽赛的婚姻初期”）。她拼命挥开那些思绪，她也不愿去想刚才醒来时发生的事。等有时间再慢慢想，现在不行。现在她得先应付大姐。

接着，她突然想到：楼上浴室的药柜上面有没有抛弃式刮胡刀片？她的大姐会不会发现刀片，然后拿来割自己的手腕，或者喉咙？

丽赛匆匆从餐桌旁起身，心想不知道黛拉有没有想到把楼上浴室……和楼上所有房间的刀子收起来。她几乎是跑上楼梯，心里七上八下，不知道会不会在主卧室里看到什么可怕的画面，不知道上楼后会不会发现床上空荡荡的，只剩下枕头。

结果，阿曼达还好端端地躺在床上，愣愣地盯着天花板，而且身体似乎根本没动过。可是丽赛不但没有松了口气，反而有种不祥的预感。她坐到床缘，握住姐姐的手。阿曼达的手很温暖，可是却没有半点反应。丽赛暗暗祈祷阿曼达的手突然握住她的手，只可惜，那只手依然像瘫痪似的一动也不动。

“阿曼达，我该拿你怎么办？”

阿曼达没反应。

不算镜子里的影子，房间里就只有她们两人。她在跟谁说话呢？她说：“阿曼达，这不是斯科特干的，对不对？求求你，告诉我，斯科特没有……该怎么说呢……你没有被斯科特附身，对不对？”

阿曼达根本没反应。过了一会儿，丽赛走到浴室，看有没有刀片之类的东西。过了一会儿，她心想，黛拉好像真的比她早一步搜过这间浴室了，因为她找了半天，结果只找到一把指甲剪。阿曼达有一座看起来还满简朴的小梳妆台，那把指甲剪就放在最底下那层抽屉里。不过话说回来，要是你一心寻死，一把小小的指甲剪也够用了。为什么呢？因为斯科特的父亲……

（嘘，丽赛，不要说）

“好吧。”她说。这时她看到自己的手抓着指甲剪的模样，嘴里突然冒出一股铜的味道，仿佛脑中有一阵紫光闪烁，她忽然紧张起来。“好吧，我知道，我不说了。”

接着，她看到阿曼达用来放毛巾的架子，看到上面有一堆洗发水试用包，于是把指甲剪藏在后面。接着，她忽然想不起来还有什么事要做，干脆就洗了个澡。她洗好澡一走出浴室，就看到阿曼达屁股下面湿了一大摊。她心想，看来，这已经不是她们自家姐妹能关起门来处理的事了。她拿了条毛巾垫在阿曼达湿透的屁股下，然后瞄瞄床头的时钟，叹了口气，拿起电话，拨了黛拉家的号码。

2

昨天，她听到斯科特在她脑中说话，声音很大很清晰。他说：小宝贝，我留了些线索给你。当时她以为那只是自己的潜意识在自言自语，在她的脑海里模仿斯科特讲话的声音，所以没把那句话当一回事。也许她真的是在做白日梦——也许。不过有件事却毋庸置疑：斯科特给她留下了一堆“文学遗产”。套句斯科特的话，一堆“秘宝奖品”。现在是下午三点，一个漫长炎热的星期四下午，她和黛拉在鲁威斯顿的“巴伯餐厅”里。今天这日子已经够难过了，更糟的是，如今没有斯科特帮忙，可能会更难过。而他已经死了两年，就算没死也帮不上忙。

黛拉和丽赛一样，看起来也是一副累坏的样子。黛拉设法找了空当在脸上补了点妆，可惜她皮包里的化妆品装备不足，找不到东西可以遮住她的黑眼圈。一九七〇年代，是她负责每星期打一次电话教训丽赛，提醒她什么叫责任。看着眼前的她，丽赛完全无法想象她当年三十几岁时那盛气凌人的模样。

“你在想什么，小丽赛？”黛拉忽然开口问道。

丽赛正把手伸向那个装着方糖的盒子，一听到黛拉的声音，她的手忽然转向那个老式代糖罐，拿起来撒了些代糖到杯子里。“我在想，今天真的是个黑得像咖啡一样的‘黑色星期四’，”她说，“这个星期四，喝咖啡如果不加真正的糖，恐怕喝不下去。我大概已经喝到第十杯了。”

“我跟你一样惨，”黛拉说，“我已经跑了十几趟厕所，而且等一下离开这个好地方前我还要再去一趟。老天，制酸剂吃太多了，真吃不消。”

丽赛搅拌一下杯子里的咖啡，皱起眉头，然后举起杯子啜了一口。“你真的要帮她收拾行李吗？”

“呃，总得有人动手吧，我看你一副快病死的样子。”

“谢了，不过少乌鸦嘴。”

“要是连你亲姐姐都不肯说真心话，还有谁会说？”

这种陈腔滥调丽赛不知道听她说过多少次了。什么“任重道远责无旁贷”，噢，对了，还有黛拉名言排行榜第一名的“人生真是不公平”。不过这句话今天听起来倒不怎么刺耳，可以说相当慰藉。“黛拉，如果你真想帮她收拾行李，我也不好意思剥夺你的权利。”

“不是我想，是我应该。昨晚是你陪她到天亮，现在该轮到我了。不好意思，我得去放一下水。”

丽赛看着她越走越远，忽然想到还有一句“家传术语”。她们德布夏家的人不管干什么都有“家传术语”。小便叫“放水”，大便叫“埋地雷”。很文雅，不过倒挺传神的。斯科特很喜欢她们家的术语，有一次还说也许他们两家是同一个祖先。丽赛也觉得搞不好有可能。老妈曾说，德布夏氏祖先多半来自爱尔兰，而安德森氏祖先全是从英国来的。这大概是老妈自己编的吧，但话说回来，每个家族里总不免有些失散的亲友在别的地方另起门户吧。不过丽赛对这些狗屁倒灶的家族血泪史没什么兴趣。她有兴趣的是，“放水”和“埋地雷”这两个字眼也是来自“语汇之池”。斯科特的“语汇之池”。从昨天开始，斯科特似乎越来越靠近她了……

丽赛，今天早上你只是在做梦……你应该明白的，不是吗？

然而她真的搞不清楚今天早上在阿曼达房间里究竟发生了什么事。这一切似乎都是一场梦，她想扶阿曼达站起来，扶她进浴室，也是她在做梦。不过有件事绝对不是梦：她已经帮阿曼达登记，准备把她送进绿茵疗养院，让她在那里接受一个星期的治疗。至少一星期。整个过程比她和黛拉预期得要顺利得多。这都要归功于斯科特，目前来说……

（万岁）

这样的结果似乎已经很不错了。

3

早上还不到七点，黛拉就已经赶到阿曼达那间舒适的小屋，连头发都没梳，上衣还有个纽扣没扣好，里头的粉红色胸罩都露了出来。一进门，丽赛就告诉她，阿曼达现在连东西都不吃了。不久前丽赛扶阿曼达坐起来，让她靠在床头板上，然后把一汤匙炒蛋塞进她嘴里，而她也乖乖让丽赛塞了进去。那一瞬间，丽赛胸中忽然燃起一线希望——她看到阿曼达在吞口水，所以说不定她也会把蛋吞下去。大概有三十秒钟，阿曼达坐在那里，嘴里不断吐出一坨坨黄黄的蛋屑（这些黄黄的东西让丽赛觉得很恶心，仿佛她姐姐吃的是只金丝雀）。后来，阿曼达干脆用舌头把炒蛋顶出来。有些蛋屑黏在她的下巴，另一些掉到她睡衣的胸口。阿曼达安安静静地盯着远方，那样子仿佛她是范·莫里森的歌迷，眼前看到的是一片想象中的迷幻景象。斯科特就曾是范·莫里森的歌迷，不过到了九〇年代初期，他对那个乐团就不再那么热衷了。后来斯科特又回到汉克·威廉斯和罗里塔·琳的乡村音乐怀抱里。

一开始，黛拉不相信阿曼达不肯吃东西，直到她自己动手试过之后，才不得不信。而且那些蛋还是她自己重新炒的，因为先前剩下的蛋都被丽赛丢到垃圾筒去了。看到阿曼达痴呆的眼神，丽赛已经没胃口把剩下的蛋吃掉了。

黛拉走进房间时，阿曼达已经又倒回床上——像摊烂泥似的倒下。后来，黛拉和丽赛两人又合力把她扶起来，让她靠在床头坐好。丽赛暗自庆幸有个人帮忙，因为她的背已经开始痛了。她真的难以想象，一天二十四小时照顾这样的人，日复一日，花费会高到什么程度。

“阿曼达，把这些蛋给我吃掉。”黛拉声色俱厉地说。丽赛很熟悉那种命令，年轻时她在电话里不知听过多少次了。此刻，从黛拉那鼓起下巴的模样和她的姿势，看得出她认定阿曼达在假装。套用她们老爸的口头禅，那就叫“装死还会呼吸”。老爸肚子里不知装了多少这样的口头禅，而那些口头禅听起来都很滑稽、多彩多姿，而且还有点无厘头。不过每次黛拉要你做什么事，而你不肯照办的时候，黛拉不就永远认定你是“装死还会呼吸”吗？（想到这个，丽赛忽然觉得有点好笑。）

“阿曼达，把这些蛋给我吃掉——现在就吃！”

这时候，丽赛好像想说什么，可是还没说出口就吞了回去。要是黛拉也亲眼看过那个她们必须去的地方，那她们就能够快点抵达那个目的地了。她们该去的地方是哪里呢？应该是绿茵吧。“绿茵疗养康复中心”在奥本市。二〇〇一年春天，阿曼达前一次发作时，她和斯科特曾经到那里考察过。后来丽赛发现，斯科特和绿茵疗养院之间颇有渊源，这是她没预料到的。不过谢天谢地，还好有这个渊源。

黛拉把蛋塞进阿曼达嘴里，然后转头看看丽赛，脸上露出得意的微笑。“你看！我就觉得她只是欠修——”

就在那一刹那，阿曼达已经开始吐舌头，把嘴里的炒蛋顶出来，炒蛋“啪啦”一声掉在睡袍胸口。丽赛不久前才帮她把睡袍擦干净，上面还是湿的。

“你刚才说什么？”丽赛慢条斯理地问。

黛拉盯着她大姐看了好久好久。后来她终于又转头看看丽赛，那副鼓起下巴装腔作势的表情已经不见了。现在她又恢复原来的样子：一个中年妇人因为家里出了急事，被迫一大早就起床，到现在还睡眼惺忪的模样。她没有哭，不过已经快哭出来了。她那双德布夏家特有的蓝眼睛里已开始泛出泪光。“这次和以前不一样，对不对？”

“不一样。”

“昨天晚上出了什么事吗？”

“没有。”丽赛迫不及待地回答。

“没哭，也没闹吗？”

“都没有。”

“噢，小妹，我们该怎么办？”

丽赛早有盘算。她早就有个实际可行的方案，而且绝对不会出差错。黛拉的观念可能不太一样，不过丽赛和乔德莎是同一类型的人，两人都比较实际。“让她躺下来吧，那地方一开始上班，我们就打电话过去，”她说，“绿茵。还有，老天保佑，希望她现在别又给我撒泡尿。”

4

她们利用等候的时间，边喝咖啡边玩扑克牌。她们玩的是“克里巴奇”。那种玩法是她们老爸教的，而且他们早在上小学之前就已经会了。每玩三四把后就有个人去看看阿曼达。她还是老样子，直挺挺地躺在床上一动不动，眼睛盯着天花板。第一盘黛拉打败了妹妹；第二盘黛拉靠作弊拿了三个顺子，丽赛惨败。

黛拉虽然听到阿曼达在楼上呕吐，但好像心情还不错。看到她的样子，丽赛心里开始盘算……不过很多话她现在还不想说出口。今天会很不好过，所以让黛拉趁这时候笑笑也是件好事。

接着，黛拉想和丽赛玩第三盘，但丽赛说不想玩了。于是两人开始看电视，看“今日美国”晨间新闻的最后一段。这时丽赛仿佛听得到斯科特在她脑海中呐喊着，他不可能砸得掉老汉克的饭碗。当然，这里的老汉克就是指汉克·威廉斯。谈到乡村音乐，斯科特最先接触的就是老汉克……然后他才开始喜欢乡村音乐。

到了九点五分，丽赛走到电话前坐下，打电话到查号台，问到绿茵的电话号码。这时她得意洋洋地朝黛拉微微一笑，可是笑得有点紧张。“黛拉，求老天保佑吧。”

“噢，我已经在祷告了。真的，我已经在祷告了。”

接着丽赛开始拨号。电话才响一声，对方就有人接了起来。“喂？”接电话的是个女人，声音听起来很爽朗。她说：“绿茵疗养康复中心，您好，美国飞达健康事业公司为您服务。”

“喂，你好，我是——”丽赛才刚开口，那女人的声音又继续往下说。她念了一大串各个部门的代码，一般人想得到的部门都念到了……一副很有把握对方一定有按键电话似的。那是电话录音。丽赛忽然觉得自己有点蠢。

她心想，好糗，不过他们的服务设计还满周到的。接着，她按五，转接到“住院信息查询服务”。

“转接中，请稍候。”那个轻快的女性声音说。接着是轻柔的背景音乐，那旋律正好是保罗·西蒙的名曲《返家途中》。

丽赛转头想告诉黛拉，现在正在等转接，但忽然发现黛拉已经不见，她跑到楼上看阿曼达去了。

该死，她心想，她就是没办法——

“你好，我是卡桑德拉，很高兴为您服务。”

小宝贝，这名字听起来不太吉利，她脑中那个斯科特的声音又说话了。

“我是丽赛·兰登……斯科特·兰登太太。”

结婚以后，她很少说自己是斯科特·兰登太太。这辈子大概只说过五六次。而斯科特过世后这二十六个月来，她从来没有这样介绍过自己。那么，这个称呼怎么会在此刻突然脱口而出呢？这并不难理解。

斯科特说这叫“亮出名号”，可是他自己很少玩这种把戏。为什么不呢？他解释道，一方面是因为干这种事会让他觉得自己像个自大狂，另一方面是因为他怕亮出名号之后对方却不买账。举例来说，假如到餐厅去吃饭，他贴在领班的耳边悄悄说，你不认识我吗？结果那个领班也附在他耳边说，很抱歉，先生，不认识——谁管你是谁？

接着，丽赛重新描述一次先前发生的事情，包括她姐姐如何自残，然后“半紧张症”发作，然后今天早上的情况是前所未有的严重。她说话时听得到电话里传来微弱的敲打键盘声。后来，丽赛一停下来，卡桑德拉立刻回答说：“兰登太太，我了解您的困扰，可是绿茵目前已经没有床位。”

丽赛的心陡然一沉。那一刹那，她脑中忽然浮现一幅画面，看到阿曼达被送到挪南巴的斯蒂芬纪念医院，被关在一间柜子大小的病房里，身上穿着一件满是食物污痕的罩衫，站在栅栏铁窗前，看着窗外——七号公路和十九号公路的交叉口，看着那一闪一闪的路口警示灯。

“噢，这样吗？呃……确定没有吗？是这样的，我不需要州政府医疗补助，也不用医疗保险——我直接付现，你知道我的意思吗……”

她说这些话时，感觉自己就像溺水的人拼命想抓住岸边最后一根稻草。这样有点愚蠢，可是当你无计可施时，钱就是最后的法宝。“不知道这样是不是比较方便你们工作。”最后一句她说得很心虚。

“真的不是这个问题，兰登太太。”这时丽赛感觉到卡桑德拉的口气似乎有点冷淡，她也感觉到自己的心越来越沉，就快沉到谷底了。“这纯粹是医院空间和医护人力的问题。您明白吗，我们只有——”

这时丽赛忽然听到很微弱的“叮当”一声，听起来很像早餐馅饼烤好时烤箱发出的声音。

“兰登太太，可以麻烦您稍候一下吗?”

“没问题。”

这时她听到“喀嚓”一声，然后背景音乐又回来了。这次变成电影“黑豹”的主题曲《矛》。丽赛忽然觉得，那首音乐听起来和原曲不太一样。她心想，要是原唱伊扎克·海斯听到了，说不定会爬进浴缸，用塑料袋把自己的头罩起来。她在线等了好久，甚至怀疑那位小姐是不是已经忘了她的存在——天知道，她真的碰过这种事，特别是买机票或者打电话骂租车公司的时候。这时黛拉从楼上走下来，朝丽赛比了个手势，仿佛在问：怎么回事？赶快说！丽赛摇摇头，意思是，没事，我不知道。

这时那可怕的背景音乐终于停了，卡桑德拉又回到线上。她那冷漠的口气忽然消失了，突然变得很有人情味。直到此刻丽赛才开始觉得自己是在跟人说话，而且，不知道为何，丽赛忽然觉得她的口气听起来很耳熟。“兰登太太?”

“是的?”

“不好意思让您等这么久。我刚刚查了一下，发现电脑里有条注记，上面说，如果您或您的先生打电话来，我们就要赶紧通知埃布尔尼斯医生。埃布尔尼斯医生现在正好在办公室里，要我帮您转接吗?”

“好的。”丽赛说。现在她知道接下来会怎么样了，非常清楚接下来会是什么场面。她知道，这位埃布尔尼斯医生开头的第一句话一定是，他很难过，请丽赛节哀，仿佛斯科特是上个月或上星期才刚过世。接着，丽赛会跟他说谢谢。

事实上，假如这位埃布尔尼斯医生肯特别通融，在疗养院人满为患的状况下，让阿曼达住进去，让她们姐妹能够摆脱这令人头痛的姐姐，丽赛甚至很乐意当场跪下来，帮他好好吹一次喇叭。想到这个，丽赛差点忍不住狂笑出来，她只得拼命咬住嘴唇憋住。

而且她忽然想起，这位卡桑德拉的声音为什么听起来那么熟了。一个人忽然想到斯科特是谁，忽然想到正在跟自己说话的人曾经是他妈《新闻周刊》的封面人物，说话口气就会变得跟卡桑德拉一样。

而且，如果丽赛跟这位大人物在一起，有了这层关系，她自己好像就不需要那么有名了。有一次斯科特曾说过，有时候那是一种感情投射……

“喂？”一个听起来很愉快的男声说道，“我是休斯·埃布尔尼斯。请问您是兰登太太吗？”

“是的，大夫。”丽赛边说边比了个手势叫黛拉坐下，不要在旁边走来走去绕圈子。“我是丽赛·兰登。”

“兰登太太，容我先说，我很难过，请您节哀。我有五本你先生亲笔签名的小说，那是我最珍惜的收藏品之一。”

“谢谢你，埃布尔尼斯大夫，”说着，她朝黛拉比了个OK的手势，“很高兴你喜欢他的作品。”

5

黛拉从巴伯餐厅的女厕所走出来了，丽赛跟她说自己最好也去上一下厕所。堡景镇离餐厅有二十英里远，而且下午路上车子很多，万一半路想上厕所就麻烦了。至于黛拉呢，她可得跑两趟，这只是第一趟。今天早上送阿曼达去绿茵的时候，两人都忘了帮她打包行李。现在，黛拉得先去堡景镇附近的阿曼达家整理行李，然后开车把行李送到绿茵去。送完行李后，她还要再跑回堡景镇附近回自己的家。所以大概晚上八点半左右，她应该就能回到自己家了。当然，那得要运气很好，路上不塞车。

“如果你真要去，我得先提醒你，别忘了戴防毒面具。”黛拉说。

“有那么臭吗？”

黛拉耸耸肩，然后打了个呵欠。“还好啦，我上过更臭的。”

是的，丽赛也去过更恐怖的厕所，特别是跟斯科特一起到外地去时。结果她到了厕所后，只好半蹲着，屁股悬在马桶上方——每次她跟斯科特到外地办签书会时，都是这种姿势上厕所。接着她按钮冲了水，走到洗脸槽前洗洗手，再捧水泼泼脸、把头发梳一梳，然后看着镜中的自己。

“小美人，”她对着镜中的自己说，“现在你又焕然一新了。”接着，她咧嘴对自己笑笑，露出一口花了不少钱做的假牙。然而她眼中却流露出困惑的神色。

“兰登先生说，假如我有机会碰到你，应该问问你——”

嘘，不要说。

“我应该问问你，当初他是怎么捉弄那个护士的——”

“斯科特才不会说‘捉弄’这两个字。”她对着镜中的自己说。

闭嘴，小丽赛！别说了。

“——那一次在纳什维尔，他是怎么捉弄那个护士的。”

“斯科特说的是‘藏一个秘宝’，不是吗？”

这时她嘴里又开始冒出那种铜的味道。那是种惊慌失措的味道。没错，斯科特说的确实是“藏一个秘宝”。没错，斯科特说过，埃布尔尼斯大夫实在应该问问丽赛（如果他有机会碰到她的话），那次在纳什维尔，斯科特是怎么“藏秘宝”给那个护士的。斯科特很清楚，丽赛一定会看到那个信息。

他送过信息给她吗？当时有吗？

“别再说了。”她对着镜中影像嘀咕，然后走出女厕。要是能把那些声音都关在厕所里该多好，可是偏偏那些声音就是阴魂不散，如影随形。先前有好一会儿，她一直都没再听到那些声音。也许是因为那声音睡着了，也许是因为被丽赛的理智说服了，也认为有些事就是不能说出来，甚至于就算丽赛分裂成两个自我，那两个自我之间也不可以提到那些事。举例来说，那天斯科特中枪后，那个护士说了些什么话。那是不可以说出来的。还有……

（嘘……嘘……）

一九九六年冬天

（嘘！）

究竟出了什么事……

（嘘！不准说！）

太惊人了，那个声音真的……她感觉到那声音在监视她，在监听她的动静。她好怕。

6

丽赛走出女厕时，正好看到黛拉挂上公用电话。

“我打电话到绿茵疗养院对面的汽车旅馆，”她说，“看起来蛮干净的，所以我打算订个房间，今晚睡在那里。我实在懒得再连夜开大老远的车回堡景镇了，而且住在那边，明天一大早我还可以先去看看阿曼达。过条马路就到了。”说着，她看着妹妹，眼中流露出忧虑的神色。

看到黛拉的神情，丽赛忽然有种虚幻的感觉，感觉很不真实，因为这么多年来，黛拉的口气永远都那么直截了当，不留余地，很难把她跟忧虑的神色联想在一起。接着黛拉又说：“你会不会觉得我在做傻事？”

“我觉得你想得很周到。”丽赛用力握了一下黛拉的手，看到黛拉微微一笑，丽赛似乎忽然放心了，然后她忽然觉得心中一痛，想道：这又是因为我有钱，所以黛拉才会什么事都要问我，好像我这个有钱人连放屁都是香的，有钱就是老大。“好了啦，黛拉——这趟我来开车，好不好？”

“当然好。”黛拉说道，然后跟在妹妹身后走出餐厅。白昼越来越长了，外头天色还很亮。

7

正如丽赛担心的，开回堡景镇的路上速度很慢。她们正好跟在一辆超载的原木卡车后面，看着那辆卡车在前面摇摇晃晃。狭窄的山路弯弯曲曲，根本没地方超车。丽赛只好跟卡车保持一段距离，以免跟在它屁股后面吸废气。虽然车速慢，不过丽赛也正好有时间可以回想今天发生的一些事情。至少还有这个好处。

跟埃布尔尼斯大夫交谈，感觉很像第四局下半才进场看球赛。不过对丽赛来说，这已经不是什么新鲜事了。这大半辈子，她一直都跟在斯科特后面拼命追赶，把事情搞清楚。她还记得，有天有辆家具公司的小货车从波特兰开到他们家来，车上载满了组合式沙发。

当时斯科特正在工作室写稿，边写边听音乐，音量也跟平常一样震耳欲聋。尽管工作室里装了隔音墙，但她在家里就隐隐约约听得到斯蒂夫·厄尔的歌声，是那首《吉他之城》。如果这时候跑去叫他，丽赛的耳朵可能又要受伤。在她看来，耳朵受伤的代价大约是两千块钱。

那个送家具的家伙说，那位"先生"交代他们来找丽赛，所以丽赛会告诉他们把新家具摆在哪里。丽赛毫不迟疑地叫他们把旧沙发搬到谷仓去，然后把新沙发摆在旧沙发的位置上。其实所谓的旧沙发看起来跟新的没什么两样。不过至少新沙发的颜色看起来和客厅的色调比较搭配，想到这个她就稍微安心一点。她心里明白，斯科特从来没跟她谈过要买新沙发，更别说是组合式沙发之类的。不过，她也明白，斯科特一定会很激动地一口咬定他们曾经讨论过。她知道，他一定是在脑中跟她讨论过，只是有时候会忘了开口说出来，他健忘的本事可真是炉火纯青。

他曾经和那位休斯·埃布尔尼斯一起吃过一顿很正式的午餐，而这件事又再度证明了他的健忘。也许他本来打算告诉丽赛，如果丽赛隔了一年半载后再问他，他可能会告诉你，他很久以前就告诉过丽赛那件事了：和埃布尔尼斯吃午饭？当然，而且当天晚上就告诉她了。只不过，那天晚上他并没有告诉丽赛，而是窝在工作室里埋头写他的短篇小说，边写边听鲍勃·迪伦的新专辑。

或许斯科特曾经忘了他们有约会，或许他忘了告诉丽赛自己那非常不堪的童年，不过也有可能这次情况不一样——斯科特并不是忘记，而是故意隐瞒线索。说不定他早已预见自己的死亡，所以决定等死后再让丽赛想办法找出来。这就是他安排的所谓“秘宝的线索”。

所以不管是他真的忘记了，还是故意隐瞒，反正最后丽赛还是设法拼凑出整件事的完整面貌。她和埃布尔尼斯通电话时，适时用些譬如“嗯”、“噢，真的呀”、“你也知道的嘛”，还有“哎呀，那个我忘了”等等字眼来搪塞。反正，她就是用这方法把事情搞清楚了。

二〇〇一年春天，阿曼达企图割开自己的肚脐，然后一整个星期整个人就像烂泥一样瘫了，那就是她的神经病医生所谓的“半紧张症”状态。当时他们全家人利用晚上聚餐的机会，讨论是否该把阿曼达送到绿茵去（或是另外某家精神疗养机构）。丽赛还记得，那天的晚饭吃了很久，气氛算是温馨，不过也有几次擦枪走火，搞得大家一肚子不高兴。

丽赛也记得，那天晚上大家讨论时，斯科特几乎都没说话，安静得异乎寻常，而且也没怎么吃饭。后来等大家讨论得差不多了，他忽然说，如果大家不反对的话，他带了些广告传单和简介手册给大家看看，参考一下。

“你讲得好轻松，你以为她是要去度假吗？”坎塔塔说——丽赛觉得她的语气相当恶毒。

丽赛的车子跟在那辆木材卡车后面，忽然看到路边有个弹痕累累的路标，上面写着“欢迎莅临堡景镇”。这时她脑中不断回想当时的画面。她还记得，当时斯科特只是耸耸肩。“你们没看到她已经陷入痴呆了吗？”他说，“你们不觉得应该有人帮助她，把回家的路指给她看，这样假如有天她想回家，还回得了家。”

坎塔塔的丈夫轻蔑地哼了一声，尽管斯科特靠着出书赚了好几百万，可是在理查德眼里，他不过就是个整天做白日梦的家伙。而不管理查德提出什么意见，坎塔塔铁定跟他一鼻孔出气。丽赛从来没想过要声援斯科特，告诉他们斯科特自有他的道理。此刻，当她回想到当时的情景，忽然想到当天她好像也没吃什么东西。

反正后来，斯科特把绿茵的介绍手册都带回家了。丽赛还记得，那几本手册全都被丢在厨房流理台上，乱成一团。其中有一本的封面图片是栋很大的建筑，看起来很像“乱世佳人”里的南方庄园大宅。

那本手册的标题是“全家人的寄托，精神疾病患者的避难所”。

丽赛记得自己后来好像没再跟斯科特提过绿茵的事。说真的，有必要吗？因为后来阿曼达恢复正常了，而且恢复得很快。而且斯科特根本没跟丽赛提过他和埃布尔尼斯医生吃中饭的事。那是二〇〇一年十月的事——当时阿曼达已经复原好几个月了。

埃布尔尼斯大夫告诉她（那是他在电话里说的。当时丽赛说来说去都是“嗯”、“噢，真的呀”、“你知道的嘛”、“哎呀，那个我忘了”之类的话，轻而易举就套出了实情），那天吃中饭时，斯科特说，他认为阿曼达·德布夏的病情正在逐渐恶化，以后再发作时可能会更严重，陷入痴呆后很可能永远不会复原。医生还说，斯科特已经读过简介手册，见过几个优秀的医生，并在他们陪同下参观过绿茵的环境设施，斯科特认为绿茵正是阿曼达最需要的地方。

而且埃布尔尼斯大夫也亲口答应过斯科特，如果有天丽赛的姐姐又出状况，他一定会收留她——斯科特只不过请他吃了顿午饭，再送他五本签名书，就换到了他的承诺。对此，丽赛一点都不意外。多年来眼看着名人的魅力如何征服某些人，丽赛早已见怪不怪了。

她把手伸到收音机前，想找找看有没有美妙的乡村音乐可听（这又是斯科特传染给她的坏习惯。斯科特过世前几年把很多坏习惯传染给丽赛，听乡村音乐就是其中之一，而且这是丽赛到现在还改不掉的坏习惯）。这时她瞥了黛拉一眼，看到黛外头靠在右座的窗玻璃上，已经睡着了。看来现在好像不是听音乐的好时机，丽赛又把手缩了回来。

8

正事说完了，埃布尔尼斯大夫开始重提陈年往事，讲述当年他如何和伟大的斯科特·兰登一起吃午饭。黛拉一直跟她比着手势，意思是叫她快点，别再跟他扯下去。但尽管如此，丽赛还是很乐于让他说个高兴。

丽赛本来大可打断他的话，不过她觉得这样可能会得罪他，坏了大事。更何况丽赛自己也很好奇，说得更正确点，丽赛很渴望听他说。丽赛究竟想听什么？她想听听看斯科特有没有什么事是她不知道的。

从某方面来看，听埃布尔尼斯大夫说故事，感觉很像在工作室里看那些期刊杂志里的照片文章，仿佛里面隐藏着某些失落的回忆。等一下埃布尔尼斯就会把那天吃中饭的情景完完整整地说出来，那么，这会不会是斯科特安排的另一个“秘宝线索”？应该不是，不过丽赛实在无法确定。丽赛只能确定，听了埃布尔尼斯的话之后，她心中忽然一阵伤痛。两年了，难道悲伤到现在还没消退？难道那悲伤依然令她心痛？

埃布尔尼斯说，是斯科特主动打电话给他的。难道斯科特事先就知道这位医生是他的头号书迷？或者这纯粹只是巧合？丽赛不相信有这么巧的事，这也未免太巧了。不过如果斯科特真的事先知情，那么他又是怎么知道的？埃布尔尼斯一直说个不停，丽赛找不到机会插嘴问他，不过其实她也真不知道该怎么开口问。算了，别问了，这个问题应该无关紧要。总之埃布尔尼斯接到斯科特的电话时大喜过望（那句成语是怎么说来着？对了，“受宠若惊”）。斯科特询问他有关丽赛姐姐的事情，他几乎有问必答，后来斯科特邀他一起吃午饭，他更是迫不及待一口答应下来。埃布尔尼斯大夫问斯科特，等一下吃饭时，可不可以带几本他最喜欢的斯科特的小说去请他签名？斯科特答道，当然没问题，他非常乐意。

于是，埃布尔尼斯带去的是他最喜欢的斯科特作品，而斯科特带的则是阿曼达的病历资料。车子距离阿曼达家已经剩下不到一英里路，这时丽赛忽然想到另一个问题：斯科特是怎么弄到阿曼达的病历资料的？难道是他的魔力蛊惑了阿曼达，让她自己乖乖交出来？难道是他蛊惑了珍·惠勒，那个张牙舞爪的神经病医生？还是两个人都被他蛊惑了？丽赛心里明白，这不是没有可能。斯科特的魅力并非无往不利——达西米尔那个南方炸鸡小混蛋就是个活生生的例子——不过有些人就是会被他迷惑。阿曼达当然也感觉得到斯科特的魔力，不过丽赛却很清楚，她姐姐不是那么信任斯科特（阿曼达读过斯科特所有的书，甚至包括那本《空虚的恶魔》……阿曼达说，自从看了那本书后，她有整整一星期睡觉时都不敢关灯）。至于那位珍·惠勒是什么状况，丽赛就不得而知了。

所以，斯科特究竟是怎么弄到那些病历资料的呢？丽赛再怎么好奇，这恐怕又会是另一个永远解不开的谜。目前她所知道的，就是斯科特和那位埃布尔尼斯特别研究过阿曼达的病历，然后，埃布尔尼斯也同意斯科特的判断，那就是：阿曼达·德布夏的病情可能越来越严重了。他们谈着谈着，埃布尔尼斯突然说（当时距离上甜点的时间应该还早），他愿意向这位他最喜爱的作家担保，要是阿曼达真的再次发作了，他一定会在绿茵帮这位德布夏小姐安排一个床位。

“你真是太好心了。”丽赛当时用很亲切的口吻对他说。想着想着，车子今天第二次开到阿曼达家的车道上。这时她突然很好奇，埃布尔尼斯在和斯科特聊天时，有没有问过斯科特写那些书的灵感是从哪来的。如果他问了，那么他是一开始就问了，还是最后才问的？是吃开胃菜时问的，还是最后喝咖啡时问的？

“醒醒吧，黛拉，亲爱的，”丽赛边说边转动钥匙将车子熄火，“我们到了。”

黛拉坐直身子，看着阿曼达家，然后说：“噢，真要命。”

丽赛猛然大笑起来。她实在忍不住。

9

她们动手帮阿曼达收拾行李时，没想到忽然都有点感伤。她们在三楼那个被阿曼达当阁楼用的小房间里找到了她的行李箱。那里有两个新秀丽牌的行李箱，看起来有点破烂，上面还挂着托运行李的卷标，卷标上的地名是“迈阿密”。那是她上次去佛罗里达看乔德莎的时候……上次？那是多久以前的事了？七年前吗？

不对，丽赛想了一下，十年了。她有点感伤地看着那两个行李箱，然后把比较大的那个拉出来。

“也许我们应该把两个都拿下去。”黛拉有点犹豫，然后抬手抹了一下脸。“哇！这里好热！”

“我们先拿大的那个就行了。”丽赛说。本来她还想再加一句：她不觉得阿曼达会在那个杜鹃窝待那么久，久到有机会参加他们今年的年度舞会。还好，话还没出口，她赶紧咬住舌头，硬是把话吞回去。看到黛拉汗流浃背一脸疲倦的模样，她立刻明白现在绝对不是要嘴皮子的时候。“装一星期的东西，一个箱子就够了。她不会住太久的，你忘了那个医生说什么吗？”

黛拉点点头，然后又擦擦脸。“她的东西都在房间里，至少我们可以从那里开始。”

在正常状况下，绿茵本来应该要派医生到阿曼达家里来做检查，不过多亏了斯科特，埃布尔尼斯特别通融免了这道手续。他查询过后，确定那位惠勒医生真的不在了。另外丽赛也告诉他，阿曼达没办法走路（而且尿失禁），只是他们不确定她是没办法走，还是不想走。

确定这两件事情后，医生告诉丽赛，他会派辆绿茵的救护车过来，他还特别强调，救护车上不会有任何标志，外表看起来就像一般休旅车一样。丽赛和黛拉开着丽赛那辆宝马，跟在绿茵的救护车后面。当时两人内心都充满感激。黛拉感谢的是埃布尔尼斯大夫，丽赛感谢的是斯科特。

埃布尔尼斯大夫帮阿曼达检查时，两人在外面等着，仿佛等了四十多分钟。还好最后检查的结果比预期令人欣慰。埃布尔尼斯跟她们说了很多诊断结果和医疗指示，不过此时此刻，丽赛唯一关心的是他刚才提到的一件事：在住院的第一个星期，他们会派人随时随地看紧阿曼达。时刻有人在病房里看着她。另外，如果他们有办法引导阿曼达到外面的大阳台上活动，当然也会有人陪着她去。走廊尽头是普通病房，不过除非阿曼达的病情出现戏剧性变化突然改善，否则暂时还不会让她去住普通病房。“目前我不敢说她的病情会突然好转，”埃布尔尼斯大夫告诉她们，“虽然不是绝无可能，但很少见。两位，我的原则一向是实话实说，那么老实说，德布夏小姐恐怕得在这里待上很长一段时间。”

丽赛仔细看看那个较大的行李箱，然后对黛拉说：“其实我想帮她买新的行李箱，这玩意儿已经烂到快不能用了。”

“我帮她买好了。”黛拉说。她讲话时突然带着点鼻音，有点发抖。“丽赛，亲爱的小丽赛，你已经为我们付出太多了。”她忽然握住丽赛的手，然后拉到嘴上亲了一下。

丽赛非常意外——几乎是吓了一跳。虽然她和黛拉已经很久没有吵架了，不过这么热情的举动，实在很不像她姐姐的风格。

“黛拉，你真的要自己去买吗？”

黛拉很激动地点点头，激动到说不出话来，然后又抬起手搓自己的脸。

“你还好吗？”

黛拉本来要点头，接着又忽然摇起头来。“什么新的行李箱！”她忽然大叫起来，“笑死人了！你为什么认为她会需要新的行李箱？你没听到医生说吗——她对突发声音测试没有反应，对拍打测试没有反应，对针刺测试没有反应！你知道护士怎么形容她这种病人吗？她们都说那叫‘二愣子’！还有，我才懒得听医生鬼扯什么治疗，什么仙丹！我告诉你，要是她还能清醒过来，那才真叫太阳打西边出来！”

就像俗话说的，丽赛心里暗暗嘀咕着，微微一笑……当然，那只是她想象自己在微笑。用想象的比较不会惹麻烦。她姐姐累了，抽抽噎噎地哭着。丽赛牵着她从那座又短又陡峭的楼梯走下来，离开那间热得像烤箱一样的阁楼。然后她就这么抱着姐姐，没再多说什么。她没有说，有生命就有希望；她没有说，要用乐观的态度面对苦难；她没有说，黎明前总是最黑暗的；她没有说任何诸如此类的屁话。因为有时候，一个拥抱胜过千言万语。有个人，一个跟她一起生活了大半辈子的人，也曾经从她身上学到这个道理——有时候，无声胜有声。有时候，最好的办法就是闭上你的嘴，静静等待，静静等待。

10

后来丽赛还是又问了黛拉一次是不是真的不用丽赛陪她开车回绿茵。黛拉还是摇摇头。她说，她有本迈克尔·努南的有声书一直还没听，正好趁这机会好好听一听。刚才她已经在阿曼达的浴室里洗过脸，补了妆，扎好头发，现在的她看起来容光焕发。

根据丽赛过去的经验，女人容光焕发时，心情也不错。于是她轻轻一捏黛拉的手，交代她开车小心一点，然后目送她走出大门。接着，她在阿曼达家里慢慢晃了一圈，先是在屋里到处看看，然后又到屋外绕了一圈，看看整栋屋子是不是都锁好了：门窗、地窖盖子、车库门。

她把车库的两扇窗户打开四分之一，让车库能够散热，以免温度过高。这也是斯科特教她的，而斯科特则是从他爸爸那边学来的，那位令人敬畏的"热火"兰登……除了这个，他爸爸还教他读书（斯科特两岁就开始阅读了，很早熟），并在厨房的火炉边摆了一块黑板教他算术。此外，他爸爸也在客厅陪他玩游戏，教他学印第安人吆喝，一边叫一边从板凳上跳下来……对了，当然也教过他怎么布置"血秘宝"。

"秘宝的线索——那有点像'苦路'的仪式，模仿耶稣受难过程中的每个场景。"

说着，斯科特笑了起来，样子看起来有点紧张，一副很心虚的样子，仿佛小孩听到什么黄色笑话，只敢偷偷地笑。

"没错，就是那样。"丽赛自言自语嘀咕着。虽然下午天气很热，她还是不由自主打了个寒颤。旧日回忆不断在她脑中冒了出来，仿佛活生生在她眼前重现，那种感觉令她很不自在，仿佛过去的一切始终没有消逝，仿佛时间只是一条隔成无数段的长廊，而在某些段里，过去的一切仍在上演。

不要从那个角度去想，那样想很不好。如果你从那个角度去想，你会碰到很“邪”的东西。

“这个我相信。”丽赛说，然后也有点心虚地笑了一下。她朝车子走去，右手食指上挂着阿曼达家的钥匙串——没想到那串钥匙这么重，比她自己家里的还重。奇怪，她的房子不是比阿曼达家大很多吗？此刻，她忽然有种奇怪的感觉，感觉自己已经开始陷入很“邪”的处境了。现在，阿曼达被送进精神疗养院，而那只是一切的开始。

别忘了，还有那个“扎克·马库尔”，还有那个遗稿狗仔伍伯迪教授。这一整天她实在太忙了，忙到没时间去想那两个人，不过这并不表示那两人不存在。她好累好累，今晚实在懒得去找那伍伯迪，懒得上门跟他摊牌……不过她倒是应该去找这个教授。为什么要直接去找伍伯迪呢？也许是因为，从电话里的声音听来，那个“扎克”好像真的是个危险人物。

她坐上车子，把阿曼达的钥匙圈放在右座置物箱里，然后倒车退出车道，车后是渐渐沉落的夕阳。夕阳余晖中，丽赛忽然感觉到斑驳的阴影笼罩在车身上，笼罩在阿曼达家的屋顶上，仿佛车后有某种巨大的东西。丽赛吓了一跳，立刻踩下煞车，转头看看后面——她看到那把银铲子，看到“谢普曼图书馆破土典礼”那几个大字。丽赛把手伸到后面，摸摸铲子的木头握柄，那一刹那，她立刻觉得内心平静了些，接着她转头看看马路两头，确定路上没有车子，于是把车倒到马路上，面向回家的方向。她看到马路对面，琼斯太太坐在她家的门廊上，朝她挥挥手打招呼。丽赛也对她挥挥手，然后又从座位中间把手伸到后座，抓住那支铲子的握柄。

11

开车回家这段路并不远。她才刚开上路，脑中就开始思潮起伏。她心里不得不承认，那些不断浮现的往日记忆真的令她感到害怕——

那种感觉，仿佛那些事又再次出现，此刻正活生生在她面前上演。而且那些记忆比今天早上天亮前发生的那件事更可怕——如果那件事是真的。当然，她可以不把那件事当一回事（呃……应该办得到），她可以安慰自己说，那只是因为她太焦虑了，半睡半醒间迷迷糊糊做了个恶梦。然而，格德·埃伦·科尔就不一样了。多少年了，她本来已经完全忘记那个名字，忘记这个人了，但现在这名字为何如此清晰地浮现眼前？如果你问她，斯科特的爸爸叫什么名字，在哪里工作，她一定会老实告诉你，她想不起来了。

"美国石膏公司，"没想到，她居然说得出来，"不过'热火'老兰登一定会说那叫'美国泥巴公司'。"这时她听到自己脑中的呐喊，声音低沉，口气却很激烈，甚至已接近嘶吼："闭嘴，别再说了，真的够了。你给我闭嘴。"

然而，她真的压抑得了那些不断涌现的回忆吗？她应该好好想想。这很重要，因为其实她也和死去的丈夫一样，努力把一些令人痛苦令人恐惧的回忆隐藏起来。她在自己内心筑起一道布幕，把"现在的丽赛"和"早年的丽赛"隔了开来。她一直以为那道布幕很结实，可是今天晚上，她已经不再那么有把握了。显然那道布幕有破洞。如果你从这些破洞往另一边看，可能会看到一团紫色的雾，雾里隐隐约约好像有什么东西。很可能是你不想看到的东西。所以，最好还是别去看那些破洞，就好像天黑以后，除非把整个房子里的灯都打开，否则最好不要去看镜子里的自己。还有，最好不要吃……

（晚上的食物）

太阳下山后，不要吃橘子，不要吃碗里的草莓。有些记忆还不算太可怕，可是，还有一些记忆很危险。最好的办法就是活在当下，紧紧抓住"现在"。因为，万一你被危险的记忆抓住，那么，你可能会——

"可能会怎样？"丽赛很生气地大吼，声音发抖。接着她又说："别说了，我不想听。"

眼前是夕阳西沉的景象，有辆克莱斯勒休旅车仿佛穿透暮霭迎面开来，开车的人朝她挥挥手。丽赛也立刻朝他挥手，尽管她实在想不起来，她认识的人中有谁开克莱斯勒休旅车。管他的，反正在斯迪克维尔这一带，不管谁跟你打招呼，你也跟着挥挥手就对了，乡下地方的习惯就是这样。反正此刻她心不在焉，心思不知道飘到哪里去了。她必须面对现实，而现实就是，她并不想把所有回忆全部隔绝，因为有些事情是她……

（斯科特窝在一张摇椅上，全身包得紧紧的，只露出一双眼睛。屋外狂风呼号。那是从北极方向席卷而来的寒风。）

她突然不敢去看脑中浮现的景象。有些东西并没有被那团紫色雾气掩盖住，有些东西就隐藏在她记忆深处，随手可得。举例来说，"秘宝"就是这样的东西。其实，有一次斯科特已经很清楚地跟她解释过什么是"秘宝"了，不是吗?

"没错。"她一边说一边把遮阳板拉下来挡住刺眼的夕阳。"在新罕布什尔州。当时距离婚礼还有一个月。不过详细地点我已经想不起来了。"

在鹿角旅店。

好吧，好吧，那又怎样。鹿角旅店就鹿角旅店。当时斯科特好像说那算"早期蜜月"，还是什么——

对了，"预度蜜月"。他说他们是去"预度蜜月"。他说："好了，小宝贝，把东西准备好，我们要上紧发条了。"

"当时小宝贝问他，他们要去什么地方——"她嘴里喃喃嘀咕着——当时丽赛问他，他们要去什么地方，他说："到了那里就知道了。"结果他们真的就这么去了。当时天空蓝得不像话，可是收音机里的气象预报却说快下雪了。那种预报真是不可思议，因为树上的叶子才开始在变……

他们到那里，是为了庆祝《空虚的恶魔》平装本卖出了好成绩。那本恐怖兮兮的小说让斯科特·兰登初次登上畅销排行榜，赚了一大笔钱。抵达目的地之后，他们发现那里根本没有别的客人，而且真的下了一场很怪异的暴风雪。秋天的暴风雪。星期六那天，他们穿上雪靴，沿着一条小路走进森林，坐在……

（"嗯嗯树"）

坐在“嗯嗯树”下。斯科特点了根烟，然后说，他有些事要告诉丽赛。很重要的事。如果她听了之后，后悔了，不想嫁给他了，他会很难过……不，他说他会他妈的伤心欲绝，可是——

这时候，车子开在十七号公路上，丽赛忽然一个急转弯，把车子切到路边停下来。车后扬起一大片灰尘。天色还很亮，可是光给人的感觉却不同了，变得越来越像梦里那种雾雾的光晕，越来越像新英格兰七月的黄昏。在马萨诸塞州以北出生长大的人，永远忘不了那种夏日的灿烂光辉，那是他们童年时代最鲜明的记忆。

别再想了。我不要再想鹿角旅店，不要再想那个周末。不要再想那场看起来很奇妙的暴风雪，不要再想当时我们坐在那棵“嗯嗯树”下吃三明治，喝红酒，不要再想那天晚上我们睡的那张床，不要再想他说的那个故事——长板凳，秘宝，还有他那疯疯癫癫的爸爸。我好怕，一旦那些记忆跑回来，我就会看到那些我不敢看的东西。求求你，不要再想了。

这时丽赛猛然意识到，她真的在说话，虽然声音很小。她一次又一次地说：“别再想了，别再想了，别再想了。”

只可惜，她现在已经踏上一场寻宝之旅，也许叫自己别再去想已经太迟了。回想一下今天早上发生的那件事，她心里明白，她已经找到最前面的三个线索了。再找出另外几个线索，她就可以拿到奖品了。说不定是根棒棒糖！说不定是瓶饮料，可口可乐，或是皇冠可乐！而且她一定会看到一张卡片，上面写着“秘宝找到了！游戏结束了！”

我藏了个秘宝要让你去找。今天早上，那个穿着阿曼达睡衣的人就是这么说的……而现在，太阳快要下山了，她也越来越觉得，那个人并不是阿曼达。或者说，阿曼达被附身了。

你快要找到那个“血秘宝”了。

“不过，我会先找到那个好秘宝，对不对？”丽赛喃喃嘀咕道，“再找到另外几个线索，我就可以拿到奖品了。一罐饮料。干脆给我一杯双份威士忌好了，拜托。”她笑了起来，而且是大声狂笑。“可是，万一线索是在那团紫色的烟雾里，那怎么可能会是好秘宝呢？我不想进去，我不想到那团紫色的烟雾里面。”

秘宝的线索会不会在她的记忆里？如果是的话，那么过去的二十四个钟头里，她回想到的那些事情当中，就已经有三个线索了：第一，那个脸被她打烂的神经病；第二，斯科特躺在滚烫的地上，丽赛跪在他旁边；第三，看到斯科特从那团阴影中走出来，朝她伸出血淋淋的手，仿佛要把血手当成礼物送给她……而且，他真的就是这个意思。

丽赛，这是秘宝！而且不是普通的秘宝，是血秘宝！

当时他躺在地上对丽赛说，那个“高个子”——那个身上有无数条纹的东西——已经越来越靠近他了。他说，我看不见它，可是我听得到它好像在吃什么东西。

“我不要想了！我不要再想这些东西了！”她听到自己几乎是在嘶吼，可是她的声音听起来似乎好遥远，仿佛是从一道万丈深渊中传出来。这时候，眼前的世界仿佛突然变得很脆弱，像一层薄薄的冰。不过，也可以说像面镜子，但你却不敢往镜子里多看一眼。

我可以这样把它召唤过来。它很快就会来了。

此刻丽赛坐在宝马的驾驶座上，脑中想到的是，当时她丈夫一直哀求她，叫她拿冰块给他。后来，冰块真的拿来了——那也是个奇迹。丽赛抬起手掩住自己的脸，临场创意一向是斯科特的拿手好戏，丽赛就没这种本事。不过，当埃布尔尼斯大夫问起当年那次意外事件，丽赛倒是发挥了一次小机智。埃布尔尼斯问她，当年纳什维尔那位护士到底是怎么回事，丽赛绞尽脑汁编了个故事，告诉他说，斯科特故意屏住呼吸，眼睛瞪得大大的——换句话说，就是装死。埃布尔尼斯笑得前仰后合，仿佛这是他这辈子听过的最好笑的事。当时丽赛心想，这人真是无聊。不过，好歹这个瞎编的故事帮她摆脱了这位埃布尔尼斯。她终于离开了绿茵，来到这个地方，把车子停在郊外的路边，往日记忆纠缠不休地围绕着她，仿佛一群野狗围在她脚边疯狂咆哮，拼命冲撞那道紫色的布幕……那令她又爱又恨的紫色布幕。

“老天，我迷路了。”说着，她的手颓然下垂，勉强笑了一下。“我迷失在这片黑漆漆、深不见底的森林里了。”

不对，我还没走进去。那片黑漆漆、深不见底的森林还在前面——那里，树木很茂密，空气中弥漫着一股清香，过去的事情还在上演。永远在上演。那天，你是怎么跟踪他的，还记得吗？那个十月的夜晚，你是怎么冒着风雪跟踪他到森林里的？

当然记得。丽赛沿着他的足迹，跟在后面。丽赛一肚子困惑，脚上穿着笨重的雪靴，拼命想走快一点，想追上那个年轻人。而目前她所面对的状况很像当时，不是吗？唯一的差别是，如果这次她要追踪，那么她必须先找到别的东西。她必须先找到过去的某个东西。

丽赛把变速拍档拉到驾驶位置，瞄了一眼照后镜，看看后面有没有车，然后把宝马猛然调到马路对面，掉头往反方向开。

12

这是个漫长的星期四。五点多左右丽赛走进“帕特超市”，发现今天是老板奈瑞斯·帕特自己看店。他坐在结账柜台后的一张躺椅上，边吃咖喱饭，边看乡村音乐的电视节目。他看到丽赛走进来，赶快把咖喱饭放到旁边，站起来招呼她，他身上那件T恤印着“我爱黑斯克湖镇”几个字。

“麻烦给我一包赛伦淡烟，”丽赛说，“这样吧，给我两包好了。”

帕特先生大半辈子都在看店，大概将近四十年了—— 一开始是在新泽西州他爸爸开的超商里帮忙，现在自己开了店。多年经验告诉他，如果有滴酒不沾的人忽然跑进来说要买酒，或是痛恨抽烟的人忽然跑进说要买烟，他绝对不会表示任何意见。他只是把手伸到摆满香烟的货架上，把客人要的那个牌子的“毒品”拿下来，放在柜台上，然后随口说句天气真好之类的话。这位兰登太太看到香烟的标价时，好像吓了一跳，不过我们这位老板假装没看到。他之所以看得出来，是因为丽赛迟疑了好一会儿才恢复正常。不过他知道这位顾客绝对不是买不起。有些客人为了买这玩意儿，还会狠心花掉给孩子买食品的钱，帕特先生就看过这种客人。

“谢谢你。”她说。

“不客气。欢迎再度光临。”说着，帕特先生又窝回躺椅，继续听他最喜欢的一首歌：戴洛·华利演唱的《要命，这美好的人生》。

13

刚才丽赛把车停在超商旁边，以免挡到加油机通道车辆的进出——总共有七座加油岛、十四部加油机。她一坐上车，立刻发动引擎，因为她想赶快把车窗降下来。引擎一发动，仪表板上那台XM卫星收音机也跟着同时启动（斯科特爱死了所有的XM频道），开始播放音乐。目前的频道是5—50s，正在播放的音乐正是那首“嘘——隆隆”，只不过不是和弦合唱团的原唱。听到这首曲子，丽赛倒并不觉得意外。这是首翻唱曲，演唱者是个四重唱。斯科特自己帮他们取了个绰号叫“白人四少年”。不过喝醉酒时，他会说他们是“纯种四白鬼”。

她拿起其中一包新买的烟，拆开包装，然后把一根赛伦淡烟塞进嘴里。这是多年来的第一根，距离上次抽烟已经有……上次抽烟是多少年前的事了？五年前？七年前？这时宝马车上的点烟器弹了起来，于是，她把点烟器凑向烟头，小心翼翼吸了一口。那口烟混杂着淡淡的薄荷味。

那一刹那，她立刻猛咳起来，呛得泪眼模糊。接着她又试着吸了第二口。这次好一点，不过她的头已经开始晕了。到了第三口，她已经完全不咳了，但觉得自己好像快晕倒了。

万一她真的昏过去，脑袋撞到方向盘，车子的喇叭可能会惊天动地狂叫起来，而那位帕特先生就会急急忙忙地冲出来，看看出了什么事。然后，帕特先生就会及时预防一场火灾，免得她这个笨蛋被烧死在车里——万一真的失火了，那她会被困在车里活活烧死，还是会被炸得飞上天?

这个，斯科特一定知道。他什么都知道，就像他很清楚“嘘——隆隆”的黑人原唱是谁——和弦合唱团，就像他知道《最后一场电影》快结束时，那间台球室最后是落在谁手上——是“狮子”山姆。

然而这一切都已经消失了。斯科特，和弦合唱团，“最后一场电影”，这一切都已经消失了。

她把烟灰弹在那个从来没用过的烟灰缸里。她也忘了纳什维尔那家汽车旅馆叫什么名字。当时她从医院走出来，回那家汽车旅馆（她听到脑中那个斯科特的声音说：“没错，你跑回去了，就像酒鬼总是重回酒瓶的怀抱，就像狗老是跑回去闻它吐出来的东西”）。只不过，当时柜台的接待员并没有给她原来住的那个房间，而是给了她一间后面的房间。

那个房间外面什么都没有，只看得到一道篱笆。当时她感觉仿佛全纳什维尔的狗都跑到那道篱笆外面吠个不停，吠个不停，她忽然想到当年那只“布鲁托”。跟纳什维尔那群狗比起来，“布鲁托”实在太斯文了。房间里有两张床，她随便挑了一张躺下，心里明白自己根本不可能睡得着。

她每次快睡着时，都会看到那个金毛小子，看到他转动手上的枪，把枪口瞄向斯科特的心脏。她每次快睡着时，都会听到那个金毛小子嘴里嘀咕着：为了小苍兰，我一定要让这可怕的钟声消失。那一刹那，她就会突然吓醒。不过后来她终于还是睡着了，而且睡着的时间不长不短——大概三四个钟头吧——刚好够她养足体力勉强撑过另一天。

回想起来，她还真不知道自己当时是怎么撑过去的。一定是那把银铲子帮她熬过去的。就这么回事。当时她躺在床上，那把银铲子摆在旁边，有时候她会怀疑自己当时是不是反应太慢了，所以才会来不及救斯科特，这时她就会摸摸那把铲子；有时候她会担心斯科特会不会半夜病情恶化，这时她也会摸摸那把铲子。从当时到现在，这么多年来，她一直没再想到这件事。

这时丽赛又把手伸到后座，摸摸那把铲子。接着她用另一只手去拿赛伦淡烟，又点了一根。这时她又回想起一件事。当时，第二天早上，她回医院去看斯科特，当时气温已经越来越高。她走到加护病房区那栋大楼时，看到电梯口挂了个“故障”的牌子，于是她只好爬楼梯到三楼。接着她又想到，她快走到斯科特的病房门口时，又发生了一件事。真是蠢得可以，真的，就是那种令人啼笑皆非……

14

什么样的事情会令人啼笑皆非呢？比如说，我们明明不是有意，却把别人吓个半死。楼梯在加护病房区走廊的尽头，丽赛从楼梯走上来后，沿着走廊朝斯科特的病房走去，这时那个护士正好从三一九号房走出来，手上端着一个托盘。她的眼睛没看前面，而是转头看着病房里面，皱着眉头。

丽赛开口跟那护士打了个招呼（当年，那个护士看起来不超过二十三岁，说不定还更年轻），提醒她有人走过来了。其实丽赛并没有很大声，只是轻轻说了声“你好”，可是那个护士却微微尖叫一声，手上的托盘应声掉到地上。没想到咖啡杯和盘子都没破——餐厅里的古董餐具还真是老当益壮——不过，那个装果汁的玻璃杯却摔得粉碎，橙汁洒满了地上的油布地毡，也溅到护士那双洁白无瑕的鞋子上。

她瞄了丽赛一眼，眼睛睁得很大，露出受到惊吓的表情，仿佛立刻就想转身逃走。不过她很快又恢复镇静，然后说了句很典型的话：“噢，不好意思，你吓了我一跳。”接着，她蹲下来，制服的裙摆扯到膝盖上方，露出穿着长筒白袜的腿。她把盘子和咖啡杯放回托盘上，然后开始把地上的玻璃碎片捡起来，动作优雅利落而又小心翼翼。这时丽赛也蹲下来帮忙。

“噢，小姐，这样太麻烦你了。”那个护士说道，南方口音很重。“这完全是我的不对，走路没看前面。”

“没关系。”丽赛说。她的动作比护士还快，捡到的碎片更多。接着她把那些碎片丢进托盘里，然后拿起餐巾把地上的果汁擦干。“这是我丈夫吃早餐用过的托盘，如果不帮点忙，我会有罪恶感。”

就在这时，护士看了她一眼，露出似笑非笑的神情，不过表情不是很明显——那神情仿佛在说：老天，你竟然是他太太！不过这种神情丽赛早就见怪不怪了。接着护士立刻又低下头看着地上，拼命搜寻，看有没有漏掉的玻璃碎片。

“他应该吃东西了吧？”丽赛笑着问她。

“吃了，小姐，他胃口还不错。他伤得这么重，有这样的胃口算很不错了。他喝了半杯咖啡——医生说他只能喝这么多。另外他还吃了些炒蛋，一点苹果酱，还有一杯橙汁。不过你也看到了，橙汁没喝完。”说着，她端着托盘站起来。“我到护士站去拿条毛巾，把地上的果汁擦干净。”

然后那个年轻护士似乎犹豫了一下，然后忽然笑起来。

“你先生还蛮会变魔术的，对不对？”

那一刹那，丽赛不自主地警觉起来，心里突然想起那句话：静动。静观其变伺机而动。不过，她没有表现出来，只是微微一笑说：“你知道吗，他的花样可多了，好坏都有。说给我听听，他跟你玩的是什么把戏？”说着，她内心深处忽然浮现出很久以前的一幕。当时斯科特送给她第一个“秘宝”。

当时他们还住在克里夫磨坊镇的小公寓里。那天晚上，她半睡半醒地走到浴室，边走边咕哝着说：斯科特，快点。她为什么会那样说呢？是不是因为斯科特不在床上，所以她就以为他在浴室里？

“刚才我到病房里看看他的状况，”护士说，“我发誓，当时床上根本没看到人。我的意思是，点滴的架子还在，上面还吊着点滴袋，可是……我猜，他一定是把针头拔掉了，跑到厕所去。你应该知道，打了麻醉药的病人老是会干些莫名其妙的事。”

丽赛点点头，努力挤出笑容。那笑容意味着：我听别人说过他做过这种事，不过我很乐于再听你说一次。

“所以，我就走到浴室，结果发现里头也没有人。后来，我一转头——”

“就看到他已经在床上了。”丽赛截住她的话头，帮她把那句话说完。她轻声细语，脸上还挂着微笑。“就像那本童书的台词一样：阿布拉卡达布拉！变变变！”她一边说一边心里暗暗想着：然后就是，秘宝找到了！游戏结束了！

“没错，你怎么会知道？”

“呃……”丽赛还是笑着说，“斯科特会隐身术，他会利用身边的环境把自己藏起来。”

编这种谎话真是愚蠢——只有毫无想象力的人才会编出这种谎话。不过话说回来，这句话并不愚蠢，因为这根本就不是谎话。每次到超市买东西，或是去逛百货公司（不知道为什么，在这样的地方，几乎没有人会认出斯科特来），她老是会找不到他的人影。

有一次她们到缅因州立大学图书馆，她花了将近一个半钟头到处找他，后来好不容易在期刊室里找到他了。奇怪的是，她明明已经进去找过两次了。她骂斯科特不该让她等那么久，害得她到处找他，尤其在这种地方丽赛又不方便大声喊他的名字。斯科特却只是耸耸肩，很委屈地说他一直在期刊室里看新出版的诗刊。奇怪的是，她觉得斯科特说的是实话，完全没有夸张。不知道为什么，丽赛好像一直……一直低估了他。

这时候，那个护士忽然露出兴奋的表情对她说：“对了，斯科特就是这么说的——他说他只是利用床上的棉被把自己藏起来。”护士忽然脸红了。“对了，他要我们叫他斯科特，而且很认真地规定我们一定要这样叫他。兰登太太，希望你不介意。”这个小护士的南方口音真的很重，不过倒不像那个达西米尔让她听了很不舒服。

“当然没关系。他对每个女孩都是这么说的，特别是漂亮的女孩。”

那个护士笑了起来，脸更红了。“他说他有注意到，我从他旁边经过时，停下来仔细看他。他好像说了一句什么‘我本来就比一般白人更白，现在我的血几乎都流光了，一定不会有人比我更白了’。”

丽赛淡淡地笑了笑，忽然觉得胃仿佛扭成了一团。

“当然，再加上白色的床单和他穿的那条白色内裤……”这时那个年轻小护士开始有点觉得不对劲了。她似乎很愿意相信斯科特的话，而且丽赛心里有数，斯科特说话时一定是用他那双炯炯有神的褐色眼睛凝视着护士，所以护士也就真的相信了。而此刻，那个护士似乎开始感觉到自己刚才说的话好像有点荒谬。

这时丽赛只好挺身而出，帮她解围。“还有，他就有办法让自己一动也不动。”她嘴上这样说，但心里却想着，斯科特根本就是她这辈子见过的最坐不住的人，就连看书时坐在椅子上也还是动个不停，拼命地咬指甲（有一次丽赛忍不住大骂他一顿，他就没再咬指甲了，只是过没多久又死灰复燃），猛抓自己的手臂，一副毒瘾发作的模样。有时他还会整个人蜷成一团，手上抓着那个五磅重的哑铃，那个哑铃平常都摆在他最喜欢的那张休闲椅下面。他只有做两件事时才会彻底安静下来：第一，熟睡的时候；第二，写稿写得很顺的时候。

此刻那个护士看起来还是有点疑惑，于是丽赛只好继续鬼扯下去。她开始用那种私密的语气跟那护士说话，但那语气听在自己耳朵里真的很假。

“我发誓，有时候我甚至觉得他跟家具没什么两样。好几次我从他旁边走过时，根本没发现他坐在那里。”说着，她拉了一下护士的手，“小朋友，我相信大概就是这么回事吧。”

她说的话连她自己都不信，不过那护士对她微微一笑，两人就不再谈斯科特的这件事了。丽赛心想，也许我们就把这件事当成肾结石，撒泡尿排掉了。

“他今天状况好多了，”那个护士说，“温德斯特大夫早上巡房时来过，他说他真的很惊讶。”

丽赛心想，那是一定的。接着，她跟那护士说了一句话。那是很多年前，他们还住在克里夫磨坊镇小公寓时，斯科特说过的一句话。回想当时，她觉得斯科特只是随口说说，但现在她真的相信了。是的，现在她深信不疑。

她跟护士说的是：“兰登家的人受伤都好得很快。”说完，她就走进病房去看她丈夫了。

15

他躺在床上，闭着眼睛，头转向一边。他脸色苍白，床单被单也是一片白——他那句话倒是说得一点不假。不过他那头乌黑的披肩长发是不可能看不到的。她昨晚坐的那张椅子还摆在原来的地方。于是，她又走到床边坐到那张椅子上。她把书拿出来——雪莉·康伦的《野蛮人》。昨天看到的那页夹着一张从纸板火柴撕下来的纸片。她正要把那张纸片拿掉时，突然注意到斯科特睁开了眼睛，正在看着她。

“亲爱的，今天早上感觉还好吗？”丽赛问他。

有好一会儿，斯科特一句话也没说。他的呼吸声很微弱，不过比起昨天已经好多了。昨天他躺在滚烫的停车场上，哀求丽赛拿冰块给他，昨天他呼吸时发出一种可怕的嘶嘶声。丽赛心想，他真的好多了。这时丽赛有点费力地伸出手，把手盖在她手背上，轻轻捏了一下，嘴角泛起一抹微笑（丽赛心想，他的嘴唇干得吓人，等一下去买个护唇膏来帮他擦一擦）。

“丽赛，”他说，“我的小丽赛。”

说完斯科特又睡着了。他的手还压在丽赛的手背上，不过丽赛倒不觉得有什么不方便，反正她用一只手也能翻书。

16

丽赛忽然惊醒过来，发现自己坐在那辆宝马的驾驶座上，停在帕特先生商店旁干干净净的停车场上。她立刻转头看看车窗外，看到车子的阴影已经在黑色的柏油地面上拖得好长好长。她低头看看烟灰缸，看到里头的烟屁股，一、二、三，总共三个烟屁股。车子停的地方正对着商店的后半截，那里应该是仓库吧。挡风玻璃正对着一扇小窗口，丽赛看到窗口里有个人正看着她。她还来不及看清楚，那人就走开了。可能是帕特先生的太太吧，要不然就是他那两个十几岁女儿当中的一个。她虽然没看清楚那人是谁，不过却注意到那人的表情。那是种好奇和忧虑的表情。不管是好奇还是忧虑，她心里明白，该离开这地方了。丽赛把车子倒出停车位，心里暗暗庆幸自己还记得把烟屁股丢在车上的烟灰缸里，没有随手往窗外丢，丢在一尘不染的柏油地面上。接着，她转了个弯，朝回家的路疾驶而去。

还记不记得那天在医院里，那个护士说的话？——那就是秘宝的另一个线索。

是吗？没错。

今天早上有“某种东西”也躺在床上。现在，她开始相信那是斯科特。基于某种原因，斯科特要她去找个秘宝，就像他小时候那样。小时候，他住在宾夕法尼亚州乡下，他和哥哥两人曾经有过一段不愉快的阴暗童年。当时，他哥哥保罗就常常藏个秘宝让他玩寻宝游戏。只不过差别在于，保罗总会设计些谜语当线索，引导他去找下一个线索，而斯科特却要把丽赛带到……

“你要把我带回过去，”她小声说道，“可是，你为什么要这么做？如果那里有很‘邪’的东西，为什么还要把我带回过去？”

这是我要你去找的秘宝，是个好秘宝。就藏在那片紫色的东西后面。

“斯科特，我不想到那片紫色的东西后面。”这时车子已经快开到家了。“我他妈真的不想到那片紫色的东西后面去。”

只不过，我好像没有选择余地了。

如果真是这样，如果秘宝的下一个线索真的在过去，如果她必须重回当年那个周末，重回当年的鹿角旅店，重回当年“预度蜜月”的时光，那么，她就必须先去把老妈那个柏木盒找出来。老妈留给她的东西，如今只剩下那个柏木盒了，因为那件……

（非洲毛线衣）

那件阿富汗毛线衣已经不见了。在丽赛心目中，那个柏木盒属于她的小小的“记忆角落”，不像斯科特那样，整间工作室都是他的“记忆角落”。那个柏木盒是她保存纪念品的地方，而里面的纪念品都是……

（“斯科特和丽赛！婚姻初期！”）

他们结婚最初十年的纪念品，有照片、明信片、餐巾、纸板火柴、菜单、杯垫等诸如此类鸡毛蒜皮的小东西。她收集这些东西已经多少年了？十年了吗？没有，没那么久，顶多六年，说不定还不到六年。

自从《空虚的恶魔》出版后，他们的生活很快起了天翻地覆的变化——不光只是那次“德国生活实验”，而是一切都变了。结婚后的生活突然变得混乱繁忙，每天都有忙不完的工作，仿佛希区柯克的“火车上的陌生人”结尾的旋转木马（团团转，团团转）。

自从那本书出版后，她就不再收集小餐巾纸、纸板火柴之类的东西，因为他们会经过的机场、餐厅和饭店实在太多了。不久后，她就什么都不收集了。一打开老妈的柏木盒，你就会闻到一股香香甜甜的味道，感觉很舒服。可是那个盒子跑到哪里去了？她很确定，一定在屋里某个地方。她下定决心，非找到它不可。

她想，说不定柏木盒就是秘宝的下一个线索。接着，她已经看到她家门口的信箱了，就在车子前面不远处。信箱盖子被人拉下来，有一迭信件用橡皮圈绑着勾在信箱外。丽赛觉得很奇怪，就把车子停在信箱柱子旁边。

斯科特还在世时，每次她回到家，信箱里总是满满的，不过自从斯科特过世后，信箱里的邮件就寥寥无几了，而且信封上的收件人不再是兰登夫妇，而变成了“贵住户启”、“贵先生女士启”，或是“贵屋主启”。事实上，眼前这沓信件看起来薄薄的，只有四封信和一张明信片。

这一带负责送免费邮件的邮差是西蒙斯先生，天气好的时候，他喜欢用一两条橡皮筋把信件绑成一沓，勾在那根还很坚固的寄信指示杆上。不过，今天看起来和平常不太一样，看得出他好像在信箱里塞了个包裹。丽赛瞥了那些信件一眼——只是些账单和广告邮件，还有坎塔塔寄来的明信片。接着，她把手伸进信箱里，摸到一个软软的东西。那个东西毛茸茸的，而且还湿湿的。她吓了一跳，尖叫一声，闪电般地把手缩回来，发现手指上全是血，立刻又开始尖叫。这次，她是真的害怕了。那一刹那，她的第一个念头是，她一定是被什么东西咬到了。某种东西沿着柏木柱子爬进了信箱里。可能是老鼠，甚至可能是更可怕的东西——比如说，得了狂犬病的小动物，像是土拨鼠或者小浣熊。

她立刻抬起手在衣服上猛搓，气喘吁吁，几乎是在呻吟。然后她好不容易才鼓起勇气把手举到眼前，看看上面被咬了几个伤口，伤口有多深。她心里认定自己一定被咬伤了，这个意念太强烈了，所以有那么一刹那，她仿佛真的看到手指上有伤口。接着，她眼睛眨了几下，立刻回过神来。她看清楚了，原来手指上没有伤口，也没有被咬到的痕迹，只是沾到血。好吧，确实有某种东西在信箱里，某种毛茸茸的、很吓人的东西，不过那东西已经永远没办法再咬人了。

丽赛连忙打开置物箱，那包还没拆封的香烟忽然掉出来。她在里面翻了半天，终于找到那把廉价手电筒。那支手电筒本来放在她从前开的那辆雷克萨斯车上，后来才拿过来摆在宝马上。那辆雷克萨斯她开了四年，蛮不错的车。她之所以卖掉那辆车，只是因为那辆车会让她想起斯科特。从前，斯科特帮那辆车取了个绰号，叫“丽赛的性感宝贝”。真没想到，当一个跟你很亲近的人过世后，再怎么琐碎的小东西也会令你触景伤情。她就像童话里的“豌豆公主”一样，尽管睡觉时铺了二十层床垫，却依然感觉得到最底下的那颗豌豆。此刻，她暗暗祈祷，希望手电筒还有电。

还好，手电筒的确还有电，而且很亮，不会一闪一闪的。丽赛朝旁边挪了一下身子，深深吸了口气，然后把手电筒朝信箱里照进去。她隐隐感觉得到，自己把嘴唇咬得好紧，咬到都会痛了。起初她只看到一团黑黑的东西，而且闪烁着一丝绿绿的光点，仿佛一颗弹珠反射着光芒。此外，凹凸不平的金属底板上看起来湿湿的，那应该就是刚才她手指沾到的血。她的身体又往左挪了一点，紧贴着车门，小心翼翼地把手电筒伸进信箱里。她看到那团黑黑的东西满身是毛，长着耳朵鼻子。在正常的光线下，那个鼻子应该会是粉红色的，这时她已经可以确定那是什么动物的眼睛了。绝对不会错。虽然那只动物已经死了，不过眼睛的形状还是看得出来。信箱里是只死猫。

丽赛大笑起来。那不是正常的笑，不过也不完全是歇斯底里的笑。那种笑似乎带着一种幽默感。一只死猫被人塞在信箱里，这根本就是……根本就是《致命的吸引力》里的情节嘛。这个用不着斯科特提醒，她自己就想得到。这真的不算什么。还记得那部无聊的瑞典电影吧？没有英语配音只有英文字幕，她也有本事看了两次。为什么这么好笑呢？因为丽赛根本没有养猫。

她彻底放松，让自己笑了个够。接着她又点了根赛伦淡烟，把车子开上车道。

第六章　丽赛和教授
（你输了）

1

丽赛忽然不觉得怕了。刚刚她还觉得好笑，但一转眼，她的肝火就冒了上来。她把那辆宝马停在谷仓紧闭的门口，然后从车里钻出来，两腿直挺挺地迈开大步朝屋子走去。她有点好奇，不知等一下会不会看到那位新朋友留给她的字条。他会留在厨房门口呢，还是大门口？其实她已经算准了，那家伙铁定会留字条给她的。果然不出所料，字条塞在后门下面。那是个牛皮纸袋大小的白色封套，塞在纱门和门框中间。丽赛用牙齿咬着烟，然后撕开封套，抽出里头的字条打开来看。那张字条是用打字机打的。

小姐：这么做，我很遗憾，因为我很爱动物。不过你的猫遭殃，总比你自己遭殃好。我并不想伤害你。我真的不想，不过，你最好打四一二—二九八—八一八八这个电话，告诉“那个人”说，你会把我们谈到的那些稿子交给他，通过他捐给学校的图书馆。小姐，我们不想再浪费时间了，所以请你今晚八点之前打电话给他，然后他就会跟我联络。我们赶快把这件事敲定，就不会有任何人受伤害。不过，至于那只猫，我只能说我很抱歉了。

你的好朋友

扎克

又：你那天叫我“操你妈的”去死吧，我完全没有生气，因为我知道你气坏了。

Z

她看着最后面那个字母Z，脑海中忽然闪过一个念头，仿佛这位“扎克·马库尔”突然化身为“侠盗佐罗”，拿剑在敌人身上划出他的注册商标。她仿佛看到他骑着马在夜色中风驰电掣，披肩随风飘扬。

这时她忽然发现自己眼里湿湿的，刚开始她以为自己在哭，后来才发现原来是被烟熏的。她嘴上咬的那根烟已经烧得只剩烟屁股了。她随口一吐，把烟屁股吐到红砖走道上，那然后用鞋跟狠狠踩熄。她走到厨房后门口，手上拿着“扎克·马库尔”这封信——这封文法不通的信让她越看越火大。这是他妈的最后通牒。她抬起头看看左边那道高高的篱笆。那道篱笆延伸得好长，把整个后院都围起来了……其实他们家的房子，只有南边有别的人家，篱笆围得那么长，只是为了视觉上的对称。篱笆另一边是加洛韦家，他们家养了六只猫——这一带的人都说那根本就是群“野猫”。那几只猫有时候会跑到丽赛家的庭院，翻箱倒柜到处找吃的，特别是没人在家时。

丽赛心里有数，信箱里那只猫铁定就是加洛韦家的“野猫”。接着丽赛忽然又想到另外一件事，刚才她把阿曼达家的门窗都锁好后开车回家，半路上看到一辆克莱斯勒休旅车迎面开来，和她擦身而过。此刻丽赛几乎可以断定，开那辆车的人就是扎克。当时扎克车子是往东开，仿佛从逐渐西沉的夕阳里冲出来。丽赛面对着阳光，根本看不清楚那个人长什么样子。那浑球居然还有种跟她挥手打招呼，仿佛在跟她说，小姐，你好，我在你的信箱里摆了个小东西，一点小心意！而她竟然也跟他挥手，因为斯迪克维尔这一带，大家都习惯挥手打招呼，不管彼此认不认识。

“你这浑球！”她咬牙切齿嘀咕道，气得搞不清楚自己到底是在咒骂谁，究竟是骂那个扎克，还是骂派扎克来骚扰她的那个遗稿狗仔。不过既然扎克这么贴心，把伍伯迪的电话号码都告诉她了（她一看到那个电话号码，立刻认出前三个数字是匹兹堡的区号），那么她该先对付谁已经很清楚了。而且，丽赛忽然觉得自己有点迫不及待想去找他了。只可惜在动手前，她必须先做一件很可怕的家务事。

丽赛把“扎克·马库尔”那封信塞进后口袋。这时她的手碰到阿曼达的那本笔记本，但只是轻轻碰了一下，她甚至没有察觉到。接着她掏出家里的钥匙，她还在生气，气到很多事情都没注意到，比如说，她甚至没想到，说不定可以从那封信上找到寄件人的指纹。另外她也没想到可以打个电话到当地警长的办公室。其实稍早之前，她第一个念头就是打电话报警，但现在却忘得一干二净。愤怒使她的心思凝聚起来，集中在一个思绪上，就像刚才那支手电筒，射出一道光束，照进黝黑的信箱里。此刻她脑中只剩下两个念头：第一，把那只猫处理掉；第二，打电话给伍伯迪，叫伍伯迪打电话给那个“扎克·马库尔”，叫他罢手。不然……

2

她打开厨房水槽下的柜子，拿出两个水桶，几条干净的抹布，一双旧橡胶手套，然后把一个垃圾袋塞进牛仔裤后口袋。接着她在其中一个水桶里倒了一点清洁剂，然后灌进热水。灌水时，她用的是水槽上的喷枪水管，好让水快点起泡。接着她走到厨房的大抽屉前，在里面找到一把夹钳，然后走向屋外。斯科特帮厨房那个大抽屉取了个绰号叫“百宝箱”。她只有偶尔想要烤肉时，才会去开那个抽屉。她一边做这些琐碎讨厌的工作，一边不自觉地哼着《强巴拉亚》这首歌，一次又一次地唱着同一句歌词：“臭小子，我们到海边玩个痛快！”

玩个痛快。等着瞧吧。

丽赛走到屋外，用橡胶水管在第二个水桶里灌满冷水，然后沿着车道往下走。她一手提一个水桶，抹布披在肩上，两个后口袋一边插着长长的夹钳，另一边塞着垃圾袋。她走到信箱旁，把水桶放下，皱起鼻子。真的还有血腥味吗？或者只是她的错觉？她瞄了信箱里一眼，可是阳光的方向不对，根本看不清楚。她心想，早知道就把手电筒也带着。可是她根本不想再走进去拿了。现在她已经上紧发条准备动手，不想再耽搁了。

丽赛把那只夹钳慢慢伸进信箱里，等到感觉钳子碰到东西了，她停住。她感觉那个东西并不软，不过也不算太硬。接着，她尽可能将夹钳张开，然后用力一夹并往后拉。她感觉手上沉甸甸的，一开始不太能拉得动，后来她加了把劲，那只死猫终于开始移动了。

钳子突然松开，两片钳铁撞在一起，发出喀嚓一声。丽赛把钳子抽出来，看到钳铁上沾满了血和一撮灰色的毛。从前斯科特常说那两片钳铁看起来很像“大钢牙”，不过丽赛还记得，当时她告诉斯科特，大钢牙只有〇〇七电影里才有。斯科特听了大笑起来。

接着，丽赛弯下腰往信箱里瞄，看到那只猫已经被她拖到信箱中间，已经可以清楚看到了。很难形容这只猫的颜色，看起来一团灰，不过这肯定是加洛韦家的猫，绝对错不了。她把钳子夹起来，喀嚓喀嚓空夹了两下——听说这动作可以带来好运。接着，就在她准备把钳子伸进去时，忽然听到身后有车子靠近的声音。那一瞬间，她感觉自己的胃一阵紧缩，立刻转身看向后方。是那辆克莱斯勒休旅车吗？是那个扎克跑回来了吗？丽赛根本连想都没想就认定是他。扎克一定会把车子停在她旁边，然后从车窗探头出来，问她需不需要帮忙。扎克一定会操着那口南方腔问她，小姐，你需要帮忙吗？结果她仔细一看，发现那是一辆吉普车，开车的是个女人。

小丽赛，你已经快变成偏执狂了。

大概吧。以她目前的处境，到现在她还没崩溃已经算厉害了。

赶快把这件事搞定吧。既然人都出来了，就赶快动手吧。

于是，她又把钳子伸进信箱里。这次，她仔细看着自己的动作，先张开钳口，对准那只倒霉的“野猫”，夹住它一只已经硬掉的爪子。这时她又想起一部古老的黑白电影，想到那男主角正在切火鸡肉，一边切一边问谁要吃鸡腿。此刻，她真的闻得到了那股血腥味。她突然觉得一阵恶心，立刻弯腰呕出一小口，吐在两只拖鞋中间的地面上。

赶快搞定吧。

于是丽赛把那两片“大钢牙”合起来，把猫的尸体拖出来（大钢牙，仔细想想，一旦听习惯了，这名字似乎也还不错）。她用另一只手把那个绿色的垃圾袋扯开，把那只猫头下脚上丢进去，接着她拉紧垃圾袋口并打个结，一边暗骂自己笨，刚才怎么会忘了顺便带个封袋口用的黄色塑料条出来。接着她鼓起勇气刷洗信箱，把里面的血和猫毛清干净。

3

丽赛终于把信箱洗干净了，然后提着两个水桶，拖着沉重的脚步，一步步沿着车道走回屋里。这个季节白天比较长，虽然已是黄昏，天色却还没暗下来。今天早上她只喝了一杯咖啡，吃了一碗麦片粥，中午也只吃了一点点东西，一片莴苣叶夹鲔鱼和美乃滋。现在她真的饿了。尽管弄了半天死猫，她还是一样饿得快昏倒。于是，她决定先填饱肚子，等一下再打电话给那个伍伯迪。不过，此刻她倒是还没想到要打电话到警长办公室——以目前的情况，不一定要找警长，只要是穿制服的都可以。

她先跑去洗手，足足洗了三分钟。她把水温调得很热，洗得很彻底，把夹在指甲里的血都洗得干干净净。然后她从冰箱里把那个“特百惠”的名贵盘子端出来，把里面的汉堡馅倒进另一个盘子里，放进微波炉。等待食物的时间里，她从冰箱里拿了罐皇冠可乐出来。

这时她想到，从前她总是认为，吃了那种汉堡馅几口，一旦感觉没那么饿了，就不会想吃剩下的了。也许又估计错误了。很多事情她都会估计错误，那么，把这次也算进去吧。那又怎样？“有什么大不了。”她姐姐坎塔塔十几岁时很喜欢说这句话。

“我从来没说过我是姐妹里最聪明的。”丽赛自言自语道。她的声音在空荡荡的厨房里回荡着。这时，微波炉忽然发出哔的一声，仿佛也认为她说得对。

那团黏糊糊的东西经微波加热后变得非常烫，几乎没办法吃，不过丽赛边吃边喝可乐，让嘴里凉一点，最后还是硬把它吃完了。吃到最后一口时，她又想到那只猫。她想到猫毛在信箱的铁皮上摩擦的声音，此外她也想到当时她很费力地扯了半天，好不容易才扯动猫的尸体，那一刹那的感觉实在很怪异。她心想，扎克一定是费了很大力气才把那只猫塞进去。接着她又想到那部黑白电影，这次她想到的是那个男主角说了一句：来吧，大家把肚子撑饱吧！

她整个人立刻弹起来，飞也似的冲到水槽边，差点把椅子撞倒。不用想也知道，她一定会把刚才吃的东西吐得干干净净，她会连胆汁都吐出来。她整个人挂在水槽边，闭着眼睛，嘴巴张开，感觉整个胃扭成一团。

她维持了这个姿势大约五秒钟，在这五秒钟里，整个世界仿佛静止了下来。接着，她打了好大一个嗝，听起来简直就像蝉鸣。她就这样趴在水槽边，趴了好一会儿，想确定是自己是不是真的已经吐光了。后来，等到想吐的感觉终于消失之后，她漱了漱口并把水吐掉，然后从后口袋掏出“扎克·马库尔”那封信。该打个电话给那位约瑟夫·伍伯迪了。

4

那个电话号码应该属于匹兹堡大学办公室——谁会笨到把自己家里的电话告诉丽赛的新朋友扎克这种神经病？她拨了电话后，心想等一下电话切到伍伯迪教授的答录机后，一定要说几句“超级劲爆”的留言给他听听。但是电话响了两声后，没想到竟然有人接了起来。是个女人的声音，语气听起来满愉快的，仿佛刚喝了杯餐前酒，正准备吃大餐。她告诉丽赛，这里是伍伯迪家，问丽赛要找谁。丽赛说她是斯科特·兰登太太，这已经是今天她第二次这样称呼自己了。

“请问伍伯迪教授在吗？”

“请问您有什么事情要找他吗？”

“我要跟他谈谈我丈夫的稿子。”丽赛说道。她一边说话一边在小茶几上转动那包已经拆开的香烟。这时她发现自己手边有香烟但没有火。也许冥冥中是老天在警告她，应该赶快把烟戒了，以免瘾头又阴魂不散地盘据脑海。她本来想再补一句，伍伯迪教授一定很想跟我谈谈，不过最终决定还是算了。他太太应该知道这件事。

“麻烦你稍候。”

丽赛并未事先想好等一下该说什么。不过这倒满符合他们家的“兰登守则”。“兰登守则”里有一条：当你和别人意见不合，但还有办法冷静讨论时，你才会预先想好该说什么。不过当你真的抓狂时——也就是说，当你气得想把对方五马分尸时——那你就干脆直接挥动马鞭吧。

所以她就这么神经紧绷地坐在那里，脑中一片空白，手上还是转着那个烟盒，一次又一次转个不停。

后来，电话里终于出现一个斯文的男人声音。丽赛隐约记得那个声音。他说：“兰登太太，你好，真没想到，不过我很高兴你打来了。”

此刻她心里想着：静动，小宝贝，静动。

“你错了，”丽赛说，“我看你是很难高兴得起来了。”

电话里伍伯迪迟疑了一下，接着他的口气听起来开始有点警觉了。“不好意思，请问你是丽赛·兰登吗？斯科特·兰——”

“你这浑蛋，你给我听着，有个家伙跑来骚扰我。我觉得那个人很危险。昨天，他威胁要伤害我。”

“兰登太太——”

“你知道他说什么吗？他说，当年我参加学校舞会的时候，身上什么地方不准男生碰，那他就会让我那个地方痛死。还有，今天晚上——”

“兰登太太，我不——”

“今天晚上，他把一只死猫塞在我家的信箱里，然后在我家门口塞了封信，信上有你的电话号码，而且就是这个号码。所以别跟我说你听不懂我在说什么，因为我知道你一定听得懂！”说到最后一句，丽赛猛然把手一挥，打在那个香烟盒上，仿佛在打羽毛球。那包烟立刻飞向客厅另一头，盒里的赛伦淡烟在半空中飞出来并散落满地。她不停喘气，喘得很急，可是她故意张大嘴巴，因为她不想让伍伯迪听到，免得伍伯迪误以为她不是生气，而是害怕。

伍伯迪没有吭声，而丽赛也不催他。后来，他还是一直不吭声，丽赛终于忍不住了。“你听到了吗？你最好听得够清楚。”

伍伯迪终于开口说话了。丽赛认得他的声音，可是平常上课演讲特有的温和语气已经不见了。这个人的声音仿佛突然变年轻了，但同时也变得更苍老。“兰登太太，能不能麻烦你等一下，我到书房去接。”

“怎么？怕你太太听到吗？”

“麻烦你稍等一下。”

“最好别让我等太久，你这个王八蛋，要不然——”

她听到电话里传来喀嚓一声，然后就没声音了。这时丽赛突然很希望自己用的是厨房里的无线电话，因为她不想再站在原地，很想走动走动。她甚至还想去地上捡根烟，然后到火炉边点火。不过她还是决定算了，这样也好，因为这样她一肚子气就不会那么快消，因为这样她才能让自己的情绪保持在紧绷状态。

十秒钟过去了，二十秒钟过去了，三十秒钟过去了。她准备挂电话时，又听到电话里传来喀嚓一声，然后那个狗仔王又开口说话了。他的声音还是跟刚才一样，听起来既年轻又苍老，不过丽赛好像听到另外有种轻微的震动声，一阵阵的，听起来有点滑稽。丽赛心想，那是他的心跳声吗？此刻她仿佛听到自己在说话，不过，也有可能是她脑子里那个斯科特在跟她说话。你听，他心跳得好厉害，我真的听到了。我不是想吓吓他吗？我吓到他了，可是为什么我自己反而开始害怕呢？

真的，那一刹那丽赛真的突然开始害怕。假如害怕是条黄色的线，而愤怒是件鲜红的被单，那么此刻她的感觉就像红色被单上缝着一条黄色的线。

“兰登太太，他的名字是不是叫杜利？詹姆斯·杜利或吉姆·杜利？他是不是个子高高瘦瘦的，讲话山地腔很重？像是西弗吉尼——”

“我不知道他叫什么名字，他在电话里告诉我他叫扎克·马库尔。还有，在信上签的也是这个名字——”

“他妈的。”伍伯迪突然咒骂一声。不过他把那三个拉得很长，仿佛在念什么咒语。他骂了那三个字后，又发出一种怪声，像是在呻吟。丽赛感觉心里的红被单上仿佛又多了条黄线。

“你说什么？”丽赛大吼了一声，口气很严厉。

“就是他，”伍伯迪说，“一定是他。他给我的电子邮箱的名字就叫 Zack991。”

“是你叫他来恐吓我，要我把斯科特未出版的遗稿交出来，不是吗？就是这么回事，不是吗？”

“兰登太太，你不懂——”

“没什么好不懂的！自从斯科特过世后，我一天到晚都在应付这种疯子。那些收藏家已经够疯了，不过跟你们这些学院混蛋比起来，他们简直就是小孩子。至于你，姓伍伯迪的王八蛋，跟你比起来，另外那几个学院混蛋就实在太正常了。或许这就是为什么一开始你有办法装斯文装得那么像。真正的神经病才有这种本事，你的功夫真是一流。”

“兰登太太，拜托你让我解释——”

“有人来威胁我，而罪魁祸首就是你。这还有什么好解释的？所以你给我听着，仔细听清楚：我要你现在就打电话给他，叫他停手。我还没把你的名字告诉警察，不过警察找上你还不是最可怕的事。告诉你，要是我再接到那个‘宇宙密码狂’的电话，或是再收到他的信，或是再看到他在我信箱里塞进什么死猫、死狗，你就准备上报纸头条了。”说到这里，她灵机一动。“我会先找匹兹堡的报社，他们一定爱死这种八卦了。‘疯狂大学教授威胁名作家遗孀’。想象一下这个标题出现在报纸头版之后会发生什么事。跟这比起来，被我们缅因州的警察盘问根本就没什么好担心的。再见了，教授。”

话说完了，丽赛觉得自己讲得还不错，心里的恐惧没那么强了——至少暂时如此。不幸的是，当她听完伍伯迪接下来说的话，那种恐惧感立刻又回来了，而且更强烈了。

“兰登太太，我要说的是，我没办法叫他停手。”

5

有好一会儿，丽赛目瞪口呆，说不出话来，然后说：“没办法？你是什么意思？”

“我的意思是，我已经试过了。”

“你不是有他的电子邮箱吗？好像是 Zack999 什么的——”

“Zack991@Sail.com。他给我的账号就是这个，另外 Zack000 也可以用。只不过，刚开始时能用，后来我再寄邮件给他就都被退回来了，说是‘无法投递’。”

接着他又继续解释他如何又试了一次，可是丽赛的心思已经飘到别的地方去了，没有仔细听他在说什么。她开始回想自己和“扎克·马库尔”当时的谈话内容——也许应该叫他吉姆·杜利，说不定那是他的真名。当时他好像说，伍伯迪会打电话给他，或者——

“你专门和他联络用的电子邮箱吗？”她打断伍伯迪的话，插嘴问他，“他告诉过我，当你拿到你想要的东西后，你就会发电子邮件给他。那是哪一个邮箱？是学校办公室的？还是网络上的免费信箱？”

“没有！”伍伯迪几乎要哭出来了，“你听我说——学校办公室里确实有电子邮箱，可是我从来没把那个账号告诉杜利！我疯了才会干那种事！我办公室里有两个研究生，他们常用那个账号收发邮件，还有英文系那两个秘书有时也会用！”

“那你家里的呢？”

“没错，我给他的是家里的邮箱，可是他从来没发来过邮件。”

“那他给你的电话号码是多少？”

接下来好一会儿，伍伯迪都没说话。后来他再开口时听起来很困惑，而且不是装出来的。这下子丽赛更害怕了。她看看客厅那扇大窗户，看到窗外西北方的天空已逐渐变成一片深蓝。天很快就要黑了。她有种预感，今夜将非常漫长。

“电话号码？”伍伯迪说，“他从来没告诉我他的电话号码，只给了我电子邮箱。我只给那个邮箱成功发了两封邮件，然后就不能再发了。他根本就在鬼扯，要不然就是有妄想症。”

“那你觉得他是鬼扯，还是有妄想症？”

伍伯迪的声音小到几乎快听不见了。“我不知道。”

在丽赛看来，伍伯迪这种嗫嗫嚅嚅的态度，只是因为不敢说出心里真正的想法。丽赛知道，他心里真正想说的是：那个杜利根本就是个疯子。

“等我一分钟，先不要挂断。”丽赛把话筒放在沙发上，想了一下又拿起来。“教授先生，等一下我回来时，你最好还没挂。”

好像没必要用火炉点烟了。火钳架旁有个黄铜盆子，里头有几根点壁炉用的长火柴。她从地上捡起一根赛伦淡烟，拿了根火柴往心石上一划，然后把那个陶制花瓶里的花抽出来摆在旁边，拿花瓶充当临时烟灰缸。那几朵花是一种参照（这也已经不是第一次了），对比出抽烟是全世界最恶心的坏习惯。然后她又走回沙发旁坐下来，拿起话筒。“把事情经过一五一十告诉我。”

“兰登太太，我和我太太今晚要出——”

“那你只好改天再出去了，”丽赛说，“从头开始说吧。”

6

追根究底，当然要怪那些遗稿狗仔。那些人仿佛某种狂热教徒，把斯科特的作品和未出版的遗稿当作神明般膜拜。整件事一开始就是他们惹出来的，约瑟夫·伍伯迪教授也是他们中的一员。

丽赛觉得他根本就是狗仔王，天知道在他发表的学术论文中和斯科特·兰登有关的有多少篇。可能很多篇就收在谷仓楼上那堆积尘已久的杂志期刊里。此外，这位伍伯迪教授如果知道斯科特那些未出版的遗稿也堆在工作室里积尘，心里不知会是什么滋味。但话说回来，丽赛才懒得管他心里什么滋味。

此刻丽赛唯一在乎的是整件事的来龙去脉。这位伍伯迪教授说他有个习惯，每星期大概有两三天晚上他会在离开办公室回家途中停下来喝个两三杯啤酒，而且都去同一家酒吧。那家酒吧叫“老地方”。

匹兹堡大学附近有不少专门让学生饮酒作乐的地方。其中有些是可以让穷学生喝到饱的啤酒屋，另外也有些比较高档的酒吧，顾客主要是教职员和自觉高人一等的研究生。那种地方装潢优雅，窗台上摆着蜘蛛草盆栽，而点唱机里播放的不是“我的另类罗曼史”那种庞克摇滚，而是充满政治反叛气息的“明亮眼眸”合唱团。

至于“老地方”则是那种劳工阶层聚集的酒吧，离学校大约一英里远，点唱机里唯一有点摇滚味的，是“特拉维斯·特里特和约翰·麦伦坎”二重唱。伍伯迪说，他之所以喜欢那个地方，是因为周一至周五的下午到傍晚这段时间，那里比较安静，而且那里的气氛会让他想到他父亲。他父亲从前在“美国钢铁公司”所属的一座轧钢厂里工作（丽赛心想，他妈的谁管你爸爸在哪里工作）。

他就是在那家酒吧里认识那个自称吉姆·杜利的人，杜利也是那种喜欢在下午到傍晚这段时间去那里喝酒的酒客，喝得很节制。他经常穿蓝色粗布格子衬衫，还有裤脚翻边的迪基斯牌连身工作服。他爸爸从前也喜欢穿那种连身工作服。伍伯迪说，那个叫杜利的身高大约六英尺一英寸，身材瘦削，略微驼背，有点凌乱的头发又黑又细，常遮住额头。

伍伯迪说，大概有六个星期的时间，他们常在一起喝酒，到后来，两人开始有点“哥儿们”的感觉了。只不过尽管已经是“哥儿们”，伍伯迪却说不出杜利的眼睛是什么颜色，好像是蓝色吧，不过他不那么确定。

酒吧里的男人都是这样，后来两人开始聊起各自的身家背景。虽然还不至于到交代祖宗八代的地步，不过零零星星倒也聊了不少。伍伯迪说，当初他告诉杜利的事都是真的，但他开始怀疑杜利跟他说的故事很可能都是鬼扯。

根据杜利的说法，大约在十二还是十四年前，他离开西弗吉尼亚州，流浪到匹兹堡。从那时候起，他做过各式各样低收入的体力活儿。当然他也可能在牢里蹲过，因为他眼中总是流露出小心翼翼的神色。他伸手拿啤酒杯时，总是会抬头瞄一眼吧台后面的镜子。他去上厕所时，总是不时回头看看后面。至少有一次是这样。他右手腕上有个疤。说不定是他在监狱洗衣房和人打斗造成的。不过也可能不是这么回事。说不定那只是他小时候骑三轮车摔倒受的伤。

伍伯迪唯一能确定的是，那个杜利确实读遍了斯科特·兰登的所有著作，而且讨论起来头头是道。当然，伍伯迪想必也跟他提到斯科特的遗孀。丽赛不用想也知道，他一定说那个顽冥不灵的兰登太太死抓着兰登未出版的遗稿不放，霸占了宝贵的知识财产，而且据说遗稿中有本已经完成的小说。而杜利听他说起这件骇人听闻的事时，脸上充满了同情。不过丽赛心里明白，同情这个字眼太斯文了。猜也猜得到，杜利当时一定听得火冒三丈。

根据伍伯迪的说法，杜利骂她是“小野洋子”，那个霸占约翰·列侬音乐遗产的臭婊子。伍伯迪说，他们在“老地方”碰面的频率“介于偶尔和定期之间”。这种吊书袋的说词，丽赛认为根本就是狗屁。根据丽赛的分析，实际的情况应该是，每星期至少有四到五个下午，伍伯迪和杜利两人会凑在一起咒骂那个臭婊子，那个“小野·兰登”。

伍伯迪说他们“只喝一两杯啤酒”，实际上应该是一两桶吧。于是从星期一到星期五，这两个书呆子几乎每天下午泡在酒缸里惺惺相惜。一开始，他们聊的是斯科特的书有多么伟大，后来自然而然就聊到那个未亡人，聊到她竟然是那种霸住茅坑不拉屎的臭婊子。

根据伍伯迪说法，主动谈到这个话题的人是杜利。但其实丽赛见识过伍伯迪那口是心非的嘴脸：心里想得要命，嘴里却说不要。所以不难想象，杜利一提起这个话题，两人自是一拍即合。

聊着聊着，杜利忽然对伍伯迪说，他有办法说服那个女人，让她把那些未出版的遗稿交出来。毕竟那些稿子早晚都要送到匹兹堡大学图书馆，和《兰登文集》另外那些稿子一家团圆，跑不掉的。既然如此，要跟她讲道理有那么难吗？杜利说，他很擅长让别人“改变心意”。他有些独门功夫。

接着，我们这位狗仔王就问杜利，这种“服务”价码是多少（丽赛不难想象，当时他一定是醉眼迷蒙看着杜利，偏偏又要摆出一副精明的模样）。杜利说他的目的不是钱，毕竟他们是为了全人类的福祉，不是吗？那女人笨到不知道自己霸占的东西有多宝贵，活像只愣头愣脑的老母鸡死抱着一窝蛋，而他们要从那个笨女人手中把那些宝贵的资产夺回来。

嗯，我们的伍伯迪当然说好，不过他没什么钱，不知道能不能请得起杜利。杜利想了一下，然后说，他会把各种花费记录下来，等他完成任务，下次碰面，他会把那些稿子交给伍伯迪，然后再来讨论报酬的问题。说到这里，杜利隔着吧台朝他的新朋友伸出手，一副煞有其事的模样，仿佛两个人谈成了什么大买卖似的。伍伯迪跟他握握手，心里又是高兴又是轻蔑。

伍伯迪告诉丽赛，大概连续五个星期，也可能是七个星期，他几乎每天都和杜利碰面。那段时间，他一直在估量杜利这个人。有时他觉得杜利是个很认真、很坚毅刻苦的家伙。他在牢里奋发向上，苦学有成。杜利说他从前干过打家劫舍的勾当，跟人打斗，把汤匙当刀子用。伍伯迪相信那些都是真的。可是有时候（包括他们握手谈成交易那天），他却又认为吉姆·杜利不过就一张嘴厉害。他这辈子干过最恐怖的事，也不过是在沃尔玛大卖场偷了两罐油漆稀释剂。二〇〇四年，杜利曾经在那里工作半年。后来杜利有意无意地告诉他，为了抢救伟大的艺术品，他要去说服丽赛，叫她把她先生的稿子交出来。当时伍伯迪还以为杜利只是喝醉了在开玩笑。以上内容，就是那个狗仔王在六月这个傍晚跟丽赛说的。

不过丽赛可没忘记，这个狗仔王也曾经和那个素昧平生、自称牢房硬汉的人坐在酒吧里，喝得醉醺醺的。他们俩还骂她是“小野洋子”，而且他们私底下一定认为，斯科特之所以和她在一起，还不就是为了那档子事，而且那就是唯一的目的，丽赛还能干什么？伍伯迪说，在他看来，整件事不过就是个玩笑，只是两个家伙在酒吧里发牢骚。没错，这两个家伙确实交换过电子邮箱，不过话说回来，这年头谁没有电子邮箱？自从他们谈好交易后，这位狗仔王只再见过杜利一面。那是两天后的下午。

当时杜利只喝了杯啤酒，他告诉伍伯迪，他正在“受训”。喝完那杯啤酒后，杜利就从吧台前的高脚凳上跳下来，说他跟“另一个家伙”有约，此外他还告诉伍伯迪，也许明天两人可以碰得上面，至于下星期，他一定会来跟伍伯迪碰面的。可是自从那天后，伍伯迪就再也没看过吉姆·杜利了。过了几星期后，他就不再去想那个人了。没多久，Zack991 那个电子信箱无法接受邮箱。伍伯迪忽然觉得，从某个角度看，见不到吉姆·杜利倒也不是坏事。这阵子他酒实在喝过头了，而且他突然想到，杜利这个人有些地方不太对劲。（丽赛心想，这时候才想通，你不觉得有点太迟了吗？）

后来，伍伯迪喝酒的次数就减少了，恢复到从前每周一两杯啤酒的标准，而且，他不自觉地换到另一家酒吧去喝，和原来这家酒吧隔了几个路口。过了一阵子他才明白（他的说法是，过了些时候，他的头脑慢慢恢复清醒了，他才明白），那是种本能反应，他想和他认识杜利的地方保持距离。他还说，他很后悔做了这件事。也许这一切只是他异想天开的幻想，而吉姆·杜利那个人就像海市蜃楼，在觥筹交错中，陪伴他度过那几个星期，度过匹兹堡黯淡寒冷的冬天。

最后伍伯迪说，他相信整件事就是这样。他那种迫不及待要下结论的口气，很像法庭上快要败诉的律师，要是他搞砸了，他的客户就要坐电椅了。他最后的结论是，吉姆·杜利告诉他的那些事，包括他怎么在监狱里熬过来的故事，绝大多数都是鬼扯。还有，他说他要想办法说服兰登太太，让她把她先生的遗稿交出来，这应该也是鬼扯。他们两人谈好的那件事，只不过像两个小孩在比赛谁的志愿比较伟大。

“如果事情真是这样，那我问你一个问题，”丽赛问，“要是杜利真拿了一沓斯科特的小说稿去找你，你会不要吗？”

“我不知道。”

她心想，这句话倒还算老实。于是丽赛又问他：“你知道自己干了什么吗？你知道你的行为已经造成了什么后果吗？”

那位伍伯迪教授没吭声。丽赛心想，这反应也算老实。也许，他的确非常老实。

7

丽赛想了一下，然后又问：“他打电话给我。那个电话号码是你给他的吗？这笔账也该算在你头上吗？”

“没有！绝对没有！我发誓，我没有告诉他任何电话号码！”

这个丽赛倒是相信。“教授先生，我要你帮我做一件事，”她说，“说不定杜利会再跟你联络，也许他会告诉你，他现在大有进展，已经快要拿到了。要是他真的打电话给你，我要你告诉他，交易取消了，立刻停手。”

“我会的。”伍伯迪迫不及待地答应了，口气听起来甚至有点凄凉。“我一定会，我——”这时丽赛听到一个女人打断了伍伯迪——丽赛知道那一定是他太太。伍伯迪太太好像在问伍伯迪什么事。接着丽赛听到一阵窸窸窣窣的声音，是伍伯迪在用手遮住话筒。

丽赛并不在意。她一直在评估自己目前的处境，发现结果可能不太妙。杜利告诉过她，只要她把斯科特的文稿和未出版的稿子交给伍伯迪，痛苦就结束了。到时教授就会打电话给那疯子，跟他说事情已经搞定了，可以罢手了。可是，刚刚那个狗仔王教授却告诉她，他没办法联络上杜利。丽赛相信他说的是真的。这么说来，难道是杜利忘了自己并没有留电话给教授？这是否只是整个计划的一个小漏洞？不是，她觉得不是。

她认为那个杜利别有用心，也许杜利确实有一丝丝的念头，打算事后到学校的办公室去找伍伯迪（或是到伍伯迪家里），把斯科特的文稿交给他……然而在那之前，他打算先把丽赛折磨得不成人形，打算先让她身上的某个地方痛死——她中学参加舞会时，身上那个地方是绝对不让男生碰的。可是，先前杜利不是答应过教授，也答应过丽赛，只要丽赛乖乖合作，他就不会对她不利？既然如此，他为什么还要做这种事呢？

说不定他想犒赏自己一下。

一定是这样。等这一切结束之后——也就是说，等丽赛死了之后，或是等到丽赛被折磨到求生不得求死不能之后——吉姆·杜利说不定还会自我安慰，说这是丽赛自找的。这位好朋友“扎克”可能会自我安慰说，我已经给过她很多机会了。要怪只能怪她自己，不能怪别人。谁叫她冥顽不灵，一定要跟小野洋子一样。

好吧好吧，那么要是杜利出现了，丽赛应该把谷仓的钥匙交给他，告诉他想拿什么就拿什么。然后，我还会告诉他，来吧，好好痛快一下，爱怎么玩就怎么玩。

想到这里，丽赛忽然露出一抹微笑，可是笑容里看不到半点笑意。这种笑容只有她那些姐姐，还有她过世的丈夫才懂。斯科特一定会说，丽赛这种表情叫“暴风雨前的宁静”。“他妈的，我一定会当面告诉他。”她嘴里喃喃嘀咕着，一边左顾右盼，看看那把银铲子在哪里。可是铲子不在屋里。接着她突然想到，铲子放在车里没拿出来。如果她想要那把铲子，最好赶快出去拿，因为天快黑——

“兰登太太？”教授忽然又开口了，他的声音似乎更紧张了。她几乎忘了自己还在跟伍伯迪讲话。“你还在吗？”

“我在，”她说，“你知道吗？我一定会让你如愿以偿的。”

“不好意思，你刚才说什么？”

“别装蒜了，你明知故问。这些东西你不是想得快发疯了吗？这些东西，你不是非要不可吗？好啦，现在我一定会让你如愿以偿的。怎么样，高兴了吗？我要挂电话了。对了，刚才我交代你办的事情，你可别忘了。”

“兰登太太，我没有——”

“要是有警察打电话找你，你最好一五一十坦白招供，把你刚才告诉我的从头到尾再说一遍。这样到时候你就得先跟你太太交代清楚了，对吧？”

“兰登太太，求求你！”伍伯迪的声音听起来已经有点慌了。

“你们自找的。你和你那个朋友杜利。你们自找的。”

“他不是我朋友！”

这时丽赛脸上的笑容越来越狰狞，几乎已是龇牙咧嘴。而且她的眼睛眯了起来，几乎眯成一条线。那是猛兽般的虎视眈眈表情，德布夏家姐妹的注册商标。

“不要跟我说不是！”她开始嘶吼了，“你和你那位哥们儿不是喝得很痛快吗？你们不是骂我是臭婊子吗？他骂我是小野·兰登，你不是听得很乐吗？你刚刚跟我扯了半天，但说穿了，你不是找他来对付我吗？而现在呢，你竟然告诉我，他根本就是个神经病，你没办法叫他停手了。既然如此，教授大人，我要打电话到警长办公室去了，而且，你猜对了，我会叫他们去找你。为了帮他们赶快找到你那位朋友，我会把你的底细全都抖出来，因为我们两个都心里有数，他是不会罢手的，因为他不想善罢甘休。他现在玩得正他妈过瘾，所以我一定会让你如愿以偿的。这是你自找的，你这叫自作自受，对不对？对不对？”

教授没再说话，不过丽赛听得到他浓浊的呼吸声，知道这个狗仔王正拼命忍住不敢哭出来。于是丽赛挂断电话，然后又从地上捡了根烟，点火吸了一口。接着她走回电话旁边时忽然摇摇头，现在先不用急着打电话到警长办公室。她要先到车上去拿那把银铲子，现在就去，因为天快黑了，夜幕即将笼罩她的世界。

8

屋子旁边的庭院已是一片漆黑，黝黑的夜空看不到半颗星星，黑得令人胆颤心惊。谷仓旁的工具棚里更是黑得伸手不见五指，偏偏那辆宝马停的位置距离那里只有二十英尺远。丽赛暗暗祈祷，希望杜利没有躲在那团阴影里。然而，要是他真的已经在这里了，那么他有可能躲在任何地方，说不定此刻就在游泳池旁，靠在更衣室的墙上，说不定此刻就躲在厨房旁边的角落里偷瞄着她，说不定此刻正蹲在地窖盖子后面……

想到这里，丽赛立刻猛一转身，眼睛看向地窖盖。幸好那里还有一点光，看得到盖子两边什么都没有。而且，盖子的挂锁锁得好好的，她可以不用担心杜利会躲在地窖里。当然，除非他在丽赛回到家之前，已经想办法潜入屋内，躲在地窖里。

丽赛！别再胡思乱想，你想把自己吓——

她走到宝马旁，伸手抓住后车门的门把，这时整个人忽然呆住了。她一动也不动，用这姿势整整维持了五秒钟，然后她把另一只手上的烟屁股丢到地上，狠狠踩熄。她看到谷仓旁边的工具棚里有个人影，躲在很里面。那个人影看起来很高，站在那里一动也不动。

她打开宝马后座的车门，抓起那把银铲子，然后把车门关上。没想到车里的小灯却还亮着。老天，她居然忘了，关上车门后，车里的小灯不会马上熄灭。有人说这是种贴心的设计，可是丽赛完全看不出来哪里贴心，因为那盏他妈的小灯会妨碍她的视力。这下子她看不到杜利，可是杜利看得到她。她从车旁倒退几步，双手抓着铲柄斜举胸前。后来车里的小灯终于熄灭了，可是那一刹那，情况反而更糟，因为她的视觉无法立刻适应，只见暗蓝色的天空越来越黯淡，而工具棚里那个人影变成一团模糊的暗影。这时她已有心理准备，认定那个人会猛然蹿出，用那南方腔叫她一声“小姐”，问她为什么不乖乖听话，然后用手掐住她的脖子，越掐越紧，越掐越紧，她的喉咙发出一阵咯咯声，然后她就断气了。

不过大约过了两三秒后，丽赛想象中的场面并未出现。她的视觉渐渐适应了昏暗的光线，眼睛又慢慢看得清楚了。丽赛又看见他了，那个直挺挺的高大身影，一动也不动，就在连接谷仓和工具棚的那个角落里。他脚边好像摆着什么东西，好像是个四四方方的包包。可能是个行李箱。

她心想，老天，他该不会想把斯科特所有的稿子全装在那个箱子里吧？接着，她小心翼翼往左挪了一步，手上那把银铲子握得好紧好紧，握得手都痛了。“扎克，是你吗？”说着，她又往左边挪了一步，两步，三步。

这时她听到一阵车声逐渐靠近，突然想到，等一下车灯一定会扫过整个庭院，照到那人身上，到时那个人一定会立刻冲出来。于是丽赛把银铲子高高在身后举起，那姿势就像一九八八年八月她对付那个杀手一样。

就在她把铲子举高到头顶的那一刹那，那辆车子正好开到苏克塔丘路的弯道，一道耀眼的光束瞬时扫过整片庭院，这时她才看清楚，谷仓和工作棚中间的那个身影原来是电动刈草机，是她自己摆在那里的。车灯照过时，刈草机握把的影子忽然拉得很长，扫过谷仓的墙壁，然后灯光消失了，影子也跟着消失了。她心想，虽然刚才已经看清楚那只是部刈草机，可是说不定她还是会看错，说不定真是个人站在那里，脚边摆着个手提箱……

她忽然想到，恐怖片不都这么演吗？就在你松懈下来时，怪物又会突然从黑暗中冒出来抓住你。

可是后来根本没有东西跳出来抓住她。不过丽赛心想，还是把银铲子带进屋里，反正也不麻烦，说不定会带来好运。于是她抓起铲片和握柄连接处，去打电话，打电话给诺瑞斯·里基维克，堡景镇的警长。

第七章　丽赛和警方
（是偏执狂，还是心力交瘁？）

1

接电话的女人告诉丽赛，她是联络组的苏玛丝警官，而且还说里基维克警长没办法接电话，因为他上星期刚结婚，目前和新婚夫人到夏威夷的毛伊岛度蜜月去了，要十天后才会回来。

“可以帮我接另一位负责警官吗?”丽赛问道。那个女警官的声音听起来有点刺耳，很讨人厌。丽赛告诉自己不要太情绪化。可是老天，她有办法不情绪化吗?今天这一整天真他妈难熬。

“小姐，请稍候。”苏玛丝警官说。接着，丽赛忽然听到一阵防止犯罪宣传音乐，内容是讨论什么小区守望相助之类的。丽赛心想，至少这总比什么布道大会的催眠要好一点。大约过了一分钟左右，宣传音频的声音不见了，一个警察接了电话，斯科特一定会喜欢他的名字。

“小姐你好，我是克拉特巴克副警长，有什么需要我服务的吗?”

这时丽赛又自我介绍了一次，说自己是斯科特·兰登太太。这已经是她今天第三次用这个称呼了——她忽然想到那句俗话:“一而再，再而三，第三次一定成功。”不过老妈对“三”的说法是“无三不成礼”。接着她把扎克·马库尔的事简单扼要地告诉那位克拉特巴克副警长，从昨晚她接到扎克电话那件事开始讲起，讲到她今天她打了一通电话，终于听说那家伙名叫吉姆·杜利。这位克拉特巴克一边听她说一边嗯嗯哼哼地应了几声。丽赛说完之后，警官，吉姆·杜利这个名字是谁告诉她的，那有可能是“扎克·马库尔”的真名。

那一瞬间，丽赛内心忽然浮现一丝丝内疚，不过，内疚中却又带着那么一丝快感。于是丽赛把那狗仔王的名字告诉他。这次她没说他是姓伍伯迪的王八蛋。

“克拉特巴克副警长，你会去找他谈谈吗？”

“这应该就是你的意思吧，对不对？”

“大概吧。”丽赛说道。其实丽赛有点怀疑，就算堡景镇的这位代理警长出马，真的就能从伍伯迪身上挖到什么丽赛问不出的事情吗？也许伍伯迪确实隐瞒了一些事——当时丽赛气坏了，没仔细问。不过丽赛担心的不是这个。“你会逮捕他吗？”

“就凭你刚才说的那些事吗？不太可能。也许你可以提出民事诉讼——你应该先问一下你的律师——不过一旦上了法庭，我保证伍伯迪一定会说，据他所知，这位杜利只是想登门拜访，强迫推销点东西。那只是例行公事，如此而已。而且他会宣称他根本不知道什么信箱里的死猫，不知道杜利意图伤害她……从你刚才告诉我的那些事来判断，他这样说并不算说谎，对不对？”

丽赛有点丧气，但不得不承认警长说的是对的。

“另外你说那鬼鬼祟祟的家伙留了封信给你，那么，那封信你必须交给我，”克拉特巴克说，“还有那只死猫也要交给我。你是怎么处理那只猫的？”

“我们家外墙用木头钉了几间四四方方的……”说着，丽赛又从地上捡了根烟，想了一下，然后又丢回去。“抱歉，我一时讲不出来那叫什么。我先生帮那东西取了个名字——不管什么东西，他都会自己发明个名字——不过现在我想不起来那叫什么了。反正有了那玩意儿，浣熊就没办法钻进里面乱翻剩菜剩饭。我把那只猫的尸体放在一个垃圾袋里，然后放在……对了，放在‘下层甲板’里面。”那一刹那，连想都不用想，她的脑子就自动冒出斯科特发明的那个字眼。

“嗯——你家里有冷冻柜吗？”

“是有——”她已经知道他要说什么了，心里突然害怕起来。

“兰登太太，你把那只猫放到冷冻柜里去。有垃圾袋包着，不用怕发臭。明天我会派人过去拿，然后送到‘肯杰兽医院’去。那是我们郡警局特约的兽医院。他们会检查死因——”

“要找出死因应该不用那么麻烦吧，”丽赛说，“信箱里全是血。”

“呃——你大概已经把那些血洗掉了，对吧？可惜你没用拍立得先拍几张照片。”

“哦！真对不起！我们小老百姓没这么专业！”丽赛听得很不舒服，立刻大吼起来。

“冷静点，”克拉特巴克平心静气地说，“我知道你现在一定很不舒服。碰到这种事，谁都一样。”

你不会的。丽赛忿忿不平地想。你一定会很冷静的……冷静得像冷冻柜里那只死猫一样。

接着她说：“好了，现在伍伯迪教授的问题解决了，那只猫的问题也解决了，那我呢？”

克拉特巴克说，他马上派副警长过去找她拿信——可能是贝克曼副警长，或是艾斯顿副警长，看看目前谁离她家比较近。接着他又说，对了，既然要派人过去，那就叫副警长顺便用拍立得拍几张死猫的照片，每位副警长车上都配有拍立得相机。然后副警长（晚上十一点接班的另一位副警长）会在她家视线范围内的十九号公路上监视动静。他会一直留在那里监视，不过要是他接到无线电紧急通告——附近发生车祸或诸如此类的事——他就会离开一下。只要那个杜利一“现身”（克拉特巴克用了个很含蓄的字眼），郡警局的巡逻车就会出动。

丽赛只能希望克拉特巴克的判断是正确的。

接着，克拉特巴克又说，像杜利这种人通常只会虚张声势，不会真的下手。要是恐吓无效，对方不肯就范，那他们就会摸摸鼻子走人。“如果我猜得不错，你应该不会再看到他了。”

丽赛心想，真希望你是对的。不过有件事她还是很不放心。她一直在想，那个“扎克”部署这整件事的手法处处透着蹊跷。从他的行事风格来看，根本没人能令他罢手，至少那个雇他的人没办法叫他罢手。

2

刚和克拉特巴克副警长讲完话后（当时她已经有点头昏脑涨，迷迷糊糊把他的名字和一个叫“沙特巴赫”拍立得相机牌子搞混了。所以她把他的名字记成巴特赫副警长），不到二十分钟，就有个瘦瘦的家伙上门来找她了。那人穿着卡其制服，腰间佩着一把很大的枪。他说自己叫丹·贝克曼副警长，然后又说他奉命来拿“某封信”，并且还要给一只“死亡的动物”拍照。听到他那怪腔怪调，丽赛狠狠咬住嘴唇，好不容易才憋住没笑出来，努力装出正儿八经的样子。

贝克曼把那封信（还有那个白色封套）放进一个丽赛给他的袋子里，然后问她有没有把那只“死亡的动物”放到冷冻柜里。丽赛刚才和克拉特巴克通过电话后，就马上把那个绿色垃圾袋塞进冷冻柜左边最里面的角落。那个角落没别的东西，只有几片用塑料袋包着的鹿肉排。塑料袋上结了一层霜，那几片鹿肉排已经放了很久很久，是当年斯科特还在世时他们的水电工斯迈利·法兰德斯送的。

丽赛还记得，那年——不过，究竟是二〇〇一，还是二〇〇二年，丽赛已经记不太清楚——斯迈利赢了“麋鹿猎杀特许乐透”，而且在圣约翰谷大有斩获。丽赛忽然又想到，那个查理·克里夫就是在圣约翰谷勾搭上他的新任老婆。她大概可以断定，这辈子她是不可能吃那些鹿排了（除非爆发核战争）。所以说冷冻柜里唯一可放那只死猫的地方，就是那些鹿排旁边。她告诉贝克曼副警长，等一下拍过照后，一定要记得把那只死猫放回原来的地方。贝克曼一脸正经地向她保证，他一定会“遵照她的指示办理”。这时丽赛又赶快咬紧嘴唇，免得自己笑出来，不过这次差点就没忍住。后来，副警长开始沿着楼梯往地下室走，咚咚咚咚，脚步声听起来很沉重。丽赛立刻转身面对墙壁，像个顽皮的小孩一样，额头抵着墙壁，手掩着嘴，压低声音哧哧笑了起来，发出嘶嘶声响，一副气喘发作的样子。

后来，她终于笑累了，这才又想到老妈那个木盒子（丽赛已经保存了三十五年，只不过她从来不觉得那是她的）。想到那个盒子，想到收藏在里面的那些纪念品，丽赛内心深处越来越强烈的歇斯底里情绪终于慢慢舒缓下来。她想起来了，而且越来越有把握，那个盒子应该就在阁楼。想到这个，她的心情更平静了。斯科特还在世那些年，她生命中的点点滴滴都在这里，在这栋房子里。当年这栋房子是她亲自挑选的，后来他们俩都爱上了这里。

阁楼上至少还收着四张很昂贵的土耳其地毯。她曾经很迷恋那几张地毯，后来不知道什么时候开始，不知道为了什么原因，那些地毯突然让她有种毛骨悚然的感觉……

另外阁楼上还摆着三组淘汰的行李箱。当年那些行李箱不知陪伴他们搭了多少趟飞机，其中有不少是那种远距离通勤族搭乘的小飞机。那些行李箱仿佛历尽沧桑的老战士，本来应该受到无上尊崇，如今却孤零零地被遗弃在阁楼度过余年……

另外阁楼上还摆着丹麦精简风格的客厅桌椅，但斯科特却说，那些家具看起来有点哗众取宠，把丽赛气个半死。不过丽赛生气主要还是因为她觉得斯科特好像说得对……

另外那里还摆着一座有伸缩活动盖的书桌。这张书桌是趁打折时买的，后来才发现有只桌脚比较短，底下必须垫个木片之类的东西。可是木片常常滑出来，后来有一天，木片滑了出来，桌子一歪，上面的伸缩盖突然掉下来，砸到丽赛的手指。于是，够了，滚到他妈的阁楼上去吧……

另外还有一座有脚架的烟灰缸，那是他们当年还抽烟时用的……

另外还有一台 IBM 古董打字机，那是斯科特从前用的，后来被丽赛拿来打一般信件，直到有一天，办公文具专卖店再也不卖那种打字机的专用色带……

反正阁楼上放满了形形色色从前留下来的小东西。说真的，那里仿佛是另一个世界，那个世界存在于这栋房子里，就在上面。而老妈的木盒就在那里——说不定就在那堆杂志后面，或是在那张椅背已经松掉的摇椅上。想到那个盒子，丽赛觉得就像大热天口干舌燥时想到清凉的水。她不知道自己为什么会有这种感觉，可是，真的就是这样。

后来，那位贝克曼副警长终于从地窖走上来，手上拿着一台拍立得相机。丽赛迫不及待希望他赶快走，可是他偏偏死赖着不走（套句德布夏老爹的口头禅，像牙痛一样没完没了）。他啰嗦个没完，一开始告诉丽赛那只猫好像被什么工具之类的东西刺到（可能是螺丝起子），然后他再三保证，他会把车停在屋外监视。

虽然他们“单位”（他竟然用“单位”这个字眼）没有“保家卫民服务乡里”这类信念，不过这个信念却“常在我心”。而且，他一定会保护丽赛的安全，请丽赛百分之百放心。

丽赛告诉他，她真的觉得很有安全感，甚至已经想安心地上床睡觉去了——今天真是漫长的一天。家里出了急事要处理，再加上那个鬼鬼祟祟的家伙，这一整天真的把她累坏了。这时贝克曼副警长终于听懂她的意思了，不过最后他还是又啰嗦了一堆，说什么丽赛一定会很安全，他一定会让这栋房子固若金汤，他保证丽赛可以安心睡觉，用不着提心吊胆之类的。

他好不容易说完了，终于咚咚咚地走下门廊阶梯，那沉重的脚步就像他刚才沿着楼梯走到地窖时一样。而且，他甚至还趁门廊上有灯光时，边走边看他刚才拍的那张死猫照片。一两分钟后，她终于听见车子的发动声。车子发了两次，发出“大得吓死人的”引擎声。接着她看到车头灯扫过草坪和房子，没多久，车灯消失了。

她心想，这位丹尼尔·贝克曼副警长一定是把车子停在对面的路边，然后坐在车子里等着。丽赛嘴角泛起一丝微笑，然后沿着楼梯爬上阁楼。当时她还不知道，两个钟头后，她会连衣服都没脱，就筋疲力尽地倒在床上放声大哭。

3

人在心力交瘁时最容易陷入偏执。丽赛在阁楼上翻箱倒柜，整整找了一个半钟头，最后还是没找到。阁楼里空气凝滞闷热，光线昏暗，无论她到哪个角落翻找，那个角落就偏偏会笼罩在一团阴影中，仿佛在跟她作对。

丽赛没有发觉自己已开始陷入偏执。她并不是真的那么清楚自己为什么急着要先把那个盒子找出来，只是有种很强烈的直觉，认定盒子里的某个东西就是秘宝的下一个线索。很可能是某样他们刚结婚那几年留下的纪念品。可是过没多久，她已经忘了自己要找的是纪念品，而是满脑子只想把那个盒子找出来。老妈的柏木盒。那个盒子大约有一英尺长、九英寸宽、六英寸高。她心想，去他的秘宝，要是找不到那盒子，她绝对睡不着觉。到时候躺在床上，她一定会满脑子胡思乱想，想那只死猫，想她过世的丈夫，想到自己孤零零地睡在这张空荡荡的床上，想到那个遗稿狗仔派来的爪牙，想到她姐姐拿刀子割自己，想到爸爸拿刀子割——

（嘘，丽赛，不要说）

她一定会那样愣愣地躺在床上，睡不着觉。

找了一整个钟头后，其实她应该已经明白，那个盒子不在阁楼里。这时她大概已经可以确定，盒子应该是在客房里。想想确实有道理，那个盒子很可能被搬到那里去了……只可惜，她在客房里翻箱倒柜四十分钟后（那四十分钟里，她花了二十分钟站在折叠梯上，翻找衣橱最上层的柜子），终于明白盒子也不在这里。

这么说来，盒子很可能在地窖里。一定是。很可能就塞在楼梯底下，因为楼梯底下塞了好几个箱子，里头都是些窗帘、地毯的剩料，旧音响的零件，还有些运动器材，像溜冰鞋、槌球组、一张破掉的羽毛球网。于是，她迫不及待地跑下地窖楼梯（那一刹那，她根本没想到那只死猫放在冷冻柜里，就在那堆鹿排旁边），心里越来越觉得，她真的在楼梯底下看到过那个盒子。当时她已累得筋疲力尽，但悲哀的是，她还不知道自己等一下还是找不到。

她又花了二十分钟时间，把那些已经很久没动过的箱子拖出来。有些箱子已经受潮，一拉就散掉了。她把箱子里的东西全部翻过一次。她全部翻完后，已经累得手脚发抖，满身大汗，衣服都黏在身上，而且后脑勺开始阵阵抽痛。接着她把那几个没散开的箱子推回原来的地方，那些散掉的箱子她就不管了。

这么说来，老妈的盒子应该还是在阁楼里。一定是，一直都是。她浪费时间在底下翻那些生锈的溜冰鞋和拼图，而那个盒子却好整以暇地在楼上等她。这时丽赛已经想到阁楼上还有五六个地方刚才忘了找，包括最里面的天花板上那个安置水管电线的凹槽。那是最可能的地方，当初她很可能把盒子摆在那里，后来就忘了——

突然间，她感觉有个人站在她身后，那一刹那，她的思绪立刻中断。她的眼角瞄得到那个人。应该叫他吉姆·杜利呢，还是扎克·马库尔？管他叫什么名字，下一秒钟，他就会把手搭在丽赛汗湿的肩上，然后用他那很重的南方腔叫她一声“小姐”。那就太可怕了。

那种感觉真实而强烈，丽赛好像真的听到杜利的鞋子踩在地上，一阵窸窸窣窣。她飞快地转身，手举起来正准备掩住自己的脸。她一转身，看到那台大吸尘器矗立在眼前。那是她刚才从楼梯底下拉出来的。接着，她不小心踩到那个装羽毛球网的烂掉的纸箱，那一刹那，她两手在半空中挥了几下，想保持平衡。但她的身体晃了几下，还是开始往下倒，她只能咒骂几声。

她的头顶只差一点点就撞到楼梯板下方。还好没撞到，因为撞到了会很惨，说不定会昏倒。更严重的是，如果脑袋撞到水泥地面，可能当场就会没命。丽赛伸出手准备撑住地面，以免摔得太重。她一个膝盖跪倒在软软的羽毛球网上，感觉还好，可是另一个膝盖却跪在水泥地面，摔得就重了。还好她穿着牛仔裤。

十五分钟后，她连衣服都没脱，躺在床上放声大哭。她心想，还好刚才摔倒时，没有倒向另一边。她心里很沮丧，抽抽噎噎地哽咽着。那一摔，再加上摔倒前那一刹那的恐惧，让她的脑袋突然清醒过来。

如果不是因为刚才摔了那一下，她现在可能还在找那个盒子。如果她还有力气，她可能还会再找上两个钟头，甚至更久。她会反复回到阁楼，回到那间客房，回到地窖。噢，对了，假如斯科特在这里，他一定会补上一句：回到未来。斯科特总是会在最要命的时刻耍嘴皮子，他就有这种本事。不过你事后仔细想想，回到未来这句话还真妙，说得正是时候。

她有可能一直找到天亮，结果却还是大失所望，什么都找不到。此刻丽赛终于想通了，那个盒子很可能就摆在某个显眼的地方，而她经过了好几次却偏偏都没看到，要不然就是那个盒子根本已经不见了。说不定是被那个帮他们打扫好几年的清洁女工偷走了，要不然就是，哪个偶尔给他们干点活儿的工人早就盯上了那个盒子，认为他太太说不定会想要一个那样的盒子，而兰登先生的太太应该没把那盒子当一回事。

这时她脑中那个斯科特的声音又说了，小丽赛，你少无聊了，明天再想吧，明天会是新的一天。

“是啊。”丽赛说道。这时她才意识到自己满身臭汗，身上的衣服都湿透了，浑身脏兮兮的，于是她立刻坐起来，用最快的速度把衣服脱掉，全部丢到床尾堆起来，然后冲进浴室。刚才在地窖跌倒时，她用手撑住地面，两只手掌都磨破了。然而，她不顾伤口的刺痛，还是用洗发水洗了两次头，任凭泡沫流了满脸。然后在莲蓬头底下用热水冲了大约五分钟后，忽然把冷热水控制杆拨到冷水那边，让接近零度的刺骨冷水冲遍全身，她冷得倒抽了好几口气。跨出浴缸之后她拿了一条大浴巾把身体擦干，然后把浴巾丢进洗衣篮里，这下子她感觉自己仿佛又活了过来，神智恢复清明，心想这天总算过去了。

她躺在床上渐渐睡着了，就在睡着前那一刹那，她想到贝克曼副警长在外面守卫。虽然刚才在地窖里受到惊吓，不过一想到那个副警长，她觉得很安心。她很快就睡着了，睡得很沉，连梦都没做，一直到后来电话铃声忽然响起，她才猛然惊醒。

4

是坎塔塔从波士顿打来的。想也知道她一定会打电话来，因为黛拉一定打过电话给她。每次遇到什么麻烦，黛拉都会打电话给坎塔塔，而且通常会很快就打。坎塔塔问丽赛是否需要她早点回来，丽赛叫她姐姐放心，无论黛拉讲得多悲惨，她根本没必要提早回来。阿曼达现在很好，正在休息，就算坎塔塔回来也帮不上什么忙。“也许你可以去看看她，只不过除非她的状况出现什么戏剧性的转变，否则的话，她可能根本认不出你。埃布尔尼斯大夫已经告诉我们，不要抱太大期望。”

“老天！”坎塔塔说，“丽赛，怎么会那么严重？”

“是很严重。疗养院的人都知道她的状况——或者说，至少那里的人懂得怎么照顾她这种人，而且我和黛拉保证会让你——”

丽赛本来拿着无线电话，边讲边走来走去，这时她突然停住脚步。她看到丢在地上那条脏兮兮的蓝色牛仔裤，看到那本小笔记本已经快从裤子的后口袋掉出来了。那是阿曼达的“强迫症笔记本”，不过丽赛忽然觉得，现在有强迫症的是她自己。

“丽赛？”只有坎塔塔会这样用正式的名字叫她。每次听到别人这样叫她，她都会觉得好像上了电视上的竞赛节目，赢了奖品拿出来炫耀——丽赛，拿出来让汉克和马莎看看，看看你赢到什么！“丽赛，你听到了吗？”

“我听到了。”她应了一声，眼睛还是盯着笔记本。在阳光的照耀下，笔记本上的几个小铁圈闪闪发亮。“我刚说，我和黛拉一定会随时跟你保持联络。”笔记本在后口袋里塞得太久了，有点卷卷的。

她一直盯着那本笔记本，感觉坎塔塔的声音仿佛变得很遥远。丽赛恍恍惚惚意识到自己在跟坎塔塔说，假如生病的人是她自己，她相信坎塔塔也同样会尽力帮忙。丽赛弯腰把笔记本从牛仔裤口袋里抽出来，一边继续对坎塔塔说晚上她会再打电话给她，还有，丽赛爱她。接着她跟坎塔塔说了再见，然后看也不看就把无线电话往床上一扔。

她死盯着那本文具店里七十九分钱一本的皱巴巴的小笔记本。她为什么突然像着魔了似的对那笔记本那么有兴趣呢？为什么呢？现在已经是早上，她昨晚已经把自己洗得干干净净，浑身清爽，也睡饱了，现在她开始有力气思考这些问题了。看着清晨的阳光遍洒房间，她忽然觉得昨晚发了疯似的找那个盒子好像是在干傻事，仿佛只是为了发泄内心的焦虑。不过这本笔记本似乎就有点名堂了，不会是干傻事。不，绝对不是。

这时候斯科特的声音又出现了，像是在跟她开玩笑似的。那个声音现在听起来比从前更清楚了。老天，那声音听起来好清楚！好响亮！

小宝贝，我留了些线索给你，我藏了个秘宝要让你去找。

她想到了斯科特，想到当年在那棵“嗯嗯树”下，想到当年十月那场怪异的暴风雪，想到斯科特告诉她的一些话。斯科特告诉她，有时候保罗会逗他，藏了一个很难找的秘宝叫他去找……不过倒也不是真的那么难找。她已经好多年没再想到斯科特当时说的那些话。是的，她刻意忘了那件事，还有另外一些她不愿想到的事。她把那些往事藏在那片紫色的帘幕后面。然而，那件事真有那么可怕吗？

“他从来没对我凶过。”斯科特说。她仿佛看得到当年的斯科特眼中泛着泪光，但脑中的声音听起来并不感伤。他的声音很清楚，很平静。每次斯科特要跟她说故事时，声音听起来就会这样。“小时候，他从来没对我凶过，我也从来没对他凶过。我们互相照顾。我们别无选择。我爱他，丽赛，我好爱他。”

她翻开笔记本，一页页翻过数字那几页——那些数字写得密密麻麻，看起来好可怜。翻过数字那几页后，后面就都是空白页了，什么都没写。丽赛一页页往后翻，越翻越快。她本来预期后面可能还会看到什么东西，可是现在，她越来越觉得后面大概没有其他东西了。但就在快翻到最后面时，她忽然看到有一页上写着一排字母：

HOLLYHOCKS（蜀葵）

为什么这个字看起来好熟悉？她想了一下，终于想起来了。昨天早上，她问那个被附身的阿曼达，我的奖品是什么？那个阿曼达说，一罐饮料。丽赛问，是可口可乐，还是皇冠可乐？那个阿曼达说——

“那个阿曼达说……或者应该说那个附在阿曼达身上的人说……‘别说话，我们想看看蜀葵。’”丽赛自言自语嘀咕着。

对了，这就对了，不，应该说，差不多对了。事实上她还是想不通，不过似乎有那么一丝丝眉目了。她盯着那个字，看了好一会儿，然后又飞快翻到最后那一页，可是，每一页都是空白的。她本来已经要把笔记本丢到旁边去了，但突然间，她看到最后那一页底下隐隐约约透出一行字，于是立刻就把那一页翻过去，看到封底的背面写着：

4th Station: Look under the Bed（第四条线索：看看床底下）

丽赛并没有马上弯腰去看床底下。她把笔记本翻到前面数字那几页，然后又翻到倒数第六页，也就是蜀葵那一页。这时她又想到一件事。阿曼达写阿拉伯数字 4 的时候，都是照小学老师教的那样写成 ዛ。而斯科特写 4 的时候，看起来会有点像在写 & 这个符号。还有，斯科特写英文字母会把两个 O 连在一起，而且，他随手写下备忘时，会习惯在底下划线。至于阿曼达，她写字都是用大写字母……不过，有些字母她习惯偷懒，不写完整，比如说 C、G、Y、S。

丽赛把笔记本翻来翻去，一下翻到 HOLLYHOCKS（蜀葵）那一页，一下又翻到 4th Station: Look under the Bed（第四条线索：看看床底下）那一页。她心想，假如把这两种字体拿给黛拉和坎塔塔看，她们一定一眼就能认出来，前面那个是阿曼达写的，后面那个是斯科特写的。

那么，昨天早上和她一起躺在床上那个……

"好像他们两个合为一体了。"她自言自语嘀咕道，浑身冒起鸡皮疙瘩。她从来不知道，起鸡皮疙瘩的感觉居然会是这样，好像有什么东西慢慢爬遍全身。"别人可能会认为我疯了，可是，他们两个好像真的合为一体了。"

看看床底下。

最后，她终于按照线索指示，低头看看床底下，结果只看到一双室内拖鞋。

5

一道清晨的阳光照进房间里，照在丽赛·兰登身上。她盘腿坐着，两手放在膝上。她昨晚睡觉时全身赤裸，现在也一样裸着身子坐在那里。东边的窗口有薄纱窗帘，阳光照在窗帘上，长长的阴影笼罩在她身上，乍看之下仿佛她全身被一条网状长袜裹住了。她又看了一眼斯科特写的那行字。那行字要告诉她到哪里去找第四个线索，到哪里去找秘宝—— 一个很容易就能找到的秘宝，一个好秘宝。剩下没几个线索了，很快就会找到她的奖品了。

有时候保罗会逗他，故意藏个很难找的秘宝叫他去找……不过，倒也不是真的那么难找。

倒也不是真的那么难找。想到这句话，她立刻“啪”的一声合上笔记本，去看封底。看到啦，在笔记本的商标底下有几个黑黑的德文小字：

mein gott（老天）

丽赛立刻站起来，开始穿衣服。

6

那棵树枝叶低垂，围成一个属于他们的小天地。那棵“嗯嗯树”底下回荡着斯科特的声音，他那充满催眠魔力的声音。那个声音在问丽赛会不会把《空虚的恶魔》当成是他自己的恐怖故事？这是他自己的恐怖故事，不过，那也是个令人落泪的故事。斯科特跟她说了许多保罗的事，告诉她小时候他们如何互相慰藉，熬过那些恐怖的经历。他们亲眼目睹有人拿刀割自己，鲜血洒了满地。他把过去的一切一五一十告诉了斯科特。

“爸爸在家时，我们从来不玩寻宝游戏，”他说，“我们都是趁他去工作的时候才玩。”斯科特平常讲话时有种宾州西部的口音，不过此刻，那声音听起来却很像她自己的纽约腔，而且有点像是小孩在讲话，有点含糊。

“保罗藏的第一个线索一向很容易找。那个线索通常都是一句话，像是‘秘宝总共有五个线索’——只是为了告诉你总共有几个线索——然后会叫你‘去衣柜里看看’。第一个线索偶尔会是一句谜语，不过后面的线索一定全部都是谜语。我还记得有个线索说：‘到爸爸踢那只猫的地方去’。看到那句话，我就会想到那口古井。另外，我记得有个线索说：‘到那一“大”片我们耕了一整天的“田”里去’。看到这句话，我只要稍微想一下，就会想到他说的是那辆‘大田’牌老拖拉机。那辆拖拉机停在农场东边的石井旁边。当然，一定会有个线索用石头压在拖拉机的座椅上。你应该知道，所谓的线索通常就是张碎纸片，上面用手写了几个字，然后折起来。我通常都会马上猜出来，不过，有时候我猜不出来，保罗就会一直提示我，直到我猜出来为止。最后我就会拿到我的奖品，一罐可口可乐或者皇冠可乐，或者一根棒棒糖。”

说完之后斯科特凝视着她，斯科特身后空荡荡的，只见一片白茫茫——一片白茫茫。那棵“嗯嗯树”——其实就是棵柳树——枝叶垂挂下来，形成一个魔法般的圆圈，把他们围在中间，与外面的世界隔绝开来。

他说：“丽赛，有时候爸爸会很‘邪’，光是拿刀子割自己还不足以让他发泄。那天，他又发作了，情况很严重。当时，他把我……把我放在走廊的长板凳上。”

7

此刻，她忽然想起来（不管她愿不愿意想起来）当时斯科特说了什么。此刻她已经快要穿透那片紫色帘幕了，已经快要深入记忆隐藏的角落了。就在那一刹那，她忽然看到有个人影站在后面的门廊上。那可不是错觉，不是什么刈草机，也不是什么吸尘器，而是个活生生的人。她很快就认出那个人并不是贝克曼副警长，不过还好，至少那个人身上也穿着堡景镇警察的卡其制服。还好她很快就认出来，所以才没有尖叫出声。要是她真的像恐怖片女主角那样开始尖叫，那就太丢脸了。

那个人说他是艾斯顿副警长，他来拿冷冻柜里的那只死猫。他还安慰丽赛说，今天一整天他都会在外面监视。他问丽赛有没有手机，丽赛说有，在宝马车上，应该还可以用。艾斯顿副警长建议她把那支手机带在身上，然后把警长办公室的号码设定成快速拨号。这时他看到丽赛脸上困惑的表情，于是告诉她，如果她“不熟悉那种功能”，他可以帮忙设定。

丽赛很少用那支电话。于是她带着艾斯顿副警长走到宝马车旁，发现那支电话的电力只剩一半，而充电线摆在座椅中间的扶手箱里。艾斯顿副警长伸手把点烟器拔出来，看到上面沾了一圈淡淡的烟灰，忽然愣了一下。

“没关系，拔出来吧，”丽赛告诉他，“我本来想重新开始抽烟，不过后来又决定不抽了。”

“兰登太太，不要抽应该比较好。”艾斯顿副警长面无表情地说了一句，然后把点烟器拔掉，把电话接头插进去。丽赛一直不知道，原来电话还可以插在那上面。每当那支摩托罗拉手机需要充电时，她都是拿到厨房去充。这两年来，她身边再也没有男人可以帮她解释说明书上那些指示图。两年了，她还是很不习惯。

她问艾斯顿副警长，充电需要多久。

“充到满吗？应该不用一个钟头吧，说不定更快。对了，你家里应该还有别的电话吧？这段时间，你可以尽量待在电话旁边吗？”

“没问题。我等一下要到谷仓整理一些东西，那里有电话。”

“那就好。等一下那支电话的电充满了，你就把它挂在腰带上。要是有什么紧急状况，你就按 1 键，办公室那边就会有人接电话。”

“谢谢你。”

“不客气。对了，我刚才说过，我会在外面监视，另外，丹·贝克曼今晚会来接班。他会一直留在原地监视，不过如果临时接到无线电通报，他会暂时离开一下。这种状况是存在的，因为像我们这种小镇，周五晚上警察都会比较忙，不过还好你身上有电话，而且已经设定了快速拨号，贝克曼随时会回你这边来的。”

“那就好。对了，关于那个骚扰我的家伙，你有听到什么消息吗？”

“没有，兰登太太。”艾斯顿副警长说，一副气定神闲的模样……他当然悠哉，反正又没人威胁要伤害他，而且应该不会有人想威胁他。他身高将近六英尺五英寸，体重两百五十磅。要是她老爸在这里，可能会说：衣服加装备可能还有一百七十五磅。在她们老家里斯本瀑布镇，老丹迪·德布夏的机智可是出了名的。

“要是安迪听到什么消息，我保证他一定会马上告诉你。噢，对了，安迪就是克拉特巴克副警长。里基维克警长去度蜜月了，在警长回来前，我们办公室由他负责。目前你只要尽量提高警觉就行了。你要待在屋里，就把门锁起来，知道吗？特别是天黑以后。”

“我知道。”

“还有，记得随时把电话带在身边。”

“我会的。”

这时他竖起大拇指朝她比了个手势，然后笑了一下。她也立刻笑着朝他竖起大拇指。“我现在就去拿那只死猫。我敢打赌，你一定想赶快把它弄走。”

“你说对了。”丽赛说。不过此刻她心里真正想赶快弄走的，就是眼前这位艾斯顿副警长。这样她才能赶快到谷仓那里，看看床底下有什么东西。那张床就放在那间粉刷过的鸡舍里，已经放了大概二十年了，那是他们在……

mein gott（天啊）

在德国买的。当年在德国的时候……

8

没有一件事情不出差错。

丽赛已经忘了是在哪里听到这句话的。当然，这并不重要，不过他们住在德国不来梅的那九个月里，她越来越常想到这句话：没有一件事情不出差错。

每一件事，毫无例外。

他们住的那栋房子位于伯坎林大道，一到秋天时风会灌进屋子里，一到冬天屋子里就会变得奇寒彻骨。跟房东抱怨，房东总是借故拖延，好不容易等到春天来了，没想到雨水也来了，屋子开始漏水。两间浴室的莲蓬头都堵住了，而楼下的马桶会发出咕噜咕噜的声音，恐怖至极。房东满口答应说会来修，可是后来斯科特再打电话给他，他却根本不接了。最后斯科特花了一笔天文数字找了位德国律师。斯科特告诉丽赛，主要是因为他不能便宜了那狗娘养的房东。那房东有时会趁斯科特不注意，用意味深长的眼神对丽赛眨眨眼（她一直不敢告诉斯科特，因为只要一扯到那个房东，斯科特就会变成另一个人）。

后来那个房东发现可能吃上官司，立刻找人过来修房子。后来屋顶终于不再漏水，楼下的马桶半夜也不再发出怪声了。而且他连家具都换了。这简直是不可能的奇迹。后来有天晚上，他突然醉醺醺地跑来，对斯科特大吼大叫，一下子骂德语，一下子骂英语，骂斯科特是"美国共产党疯狗"。那句话被斯科特当成宝，到死都念念不忘。当时，斯科特自己也喝得醉醺醺的（在德国那段日子，斯科特很少有哪天不是喝得醉醺醺的），居然还请那狗娘养的房东抽烟，然后兴冲冲地用德语大嚷：继续说，继续说，大师，求求你，求求你。

那一整年，斯科特一天到晚喝酒，一天到晚开玩笑，要不然就是找律师对付那狗娘养的房东。他什么都干，就是没写小说。不过究竟他是因为一天到晚喝醉，所以才没写？还是因为他写不出文章，所以才一天到晚喝醉？这个丽赛也搞不清楚，也许一半一半吧。

到了五月，她已经不在乎斯科特写不写得出来了，因为谢天谢地，他学校里的客座讲学任务终于结束了。到了五月，她满脑子唯一的愿望，就是赶快搬到一个听得懂别人讲话的地方。她只希望沿街走进一家又一家商店和超市时，耳朵里听到的声音不再是像科幻小说《莫洛博士岛》里的兽人那种呓语般的咕哝声。

她知道这样对斯科特不公平，可是事实摆在眼前，她在不来梅找不到半个朋友，就连学校里那些会讲英语的教授太太也跟她说不上话，而斯科特却又一天到晚待在学校里。星期一到星期五，她几乎整天自己一个人窝在那栋根本挡不住风的屋子里。冷飕飕的风一直灌进屋里，尽管她已经用围巾把自己裹得紧紧的，但还是冷得要命。

她总是孤零零一个人，很寂寞，觉得自己好悲惨。电视节目她一句话也听不懂，唯一听得懂的是山上环形交叉路口那里传来震耳欲聋的卡车声，尤其是标致那种巨无霸卡车经过时，连屋里的地板都会震动。其实斯科特自己也很惨，他在学校开的课上得很不顺利，一塌糊涂。

然而就算斯科特过得和她一样悲惨，她心里也没有平衡一些。天知道，两个人一样惨有个屁用。“人倒霉的时候，就会很想看到别人也遭殃。”这句话是谁发明的？根本就是狗屁。“没有一件事情不出差错”这句话又是谁说的……说得还真准。

屋里有个小得像鸟笼的房间，被斯科特用来当做书房，可是斯科特在家时，并没有窝到里面去写他的小说，反而和她黏在一起大眼瞪小眼。其实丽赛反而不太习惯这样。一开始他曾经试着想写点东西，可是到了十二月，他坐下来写稿的次数越来越少。到了二月，他已经完全放弃了。记得从前在国内，他们到外地演讲时，都是住在汽车旅馆。旅馆外常是那种八线道的公路，车声震耳欲聋，楼上常有年轻小伙子在开派对，吵闹声惊天动地。在那样的环境里，他居然还有本事照写不误。至少就她所看到的，斯科特完全没有受到干扰。

可是到了德国，斯科特不再写小说了，而是整个周末跟老婆耗在一起嬉笑玩闹，闹到两人都筋疲力尽为止。他们经常一起喝酒，然后喝到烂醉。丽赛想不出两个人在一起除了做爱和喝酒还有什么事可干。但到了星期一早上起床时，宿醉的滋味很不好受。这时候她还真的很乐于看到斯科特出门去。只不过一过了晚上十点，如果他还没回来，丽赛又会趴在客厅的窗口，痴痴盯着窗外的伯坎林大道，忐忑不安地等着看斯科特那辆奥迪什么时候才会出现，心里疑神疑鬼，想知道他在哪里喝酒，跟谁一起喝酒，喝了多少酒。

到了星期六，斯科特会怂恿她陪他玩那累死人的游戏，在那间被风灌得凉飕飕的屋子里捉迷藏。他说，至少动一动身体会暖和点。还真是被他说中了。他们会互相追逐，身上只穿着那种滑稽的德国皮短裤，楼上楼下跑来跑去，沿着走廊蹦蹦跳跳，那模样很像嗑药嗑得神志不清的青少年（甚至有点像变态色情狂）。他们边跑嘴里还边用德语吆喝着一些字眼，像是“小心”、“对了”、“我好痛”，还有，最常说的一句，“**Mein gott**（老天）”。他们胡闹了半天，最后通常是闹到床上去。

从冬天到春天，不管有没有喝酒（喝的时候居多），斯科特一直想跟她做爱。她几乎可以断定，在他们搬走前，在那栋被风灌得冷飕飕的房子里，大大小小的角落都曾是他们做爱的战场，包括每个房间，每间浴室（包括马桶会发出怪声那间），甚至每一座柜子里。就是因为斯科特近乎疯狂地不断跟她做爱，所以她才从来不曾疑心（好吧，几乎从来不曾）他在外面有别的女人。尽管他平常一天到晚在外面，尽管他喝酒喝得很凶，尽管他没做他该做的事，没写小说，她都不曾起过疑心。

不过她该扮演的某种角色，她自己也没办到。有好几次，她不由自主地想到这件事。她不能说当初是被斯科特骗了，甚至不能说斯科特故意误导她。不，她当然不能那样说。有件事斯科特只跟她说过一次，不过却说得直截了当，斩钉截铁。他说，他绝对不生孩子。他还说，他知道丽赛是在那种大家庭里长大的，所以要是她觉得非生孩子不可，那他们就不能结婚。虽然那会让他很伤心，可是如果丽赛认为生孩子是那么重要，那他们也只好分开了。

当年他们在那棵“嗯嗯树”下，被困在那场怪异的十月暴风雪中，这件事就是斯科特当时告诉她的。此刻，她不愿意再想那些事，她宁可回想德国不来梅那寂寞的周末午后，回想当时两人说过的话。当时是下午三点，天空一片白茫茫，屋外是惊天动地永无休止的卡车声，连床铺都会震动。斯科特说，他坚持要把他买的那张床运回美国去。那天下午，就像平常周末的午后，他们嬉笑玩闹、疯狂做爱，而丽赛也像平常一样躺着，习惯性地把手臂搁在眼睛上。然而，当时她心里想到的却是，这真是她听过最“恐怖”的念头了。他们做爱时有很多花样，而六个月前还在国内时，她绝对不敢相信他们会玩这些把戏。

丽赛心里明白，这些疯狂的花样跟爱情没什么关联。那只是因为他们太无聊了，太沮丧了，太想家了，喝醉了。斯科特喝酒真的喝得好凶，喝到她都害怕了。她看得出来，要是斯科特不赶快悬崖勒马，总有一天一定会崩溃的。另一方面，她的肚子英雄无用武之地，没机会孕育孩子，这件事令她十分沮丧。

当年他们在那棵柳树下说好了以后不生小孩，只不过，当时她没有真正意识到，岁月会改变一个人的想法，而时间会逐渐成为一种压力。也许回到美国后，斯科特又会开始写他的小说，可是她呢？当时在不来梅，她躺在床上，手臂搁在眼睛上，心想，尽管斯科特从来没骗过我，可是总有一天，我会后悔自己当初的承诺——而那天已经不远了。这种预感令她害怕。有时她会想，真希望当年没和斯科特·兰登一起坐在那棵该死的柳树下。

有时她甚至会想，真希望当年没认识这个人。

9

谷仓里昏昏沉沉，笼罩在一片阴影中。她自言自语地嘀咕道：“不会的。”然而，她却忽然感觉楼上的工作室仿佛散发出一种压迫感——所有的书，所有的小说，所有逝去的人生岁月，这一切仿佛都在告诉她，不要自欺欺人。是的，虽然她并不后悔嫁给斯科特，可是有时候她真的希望自己从来没有遇见这个令人头痛的男人。她真希望自己当年认识的是另一种人，比如说，安全可靠的程序员。只要这个人一年可以赚七万块钱，可以让她生三个孩子，这样就够了。说不定她现在已经有三个孩子，两男一女，两个还在念书，而另外一个现在已经长大成人结婚了。只可惜，她没有找到这样的人生，或者说，命运之神并没有引导她走上这样的人生道路。

丽赛进了谷仓后，并没有马上朝那张德国床走去，而是先转身走到那间办公室门口，打开门，看看里面。当年斯科特在楼上写他的小说，而她就弄了这间办公室，但她忽然想不起来，当年她弄这间办公室究竟想干什么。不过此刻她倒是很清楚自己要干什么：她想看看录音机。她看了一下留言显示屏，结果看到一个一闪一闪的数字 1。这时她忽然想到，是不是该通知艾斯顿副警长，叫他一起来听？后来，丽赛还是决定先不找他。如果是杜利打来的，她再放给副警长听。

一定是杜利——不然还会有谁？

脑中那个声音听起来是那么平静，那么有条不紊，却又隐含着一种威胁。接着，她鼓起勇气，按下播放键。没多久，一个女人的声音开始说话，那是个名叫埃玛的年轻女孩，她说，改用 MCI 电话公司的系统，可以省下惊人费用。丽赛听到一半就按下消除键，删掉那则留言，心想：原来女人的直觉也不过如此。

接着，她走到办公室外，边走边笑。

10

那张从不来梅运回来的床用一大块布罩着。丽赛看着这张床，想到从前曾经和斯科特在这张床上做爱——或者说，在这张床上搞过——不过她眼神中没有感伤，也没有怀念。她已经想不起来，在那段“斯科特与丽赛的德国时期”，他们究竟在那张床上“做”过多少次——大概有好几百次吧。好几百次？有可能吗？他们在德国才待了九个月，更何况有些日子，甚至有时候连星期六、星期天，他都很难得待在家里。

那些日子，有时候他早上七点就睡眼惺忪地提着公文包出门，然后直到半夜才回家。他回到家时通常已经晚上十点，甚至快十一点了，而且还喝得醉醺醺的。所以说，好几百次？有可能吗？嗯，确实有可能，因为如果他们整个周末都在搞斯科特所谓的“连环炮”，那确实有可能。

不管他们从前如何在那张床上猛烈震荡，她都很难对眼前这个盖着白布的怪东西有任何感情。相反她还更有理由恨它，因为她心里隐约感觉得到，这张床差点毁了他们的婚姻。这不是她的直觉，而是神志清明的推论（斯科特曾在一次宴会上告诉别人，丽赛只要不刻意思考，会比鬼还精。当时，她真不知道自己该要觉得飘飘然，还是应该觉得丢脸）。是的，当初翻云覆雨的感觉多么美妙，当初那惊涛骇浪般的高潮是如何一波又一波席卷而来，当初斯科特埋首在她双腿之间，那无比猛烈的快感是如何令她浑然忘我，飘飘欲仙。而且她也发现斯科特身上有个地方极其敏感，如果她趁斯科特快射出来之前去碰那个地方，他会开始浑身发抖，有时甚至会嘶吼呻吟，令她听得浑身起鸡皮疙瘩。当时，斯科特还深深留在她体内，而她感觉得到他那坚挺的器官好热好热，就像……呃，热得像火炉。

尽管如此，她内心深处却有种感觉，那张该死的床确实应该像这样用布罩起来，当成尸体一样裹起来，因为，至少在她的记忆中，当年他们在那张床上所做的一切，都是一种错误，都充满了暴戾之气，仿佛他们的婚姻被人掐住了脖子。那是爱吗？或者，那是性爱吗？也许吧，也许有几次。可是，在她的印象中，那多半是一次又一次的丑恶性爱，仿佛被人掐住了脖子……放开了，又掐住……然后又放开。

每次做爱之后，他们俩都要花很久时间才能恢复正常，而且一次比一次更久。终于，他们离开德国了。他们先抵达英国的南安普敦，从那里搭乘“伊丽莎白女王二号”邮轮回纽约。上船后的第二天，她到甲板上散步，然后走回他们住的特等舱。一走到门口，她掏出钥匙，忽然听到里头有打字机喀哒喀哒的声音。那一刹那，她愣了一下，然后不自觉地微微一笑。

她不敢相信一切都已恢复正常，可是站在房间门口，听到那熟悉的打字机声音又回来了，她心里明白，他们有可能再次恢复往日平静。确实有可能。斯科特告诉她，他已经安排好把那张**“老天床”**运回美国。她嘴里没说什么，不过心里已经打定主意绝对不会再睡那张床，绝对不会在那张床上做爱了。要是斯科特敢要求她做这种事——一次就好了，小丽赛，就当重温旧梦嘛！——她一定会当场拒绝。不对，她一定会破口大骂“操你”。假如天底下真有诅咒这回事，那么这张床铁定遭到了诅咒。

她慢慢走到那张床边，蹲下来，把布罩的下摆掀起来，瞄瞄床底下。这时她仿佛又闻到一股阴魂不散的鸡屎味（她就像狗在闻自己的呕吐物）。接着她看到了，她看到她要找的东西了。

老妈的盒子就在阴暗的床底下。

第八章　丽赛和斯科特
（“嗯嗯树”下）

1

她捧着那个盒子走进阳光灿烂的厨房，才刚进门，电话铃声就响了。她立刻把盒子放在餐桌上，抓起电话说了声“喂”。她已经不怕再听到吉姆·杜利的声音了。如果真的是他，丽赛会直截了当告诉他，她已经打电话报警了，然后挂掉电话。她现在忙得没时间害怕了。

结果那通电话不是杜利打来的，而是黛拉。她从绿茵疗养院的探访大厅打来的。黛拉说，她打电话到波士顿找坎塔塔，希望丽赛别介意。黛拉会说这些话，丽赛并不意外。换成另一种状况，假如留在缅因州的是坎塔塔，而跑到波士顿去的是黛拉，那么结果会有什么不同吗？丽赛心想，大概差不多吧。丽赛不知道坎塔塔和黛拉两人的感情是否真的还是那么好，不过她倒是知道她们两个到现在还是很依赖对方，就像酒鬼依赖酒瓶一样。小时候老妈曾经形容过，假如感冒的人是坎塔塔，发烧的反而会是黛拉。

此刻丽赛努力不让自己表现出任何异常。稍早之前，丽赛在电话里用同样的方式应付过坎塔塔。道理是一样的：赶快把她们打发掉她才能去忙自己的事。她心想，晚一点再来处理这几个姐姐的问题吧——但愿她还有力气——现在她实在没心情听黛拉说她是如何如何不好意思，没力气去操心陷入痴呆的阿曼达，也没心思去管那个吉姆·杜利现在在干什么。好歹他现在没有拿刀子在追杀她。

她叫黛拉放心，打电话给坎塔塔并没有错，而且叫坎塔塔留在波士顿也是正确的决定。丽赛还说，她晚一点也会去看看阿曼达。

“好可怕。”黛拉说。丽赛脑子里还在想自己的事，有点心不在焉，不过她还是察觉到黛拉口气中的悲伤。“她好可怕，”话才说完，黛拉又立刻急忙解释说，“我不是那个意思，我不是说她很可怕，当然不是，不过看到她的感觉真的好可怕。丽赛，她就这么呆呆坐在那里。我进门的时候，看到太阳晒在她半边脸上，她的脸色看起来好苍白、好苍老……”

“黛拉，冷静一点。”丽赛一边说一边用手指头轻抚着老妈的盒子，轻抚着光滑的漆面。盒子虽然盖着，但她仿佛闻得到那香甜的气味。等一下打开盒子时，她一定要弯腰好好闻一下那气味。那是往日的气息。

“他们用管子帮她灌食，”黛拉说，“他们把管子插进她喉咙里，然后再拉出来。我想，要是她没办法自己吃东西，他们以后就会永远这样帮她灌食。”说到这里，黛拉用力吸了一下鼻子，有浓浓的鼻塞声。“她现在只能靠人家用管子灌食了。她已经那么瘦了，而且都不讲话。还有个护士告诉我，她恐怕要有好几年的时间都要这样过日子了。护士说她可能永远不会清醒了。噢，丽赛，我不知道自己有没有办法承受得了这种打击！”

听了黛拉的话，丽赛微微一笑，伸手去摸盒子后面的铰链。那是种松了口气的微笑。黛拉永远都是这么夸张，讲起话来戏剧效果十足。这意味着两姐妹之间又要展开拉锯战，又要开始照老掉牙的剧本上演同一出老戏码了。一边是敏感的黛拉，可怜又无助的黛拉，而另一边是我们的小丽赛。丽赛虽小，可是却很坚强，大家全仰仗她。

“今天下午我会过去的，黛拉，然后我会和埃布尔尼斯大夫再谈一谈。到时候我们就会比较清楚阿曼达的情况了——”

黛拉的语气有点质疑：“你真的这么认为吗？”

丽赛根本不知道该怎么回答：“那当然。现在你需要的就是赶快回家，好好休息。如果能睡一下，那当然更好。”

黛拉继续用那戏剧化的口吻强调说：“噢，丽赛，我怎么可能睡得着呢？”

其实丽赛才懒得管黛拉有没有吃饭，有没有睡觉，有没有拉屎。现在她只想赶快挂掉电话。“嗯，黛拉，回家去吧，放轻松点。对了，我要先挂电话了——我烤箱里还有东西。”

这时黛拉的口气忽然兴奋起来。“噢，丽赛，你也会煮东西？”听到这种话，丽赛很不高兴。姐姐的口气仿佛丽赛这大半辈子都没好好煮过像样的菜似的，除了……呃，除了快餐汉堡馅。“你在烤香蕉面包吗？”

“类似吧。蔓越莓面包。我得过去看看了。”

“你等一下会过来看看阿曼达吧？”

丽赛已经有点忍不住想尖叫，但她还是按捺住。她说：“对，今天下午就会去。”

“呃，那么……”她又流露出那种怀疑的口吻，仿佛在说：你要对天发誓。你不要挂电话，我们再聊个十五分钟吧，你要让我有信心点。“我应该会回家一趟。”

“这样就对了。拜，黛拉。”

“我打电话给坎塔塔，你真的不介意吗？”

不介意！你爱打给谁就打给谁！你爱打给布鲁斯·斯普林斯汀，还是打给国务卿，那是你家的事！别烦我就好！

“不会啊，怎么会呢？我觉得你做得很对。这样才能让她……”丽赛想了一下，“这样才能让她有参与感。”

“呃……好吧，那就再见了，丽赛。我们待会儿见喽。”

“拜，黛拉。”

喀嚓。

终于。

丽赛闭上眼睛，打开那个盒子，深深吸了一口柏木的香气。那一刹那，她想象自己又回到五岁那年，身上穿着一条黛拉穿过的短裤，还有那双磨得破破烂烂、旁边有褪色老鹰飞扑图案的牛仔靴。

接着，她看看盒子里面。不知道盒子里有什么东西，而那些东西又会把她引向何处。

2

放在最上面的是个锡箔小包包，大约六到八英寸长、四英寸宽、两英寸厚，上面围绕着两圈鼓鼓的形状。丽赛猜不透那是什么东西。她把那个小包包拿起来，突然闻到一股淡淡的薄荷味——奇怪，她是不是早就闻到了，那个盒子除了柏木香外，本来就也混杂着那股薄荷味?

那一刹那，她忽然想到那是什么味道了。于是，她把锡箔掀开一边，果然没错，就是那片硬得跟石头一样的结婚蛋糕。蛋糕里嵌着两个小塑料人偶，一个是穿着燕尾礼服、戴着高礼帽的小男孩，一个是穿着白色婚纱的小女孩。丽赛特别把这块蛋糕留下来，打算等到结婚周年纪念日那天和斯科特一起分享。很迷信，对不对？可是，如果真是迷信，她不是该把它摆在冷冻柜里吗？怎么会摆在这个盒子里呢?

丽赛用指甲剥下一小片糖霜放进嘴里，几乎已经完全没味道了，只剩下一股淡淡的甜味，还有一丝丝快要消失的薄荷味。他们是在缅因州立大学的纽曼教堂公证结婚的，她的姐姐全到齐了，甚至连那个“飞到南”的乔德莎·林肯也来了。德布夏老爹有个弟弟还在人世，他特地从沙巴特斯赶过来，客串女方家长。斯科特在匹兹堡大学和缅因州立大学有一票朋友，他们也都来了，而他的经纪人则充当伴郎。当然，现场没有兰登家的人，因为斯科特已经没有半个亲人了。

那片硬邦邦的蛋糕下面压着两张结婚请帖。当年结婚请帖是她和斯科特用手写的，一人负责一半。丽赛保存了两张，一张是帮斯科特留的，一张自己留着。请帖底下有一包纸板火柴。当初他们讨论过，请帖和火柴是不是都要用印的，因为尽管《空虚的恶魔》平装本还没上市，但这笔费用他们应该还负担得起。不过他们后来还是决定用手写，因为感觉比较亲切（也可以说比较搞怪）。她记得当时他们买了一盒五十包装的空白纸板火柴，然后用细字红圆珠笔自己动手写。此刻，她手上那包纸板火柴很可能是仅剩的最后一包了。她打量着那包火柴，心中百感交集，有一种探索往日记忆的好奇，还有一丝丝昔日爱恋的伤痛。

斯科特·兰登与丽赛·兰登
一九七九年十一月十九日
“两人世界”

丽赛忽然觉得眼中泛起泪光。“两人世界”，那是斯科特的点子，《小熊维尼》童话里的一段话。她很快就想到他说的是哪个片段了——“百亩森林”，小时候，她老是缠着乔德莎或阿曼达念那个故事给她听。当时她觉得“两人世界”这点子真是太棒太完美了，她甚至还吻了斯科特一下。此刻她忽然不忍心看火柴折页上的那句话，这是绚烂彩虹的尽头，现在只剩她自己一个人了，形单影只，多么悲哀。她把那包火柴塞进上衣胸前口袋，然后伸手抹掉脸颊上的泪水——她毕竟还是忍不住流下几滴眼泪，探索往日记忆是多么令人心酸。

我究竟怎么了？

要是有人能够回答这个问题，她愿意付给他一笔够买一辆宝马的钱。表面上，她的日子似乎过得还好！虽然她因为失去了他而哀痛，但日子还是照样过下去。她振作起精神，让日子继续过下去了。有首老歌叫《失去你，我一样能过得好》。

过去这两年似乎真的就像那首歌描写的一样。但她开始清理工作室时，斯科特的灵魂仿佛突然被她唤醒了。不过被唤醒的并不是那神怪世界里的幽灵，而是她脑中的记忆。她甚至很清楚，这一切是从什么时候，在哪里开始的。这一切从她动手清理的第一天傍晚就开始了，地点就是斯科特口中的“记忆角落”。墙上挂着琳琅满目的玻璃镜框，镜框里面是各大文学奖的奖状：国家图书奖，普利策小说奖，还有《空虚的恶魔》夺得的世界奇幻奖。

“我崩溃了。”丽赛喃喃说道，声音听起来很害怕。她用锡箔纸把那片硬邦邦的结婚蛋糕包回去。

好像找不到别的字眼可以形容，她真的崩溃了。其实，她脑中的往日记忆并没有那么清晰，只不过，她突然觉得口渴，才会唤醒那些记忆。她走向那该死的吧台，想弄杯水来喝，但她发现自己实在太愚蠢——太愚蠢了，因为，斯科特已经很久没有喝酒了。

有一段时间，斯科特一直和那团迷雾纠缠不清，并且一直喝酒，后来，他摆脱那团迷雾之后，还是一直喝酒。但尽管如此，他到最后还是把酒戒了——水龙头没有水，只听到一阵恼人的咕噜声，然后喷出一阵空气来。如果她再多等一下，水龙头应该会有水的，只不过她立刻转身走开，走到吧台间门口，外面就是“记忆角落”了。

天花板上的灯亮着，不过，因为电灯开关装了阻电器，亮度调低了，显得有点昏暗。灯光下，所有东西看起来都很正常——哈哈，一切都是老样子。说不定斯科特会突然从外面把门打开，走进来，把音响音量开到最大，然后坐下来开始写稿，仿佛从来不曾离开。此刻，她应该有什么感觉呢？悲伤？念旧？真的吗？你有那么高贵优雅吗？念旧？说她会念旧，那可真是天大的笑话，因为此刻，她感觉自己仿佛笼罩在一团极度的炽热与冰冷中，仿佛陷入冰火交缠。仿佛……

3

丽赛感觉自己仿佛笼罩在一团膨胀爆裂的怒火中——丽赛总是那么讲理，丽赛总是那么冷静（用银铲子打烂那个金毛小子的脸是唯一一次例外。那天她对自己的表现十分得意），当她那些姐姐都失去理智时，只有我们的小丽赛永远保持头脑清醒。但此刻，仿佛有股来自天神的震怒淹没了丽赛，控制了她的肉体。然而（她也搞不懂这是不是矛盾）这股怒火似乎让她的思绪变清楚了。一定是愤怒让她变清醒的，她终于明白了，两年是段很漫长的时间，不过她终于明白了。她终于看清一切了。她终于见到光明了。

就像俗话说的，斯科特终于“翘辫子”了。（你喜欢这句吗？）

斯科特终于“一命呜呼”了。（你喜欢这句吗？）

斯科特终于“去阴间吃三明治”去了。（这句最棒了，这是我从我们那个语汇之池里捞上来的呢。）

你的灵魂飞走之后，剩下来的是什么？斯科特遗弃了她，逃之夭夭。打个蛋在你鞋子里，这叫滚蛋。老兄，“午夜特快车”要开了，可以午夜狂奔了。他丢下这个爱着他的女人，一个有血有肉的女人，一个有七情六欲的女人，而她只剩下这栋……他妈的……空壳子。

她崩溃了，丽赛崩溃了。她快步冲进斯科特那间该死的“记忆角落”。她仿佛听到斯科特在说“静动”，小宝贝——静观其变伺机而动，准备上紧发条。后来，那个声音消失了，接着，丽赛开始动手了。她把墙上那些奖牌砸个稀烂，撕掉那些照片，把那些裱框的奖状拿起来摔。

斯科特因为《空虚的恶魔》那本书得了世界奇幻奖，她恨死了那本书。她把世界奇幻奖的奖座拿起来，猛力一甩，于是那座洛夫·克来夫特的胸像就这么飞得老远，飞到工作室另一头。她边甩嘴里还边嘶吼道：“操你，斯科特，操死你！”她已经很久没骂这么脏的脏话了。那天晚上，他用温室的玻璃割伤自己的手，然后要把自己的手当成“血秘宝”献给丽赛。自从那天晚上之后，丽赛就很少这样骂脏话。

当时丽赛很气他。不过，当时的气已经远远比不上此刻。这辈子她从来没有这么生气过。要是现在斯科特就在这里，丽赛可能会让他一次。此刻她已陷入疯狂暴怒的状态，把墙上那堆中看不中用的狗屁砸得一干二净（可恨的是，被她砸到地上的东西多半都没有破，因为地上铺着厚厚的地毯——不过说不定等一下她恢复理智之后，会觉得自己真是走了狗屎运）。

此刻她就像龙卷风一样横扫整间工作室，不停嘶吼着斯科特的名字，嘶吼着斯科特，斯科特，斯科特，边吼边哭。那是种悲伤的哭泣，失落的哭泣，愤怒的哭泣。她哭着叫斯科特给她一个交代，为什么要这样丢下她。她哭着要斯科特回到她身边。回到她身边。什么叫“一切都是老样子”？少了他，一切都走样了。丽赛好恨他。丽赛好想念他。她感觉自己整个人仿佛千疮百孔，仿佛有股奇冷无比的风穿透了她的身体，那风比从极地席卷而来的风更冰冷。

如果有一天，再也没有人呼唤你的名字，呼唤你回家，那这世界会变得多么空虚、多么冷漠无情。最后她看到“记忆角落”里摆着一台电脑屏幕，于是一把抓起那台屏幕，高高举到头上，这时她背后突然发出喀吱一声。那一刹那，她看着那面空荡荡的墙壁，感觉墙壁仿佛也在嘲笑她，这么一来她更是怒不可遏。她猛一转身，举起屏幕往墙上用力一砸，屏幕应声碎裂——那声音听起来很像电动玩具“玛莉欧赛车”——然后，整间工作室又陷入一片寂静。

不对，外头还传来阵阵蟋蟀鸣叫。

丽赛整个人瘫倒在满目疮痍的地毯上，虚弱无力地开始啜泣，感觉筋疲力尽。她真的把斯科特召唤回来了吗？她的怒气，她迟来的悲伤，是否真的把斯科特唤回到她生命中了？斯科特是否像水一样，沿着那条长长的空管子流过来了呢？她心想，答案恐怕是……

4

“没有。”丽赛低声嘀咕道。因为——这样说听起来似乎有点疯狂——斯科特似乎早在他过世之前就已经开始埋藏秘宝的线索了。举例来说，他居然会跟那位埃布尔尼斯医生联络，而那位医生正好又是他的头号书迷。还有，天知道他用什么办法弄到了阿曼达的病历资料，中午吃饭时还带去给那个医生看。此外，最令人惊奇的是医生后来跟她说的那句话：兰登先生说，要是我有机会跟你见面，一定要问问你，当年在纳什维尔，他是怎么捉弄那个护士的。

还有……老妈的柏木盒怎么会在谷仓里？怎么会放在那张德国运回来的床底下呢？他是什么时候拿去放在那里的呢？想也知道，一定是斯科特放的，因为丽赛很清楚绝对不是自己放的。

一九九六年？

（嘘）

一九九六年冬天，斯科特精神崩溃了，而她……

（丽赛，不能说！）

好吧……好吧，她不会把九六年冬天那件事说出来——暂时不说——不过她还是觉得应该要说出来。还有……

斯科特安排了一场寻宝游戏。可是为什么呢？目的是什么？难道是为了让丽赛人生的不同阶段突然交会在一起，让她面对这种不同时空的纠缠混乱？也许吧。有可能。那种感觉斯科特一定懂。想把恐怖的记忆都藏在帘幕后面，或者飘散着香甜味的柏木盒里的那种心情，他一定很能体会。

那是一个好的秘宝。

噢，斯科特，那有什么好呢？这一切痛苦悲伤有什么好呢？

你放心，那个秘宝很容易找的。

假如真是这样，那么说不定秘宝就藏在那个柏木盒里，就算不在里面，应该也很接近了。而且她有种预感，如果打开盒子，继续找下去，那她就再也回不了头了。

小宝贝，斯科特叹了口气……不过，那只是丽赛脑中的想象。根本不是什么鬼魂，只是她脑中的记忆。那只是斯科特的声音，她死去丈夫的声音。丽赛相信一定是这样，她知道一定是这样，她大可把盒子盖起来，把帘幕拉上，她大可让过去永远留在过去。

小宝贝。

斯科特永远都有话要说，就连死了以后，还是一样有话要说。

那声音听起来是那么寂寞，那么可怜。丽赛叹了口气，决定继续找下去。那一刹那，她仿佛变成了潘多拉，即将打开那个盒子。

5

当初他们的婚礼寒酸简陋，而且没有采取宗教仪式（不过还是有法律效力，非常有效力）。那天婚礼留下的东西，除了刚才的蛋糕、请帖和火柴之外，最后一样就是一张照片。那张照片是在婚宴上拍的。婚宴是在“滚石”酒吧里办的。那是克里夫磨坊镇上一家以邋遢出名的摇滚酒吧，也是最杂乱喧闹、最低级的酒吧。

照片上，她和斯科特正在舞池跳他们的第一支舞，她穿着白色蕾丝婚纱礼服，斯科特穿着一套简单的黑西装——他称之为“殡葬公司式西装”——那是他特别为了结婚买的（那年冬天《空虚的恶魔》出版后，为巡回宣传签售跑遍全国各地时，他穿的也是那套西装）。

照片的背景里有乔德莎和阿曼达，两人看起来都年轻漂亮得不可思议。她们头上都挽着发髻，两手举在身前，看得出是鼓掌的静止画面。她看着照片中的斯科特。斯科特正对着照片里的她微笑，手揽着她的腰。噢，老天，当年他的头发真是长得吓人，已经到了长发披肩的地步。丽赛几乎忘了他当年的模样。

丽赛用指尖轻抚着照片，逐一划过照片里的人。那是从前的他们，“斯科特和丽赛的最初！”时期的他们。她发现自己甚至还记得当年那个乐团的名字（那个乐团是从波士顿来的，名字听起来有点好笑，叫“摇摆约翰逊”），她甚至还记得当年他们唱的那首歌。那天他们在众亲友面前翩然起舞时，乐团演奏的那首曲子叫“回头太迟”。

“噢，斯科特。”她轻叹一声，一滴眼泪又沿着脸颊往下滑。她不自觉地抬手擦掉眼泪，厨房餐桌上遍洒灿烂的阳光，她把那张照片放在餐桌上，然后继续在盒子里翻掘。里头有一沓餐厅的菜单、餐巾纸、中西部饭店的纸板火柴，还有一张《空虚的恶魔》朗诵会的节目单，地点在印第安纳州立大学布鲁明顿校区。

她还记得自己保留节目单是因为它印错了。她告诉斯科特，有一天那张节目单会很值钱，可是斯科特却答说，小宝贝，等下辈子吧。节目单上印的日期是一九八〇年三月十九日……对了，那天他们明明去了“鹿角旅店”，怎么盒子里没有那家小旅馆的纪念品呢？那天她忘了拿吗？那些日子，不管到什么地方，她一定会带走一点什么东西。那是她的一种嗜好，而且她发誓——

她把那张节目单拿起来，立刻看到底下有本暗紫色菜单，上面用烫金字印着**“鹿角旅店”**和**“新罕布什尔州罗马市”**的字样。这时她仿佛听到斯科特凑在她耳边说：到了罗马，就要像个罗马人的样子。那天晚上在旅馆餐厅（整间餐厅里空荡荡的，除了他们两个和一个女服务生外，看不到半个人影），他们各点了一份“主厨特餐”，这句话就是斯科特当时跟她说的，那天夜里斯科特压在她赤身裸体的身上时又说了一次。

“当时我跟餐厅的人说，我要付钱买这份菜单。”她把菜单拿起来，自言自语嘀咕道。空荡荡的厨房里阳光灿烂。“那个人说，如果我想要，那就拿走吧，反正餐厅里也只有我们这两个客人，可以送给我们作为这场暴风雪的纪念品。”

那场怪异的十月暴风雪。他们本来预计只住一晚，没想到却被困在那里待了两晚。一道冷锋带来了那场暴风雪。第二天晚上，斯科特早就睡熟了，可是她却一直到三更半夜都睡不着觉。冷锋已经走了，雪已经停了，她仿佛听得到雪正逐渐融化，从屋檐上滴下来。她躺在那张陌生的床上（那是他们第一次到外地，也是他们第一次睡在陌生的床上。后来像这种陌生的床铺，她和斯科特不知又睡过多少次），脑中想到的是安德鲁·**热火**·兰登，想到保罗·兰登，想到斯科特·兰登——整个兰登家当时还在人世的，只剩下斯科特一人了。她想到秘宝，好秘宝和血秘宝。

她想到那团紫色，她也想到了这个。

过了一会儿，天上的云不知何时散开了，月光从云间遍洒而下，照进房间里，而窗外依旧风声呼号。看着明亮的月光，她终于不知不觉睡着了。第二天是星期天，他们开车在乡间田野上奔驰。前一天还风雪交加，有如寒冬，这天忽然又恢复秋高气爽的好天气了。一个月后他们结婚了。婚宴上“摇摆约翰逊”演奏着那首“回头太迟”。

她翻开那本印着烫金字的菜单，想重温旧梦，看看很久很久以前那天晚上吃的“主厨特餐”的字样。她一翻开菜单，里头就掉出一张照片。丽赛马上想到那是什么照片。那是斯科特请旅馆老板帮他们拍的，用的是斯科特那台小尼康相机。那个老板很热心，翻箱倒柜找出两双雪靴（他说，他本来还有越野滑雪板和雪车，可惜都放在北康威镇），坚持要斯科特和丽赛到饭店后面的步道上去散散步。丽赛还记得，当时老板告诉他们，下雪时，森林里会散发出一种魔力，而且你们两个可以独享这一切——整条步道上没有人滑雪，也没有横冲直撞的雪车，这可是千载难逢的好机会。

他甚至还免费帮他们准备了午餐，外加一瓶红酒。于是，他们穿上了雪裤和毛皮外套，戴上耳套。那些都是那位和蔼可亲的老板娘帮他们找出来的（丽赛那件毛皮外套似乎太大了，下摆长及膝盖，看起来有点滑稽）。接着，他们站到旅馆门口，让老板替他们拍下那张照片。画面背景是一家乡下民宿旅馆，两个人穿着雪靴，咧嘴笑得很开心，一副呆样，整幅画面看起来简直就像好莱坞灾难电影的特效画面。斯科特身上背的那个袋子也是借来的，里头装着他们的午餐和那瓶红酒。斯科特和丽赛即将前往那棵“嗯嗯树”，尽管当时他们自己也还不知道，他们即将踏上那条“记忆的长巷”。只不过对斯科特·兰登来说，所谓“记忆的长巷”，其实是一条“诡异的甬道”，所以难怪他很不喜欢回到那里。

丽赛用指尖轻抚着那张照片，一如刚刚轻抚着那张婚礼照片一样，心想，在我们结婚前，你一定已经知道，不管你愿不愿意，总有一天你一定免不了要回到记忆里去，至少要回去一次。你一定有什么事情要告诉我，对不对？你坚持不肯生小孩，毫无妥协余地，一定有很充分的理由，对不对？你一定一直在找个适当的地点，而且找了好几个星期。后来，当你看到那棵柳树，看到它的枝叶被雪压得垂弯到地面，仿佛围成一个与外界隔绝的洞穴，那一瞬间你立刻明白你找到地方了，而且你也已经憋不住，没办法再拖下去了。当时你说你坚持不肯生小孩，心里一定很害怕，怕我听了之后会不愿嫁给你，对不对？我很好奇，当时你心里到底有多紧张？有多害怕？

丽赛仔细一想，当时他确实很紧张。她还记得斯科特在车上不发一语。难道当时她都没察觉到斯科特有心事吗？有，她确实察觉到了，因为斯科特平常话很多的。

“可是当时你应该已经很清楚我是什么样的人了，不是吗……”她自言自语说了一句，讲到一半又忽然停住。自言自语的最大好处就是，话不一定非说完不可。可是，一九七九年十月那天，他们已经在一起一段时间了，斯科特应该已经对她够了解了，知道她对生小孩这种事很固执。才怪。那天，他打破了帕克花房温室的玻璃，割伤自己的手，而丽赛竟然没叫他滚蛋，当时他应该就已经猜到了，这个女人一定打算跟定他了。可是斯科特真的会紧张吗？怕揭露那些往日的记忆，怕挑动旧日那些敏感的神经？斯科特感觉得到，他应该不只是紧张。丽赛感觉得到，他怕死了。

当时，他像平常一样握住丽赛的手，一手指着那棵柳树说："丽赛，我们到那里吃吧——到那底下吃吧。"

6

丽赛已经迫不及待立刻说好，不管他要怎么样都好。第一个原因是，她实在快饿死了。另一个原因是，她的腿已经快痛死了——特别是小腿。她很不习惯穿着雪靴走动：要抬脚，要扭动脚踝，还要抖一抖……抬脚，扭动脚踝，抖一抖。不过最主要的原因是，她不想再看到眼前大雪纷飞没完没了的景象。

那个旅馆老板说得没错，沿途景观确实很迷人，四周万籁俱寂，仿佛天地之间陷入一片无边的宁静，只听得到靴子踩在雪地上的沙沙声，只听得到自己的呼吸声，还有远处隐约传来的啄木鸟啄击树木的声音。她大概这辈子都忘不了那样的宁静。然而大片雪花飘个不停，已经快把她逼疯了。大片雪花下得又急又快，眼前只见大雪纷飞，害得她视线纷乱无法集中，感觉分不清东西南北，有点头昏眼花。那棵柳树伫立在树林边缘的空地上，细细的枝叶依然青翠，上面覆盖着厚厚的白雪，垂得好低好低。

丽赛心里纳闷，柳树的叶子属于"蕨叶"吗？等一下吃饭时再问他好了。斯科特一定知道。不过后来她一直没问，因为斯科特有别的话要说。

斯科特慢慢走近那棵柳树，丽赛跟在他后面。丽赛抬起脚，扭扭脚踝，把靴子从雪堆里拔出来，然后踏在斯科特的鞋印上。一走到那棵树旁边，斯科特立刻伸手拨开那片布幕般白茫茫的东西——那应该是覆盖着雪的树枝树叶——探头进去。斯科特穿着牛仔裤，屁股翘得高高的，正好对着她。

"丽赛！"他说，"这里面棒透了！你等一下他妈——"

她抬起脚上的雪靴，往斯科特屁股的牛仔裤上一踹，那一刹那斯科特整个人立刻掉进那片白雪覆盖的叶幕里（斯科特吓了一跳，嘴里好像还咒骂了一声）。很好玩，真的很好玩，丽赛咯咯笑起来。大雪纷飞，她整个人几乎快被雪包住了，连睫毛都开始变得沉重起来。

"丽赛？"他的声音从那团形状有如雨伞的柳叶幕里传出。

"怎么了？"

"你看得见我吗？"

"看不见。"她说。

"你靠近一点。"

她知道斯科特想干什么，但还是乖乖踏着他的鞋印往前跨了一步。她一走到那片白茫茫的叶幕前面，斯科特的手猛然从里面伸出来，一把抓住她的手腕，那一刹那，她还是吓了一跳，而且笑着尖叫了一声。事实上，她不只是吓到了，她甚至有点害怕。斯科特用力把她拉进去，白茫茫的冰雪从她脸上划过，那短短的一刹那，她忽然什么都看不见，眼前一片漆黑。毛皮外套的兜帽被那层枝叶勾住，从头上滑掉，冰雪从她脖子上划过，从她温热的皮肤上划过，她突然感觉一阵冰冷。她的耳罩也被扯歪了。接着，她听到闷闷的轰一声，一大团积雪从树上掉下来，掉在她后面的地上。

"斯科特！"她倒抽了一口凉气，"斯科特，你吓到——"说到一半，她忽然没声音了。

她看到斯科特跪在面前，头上的外套兜帽也扯掉了，露出一头乌黑的披肩长发，几乎快跟她的一样长了。斯科特把耳罩拿掉了，像耳机一样挂在脖子上。那个袋子摆在他旁边，靠在树干上。他面带微笑的凝视着丽赛，那副模样仿佛在等丽赛开口问他。而丽赛也真的问了，而且问的是非比寻常的问题。她心想，在这种情况下，谁都会问的。

那种感觉有点像是小时候得到阿曼达的恩准，进入她的私人小天地，看她的姐姐和几个朋友玩过家家，扮女海盗——

不过，这样说不太对。这里的感觉好多了，因为没有那种老木头的腐朽气味，没有旧杂志的潮湿气味，也没有陈年老鼠屎的霉味。那种感觉仿佛斯科特带她进入一个截然不同的世界，把丽赛拉进他的秘密小天地，一个白色拱顶的小小殿堂，一个完全属于他们的世界。这个柳树下的圆形小天地直径大约二十英尺，中央是树干。树干四周绿草如茵，那种灿烂的翠绿色泽依然充满盛夏的气息。

"噢，斯科特。"她轻轻惊叹一声，嘴里已不再冒出雾气。她忽然发觉，里头好温暖。雪花聚积在垂弯的枝叶上，把整个树荫底下密封起来，与外界完全隔绝。丽赛拉开外套拉链。

"怎么样，这地方很棒吧？你听听看，好安静。"

说完，他忽然陷入沉默，而丽赛也没再说话。起初她感觉四周静悄悄的，好像半点声音也没有了，不过仔细一听，还是有点声音。有种声音。她听得到一种缓慢的震动声，似乎隔着一层衣服，听起来闷闷的。那是她的心跳声。斯科特伸出手拿掉她的手套，然后拉起她的手在她的两只掌心分别深深吻了一下。有好一会儿，两个人都没说话。后来是丽赛打破沉默，她的胃咕噜了一声。斯科特大笑起来，往后一仰靠在树干上，伸手指指丽赛。

"我也饿了，"他说，"丽赛，我本来很想把你的雪裤脱掉，然后跟你爱一下——这里头还满暖和的——不过，刚才走得太累了，我也饿了。"

"等一下吧。"她说。其实她心里有数，等一下她一定会吃到撑，哪还有力气再爱一下呢？不过吃到撑又有什么关系呢。要是雪再继续下，他们铁定得在"鹿角旅店"再窝一晚。不过，她倒是无所谓。

她打开那个袋子，把午餐拿出来。里面有两份厚厚的鸡肉三明治（加了很多美乃滋）、生菜色拉，还有两片很厚很重的东西。丽赛刚开始看不出来那是什么，后来仔细一看才知道是葡萄派。她用纸盘递给他时，他说了声："嗯，好吃。"

她说："当然了，因为我们正在'嗯嗯树'下。"

他笑了起来。"在'嗯嗯树'下，嗯，这个不错，我喜欢。"接着，他忽然不笑了，神情严肃的看着丽赛。"这地方很棒，对不对？"

"是啊，斯科特。是很棒。"

这时斯科特凑向丽赛，丽赛也凑向斯科特，两人隔着底下的色拉吻了一下。"我爱你，小丽赛。"

"我也爱你。"那一刹那，在那神秘的绿色小天地里，远离外面的世界，她感觉自己从来不曾像此刻这么爱斯科特，就在那一刻。

7

斯科特一向很容易肚子饿，可是今天却很反常，三明治只吃了一半，生菜色拉只吃了几口，而葡萄派则根本连碰都没碰，不过，那瓶葡萄酒他一个人就喝掉了半瓶多。丽赛胃口比较好，却也没有自己想象中吃得那么起劲。她隐隐感到一丝不安，仿佛有条虫在她心头咬噬。她不知道斯科特心里在想什么，不过她知道那一定很难启齿，而且说不定是丽赛很难接受的。最令丽赛感到不安的是，她根本猜不透那究竟会是什么事。难道，在他的故乡，那个宾州西部的乡下小镇，他曾经犯过什么法吗？难不成他和别的女人生过小孩？说不定他十几岁时就结过婚，结果撑不了多久就离婚了，或者两个月后才发觉婚姻无效。会不会是这样呢？或者，会是因为保罗吗？因为他哥哥的过世？无论什么原因，她马上就会知道了。要是老妈在这里，她一定会说，打雷之后，接着就是要下雨了。斯科特愣愣地看着那块葡萄派，似乎想咬一口，但最后掏出烟来。

她记得曾经听斯科特说过"烂家庭"这类的字眼，所以她心想，一定是秘宝。他带我到这里来，就是为了告诉我秘宝的事。一想到这个，她发觉自己真的很害怕。

斯科特说："丽赛，有些事情我必须跟你解释一下。如果你因此后悔了，不想嫁给我——"

"斯科特，你还是别说吧，我不知道——"

斯科特对她笑了笑，表情看起来很疲倦，而且很害怕。"我知道你一定不想听，其实，我也不想讲。可是就像去看医生一样，那一针早晚都要打的……不对，这样的比喻并不恰当，事实上更糟，应该说像切除肿瘤，或是割开脓疮。不过无论如何，该说的还是得说。"他那双炯炯有神的褐色眼睛凝视着丽赛。"丽赛，如果我们结婚，我们不能生孩子。绝对不能。我不知道你目前是不是很渴望生小孩，当然，我知道你来自一个大家庭，所以有一天，如果我们有栋大房子，说不定你会希望看到一堆孩子在屋里跑来跑去，那也是人之常情。可是你必须明白，如果你要跟我在一起，那就永远不会有那一天。所以我不希望看到，五年后、十年后，甚至更久以后，有天你突然大吵大闹，说：'当初结婚时，你从来没告诉我有这个附带条件'，我不希望面对这种场面。"

斯科特深深吸了口烟，一缕青烟从鼻孔喷出来，盘旋而上。然后他又转过头来看着丽赛。斯科特的脸色好苍白，眼睛瞪得好大，她心想，闪闪发亮，看起来好像宝石，好迷人。她突然觉得斯科特并不是英俊（其实他并不英俊，不过在某种光线下，他看起来还是蛮吸引人的），而是漂亮。那种漂亮是女人的漂亮。这是她第一次有这种感觉，也是唯一的一次。丽赛被斯科特迷住了，但不知为什么，丽赛又觉得很害怕。

"丽赛，我实在太爱你了，不忍心骗你。我全心全意爱你。我不知道这样的爱有时会不会让女人感觉是种负担，但我必须告诉你，我给你的爱就是我全部的爱。我想，我们应该会很有钱，可是这辈子在感情上，我几乎是个穷光蛋。我很快就会有钱了，可是，在其他方面，我能给你的实在很有限，正因如此，我更不想欺骗你，免得玷污了我对你的感情，甚至伤害了我对你的感情。我绝对不愿欺骗你，也不愿对你有任何隐瞒。"说着，他叹了口气——很长很长的一口气，声音还有点颤抖——手指夹着香烟，手腕抵着额头，仿佛他的头很痛。接着他把手放下，又抬头看着丽赛。“丽赛，不能生小孩，我们绝对不能生小孩，我不能。”

“斯科特，你是不是……是不是医生说……”

他摇摇头。“不是身体的问题。小宝贝，你听我说，是这里的问题，”说着，他敲敲自己的眉心，“兰登家的人精神都不太正常，而且这可不是爱伦·坡鬼故事的情节，也不是维多利亚时代奇情小说的情节。这是千真万确的，是种很危险的家族遗传。”

“斯科特，你没有疯——”她嘴里说着，心里却想到那天晚上。那晚斯科特从那团阴影中走出来，朝她伸出那只割得血肉模糊的手，讲话的语气却充满兴奋，仿佛松了口气。当时他那样子真的很疯狂。丽赛还记得当时她用自己的上衣把他血肉模糊的手包起来，那时候她心里的感觉是：也许斯科特很爱她，可是他的爱却有一半献给了死神。

“我有，”斯科特轻声说道，“我真的是个疯子。我有很严重的幻觉，总会看到一些奇奇怪怪的东西。所以我把看到的东西写下来，就是这么回事。我把自己的幻觉写下来，然后大家花钱买回去看。”

听到这种话，丽赛吓了一大跳，愣了好一会儿（也许吓到她的是记忆。她拼命想忘掉斯科特那只血淋淋的手）。他说他的写作技术——每次他演讲时，从来不说自己的写作是种艺术，而说是种技术——都是来自他的幻觉。这真是太疯狂了。

“斯科特，”她终于开口说，“写作是你的工作。”

他说：“你以为你了解我的工作，可是你不懂我的过去。那是你的福气，小丽赛，但愿你永远都这么有福气。我并不打算把整个兰登家族的历史交代得一清二楚，因为我自己也只知道一点点。我研究过自己家族的历史，可是我只追溯三代就追不下去了，因为实在太血腥了。小时候我已经看够了那些血淋淋的东西，看够了满墙的血迹——有些甚至是我自己的血——我真的受够了。此外，我爸爸还告诉我许多事情。小时候，我爸爸说兰登家的人有两种类型：一种会‘失魂’，一种会‘中邪’。‘中邪’的人还算是幸运的，因为他们可以用刀割自己，把那东西释放出来。要是你不想一辈子被关在杜鹃窝，或是被抓进苦窑里蹲，那么你就非得乖乖拿刀子割自己不可。他说那是唯一的办法。”

“斯科特，你刚刚说的是自残吗？”

他耸耸肩，一副搞不清楚的样子。丽赛一肚子疑惑。她当然看过斯科特裸露的身体，看过他身上有疤痕，但奇怪的是，疤痕很少。

“那是血秘宝吗？”她问。

这次斯科特的语气比较肯定。“是啊，是血秘宝。”

“那天晚上，你用温室玻璃割破自己的手，就是为了把‘邪’释放出来吗？”

“大概吧。从某个角度来看，没错。”说着，斯科特把香烟按进草地里，动作持续了很久，始终没有抬起头来看她。“说起来很复杂。不过千万别忘了，那天晚上的感觉实在太难受了。我体内已经积压了太多——”

“我实在不应该——”

“你先听我说，”他说，“先让我说完。这些话我只能说一次，以后就再也说不出口了。”

她立刻安静下来。

“那天晚上我喝醉了，感觉很不舒服，而且我已经很久很久没有把它——把它释放出来了。因为我已经不再需要那么做了。丽赛，这都要感谢你。”

丽赛有个姐姐也有同样的问题，她姐姐二十出头时也曾自残过一次，差点就没命了。还好，对阿曼达来说，那已经是过去的事了——谢天谢地。不过她身上倒是留下了疤痕，而且绝大多数在手臂和大腿内侧。“斯科特，既然从前你曾经拿刀子割自己，那么，为什么没有疤痕——”

他好像没有听到她在问他。“后来，去年春天，我忽然又听到他在跟我说话了。我已经很久很久没听到他的声音了。真他妈的，要不是他忽然又开始跟我说话，我的日子一定可以过得好好的。我听到他又开始对我说‘速克达，那东西一直在你体内，像臭婊子一样在你血管里流着。对不对？感觉到没有？’”

“是谁，斯科特？是谁在跟你说话？”其实，丽赛心里明白，那个人不是保罗就是他爸爸。应该不是保罗。

“是我爸爸。他说：‘速克达，如果你不想变成恐怖的恶魔，最好把邪灵释放出来。而且最好马上动手，别再他妈的拖下去了。’所以，我就动手了。我只释放了一点点……一点点……”为了让她更能够想象那种场面，斯科特一边说一边比了个拿刀子割的手势——在脸颊上割一下，在手臂上割一下。“后来，那天晚上，你生我的气……”说到这里，他耸耸肩，“所以，那天晚上，我就把当年还残留在体内的邪全部释放出来了。于是，结束了，一切都解决了。结束了，以后再也没有邪了。从此以后，我们就可以过着幸福快乐的日子了。我们会很幸福的。对了，告诉你一件事，如果我发觉自己开始想伤害你的时候，那么在我动手之前，我会先让自己全身的血液流干，就像屠宰场里的猪一样，我永远永远不会容许自己伤害你。”这时他露出轻蔑的表情。丽赛过去从没看过他流露出这种表情。“我永远不会和他一样。我永远不会和我爸爸一样。”接着，他似乎很想吐口水。“操他妈的‘热火’先生。”

丽赛没说话，她不敢说话，其实她根本不知道自己是不是说得出话来。这几个月来，这是她第一次感到纳闷，为什么斯科特割自己的手，伤得那么严重，却只留下一点点疤痕？这原本根本不可能。她心想：他的手不光是割伤而已，而是根本割得血肉模糊。

这时候，斯科特又点了根烟。他的手还在发抖，不过抖得并不厉害。“我要告诉你一个故事。”他说。“而且只有一个故事。这个故事足以道尽某个男人的童年。其实，说故事不就是我的本行吗？”他凝视着袅袅上升的烟雾。“这是我从那池子里捞上来的，我应该告诉过你那池子的事吧？”

“没错，斯科特，你是告诉过我。我们都会到那个池子里喝水。”

“对，那个谜池、那个语汇之池，我们还会在那个池子里撒网捞东西。那个池子很神秘、很诡异，比我们肉眼看到的要大得多，而且深不可测，而且，池子的形态会改变，特别是天黑之后。有时候有些非常勇敢的渔夫还会驾船出去，把船开到池子里最神秘的地方，那里有最大的鱼。什么样的渔夫呢？比如说，像是简·奥斯丁，或是陀思妥耶夫斯基，或是福克纳。”

丽赛没有答腔。斯科特伸出一只手搭在她脖子旁边摩挲着。过了一会儿，斯科特的手悄悄从她大衣的领口伸进去，按住她的胸部。丽赛很清楚，他的动作并非基于性冲动，而是为了寻求慰藉。

“好啦，”斯科特说，“说故事的时间到了。小丽赛，把眼睛闭起来。”

她乖乖闭上眼睛。接下来，有好一会儿，她感觉“嗯嗯树”下陷入一片漆黑，四周一片死寂。不过她并不觉得害怕，因为她闻得到斯科特身上的气味，感觉到他的身躯就在旁边，感觉得到斯科特的手搭在她的锁骨上。其实以这种姿势可以轻易地掐死她，不过用不着斯科特说，丽赛知道他永远不会伤害她，至少，不会伤害她的肉体。这点丽赛心里非常清楚。没错，斯科特会令她感到痛苦，可是那多半是他那张嘴造成的，他那张永远停不下来的嘴。

再过不到一个月，她就要嫁给眼前这个男人了。斯科特说：“好啦，这个故事分成四段，第一段叫‘长板凳上的速克达’。”

“很久很久以前，有个小男孩，他瘦得皮包骨，成天提心吊胆，有如惊弓之鸟。他叫斯科特。有时候，他爸爸会‘中邪’，拿刀子自残，想把体内的‘邪’逼出来。可是有时候，就连自残都没办法把‘邪’逼出来。每当这时候，爸爸就会叫这个小男孩速克达。后来有一天——可怕疯狂的一天——小男孩站在一个很高的地方，看着底下那一大片平滑的木板地面。他看到哥哥的血沿着两片木板的缝隙一直流……”

8

——跳下去！爸爸朝小男孩大吼。——这已经不是第一次了——跳下去！你这小王八蛋，狗娘养的孬种，马上给我跳下去！

——可是爸爸，我好怕！太高了！

——谁说太高？我才不管你怕不怕，反正他妈的给我跳就对了，否则你下场会很悲惨，而且你的好兄弟会更悲惨！好了，马上给我跳下来，像跳降落伞一样跳到旁边，会不会！

说到这里，爸爸忽然停了一下，转头看看四周，眼珠子骨碌碌地转。每次他中邪的时候，眼珠子就会这样左右转来转去，简直就像时钟的摆锤一样。接着，他又转过来盯着他那三岁的小儿子。那是一座破破烂烂的老农舍，整座农场上到处都是一堆堆冒着烟的残渣。小儿子就站在前门玄关那条长板凳上，浑身发抖。粉红色的墙壁上有无数的树叶图案，他背靠着墙壁，站在那里浑身发抖。在这种偏僻的乡下地方，附近的人都是自扫门前雪，不管别人闲事。

——速克达，你可以大喊一声*杰洛尼莫*。听说那些伞兵从飞机上跳下来时都会大喊一声他的名字。听说那样可以壮胆。

斯科特真的大喊了一声。只要能够壮胆，干什么他都愿意。他大喊了一声：*杰洛米诺*！——他好像喊得不太对，而且好像没什么用，因为他还是不敢跳。他还是站在板凳上没动，底下光滑的木板地面看起来还是那么高。

——哎呀，老天，你这个狗娘养的孬种。

这时爸爸把保罗拖上前。当时保罗六岁，快七岁了。保罗个子很高，一头深色的金发。只不过他前面和两边的头发已经太长，该去剪个头发了。他实在该去一趟马腾斯堡镇找理发厅的包莫先生报到了。包莫先生店里的墙上挂着一个鹿头，窗玻璃上有个已经褪色的美国国旗图案，上面写着“营业中”。不过斯科特心里明白，可能还要再等上很长一段时间，他们才会再到马腾斯堡镇去，因为爸爸中邪时，他们不可能到镇上去。而且爸爸甚至有一段时间不会去工作，因为现在他休假，不用到“美国石鬼公司”去上班。

保罗有双蓝眼睛。在这世上，斯科特最爱的人就是保罗。他爱保罗远超过爱自己。今天早上保罗两条手臂鲜血淋漓，上面全是十字形的割痕。现在爸爸又去拿他的折叠小刀了。那把可恨的小刀不知道已经沾了他们兄弟俩多少血。爸爸把刀举起来，刀在早晨的阳光下闪闪发亮。他走下楼梯，边走边喊他们的名字。他嘴里吼着——秘宝！秘宝！你们两个给我过来！如果秘宝是在保罗身上，他就会拿刀子割斯科特，反之，如果秘宝是在斯科特身上，他就会割保罗。即使在中邪时，爸爸还是很懂什么叫爱。

——你这小孬种，你究竟是要乖乖跳下去，还是要我再割他一次？

——爸！不要！斯科特尖叫起来。——求求你不要再割他了，我跳！我跳！

——那你就赶快跳！爸爸突然撅起上唇，露出龇牙咧嘴的表情，眼珠子骨碌碌不停转动，一直转一直转，仿佛斜眼瞄着四周，看看角落里有没有人。看他那个样子，说不定他是真的在找人，因为有时候他们会听到他好像在跟个看不见的人讲话。斯科特和他哥哥帮那些人取了些绰号，有时候称之为“邪人”，有时候称之为“血秘宝人”。

——速克达，跳吧！速克达，你不是最棒的吗？马上给我跳下来！大叫一声杰洛尼莫，然后像跳伞一样跳下来，跳到旁边！我们家不可能生出孬种的！马上给我跳下来！

杰洛米诺！他大吼了一声，颤抖着双腿猛然动了一下，但结果还是鼓不起勇气跳下去。你这个臭孬种，人孬腿也孬。爸爸不再给他第二次机会了。爸爸拿起刀子往保罗手臂上一割，割得好深，血立刻喷出来往下流，有些流到保罗的短裤上，有些流到运动鞋上，不过大部分都流到地上。保罗痛得整张脸都扭曲了，却强忍着没叫出声。他用恳求的眼神看着斯科特，仿佛在祈求斯科特救他，但他没有开口。他永远不会开口求饶。

在美国石膏公司里（两个孩子都说成“美国石鬼”，因为他们的爸爸都这样叫），同事都叫他安德鲁·“热火”·兰登，或是热火先生。这时他的脸凑近保罗的肩膀，满头凌乱的白发翘得乱七八糟，仿佛他平常在公司操作的电力都流到他身上了。他龇牙咧嘴，露出满嘴歪七扭八的牙齿，那狰狞的笑容看起来好像万圣节的南瓜鬼头。他两眼空洞茫然，因为他已经不是爸爸了，只是一具行尸走肉。他整个人已经被“邪”缠住了，已经不再是个人，不再是他们的爸爸，只是个长了眼睛的“血秘宝”。

——你继续站在那里没关系，这次我要割掉他的耳朵。那个头发翘得像触电的“东西”说。那东西侵占了爸爸的身体，那东西的脸看起来和爸爸一模一样。——你继续站在那里没关系，如果你还是不跳，再下一次我就他妈的割断他的喉咙。速克达，速克达，速克达你实在太棒了。你不是口口声声说你爱他吗？我看你是爱他爱得不够深，所以才不肯跳，不肯阻止我再继续拿刀子割他，对不对？那张狗娘养的板凳还不到三英尺高，跳下来，一切就结束了，我就不会再割他了！偏偏你就是不肯。保罗，你自己看看，有这种弟弟你觉得怎么样？这种臭孬种弟弟，你有什么话要跟他说吗？

保罗还是闷不吭声。他看着他弟弟，那双湛蓝的眼睛看着弟弟淡褐色的眼睛。他的眼神仿佛在告诉斯科特：尽力就好，一切顺其自然吧。看到他的眼神，斯科特心都碎了，于是，他终于不顾一切从板凳上跳下去（他深信只要往下一跳，他就死定了）。他之所以往下跳，并不是被爸爸逼的，而是因为看到了哥哥的眼神。哥哥的眼神告诉他，要是他真的太害怕，那就不要跳，没关系。

保罗·兰登的眼神告诉他，不要动，就算爸爸杀了我，你也不要跳。

他的脚一碰触到地面上那摊血，整个人立刻跪倒下去，开始大哭起来，因为他吓到了，他没想到自己居然没死。这时候爸爸突然抱住他，用那两只强壮有力的手臂把他举起来。奇怪的是，爸爸非但没有露出生气的样子，反而满脸慈爱。爸爸先亲亲他的脸颊，然后在他嘴角深深吻了一下。

——我就说嘛，速克达，我的速克达，我说得没错，对不对？我就知道你一定办得到。

接着爸爸说，这样够了，寻找血秘宝的游戏结束了。爸爸还说斯科特可以去照顾哥哥了；爸爸说他很勇敢，勇敢的小兔崽子；爸爸说他爱斯科特。那仿佛是个光荣时刻，那一刹那，斯科特忽然忘了地上那摊血有多可怕。他也爱爸爸，爱那个疯狂的爸爸，爱那个变成血秘宝的爸爸，因为这次爸爸终于停手了，不再拿刀割保罗了。尽管如此，尽管他才三岁，他心里却很明白，一定还会有下一次。

9

说到这里，斯科特就停住了。他转头看看四周，忽然看到那瓶红酒。他连杯子都懒得用，抓起酒瓶直接就往嘴里灌。“从板凳上跳下来，其实也真的没什么大不了，”他耸耸肩说，“只不过对个三岁小孩来说，那可不是好玩的。”

“老天，斯科特，”丽赛说，“他常干这种事吗？发生过多少次？”

“很多次，我记不清有多少次。不过站在长板凳上那次我却永远忘不了。就像我刚才说的，那一次很具代表性。差不多是这样。”

“它……他是不是喝醉了？”

“没有，他几乎从来不喝酒。好了，丽赛，我要开始讲第二段故事了，你要听吗？”

“如果还是和第一段一样，我还真不知道自己敢不敢听。”

“不用担心。第二段叫‘保罗和好秘宝’。不对，这样说不对，应该说是‘保罗和最好的秘宝’。我老爸逼我从板凳上跳下来后，过了几天，公司打电话叫他回去上班。一等到爸爸的小货车开得老远到看不见了，保罗立刻对我说他要去‘牡蛎’，叫我乖乖待在家里等他。”说到这里，他忽然停住了，笑着摇摇头，好像忽然意识到自己说了什么傻话。“我说错了，应该是叫‘穆利’才对。对了，我记得好像告诉过你，就在我们认识之前不久，有一次我又跑回马腾斯堡镇，因为银行要拍卖我们家的房子。我好像告诉过你，你还记得吗？”

“没有，斯科特，你没告诉过我。”

他的表情看起来有点困惑——更令人害怕的是，有那么片刻，他的表情很茫然。“没有吗？”

“没有。”可惜现在时机不对，要不然她很想告诉斯科特，他几乎从来没跟她说过他小时候的事——

几乎从来没有？事实上，他根本从来没说过。今天在这棵“嗯嗯树”下，这是斯科特第一次告诉她童年往事。

“呃……”他又继续说（语气中有点不确定），“我收到一封信，是从前我爸爸开户的银行寄来的——宾州第一农民银行……很好笑吧？难不成哪里还有第二农民银行吗……他们说，很多年过去了，房子已经拍卖掉了，我可以分到一部分款项。我心想，妈的不拿白不拿，于是我就回去了。已经七年了，那是七年来我第一次回去。打从十六岁那年我从马腾斯堡镇高中毕业之后，我就再也没回去过。当年我考了不知多少次试，最后还荣获教皇特许状，这些事我一定告诉过你。”

“没有，斯科特。你没告诉过我。”

他笑得有点不自在。“呃……我真的拿到了教皇特许状。去啊，你们这群乌鸦，去啄呀，去打呀。”他学乌鸦叫了一声，但还是笑得有点不自在。接着，他咕噜喝了一大口红酒，酒瓶已经差不多空了。“房子最后好像是以七万块钱卖掉的，应该没错。我分到了三千两百块。怎么样，还不错吧？好啦，回归故事正题，拍卖会开始前，我在马腾斯堡镇上晃了一圈，结果发现那家店还在。那家店就在往我们家的那条路上，离我们家距离大约一英里路。不过小时候要是有人对我说一英里路没什么大不了的，我一定会骂他满嘴屁话。整家店空荡荡的，用木板围了起来。店门口挂了个‘吉屋出售’的牌子，只不过上面的字迹已经褪色到快看不见了。屋顶那个牌子状况比较好，上面写着‘穆勒百货商店’。不过你知道吗，我们一直都把那家店叫做‘牡蛎’，因为爸爸一直那样叫。比如说，他会把‘美国钢铁公司’说成‘美国偷窃公司’……还有，他会把‘匹兹堡汉堡’说成‘匹兹堡大便’……还有……噢，妈的，丽赛，我在哭吗？”

“对，你哭了，斯科特。”她突然觉得自己的声音听起来好遥远。

他从放午餐的包里掏出一张餐巾纸，擦擦眼睛，然后把餐巾纸放在地上。这时他又露出了笑容。“保罗告诉我，他要到‘牡蛎’去，叫我乖乖在家等他。于是我真的就乖乖在家等他。我一直都很听他的话，你知道吗？”

她点点头。当你面对你所爱的人，你会表现得很好。当你面对你所爱的人，你会希望对他们好一点，因为你心里明白，无论你跟他们相聚的时间有多长，最后你都会感觉，那相聚的时刻是那么短暂。

“好了，不提那些了，继续说故事吧。他回来时手上提着两瓶皇冠可乐，我一看就知道，他又要藏个好秘宝让我玩寻宝游戏了，我好开心。他叫我先回房间去看书，给他一点时间把秘宝藏起来。后来，我发现他藏了好久，我心里就明白了，这次的秘宝一定要找很久很久。想到这个，我还是很开心。后来他喊了我一声，叫我出去到厨房看看餐桌上有什么东西。”

“他叫过你速克达吗？”丽赛问。

“他不会这样叫我，从来没有。后来我跑到厨房时，他已经不见了。我知道他躲起来了，不过我也知道他一定在偷看我。桌上有张纸条，上面写着大大的‘秘宝’两个字，底下还写着——”

“等一下。”丽赛突然打断他。

斯科特扬起眉毛看着她。

“当年你三岁……他六岁……也许快七岁了——”

“是啊——”

“可是他竟然会写谜语，还有你竟然认识字，而且你甚至猜得出他写的谜语！”

“那又怎么样？”他又扬起眉毛，仿佛很奇怪这有什么好大惊小怪的。

“斯科特——你们那个神经病爸爸到底有没有搞清楚，他虐待的这两个孩子是他妈的天才儿童？”

斯科特忽然把头往后一仰，大笑起来。他的举动吓了丽赛一跳。“他根本不在乎！”他说，“好了，丽赛，你别插嘴，先听我说。我之所以要告诉你这件事，因为那天是我儿时记忆中最美好的一天，另一方面也是因为，我和保罗终于有机会享受属于我们自己的一天，长长的一整天。我猜可能是因为工厂里有人把工作搞砸了，所以我们家的老头只好加班赶工。不知道是不是这样，反正那天从早上八点到太阳下山，整间屋子里只有我们两个——”

“没有临时保姆吗?”

他没有回答，只是用很不可思议的眼神看着丽赛，仿佛她问的问题很不正常。

“没有邻居太太过去照顾你们吗?”

“距离我们家最近的邻居在四英里之外，‘牡蛎’还近一点。我爸爸就是喜欢这种感觉，其实整个镇上的人都喜欢这种疏离感。”

“好吧，那你继续说吧。告诉我第二段故事，‘斯科特和好秘宝’。”

“应该说是‘保罗和好秘宝，最好的秘宝，最棒的秘宝，第一流的秘宝’。”这时候，他仿佛沉浸在回忆里，表情变得比较安详了。此刻他脑中的记忆，足以冲淡站在板凳上那段恐怖的记忆。“保罗有一本蓝色横线的笔记本，丹尼森牌的，每次他要写寻宝游戏线索的时候，就会从笔记本上撕一张纸下来，平行折好几次，然后撕成一条一条。这样比较省纸，那本笔记本可以撑久一点，你懂吗?”

“我知道。”

“不过那天他至少撕了两张纸下来，甚至三张——丽赛，你知道那代表什么吗？意思就是，这个秘宝要找很久很久!”他沉湎在记忆中，脸上焕发着昔日的快乐。那一瞬间，丽赛仿佛看到了当年那个小孩。“餐桌上那张纸条上写着‘秘宝’！——第一条和最后一条线索都写着这两个字……”

10

在“秘宝”那两个字底下，保罗用他工整的正楷字迹写着：

1. 包在某个甜甜的东西里！ 16

斯科特没有马上去想那个谜语。他先看着那个数字，心里寻思着，十六究竟代表什么意思？对了，十六条线索！他忽然兴奋起来，内心涌出一阵莫名的喜悦。保罗最让他安心的地方，就是他从来不会捉弄斯科特。如果他说游戏总共有十六条线索，那就一定有十五道谜语。要是斯科特解不开某一道谜语，保罗就会帮他。保罗会从他躲藏的地方发出令人毛骨悚然的怪声（那是爸爸的声音。不过一直到了很多年后，他在写那本毛骨悚然的恐怖小说《空虚的恶魔》时，他才回想起当年那个声音就是爸爸的声音），不断提示他，直到他想通为止。不过后来，斯科特越来越不需要提示了。他猜谜的本事进步得很快，虽然保罗设计谜题的功夫一样也进步得很快。

包在某个甜甜的东西里。

斯科特转头看看四周，立刻看到餐桌上那个白色的碗。一道阳光照进来，照在碗上，光束中悬浮着细微的尘粒。他拿了一张椅子垫脚，好不容易才够到那个碗。这时保罗忽然用那毛骨悚然的爸爸的声音说——你这婊子生的，打翻了碗你就该死了！

斯科特把碗盖掀起来，看到砂糖上有张纸条，他哥哥用那工整的字迹在上面写着：

2. 克莱德从前喜欢在大太阳底下玩线轴，就藏在那个地方

克莱德是他们兄弟俩养的猫，是他们的心肝宝贝。可是爸爸不喜欢克莱德，因为每次克莱德想到屋外去，或是想进门时，就会喵喵叫个不停，吵得要命。后来有一天，克莱德失踪了。两兄弟嘴里虽然没说什么（也不敢问爸爸），心里却很明白，克莱德是被一种体形大很多的动物叼走的，可能是狐狸，也可能是食鱼貂。

好了，重点是，斯科特很清楚克莱德从前在大太阳底下玩线轴的地方是哪里。于是，他立刻往那地方跑去，沿着中央走廊跑到后门廊。门廊地板上还残留着干掉的血迹，而那张恶心的长板凳也还摆在那里，不过他连看都不看一眼（好吧，应该还是瞄了一眼）。后门廊上有张巨大的长沙发，沙发面凹凸不平，坐在上面，你会闻到一股怪味。——有一次保罗说，那味道闻起来像那种温温热热的闷屁，斯科

特听了大笑，笑到尿裤子（要是爸爸在的话，尿裤子恐怕就“出大事”了。还好那天爸爸去上班了）。

从前保罗和斯科特在门廊的天花板上吊了几个线轴，垂挂在半空中，而克莱德总是四脚朝天躺在沙发上，伸出两只前爪要弄那几个线轴。在阳光照耀下，克莱德投映在墙上的身影很巨大，看起来好像一只巨猫在打拳击。斯科特走到沙发前跪下来，探头到沙发底下，把坐垫一个个掀起来看，没多久，他终于找到了第三张纸条。那是第三条线索，上面的谜语叫他到——

去什么地方已经不重要了，重要的是，那天他们过得多么舒缓悠闲。那天早上，在那荒凉偏僻的乡下，从旭日缓缓爬升的清晨，到日正当中的中午，一整个早上两个小男生绕着那间杂乱破落的农舍跑进跑出。那是多么单纯宁静的一天，整间屋子里只听得到笑闹喧哗，两个小男生不停跑跑跳跳，在前院里扬起漫天沙尘，袜子滑落脏兮兮的脚踝。两个小男生玩得不亦乐乎，根本忘了南边院子里的荆棘需要浇水。

那个不久前才刚告别尿布的小男生兴高采烈地到处找纸条，纸条有的藏在通往谷仓阁楼的楼梯底下，有的藏在门廊的阶梯下面，有的藏在后院那台报废的洗衣机里，有的藏在那口干枯老井旁边的石头下。（——小心别掉下去了，你这小怪物！此刻，他又听到那令人毛骨悚然的爸爸的声音了。声音是从豆田旁边那片高高的野草丛里传过来的，今年那片豆田休耕了。）后来，斯科特终于找到第十五张纸条了。

15. 就在你的每一个梦底下

在我的每一个梦底下？他寻思着。在我的每一个梦底下……那是什么地方？

——怎么了，你这小怪物，需要帮忙吗？那恐怖的声音冷冷地说——我饿了，我想吃午餐了。

斯科特也饿了，已经过中午了，他已经“寻宝”寻了好几个钟头，不过已经快到终点了，现在他只需要再多个一分钟。可是，那个阴森森的爸爸的声音提醒他说，他只剩三十秒。

斯科特有点急了，他拼命想：在我的每一个梦底下……在我的每一个……

他的潜意识力量和本能虽然还没发展成熟，不过他已开始具备抽象思考能力。他脑中灵光一闪，忽然想通了，那一刹那，他内心涌出一阵无比的喜悦。他迈开两条短短的腿，用最快速度冲上楼梯。他脏兮兮的额头晒得黝黑，头发迎风向后飞散。他冲进那间他和保罗合睡的房间，冲到自己床边并掀开枕头。没错，枕头底下果然摆着他那瓶皇冠可乐——而且是大瓶的！另外可乐旁边还摆着最后一张纸条。纸条上写的字，和从前玩游戏时一模一样：

16. 秘宝找到了！游戏结束！

他把可乐瓶举起来，那动作仿佛很久很久以后他举起那把银铲子一样（那一刹那，他感觉自己就像个英雄）。他转过身看到保罗优哉游哉地从门口晃进来，手上拿着他自己那瓶可乐，还有一把开罐器，开罐器是他从厨房那个“杂物抽屉”里拿出来的。

——还不错嘛，斯科特，虽然花了不少时间，不过你毕竟还是找到了。

保罗用开罐器打开他那瓶可乐，然后再帮斯科特打开。接着，他们举起可乐瓶轻轻对撞一下瓶口，保罗说这叫“赶杯”，而且，赶杯的时候一定要许个愿。

——你有什么愿望，斯科特？

——我希望图书馆的巡回车今年夏天会来。那你的愿望是什么呢，保罗？

他哥哥用平静的眼神看着他，等一下他就要到楼下准备午餐了——花生酱果酱综合三明治，所以他要先到后门廊去拿那张梯凳。后门廊，那里曾经是他们那只吵死人的宝贝小猫睡觉玩耍的地方。然后他要把那张梯凳拿到食物储藏室去垫脚，这样他才够得到最上面那层架子，拿罐新的花生酱，后来他说……

11

说到这里，斯科特忽然停住了。他又看看那瓶红酒，可惜酒瓶已经空了。他和丽赛都已经把身上的毛皮大衣脱掉了，丢在旁边。此刻这棵“嗯嗯树”下已经不光是暖和而已，而是开始热起来，而且闷得快要令人窒息了。丽赛心想：我们得赶快离开了。要是再不走，说不定等一下叶子上的雪开始融化，整堆积雪垮下来会把我们活埋的。

12

此刻她坐在厨房里，手上拿着那本鹿角旅店的餐厅菜单。她心想，我得赶快抛开这些记忆，否则我会被某种比积雪更沉重的东西压垮。

可是那不正是斯科特的企图吗？他到底在盘算什么？这次寻宝游戏是否就是她“上紧发条”的机会呢？

噢，可是我好怕，因为，我已经快要找到了。

找到？找到什么？找到什么？

“嘘。”她轻轻嘘了一声，不由自主地打了个冷战，仿佛有阵寒风迎面袭来。说不定是从极北的黄刀山脉吹来的风。然而此刻她仿佛分裂成两个人，有两颗脑袋，两个心灵。她听到另一个声音说：“没关系，再多说一点。”

那很危险，小丽赛，很危险。

她也知道那很危险，因为她已经从那片紫色帘幕的破洞看到真相了。真相在闪烁，有如一双闪闪发亮的眼睛。她听到有个声音在她耳边嘀咕，除非万不得已，你不肯看镜子（特别是天黑以后，尤其暮色中的黄昏时刻，更是绝对不看），这是有原因的。太阳下山后，你不吃新鲜的水果，而且在半夜十二点到早上六点之间，你是完全禁食的，而这也是有原因的。

你不肯回忆死去的人，也是有原因的。

然而她不想离开记忆中的“嗯嗯树”下，此刻还不想。

她不想离开斯科特。

他才三岁，可是他已经在期待图书馆的巡回车，这是很斯科特式的愿望。那么保罗呢？保罗的愿望是什么……

13

“是什么，斯科特？”丽赛问斯科特，“保罗的愿望是什么？”

“他说‘我希望爸爸上班的时候死掉，希望他被机器割到，流血流到死。’”

丽赛凝视着斯科特，没有说话，脸上流露出恐惧与同情的神色。

这时斯科特突然开始把东西塞回袋子里。“我们走吧，快被烤熟了，”他说，“丽赛，我本来想多告诉你一点，不过已经没办法了。还有，不要以为我跟我老子不一样，如果你这样想，那你就误会我的意思了，懂吗？我的意思是，我们家的人多多少少都有点问题。”

“保罗也是吗？”

“我现在恐怕已经没有勇气再提保罗的事了。”

“好吧，”丽赛说，“我们回去吧。我们先回去睡个觉，然后再来堆雪人玩什么的。”

斯科特用充满感激的眼神看了她一眼。看到他的眼神后，丽赛暗暗感到惭愧，因为说真的，她自己也巴不得他别再说了——她刚才听到的事情，几乎就快达到她能承受的极限了，至少她目前的感觉是这样。总归一句话，她被吓到了。然而她心里还是按捺不住那股好奇，因为她能预料后面的故事会如何发展，甚至觉得自己有办法接替他把后面的故事说完。不过她要先问清楚一件事。

“斯科特，那天早上，你哥哥去买可乐时……去买好秘宝的奖品……”

斯科特点点头，微微一笑说：“最棒的秘宝。”

“嗯。他跑去那家小店……呃……牡蛎的时候，想象一下，一个六岁的小男生走进店里，全身都是伤疤，难道没有任何人觉得奇怪吗？就算伤口上贴满绷带，应该也够触目惊心了吧？”

他本来正要扣上袋子的扣子，听到丽赛的话，便立刻停止动作，很严肃地凝视着她。他脸上还挂着笑容，可是脸色却越来越苍白，白到几乎没有血色。“兰登家的人受伤时，伤口都愈合得很快，”他说，“我没告诉过你吗？”

“是的，你告诉过我，”她承认，“你确实告诉过我。”接着，虽然心里还是有点怕，她还是忍不住继续追问：“后来他又多撑了七年。”她说。

“没错，七年。”斯科特凝视着她，袋子夹在两膝之间。他的眼神似乎在询问丽赛，到底还想知道多少。到底还敢知道多少。

“那么，保罗是十三岁那年死掉的？”

“没错，十三岁。”斯科特的语气听起来还是很平静，可是脸上已经完全没有血色。她注意到汗水沿着斯科特的脸颊往下流，头发也被汗水浸湿了，显得松松软软。“差不多快十四岁了。”

“那么，你爸爸是用刀子刺死他的吗？”

“不是，”斯科特的声音还是很平静，“用他的步枪。他的 .30-.06 猎鹿枪。在地窖里。不过丽赛，事情不是你想的那样。”

他并不是气到失去理智失手杀了保罗。她心里明白，斯科特最后那句话的意思就是这个。他并没有失去理智。他杀保罗的时候很冷静，很冷血。当时在那棵“嗯嗯树”下，丽赛心里想到的就是这个。丽赛可以猜得到，她未婚夫第三段故事的标题应该是“品格高尚的哥哥惨遭谋杀”。

14

嘘，丽赛，嘘，小丽赛。她在厨房里自言自语——此刻她突然感到无比恐惧，但那并不只是因为她一直都没搞清楚保罗·兰登是怎么死的。她恐惧，一方面也是因为她突然意识到，已经发生的事再也无法挽回了，而那些事的记忆将会永远缠绕着你。而且虽然她此刻已经意识到了，但一切也已太迟了，太迟了。

就算那都是些疯狂荒唐的记忆，它们还是会永远缠绕着你。

“我不必去想那些。”她喃喃自语着，手上那张菜单来回摆来摆去。“我不必去想那些，我不必，不必。我不需要把死去的人召唤回来，那些狗屁倒灶的疯狂事没发生过，那……”

15

“事情不是你想象得那样。”

只不过，她宁愿按照自己的意愿去想象。也许她爱斯科特·兰登，然而那并不代表她必须和他可怕的过去绑在一起。她宁可自己去想象。有些事，她心里有数。

“事情发生时，你在场吗？我是说，你爸爸——”

“我在。”

那年他才十岁。爸爸杀了他挚爱的哥哥。爸爸谋杀了他挚爱的哥哥。那么，无可避免的，第四段故事必定是灰暗阴沉的，不是吗？她心里很清楚。有些事，她心里有数。就算当年他才十岁，也不能改变事情的性质。毕竟他的天才是多方面的。

“斯科特，你杀了他吗？你杀了你爸爸吗？你杀了他，对不对？”

他的头垂得低低的，头发把脸都遮住了。接着，他开始啜泣，那嘶哑的哀号声仿佛是从头发的黑色帘幕后方传出。哭了一会儿，他忽然安静下来，不过丽赛看到他的胸口剧烈起伏，仿佛拼命想把心头埋藏多年的秘密释放出来。斯科特继续说：

“我趁他睡觉时，拿一把鹤嘴锄刺穿他的脑袋，然后把尸体丢进那口枯井里。当时是三月，有一场很猛烈的雨雪风暴。我拖住他的脚，把他拖到外面去，拼命想把他拖到埋葬保罗的地方，可是我实在没办法。我拼命拖，拼命拖，拼命拖，可是丽赛，我实在拖不动他。他实在太重了。于是，我只好把他推进那口井里。据我所知，目前他应该还在那里。银行要拍卖房子的时候……我……丽赛……我……我……我好怕……”

这时斯科特低头看着地上，却伸出手想抱她。假如当时丽赛不在那里，斯科特一定会崩溃。还好，她就在那里。接着他们……

他们……

不知道什么时候，他们……

16

“不！”丽赛大吼一声，把那本卷得像根管子的菜单丢回柏木盒里，然后“砰”的一声猛然盖上盖子。只可惜已经太迟了。她已经陷得太深，已经太迟了，因为……

17

不知什么时候，他们已经走出“嗯嗯树”下，纷飞的冰雪飘落在他们身上。

刚刚在“嗯嗯树”下，丽赛抱住他，然后……

（秘动！秘宝！）

他们已经走出“嗯嗯树”下，纷飞的冰雪飘落在他们身上。

18

丽赛坐在厨房餐桌前，闭着眼睛，那个柏木盒就摆在她眼前的桌上。阳光从东边的窗户照进来，照在她眼皮上。她感觉到眼前一片黯红，听得到自己怦怦的心跳声——心跳实在太快了。

她心里想：好吧，这一关总算熬过去了。这个我还承受得了，不过，再多我恐怕就吃不消了。

我已经尽力了。我已经尽力了。

她睁开眼睛，看到那个柏木盒安安稳稳地摆在桌上。不久前，她发了疯似的拼命要把那盒子找出来。接着，她忽然想到斯科特的爸爸曾经跟斯科特说过的话。兰登家的人——包括兰登家族早年的祖先——分成两种类型：一种是一辈子关在杜鹃窝里，一种会中邪。

中邪的那种人除了会有疯狂的举动外，还会杀人。

至于那些一辈子关在杜鹃窝里的人呢？那天晚上斯科特已经展现给她看过了。杜鹃窝型的人会精神分裂，就像她自己的姐姐一样，在绿茵的那个姐姐。

她喃喃自语道：“斯科特，如果你设计的这一切只是为了要救阿曼达，那你就不必费心了。她是我姐姐，我爱她，可是并没有爱得那么深。我会回到那个……那个地狱……不是为了她，也不是为了其他任何人。斯科特，我是为了你。”

这时客厅的电话突然响起。丽赛猛然起身，仿佛被刀子刺到一样，开始尖叫。

第九章　丽赛和遗稿狗仔黑暗王子（爱的责任）

1

就算丽赛说话时有什么异样，黛拉也没察觉到，因为一方面她自己心里有罪恶感，另一方面也是因为太开心，太放松了。坎塔塔快从波士顿回来了，她要“救阿曼达脱离险境”。丽赛一边听着黛拉喋喋不休，心里一面想着，但愿她有办法。但愿有人有办法，但愿休斯·埃布尔尼斯医生有办法，但愿整个绿茵的医护团队有办法。

你救得了她。她又听到斯科特的声音喃喃低语——斯科特永远有话要说。看来就连死亡也挡不住他。你一定行的，小宝贝。

“——这完全是她的自己的主意。”黛拉斩钉截铁地说。

“嗯哼。”丽赛嘀咕了一声。她本来想告诉黛拉，她大可不必打那通电话给坎塔塔。要是她没打（套句德布夏家老爹的名言，要是她没多管闲事），坎塔塔根本不可能知道阿曼达出事了，那么坎塔塔就可以开开心心跟她丈夫在外面快活一阵子。不过她终究还是没说出口，因为她现在最不想做的就是和人争执。

此刻她最想做的事就是把那该死的柏木盒放回那张“老天床”底下。此刻，她多么渴望自己并未找到那盒子。她正在和黛拉说话时，忽然又想到斯科特的一句名言：你花越多精神打开包装，到最后反而越不在乎里面是什么东西。她相信这句名言大可套用在找不到的东西上——比如说，那个柏木盒。

“刚才中午十二点多时，她的班机已经降落在波特兰民用机场了，”黛拉迫不及待地说，“她说她要去租辆车，我说不要，怎么可以干这种傻事。我说我要到机场接她。”说到这里，她停了一下，鼓起勇气准备说出最后的关键语：“丽赛，如果你愿意，可以到那边跟我们会合。我们可以到‘冰雪暴’餐厅吃午饭——我们可以重温旧梦，就像小时候一样，就我们几个姐妹。然后再一起去看阿曼达。”

重温什么旧梦？丽赛心里嘀咕道，我只记得从前不是你扯我的头发，就是坎塔塔追着我到处跑，骂我是“太平公主”，不是吗？不过想归想，她嘴里还是说：“你先去吧，黛拉，我会想办法过去和你们会合。我这里有些事得先处理——”

“什么事，又是做菜吗？”刚才她说自己不该叫坎塔塔回来时，语气中充满罪恶感。但现在罪恶感已经释放，于是语气便突然顽皮起来。

“不是，我必须把斯科特留下来的稿子整理好交给别人。”从某个角度来看，她不算说谎。等一下她就要和那个叫杜利或是马库尔的家伙交手了，无论最后结果如何，她终究还是希望能把斯科特的工作室清干净。别再偷懒，别再浪费时间了。把那些稿子交给匹兹堡大学算了。毫无疑问，那里确实是它们最理想的归宿，不过条件是，那位教授先生绝对不能碰稿子。他妈的应该把伍伯迪抓去枪毙。

“噢，”黛拉惊讶的口吻拿捏得恰到好处，“呃，那么……”

“我会想办法跟你们会合，”丽赛又重复一次，“万一我赶不过去，那我们只好下午在绿茵碰面了。”

黛拉接受了。她把坎塔塔的班机时间告诉丽赛，丽赛也乖乖写下来。她心想，也许她应该和黛拉一起到波特兰机场去，这样至少她就能躲开这栋要命的鬼房子——躲开电话，躲开那个柏木盒，躲开那些记忆。此刻那些记忆缠绕在她脑中，她的脑袋仿佛成了墨西哥节庆里可怕的“宝贝万岁”玩偶，而那些记忆就像玩偶里松垮垮的填充物。

这时，她脑中冷不丁又浮出某段记忆。她想道：丽赛，当时你们走出那棵柳树下，走进外面的大风雪中，可是在那之前，你们还做了些别的事。他抓住你——

“没有！”她大叫一声，用力拍了一下桌子。她的叫声吓了自己一跳，不过也发挥了某种意想不到的功效。她的喊叫声彻底截断了那一连串危险的思绪。只不过，那些思绪随时可能再冒出来——麻烦就在这里。

丽赛看看桌上的柏木盒，仿佛看着一只刚刚突然莫名其妙咬了她一口的心肝宝贝狗狗。她心想，把它放回床底下吧。把它放回那张“老天床”底下吧。可是，然后呢？

“秘宝找到了，游戏结束了。就这样。”她自言自语道。接着，她走出大门，穿越庭院走到谷仓。她手上拿着那个柏木盒，手伸得长长的，仿佛那盒子里装的是易碎物，或是容易爆炸的东西。

2

她那间办公室的门开着，灯光从门底的缝隙射出来，在谷仓的地面映照出一片长方形的光亮。丽赛前一次从办公室走出来时，心情很愉快，不过她想不起来走时究竟有没有关门。她记得自己好像关灯了，她甚至觉得自己好像根本没开过灯。但话说回来，不久之前，她不是还认为老妈的柏木盒一定放在阁楼上吗？会不会是哪个副警长跑进办公室里瞄一眼，出来时忘了关门？丽赛心想，说不定就是这样。她现在觉得什么事都有可能。

她把那个柏木盒紧紧贴肚子抱着，一副小心翼翼的样子。她走向办公室，走向那扇开着的门，往里面瞄了一眼。里头空荡荡的……看起来好像空空的……可是……

她很没警觉地把一只眼睛贴在那道门缝上。“扎克·马库尔”并没有躲在门边。门边看不到半个人影。接着她瞄向办公室里面，看到录音机的显示屏上又闪烁着“1”这个数字。她把柏木盒夹在腋下，推开门走到录音机前，按下播放键。一开始没有声音，过了一会儿，吉姆·杜利冷冷的声音出现了。

“夫人，昨天晚上我们不是说好今天八点要联络吗？”他说，“可是我怎么看到一堆警察在你家进进出出。看来你好像没把这件事当一回事。我还以为在你家的信箱里放只死猫，你就应该够明白我的意思了。”说到这里，他停顿了一下。丽赛低头看着那台录音机，有点失魂落魄。她心想，我竟然听得到他的呼吸声。“夫人，我很快就会来找你了。”他说。

“去你妈的。”她低声咒骂了一句。

“夫人，说这种话好像不太礼貌。”吉米·杜利说道。有那么一会儿，她还以为是录音机在……呃……在跟她说话。接着她猛然意识到，此刻杜利的声音听起来离她不远，也就是说，那声音是从她身后传来的。丽赛突然觉得，自己仿佛是在做梦，她立刻转过身来。

3

看到他的长相，丽赛有点讶异。他的长相很普通。此刻他就站在这间从来没有用过的办公室门口，手上拿着一把枪（另一只手上拿着一包很像午餐袋的东西）。假如有天丽赛被叫到警察局去，看到几个嫌犯站成一排，每个都和他一样瘦瘦的，也都穿着和他一样的夏季卡其工作服，头上也都戴着“波特兰海狗队”棒球帽，她恐怕也没把握认得出来。他看不到皱纹的脸很细长、浅蓝色的眼珠——至少有一百万个北方佬是这种长相，而且别忘了，中部各州以及更偏僻的南方，还有六七百万个乡下人长相也都差不多。他大概有六英尺高，不过也可能稍矮一点。那顶棒球帽圆圆的帽檐底下露出一小撮头发，那种淡褐色头发也很常见。

丽赛盯着他手上那把枪，盯着枪口那个黑洞，两腿突然一阵酸软。那可不是廉价的点二二手枪。那可是大家伙，一把大型自动手枪（至少她觉得像自动手枪），足以在人身上打出个大窟窿。她整个人往后一倒，跌坐在桌缘。她心里明白，要不是因为桌子正好在身后，她可能就倒在地上四脚朝天了。有那么一瞬间，她觉得自己一定会吓得尿裤子，不过她还是硬憋住了。至少此刻还憋得住。

“想要什么你就拿走吧。”她含糊地说了一句，感觉嘴唇仿佛被打了麻醉剂似的整个麻掉了。“全都拿走吧。”

“夫人，麻烦你跟我到楼上，”他说，“我们到楼上慢慢谈。”

一想到要独自跟这个人到斯科特的工作室，她吓得魂飞魄散。“不用了，你自己去拿他的稿子吧，拿了就走吧。别再来找我了。”

他凝视着丽赛，一副很有耐性的样子。乍看之下你会觉得他大概三十五岁。不过如果看得仔细点，你会发现他的眼角已经有浅浅的鱼尾纹，嘴角也有皱纹，所以应该有四十岁了，至少四十岁。“夫人，你要我动手吗？你要我开枪在你脚上打个洞吗？人的脚上全是骨头和肌腱。谈事情谈到那种地步是很痛苦的。如果你不想，那就请跟我到楼上去。”

“你不……你不敢的……那个枪声……”她感觉自己的声音变得越来越遥远，仿佛是从火车上传出来的，而火车正要从车站开动。仿佛她的声音正从车窗探头出来跟她说再见。再见了，小丽赛，你的声音要离开你了，你很快就会变成哑巴。

“噢，我一点都不担心枪声太吵。”杜利说。他脸上有种嘲笑的表情。“隔壁那户人家没有人在——我猜应该是上班去了。至于那个看门狗条子，他好像有事要忙，已经跑掉了。”说着，他脸上的笑容慢慢消失，不过他还是设法挤出似笑非笑的表情。“你的脸越来越苍白，好像吓到魂都飞了，对不对？夫人，我看你好像要昏倒了。怎么样，愿不愿意帮个忙，让我省点麻烦呢？”

“不要……别再叫我……”丽赛本来想叫他别再叫她夫人了。她觉得自己仿佛被一团团灰色的东西包住。那团东西越来越灰暗，越来越浓厚，她的眼睛已经快看不见了。就在眼前即将陷入黑暗的那一刹那，她看到杜利把枪插进裤头的腰带里（丽赛异想天开地幻想，但愿老天有眼，但愿那把枪走火，轰烂你的卵蛋），然后一个箭步冲上前扶住她。丽赛不知道后来他有没有来得及抓住她，丽赛在搞清楚前就昏过去了。

4

她觉得有种湿湿的东西在摩擦她的脸。一开始她以为是狗在舔她——会不会是露易丝？可是，怎么可能？露易丝是只柯利牧羊犬，是她小时候在里斯本瀑布镇的老家养的。而且那已经是很多很多年前的事了。也许是因为她和斯科特一直都没生孩子，所以自然而然的，他们也就从来没养过狗。这两件事似乎有某种连带关系，就像花生酱和果酱，或者桃子和——

夫人，麻烦你跟我上楼……你要我动手吗？你要我用枪在你脚上打个洞吗？

想到这个，她立刻清醒过来。她睁开眼，看到杜利手上拿着一条湿毛巾蹲在她面前，那双淡蓝色的眼睛死盯着她。她猛然往后一缩，想躲开那双眼睛。这时她听到一阵金属撞击的铿锵声，隐约觉得肩头一痛。她仿佛被什么东西绑住，动弹不得。“噢！”

“不要拉，否则你会很痛的。”杜利仿佛在讲什么大道理似的。丽赛心想，对他这种疯子来说，说不定那真的就是个大道理。

斯科特的音响在放音乐。天知道这地方已经多久没有音乐了。丽赛最后一次看到斯科特在工作室里写稿，好像是二〇〇四年四月或五月。从那以后这里就再也没有音乐声了。这首曲子是《威莫的蓝调》，不过不是汉克·威廉斯的版本，而是另一个合唱团的翻唱版——可能是蟋蟀合唱团吧。音量开得并不大，虽然不像斯科特放音乐时那么惊天动地，不过也够大声了。丽赛忽然想到……

（我要折磨你）

……想到为什么这位吉姆·“扎克·马库尔”·杜利要把音响打开了。她不敢……

（我要让你身上那个不让男生碰的地方痛不欲生）

……不敢去想这个，可是这个念头却一直在她脑中阴魂不散。事实上，此刻她宁愿自己依然昏迷不醒。斯科特曾说过：“人的心灵就像只泼猴。”此刻，丽赛坐在吧台间的地上，而且显然有只手腕被手铐铐在水槽底下的水管上。她忽然想起斯科特那句话是哪本书里的了，那是罗伯特·斯通的《落魄战士》。

小丽赛，如果你能想出办法，你一定使劲想！

“这真是全世界最有意思的一首歌，对不对？”杜利说。他盘腿坐在吧台间门口的地上，他那棕色午餐纸袋就摆在两腿中间，那把手枪摆在右手边的地上。杜利以十分诚挚的眼神望着她。“而且歌词里传达了很多道理。你刚刚昏倒，等于是帮了自己一个大忙，知道吗？——我来告诉你为什么吧。”这时丽赛听到他的南方口音又出现了。不过他的南方口音很寻常，不像当年纳什维尔那个混蛋那么明显。

他从那个袋子里拿出一个容量一公升的美乃滋罐，上面还贴着商标，里头装着某种透明液体，液面上悬浮着一张皱皱的小白布。

“这是麻醉用的氯仿。”他洋洋得意地说，口气很像当年的水电工斯迈利·法兰德斯。他在谈到猎杀麋鹿的丰功伟业时，也会露出洋洋得意的口吻。“有个家伙说他会用这种东西，而且还教我怎么用，不过他也说，用这玩意儿一不小心就会出人命。所以夫人，运气好的话，你醒来时顶多会头痛得要死，不过我之所以准备这个东西，是因为我认为你一定不肯乖乖跟我上楼，我有这预感。”

他面带微笑，抬起手朝丽赛比了个手枪的姿势。这时音响正好在播放《漫游千里》，那是乡村歌手杜威·约肯的名曲。斯科特自己刻录了几张酒吧音乐合辑，杜利一定是找到了其中一张。

“杜利先生，我可以喝杯水吗？”

“嗯？噢，当然可以！有点口干舌燥了，对不对？人受到惊吓时都会这样。”说着，他站起来，枪还摆在原来的地方——丽赛可能拿不到。就算使尽全力往前冲，手铐还是会限制她的活动范围，她还是够不到那把枪……而且，万一她出现那种举动，结果却失败了，后果一定不堪设想。真的。

他转开水龙头，水管发出一阵咕噜咕噜声。过了一会儿，丽赛听到水龙头开始喷水。没错，她可能拿不到那把枪，不过杜利的裤裆此刻差不多就在她头顶，距离大约一英尺，而且她还有一只手可以活动。

然而杜利仿佛看穿了她的心思。他说："我想，如果你有这个打算，你确实可以攻击我的要害，让我受重伤。不过别忘了，我脚上穿的是超硬登山靴，而你手上什么都没有。所以夫人，放聪明点，等一下你就可以喝到清凉可口的水了。这水龙头已经很久没用，不过，你看它多聪明。"

"麻烦你先把杯子洗干净再倒水，"丽赛的声音有点嘶哑，仿佛就要倒嗓了，"那些杯子也很久没用了。"

"遵命。"他的语气十分愉快，那副模样让她想到那些乡下人。想到乡下人，丽赛又想到了爸爸。当然，杜利也让她想到格德·埃伦·科尔，那个神经病金毛小子。一想到他对她做出这种事，有那么一刻，丽赛几乎忍不住就要伸手去抓他的裤裆，把他的卵蛋抓烂。有那么一刻，她几乎就快要按捺不住了。

这时杜利忽然弯腰凑近她，手上端着一个巨大的华特佛水晶玻璃杯，里头几乎有三夸脱的水。那水虽然还不够干净，不过勉强可以喝了，看起来也的确很好喝。"慢慢来，安分点，"杜利的口气听起来很热心，"我让你自己拿杯子，不过要是你敢拿杯子丢我，我就把你的脚踝打断。要是你敢用杯子丢我，就算我没流血，我还是会把你两只脚踝都打断。我不是跟你开玩笑，听懂了吗？"

丽赛点点头，然后开始一口口啜着水。此刻，音响里的歌者已不再是杜威·约肯，而是汉克·威廉斯本尊了。那首歌的歌词在问一个永恒不朽的问题：为什么你已不像从前那样爱我了？为什么你要把我像破鞋般地抛弃呢？

杜利蹲在地上，屁股几乎贴着跷起的鞋跟，双手环抱着膝盖，那样子很像农夫在农场里的小溪边看母牛喝水。丽赛觉得他仍然保持着警戒，不过程度并不高。他并不认为丽赛会用那笨重的玻璃杯丢他。当然，他猜得没错，因为丽赛可不希望自己的脚踝被打断。

为什么我从来想过去上直排滑轮课？她心想，每星期二晚上，牛津滑冰中心都有单身之夜。

后来丽赛喝够了，于是把杯子递给他。杜利接过杯子看了一眼。“夫人，杯里还有两口，你真的不喝掉吗？”听到他的口音中忽然少了点南方腔，丽赛想到一件事：杜利的南方佬形象表现得很夸张，说不定他是故意的，也说不定他自己都没发觉。丽赛发现他一开口说话就会不自觉地强化南方口音，而不是压抑，因为压抑会显得很假。这一点重要吗？大概不重要。

“我喝够了。”

杜利把剩下的水一口喝干，骨瘦嶙峋的脖子上，喉结滚动了一下。接着，他问丽赛感觉舒服点了没。

“等你走了，我就舒服了。”

“有道理。放心，我不会浪费你太多时间。”说着，他把枪塞进腰带，站了起来。他的膝盖发出“啪啦”一声，这又让丽赛想到（其实应该说觉得很惊讶），这可不是在做梦，眼前发生的事情都是真的。吧台间里铺满了灰白色地毯。他一脚踢开地上那个杯子，杯子在地毯上滚了一会儿。他拉拉裤头。“夫人，我也没那么多时间可以在这里耗。不管保护你的是哪一个条子，应该都快回来了。而且我觉得你现在好像也碰到了点麻烦，好像是哪个姐姐出了问题，是不是？”

丽赛没吭声。

杜利耸耸肩，好像在说随你的便。然后杜利弯腰探头到吧台间外。看到他的动作，丽赛感到一阵毛骨悚然，因为她看过斯科特好几次做过一模一样的动作。他两手分别抓住吧台间的门框两侧，脚踩在吧台间地面的木板上，头和上半身伸到门外。不同之处是，斯科特从来不穿卡其裤。他穿了一辈子蓝色牛仔裤。而且斯科特的后脑勺也没有谢顶的迹象。她心想，我先生这一辈子头发都很茂密。

“很棒的地方，”他说，“这里以前做什么用的？是秣草棚改装的吗？一定是。”

丽赛还是没说话。

杜利依旧保持着弯腰探头的动作，不过现在他开始微微前后摇摆，先看看左边，接着再看看右边。丽赛心想，他自以为是这世界的主宰。

“真是个好地方，”他说，“跟我想象中的一模一样。你这里被隔成三个房间，却只有三盏主照明灯，所以这里白天光线一定很充足。在我们老家，我们都把这种地方叫作鸟笼屋或鸟笼棚，不过这里不一样，这里可一点都不简陋，不是吗？”

丽赛还是没说话。

杜利转过来看着她，表情很严肃。“夫人，我可不是因为看他日子过得那么好而眼红——当然也跟你没关系。因为他都已经死了。我在丛山州立监狱蹲过一段日子。说不定我们那位教授先生已经告诉过你。是你丈夫帮我熬过那段最艰苦的岁月。我读遍他所有的书，你知道我最喜欢哪一本吗？”

废话，那还用说，丽赛心想，当然是《空虚的恶魔》。搞不好你连看了九次。

丽赛没想到杜利竟然说：“《船长之女》。夫人，那本书我不光是喜欢而已。我非常爱那本书。自从在监狱图书馆发现那本书后，我每隔两三年就重读一次。我甚至能背诵书里面的整段文字。你知道我最喜欢哪一段吗？那一次，金恩终于顶撞了他父亲，并且告诉父亲，无论父亲同不同意，他都一定要走。你知不知道他跟那个可悲的老王八蛋说了些什么？不好意思，刚刚说了脏话。”

丽赛心想，那句话就是，他永远不懂什么叫爱的责任。不过她没说出口。杜利似乎不在乎她有没有回答，他正讲得兴高采烈，浑然忘我。

“金恩说，他老头永远搞不懂什么叫爱的责任。爱的责任！好美，对不对？不知道多少人心里有过那种感受，可却永远词不达意，表达不出来？而你丈夫办到了。除了他，所有人都沉默不言。这就是教授说的。夫人，你先生一定是上帝最宠爱的人，他才会有那样的文采。”

接着，杜利忽然抬头看着天花板，脖子上的肌腱明显地突了出来。

“爱的！责任！而上帝最宠爱的孩子总是最快被召回上帝身边，阿门。”然后，他突然把头低下来一会儿。他的皮夹被挤到后口袋外面了，皮夹上系着一条链子。想也知道，吉姆·杜利这种人一定会将皮夹挂条链子，扣在皮带环上。接着，他又抬头往上看。“只有那样的好地方才配得上他。有时候，如果写作的过程不太令人懊恼，他应该可以享受得到那种乐趣。但愿如此。”

斯科特给他用的那张大书桌取了个绰号叫“傻大个”。这时丽赛回想起斯科特坐在那张书桌前，盯着苹果电脑的大银幕，嘲笑自己刚写出的东西，嘴里咬着一根吸管，不然就是咬着指甲。有时他会跟着音乐一起哼唱。每到夏天，天气开始热了，他会脱掉衣服，弯着双臂像小鸟挥舞翅膀般在身上拍打。每次只要写出他妈的烂东西，开始发脾气时，他就会做那动作。这些往事一幕幕浮现在丽赛脑中，但她还是没开口说话。这时候，音响播放的音乐又变了，唱歌的已不是汉克·威廉斯，而是他儿子。这位小汉克·威廉斯正在唱着《喝着威士忌迈向地狱》。

这时杜利突然开口说：“你在表达无言的抗议吗？嗯，夫人，也许这会让你觉得自己更有力量，不过实际上对你没什么好处。我要给你点教训。我实在不想对你说那种陈腔滥调，说什么伤害你会让我更痛苦。不过说实在的，虽然才刚认识你，我已经开始佩服你的勇气，甚至越来越喜欢你了。所以说，我要是真的动手，我自己也不好过。另外我希望你明白，我会尽可能手下留情，因为我不想摧残你的心灵。但话说回来——我们本来说好的，你却没有遵守承诺。”

承诺？丽赛觉得背脊窜起一股凉意。这是她第一次真正意识到杜利疯狂到什么程度。丽赛又开始感觉一团灰暗笼罩着自己，眼前开始一片模糊，可是这次她拼命打起精神，让自己保持清醒。

杜利听到手铐上的链条发出铿铿锵锵的声音（那副手铐和那瓶氯仿本来一定是一起放在那个纸袋里），立刻转身看着她。

别紧张，小宝贝，冷静点。她仿佛听到斯科特在她耳边低语。跟这家伙谈谈——发挥你的三寸不烂之舌。

丽赛心想，这还用你说吗？只要继续跟他讲话，他就不会马上动手。

“请听我说几句，杜利先生。我先前没有承诺什么，我想你是误会了吧——”这时，她注意到杜利开始皱眉，脸色也变得阴沉，于是赶紧接着说：“有时在电话里会讲不清楚，不过从现在开始我会百分之百配合你。”她咽了口唾液，听到自己的喉咙发出咕噜一声。她很想再多喝点水，喝一大杯清凉的水，只可惜现在似乎不是开口跟他要水的好时机。然后丽赛弯腰向前，紧盯着他的眼睛。蓝眼睛对上蓝眼睛。她拼命让自己的语气表现得诚挚而热切。“我是说，我已经明白你的意思了。而且，你知道吗？你的……呃……你的同伴要找的稿子，此刻就在你眼前。你有没有看到工作室中央那个黑色的档案柜吗？”

杜利挑起眉毛看着她，嘴角露出一抹狐疑的微笑……丽赛宁可往好的方面想，说不定那表情意谓着杜利想跟她谈了。“我又想到，楼下好像也有好几个箱子，”杜利说，“看起来里头装的也是他还没出版的稿子。”

“那些是——”这时丽赛想到，该怎么跟他说呢？我是不是该告诉他，那些只是寻宝游戏的秘宝，不是斯科特的稿子？她想，楼下绝大部分的东西应该都是寻宝游戏的秘宝，可是杜利一定听不懂。或者我是不是该告诉他，那些东西纯粹只是恶作剧，斯科特式的整人玩具。这样也许他听得懂，但可能不会相信。

此刻，杜利还是用那狐疑的眼神看着她，看来并没有想谈的意思。他那表情仿佛在说：夫人，既然你喜欢鬼扯，那就继续扯吧，我倒要看看你还有什么花样。

“楼下的纸箱里什么都没有，只是些文件复印件跟白纸。”她说。她知道这听起来很像谎话，因为实际上真的是鬼扯。可是丽赛又能怎么说呢？杜利先生，你这没药救的神经病，怎么可能听得懂我在说什么？她一面胡思乱想，一面赶紧接着说：“那个他妈的伍伯迪想要的东西——那些好东西——全在楼上。包括还没出版的小说……写给同行作家的信件备份……同行作家的回信……”

这时杜利忽然仰头笑了起来。“他妈的伍伯迪！夫人，你用的字很有你丈夫的风格。”接着他突然又不笑了。虽然嘴角挂着微笑，但他眼神冰冷，已经没有半点笑意。“这么说来，你觉得我该怎么办呢？到附近的镇上，例如牛津镇，或是麦肯尼佛镇，跟搬家公司租辆小货车，然后开回来把档案柜装上车，是不是？说不定你还可以随便抓个副警长来帮我搬呢！”

“我——”

“你闭嘴！”他指着丽赛的鼻子，脸上已不见笑意，“要是我真跑去租车，那我猜等我回来的时候，这里可能已经有满屋子条子等着逮我了。他们会把我抓回去蹲苦窑。夫人，告诉你吧，要是我真相信你的鬼话，那我就真是注定要再回苦窑蹲上十年了。”

“可是——”

“何况我们约好的不是这样。我们约好的是，你打电话给教授，或者说那个他妈的伍伯迪——唉，我真喜欢你的创意——然后他会按照我们约好的特殊方式，发一封电子邮件给我，然后他会派人来处理那些稿子。对不对？”

他内心深处似乎真的相信，他们确实是这样约定的。没错，他一定是深信不疑，不然这里明明只有他们两个，他怎么还一直在提这件事？

“夫人？”杜利叫了她一声，语气听起来十分热切。“夫人？”

既然这里只有他们两人，那么如果他心灵中的一个自己一直在说谎，那很可能意味着他必须欺骗心灵中的另一个自己。如果是这样，那她就必须设法探触到他心灵中的另一个他。在他内心深处的某个角落，他可能还是个正常人。

“杜利先生，求求你听我说。”她刻意压低音调，一个字一个字慢慢说。以前斯科特每次看到恶评，或是发现水管工人偷工减料，火气就会往上冒，随时可能发作。每次碰到这种状况丽赛就会像现在这样，一字一句慢慢跟他说话。“伍伯迪教授根本就联络不上你，而且我觉得你自己应该也知道这点。不过，我倒是可以跟他联络。昨天晚上我就打过电话给他了。”

“你骗人。”他说。不过这次丽赛真的没骗人，而且他也明白丽赛没骗他。可是基于某种不明原因，杜利很不高兴。他的反应跟丽赛期待的正好相反——丽赛本来想安抚他——不过丽赛还是决定继续说下去，心里寄望吉姆·杜利内心深处正常的那一面听得到她说话。

“我没骗你，”她说，“你留了他的电话号码给我，所以我就打电话给他。”她说话时一直凝视着杜利的眼睛，努力想表现内心的诚恳，设法应付这个疯子。“我已经答应要把稿子交给他，叫他打电话通知你取消行动，可是他说他没办法通知你，因为他已经找不到你了。他说他寄过两封电子邮件给你，可是第三封邮件被退——”

“他胡说八道，偏偏你还跟他一鼻孔出气。”吉姆·杜利话才说完，在电光石火的一瞬间，又突然有了动作。对她来说，那个动作似乎迅雷不及掩耳，而且残暴得令人难以置信。接下来的每一分每一秒的摧残折磨，都让她下半生永远历历在目，永远忘不了。她永远忘不了。杜利他猛力打她耳光时，呼吸好急促，气息好浓浊。

丽赛永远忘不了他的卡其衬衫绷得好紧，两颗纽扣之间猛然扯开一条缝，那一瞬间丽赛可以看到里面的白色T恤。他反手甩丽赛一耳光，然后再正手甩她一耳光。反手，然后正手，反手，然后正手，反手，然后正手。他总共甩了丽赛八个耳光。这时丽赛想起小朋友在院子里的泥巴地上玩跳绳时，边跳边念的口诀。

丽赛永远忘不了，杜利的手打在她脸上，那声音仿佛有根火柴从膝盖上划过。虽然他手上没戴戒指——谢天谢地——可是，印象中，打到第四下或第五下时，她的嘴唇已经开始流血，到了第六下或第七下时，鲜血开始四散飞溅。而最后那一巴掌打得比较高，打在她的鼻子上，打得她鼻血狂喷。当时她已经痛得受不了，吓得哀声惨叫。

过程中，她的头一次又一次撞上吧台水槽下端，耳朵里嗡嗡作响。她听到自己哭喊着求杜利停手，哭喊着说她什么都听他的，只求杜利赶快停手。接着，他真的停手了，丽赛听到自己说：“他有一本新的小说，他的遗作，稿子我可以给你。那本小说已经完成了，是他过世前一个月完成的，可是他已经没有机会修改了。这非常珍贵，他妈的伍伯迪一定会爱死那本小说。”

当时她居然还有力气想到，你真有本事，竟敢信口开河，万一他真的问你稿子在那里，你要怎么办？还好杜利没有继续追问。杜利跪在她面前，气喘如牛，边喘边在他的袋子里东翻西找——每天的这个时间，谷仓楼上会非常热。假如她早知道今天会在斯科特的工作室里被人殴打，她一定会先把冷气打开。她腋下的衣服已经被汗水浸湿了一大片。

“夫人，把你打成这样，真的很对不起。不过，好歹我没碰你那个地方。”接着，他用力扯开她的上衣，拉开她胸罩前面的钩子，于是她那小小的胸部赤裸裸地露了出来。就在这一刻，她意识到两件事。第一，他根本不觉得对不起她；第二，他手上那东西是在她厨房的“百宝箱”抽屉里拿的。斯科特都说那玩意儿是“丽赛天国之门的钥匙”。那是她的开罐器，那种有橡皮握把的大型开罐器。

第十章　丽赛对抗疯子
（好兄弟）

1

在轻柔的沙沙声中与疯狂对峙，但最后还是输了。

丽赛在地上爬行，脑中一直回荡着这句诗。她一路慢慢往前爬，从“记忆角落”一路爬过她丈夫生前那间长长的工作室中央。她爬过的地方留下一道恐怖的痕迹：那是从她的鼻子、嘴巴和血肉模糊的胸部流出的血。

这些血迹恐怕永远洗不掉了，她心想，脑中又浮现出那句诗：在轻柔的沙沙声中与疯狂对峙，但最后还是输了。

没错，这篇故事里确实有个疯子，不过她听到的那个声音，不是嗡嗡声，不是隆隆声，也不是沙沙声。她听到的只有自己的惨叫声，因为吉姆·杜利拿起那把开罐器，像拿着医疗用放血器一样从她左胸划过，她惨叫一声之后便昏了过去。接着杜利又甩了几耳光将她打醒，并抓起她的肩头提醒她一件事，说完后放开手让她倒回地上，然后不厌其烦地把她那件断掉的胸罩扯掉，再帮她把上衣扣好，还在上面别了张纸条，以免她忘了他交代的事。其实那张纸条根本就是多余的，因为她永远也忘不了。

“你最好祈祷教授今晚八点会跟我联络，否则下次你会更惨。还有，夫人，你身上的伤口就自己处理吧，听懂了吗？要是你敢告诉任何人，我就宰了你。”她衣服上那张纸条还补充道：赶快把这件事了结了，这样我们都会愉快一点。你的好朋友“扎克”敬上！

后来丽赛又昏了过去。她不知道自己昏过去多久，只知道当她醒来时发现那件被扯烂的胸罩丢在垃圾筒里，那张纸条别在她的衣服上。衣服左胸口被血浸湿了一大片。她解开一两颗纽扣，刚好可以把衣服掀开一点点。她略微瞄了胸口一眼，不由自主地哀号一声，立刻撇开视线。伤口血肉模糊，比阿曼达自己拿刀割出来的伤口还要严重，甚至比她肚脐上的伤口还要惨不忍睹。那么，有多痛呢……她只记得痛到难以形容，痛不欲生。

手铐已经拿掉了，杜利甚至还帮她倒了杯水。丽赛迫不及待把水一口喝干。然后她试着站起来，可是两腿抖得太厉害，根本撑不住。于是她只好在地上爬行，爬出吧台间，鲜血掺杂着汗水一路往下滴，把地毯都弄脏了（唉，反正她从来就没喜欢过这片灰白色地毯，一蘸到什么脏东西，看起来就很刺眼），头发黏在额头上，满脸都是干掉的泪痕，鼻头、嘴唇和下巴上全是凝固的血块。

一开始她本来想爬向电话机。她心想，虽然杜利威胁她不准报警，而且堡景镇警局的保护行动一开始就出了问题，不过她还是觉得可以打个电话给奶油呆瓜①副警长试试看。

接着，那句诗……

（与疯狂对峙）

……又开始浮现在她脑海，而且她看到老妈那个柏木盒翻倒在地毯上，就在斯科特那张“傻大个”书桌和楼梯口中间的位置。柏木盒里的东西撒了满地，乱成一团。这时她突然明白，那个柏木盒，还有那些撒了一地的东西，才是她真正想要的。尤其是她现在看到的那个黄色的东西。那本紫色的鹿角旅店餐厅菜单卷成一团，而那张黄色的东西就盖在上面。

在轻柔的沙沙声中与疯狂对峙，但最后还是输了。

那是斯科特写的一首诗中的一句。他写的诗不多，而且几乎从来没有出版过——因为他说那些诗写得不好，而且他只是写给自己看的。可是丽赛一直觉得那首诗写得非常好，尽管她并不完全看得懂，

---

① 警长本名为 Clutterbuck，丽赛故意颠倒音节改为 Buttercluck，直译则是奶油呆瓜之意。

甚至摸不透那首诗究竟在描写什么。她特别喜欢第一行，因为有时候你会听到某些东西好像有着动静，不是吗？那些东西会崩塌，一层层的崩塌，露出一个洞。你可以从那个洞看到另一边。或者有时，如果你不小心，甚至会陷进去。

小宝贝，静动。你就快找到兔子洞了，所以，好好上紧发条吧。

一定是杜利把老妈那个柏木盒拿到工作室来的，因为他以为那里面一定有他要的东西。这时她想到格德·埃伦·科尔，那个号称“金毛小子”，或是“寻找小苍兰的疯狂怪客”的家伙。像杜利或格德·埃伦·科尔这种人，他们会认定任何东西一定和他们想要的扯得上关系，不是吗？他们的梦魇，他们的恐惧，他们半夜灵光一现的天启。

杜利究竟在想什么？他以为柏木盒里有什么东西？斯科特手稿的秘密清单吗（说不定是用密码写的）？天知道。不管是什么原因，反正他把里面的东西通通倒了出来，搞了半天却发现什么都没有，全是些无聊的女人玩意儿（至少在他看来很无聊）。于是他就把兰登的未亡人拖到工作室，趁她醒过来前先找个地方用手铐铐住她，水槽底下的水管正好派上用场。

丽赛慢慢爬，爬向那堆盒子里散落出来的东西，眼睛死盯着那张黄色编织方巾。她不知道是否能靠自己找到答案，她觉得好像不太可能，她脑子里已经塞满太多记忆。可是现在——

在轻柔的沙沙声中与疯狂对峙，但最后还是输了。

好像是这样。如果那片紫色帘幕终究要落下，那么它也会发出同样轻柔的沙沙声吗？如果是的话，她一点也不意外。刚开始时就像蜘蛛吐丝结网。到目前为止，她已经回想起太多东西了。

别再继续了，丽赛，你没有那种胆量。嘘。

“嘘你自己吧。”她嘶哑着声音说。她胸部的伤口阵阵刺痛，热得像火烧。斯科特的胸部也受过伤，现在轮到她了。她又想起那天晚上，斯科特从她家后院草坪那边走上来，从那团阴影中走出。隔壁的狗布鲁托吠个不停。斯科特举起一只手，那只手简直不像手了，只见一团血肉模糊，还有几根看起来像手指的东西。斯科特告诉她那是血秘宝，是要送给她的。后来斯科特把那只血肉模糊的手泡在水槽里，里头装满了稀释的茶水。他告诉她那种东西是……

（保罗发明的）

……他哥哥教他做的。他告诉丽赛，兰登家的人受伤之后，伤口愈合都很快，因为他们非愈合不可。过了一会儿，刚才那幕记忆中的景象又被另一幕取代了。她想到四个月后，她和斯科特坐在那棵“嗯嗯树”下。斯科特告诉她，血整个喷出来，像一片血幕。丽赛问他，后来保罗有没有把手浸在茶水里，斯科特说，没有——

嘘，丽赛——他没有那么说。你根本就没问他，他也根本没说。

可是她真的问过斯科特。她什么大大小小的事都问过斯科特，而斯科特也都回答了。只不过，他不是当场回答，不是在那棵“嗯嗯树”下，而是后来，那天晚上在床上。那是在鹿角旅店的第二晚，他们亲热过后。她怎么可能会忘记呢？

丽赛在那张灰白色的地毯上躺了一会儿，休息一下。“我从来没有忘记过，”她说，“答案就在那片紫色的帘幕里，在那片帘幕后面。我没有忘记。”她紧盯着那条黄色方巾，又开始往前爬。

丽赛，我很确定万灵茶是他后来才发明的。没错，我确定那是后来的事。

斯科特躺在她旁边，嘴里吸着烟，眼睛看着一缕烟丝盘旋而上，越飘越高，最后消失无踪，就像理发厅旋转灯里的条纹。而斯科特自己有时也会消失。

我知道，因为当时我在算数学题目，分数。

在学校里吗？

丽赛，不可能吧？他的语气似乎还有另一种意思，意思是，丽赛应该很清楚的，怎么会问这种笨问题呢？他们的爸爸“热火”兰登根本不是会把小孩子送去学校的人。我和保罗都是在家自学的。爸爸说学校根本就是“养驴场”。

可是那天保罗不是被爸爸割伤了吗——就是你从板凳上跳下来那天。他不是伤得很重吗？应该割得不轻吧？

斯科特迟疑了好一会儿，看着烟雾往上飘，盘旋袅绕之后飘散无踪，只剩下一股香香辣辣的气味。后来他直截了当地说了一句：爸爸割得很深。

他回答得如此明确，似乎无须继续追问了，于是丽赛没说话。

接着他又说：好了，你想问的不是这个吧？丽赛，想问什么就问吧，干脆点，我会告诉你的，不过你得先开口。

她似乎想不起来后来怎么样了，不过也可能是她不愿去想。但是现在丽赛想起来了，她想到当时他们是怎么从那棵“嗯嗯树”下出来的。在那棵有如一把白色雨伞的树下，斯科特抱住了她，然后转瞬间他们已经在外面了，站在风雪中。而此刻，她在地上爬，爬向那个翻倒的柏木盒。所有的记忆……

（疯狂）

都消散了。

（在轻柔的沙沙声中）

她内心深处有另一个自己，一个深藏的自己，而那个自己长久以来一直都知道真相，此刻的丽赛终于也接受了那个真相。有那么一会儿，他们并没有在那棵“嗯嗯树”下，也没有站在外面的风雨中，而是在另一个地方。

那个地方很温暖，弥漫着朦胧的红晕，远处传来隐隐约约的鸟鸣，空气中飘散着一股热带气息。有些气味是她熟悉的——例如，赤素馨花，茉莉花，九重葛，含羞草，还有泥土地上飘散的湿气。他们跪在泥土上，那模样就像一对热恋中的情侣，而他们也确实深爱着对方。可是，有些最香甜的气味她却闻不出是什么。她拼命要想出那些花的名字。她记得当时她想开口讲话，但斯科特却用掌缘抵住她的……

（嘘）

……她的嘴。她还记得，当时她觉得很奇怪，在这种热带地方，他们怎么会穿着冬天的衣服。而且她注意到斯科特看起来很害怕。后来，转瞬间，他们就已经在树外面了。十月的暴风雪疯狂地打在他们身上。

他们在那个“中间地带”停留了多久呢？三秒钟吗？说不定更

短。其实，此刻丽赛只不过希望自己至少能坦白承认这个事实。但此刻她实在太虚弱，受到太大的惊吓，根本站不起来，只好在地上爬。那天他们回到鹿角旅店后，她费了很大的力气才说服自己相信，那件事不是真的。只可惜，事实就是事实，永远磨灭不了。

“那种现象后来又出现了，”她自言自语道，“后来又出现了。”

她口好渴，渴得他妈的受不了。她好想再喝杯水，快想疯了。只可惜吧台间已经在后方很远很远，如果想喝水，她恐怕爬错方向了。她又想到，那个星期天，他们开车回家的路上，斯科特一边开车，嘴里一边哼着汉克·威廉斯的一首歌，一整天，放眼望去，眼前是片寸草不生的荒地。一整天，嘴巴没有沾到半滴水，那清凉的水。

小宝贝，等一下你就可以喝到水了。

“喝得到吗？”她的声音还是很嘶哑，几乎喊不出声音，“有杯水可以喝当然很好。我伤得好重。”

那个声音没有回答。不过好像也不需要那个声音回答了。她已经爬到那个翻倒的柏木盒和那堆散落的东西旁边。她伸手去拿那块黄色编织方巾，把它从那本紫色菜单上扯下来，紧紧抓在手上。她用没有受伤的那边侧躺着——然后拿着那块方巾仔细端详，看着上面的线条和流苏，看着那一缕缕线头。她的指尖上有血，把毛线弄脏了，不过她几乎没注意到。老妈用这种毛线编织过好几件阿富汗毛线衣。红灰双色，金蓝双色，橙绿双色。那是老妈的看家本领，每到晚上她就往电视机前一坐，眼睛看着七嘴八舌的谈话节目，指间的毛线针打个不停，毛衣就会一件接着一件从她的指间编织出来。

小时候，丽赛总是把“阿富汗毛线衣”说成“非洲毛线衣”。她有很多表姐妹堂姐妹（比如安格顿家、达比家、维更斯家、华许朋家，当然还有德布夏家，数都数不清），每个人结婚时，妈妈都会送这种大衣当做他们的结婚礼物。德布夏家的姐妹每个人至少都有三件，而每件毛线衣都会附带一条花样色泽相同的编织方巾。老妈说这条附带的编织方巾叫“欢喜巾”，原本是用来当桌上装饰的，或是用来框裱挂在墙上的。那件黄色的阿富汗毛线衣是老妈送给丽赛和斯科特的结婚礼物，斯科特很喜欢，而丽赛就把那条附带的“欢喜巾”放在柏木盒里。

此刻，她躺在地上，血流到灰白色的地毯上，手上拿着那条方巾。她不再挣扎，不再刻意遗忘那些事情了。她心想，秘宝找到了！游戏结束了！然后，她哭了起来。她知道自己没办法把那些记忆连贯起来，不过没关系，等到以后有需要时，她自然会理出头绪。

对了，当然还要先看她还有没有“以后”。

不是“失魂”就是“中邪”。兰登家的人，包括历代祖先，每个人一定会面临其中一种命运。总有一天一定会发作的。

难怪斯科特一眼就能看出阿曼达有什么毛病——那种自残行为他有第一手经验。斯科特究竟自残过多少次呢？丽赛不知道。和阿曼达不一样的是，他身上看不到什么疤痕，因为……呃，因为……丽赛亲眼看到他自残，只有那么一次——那天晚上他用温室的玻璃割自己。不过光只这一次就够触目惊心了。这是跟他爸爸学的。他爸爸“中邪”时，会先拿刀割自己，如果这样还不足以将体内的邪释放出来，他就会开始割自己的孩子。

不是“失魂”就是“中邪”。每个人一定会面临其中一种命运。总有一天一定会发作。

那么，如果斯科特躲过了“中邪”的悲惨命运，那么，他会怎么样？

一九九五年十二月时，天气突然变得奇寒彻骨，而斯科特也开始不太对劲。他本来已经计划好，来年年初要到各大学巡回演讲，包括德州、俄克拉荷马州、新墨西哥州，还有亚利桑那州（他开玩笑说，那叫“斯科特·兰登一九九六年西部大行动”），可是后来，他打电话给经纪人，取消了所有行程。承包演讲会的经纪人叫苦连天（高达三万美金的演讲会泡汤了，难怪他们要叫），但斯科特还是坚持取消。他说他根本没办法做巡回演讲，他说他病了。他确实病了，仿佛那个冰冷的冬天侵入了斯科特体内，于是斯科特·兰登病倒了。其实早在十二月初，丽赛就已经知道他有点……

2

丽赛知道他有点不太对劲，而且也知道那根本就不是他自己说的什么支气管炎。他没有咳嗽，而且皮肤摸起来凉凉的。所以就算他不让丽赛帮忙量体温，甚至不让丽赛在他额头上贴探温贴条，丽赛也能确定他根本没有发烧。那似乎是心理上的问题，而不是身体有毛病。丽赛被吓坏了。有一次，丽赛好不容易鼓起勇气建议他去看伯琼大夫，斯科特气得差点就要"把她的头扭下来"，骂她根本就是看医生看上瘾了，"跟她那几个神经病姐姐一样"。

那么丽赛该怎么应付他呢？他究竟有什么症状？有哪个医生会把他的症状当成生病？恐怕就连那个最有同情心的伯琼大夫也不会吧。首先，他写稿时不听音乐了。第二，他写得比较少了。这点更严重。当时他正在写一本新小说。虽然那本小说注定得不到评论界青睐，可是丽赛非常喜欢。那本小说的写作进度越来越缓慢。本来他写稿的速度就像百米冲刺，但现在简直就像在地上爬。还有更严重的是……老天，他的幽默感跑哪儿去了？他本来爱闹爱开玩笑，可是突然间，他的幽默感彻底销声匿迹，整个人变得阴森森，令人毛骨悚然。

那感觉就像看老式丛林电影，土著的鼓声突然消失了，整个丛林陷入一片死寂。他酒也越喝越凶，经常喝到三更半夜。丽赛总是比他早上床——而且早很多。不过只要他一上床，丽赛还是感觉得到，而且闻得到冲天酒气。平常丽赛都会看看他工作室的垃圾筒里有什么东西。当时丽赛越来越担心他的状况，于是每隔两三天一定会去看一下。从前丽赛在他的垃圾桶里看到的，总是空啤酒罐，偶尔是一整堆啤酒罐。他很喜欢喝啤酒。可是在一九九五年十二月到一九九六年一月初这段期间，丽赛看到的却是威士忌酒瓶。那段期间，斯科特经常宿醉，吃了不少苦头。不知道为何，这件事最令丽赛担忧。有时斯科特会在屋子里晃来晃去——脸色苍白，沉默不语，一副病恹恹的模样。斯科特经常这样晃到下午三点左右，然后才打起精神开始工作。有好几次丽赛听到他关上浴室门，在里面呕吐。药柜里的阿司匹林消耗速度惊人，所以丽赛心里明白，他头痛得厉害。

也许你会说，这没什么大不了，只不过，老兄，从晚上九点到半夜十二点这三个钟头里，一人喝掉一整箱啤酒或是一整瓶威士忌，那可是要付出代价的。也许喝酒宿醉头痛很正常，可是对斯科特来说这可不太寻常。她和斯科特在大学会客室认识的那天晚上，她发现斯科特的西装外套口袋里藏着个小酒瓶（斯科特甚至还分给她喝）。从那时候起，她就知道斯科特喝酒喝得很凶，可是他宿醉头痛的情况并没有那么严重。最近他正在写一本叫《歹徒的蜜月》的小说，稿子就在他那张大书桌上。每次丽赛看到他的垃圾桶里全是空酒瓶，可是小说的稿子却只多写了一两页（有好几次连一个字都增加），丽赛免不了要想，除了她看到的酒瓶之外，他是不是还喝了更多？

年底那一阵子，他们到外地度了个假，圣诞节那天还跑到人潮汹涌的街上血拼。唯有那几天，丽赛才稍微放心了点。斯科特一向不太喜欢逛街购物，就算店里生意清淡没什么人，他也一样不喜欢。可是今年他却兴致勃勃，开始疯狂血拼。他每天跟丽赛出门，到奥本购物中心，或是城堡岩市的商店街。他常被人认出来，于是有人就会发现这是千载难逢的好机会，可以要到独一无二的签名。只不过他会笑着婉拒要求签名的读者，对他们说，要是现在不把握机会陪太太，他恐怕得等到复活节才有办法再和她见面。也许他的幽默感不见了，可是丽赛却从来没看过他发脾气。有时尽管有些人纠缠不休，非要斯科特签名不可，他还是不会发火。这时丽赛就会觉得他似乎还好。虽然他酒喝得很凶，虽然他取消了巡回演讲，虽然他新书写作的进度很慢，但至少看起来他还是原来的他。

圣诞节是个欢乐的日子，两个人交换一堆礼物，而且还在光天化日下上床，使尽浑身解数翻云覆雨。圣诞晚餐是在坎塔塔和理查德家里办的，上甜点时，理查德对斯科特说什么时候要找本他的小说拍成电影。理查德说：“那才有真正的油水可捞。”只不过他好像忘了，斯科特的小说已经有四本被改编成电影了，可惜其中三部票房惨淡，唯一卖钱的那本是《空虚的恶魔》，但丽赛从来没看过。

在开车回家路上，斯科特忽然又把他的幽默感发挥到极限，简直就像B-1轰炸机丢下一颗大笑弹。他模仿理查德讲话的样子，害丽赛笑到肚子痛。他们一回到苏克塔丘的家里，又立刻上床翻云覆雨一番，第二回合。事后，丽赛有种感觉，如果斯科特这样也算生病，那么也许更多的人应该染上这种病，这么一来这世界一定会变得更加美好。

第二天凌晨两点左右，丽赛突然很想上厕所，于是醒了过来。当时丽赛发现他又不在床上——她顿时有种似曾相识的感觉。不过，这次丽赛不再认为他消失了。虽然当丽赛想到他……

（消失了）

……想到那种现象，想到他会去什么地方，她也并不是真搞得清楚那究竟是怎么回事，不过就算搞不清楚，丽赛也已渐渐明白他并没有消失。

丽赛尿尿时，眼睛还是闭着，耳朵听着屋外风声呼号。光听着那风声都令人觉得发冷，然而丽赛还不知道什么叫冷。她还没真正见识到。再过几个星期她就会知道了，再过几个星期，她就什么都懂了。

上完厕所，她瞄了浴室窗外一眼。从浴室的窗口望出去，可以看得到谷仓，还有谷仓楼上秣草棚改装成的工作室。每当斯科特半夜睡不着觉，通常都会跑到工作室去。假如他现在人在那里，应该看得到灯光，说不定隐约还会听到热情欢乐的摇滚乐。可是今晚谷仓里一片漆黑，丽赛唯一听得到的声音只有呼啸的风声。丽赛觉得有点不安，脑中隐隐浮现一个念头……

（心脏病）

……可是那念头实在让人很不舒服，丽赛不愿认真去想。可是那个念头似乎越来越强……想到他最近那些异常举动……丽赛实在很难完全甩开这个念头。所以尽管睡眼惺忪，但她没有走回房间，而是从浴室的另一个门走出去。那扇门通往楼上的走廊。丽赛喊着他的名字，可是没听到他响应。不过她看到走廊尽头那扇门下泄出一道黄色的光芒。现在，她隐约听到非常微弱的音乐声从那房间里传出来。那不是摇滚乐，而是乡村音乐。是汉克·威廉斯。汉克·威廉斯正在唱“咔哇——里加”。

“斯科特？”丽赛又喊了一声，但他还是没有回答。这时她开始走向那扇门，边走边把眼睛前面的头发拨开，光秃的脚丫踩在地毯上，发出轻微的沙沙声。那条地毯一路延伸到阁楼。她心头隐隐弥漫着一丝恐惧，却又说不出到底在怕什么。难道……

（消失）

……一切都结束了，或者说，结果已经无可避免了。德布夏老爹要是在这里，一定会搬出那句名言：“大势已去，听天由命。”这句话是老爹从那个“池子”里捞上来的。我们每个人都会到那个池子里喝水，到那个池子里捞东西。

“斯科特？”

丽赛在那间客房门口站了一会儿，心头浮现出不祥的预感：他坐在电视机前的摇椅上，已经自杀而死。丽赛怎么没有事先想到这个结果？种种异常迹象不是已经出现了一整个月，甚至一个多月了吗？斯科特一直压抑，一直忍到圣诞节才动手。斯科特之所以迟迟没有动手，都是为了她，可是现在——

“斯科特？”

丽赛转动门把，推开门，发现他果然如丽赛想象般坐在摇椅上，只不过他活得好好的，整个人包在老妈那件阿富汗黄色毛线衣里。电视音量开得很小，正在播放的是他最喜欢的电影：《最后一场电影》。斯科特一直盯着屏幕，完全没有转头看她。

“斯科特？你还好吗？”

他眼睛一动也不动，一眨也不敢眨。丽赛快被吓死了，潜意识里开始模糊地浮现斯科特说过的那个怪异字眼……

（失魂）

……那个字眼就这么突然冒了出来，而她拼命要把那个字眼压回潜意识里，同时嘴里还……

（他妈的！）

……大声咒骂一句。丽赛走进房里，又喊了一次他的名字。这次他终于眨了一下眼睛——谢天谢地——转头看着丽赛，对她笑了一下，斯科特·兰登式的招牌笑容。当年他们初次见面，丽赛就是因为他的笑容才爱上他的。尤其是他一笑起来，眼珠就会斜向眼角的样子。

“嗨，丽赛，”他说，“你跑上来干什么？”

“我也正想问你同样的问题。”她边说边转头看看四周，看看有没有酒瓶——也许是一罐啤酒，也许是只剩半瓶的威士忌。不过她倒是没看到酒瓶。很好。“你不知道现在已经很晚了吗？很晚了。”

斯科特迟疑了好一会儿，仿佛在盘算该怎么回答。后来他终于开口：“我被风声吵醒了。风太大了，屋檐旁边的排水槽被风吹得撞到墙上，吵得我没办法睡觉。”

丽赛正要开口说话，想想又吞了回去。如果你结婚结得够久——到底多久才算久，恐怕因人而异，不过他们结婚十五年了，应该够久了——你就会明白什么叫心电感应。现在丽赛心里有数，他还有别的话要说，所以她不说话，等等看，看她猜得准不准。她猜对了，斯科特开口要说话了。可是就在这时屋外骤然吹起一阵狂风，接着她听到了——那是一阵噼里啪啦的声响，很低沉、很快，听起来就像两排大钢牙咬得格格作响。这时斯科特转头看向声音传来的方向……微微一笑……但笑得有点不自在……那种笑就像隐瞒了什么秘……然后斯科特的嘴巴又闭了起来。丽赛不知道他本来想说什么，但他现在决定不说了。他转头回去看电视。电视上是杰夫·布里吉——当年的他看起来好年轻，电影正好演到他和最好的朋友正在车上，在前往墨西哥的路上。等到他们回来时，“狮子”山姆已经死了。

“那你现在睡得着了吗？”丽赛问他。可是他没有回答。这时丽赛开始害怕了。“斯科特！”丽赛又喊了他一声，口气不由自主地变得严厉起来。接着斯科特又转头看看丽赛（丽赛觉得他好像很不情愿，奇怪，那部电影他明明已经看过几十次了）。于是，丽赛很快又问一次：“那你现在睡得着了吗？”

“应该可以吧。”斯科特乖乖投降了。这时丽赛看到某种东西，让她觉得很害怕，很难过。她看到斯科特露出害怕的表情。“要是你肯让我黏在你身上睡的话。”

“天气这么冷，你在跟我开玩笑吗？来吧，关掉电视，我们去睡吧。”

于是斯科特乖乖地跟她回房睡觉了。丽赛躺在床上，听着屋外呼号的风声，享受着男人剧烈运动后身上散发出的温暖。

这时丽赛眼前开始出现飞舞的蝴蝶。每次她快睡着时，都会看到那种东西。她看到巨大的红蝴蝶和黑蝴蝶在黑暗中展翅飞舞。她又想到人快死时是否也会看到某种东西，想到这里她不由得开始害怕，不过还好只是有点怕而已。

“丽赛？”她听到斯科特在叫她。斯科特的声音听起来好遥远。丽赛感觉得到，他也快睡着了。

“嗯？”

“它不喜欢我跟你讲话。”

“什么东西不喜欢？”

“我也不知道，”斯科特的声音听起来好微弱，好遥远，“可能是风吧。冷冰冰的北风，那阵风是从……”

斯科特大概想说“从加拿大吹来的”吧。不过丽赛已经没办法问清楚了，因为她已陷入昏睡状态，斯科特也一样。他们没办法一起进入梦乡，所以丽赛很害怕，怕这也是一种死亡的征兆。死亡的世界里有梦，可是，永远没有爱，永远没有家。日落时分，成群鸟儿从黄澄澄的太阳前面飞掠而过时，永远不会有人握住你的手。

3

有一段时间，大概两星期吧，丽赛拼命说服自己情况已经逐渐好转。只不过，过些时候，她一定会痛骂自己，怎么会笨到这个地步，怎么会盲目到这个地步，怎么会犯这种错。当时斯科特拼命挣扎，因为他舍不得这个世界，想抓住这个世界（还有她！），可丽赛却误以为他千辛万苦的挣扎是情况已经改善的表现。当眼前只剩干草能抓的时候，你也只能拼命抓住了。

而那几根干草也真是够粗够牢固。一九九六年初那一阵子，斯科特似乎已经完全不喝酒了，只在吃晚饭时偶尔喝杯红酒，而且他每天都会到工作室奋斗。这样的模式持续了好一阵子，一直到后来——后来，后来，一直到后来，就像小时候的这句顺口溜。小时候，在游泳池边的沙堆上，她们几个姐妹第一次堆“文字城堡”时，嘴里哼的就是这句顺口溜—— 一直到后来她才发现，那段时间，他那本新小说的手稿还是毫无进展，一个字也没写。那段时间，斯科特除了偷偷喝威士忌，吃了一堆薄荷糖，写了一堆无厘头的笔记之外，什么事也没做。他平常用的是台麦金塔电脑，有天，她发现键盘下塞了张纸—— 一张信纸，顶端打着一行字：“斯科特·兰登专用。”信纸上有一行笔迹潦草的字：拖拉机的链条说一切都太迟了，速克达，速克达，现在一切都太迟了。那寒风，当那刺骨的寒风从极北的黄刀山脉席卷而来，在屋外呼号，丽赛才终于发现他双手掌心上的新月形疤痕。那伤痕一定是他自己的指甲抓出来的，一定是因为他挣扎着想抓住自己的生命，抓住自己残存的理智，就像登山客在暴风雪中拼命抓住岩壁，所以才会抓出那种伤痕。一直到很久以后，丽赛才发现他偷藏威士忌空酒瓶的地方，总共有十几瓶。能找到那些酒瓶，她还真要为自己拍鼓掌，因为那些酒瓶藏得可真隐秘。

4

一九九六年初那阵子，天气暖和得异乎寻常。老一辈的人说那叫做“一月融雪”。不过，一月三日那天，气象播报员警告大家，天气要变了，而且是剧烈转变。一道强烈冷锋即将从加拿大中部那片冰雪覆盖的荒原席卷而来。他们警告缅因州居民，务必要把油箱装满，水管外一定要用绝缘材料包起来，而且一定要给家里的动物准备“温暖的地方”。气温将会降到摄氏零下三十二度，不过，低温还不是最可怕的。更可怕的是飓风。飓风会导致“风寒指数”低到零下五六十度。

丽赛一再提醒斯科特，斯科特却显得漠不关心。丽赛吓坏了，只好赶紧打电话给营造商。盖里叫她放心，他说兰登家的房子是全堡景镇最坚固的。他说他会特别关照丽赛那些姐妹（不用说，特别是阿曼达）。另外他还提醒丽赛，在缅因州，天气冷本来就是家常便饭。他说，熬过几个晚上的天寒地冻后，春天很快就会来了。

然而到了一月五日那天，气温开始降到零下几十度，刺骨寒风开始呼号，丽赛体会到的却是她这辈子最恐怖的梦魇，从小到大最恐怖的梦魇。小时候，连闪电打雷都会被她当成世界末日，天上飘点雪花就被当成暴风雪，每熬过一次，她都会觉得是自己的福气。现在回想起来，那些都不算什么。她把家里所有自动调温装置都设定在摄氏二十四度，暖气炉全天不熄火。

可是从一月六日到九日之间的三天里，室内温度始终没有超过十七度。风势之猛，不光是把屋檐吹得噼啪响，甚至很像有个女人惨遭疯子凌迟，被一把钝刀千刀万剐，那凄厉的惨叫声惊心动魄。前阵子“一月融雪”时，地面上还残留着许多积雪，现在那些积雪被时速高达四十英里的狂风吹得漫天飞（阵风甚至高达时速六十五英里，已经足以将缅因州中部和新罕布什尔州那五六座无线电塔吹垮）。飞雪高速掠过原野，仿佛飞舞的鬼魂。狂风夹带着飞雪猛烈撞击防暴风窗户，那些细小的雪花发出的撞击声简直就像硕大的冰雹。

这场加拿大超级寒流来袭的第二天晚上半夜两点，丽赛忽然醒来，发现斯科特又不在床上了。她跑到那间客房，发现他果然又在那里，还是一样用老妈那件黄色大衣把全身裹得紧紧的，一样在看那部“最后一场电影”，背景音乐一样是汉克·威廉斯的《咔哇——里加》，而电影已经演到“狮子”山姆死掉的段落。丽赛不太敢叫他，最后好不容易才鼓起勇气叫了一声。她问道，你还好吗？斯科特说，是啊，我没事。斯科特叫她看看窗外，说窗外好漂亮，可是也叫她要小心，千万不要看太久。“我爸爸说光线太刺眼的时候，眼睛会被烧坏。”他提醒丽赛。

看到窗外美丽的景象，丽赛不由得倒抽了一口气。整个天空仿佛一面飘飞起伏的电影银幕，色泽变幻莫测，一下由绿而紫，一下由紫而红，一下由鲜红变成一种怪异的无法形容的血色。也许该说比较接近黄褐色，可是又不完全是。丽赛心想，恐怕没人说得出那是什么颜色。后来斯科特扯了一下她睡袍后摆，对她说够了，不要再看了。这时她瞄了录像机显示屏一眼，看到时间数字时不由得吓了一跳。原来刚才她隔着那扇结霜的窗户看着外面的北极光十分钟之久。

“别再看了，”斯科特说话的音调拖得很长，很像在说梦话，“我们回去睡觉吧，小丽赛。”

丽赛巴不得赶快回去睡觉，赶快把电视关掉，不要让他再看那部可怕的电影。她巴不得赶快把斯科特从那张摇椅上拖起来，赶快离开这间冷得像冰库的房间。丽赛牵着他的手，拉着他沿着走廊往前走，走到一半，听到他说了几句话，丽赛瞬间全身汗毛直竖。“那风声听起来好像拖拉机链条的声音，而且那拖拉机链条的声音听起来好像我爸爸，”他说，“会不会我爸爸没死？”

“斯科特，你在胡说什么？”她说。可是在这夜半时分，这种话听起来不像是胡说八道，不是吗？尤其屋外狂风呼啸，而天空变化万千的色泽仿佛在回应风的呼啸。

第二天晚上，屋外依然狂风呼号。到了半夜丽赛又醒来了，这一次她跑到客房去时，发现电视没开，可是斯科特的眼睛却盯着电视。他坐在摇椅上，身上裹着那件大衣，老妈的黄色大衣。丽赛叫了他一声，可是这次他没有回答，甚至没有转头看她。斯科特就坐在摇椅上，可是斯科特已经不在了。

他已经“失魂”了。

5

丽赛倒在斯科特工作室的地上，她翻身仰躺，盯着头顶天窗的阳光，感觉胸部阵阵抽痛。她不自觉地拿起那条黄色编织方巾压住胸口。一开始比原来更痛……过了一会儿，她慢慢觉得比较舒服了。她喘着气，看着天窗外的亮光。她闻到一股汗水与泪水的酸味，而且皮肤浸泡在血泊中，散发出一股血腥味。她不由得呻吟起来。

兰登家的人受伤后，伤口都会很快愈合。我们非愈合不可。假如这是真的——她已经相信这是真的——那么此刻她渴望自己不再是里斯本瀑布镇的丽赛·德布夏，不再是德布夏家老爹老妈意外的“爱的结晶”，而是兰登家的人。她从来没有这么渴望过。

别忘了自己是谁。她耳边又回荡起斯科特充满耐性的声音。你是丽赛·兰登。我的小丽赛。可是她好热，而且好痛好痛。现在轮到她想要冰块了。无论斯科特的声音有没有出现，斯科特·兰登似乎一直没有真的死去。

静动，小宝贝。他的声音不厌其烦地出现，可是听起来好遥远。

好遥远。

那张“傻大个”书桌上有部电话，只要爬到电话旁就能求救了。但现在，就连那部电话看起来都好遥远。那什么东西比较近呢？一个问题。简单的问题。问题是，看到姐姐目前那种“失魂”状态，她怎么会没有联想到当年的斯科特呢？一九九六年，强烈寒流来袭那年，斯科特不就像现在的阿曼达一样，陷入同样的“失魂”状态吗？

其实我想到了。她躺在地上，看着上方天窗外的光，胸前那条编织方巾已经被鲜血染红。她听到自己的声音在脑中轻轻回荡。其实我想到了。可是只要一想到斯科特坐在摇椅上的模样，就会想到“鹿角旅店”。只要一想到“鹿角旅店”，就会想到那天，那天我们从那棵“嗯嗯树”下走到外面的风雪中，那短短的一刹那发生了一件事。想到那件事，就一定会想到他哥哥保罗的悲惨遭遇。想到保罗，就会想到那天晚上，在那间客房里，刺骨寒风从加拿大曼尼托巴省席卷而下，从黄刀山脉席卷而下，在屋外呼号，整片天空都是灿烂缤纷的北极光。你还不明白吗，丽赛？这一切都有关联，一直都有关联。一旦你跨出第一步，开始把这一切联结起来，就如同推倒第一张骨牌——

“我会发疯，”她啜泣着自言自语，“就像他们一样，就像兰登家的人一样，就像兰登家的祖先一样，就像所有知道这些事的人一样。难怪他们会发疯，因为他们知道有另一个世界紧邻着我们这个世界……而两个世界之间只有一线之隔……”

不过那还不是最可怕的。最可怕的是那令斯科特“中邪”的东西，那个有绵延无尽杂色斑纹的东西——

“不要！”丽赛大叫一声，声音回荡在空荡荡的工作室里。虽然一叫起来，浑身就一阵剧痛，但她还是不顾一切地大吼着：“噢，不要！别再想了！别再想了！别再想这些了！”

可惜已经太迟了，那个世界实在太真实了，就算自己很可能发疯，她都无法再否认。那个世界真的存在。在那个世界里，天黑之后，食物会馊掉，有时甚至会具有毒性。在那个世界里，那个身上有斑纹的东西，也就是斯科特所说的那个“高个子”……

（那东西转头看旁边时，会发出一种声音，我学给你听）

……可能是真的。

“噢，好吧，是真的，”丽赛喃喃嘀咕着，“我看过它。”

空荡荡的工作室里，空气中弥漫着一股鬼魅的气息。丽赛开始啜泣，就算现在，她也无法确定那个东西究竟是不是真的……不过，感觉起来好真实。而且，就算是真的，她也无法确定自己究竟是什么时候看过的。丽赛觉得自己就像癌症病人。每到下午三点，药都吃过了，吗啡注射器里的剂量也用光了，可是痛苦不但没有减轻，反而一英寸一英寸深入体内。病人会清醒地感觉痛苦正啃噬着全身每一根骨头。而他却还活着。活着，但满怀恨意，感觉饥渴。每当这时，病人模模糊糊瞥见床边的玻璃水杯，就会产生希望破灭的感觉。

此刻丽赛就有这种感觉。她相信丈夫一定尝试过借着喝酒摆脱那东西，可是却失败了。他一定试过很多方法来摆脱那东西，例如强颜欢笑，例如写作。那天晚上屋外寒风呼号，但是那间客房里静悄悄的，她丈夫茫然地盯着电视，电视却没开。丽赛似乎在他空洞的眼神中看到了那个东西。斯科特坐在……

6

斯科特坐在那张摇椅上，全身裹在老妈那件桃黄色毛线衣里，裹得密不透风，只露出那双直愣愣的眼睛。他凝视着丽赛，但视线却仿佛穿透她的身体，落在她身后某个遥远的地方。丽赛一次又一次喊着他的名字，越喊越急，可是他却完全没反应。丽赛不知道该怎么办了。

打电话找人帮忙吧。丽赛心想，也只能这样了。于是她迫不及待地沿着走廊回到房间。坎塔塔和理查德到佛罗里达去了，要二月中旬才会回来，不过黛拉和麦特就住在同一条路上。她最先想到的就是打电话给黛拉，而且现在根本没有心思顾虑三更半夜打电话会不会吵到他们。她非得找个人讲话不可，她需要帮助。

可是没人帮得了她。风势猛烈，奇寒彻骨，即使她身上穿着法兰绒睡袍，外面还套上一件毛衣，也依旧抵挡不住那股寒意。地下室的暖气炉二十四小时不停运转，整栋房子发出嘎吱嘎吱声，甚至偶尔发出一种可怕的爆裂声。那奇寒刺骨的冷风从加拿大席卷而下，吹断了堡景镇某处的电话线路。她拿起电话时，只听到话筒里传来持续的嗡嗡声。她下意识地用指尖猛按话机上的挂断键，按个不停，虽然明知这动作毫无意义，但那是本能反应。没错，确实毫无意义。

她孤零零一个人在苏克塔丘路这栋古老的维多利亚式大宅里，屋外温度已低到难以想象，天空仿佛一片五彩缤纷的光之布幕。能不能到隔壁的加洛韦家求救呢？她心里明白，要是贸然跑出去，她很可能会冻掉一只耳朵，或是一根手指，甚至好几根手指。说不定刚跑到他们家的门廊，还来不及叫醒他们，她就已经冻死了，这种恐怖的天寒地冻可不是闹着玩的。

她把电话放回挂钩上，然后匆匆沿着走廊跑回斯科特身边，脚上的拖鞋摩擦地面，发出吱吱声响。斯科特还像刚才那样坐在摇椅上，房间里飘扬着“最后一场电影”片中的音乐。那是五〇年代的乡村音乐，哀凄的旋律在夜半时分听起来很恐怖，不过，寂静更加骇人，不对，不只更骇人，而是天底下最骇人的东西。这时一阵突如其来的飓风撼动了整栋房子，整栋房子仿佛要被连根拔起（她简直不敢相信现在屋里居然还有电，不过恐怕也撑不了多久了），这时她才猛然发现，为什么飓风反而让她松了口气：因为更恐怖的是，她听不到斯科特的呼吸声。斯科特没死，脸颊上还有淡淡血色，可是丽赛真能确定他没死吗？

“亲爱的？”丽赛怯生生地叫了一声，“亲爱的，跟我说话好不好？看看我好不好？”

斯科特没吭声，也没看她。丽赛伸出冻僵的手指摸摸他的脖子，发觉他的皮肤摸起来温温的，而且丽赛感觉得到他表皮底下大动脉的脉搏。还有别的，丽赛感觉到斯科特在向她求救。平常在大白天，甚至奇寒彻骨的白天，狂风呼号的白天（她忽然想到，“最后一场电影”里的场景就像这样，所有外景都是狂风大作），要是斯科特向她求救，丽赛一定会笑他，但此刻丽赛不会笑他的。现在丽赛已经明白是怎么回事了。斯科特需要人帮忙，就像那天在纳什维尔一样，需要丽赛救他。那天他被那个疯子开枪射杀，倒在热腾腾的地上，浑身发抖，哀求丽赛拿冰块给他。

“我该怎么救你呢？”丽赛自言自语嘀咕道，“我该怎么救你呢？”

这时丽赛脑中有个声音回答了她，是黛拉。那是黛拉十几岁的声音——德布夏家老妈形容她是“发春似的，一肚子坏水”。这话骂得超乎寻常的难听，显然妈妈是被黛拉气坏了。

你不会去救他的。你怎么会说什么要去救他呢？黛拉的声音在质问她。黛拉的声音听起来好真实，丽赛仿佛听到她在吹那种强力泡泡糖，仿佛闻得到她身上科迪牌粉饼的味道。黛拉只能用那种牌子的粉饼（因为她脸上有伤疤）。对了！黛拉曾经去过那个语汇之池，撒网捕捞，捞了很多东西回来！丽赛，他已经不正常了。他已经火山爆发了，已经疯了。如果你想帮他，唯一的方法就是等电话线路一通，立刻打电话找那些穿白衣的家伙。丽赛看着坐在摇椅上目瞪口呆的丈夫，脑海深处似乎听到黛拉在笑——那是十几岁女生的得意笑声。救他！黛拉嗤之以鼻地哼了一声。救他？老天，饶了我吧。

不过丽赛还是觉得自己救得了斯科特，丽赛觉得自己有办法。

问题是，救他的办法可能有点危险，而且丽赛也没什么把握。坦白说，她自己心里明白，有些问题是她造成的。她偷偷把某些回忆隐藏起来，比如说，那天他们从“嗯嗯树”下出来时，经历了一件不可思议的事。此外她的脑中仿佛有道帘幕，帘幕后面隐藏了一些令人难以忍受的真相——比如说，他那个品格高尚的哥哥保罗；帘幕后有某种声音……

（呼噜呼噜，老天，那咕噜声听起来好低沉，好恶心）

此外，丽赛也隐约看见帘幕后面有某些东西。

（十字架，坟墓，血光中的十字架）

有时她很好奇，不知每个人脑中是否都有一片那样的帘幕，而那片帘幕后面是个“别去想”的区域。每个人应该都有，因为那样很方便。别去想就不会常常睡不着觉。在她脑中的那片帘幕后面，藏了不少尘封了多年的狗屁倒灶事情。比如说这个，比如说那个，比如说另外很多很多个。总而言之，乱成一团，令人眼花缭乱。噢，小丽赛，你实在太棒了，老天……还有，那些小孩说了什么？

“别进去。”丽赛嘀咕道，可是她觉得自己终究还是会进去。她心想，只要还有一线希望可以救斯科特，可以把他带回来，她就非进去不可……无论那里面是什么样的地方。

噢，只不过，那个地方就在你身边，一点都不远。

这才是最令人害怕的。

“你一直都很清楚，对不对？”说着，丽赛开始啜泣。其实刚才她并不是在问斯科特。斯科特已经到那“失魂”的世界去了。很久很久以前，在那场怪异的十月暴风雪中，他们躲在那棵“嗯嗯树”下。当时斯科特说，他写小说只是种释放，释放内心的疯狂。而丽赛并不这么认为——丽赛是个实际的人，对她来说，世事一切正常。于是丽赛对她说，你并不懂我的过去。那是你的福气，小丽赛，但愿你永远都能那么幸福。

可是今夜，天寒地冻的飓风从极北的黄刀山脉席卷而来，在屋外怒吼，整片天空布满变幻莫测的光彩。丽赛的福气已经用完了。

7

丽赛仰面朝天躺在地上，躺在斯科特的工作室里，手上抓着那条血淋淋的“欢喜巾”压在胸口。她自言自语道：“我坐在他旁边，把他的手从毛线衣底下拉出来，紧紧握住。”说着，丽赛咽了口唾液，喉咙发出咕噜一声。她想多喝点水，可是不相信自己站得起来。现在恐怕还不行。“他的手摸起来很温暖，可是地板……”

8

尽管丽赛身上穿着丝质内裤、法兰绒长内裤和法兰绒睡袍，可是坐在地板上感觉依旧冷冰冰的。这间客房和楼上其他房间一样，墙脚板都有暖气孔。她一手握着斯科特的手，那么如果她伸出另一只手，就能感觉到那股热气。只不过就算感觉到了，也没什么帮助。

地下室的暖气炉二十四小时不停运转，把暖气送到楼上，然后再透过墙脚板的暖气孔吹送出来。热气从墙脚板散放出来，沿着地面扩散了六英寸左右……然后，咻！没了。就像理发店旋转灯上的条纹，转到最上方就没了。就像烟头缭绕的烟雾，飘到半空中就散了。甚至就像她丈夫，有时会消失。

别管地板有多冷，别管你的屁股会不会冻成冰块，如果你想为他做些什么，那就动手吧。

可是丽赛能做些什么？该从哪里开始呢？

这时一阵飓风撼动屋子，她想到了。对了，先帮他泡一盆“万灵茶”吧。

“他——从来没有——告诉过我——该怎么泡，因为我——从来没有——问过他。”这句话如闪电般划过她的脑海，整句话串在一起，仿佛是个很长的外国字汇。

只不过这个外国字汇显然是骗人的。那晚在“鹿角旅店”激情过后，他们躺在床上，丽赛曾问他万灵茶的问题，而斯科特也告诉过她了。丽赛问了他两三个问题，可是第一个问题最重要最关键，而且也最简单。斯科特本来可以简单回答是或不是，可是你何时听到斯科特·兰登回答问题时，说是或不是这么简单的答案呢？但这个问题成了一个瓶塞。因为要扯到保罗身上去了，而只要一谈到保罗，就免不了牵扯到他是怎么死的。而保罗的死又会牵扯到——

“不，不要了。”她喃喃嘀咕道。这时她赫然发现自己把他的手捏得太紧了。当然斯科特并没有任何反应。套句兰登家的专用术语，他已经“失魂”了。这样说听起来有点好笑，就像搞笑综艺节目里的笑话。

嘿，巴克，罗伊跑到哪去了？

呃，米妮，老实告诉你吧——罗伊跑到“失魂”的世界里去了！

（现场观众哄堂大笑）

可是丽赛笑不出来。她不再需要脑中那个声音告诉她，斯科特已经跑进“失魂”的世界去了。丽赛要是想把他救回来，就得先跟着他一起进去。

“噢，老天，不要！”她呜咽着。她知道记忆深处的某个东西已经开始浮现。那是个全身用布裹住的巨大形体。“噢，老天，噢，老天，难道我真的非去不可？”

但老天没有回答她的问题。事实上，丽赛也并不需要他回答。她知道自己该做什么，或者可以说，至少她知道该从哪里着手：她必须回想他们待在“鹿角旅店”的第二个晚上。当时他们刚亲热过，已经开始昏昏欲睡。那时她突然想到，应该没什么关系吧，我想知道的是他那个圣人般的大哥，又不是那个邪恶的老爹。开口问他吧。于是她真的开口问了。此刻丽赛坐在地板上，抓着他的手（他的手开始变凉了)。屋外寒风呼号，整片天空布满狂乱绚烂的光彩。她在自己脑中升起那道帘幕，就是为了掩盖她最不堪、最困惑的记忆。此刻她正从帘幕的缝隙中往内偷看，看到当年的自己开口问他“万灵茶”的事。丽赛问他……

9

“那天晚上在我家，你把手浸在茶水里。那当年你从板凳上跳下来后，保罗是不是一样在茶水里浸泡伤口?”

他们在床上，斯科特躺在她身边，被子拉到腰际，因此丽赛可以看到他鬈曲的阴毛。斯科特正在抽他所谓的“棒透了的事后烟”。房间里唯一的亮光是他那边床头桌上的台灯。淡淡的粉红光晕中，香烟的烟雾袅袅上升，然后消失在黑暗中。看着眼前的景象，许多问号忽然闪过丽赛脑际……

(当初我们从那棵“嗯嗯树”下走出来时，有没有听到一种声音？一种空气爆开的劈啪声?)

她想到了一些事。那是她长久以来一直拼命想忘掉的事。

这时两人都没再说话，沉默了好一会儿。丽赛心想，他一定是不肯回答吧。不料斯科特却突然开口了。听他的语气，丽赛感觉得到他一定是经过仔细考虑，所以才会拖那么久。“丽赛，我很有把握，万灵茶是他后来才发明的。”说着斯科特又想了一会儿，然后点点头。“没错，我可以确定，因为他发明万灵茶的时候，我已经开始学计算分数了。1/3 + 1/4 = 7/12，诸如此类。”他咧嘴笑了起来……可是丽赛越来越懂得解读他的心思了。但丽赛知道他露出那种笑容时，心里是很紧张的。

“学校教的吗?”她问。

“当然不是，丽赛。”斯科特的语气仿佛在嘲笑她明知故问。后来斯科特又开口说话时，她听得出来，那种令她害怕、含混不清的小孩口音又出现了……

（我拼命试，试了好几次）

……那种口音又出现了。“我跟保罗，我们没有上学，我们在家里自学。爸爸说学校根本就是‘养驴场’。”床头桌的台灯旁摆着一本《第五号屠宰场》（无论到什么地方，斯科特一定随身携带这本书，绝无例外），烟灰缸就摆在书上。他把手上的烟按熄在烟灰缸里。屋外狂风呼号，那间老旧的小旅店被风刮得嘎吱作响。

丽赛觉得这时好像不该问他这个问题，也许她该翻个身乖乖睡觉。不过她一向三心二意，好奇害死猫。“那天——就是你从板凳上跳下来那天——他伤得很重吗？会不会只是浅浅的几道割痕？我的意思是，在小孩眼里，什么事看起来都会比实际上可怕……比如说，看到水管漏水，就会以为闹水灾了……”

说到一半，她的声音越来越小。斯科特又是好一会儿没再说话，只是愣愣地看着烟雾袅袅上升，飘出灯光范围之外，然后消失无踪。后来斯科特终于又开口说话，这一次，他的口气冷冷的，淡淡的，可是很坚定。“爸爸割得很用力，伤口很深。”

她本来想说几句场面话敷衍一下，结束这个话题（此刻她的脑中已经警铃大作，仿佛有成千上万个红灯闪个不停），可是她还没开口，斯科特就抢先说了。

“好了，我知道你想问的不是这个。丽赛，不管你究竟想知道什么，尽管问吧。我一定会告诉你的。我不会对你隐瞒任何事——自从今天下午我们经历过那件事之后，我不会再隐瞒任何事了。不过你得自己开口问，我才会说。”

今天下午他们经历了什么事？根据逻辑，她似乎应该问这个问题，可是丽赛心里明白，这样下去根本谈不出个所以然来，因为他们讨论的问题根本就不是正常的问题。他们讨论的是疯狂，而现在她自己也成了那个疯狂世界的一部分。斯科特带她去过某个地方，而且她心里很清楚，那绝对不是她平空想象出来的。只要丽赛开口问他，从前发生过什么事，斯科特一定会告诉她。斯科特亲口答应过……可是，这样是不对的。刚才亲热过后，丽赛本来昏昏欲睡，但现在整个人完全清醒了。丽赛这辈子从来没有这么清醒过。

“斯科特，你从板凳上跳下来后……”

“爸爸亲了我一下，说那是爸爸给你的奖品，表示血秘宝已经找到了，游戏结束了。”

“对，我知道，你告诉过我。保罗被割伤了，那你从板凳上跳下来后，保罗有没有……他有没有跑到某个地方去治疗伤口？是不是因为他去过，所以过没多久，他才能跑到店里去买两瓶可乐，然后跟你绕着屋子跑进跑出，藏秘宝让你玩游戏？”

“没有。”斯科特把香烟按熄在书上的烟灰缸里。

听到他说了“没有”这么简单的答案，丽赛的心情忽然变得复杂：一方面她松了口气，感觉很愉快，但另一方面她却又感到深深的失望。仿佛有雷电在丽赛的胸腔里爆开。丽赛突然搞不清楚自己在想什么，不过，“没有”这两个字意味着丽赛不必再想了——

“因为他办不到。”斯科特的口气还是一样冷冷的、淡淡的，一样的坚定。“保罗办不到。他没办法‘去’。”虽然最后那个字说得有点含糊，但丽赛听得一清二楚。“必须靠我带，他才有办法去。”

这时斯科特忽然转过身来抓住她……只是抓住她的手臂。斯科特的脸贴在她的脖子上，丽赛感觉好热，丽赛感觉得到他在压抑自己的情绪。

“有个地方，我们都叫它‘异月之湾’。我忘了当初为什么会取这个名字。那里平常看起来非常漂亮。他受伤时，我带他去过那里，他死掉时，我也带他去那里。可是，他‘中邪’的时候，我就没办法带他过去了。他被爸爸杀了之后，我把他带到那里，到‘异月之湾’去，然后把他埋在那里。”

这时斯科特终于崩溃，开始轻声啜泣，虽然他把嘴唇闭得很紧，哭声听起来没那么明显，不过啜泣的力道却导致整张床都开始摇晃。有那么一会儿，丽赛唯一能做的就是紧紧抱住他。过了一会儿斯科特突然叫她把灯关掉，丽赛问他为什么，他说：“因为故事的结局是我一直说不出口的。可是，丽赛，只要你抱着我，我就有勇气告诉你。不过，灯一定要关掉。”

丽赛从来不曾这么害怕——比很久以前的那天晚上更害怕。那天晚上，斯科特从黑暗中走出，满手血肉模糊。此刻丽赛虽然心里很害怕，但还是伸出一只手，伸得很长，把床头台灯关掉。丽赛探过身子关灯时，胸部正好压在他脸上。很久以后，那个名叫吉姆·杜利的疯子把她的胸部割得血肉模糊。灯一关掉，房里立刻陷入一片漆黑，过了一会儿，等瞳孔慢慢适应之后，丽赛又渐渐看得到房间里的家具了。而且月光从疏落的云间遍洒而下，她仿佛看到家具散发出淡淡的、幻觉般的幽光。

"你以为保罗是被爸爸谋杀的，对不对？你以为故事结局就是这样吧。"

"斯科特，你不是说他拿着来复枪——"

"可是那并不是谋杀。要是当年上了法庭，一定会有人指控他谋杀。不过当年我在场，所以我知道那不是谋杀。"说到这里，斯科特停了一下。丽赛以为他应该会再点根烟，可是他没有。屋外狂风怒吼，旅店的老建筑嘎吱作响。有那么一刹那，房里的家具陡然亮了起来，不过只是微微亮了一下，然后又陷入一片黑暗。"当然，爸爸确实很可能杀了他，这我明白。有好几次要不是因为爸爸被我挡住，保罗很可能早就被他杀了。只不过最后的结局并非如此。丽赛，你知道什么叫'安乐死'吗？"

"人道毁灭。"

"没错。爸爸就是让保罗安乐死。"

这时丽赛又看得到床铺四周的家具了。房间里又短暂地亮了一下，那些家具微微颤动，然后又陷入一片黑暗。

"保罗中邪了，你明白吗？保罗也像爸爸一样中邪了。只不过保罗的情况实在太严重，就算爸爸拿刀子割他，都没办法把他体内的邪释放出来。"

丽赛有点懂了。她心想，长久以来，他们的爸爸之所以多次拿刀割自己的儿子——还有割自己——其实就像在打某种古怪的预防针。

"爸爸说，中邪的家族遗传通常会间隔两代不发作，不过轮到的那一代一旦发作，情就况会加倍严重。爸爸告诉我：'速克达，那种感觉就像拖拉机的链条压在脚上’。”

丽赛摇摇头，她实在听不懂他说什么。丽赛内心深处的另一个自己根本不想听这些。

“当时是十二月，”斯科特说，“有一天突然来了一道强烈寒流。那是那年冬天的第一波寒流。我们住在偏僻的乡下农场，四周是一望无际的田野，附近只有一条路通往穆利百货商店，通往马腾斯堡镇。我们几乎是与世隔绝，一切都只能靠自己。你懂吗？”

丽赛懂，她真的懂。她能想象，每隔一段日子就会有邮差沿着那条路过来，而这位“热火”兰登也是沿着那条路到……

（美国石膏公司）

……去上班。不过会在那条路上进出的人，顶多就是他们了。学校巴士绝对不会出现在这条路上，因为我和保罗不上学，我们都在家里自学。学校的巴士只会开到“养驴场”去。

“大风雪已经很糟了，而那种天寒地冻的冷更要命——我们被困在屋里。不过，那年刚开始时，我们日子过得还不算糟，好歹家里还摆了棵圣诞树。有好几年，爸爸都会中邪……就算不中邪，也会很不对劲……这样一来，家里就不会有圣诞树，我们也不会有圣诞礼物。”说到这里，他干笑一声。“有一年圣诞节，他不让我们睡觉，逼我们熬夜读《圣经·启示录》，熬到半夜三点。我们读到的部分，就是罐子被人打开了，跑出了很多东西，例如瘟疫，还有很多骑着不同颜色的马的骑士。最后，他把《圣经》丢进厨房，对我们大吼大叫：‘这种他妈的狗屁是谁写的？还有，哪些白痴会相信这种狗屁？’丽赛，每次他冲动起来大吼大叫时，看起来就像《白鲸记》里的亚哈船长。那艘捕鲸船快要沉没前，亚哈船长就是这样嘶吼。不过那年圣诞节过得似乎还不错。你知道我们做了什么吗？我们全家一起到匹兹堡大采购，爸爸甚至带我们去看电影——是克林·伊斯威特的电影，演个警察在某个城市大开杀戒。当时我看得头都痛了，而且吃爆米花吃到肚子痛，不过那是我他妈生平看过最棒的电影。那天晚上回到家后，我模仿那部电影的剧情写了篇故事，然后念给保罗听。那篇故事可能烂到不行，可是他说我写得很好。”

“听你说来，他还真是个好哥哥。”丽赛小心翼翼地说。

只不过丽赛的顾虑根本是多余的，斯科特根本没听到她说什么。“我要说的是，有好几个月，我们相处得很愉快，就像正常的家庭一样。天底下真有正常的家庭吗？我很怀疑。不过……不过。”

斯科特又不说话了，仿佛在思考什么。后来，斯科特又开口了。

“后来，有一年快到圣诞节时，那天我在楼上自己的房间里。那天天气很冷——我快冻僵了——好像快下雪了。当时我躺在床上读历史课本，后来我转头看了一下窗外，看到爸爸怀里抱着满满的木头，穿过院子走向屋子。我立刻从后楼梯跑下去，想帮他把木柴堆在木材箱里，以免木材上的树皮掉满地——每次树皮掉在地上，他都会抓狂。而保罗当时……”

10

保罗当时坐在厨房的餐桌旁，他那十岁的弟弟正沿着后面的楼梯跑下来，运动鞋的鞋带没绑，噼里啪啦，甩来甩去。弟弟的头发实在该剪了。斯科特正想开口问保罗，要不要到谷仓后面山坡上玩雪橇。等一下把木头堆好之后，要是爸爸没有交代他们别的家事，他们就可以去玩了。

保罗·兰登的个子高高瘦瘦，才十三岁便已十分帅气。他面前有本摊开的书，书名是《代数概论》。斯科特心想，保罗一定是绞尽脑汁在解那些 X 方程式吧。他根本不可能预料到保罗有什么异状。这时保罗猛然转过头来瞪着他，他才觉得苗头不对。保罗出现怪异举动的那一瞬间，斯科特还在楼梯上，距离地面只有三步。

从小到大，保罗甚至连抬手打弟弟的举动都不曾有过。但此刻，保罗忽然一个箭步冲向弟弟。在这举动出现前的短短一刹那，斯科特就已发觉苗头不对了。不对，保罗并不是静静坐在那里；不对，保罗并没有在看书；不对，保罗并没有在研究数学。

保罗仿佛猛兽般低着头，虎视眈眈，伺机而动。

保罗猛然从椅子上窜起，力道之猛甚至把椅子都震得往后飞出，撞上墙壁。这时斯科特注意到哥哥的眼睛，那不是空洞茫然的眼睛，而是中邪的眼睛。此刻保罗的眼睛已不再是平常那双蓝眼睛，仿佛他脑袋里的血管爆开了，两眼一片血红，眼角布满血丝。

换作普通小孩，看到眼前的景象可能早就吓呆了，然后就会被那头猛兽生吞活剥。不久前，他哥哥还很正常，满脑子想的都是功课，不过也有可能在想，如果他和斯科特把扑满打碎，到了圣诞节可以送爸爸什么礼物。然而此刻，他哥哥已经变成一头猛兽。还好斯科特和他哥哥一样，也不是普通小孩。有“热火”兰登这样的爸爸，普通小孩根本活不了多久。另一方面，也许正因为长年累月和这疯狂爸爸在一起，此刻斯科特才有机会死里逃生。他知道“中邪”是怎么回事，一眼就看得出来。他根本不会浪费时间愣在那里发呆。他立刻转身想往楼上跑，可是才跑三步，两腿就被保罗抓住了。

此刻保罗仿佛一头地盘被侵犯的猛兽，喉头发出低沉的嘶吼，从下方一把抱住弟弟的小腿。斯科特立刻紧紧抓住栏杆，然后大喊一声——“爸爸救命！”然后就没再出声了。大喊大叫只会浪费力气。他必须把全身的力气用来抓住栏杆。

可是他的力气当然不够大，抓不住栏杆，因为保罗比他大三岁，而且比他重五十磅，比他强壮得多。而且保罗已经失去理智，虽然斯科特反应已经很快，但还是被哥哥抓住了。保罗拉扯的力道好大，万一他抓不住栏杆，很可能会受重伤甚至死掉。不过还好，保罗并没有真的抓住他，只是抓住他那条灯芯绒裤，还有脚上的运动鞋。刚才他从床上跳下来时，忘了绑鞋带。

（一直到很久以后，他们到新罕布什尔州，住在鹿角旅店二楼的房间里，那天晚上，他们躺在床上，斯科特才告诉太太：“要是当年我的运动鞋绑了鞋带，今晚我们大概就不可能躺在这里了。丽赛，有时我会想，我这条命好像全靠那个小东西——一双七号运动鞋。”）

保罗用力拉住斯科特，结果却把斯科特的裤子扯掉了，一只运动鞋掉在凹凸不平的油布地毡上。保罗整个人往后一跌，撞上那张椅子。大约一个钟头前，那个帅气的小伙子还坐在那张椅子上计算直角坐标。保罗大吼一声，斯科特则挣扎着想往上爬，想趁机跑到二楼的楼梯间，可是楼梯踢脚板太滑了，他脚上的袜子一滑，一边膝盖撞到楼梯板上，整个人滑到楼下。那条破内裤被扯到大腿上，他感觉一阵冷风钻进他的屁股缝，这时他脑中闪过一个念头：老天，求求你，我不想这样莫名其妙露出屁屁死掉。

接着那个变成怪物的哥哥又冲上来。他把那条裤子丢开，发疯狂的咆哮。保罗冲上来，从那张餐桌旁擦撞而过，桌上那本代数概论没被撞掉，但糖罐被撞到地板上了——他们的爸爸可能会说，撞得乱七八糟。接着，保罗扑到他身上，他拼命挣扎，拼命想挡住保罗的手，感觉到保罗的指甲掐进他的肉里。就在这时他突然听到一声木头碰撞的巨响，听到一个嘶哑的声音大吼：——放开他，你这个该死的王八蛋！操他妈的该死！

他几乎忘了爸爸。刚才他的屁股被一阵风吹得凉飕飕的，那是因为爸爸正好抱着木头走进门。接着，他被保罗抓住了，保罗的指甲掐进他的肉里，他变得像婴儿般脆弱，整个人被往后拉，手已经抓不住栏杆了。他知道，保罗马上就会开始咬他，因为他中的是很可怕的“邪”，穷凶极恶的“邪”，跟爸爸从前中邪时不一样。爸爸中邪的时候会产生幻觉，会看见不存在的人，会拿刀子割他自己，或是抓两兄弟其中一个来割，借此释放出“血秘宝”（后来斯科特越长越大，爸爸越来越少拿刀割他）。

但这次保罗的“中邪”很不一样，这次的“邪”真是会要命的。很久以前，兰登家的祖先很富有，那么他们为什么要离开法国，抛弃所有财富，抛弃自己的土地呢？这个问题他和保罗问过爸爸好几次，但爸爸总是摇头苦笑。他们一直不懂那是什么意思。现在斯科特懂了，因为保罗已经扑过来要咬他了，此刻，保罗就快咬到他了，啊——

后来保罗并没有咬到他。他感觉到左边屁股上方腰部的皮肤裸露出来，感觉到保罗呼出的热气，接着他又听到一阵木头碰撞的巨响，原来是爸爸又举起木材往保罗头上用力一敲——他用双手举着木头，用尽全身力气打下去。接着他听到一阵窸窸窣窣的声音，那是保罗松垮垮的身体滑倒在厨房油布地毡上的声音。

斯科特翻过身来，摊开手脚仰面躺在楼梯最底下那几层。他的身上只剩一件法兰绒旧衬衫，还有一条内裤和脚跟破洞的白色运动袜。他的一只脚已经快碰到一楼厨房的地面了。他已经吓得忘了要哭，他觉得嘴里好苦，那种味道很像扑满里的味道。

爸爸第二次打保罗的声音听起来好可怕。他超人般的想象力立刻在脑中描绘出一幕景象，看到保罗躺在血泊中。他很想哭，可是他受的惊吓实在太大，整个肺都瘪了，哭不出半点声音。后来他眨了眨眼，发现地板上看不到半点血迹，只看到保罗趴在地上的那片砂糖上，旁边是那个破掉的糖罐。糖罐裂成四块大碎片，还有一些零零星星的小碎片。他们永远没办法再跳探戈了。每次有东西打破，比如玻璃杯或盘子，爸爸都会冒出这句话。不过此刻爸爸什么话都没说。他身上穿着那件黄色工作服，站在那里看着地上昏迷不醒的儿子。他的肩头和凌乱的头发上有些雪花，而那些原本白茫茫的雪花已逐渐变得有点灰暗。他戴着手套，其中一只手上抓着那根木材。原先抱在怀里的那堆木柴掉在门口，乍看之下像是散落满地的棍棒。门还开着，阵阵冷风猛灌进来。这时斯科特终于看到血了。不过只有一点点。一丝丝鲜血正从保罗的左耳渗出，流到脸颊上。

——爸爸，他死了吗？

爸爸把那块木材丢进木材箱里，伸手拨了拨后脑勺的头发。他脸颊的胡碴上有几滴融掉的雪水——没有，他没死。没这么简单。他拖着沉重的脚步走向后门，砰的一声关上门，把风挡住。他的每个动作都充满憎恨，不过这并不是斯科特第一次看到爸爸这个样子——每当他接到税单、学校入学通知之类的东西，就是这副德性。他很清楚爸爸真正害怕的是什么。

爸爸从后门边走回来，走到那个躺在地上的儿子身边，低头看着他。爸爸脚上穿着皮靴，身体左右摇晃着，晃了好一会儿，然后抬起头来看着斯科特。

——斯科特，帮我把他拖到地下室去。

当爸爸叫你做什么事，你如果聪明的话，就不会问为什么。可是斯科特实在太害怕了，而且他几乎是半裸着身子。他走向厨房，开始穿裤子。——爸爸，为什么？保罗这样子，你打算怎么办？

奇迹出现了，爸爸竟然没打他，甚至连吼都没吼一声。

——鬼才知道怎么办！我们先把他拖到地下室去，然后我再想想。快点，他很快就会醒来了。

——他真的中邪了吗？兰登家族的人都会这样吗？西奥叔叔也是这样吗？

——你想呢，斯科特？好啦，把他的头抬起来，如果你不想他的脑袋一路撞到地下室去，那就赶快抬起来。我警告你，他随时会醒来，而且一旦他又开始发作，你的运气恐怕就不像上次那么好了，而且连我自己都会遭殃。人中邪的时候，会变得力大无穷。

斯科特乖乖把保罗的头抬起来。现在是一九六〇年代的美国，航天员很快就要登陆月球了。然而他们家里却有个孩子转眼间就变成了一头疯狂的怪兽，让人不知该怎么办才好。做爸爸的坦然接受了这个事实，小儿子虽然一开始饱受惊吓，心里十分疑惑，但也很快接受了这个事实。他们才刚沿着楼梯走到地下室，保罗就开始有动静了，他的喉咙开始发出咯咯的低吼。“热火”兰登掐住他大儿子的喉咙，想把他掐死。斯科特吓得尖叫起来，拼命想抓住他爸爸。

——爸爸，不要！

“热火”兰登掐住保罗的脖子已经有好一会儿了，接着他松开一只手，下意识地用手背甩了小儿子一巴掌。斯科特被他打得往后直退，撞上桌子。那张桌子在地下室脏兮兮的地板中央，上面摆了台老式手拉柄印刷机。保罗不知道用什么方法，居然把那台报废的印刷机给修好了，然后用来印斯科特写的故事。那些是他弟弟最早期的出版品。那是台重达四分之一吨的庞然大物，斯科特往后一退，背部正好撞上那根拉柄。他痛得皱着眉头倒在地上，看着爸爸继续掐住哥哥。

——爸爸，别杀他！求求你不要杀他！

——我没要杀他。兰登头也不回地说，我应该杀了他，可是我不会。反正我还不会杀他。我再怎么糊涂也知道他是我儿子，我他妈的大儿子，除非万不得已，我不会杀他的。不过到头来我可能还是得杀了他。操！不过现在时候还没到，必要的时候我会杀了他。还有，一旦他醒过来，想杀他就难了。你从来没看过，所以你不知道这种东西的可怕，不过我见过。刚才在楼上算是走运了，因为我正好在他后面。换成在地下室这里，我恐怕追两个钟头也追不到他。他会沿着墙壁爬到他妈的天花板上，然后等他扑下来……

这时兰登放开保罗的喉咙，眼睛死盯着那张惨白的脸。从保罗耳朵渗出的血丝似乎已经止住了。

——好了，怎么样，你他妈，你他妈的臭小子？他又昏过去了，可是能撑多久？你去楼梯下面把那卷绳子拿出来。暂时先绑住他，然后等一下去车库拿铁链。接下来我就不知道了，恐怕要看着办了。

——爸爸，看着办是什么意思？

他好怕。这辈子他有这么害怕过吗？没有。而且爸爸瞪着他的那种眼神更可怕。他感觉得到，爸爸看穿了他的心思。

——斯科特，意思是全看你了。有好几次是你救了他，治好了他……你眼睛瞪那么大干吗？以为我不知道吗？老天，你不是很聪明吗，怎么会笨到不明白我的意思呢？说着，他转头朝地上吐了口唾沫。你可以让他的情况改善。说不定这次你也有办法赶走他中的“邪”。我从来没见过中邪的人还有办法恢复正常……尤其这种穷凶极恶的邪更是不可能……可是我也从来没见过像你这样的小孩，所以说不定你有办法。我老头常说，兵来将挡水来土掩，反正现在先去楼梯底下把那卷绳子拿出来就对了。还有你这他妈的小懒虫，现在马上去，因为他……

11

“因为他又开始动了。”丽赛自言自语道，她躺在工作室灰白色的地毯上。“他……”

12

“他又开始动了。”丽赛说。她坐在客房冷冰冰的地板上，握着丈夫的手——他的手虽然温温的，可是松软无力，没有血色。“斯科特说……”

13

在一阵沙沙声中与疯狂对峙，但最后还是输了。
那是死神的唱片播放出的死亡之声。
随着片断记忆飘扬而来。
当时，我转身问你记不记得，
当时，我在床上转了个身……

14

丽赛听他说这些事情时，两人躺在床上，在“鹿角旅店”。那天，白天时丽赛亲身经历了一件完全无法解释的事。他们躺在床上，看着浓云渐渐疏散，月亮浮现在云间，好像近在咫尺，而房间里的家具若隐若现。黑暗中，丽赛紧紧抱着他，听他说话，但心里却不太愿意相信（很不愿意相信）他说的话。这位年轻人再过不久就要成为她的丈夫。当时斯科特告诉她：“爸爸叫我到楼梯底下把那卷绳子拿出来。‘还有你这他妈的小懒虫，现在马上去。’他说。‘因为他很快就会醒过来了。等到他醒来……”

15

——等到他醒来，他就会变成“大恶虫”。

大恶虫。就像“速克达”和“中邪”一样，“大恶虫”也是他们家里的私房话。后来在他创造力源源不绝的短暂一生中，他连做梦都会梦到那些话（说话也不知不觉受到影响）。

斯科特从楼梯底下把那卷绳子拿出来，交给爸爸。爸爸简直像在跳舞般动作飞快地把保罗捆起来。天花板上有三盏七十五瓦的灯泡，转盘式开关就在地下室上方的楼梯口。在灯光映照下，爸爸飞舞的身影投射在地下室的石墙上。他把保罗的手臂反绑在身后，绑得好紧，隔着衬衫都看得到保罗凸出的圆形肩头。斯科特虽然心里很怕，但还是忍不住又说话了。

——爸爸，你绑得太紧了！

爸爸瞥了斯科特一眼。虽然只是瞬间一瞥，斯科特看到了爸爸眼中的恐惧。那眼神斯科特他害怕，不，是让他震惊。他敢说，除了学校的教学委员会和他妈的入学通知，他从来没看爸爸怕过什么。不过此刻，爸爸不再那么无所畏惧了。

——你懂个屁。你就乖乖给我闭嘴！我可不想看到他挣脱！万一他挣脱了，也许他没办法很快杀了我们，不过在他得逞前，我一定得先杀了他！我很清楚自己在干什么！

斯科特看着爸爸捆绑保罗的双腿，先绑住膝盖，然后再绑住脚踝。这时保罗又开始动了，喉咙又开始发出低沉的嘶吼。斯科特心想，你根本不知道自己在干什么，你并不确定保罗会怎么样，你只是在猜。不过他倒是很清楚爸爸很爱保罗。或许爱的方式很怪异，不过爸爸真的爱他，而且爱得很深。爸爸要不是因为爱保罗爱得太深，也不会去猜保罗最后会怎么样。爸爸会拿那根木柴猛打保罗的头，打到他死为止。有那么一会儿，斯科特内心深处（他内心的阴暗面）闪过一个疑问：当时爸爸当着速克达的面拿刀割保罗，割得他血流如注，但小速克达却还是不敢从三英尺高的板凳上跳下来。如果今天出事的是小速克达，爸爸也愿意这样冒险吗？但斯科特很快就把这个疑问抛到脑后，抛到黑暗中。中邪的人不是他。

至少现在还不是。

地下室的梁柱是几根涂了油漆的铁柱，最后爸爸把保罗绑在其中一根铁柱上。——好啦，他边说边从柱子旁边走开，那气喘吁吁的模样仿佛刚才在牛仔竞技场里捆绑了一头小公牛。这样应该可以撑一下子。斯科特，你到外面的车库去，把挂在门后的小铁链拿过来，还有，左边有个放卡车零件的隔间，里头有拖拉机的大链条，也一起拿过来。你知道我说的是哪里吗？

这时全身被绳子捆住的保罗拼命挣扎，他猛然坐直，那股病态的力道让他的头狠狠撞上柱子，斯科特看得眉头一皱。然后保罗忽然转过头来，用那双一个钟头前原本湛蓝的眼睛看着他。斯科特咧嘴露出狰狞的笑容，但他的嘴角咧开到……简直不可能……几乎咧开到接近耳垂的位置。

——斯科特。爸爸叫了他一声。

但斯科特根本没听到。这是他有生以来第一次听不到爸爸叫他。此刻，哥哥的脸看起来好像万圣节的南瓜鬼头。斯科特目不转睛地看着那张脸，整个人仿佛被催眠了。保罗咧开嘴，露出两排牙齿，舌头伸得老长，在两排牙齿间飞蹿，发出一阵啪啦啪啦的声响，回荡在地下室潮湿的空气中。接着他的裤裆忽然变暗了。他竟然尿湿了裤……

头顶上方仿佛有股力量，逼得斯科特连连后退，又撞上后面那张放印刷机的桌子。

——别看他，傻蛋！看着我！那只大恶虫会催眠你，就像蛇催眠小鸟一样。操他妈的清醒一下，速克达——他已经不是你哥哥了。

斯科特目瞪口呆地看着爸爸，接着他们身后那个绑在柱子上的怪物突然惊天动地大吼一声。那声音实在太大了，根本不可能是人类的胸腔能发出来的。不过那不是人类的声音。根本不是人类的声音。

——速克达，快去把链条拿来，两种链条都要。动作快一点。绳子绑不住他的。我要到楼上去拿我的 .30-.06 猎鹿枪。万一你来不及拿链条回来，他就挣脱了——

——爸，求求你不要开枪杀他！不要开枪杀保罗！

——快去把链条拿来，我们再想办法。

——可是那条拖拉机链条实在太长了！太重了！

——用单轮推车。那台大推车。快去，快点。

斯科特边跑边回头瞄了爸爸一眼，看到爸爸正一步步后退，退向楼梯。爸爸的动作好慢，看起来好像刚表演完的驯兽师正要退出笼子。天花板亮着一颗灯泡，灯光照在保罗身上。保罗的后脑勺不断猛撞柱子，速度十分惊人，那快如闪电的动作让斯科特想到手提电钻。斯科特感到不可思议的是，保罗的身体如此激烈地扭动，却没流血，也没昏倒，但他真的就是不会流血也没昏倒。斯科特这才发现爸爸是对的，绳子根本绑不住保罗。要是他继续这么挣扎，绳子一定绑不住他。

爸爸想到一个办法，现在正要去做（去把前面衣柜里的枪拿出来），而斯科特要做的是另一件事（把他绑紧一点）。这时斯科特心想，保罗挣脱不了的，要是继续这样撞自己的脑袋，他会撞死自己的。可是他又想到，刚才那阵惊天动地的吼声，根本不可能是人类的。他不敢相信刚才那声音是哥哥发出来的。

他身上没穿大衣，屋外却是天寒地冻。他忽然明白保罗可能是怎么回事了。每次被爸爸割伤之后，他都会跑去一个地方，而如果是保罗被割伤，他也会带保罗去那里。没错，他们去过好几次。那地方有许多美好的东西，例如那里的树很漂亮，那里的水可以治疗伤口。不过那里也有些不好的东西。一到晚上斯科特就尽量不去那里，就算非去不可，他也尽量不出声音，而且快去快回。因为在小孩的心灵深处，那些可怕的东西都是在夜里出没，一到夜里它们就会出来寻找猎物。

既然他有办法去那个地方，那么是不是很有可能，某种东西——某种很“邪”的东西——会跑进保罗体内，然后跟着他们回来？说不定某种东西早就盯上保罗了，在他身上做了记号？或者，会不会是某种该死的细菌从鼻孔钻进保罗体内，侵入了他的脑子？

如果是这样，那是谁的错？一开始是谁带保罗去那个地方的？

斯科特到了车库，把那条小铁链丢进推车里，那很容易，一两秒钟就搞定了。可是拖拉机链条就没那么简单了。拖拉机链条“大得吓死人”，他拉了半天，铁制的链条挤压碰撞，发出叮叮当当的巨响。链条的铁环足足有小铁链的两倍重，他的手臂不停发抖，根本就抱不住，铁链一直往下滑。

后来他又试了一次，结果铁链上好像有什么尖尖的东西刺到他，在他手上割出一道血痕。后来，他再试了第三次。这一次，他好不容易把那堆二十磅重的铁链抱到推车旁，眼看就要放进去了，结果他手一滑，铁链没有摆在推车正中心，却掉在边缘，结果推车翻了，整堆铁链滑下来砸在他脚上，痛得他哀声惨叫。

——速克达，你是不是要等下辈子才要进来？爸爸在屋里大吼。如果你想进来，最好马上给我进来！

斯科特看向屋子的方向，瞪大眼睛，满脸惊恐。接着他赶快把推车扶正，弯腰去抓那堆油腻腻的铁链。事后，他脚上的淤青肿了一整个月，而那种疼痛则纠缠了他一辈子（痛苦是如影随形的，不管去什么地方都摆脱不了）。不过除了刚才的短暂剧痛，目前他倒没什么特别的感觉。现在他又开始把铁链装进推车里，感觉到自己汗流浃背，感觉到一股刺鼻的臭味迎面袭来。他心想，要是此刻听到一声枪响，那就意味着地下室里的保罗脑袋被打烂了，而那全是他的错。

这时他觉得时间仿佛变成了实体，像泥土一样，像铁链一样，感觉好沉重。厨房那边泛出昏黄的灯火，斯科特开始踩着沉重的脚步，推着推车往灯火的方向移动。他好希望爸爸再从屋子里大声吼他，可是爸爸却没有动静。他开始害怕了，那是另一种害怕：说不定保罗终于挣脱了。而此刻倒在地下室臭气熏天的泥巴地面上肚破肠流的，说不定是爸爸。他已经被那个哥哥变成的怪物开膛破肚了。而保罗说不定已经爬上楼梯，躲在屋子里的某个地方，就等斯科特进门。然后保罗会开始玩他的寻宝游戏，只不过这一次，奖品是斯科特。

但这当然只是他平空想象出来的。他那该死的想象力总是天马行空，盲目乱窜。这时爸爸从屋里窜出来，冲到门廊上，但沉湎在幻想中的他，眼里看到的不是安德鲁·兰登，而是保罗。保罗露出狰狞的笑容，乍看之下有如森林里的小妖精。斯科特开始尖叫，立刻抬手护住自己的脸，那台手推车差点又翻了。还好这次爸爸及时伸手抓住推车。接着爸爸抬起一只手想甩他一巴掌，可是又把手缩了回去。现在还不是打他的时候，也许待会儿再说。现在爸爸需要帮手。所以，爸爸没有打他，而是在右掌上吐了口唾沫，然后搓搓双手。爸爸仿佛感觉不到外面的天寒地冻，身上只穿着一件内衣。他弯腰抓住推车前端。

——速克达，我要把推车抬上来，你要抓住把手，控制好方向，别让推车又他妈翻了。刚刚我又把他打昏了——没办法了。不过恐怕还是撑不了多久。要是这些链条又被我们弄翻了，我真不知道他能不能活过今晚。我非杀他不可了，你明白吗?

斯科特明白，他哥哥的命完全系于眼前这台装满链条的推车，而这整台推车的重量足足是他体重的三倍。有那么一会儿，他真的很想就此逃之夭夭，用尽全力拼命逃跑，逃进那狂风怒吼的黑夜里。不过，他还是抓住推车的把手，没有意识到自己已经泪眼盈眶。他对爸爸点点头，爸爸也对他点点头。那是种生死交关的默契，彼此心照不宣。

——一，二……把推车拉直，你这小兔崽子……三!

“热火”兰登大吼一声，口中喷出一阵白雾，把推车从地面抬到了门廊上。他内衣的一边腋下裂了开来，露出一撮金黄色的腋毛。推车一抬起来，忽然朝左倾斜，然后又朝右斜了一下，这时小男孩拼命大喊，你他妈千万别翻了，你这个狗娘养的兔崽子。推车一歪，他便立刻用力扶正，嘴里疯狂呐喊着，千万别推得太用力，他妈的千万别搞砸，你这白痴兔崽子，他妈的中邪的王八蛋。没想到，他的呐喊竟产生了效果，但“热火”兰登根本没时间称赞他。“热火”兰登把那台推车拉进屋里。斯科特一瘸一拐地跟在他后面，两只脚肿得跟气球一样。

一进厨房，爸爸立刻把推车调转方向，推向地下室楼梯口。楼梯口的门关着，而且上了门栓。推车的轮子在撒了满地的砂糖上压出一道痕迹。斯科特永远忘不了那一幕。

——斯科特，把门打开。

——爸爸，万一他……他躲在门后面?

——那我就用这玩意儿把他撞烂。好了，如果你真想救他的小命，那就别再跟我废话，赶快他妈的把门打开!

斯科特拉开门栓，把门打开。保罗没有躲在门后。斯科特看到保罗巨大的身影还绑在柱子上。他紧绷到极点的情绪终于稍微放松了点。

——好了，小子，站到一边去。

斯科特乖乖站到旁边。接着爸爸把推车推到地下室楼梯口，然后哼都没哼一声就把推车把手抬起来，让推车往前倾，然后一脚踩住轮子煞车，以免推车往后倒。铁链发出一阵刺耳的匡啷巨响，砸碎了两片楼梯板，然后一路滚下楼梯。爸爸把推车放倒，然后自己走下楼梯，走到楼梯中间，把卡在那里的铁链用力踢到底下的地板上。斯科特跟在他身后走下去。就在他踩到第一片破掉的楼梯板时，他看到保罗全身瘫软地倒在柱子旁边，看到他左半边的脸上全是血，嘴角无意识地抽搐着。肩头的衬衫上有颗牙齿。

——爸，你把他怎么了?斯科特差点大叫起来。

——我拿块木板打了他。不打不行。爸爸的语气有点像在为自己辩护。他又醒过来了，你却不知道在车库里磨蹭什么。他不会有事的。你很难伤得了中邪的人。

斯科特几乎没听到他说的话。一看到保罗满脸是血，他就把刚才厨房里恐怖的那一幕完全抛到脑后。他想绕过爸爸身边冲到哥哥面前，可是爸爸一把抓住了他。

——除非你不想活了，否则最好别靠近他。“热火”兰登说道。事实上，斯科特之所以停住脚步，并不是因为爸爸抓住他的肩膀，而是因为爸爸说话的语气竟是如此慈祥和蔼。因为一旦有人靠近，他就闻得到。就算他陷入昏迷，只要一闻到你的味道，他就会立刻醒过来。

小儿子抬头看着他，于是他对小儿子点了点头。

——没错，他现在就像野兽一样，一头吃人的怪兽。要是我们没办法绑住他，那我们就得杀他了。你明白吗？

斯科特点点头，发出一声啜泣。那声音好大，听起来像驴子的哀鸣。爸爸还是异乎寻常地慈祥和蔼，伸手帮他擦掉脸上的鼻涕，甩到地上。

——好了，别哭了，帮我把铁链拉起来。我们把铁链绑在中间那根柱子跟那张放印刷机的桌上。那台他妈的印刷机少说有四五百磅重。

——万一这样还是绑不住他呢？

“热火”兰登缓缓地摇摇头。

——那我就不知道了。

16

斯科特和妻子躺在床上，听着“鹿角旅店”的老旧建筑在狂风中嘎吱作响。他说：“还好撑得住，至少撑了三个星期。那年我哥哥保罗就是在那里过了他的圣诞节，还有他这辈子最后一个新年。那是他这辈子最后三个星期——在那间臭气熏天的地下室里。”斯科特缓缓地摇着头。丽赛能感觉到他的头发在她身上摩挲，感觉到他的头发好湿，因为他满头满脸都是汗，同时混杂着泪水。她分不清汗和泪。

“丽赛，你绝对无法想象那三个星期我是怎么过的，特别是爸爸上班时，家里只剩他和我，它和我——”

“你爸爸还会去上班吗？”

“你忘了我们也要吃饭吗？而且我们还是得缴电费，因为我们不可能完全靠烧木头取暖。不过我们真的尽力了，最重要的是不能让别人起疑，这些爸爸都跟我解释过了。”

那还用说，他当然得解释。丽赛心里暗暗嘲笑，嘴里却没吭声。

“我叫爸爸拿刀子割他，就像从前一样，把他体内的邪毒释放出来，可是爸爸说，那已经没什么用了。拿刀子割他半点用也没有，因为邪灵已经侵入他的脑子。我心里明白，爸爸说得没错。可是那怪物身上还残留着保罗的意识，至少还有一点点。每当爸爸不在家，那怪物就会叫我的名字。它会跟我说，它藏了个秘宝要让我找，一个好秘宝，最后的奖品是根棒棒糖，还有一罐可乐。有时候那声音听起来真的好像保罗，所以尽管我明知道很危险，但还是会跑到地下室的楼梯口，耳朵贴在门板上仔细聆听。

“爸爸说那东西很危险，叫我不要听它讲话，而且家里只剩我一个人时，绝对不要靠近地下室。另外他还叫我用手指把耳朵堵起来，然后嘴里要祷告，越大声越好，或是放声大喊‘操你妈的，操你妈的王八蛋，操你妈的跟你骑的那匹马。’因为不管是祷告还是咒骂，效果都一样，而且至少它一听到我在咒骂或祷告就会马上安静下来。不过千万不要听它讲话，因为爸爸说，保罗已经不在了，地下室里那个东西不过是个从‘血秘宝之地’来的‘秘宝恶魔’。

“而且爸爸还说，‘斯科特，那个恶魔会蛊惑人。世上没有人比兰登家的人更懂得恶魔蛊惑的本事。一开始恶魔会蛊惑你，最后它会把你的心脏挖出来吃掉。’平常我都很听他的话，可是有时候，我会走到地下室的楼梯口偷听……我会假装那个人是保罗……因为我爱他，我好希望他变成我哥哥，当然，我不是真的相信……所以我从来没把门栓拉开……”

说到这里，斯科特迟疑了好一会儿。他的头发在丽赛的脖子和胸口不停摩挲，丽赛感觉他的头发好重。后来，斯科特又开口了，声音很小，嗫嚅的语调听起来很像小孩。“呃，有一次我……我把门打开了……之前我从来没开过地下室的门，除非爸爸在家。还有，爸爸在家的时候，保罗通常只是大吼大叫，把铁链扯得劈啪响，有时候还会发出猫头鹰似的咕噜咕噜的叫声。有时候，当他发出那种声音，爸爸也会学他咕噜几声……你应该不难想象，他们两个咕噜来咕噜去，好像在开玩笑……爸爸在厨房里……而，呃……那个怪物被锁在地下室……而且虽然明知道他们只是在开玩笑，但我还是好怕，因为我觉得他们两个好像都疯了……都疯了，而且像冬天的猫头鹰一样咕噜咕噜地交谈……我也想过，‘这个家里只剩一个人还是正常的，那就是我。只剩一个小孩没有中邪，而这个小孩才十一岁。要是他跑到穆利百货商店，把一切经过告诉他们会怎么样？’只可惜，想穆利商店是没有意义的，因为如果他在家，他会追上来把我拖回家。如果他不在家……要是他们相信我说的话，跟着我到家里来，他们一定会杀了我哥哥……要是我哥哥还在里面的话……然后他们会把我带走……丢在孤儿院。爸爸说，要是没有他照顾我和保罗，我们两个早就被丢到孤儿院去了。在那里要是不小心尿床，他们就会在你的小鸟上装铁套子……至于那些年纪比较大的孩子……你还得整晚帮他们吹喇叭……”

说到这里斯科特停了下来，仿佛在挣扎，仿佛被困在过去与现在之间的某个地方。“鹿角旅店”外狂风怒吼，老旧的建筑被风吹得嘎吱作响。丽赛拼命想说服自己，刚才斯科特说的一切都是骗她的——那不过是小孩子过度丰富的想象力，不过是些恐怖的妄想。可是丽赛心里明白，他说的都是真的。每句话都是真的，真实得可怕。后来斯科特又开口说话了。这时丽赛听得出来，他拼命想让自己恢复大人的正常声音。那个成年的自己。

“精神病院里有些出现动物行为的病患，那些人通常都有严重的脑额叶创伤。我读过那类文章。可是那种症状通常是在体内潜伏很多年后才会出现，而我哥哥是一转眼间说变就变。而一旦他出现那种行为，一旦他越过那条线……”

说到这里，斯科特咽了口唾液，喉咙发出啪啦一声，好大声，听起来好像打开电灯开关的声音。

“那一次，我端着他的食物到地下室——那是装在馅饼烤盘里的肉和蔬菜，我感觉自己很像在喂大丹狗或德国牧羊犬之类的大型狗。柱子上有两条铁链，一条铁链绑在他脖子上，一条绑在腰上。我一走到下面，他便立刻猛冲过来，嘴角淌着白沫，四散飞溅，但他立刻就被铁链扯住，整个人飞起来。这时他就像秘宝恶魔一样，还是吼个不停，但仿佛脖子被勒住了，声音变得有点嘶哑，他要好一会儿才会回过气来。你能想象吗？”

“我想可以。”她嗫嗫嚅嚅地说。

“盘子一定要放在地上——我一弯下腰，立刻闻到一股泥巴的酸臭味。我直到现在还记得那气味，永远都忘不了。盘子放到地上后，必须往前推，推到他拿得到的地方。我们都用一根断掉的草耙柄推盘子。千万不能靠得太近，万一靠得太近，他的手会像爪子一样抓住你，说不定会把你拖过去。这用不着爸爸提醒，我也能想象，万一被他抓住了，我会在惊心动魄的惨叫中被他生吞活剥，吃到只剩骨头。而这就是我哥哥，藏秘宝给我玩的哥哥，最爱我的哥哥。要不是他，我不可能活得到今天。要不是他，我大概不到五岁就被爸爸杀了。那倒不是因为他真的想杀我，而是因为他自己也中邪了。我跟保罗一起熬过来了。我们是兄弟，生死与共，你懂吗？”

丽赛点点头。她懂。

“可是那年一月，我的兄弟被铁链绑在地下室——一头绑在柱子上，一头绑在放印刷机的桌上。那是个弧形的世界，你应该不难想象，那有多么狭小……一个粪便围成的圆弧……一旦超出这个范围，他就会被铁链扯住……他只能在这狭小的世界里活动……吃喝拉撒睡。”

这时斯科特抬起手，用手掌的下缘揉着眼睛。他脖子上的血管暴胀，他张开嘴喘着气——全身微微颤抖，又深又急地喘气。丽赛想，这种默默压抑悲伤的技巧，他是在哪里学的呢？这大概不用问了。等他渐渐恢复平静后，丽赛才开口问道：“一开始，你爸爸是怎么把铁链绑在他身上的呢？你还记得吗？”

“丽赛，我什么都记得，可是这并不表示我什么都知道。我可以确定的是，他曾经有五六次在保罗的食物里放了某些东西，我想那应该是某种动物用镇静剂，不过我不知道他是怎么弄到的。除了绿色蔬菜之外，不管我们塞什么给保罗，他一定都狼吞虎咽吃得一干二净。只要吃了东西，他力气就来了。他会大吼大叫，跳来跳去。他会拼命往前冲，一直冲到被铁链扯住——他大概是想挣脱铁链吧，我猜。此外他也跳得很高，会拿拳头打天花板，打到指节流血，我想他说不定是想把天花板打穿，也说不定只是为了好玩，有时候他还会躺在泥巴地上打手枪。

“不过偶尔有几次，他那激烈的动作只持续了十到十五分钟，然后他就安静下来。我想那几次一定是爸爸在食物中放了药。他会蹲下来，嘴里喃喃嘀咕，侧身躺在地上，两手夹在两腿之间，然后就睡着了。他第一次躺下来时，爸爸把他做的两条皮圈套在保罗身上。

“不过，我想你一定会说，保罗脖子上的皮圈叫项圈，对不对？那个皮圈后面有铁环，爸爸把铁链穿过铁环中间。小铁链串在颈部皮圈后颈部位的金属环上，而那条拖拉机链条则串在腰部皮圈上。然后他再用手提焊枪把铁环接缝焊死。保罗就是这么被绑住的。他醒过来后，发现自己被铁链绑住时，气得横冲直撞，硬拉猛扯，差点就把房子给拉垮了。”说到这里，斯科特那特有的宾州乡下口音跑出来了，听起来有点平板，鼻音很重，很像德国人。

“我们站在地下室上方的楼梯口看他。我哀求爸爸把保罗脖子上的皮圈拿掉，免得他扯断了脖子，或是窒息而死。可是爸爸说，他不会窒息的。后来事实证明爸爸是对的。三个星期后，那张桌子居然被他扯动了，连地下室中央那根支撑厨房地板的柱子都被他扯得摇摇晃晃。然而，他的脖子始终没有折断，他也从来没有窒息过。

“另外那几次爸爸之所以把他迷昏，是为了看看我有没有办法把他带到异月之湾去——你知道那个地方吗？我有没有告诉过你，我和保罗都叫那里异月之湾？”

“告诉过，斯科特。”现在丽赛也在哭了。她任由眼泪往下流，因为她不想让斯科特看到她伸手去拭泪，不想让斯科特看到她好心疼当年那个农场男孩。

“爸爸很想知道，我有没有办法带他去那个地方，让他恢复正常，就像从前一样。有好几次，爸爸拿刀子割他。有一次，爸爸用钳子戳他的眼睛，保罗痛得哭个不停，以为眼睛看不见了。有一次，我的鞋子沾到春天雪融后的泥浆，踩脏了屋里的地板，爸爸对我大吼‘速克达，你这小兔崽子，你这小王八蛋！’然后把我推倒在地，害我摔伤了尾椎骨，几乎没办法走路。于是我跑到那个地方，拿到一个秘宝……你应该知道，一个奖品……然后，我尾椎骨的伤就复原了。”说到这里，斯科特对她点点头。

“后来爸爸发现了，就亲了我一下，然后对我说：‘斯科特，你真是万中选一的奇葩。你这小王八蛋，我爱你。’于是我也亲他一下，然后对他说：‘爸爸，你也是万中选一的奇葩，你这大王八蛋，我也爱你。’于是爸爸开始大笑。”说到这里，斯科特往后一仰。虽然房间里一片昏暗，但丽赛还是看到他的脸。此刻，他眉开眼笑的样子好像个孩子。“他笑得好开心，差点从椅子上掉了下来——爸爸被我逗笑了！”

丽赛心里有数不清的疑问，可是什么都不敢开口问，因为她实在没把握自己能问得出口。

斯科特伸手在自己的脸上揉了几下，然后凝视着丽赛。转眼间，斯科特又恢复原来的模样。斯科特说：“天啊，丽赛，我从来没跟别人说过这些事，从来没有，任何人都没有。你还受得了吗？”

“我很好，斯科特。”

“你真是个勇敢的女人。你是不是已经开始告诉自己，我刚才说的全是鬼话？”斯科特咧嘴一笑，那笑容有点不自在，但十分真诚。丽赛突然觉得他好可爱，顿时有股冲动想亲他一下。丽赛先亲了他一边的嘴角，然后再亲另一边，让两边平衡。

“噢，我试过了，”丽赛说，“可是我没办法不相信。”

“今天下午，你亲身体验到我们是怎么从‘嗯嗯树’下‘秘动’出来的，是不是因为这样呢？”

“你们都把那叫做‘秘动’吗？”

“那是保罗帮‘瞬间移动’取的名字。从一个地方瞬间移动到另一个地方。那就叫秘动。”

“就像秘宝一样，只不过后面那个字不一样。”

“没错，”他说，“或者就像秘密，只不过后面那个字不一样。”

17

可能要靠你了，速克达。

爸爸是这么说的，那些话一直在斯科特脑中萦绕不去。

可能要靠你了。

救哥哥是他的责任，斯科特必须救他的命，必须让他恢复正常——说不定还得拯救他的灵魂。圣诞节过去了，新年过去了，接着是大雪纷飞天寒地冻的一月。这段时间，对一个十岁小男生来说，这么重的责任压得他寝食难安。

有好几次，是你救了他。只要一碰到你，他的情况常常就会得到改善。

是没错，可是他们先前面对的状况从来不曾这么可怕。斯科特发觉自己根本没有食欲，除非爸爸站在他旁边硬逼着他把东西吞下去。他常听到地下室那个东西在低声啜泣。斯科特本来就睡得很不好，听到那带着浓浓鼻音的啜泣声，他更是辗转反侧。不过大多时候他倒也还能忍受，因为那啜泣声毕竟只在他脑中留下了一些时而苍白、时而鲜红的梦魇。

有好几次，在夜半的梦魇中，斯科特发现自己一个人在天黑后来到异月之湾。有时他会发现自己置身在坟场中，旁边有一潭水池。那是一片荒野，布满了石头墓碑和木头十字架。他听到阵阵狂笑声，而空气中的气味也不一样了。空气中原本飘散着阵阵清香，然而当风拂过凌乱的矮树丛，那气味就开始变得污秽腥臭。其实倒也不是天黑之后就不能到异月之湾去，只不过最好别去。要是你来到这里，发现天空升起一轮满月，那就最好他妈的不要出声音。不过在那几次梦魇中，斯科特来到异月之湾时，老是忘了要保持安静。他发现自己竟然放开嗓门高唱《强巴拉亚》，把自己吓了一跳。

说不定你有办法驱散他体内的邪。

可是，斯科特才试了第一次，就明白自己可能没办法了。那东西蜷成一团，窝在铁柱下的地面上，鼾声如雷，臭气熏天。斯科特犹豫了半天，好不容易鼓起勇气伸手摸它一下，那一刹那，他明白了。那种感觉就像叫他把平台钢琴背在身上跳恰恰一样。从前，他和保罗总能轻而易举地来到另一个世界（很久以后，他才告诉丽赛，其实那种感觉就像眼前的世界是个口袋，而去另一个世界就像把口袋翻出来）。可是这一次，那躺在地上打鼾的东西就像座大铁砧，像银行的金库门……就像叫个十岁的小男孩去背一座平台钢琴。

他走回爸爸身边，心想爸爸一定会打他，不过这次挨打他没话说，他觉得是自己活该，甚至更严厉的处罚也是罪有应得。不过爸爸没有打他。爸爸坐在最下面那层阶梯上，一手拿着一根木材，眼看着这整个过程。他没有拿那根木材打斯科特，也没有抡起拳头揍他，他只是伸手摸摸斯科特的头，把他脖子后面硬邦邦脏兮兮的头发拨开，然后慈祥地亲了他一下。斯科特不由自主打了个哆嗦。

——这在我意料之中，速克达。他中的邪已经根深蒂固了。

——爸爸，保罗的灵魂还在吗？

——我也不知道。他张开双腿，让斯科特坐在穿着绿色工作裤的两腿中间，双手轻轻搂着斯科特的胸口，下巴靠在斯科特肩上。父子俩凝望着那沉睡的怪物，那怪物蜷成一团，躺在柱子旁的地上。他们看看铁链，看看那个大便围成的圆弧。整间地下室里，他只能在那个范围中活动。——你认为呢，斯科特？你心里有什么感觉吗？

他本来不想和爸爸说实话，但那个念头转眼就消失了。此刻，被爸爸抱在怀里，他怎么说得出谎话？此刻，他完全感觉得到爸爸的爱，不再有任何怀疑，仿佛在夜里聆听 WWVA 广播一样清晰。爸爸的爱是真实的，就像他的愤怒与疯狂一样真实，只不过斯科特很少有机会感受得到，因为爸爸不那么常表现出来。此刻斯科特心里没什么特别的感觉，可是却不太想说实话。

——小朋友，我们没办法再这样耗下去了。

——为什么不能？至少他还会吃东西……

——早晚会有人跑到这里，听到声音，发现他在下面。说不定哪天会有该死的业务员上门推销东西，比如“清洁大王公司”之类的。只要一有人上门，那就完了。

——他不会出声的。邪灵会有警觉，不会让他出声的。

——也许会，也许不会。邪灵会怎么样，没人真能说得准。此外，还有那个味道。虽然我可以把石灰撒到让自己脸色发青的窒息，不过那股粪臭味还是会从厨房地板渗出来。还有，最可怕的是……速克达，你有没有注意到他干了什么？那张放印刷机的该死的桌子，你看到没？还有那根柱子，那根该死的柱子，你看到没？

斯科特转头过去。一开始他看不太出来有什么异样，当然，那是因为他不愿接受眼前看到的景象。那张大桌子被拖离了原先的位置。虽然上面放了一台五百磅重的老式手拉柄印刷机，但桌子竟然还被拖离了三英尺远。他看得到硬邦邦的泥巴地上残留的桌脚痕迹。更可怕的是那根铁柱。铁柱上端本来抵着一片扁平的金属凸缘，而那片漆成白色的凸缘则顶着一根横梁，横梁上方就是厨房地板，而且正好是餐桌的位置。斯科特发现，那片漆成白色的金属片上被刮出一个右斜角，意味着那根铁柱已经偏移了原来的位置。斯科特用肉眼测量那根铁柱，看看有没有歪斜，不过实在看不出来。他还不行。不过如果那个怪物继续用他那非人的力量拉扯那根铁柱……一天又一天……

——爸爸，我可以再试一次吗？

爸爸叹了口气。斯科特伸长脖子转头看他爸爸，看那张他痛恨、害怕、但也深爱的脸庞。

——爸爸？

——尽人事听天命吧。爸爸说。尽力而为，愿老天保佑。

18

谷仓楼上的工作室里静悄悄的，而且很闷热。丽赛的伤口很痛，而且她的丈夫已经不在了。

那间客房里静悄悄的，而且冰冷刺骨。她的丈夫已经“失魂”了。

“鹿角旅店”的房间里静悄悄的。斯科特和丽赛依偎着躺在床上。现在，我们终于在一起了。

一九九六年斯科特“失魂”了，二〇〇六年斯科特过世了，而当年在鹿角旅店那个还活着的斯科特只好替他们诉说往事。与疯狂对峙，但最后还是输了，不但输了，而且全军覆没。一切都是老样子。

19

他们在鹿角旅店的房间里。屋外狂风怒吼，天上的云越来越稀疏。房间里，斯科特好一会儿都没再说话。他拿起床边的玻璃水杯喝了一口，他总会在床边摆一杯水。刚才他仿佛被催眠似的，深陷在往日回忆里，停顿一下之后，他似乎恢复清醒了。后来他继续往下说，这时的他已不再深陷其中，比较像在诉说一件往事了。丽赛松了一大口气。

“后来我又试了两次。”他说。现在那孩子般的口音消失了。“我从前一直认为，最后那一次我试着想把他体内的邪逼出来，结果反而害死了他。一直到今天晚上，我一直都这么认为。不过刚才对你说了这些故事——也听自己说了这些故事——之后，我突然想通了。真不敢相信。那些搞精神分析的心理医生老是要病人诉说陈年往事，现在想想，这种治疗方法还真有点道理，对不对？”

“我不知道，”而且丽赛也不在乎，“你爸爸有没有怪你？”她边说心里边想，当然会怪他。

当年在宾州马腾斯堡，在那座与世隔绝小山丘上的农场里，历经多年岁月后，他们父子之间逐渐发展出一种错综复杂的三角关系。而丽赛似乎低估了那种关系，因为斯科特犹豫了好一会儿，然后摇摇头。

“没有。如果当时他把我抱在怀里，告诉我那不是我的错，不是任何人的错，一切只是因为保罗中了邪，就像癌症，或是脑性麻痹之类的毛病一样，那我心里可能会好过一点——就像我第一次的尝试时那样。只不过他没有抱抱我，只是伸出一只手把我拉开……当时我愣在原地，就像一具断了线的傀儡戏偶……从此以后，我们就只有……”昏暗的房间已渐渐亮了起来，斯科特比了个很可怕的动作。那动作已足以说明为何他绝口不提自己的过去。他伸出一根手指抵住自己的嘴唇，动作持续了好一会儿——那根手指在他大大的眼睛下方，看起来很像一个苍白的惊叹号。那动作意味着：嘘——

丽赛也想到，当年乔德莎怀孕离家出走时，自己是什么样的心情。于是她对斯科特点点头，那是种无言的默契。斯科特满怀感激地看了她一眼。

“我总共试了三次，”他继续说，“试过第一次之后三四天，我就试了第二次。当时我竭尽全力，可是结果还是跟第一次一样。此外当时我已经看得出那根绑着铁链的铁柱已经有点倾斜，而且地上那圈粪便圆弧外又多了一圈，因为他把桌子拉得更近了，铁链的活动范围变大了。虽然桌子也是铁制的，但爸爸已经开始担心它很可能会扯断桌脚。

“试过第二次后，我告诉爸爸，我可以确定问题出在哪里了。我之所以失败——没办法带它去那里——是因为每次我靠近它时，它都已经被打昏了。接着，爸爸说：‘嗯，那你打算怎么样呢，速克达？它清醒的时候就像头疯狂的怪兽，难道你想在那时候抱住它吗？它可是会活生生扯掉你的脑袋。’我说我知道。而且，丽赛，我知道的还不只这些——就算它没在地下室里扯掉我的脑袋，到了另一个世界，到了异月之湾，结果还是一样。所以我问爸爸能不能想办法把它迷倒，但不要让它完全昏迷——你该知道我的意思，让他陷入昏沉就好。这样一来，我就可以靠近它，抱住它，就像我今天在‘嗯嗯树’底下抱住你那样。”

“噢，斯科特。”丽赛轻轻惊呼一声。虽然明知斯科特后来一定安然无恙，虽然明知他后来还是长大了，变成了现在躺在她身边的年轻人，但想象当时的场面，想到他当年只有十岁，丽赛还是不禁为他感到害怕。

“爸爸说那样很危险。他说：‘斯科特，你是玩——火。’我知道，可是已经没别的办法了。连我都看得出来，我们已经没办法继续把它关在地下室里，撑不了多久了。后来爸爸——他摸摸我的头发说：‘上次叫你从板凳上跳下来，你都不敢，像个小窝囊废，怎么现在完全变了个样？’当时他中邪中得好厉害，没想到他竟然记得那件事。我觉得好骄傲。”

丽赛心想，当年他们的人生是多么凄凉悲惨啊。这样的爸爸。只要能讨他欢心，居然都足以让一个小孩感到骄傲。不过回头一想，当年他也不过十岁。十岁，而且好几次在地下室独自面对一个怪物。更不用说那爸爸自己也是个怪物，不过至少有时候爸爸还有点理智，爸爸这头怪物至少还懂得偶尔亲亲孩子。

“后来……”斯科特说着，看着眼前的一片昏暗。月亮从云层后方露了一下脸，苍白的月光瞬间映照在他脸上，就像只爪子顽皮地拂过他的脸庞。接着，月亮很快又被云层掩盖住。“爸爸——你知道吗，每次我去过那里，爸爸从来不问我看到什么，去过什么地方，做了什么事。而且他也从来没问过保罗——我不知道保罗究竟记不记得自己去过那里，或者记得多少——不过当时爸爸朝我走来。他说：‘斯科特，如果你那样抱着它，万一它突然醒来，你会怎么样？它会就这样突然恢复正常吗？万一它没恢复正常，恐怕连我也救不了你了。’”

“我想过了。我想了又想，想了很久，后来，我终于想通了，”斯科特用手肘撑起上半身，转过来凝视着丽赛，“我和爸爸一样，心里都很明白，这一切必须尽快结束。说不定我比他更明白。看看那根铁柱，看看那张桌子，还有，看看它的模样。它变得好瘦，而且皮肤都溃烂了，因为它没办法吃它该吃的东西——我们会喂他吃蔬菜，可是除了马铃薯和洋葱外，它会把所有东西全部扫开。而且它有只眼睛——被爸爸戳伤的那只眼睛——已经变成了灰白色，旁边布满血丝。它还掉了很多颗牙，而且有只手肘已经扭曲变形了。丽赛，被关在地下室里，它的身体已经快不行了。而且，就算它晒不到太阳、吃不到该吃的东西也还能苟延残喘，但到了最后它还是可能被打死的。

你懂吗？”

丽赛点点头。

“所以我想到这个办法。我把这个办法告诉爸爸。他说：‘你这小鬼，今年才十几岁就他妈自以为很聪明吗？’我说不，我不觉得自己聪明，不觉得自己什么都懂。我还说，要是他想得到别的办法，更安全更好的办法，那当然最好。只不过，他想不出来。他说：‘虽然你才十岁，不过老实说，我觉得你真他妈聪明，而且，我发现你还满有种的。希望你不会临阵退缩。’”

“‘我不会退缩的。’我说。”

“接着他说：‘你不需要退缩，速克达，因为我会拿着我他妈的猎鹿枪站在楼梯最底下……’”

20

爸爸站在楼梯最底下，手上拿着他那把 .30-.06 猎鹿枪。斯科特站在他身边，看着那个怪物。那怪物被铁链绑在铁柱和那张放印刷机的桌子上。斯科特拼命克制自己，让身体不要发抖。他右边口袋里有根细细的东西，那是爸爸给他的，一支针头有塑料盖的针筒。

不用爸爸提醒，斯科特也知道那东西很脆弱。万一发生扭打碰撞，很可能会破掉。于是爸爸想到一个办法，把那支针筒放在一个从前放钢笔的硬纸板盒里，可是要把针筒从盒子里拿出来，至少得花上几秒钟的工夫，而面对那被铁链绑在铁柱上的怪物，几秒钟便生死攸关。

就算他能顺利把它带到异月之湾，一旦到了异月之湾，爸爸就没办法再用那把猎鹿枪保护他了。一旦到了异月之湾，就只剩他和那个怪物了。那个怪物钻进了保罗体内，保罗成了个套在怪物体外被窃据的皮囊。一旦到了异月之湾，就只剩下他们俩在“情人丘”上了。

那个曾经是他兄弟的怪物，摊开手脚躺在地上，背靠着地下室中央的柱子。它身上除了从前保罗穿的那条内裤外，几乎一丝不挂，脚腿肮脏不堪，体侧沾满一块块干粪。装食物的烤盘就在它脏兮兮的手边，被舔得干干净净，连油污都不剩。盘子里本来放着一块特大号汉堡肉，转眼间就被那保罗变成的怪物吞了下去。可是为了在汉堡肉里动手脚，安德鲁·兰登已经头痛了将近半个钟头。第一块肉被他自己丢到外面去了，因为他觉得里面塞的“东西”可能太重。所谓的“东西”就是白色的安眠药片，就像电视广告里那位老爷爷吞的那种。有次斯科特问爸爸，那些药片是哪来的，爸爸说——好奇宝宝，你能不能闭嘴？再不闭嘴，那我就自己动手让你闭嘴。每当爸爸说出这种话，你如果足够聪明就知道该怎么做。爸爸把药片放在玻璃水杯底磨碎，他边磨边说话，有点像在自言自语，也有点像在跟斯科特说话。当时隔着厨房地板，他们可以听到地下室惊天动地的吼叫声。那只被铁链绑在印刷机上的怪物肚子饿了——想把那东西迷昏，有的是办法。爸爸看看那堆白色粉末，再看看那块圆圆的肉饼，嘴里嘀咕着——当然，更简单的办法就是干脆杀了那天杀的祸胎，不是吗？可是我没有，我不杀他，因为我实在太笨了，竟然想出这个办法，让他有机会杀了另一个还没中邪的小子。操他妈天杀的，孬种都该去死。

他用小指侧边从那堆药粉中划出一小条，动作细腻得惊人。然后他捏起一小撮，像撒盐般撒在那块肉上，再用手揉一揉，把药粉糅进去，接着又捏起一小撮药粉，再揉进那块肉里。他甚至懒得把那块肉拿去“烧一烧”，因为这是地下室那怪物要吃的。他说，反正那怪物本来就爱吃生的——肉黏在骨头上，还很有弹性，而且摸起来温温的。

此刻，斯科特站在爸爸旁边，手上拿着针筒，看着那只可怕的怪物。那只怪物懒洋洋地靠在铁柱上，打鼾时还会龇牙咧嘴。它的嘴角一片灰白，灰白逐渐往外扩散，眼睛微张，不过看不到瞳孔。斯科特看得到它晶莹闪烁的眼白……只不过，那眼白的颜色看起来已经和平常不一样了。

——天杀的，去吧。爸爸边说边在他肩上拍了一下。既然你已经决定要做，那就赶快动手，免得我穷紧张，心脏病发作……还是你觉得它在演戏？只是假装昏倒？

斯科特摇摇头。他感觉得到，那怪物不是假装昏迷——他一脸惊讶地回头看了爸爸一眼。

——什么事？爸爸不耐烦地问，你到底想怎么样？

——你真的——

——我是不是真的怀疑？你想问的是这个吗？

斯科特点点头，觉得很不好意思。

——没错，我怕得要死。你以为我只见过它一个怪物吗？好了，眼睛闭起来，把该做的事情做了吧。我们该把这件事了结掉了。

他永远搞不懂，为什么当爸爸承认他也会害怕时，他自己反而比较不怕了。他只知道，自己真的变勇敢了。他往地下室中央那根铁柱走去，边走边又摸了一下口袋里的针筒。他先来到第一圈粪便圆弧外围，跨过去，然后往前再跨一步，跨过第二圈圆弧。圆弧里面可以算是怪物的地盘，那里更是臭气熏天：那已经不再是粪便味，也不是人体皮肤和毛发的气味，而是动物皮毛的气味。那怪物的阴茎看起来比从前保罗的阴茎大。保罗的鼠蹊部本来是一片淡淡的绒毛，如今却已变成一片粗硬浓密的兽毛。而且保罗的脚看起来有点内弯，仿佛脚跟的骨头扭曲变形了，看起来很怪异（只有那两条腿看起来还算正常）。丢在屋外被雨淋湿的硬纸板，斯科特突然想到这句话，用这个来比喻好像还蛮贴切的。

接着他看向那怪物的脸——看向它的眼睛。它的眼睛微张，看不到瞳孔，全是布满血丝的眼白，而且呼吸的样子还是跟刚才一样。不过斯科特明白自己已经踏进危险区，现在退缩已经来不及了。那怪物随时都会闻到他的气味，随时会醒过来。尽管爸爸已经在汉堡肉里塞了很多“东西”，但它还是很可能醒来，所以要是斯科特能办得到，要是他能把那个窃据哥哥身体的怪物——

斯科特继续往前走，但腿已几乎没有知觉。内心深处的另一个自我一直告诉斯科特，他正一步步走向死亡，而且他甚至没办法“秘动”。一旦那个像保罗的怪物抓住他，他就动不了了。不过无论如何，他还是一步步走进怪物的活动范围，走进臭气熏天的核心地带，然后，他伸手按住怪物那赤裸的、湿湿黏黏的侧腹。他心里默念着……

（保罗，跟我来吧）

还有

（秘宝异界，异月之湾，甜美甘泉）

……在那短暂的一刹那，令人心碎的一刹那，斯科特差一点就办到了。那是种熟悉的感觉，感觉四周事物开始飞逝。他听到虫鸣，闻到“情人丘”上的树白天时散发出的清香。这时怪物那两只指甲锐利如爪的手突然掐住斯科特的脖子，它张开血盆大口，狂吼一声，异月之湾的虫鸣声顿时消失无踪，而它嘴里呼出的强烈腐臭味驱散了异月之湾的清香。斯科特觉得好像有人丢了颗炽热火红的鹅卵石到一片正逐渐成形的网子上，而那片网子就是斯科特的……他的什么？他之所以能到另一个世界，并不是因为意念的力量。严格说来，那并不是意念的力量……然而现在已经没时间想那些了，因为他已经被怪物抓住了。它抓住他了。爸爸最担心的事真的发生了。它的嘴张得好大，那是最恐怖的梦魇中才会见到的景象，它的下巴仿佛脱离了头部，往下拉到……

（胸骨）

……拉到胸骨的位置，那张脏兮兮脸整个扭曲变形，已完全看不出保罗的模样——已完全不像人类了。那就是“邪灵”原本的面貌。斯科特这时竟然还有时间想到，它会把我的脑袋一口吞掉，就像吞掉棒棒糖一样。怪物的嘴越张越大，在天花板灯泡的照耀下，血红的眼睛闪闪发亮。斯科特已无处可逃，他死定了。怪物的头往后一仰，撞到铁柱，然后往前一扑。

但斯科特忘了还有爸爸，爸爸的手突然从黑暗中伸出来，一把抓住怪物保罗的头发。怪物的头竟被他拉得往后一扭。接着，爸爸的另一只手也伸了出来，拇指扣住猎鹿枪的枪托握把，食指扣在扳机上，他把枪口顶住怪物高高抬起的下巴。

——爸爸，不要！斯科特放声尖叫。

安德鲁·兰登不理他，他也没时间理斯科特。虽然他紧紧抓住怪物的头发，但怪物最后还是挣脱开来。怪物发出一声如雷咆哮，那声音如此惊心动魄，与斯科特喊出的那个字同样骇人。

爸爸！

——下地狱去吧，你这操他妈的邪灵。“热火”兰登大喊一声，然后扣下扳机。在密闭的地下室里，.30-.06的枪声震耳欲聋。后来那嗡嗡的耳鸣在斯科特的耳里持续了两个多钟头。怪物脑袋后方突然喷出一道血雾，凌乱的头发整片飞起，血红的脑浆溅满那倾斜的铁柱。怪物的腿像卡通人物般一踢，然后就不动了，而掐在斯科特脖子上的两只手往内一缩，整个身体倒了下去，两只手掌仍高举在空中，倒在泥巴地上。爸爸赶紧将斯科特抱了起来。

——你还好吗，速克达？你还能呼吸吗？

——爸爸，我没事。他被你杀了吗？

——你没长脑子吗？

斯科特被爸爸抱着，全身松软无力，虽然明知很可能会是这种结局，但他还是不敢相信这是真的。他好希望自己现在能立刻昏倒。他希望——有点希望——死掉的是自己。

爸爸摇了他一下。——它差点就杀了你，不是吗？

——是——是啊。

——那你跟他一样王八蛋。老天，速克达，他想尽办法终于把你抓住了，想尽办法掐住你的喉咙！

斯科特知道这是真的，可是他也知道事实真相不止于此。

——爸爸，你看看他——看看他！

有好一会儿，他全身瘫软地垂挂在爸爸手上，活像个布娃娃，又像断了线的傀儡戏偶。后来兰登慢慢把他放下，这时斯科特知道爸爸已经看到自己要他看的东西了：躺在地上的只是个小男孩。一个天真无邪的男孩被铁链绑在地下室里，凶手是那疯子爸爸，而弟弟是帮凶。他们不给他东西吃，害他瘦成皮包骨外加全身溃烂。那可怜的男孩拼命想要挣脱，而且真的把那绑着铁链的铁柱扯松了，也把那张沉重无比的桌子拖离了原来的位置。那男孩像犯人一样，在地下室里度过噩梦般的三个星期，最后还是被人在脑袋上开了一枪，死了——我看到他了，爸爸说。他的口气冷淡无情，就和他的表情一样。

——爸爸，为什么他看起来不一样了？为什么——

——你这白痴，因为邪灵已经走了。他话中的讽刺意味，就连一个饱受惊吓的十岁小男生都听得懂，何况是天赋异秉的斯科特。讽刺的是，保罗死了，被人用铁链绑在地下室的柱子上，然后被枪打得脑浆迸裂，看起来不正常的反而是爸爸。万一被别人看到他这样子，我恐怕会被人活活打死，就算没有，也会被抓进韦纳斯堡州立监狱，或被关进里德威尔精神病院。我们得把他埋起来，不过这里的土硬得跟石头一样，要把他埋起来恐怕会要人命。

斯科特说——爸爸，我带他去。

——你要怎么带他去？你连他活着时都没办法带他去！

此刻斯科特不知该怎么解释。对他来说，把保罗背在身上，只相当于多穿一件衣服，长久以来一直都是这样。不久前，那个怪物还被铁链绑在铁柱上，重得像铁砧，像银行的金库门，像平台钢琴，但现在沉重的感觉消失了。此刻那被铁链锁在铁柱上的怪物变得像玉米壳般轻飘飘的。斯科特不知道该怎么解释，于是他只说了句——我现在有办法带他去了。

——你这爱吹牛的小鬼。爸爸嘴里嘀咕着，但还是把猎鹿枪放下，靠在那张摆印刷机的桌子旁边。他伸手摸摸斯科特的头发，叹了口气。斯科特突然觉得爸爸老了，这是他有生以来第一次有这种感觉。

——去吧，斯科特，姑且一试吧，反正也不会有什么坏处。

——爸，你转过去不要看。

——操他妈你说什么？

听爸爸的口气，他好像又想打人了，不过这次斯科特没有畏缩。他不是怕爸爸看到他怎么去。他不在乎被爸爸看到，他只是不想让爸爸看到他手上抱着哥哥。眼泪已经在眼眶里打转，他马上就要哭出来了，就像热天午后的春雨，晚春时节能让人提早尝到夏日滋味的午后阵雨。

——拜托你。他尽可能轻声说道，拜托你，爸爸。

有那么一会儿，斯科特很确定爸爸就要冲过来了。他就要从地下室另一头冲到他儿子所站的地方。三盏灯泡将会照在他身上，投映出三道影子飞掠过石墙。爸爸会反手甩斯科特一巴掌——说不定会把他打倒在地，摔在哥哥的大腿上。斯科特不知被爸爸反手甩过多少次巴掌，平时光是想象那画面就足以让他畏缩，可是现在，他直挺挺地站在保罗分开的两腿之间，直视着爸爸的眼睛。这可不是件容易的事，但他还是努力鼓起勇气。因为他们携手度过一段艰难而恐怖的岁月，而且在往后的岁月里，他们必须严守秘密：嘘——所以他有资格提出要求，他有资格盯着爸爸的眼睛，等爸爸回答。

结果，爸爸不但没有冲上前来，反而深深吸了口气，再慢慢吐出来，然后往后转——接下来你大概会交代我什么时候该去把地板洗一洗，把厕所刷一刷。他嘴里嘀咕道。斯科特，我从一数到三十……

21

“我从一数到三十，然后我就要转过来了，”斯科特告诉丽赛，“我敢确定，当时他最后说的就是这句话。不过我没有亲耳听到，因为我已经到另一个世界去了。不久之前，我已经把保罗身上的铁链解开，于是保罗也跟着我到了另一个世界。他已经死了，所以我能轻而易举地带着他一起走，就像从前一样。说起来或许比从前更容易。我敢打赌，爸爸一定没有数到三十。不过管他的。我甚至还敢打赌，他会连数都没数就转过身来看。因为他会听到一阵铁链丁丁当当的声音，听到咻的一声。那声音是因为我和保罗突然消失时，四周的空气立刻补满那个空隙发出来的。然后他会发现整间地下室只剩他自己一个人。”说到这里，斯科特放松下来，靠在她身上。他的脸上、手臂上，还有身上的汗都干了。故事说完了，他内心深处最可怕的记忆已经释放出来，呕吐出来了。

“那个声音，”丽赛说，“你知道吗，我常会想到，当年在柳树下，我们正要……怎么说呢……从里面出来时，我究竟有没有听到那个声音？”

“我们秘动的时候。”

“对，我们……的时候。”

“丽赛，我要听你亲口说。说吧，我们秘动的时候。”

“我们秘动的时候。”她有点怀疑自己是不是疯了，也有点怀疑他是不是疯了，甚至怀疑疯狂是不是真的会传染。

这时斯科特才真的又点了根烟。火柴的亮光照亮了他的脸，他脸上的表情如此真挚而好奇。“丽赛，当时你看到了什么？你还记得吗？”

丽赛也不确定。她说：“我只记得一座小山丘，斜坡上有一大堆紫色的东西……我感觉到一些形状，感觉好像我们身后有些树，可是一闪就过去了……大概只有一两秒钟……”

斯科特大笑起来，伸出一只手搂了丽赛一下。“你刚才说的地方就是情人丘。”

“情人？”

“那是保罗取的名字。那些树被一大堆泥沙环绕着——软软的，很深。我想那里可能永远不会有冬天——我就是把他埋在那里。我就是把哥哥埋在那个地方。”他看着丽赛，神情庄严地说：“你想去看看吗，丽赛？”

22

尽管伤口很痛，但丽赛还是躺在工作室地板上睡了一觉——

不对，她没有真的睡着，因为伤口这么痛，怎么可能睡得着？没有止痛药是不可能睡得着的。那么她是怎么了？

沉迷。

她想了一下这个字眼的含义，后来还是觉得这个词最贴切。她陷入双重（甚至三重）的回忆中。记忆交会。但此刻其中的两个记忆已经模糊了。一个是当年在那间客房里的回忆。那天晚上狂风怒吼，天寒地冻，她发现斯科特陷入失魂状态。另一个记忆是当年鹿角旅店的记忆。他们躺在旅店二楼那张嘎吱作响的床上（鹿角旅店的记忆比前一个记忆还要早十七年，可是反而比较清晰）。你想去看看吗，丽赛？斯科特问她——要，要——可是接下来的记忆陷入一片耀眼的紫色强光中，隐藏在那片帘幕后面。每当她想探触那个记忆，童年时代那些充满权威的声音（老妈、老爹，还有那几个姐姐）就会开始警告她。不行，丽赛！够了，别再继续了，丽赛！该停了，丽赛！

这时丽赛吓得愣住了。（当初她和心爱的斯科特躺在一起时，有没有被吓得愣住？）

她的眼睛瞪得很大（她很确定斯科特将她抱在怀里时，她的眼睛也睁得很大）。

无以数计的羽扇豆绽放着灿烂耀眼的紫，后来那片耀眼的紫色消失了，变成六月灿烂的晨光——二十一世纪的六月之光。晨光一亮起来，她那伤痕累累的胸部也跟着痛了起来。她感觉到那片晨光，听到脑海中那些讨人厌的声音在警告她，不准她再继续，不过她还来不及反应，就听到有人在谷仓楼下叫她。她吓了一大跳，差点发出尖叫。要是那个声音叫她夫人，她一定会尖叫出声。

“兰登太太？”那声音迟疑了一下，“你在上面吗？”

那声音没有南方腔，而是北方佬那种拖得老长的声调，听起来像是“你——在——上——面——？”丽赛一听立刻知道来者是谁了，是艾斯顿副警长。他答应过丽赛会经常回来查看，现在他果然来了。现在是个好机会，丽赛可以响应他，她在上面，躺在地板上，身上在流血，因为那个遗稿狗仔黑暗王子把她割伤了，艾斯顿应该马上打开车上的警告灯和警笛，马上把送她到诺索帕去，因为她的胸口得要缝几针，很多很多针，而且她需要人保护，二十四小时保护——

不行，丽赛。

那是她自己的意念（她很确定），仿佛黝黑的天空闪过的一道强光（呃……她几乎可以确定），可是此刻跟她说话的却是斯科特的声音。斯科特的声音对她的影响比较大。

斯科特的声音一定产生效果了，因为她听到自己只喊了一声："是的，副警长，我在上面。"

"一切正常吗？我是说，你还好吗？"

"一切正常，确认。"她发现自己居然还能表现出"状况良好"的口气，感到十分意外。此刻她的衣服已被鲜血浸湿，左胸痛得像……呃，实在很难形容，反正就是痛。对一个处在这种状况的女人来说，她的表现已经算是不容易了。

楼下——丽赛估计他应该就站在楼梯口——的艾斯顿副警长笑了起来，用赞赏的语气说："我正要去凯许角镇，正好路过你家。他们那边有栋小屋失火了。"还是那拖得老长的北方腔。"亚森有点担心，你已经一个人在家里好几个钟头了，不知道有没有怎么样？"

"我很好。"

"手机带在身上吗？"

她的手机确实带在身上，而且她好希望此刻就是用手机讲话，因为要是继续这样朝着楼下大喊，她可能很快就要昏倒了。"确认！"她又大喊了一声。

"真的吗？"他的语气有点怀疑。老天，要是他跑上来看到，丽赛该怎么办？到时候他一定会更加怀疑。后来他又开口说话了，不过，从声音听得出来，他已经越走越远了。丽赛简直不敢相信自己居然会为此高兴，然而她真的很高兴。既然事到临头，她就要亲手把整件事做个了结。"好吧，如果有什么需要，随时打电话给我。我待会儿再回来看看你。如果你要出去，麻烦在门上留个纸条，这样我才知道你平安无事，知道你什么时候回来，好吗？"

这时丽赛已经能预见到——隐隐约约预见到——接下来事情的发展。她喊了一声："了解了！"她知道，下一步她必须先回屋子里去，不过不管接下来要做什么，她都必须先喝杯水。要是她再不喝水，她的喉咙很快就会像凯许角那栋房子一样着火。

"兰登太太，等一下回来的路上我会经过帕特超市，你要我帮你带点什么吗？"

要！当然要！六罐装的冰凉可口可乐，还有一整条赛伦淡烟。

“不用了，副警长，谢谢你。”要是再继续说下去，她的喉咙可能会哑掉。就算没有哑掉，副警长也会听得出她的声音不太对。

“你不想吃个甜甜圈吗？他们的甜甜圈很棒。”从声音听得出来他在笑。

“我在减肥！”她不敢说太多。

“哦——哦，我明白了，”他说，“那就祝你一切顺利，兰登太太。”

噢，老天，别再说了。她暗暗祈祷，然后又回了一句：“你也顺利，副警长！”

咚——咚——咚——咚。他走了。

丽赛全神贯注留意车子的引擎声，过了一会儿，终于听到车子发动的声音，但隐隐约约非常轻微。副警长一定是把车子停在信箱旁边，然后沿着车道走上来。

丽赛在原来的地方躺了好一会儿，让自己恢复体力，然后坐起来。杜利在她胸口斜斜划了一刀，向上划到腋窝的位置。那条歪歪扭扭的刀痕上，血迹已经开始干涸，而且伤口已经收缩了一点。然而她这一动让伤口又裂开了，她立刻感到一阵剧痛，丽赛惨叫一声，可是叫过之后反而更觉得痛。她感觉到鲜血沿着肋骨往下流，眼前又开始发黑。她猛眨眼睛想强打起精神，一次又一次暗暗祈祷，后来她终于越来越清醒了。她的祈祷词是：我一定要办到，我一定要走进那片紫色的帘幕。我一定要办到。我一定要走进那片紫色的帘幕。我一定要办到，我一定要走进那片紫色的帘幕。

没错，走进那片紫色的帘幕。情人丘上，整片斜坡都是羽扇豆，然而她脑中的那道紫色帘幕却是她自己创造出来的——当然，这是斯科特默许的，而且，也许他也帮了忙。

我从前进去过。

是吗？确实进去过。

我相信可以再进去一次。走进去，或是如有必要，干脆把那该死的帘幕扯掉。

问题是：自从鹿角旅店那晚之后，她和斯科特究竟有没有再谈过“异月之湾”呢？丽赛觉得好像没谈过。当然，他们之间有私房话，而且有几次在大卖场或杂货店里，她找不到斯科特时，偶尔会听到斯科特在那片紫色帘幕后面跟她说些私房话……对了，更别提那次在他妈的医院里，护士发现躺在病床上的他不见了……还有那次在大学停车场上，格德·埃伦·科尔开枪打他之后，他躺在地上，嘴里喃喃嘀咕着什么“高个子”……还有，在肯塔基州……在博灵格林，他快要死了……

够了，丽赛！她听到那些声音同时警告她。别再想了，小丽赛！他们大喊，老天，你没那个胆量！

一九九六年冬天之后，她曾试过好几次，想把异月之湾抛到脑后。当时——

“后来我又去了一次。”她的声音回荡在斯科特的工作室里，听起来干枯嘶哑，不过十分清晰。“一九九六年冬天，我又去了一次，去把他带回来。”

就在那里，不过那不是世界末日。也没有穿白袍的人从墙中冒出来把她带走。事实上，她甚至觉得舒服多了。也许这没什么好惊讶的。说不定当你碰到那个长着短毛的地方，秘宝就在那里，而它满脑子想的就是要出来。

“好吧，它出来了——有一部分跑出来了。保罗那个部分——所以我可以喝杯他妈的水了吗？”

没人说不行。她用手撑住那张“傻大个”的桌缘，挣扎着站起来，这时她眼前又是一片昏黑。她立刻低下头，让血液尽量流向脑部。这一次，她清醒得更快了。她开始沿着自己先前留下的血迹，一步步朝吧台间走去。她两腿张得很开，一步一步慢慢走。她心想，现在她看起来一定很像个拐杖被偷走的老太太。

后来，她终于走到了。一路上，她满脑子想的都是吧台间，什么都没留意，唯一的例外就是地毯上那个玻璃杯。她飞快地瞄了那玻璃杯一眼。然而，她这辈子绝对不会再碰那个玻璃杯了。她从柜子里拿出另一个玻璃杯，然后用右手转开冷水的水龙头——她左手还抓着那块编织方巾按在胸口上。这一次，水管完全没有发出咕噜咕噜的声响，水很快就流了出来。她拉开水槽上方镜柜的门，很快就看到她想找的东西：一瓶斯科特的头痛药。而且那个药瓶没有儿童安全盖，所以她很快就能打开来。瓶子一开，一股醋酸味便冒了出来，她不禁皱起眉头。她看了一下有效期限：七月五日。噢，老天，她心想，有些事，没有女人就是会出乱子。

“应该是莎士比亚说的。”她哑着声音说道，然后吞了三颗药丸。她实在没把握这些药丸会有什么效果，不过，那水喝起来有如天堂之泉。她一口接一口猛灌，喝到最后肚子忽然一阵绞痛。丽赛站在死去丈夫的吧台间里，抓着水槽边缘，等那阵绞痛消退。后来肚子终于不痛了，只剩下被打肿的脸还在痛，还有胸口的伤口深处阵阵抽痛。

屋里还有别的药，比斯科特的头痛药效果更好（当然并没有比较新鲜），比如说，阿曼达先前自残时用的强力镇静剂。黛拉那里也有些药，而且坎塔塔那里也有一瓶给阿曼达用的麻醉剂。她们几个姐妹完全没经过讨论就达成某种共识，那就是：绝对不能让阿曼达拿到这种强效药品，因为她只要一不高兴，就会不管三七二十一把所有的药都塞进嘴里。你可以说那就像她的特殊鸡尾酒，她的“龙舌兰日落”。

等一下她会想办法走回屋里——顺便去找那瓶强力镇静剂——但不是现在。此刻丽赛一样张开双腿小心翼翼往前走，一手端着一杯半满的水，另一手抓着那条编织方巾压在胸口上。她一步步走到那堆杂志前面，然后坐在上面，等着看那三颗头痛药会不会使疼痛减轻。她坐在那里等待时，思绪又回到天寒地冻狂风怒吼的那一夜。那天晚上，她在那间客房里找到了斯科特——他人在客房里，可是却已经“失魂”。

我一直觉得我们只能靠自己。外面的风，那他妈的风……

23

她听着那冰冷刺骨的风在屋外怒吼，听着小雪块打在窗玻璃上。她心里明白，他们只能靠自己了——正确地说，她只能靠自己了。她仔细聆听，思绪再度回到新罕布什尔州的那一夜，半夜三点，月光断断续续从云间洒落，阴影时隐时现。她还记得当时她开口想问斯科特究竟要怎么做，要怎样才能真的带她去那个地方。丽赛未能问出口。她心里明白，这种问题只有在想办法拖延时间时才会问……那么，不是只有两个人处于对立状态时才需要拖延时间吗？

我们要同舟共济。她记得当时自己心想，要是我们打算结婚，那么就非得同舟共济不可。

可是，有个问题她非问不可，也许那是因为，在鹿角旅店的那天晚上轮到她从板凳上跳下来了。“万一去那里时正好是晚上呢？你说过那里一到晚上就会有很不好的东西。”

斯科特对她微笑。“亲爱的，那里不会是晚上。”

“你怎么知道？”

斯科特摇摇头，脸上还是挂着笑容。“我就是知道。就像小孩养的宝贝狗一样，时间到了它就会跑到信箱旁边等，因为学校巴士很快就要来了。那里现在已经快黄昏了，经常都是黄昏。”

丽赛搞不懂，不过她不想问——根据她的经验，一个问题永远都会引发另一个问题，然而问问题的时间已经过去了。如果丽赛愿意信任他，那么就不需要再问问题了。于是丽赛深吸一口气，然后说：“好吧，就当是我们预度蜜月好了。带我去吧，只要不是新罕布什尔州，随便哪里都好。这次我会好好欣赏一下风景。”

斯科特把那根抽了一半的烟捻熄在烟灰缸里，然后轻轻握住丽赛的两只上臂，眼中闪烁着兴奋和幽默的光芒——丽赛永远忘不了那天晚上斯科特的手指碰触在她身上的感觉。“小丽赛，你的胆量还真不小——我要让全世界都知道。好了，抓紧我，仔细瞧。”

接着，是他抓住我，丽赛心想。此刻丽赛坐在那间客房里，握着斯科特苍白冰凉的手。斯科特虽然还在呼吸，可是已经变得像个植物人。不过丽赛注意到他脸上泛着神秘的微笑——小丽赛，大声笑——心里纳闷，他的笑容究竟持续多久了？他抓住我。我很清楚是他抓住我。不过那已经是十七年前的事了，当时我们还很年轻，胆子很大，而且有他陪在我身边，我很有安全感。可是如今，他已经不在了。

不过他的身体还在。那是不是意味着，他已经没办法再像小时候那样了，他的肉体已经没办法再去那个地方了？丽赛知道，自从认识他以来，他偶尔会跑去那个地方。当年在纳什维尔的医院里，护士找不到他时，他就是跑到那地方去了。如今，他是不是已经没办法再去了？

丽赛握着他的手，感觉到他的手握紧了。他的动作非常轻微，几乎无法察觉，然而斯科特是她心爱的人，所以丽赛感觉得到。斯科特全身裹在那件黄色毛衣里，只剩眼睛露在外面。他的眼睛依旧茫然地瞪着电视屏幕，不过，真的，丽赛感觉得到他的手在握她的手。那种感觉仿佛斯科特是隔着很远的距离在握她的手，那么有什么不对吗？尽管斯科特的躯体在她身边，但已经离她很远很远了。尽管如此，斯科特还是有那个力量从另一个世界握住她的手。

丽赛的脑中突然浮现出强烈的直觉：斯科特帮她打开一条通道，让她随时可以过去。天知道斯科特得费多大的力气才办得到，天知道他能撑多久，不过丽赛只知道斯科特为她做了这件事。丽赛放开他的手，跪下来。丽赛两条腿有种针刺的感觉，已经快麻掉了，但她不在意。屋外狂风呼号，震撼着整栋房子，但她已经快要感觉不到了。她把那件毛衣掀开一点，让自己的手能伸得进去，伸进斯科特体侧和瘫软的手臂中间，让自己的手摆在他背后脊椎的位置，环抱住他。丽赛的表情看起来很急迫，她把脸凑近斯科特茫然的眼睛前方。

“带我去吧。”丽赛轻声对他说，然后轻轻摇他一下。“斯科特，把我带到你那里去吧。”

结果没有半点动静。于是丽赛越喊越大声。

“该死的，带我去吧！带我到你那里去，我才能带你回家！快点！要是你想回家，那就赶快带我到你那里去！”

24

“结果，你真的带我去了。”丽赛喃喃嘀咕道。“你办到了，我也办到了。如今，你已经死了。你不是像那次在客房里那样，只是失魂了而已。如今，我他妈永远没机会搞懂你是怎么办到的了。不过就是那么一回事，不是吗？所有的一切。”

不过她倒是约略知道斯科特是怎么到那里去的。在内心深处，丽赛知道。真相就藏在她脑中的帘幕后面。总之，就在那里。

就在这时，头痛药发挥药效了，虽然不够强，不过也够了。她已经有办法走到谷仓楼下而不至于昏倒，也不至于摔断脖子。要是她有办法走到楼下，她就能走回屋里。更好的药就收在那里……不过就是不知道有没有效。但愿有效，因为她还有很多事情要做，还有很多地方要去。而且有些地方很远，真的很远。

“千里之行始于足下，丽赛桑。”她自言自语道。那是她在那堆杂志里看到的一句话。

于是她拖着沉重的脚步慢慢往前走，走向楼梯口。她抓住栏杆，一步一步慢慢走，足足花了三分钟才走下楼梯。中间有两次她突然觉得头晕，停下来休息了片刻。不过，她终于还是走下来了，而且没有跌倒。她在那张“老天床”上坐了一下，喘口气，然后又拖着沉重的脚步，走上一段更长的路，走回她家的后门。

第十一章　丽赛与池子
（嘘——现在别动）

1

丽赛生怕正午将近时的炎热会压垮她，让她在从谷仓到屋子的半路上不省人事，不过她没昏倒。太阳似乎很好心地躲到一朵云的后方，有阵清凉的微风吹拂过来，舒缓了她过热的体温以及发红肿胀的脸。等她到了屋子后门廊时，胸部那道严重的撕裂伤又开始剧痛，不过她的意识还清醒着。她刚开始找不到钥匙，但经过一阵忙乱摸索，最后还是找着了，原来就压在她右前方口袋里那包可丽舒面纸下方。屋里很凉爽，不但凉爽、宁静，最重要的是只有她在。她希望处理伤口时，不会有电话打来，不会有人上门拜访，不会有个六英尺高的副警长出现在后门查看她的状况。当然，拜托（千万拜托）那个发疯的遗稿狗仔不要再回来了。

丽赛走进厨房，把洗手槽下的塑料水盆拿出来，弯下身体时，伤口再次疼痛，还真是痛得要命，她再次感觉鲜血沿着皮肤流下，还浸湿了身上那件已被撕得破烂的衣服。

这么做会让他兴奋……你知道吧？

她当然知道。

他还会再回来。不管你允诺过他什么，就算你履行了答应他的事，他还是会回来的。这你也知道吗？

对，她也知道。

吉姆・杜利认为他答应帮伍伯迪取得的斯科特的遗稿，就像金毛小子为了小苍兰和钟声。所以他才会对你的胸部、而不是对你的耳垂或指头下手。

“这是当然的。”她在空荡的厨房里这么说。此刻，阴影忽然消失，因为太阳又从云朵后方探出头来。“吉姆·杜利认为那样就像跟我做爱。要是警察不能逮住他，下次他就会真的上了我。”

你得阻止他啊，丽赛。就靠你啦。

“别傻了。”她对着空荡的厨房说。接着她用右手打开烤箱上方的壁橱，拿出一盒立顿茶包，放进盆子里，再将那块已经沾了血、原来在老妈柏木盒里的方巾也放进去。她完全不知道自己为何还拿着这东西，最后她步履蹒跚地走向楼梯。

这有什么傻的？你不是阻止了金毛小子吗？也许大家并不这么认为，但当时确实是你阻止了他啊。

“那时候情况不一样。”她抬头看着阶梯，盆子夹在右手臂下抵着髋部，以免茶包跟方巾掉出来。这道阶梯现在看起来像有八英里高，丽赛甚至觉得楼梯顶端似乎真有云朵缭绕着。

如果真不一样，你还上楼干吗？

“因为止痛药在楼上！”她在空空的房子里喊道，“那些该死的药丸在上面！”

那声音只再说了一句话，就沉默下来。

“静动，小宝贝说得没错，”丽赛也表示同意，“说得对极了。”然后她便踏上阶梯，开始漫长而艰苦的跋涉。

2

爬到一半，丽赛眼前又是一团黑，她一度以为自己要晕过去了。她心想，就算要晕倒，也要往前倒在阶梯上，小心别向后摔，不过这么想的同时，她的视线又清楚了。她坐下来，盆子放在脚边，垂着头休息，从一数到一百，每个数字中间还念一次密西西比这个词。数完后，她又起身继续爬。

二楼的设计着重通风，比厨房还要凉爽，不过等她爬到时已经大汗淋漓。汗水流过她的乳房，渗进伤口，顿时伤口就像洒了盐般刺痛无比。另外她又开始口渴，仿佛从喉咙到胃部是一片干涸的沙漠。虽然伤口疼痛无法马上治愈，但至少口渴还能解决，而且越快越好。

她缓慢地前进，往旁边的客房瞥了一眼。那是一九九六年改装的，而且改装了两次，不过她还是会看见那张背面有缅因州立大学字样的摇椅……那台电视……还有那几扇结了霜、会随外头光线改变颜色的窗户……

放下吧，小丽赛，事情都过去了。

“事情都过去了，但没有一件解决了！”她愤怒地喊道，“还有一大堆他妈的麻烦！”

没有人响应她。她来到主卧房旁边的浴室，斯科特习惯管这里叫“高级粪便处理厂”。她放下盆子，把漱口杯里的东西倒掉（里面还有两支牙刷，唉，现在两支都归她一个人用了），然后装满凉水，贪婪地喝光，接着又花点时间检查自己，主要当然是检查脸部。

她看到的情况不太妙。眼圈很肿，深色眼窝里只看得见蓝眼珠的一小部分，肿起来的地方已经呈现黑褐色。鼻子则歪向左边。她不觉得鼻子断了，但谁知道？至少她还能呼吸，这就好。她的鼻子下方有干掉的血块，从嘴巴两侧往下延伸，看起来就像神秘小说里大魔头傅满州的胡子。你看，老妈，我是飞车党，她本来想这么说，不过最后没开口。反正这个笑话也不好笑。

她的嘴唇也肿得严重，几乎合不起来，让她整张脸的表情看起来很古怪，像是噘着嘴对人说来亲我吧。

我是不是在考虑要去绿茵找那位鼎鼎大名的休斯·埃布尔尼斯大夫？我真的这么想吗？真好笑……他们会看看我的状况，然后叫救护车把我送到真正的医院，有加护病房的那种。

你不是在想这件事。你在想的是……

她突然中断思绪，记起斯科特以前常说的话：人们脑袋里想到的东西，有百分之九十八都他妈的不关自己的事。他说的或许没错，但也可能不是真的，不过现在她最好只想着一件事：低着头，一步一步慢慢来。

丽赛找了一阵子，都没看见止痛药，差点想要放弃。她还以为是春天时来打扫屋子的那三个女孩拿走的，不过正当她这么想着，竟然就发现止痛药放在斯科特那罐综合维他命后面。更神奇的是，这些药丸这个月就要过期了。

“不浪费，就不匮乏。”丽赛说完，马上吞下三颗药，接着在盆子里装入温水，随手抓了一把茶包丢进去。她看着清澈的水慢慢转变成琥珀色，耸了耸肩，又把剩下的茶包全部倒入。茶包沉到底下，水的颜色也变得更深，她边看边想到以前有个年轻人对她说过这会有点痛，不过真的真的很有效。那好像已经是上辈子的事了。现在她要亲自试试看。

她从水槽旁的杆子上拿了条干净毛巾，放进盆子里，浸湿后再轻轻拧干。你到底在干什么啊，丽赛？她这么问自己……然而答案很明显，不是吗？她还在走着亡夫走过的路，那条会带她回到过去的路。

她把破掉的上衣扔到地上，一副不知接下来会发生什么事的表情，然后将浸了茶水的毛巾放在胸部上。确实会痛，不过跟伤口被汗水渗入的感觉相比，已经算是相当舒服了。

很有效。真的真的很有效，丽赛。

她曾经相信这个说法（至少有几分相信）但那时她才二十二岁，愿意相信的事可多了。而她现在相信的只有斯科特。至于异月之湾？嗯，她觉得应该也可以相信。那是个近在眼前的世界，就在她心中那道紫色帘幕的后面。现在的问题是，他已经死了，留下她一个人，而光靠她自己，究竟有没有办法进入那个世界？

丽赛拧掉毛巾上的血与茶水，再将它浸湿，擦拭胸部的伤口。这次的刺痛感更不明显了。但这不能治愈伤口，她心想，只会让我走上回到过去的路。她大声说：“这是另一个秘宝。”

她一手拿毛巾轻轻压着伤口，另一只手放在乳房下方，拿着那块沾血的方巾（也就是老妈所谓的“欢喜巾”）缓缓走进卧房，坐在床上，凝视上头刻着“谢普曼图书馆破土典礼”的银铲子。没错，她真的在上头看见一个小凹痕，当初她就是用这个地方先击中金毛小子的枪，然后是他的脸。虽然斯科特在一九九六年那些寒冷夜晚用来包覆自己的黄色大衣早就不见了，但她还有这把铲子，也至少还有这块“欢喜巾”。

秘宝找到了，游戏结束。

“我希望真的结束了。”丽赛说完就往后倒在床上，毛巾还敷在伤口上。疼痛感正慢慢缓和，但这是因为阿曼达的止痛药发挥效用，跟保罗的茶水疗法或斯科特那罐快过期的阿司匹林无关。等止痛药的效力消退，疼痛就会再次回来。而这些疼痛的始作俑者吉姆·杜利也会再次出现。问题是，她在这段时间要做什么？她能做些什么？

你绝对不能做的一件事，就是恍惚着睡着。

不行，那会很糟。

我最好在今晚八点收到教授的信息，否则下次会更惨，这是杜利对她说的话。杜利似乎让所有情况看起来都对她不利。他也叫丽赛自己处理伤口，别告诉任何人他的事。到目前为止她都照着做，但这并不是因为她害怕被杀掉。其实，知道他真的有意杀害她后，丽赛觉得反倒省事了，至少她就不用费心跟杜利讲道理了。另外，要是她打电话到警长办公室……这个嘛……

“要是房子里都是警察，就没办法好好寻宝了，”她说，“而且……”

而且，我相信斯科特仍有安排。应该还有的。

“亲爱的，”她在空荡的房间里说，“我真想知道那是什么。”

3

她看看旁边桌上的电子钟，大吃一惊，现在竟然才十点四十分而已。今天真是漫长，感觉像是一千年那么长，不过这应该是因为她几乎都在回想过去吧。那些回忆让人错乱，深刻之处甚至会使人完全无视时间的存在。

过去已经回忆够了；现在呢，我的周遭发生了哪些事？

嗯，让我想想。匹兹堡大学那个遗稿狗仔王一定正龟缩在家里，担心东窗事发，而斯科特以前常称这种生怕底细被抖出来的人是得了“臭罩症”，还真是贴切啊。艾斯顿副警长应该在调查某个房屋烧毁的小案子，可能是人为纵火吧。吉姆·杜利呢？说不定正躲在外面的树林里，用我那支开罐器削着树枝打发时间。他的车搞不好就停在附近十几个废弃谷仓或棚屋的其中之一，不然就是在通往哈洛市的狄卡路边。黛拉或许正在前往波特兰机场的路上，要去接坎塔塔；如果老妈知道，一定会说她太大费周章。至于阿曼达呢？噢，她已经没救了，小宝贝，这点斯科特在世时就很清楚，那件事迟早都会发生的。斯科特不是替她留了间病房吗？斯科特对她这种情况是再清楚不过了。

她大声说：“我应该去异月之湾吗？那是寻找秘宝的下一站吗？就是这样，对不对？斯科特啊，你这个傻子，你都已经死了，我怎么去？”

你是不是太急了？

当然，她都不想完全记起那个地方，更别说去那里了。

你不能只掀开帘幕从底下偷看。

“我还得扯掉那块幕，”她阴沉地说，“是吧？”

那个声音没有响应，于是丽赛当作对方默认了。她往侧面翻身，拿起银铲子，上头的字在早晨阳光下闪耀。然后她将沾了血的小方巾裹住铲子把手，就这样握着。

“好吧，”她说，“我会把幕扯掉。他曾问我想不想去，我回答说好吧。杰洛尼莫。”

丽赛一动不动地思考了一会儿。

“不对，我并不想去，我那么说只是要配合他。我说了‘杰洛米诺’，结果后来发生了什么事？当时怎么了？”

丽赛闭起眼睛，只看见一整片亮紫色。她本来应该会因此受挫，乱喊一通，但是没有，她反而想到了静动。小宝贝，要静观其变伺机而动。拿着铲子的手握得更紧。她看见自己正在挥舞铲子。铲子在蒙眬的八月阳光下闪烁着，而那片紫色就在它的前面突然分离开来，就像皮肤被刀划过，只不过流出来的并非鲜血，而是光线：一道神奇的橘色光芒充斥着她的心，让她产生一种同时混着欣喜、恐惧与悲伤的可怕感觉。

难怪这些年来她一直压抑着这个回忆，它太沉重了，远远超出她所能承受。那种光芒似乎让空气变得像丝绸一样轻柔，附近有只鸟的叫声传进她耳朵，听起来有如玻璃般清脆。一阵微风吹来，她闻到许多特别的香味，包括赤素馨花、九重葛、玫瑰，天哪，竟然还有昙花。她只要一想起斯科特的皮肤贴在她身上、两人脉搏同时跳动的感觉，心里就会刺痛不已。当时他们去安塔拉镇，曾经全身赤裸一起躺在床上，后来又赤裸地跪在那长满紫色植物的山丘，赤裸地待在情人树浓密的阴影下……橘色的月亮像栋大厦从地平线升起，不断膨胀并放出冷光，而沸腾着深红色的太阳则在另一头落下，有如着了火的房子。她认为这两种强烈对比的光芒混在一起实在是太美了，美得简直要她的命。

如今的她已年老许多，还成了寡妇。她只能孤独地躺在床上，手里紧抓着铲子叫喊着，一半的她因为那些还记得的美好回忆而高兴，另一半却为了那些已遗忘并再也无法复得的回忆而难过。她的心碎过之后又马上痊愈。她脖子上的血管浮起，嘴唇开裂、肿胀得无法闭合，鲜血还往内渗进牙床。泪水从眼角流出，滑过脸颊来到她的耳朵，使耳垂看起来像是戴了某种异域的宝石。她的心中只想着一件事：噢，斯科特，我们从来没见过这样的美景，我们真的从没见过这样的美景，我们应该在那个时候死去的，真应该那样，就像故事里的爱人赤裸着死在对方怀里。

“但我们没死，”丽赛低声说，“他抱着我，说我们不能待太久，因为天快黑了，会很危险，甚至连那些树都会变得很可怕。不过他说他想要做某件事……”

4

“在回去之前，我想让你看个东西。”他边说边将她拉起来。

“噢，斯科特，”丽赛听见自己微弱的声音，“噢，斯科特。”她似乎只能用这种方式说话。她想起当初第一次就要达到性高潮时，自己也是这么呻吟着，只不过现在情况不太一样。

斯科特正带她去某个地方。一些长得较高的草拂过她的大腿，但过了一会儿就没有了，于是丽赛知道，现在他们到了一条有人走动的小径上，这条路正通往被斯科特称为情人树林的地方。她很好奇那里现在会不会有其他人。丽赛心想，如果有人，他们要怎么办？她很想再看看那个像小妖精般升起的月亮，但不敢这么做。

“到那些树下时要安静哦，”斯科特说，“我们应该不会有事，但毕竟是在精灵森林的边界，还是小心点好。”

其实就算他没这么说，丽赛也会压低自己的声音。她顶多只会说，噢，斯科特。

他现在正站在其中一棵树下，它的外观像棕榈树，但树干粗糙，树皮外层仿佛包覆着绿色的毛而不是苔藓。“天哪，希望还在，”斯科特说，“我上次来的时候，这儿还好好的……就是你气得快发疯，而我用手打破温室玻璃的那一晚。啊，有了，就在那里！”斯科特拉着她往右走出小径外。在小径通往树林的入口处，有两棵看起来很像守卫的树，而他们接近其中一棵树时，斯科特看见一个用两块木板拼凑成的十字架。在丽赛看来，那只是从板条箱上拆下的两块普通木板。虽然附近没有小土堆，地面反而还有些凹陷，不过光看到十字架，她就知道那是个坟墓。在十字架墓碑的横条上有个名字：保罗。

“我第一次是用铅笔，”斯科特的声音很清楚，但听起来却像从远处传来，“接着又改用圆珠笔，不过木板那么粗糙，当然写不上去。后来我也试过签字笔，效果不错，可是会褪色。最后我拿了保罗的一组旧绘画工具里的黑漆来用，总算成功了。”

丽赛在白昼与夜晚交接之际的混杂怪异光线下看着十字架，心想（她也只能这么想），全都是真的，不是幻觉。我们从那棵“嗯嗯”树下出来时发生的事都是真的。现在当然也是真的，而且维持的时间更久，感受也更深刻。

“丽赛！”斯科特听起来很兴奋，当然啦，他怎么能不兴奋？自从保罗死后，他就没跟任何人提过这地方了。他只到过这里几次，全都是一个人来，独自哀悼。“还有别的东西……我让你看看！”

某处传来一阵钟声，很微弱，听起来非常熟悉。“斯科特？”

“什么事？”斯科特正跪在草地上，“怎么了，小宝贝？”

“你有没有听见？……”钟声停了。那一定是丽赛在幻想。“没事。你要让我看什么？”丽赛心想，你似乎已经让我看得够多了。

斯科特的手本来在草丛间翻找，现在又移到十字架底部附近，不过似乎什么也没找到，而他那股愉悦的傻笑也渐渐消失了。“也许被拿走……”他话说到一半就突然停住，脸上的表情短暂地抽搐一下后又放松，然后发出一阵近乎歇斯底里的笑声。“就在这里，还好我没扎到自己，不然就好笑了。总之过了这么多年，它竟然还在，而且盖子还没掉呢！丽赛，你看！”

丽赛本来要告诉他，没有任何东西能让她从眼前的美景中分心：东边与西边的橘红色天空，慢慢转变为他们头顶上方那种奇怪的青绿色；吹拂着他们的微风里混杂着各种香味；某处传来另一阵微弱的钟鸣声（这次丽赛可没听错）……但斯科特手上的东西还是吸引了她的注意。那是支注射针筒，是他爸爸给他的，有次他跟保罗来这里时，爸爸叫他拿针刺进保罗的身体。针筒看起来几乎是全新的，只有针筒底部有些小锈斑。

“我只有这个东西，”斯科特说，“我没有他的照片。虽然爸爸说那些小孩去的学校是养驴场，但至少那些人还有照片。”

“你挖了这个墓……斯科特，你是空手挖的吗？”

“我试过用空手挖，挖出了一个浅浅的小坑，因为这里的土还算松软，不难挖，可是那些草……我光拔草就花了好多时间……那些杂草真是顽强的家伙……而且后来天色变黑，那些笑声也出现了……”

“笑声？”

“我猜是鬣狗吧，它们就住在精灵森林里。”

“精灵森林……是保罗取的名字吗？”

“不，是我取的，”他用手指了指那些树，“保罗跟我没见过是什么东西发出笑声，只能听见声音。不过我们倒是看到了别的……是我看到了别的东西……它……”斯科特望向那片正迅速变得黑暗阴郁的树林，然后又看看小径，而小径进入树林的部分也已暗得快要看不见了。他再次开口说话时，语气中充满警戒：“我们得赶快回去了。”

“你能找到回去的路吧？”

“加上你的帮忙吗？当然。”

“那就告诉我你怎么埋葬他的。”

“我可以在回去的路上告诉你，如果你——”

他话还没说完，丽赛就缓缓摇着头。

“不，我现在知道你为什么不想有小孩了。假如你早点跟我说‘丽赛，我改变心意了，我想试试看。’我们就能早点谈论这件事，因为保罗是保罗……而你是你。”

“丽赛——”

“我们现在就来谈这件事。如果你不想谈，那我们以后就再也不要讨论失魂、中邪跟这个地方的事了，行吗？”丽赛看见他的表情，语气和缓地继续说，“这不只是你的事，斯科特……并非每件事都只跟你有关，这件事也跟我有关啊。这里太美了……”丽赛环顾四周，忍不住颤抖着。“实在太美了。如果我花太多时间待在这里，甚至花太多时间想到这里的美，搞不好我会发疯。所以要是我们时间不多，那你就长话短说，告诉我你是怎么埋葬他的。”

斯科特转身侧对着她，落日的橘黄色光芒映照出斯科特身体的线条：凸出的肩胛骨，细瘦的腰，臀部曲线连接着大腿浅而长的弧线。斯科特伸手摸了摸十字架。

“我用草盖住他，然后就回家了。下次再来时，已经过了快一个星期，因为我生病发烧了。爸爸早上给我吃麦片，下班回家就让我喝汤。我很怕保罗的鬼魂会回来，但他的鬼魂始终没出现。我身体好点之后，本来想从仓库拿爸爸的铲子，但带不到这里。我猜树林里发出笑声的那些动物搞不好已经吃掉保罗的尸体，结果它们没有吃他，于是我又回来一趟，从我们放在阁楼的旧玩具箱里拿了一把铲子，这次就带得过来了。那把红色塑料铲是我们很小时候的玩具啊，丽赛，我就是用它挖出这个墓的。”

西沉的太阳开始褪成粉红色。丽赛伸出双手环抱斯科特，他也回抱着她，还将脸埋进她的头发中。“你真的非常爱他。”她说。

“他是我哥哥啊。”斯科特只说了这些，而这些就够了。

天色越来越暗，丽赛突然看见某个东西，或者该说她觉得自己好像看见什么东西。是另一块木板吗？看起来好像是，那块木板就横放在小径离开山丘的地方（淡紫色的山丘现在已经转变成深紫色了）。不，不只是一块木板——有两块。

丽赛心想，会是另一个十字架，坏掉的十字架吗？

“斯科特？还有别人埋在这里吗？”

“呃？”他听起来很惊讶。“没有！附近是有个墓地没错，但不是这里，是在……”斯科特望向她所看之处，然后笑了出来。“哇！噢！那不是十字架，只是个标示！是保罗第一次寻宝时做的，那时候他偶尔还能自己一个人来这里。我完全忘了这个旧标示牌了呢！”他放开丽赛之后急切地赶过去，走上小径之后再越过树下，丽赛觉得这么做似乎不太好。

“斯科特，天快黑了，我们该回去了吧？”

“等一下，小宝贝，再一下就好。”斯科特拾起其中一块木板带回来。丽赛知道上面有字，但颜色已经褪得差不多了，她得把木板拿近一点，才看得清楚上面的字：

通往谜池

“谜池？”丽赛问。

“没错，”他说，“你不知道吗，这指的就是秘宝啦。”他开心地笑着。就在这时，在他说的精灵森林深处（夜晚早已降临在那里了），传来了第一阵笑声。

虽然目前只有两三声笑声，但那声音是丽赛此生听过最可怕的声音。丽赛觉得，那听起来根本不像鬣狗，倒像是人，像某个十九世纪精神病院最深沉阴暗处的疯子发出的声音。丽赛紧抓着斯科特的手臂，连指甲都陷进他的皮肤。丽赛告诉他，要他马上带她回去。她甚至害怕到连自己的声音都不认得了。

远处传来一阵微弱的钟声。

“好。”斯科特把木板随手丢向旁边的杂草堆。一阵阴沉的风吹过，情人树梢发出宛如叹息的声音，散发出比山丘上的植物更浓郁的香味，香到令人生腻，甚至使人反胃。“这里天黑之后就真的不安全了。谜池很安全，沙滩也是……还有那些长凳……甚至墓地也很安全，然而——”

更多的笑声出现，过没多久，已经有十几只动物的声音了。有些笑声以不规则的方式提高音调，最后变成尖锐到能震破玻璃的嚎叫，吓得丽赛都想尖叫了。那些声音随后又开始降低，接着变成低沉的咯咯笑，听起来就像从泥浆里传出来。

“斯科特，那些究竟是什么？”她低声说。丽赛从他肩上望去，月亮有如一颗膨胀的热气球。“听起来一点也不像动物。”

“我不知道。它们用四只脚奔跑，但有时也会……算了。我从来没近看过它们，我跟保罗都没有。”

“它们有时候也会怎样，斯科特？”

“也会站起来，就跟人一样。但这不重要了，重点是我们要赶快回去。你想马上回去，对吧？”

“没错！”

“那你就闭上眼睛，想象我们在安塔拉镇的那个房间，尽量想象每一个细节。这样能帮我的忙，能让我们快点回去。”

丽赛紧闭双眼，可是一开始什么也想不起来。后来她便看见月光探出云朵，照进房间，而梳妆台跟床边小桌的影像也慢慢浮现，接着是壁纸（图样是攀缘蔷薇）、床架，还听见床垫弹簧的声音，每次他们躺在床上一移动，弹簧就会发出非常滑稽的吱嘎声。突然间，从

（精灵森林）

黑暗深处传来的可怕声音渐渐消退，那股恶心的香味也慢慢散去。丽赛心里有一部分因为要离开这里而悲伤，但绝大部分还是因为能离开这里而感到宽慰。她的身体、心智，尤其是她的灵魂，总算可以松了口气。对斯科特·兰登之类的人来说，到异月之湾就像远足，

但除非前往或离开那个地方能像翻书一样简单，能像处在电影院的黑暗中一样安全，否则那里的奇异与美丽可不是丽赛这种普通人承受得起的。

而且，我才见识了那里的一点小部分而已，丽赛心想。

“很好！”斯科特说。丽赛听出他的语气中带着放松与欣喜。“丽赛，你真棒，你最在行的就是——”斯科特是要说她最在行的就是这个，但在他说完这句话之前，在他放开丽赛的手、在丽赛睁开眼睛之前，丽赛就已经知道……

5

“我知道我们回到家了。”丽赛话才说完，便睁开眼睛。回忆太强烈，使她一度以为自己会看到二十七年前他们在新罕布什尔州住了两晚的那个房间。她的手紧紧握着铲子，用力到得用意志力让手指一根根松开才行。接着，她将那块黄色的欢喜巾放在乳房上，虽然上面浸的血渍都干硬了，但覆盖着她的身体时，仍能让她感到安慰。

然后怎么了？你该不会要说，在经历了那些事之后，你们俩就直接上床睡觉了？

没错，当时的情况差不多就是这样。她很想赶快忘掉刚才的事，而斯科特也乐于这么做。斯科特得鼓足勇气才能将自己的过去挖出来，也难怪他比丽赛更想忘掉那些经历。不过丽赛记得，当晚她还是问了他一个问题，第二天他们开车回缅因州时，她又差点再问他另一个问题（但最后并未提起）。斯科特在那些笑声出现前曾说过一些话，引起她的好奇，所以她问斯科特，他说保罗那时候偶尔还能自己一个人来这里是什么意思。

斯科特看起来吓了一跳。“我已经好几年没想过这件事了，”他说，“对啊，他是能自己一个人去那个地方，不过那对他来说很困难，就像挥动球棒击中球对我来说也很困难。因此大部分时候他都是让我带他去，我想没过多久后，他就完全失去前往那里的能力了吧。”

而她在他们开车回程中想问的另一个问题，是关于那个坏掉的标示牌：那就是他在演讲中不断提到的东西吗？丽赛最后没有问，是因为这个问题的答案早就很明显了。他的听众或许认为，他所提的谜池、语汇之池（我们都会到那里饮水、游泳，搞不好还抓只小鱼）只是种比喻，但她知道他们错了。真的有那么个池子。她当时之所以知道，是因为她了解斯科特。而她现在之所以知道，是因为她真的去过那个地方。你只要从情人丘出发，走小径进入精灵森林，再经过“钟树”跟墓地就到了。

“我去找过他。”她低声说，手里握着铲子。然后她突然又说：“天哪，我记得那个月亮。”这时她的身体痛到冒起了鸡皮疙瘩，整个人在床上扭曲着。

月亮，没错，就是它。那个像是吸了毒的月亮散发出橘黄色光芒，跟她回忆中不愿记起的那些北极光感觉完全不一样。他们去的异月之湾当时是夏天，十分迷人，尤其是那古怪的月亮，虽然带有阴郁感，却又让人觉得特别美妙，月光照耀在池子附近的石谷，美得超乎她想象。由于丽赛已经扯开并穿越那道紫幕，所以现在的她几乎能在脑中完全重现当时的情景，但回忆毕竟只是回忆，无法让她更进一步探索。也就是说，她得亲自去那里，再度前往异月之湾。

问题是，她去得了吗？

她又想到另一个问题：如果斯科特的尸体就在那里呢？

这时丽赛的脑中突然出现一个画面。她看见好几十个默不作声的人影，就像尸体一样包在裹尸布里，只不过他们全都坐着。丽赛觉得他们还在呼吸。

丽赛全身颤抖着，虽然吃了止痛药，但胸部割伤处还是阵阵疼痛，而且她无法克制颤抖，只好顺其自然。过了一会儿，她才能专心思考。现在最要紧的，是她到底有没有办法独自前往那个世界……但不管会不会遇上那些尸体，她都一定得去。

斯科特能自己一个人去那里，也能带他哥哥保罗去。长大后，他还能从安塔拉镇带丽赛一起去。丽赛现在要弄清楚一个非常重要的问题：在那次事件的十七年后，也就是一九九六年一月的那个寒冷夜晚，究竟发生了什么事。

“他没有完全失魂，”她喃喃地说，“他还握紧了我的手。”没错，她想起当时斯科特似乎用尽力气紧握她的手，但这是什么意思，表示斯科特要带她过去吗？

“我也对他大喊，”丽赛笑着说，“我告诉他，如果他想回家，就要带我到他那里……而我也一直以为他真的带我去了……”

胡说，小丽赛，你从来没想过那件事，对吧？你是一直到今天被杜利那家伙割伤，连乳头都差点烂掉，才回想起那件事的。你要认真想，非常认真地回想，在那个晚上，他真的把你拉到他那里了吗？真的吗？

丽赛差点就想放弃思考了，因为这跟先有鸡或先有蛋的问题一样，无法得到令人满意的答案，不过后来丽赛突然想起，他曾对她说过：丽赛，你真棒，你最在行的就是这个！

假设她曾在一九九六年做到了，成功前往那个地方，那也是因为斯科特当时还活着，而且斯科特握住她的手虽然衰弱无力，但已足够让她知道，他在另一个世界为她制造了信道——

“它还在，”丽赛说，她又紧抓起铲子握柄，“通道还在，一定还在，他所做的一切就是为了这件事。他安排了一个他妈的寻宝游戏，并要我准备好。至于昨天早上我还跟阿曼达躺在床上时……你出现了，斯科特，我就知道是你。你说有个秘宝要让我去找……要给我奖品……还有饮料……你还叫我小宝贝呢。你现在在哪里？我需要你带我过去的时候，你在哪里？”

她没得到回答，只听见墙上的钟滴答作响。

闭上你的眼睛。他还说了这些话。想象，尽量想象每个细节。这会有帮助的。丽赛，你最在行的就是这个。

“希望如此，”她对着空洞、没有斯科特的房间说话，“噢，亲爱的，希望如此。”

如果说斯科特·兰登有个致命的缺陷，那应该就是他会考虑太多，但丽赛完全不会有这方面的问题。在纳什维尔热得要命那天，要是她停下来考虑当时会发生的状况，而没有立即行动，斯科特几乎可以说是死定了。幸好她采取了行动，用现在握在手中的那把铲子救了他一命。

我本来想从仓库拿爸爸的铲子过来，但带不过去。

那么她能把从纳什维尔带回来的银铲子带过去吗？

丽赛觉得她可以。这很好，因为她想把它带在身边。“这是我永远的朋友。”她低声说，然后闭起眼睛。

她正在召唤异月之湾的记忆，而那个地方的画面也鲜明地浮现出来，但此时有个恼人的问题打断了她的沉思，让她分心。

那里是什么时间呢，小丽赛？噢，我不是指几点几分，而是白天或夜晚。斯科特总会知道那里的时间（至少他是这么说的），但你又不是斯科特。

没错，她不是斯科特，但她记得他最爱的摇滚乐曲：《夜晚才是绝佳时机》。在异月之湾，夜晚不是绝佳时机，因为香味会变成臭味，食物会令人中毒。夜晚还会传出可怕的笑声，那些发出笑声的东西用四只脚奔跑，但有时会像人一样站起来，四处张望。在夜晚，那里还有其他更可怕的东西会出现。

比如斯科特说的高个子。

亲爱的，它已经很接近了。这是斯科特那天躺在纳什维尔烈日下对她说的话，丽赛当时以为他就要死了。我听得到它好像在吃什么东西。丽赛试着告诉他，她听不懂他在说什么，但斯科特却掐住她，叫她不要侮辱他的智慧，也不要侮辱她自己的智慧。

因为我到过那里。因为我听见了笑声，相信他所说的：那里还有更可怕的东西在等着。真的有。我见过他说的那个东西，就在一九九六年我去异月之湾带他回来时看见的。我只看到侧面，但这就够了。

“这简直没完没了。”丽赛嘀咕着，惊讶地发现自己真的相信那是事实。在一九九六年那个晚上，她从冷冰冰的客房前往斯科特所在的世界，走过小径，穿越树林，进入精灵森林，然后——

附近突然传来一阵马达声。丽赛的眼睛猛然睁开，差点尖叫出来。随后她又慢慢放松心情。那可能只是加洛韦家的人或他们雇的小伙子在隔壁割草而已。九六年一月那冷得要命的晚上，她发现斯科特待在客房，仍有呼吸，但已经失了魂，而现在她周遭的景况跟当时实在差得太多。

她心想：在这种环境下我根本做不到——实在是太吵了。

她心想：这世界拖累了我们。

她心想：这是谁写的诗？然后她又突然想到：斯科特一定知道。

没错，斯科特一定知道。她想起斯科特在他们住的那些旅馆房间里，弯腰坐在手提打字机前的样子，（“斯科特和丽赛，婚姻初期！”）后来摆在他面前的变成了笔记本电脑。有时他旁边会放个烟灰缸，里头放着一根闷烧的烟，有时则是放杯饮料，不管桌面摆了什么，他的额头总会有撮卷发垂下来，而他也总是无视其存在。丽赛想起当时在德国不来梅的那间烂房子（“斯科特和丽赛的德国时期”），斯科特就在那张床上压着她的身体，他们两人赤裸着，脸上挂着笑容，情欲高涨，但内心并非真的快乐；屋外有大卡车或车辆经过时，地板还会随之震动。丽赛想起他抱着她，想起一切他抱过她的时刻，想起他的味道，想起他用如砂纸般布满胡碴的脸颊贴着她的脸……只要能再听一次他在楼下关门的声音，喊着“嘿，丽赛，我回来啦，还是老样子吧？”她愿意出卖灵魂来交换，没错，用他妈的不朽灵魂交换。

嘘，闭上眼睛。

这句话是她说的，但她模仿得很像，声音几乎跟斯科特一样，于是她闭上眼睛，也感觉到一滴温热的泪水滑下脸颊。他们说要节哀顺变，但做起来才没那么简单，最困难的，是你不知道要过多久你最爱的那些人才会在你心中死去。这是个秘密，丽赛心想，而且我们也最好把它当成秘密，因为如果大家都知道要遗忘一个人有多么困难，他们还会想亲近其他人吗？在你心中，那些你所爱的人只会一点点地死去，不是吗？就像你出远门，忘记请邻居替你偶尔照顾的植物，那种感觉实在太悲伤——

她并不想考虑悲伤的问题，也不想注意胸部伤口的痛（疼痛越来越明显了），而是把焦点再移回异月之湾。她回想起自己从缅因州那个温度零下的夜晚，瞬间来到异月之湾的热带区域，那感觉实在很神奇，也很美妙。空气中带有一丝悲伤的氛围，还闻得到赤素馨花跟九重葛的香味。她记得日落与月升时的美丽光芒，也没忘记远处传来的钟声，还是一样的钟声。

丽赛发现加洛韦家院子那架割草机的声音已变得越来越远，还有外面路上经过的机车声也是，似乎有某种奇妙的事正在发生。她感觉到有个弹簧正压紧了，有口井的井水正重新填满，还有个轮子正转动着。也许说到底，这个世界并未拖累她吧。

但如果你到了那里，那里却是黑夜呢？要是你的那些感觉，只是药物产生的幻想，和自己一厢情愿的想法呢？如果你到了那里，却是黑夜，坏东西全跑出来了怎么办？比如说斯科特提过的高个子？

那么我就马上回来这里。

你是说如果来得及的话。

对，我的意思是这样没错，如果那里有——

她突然吓一大跳，因为她闭起眼睛时本来还看得到亮光，现在却变成几乎一片黑的淡紫色了，就像太阳突然被遮住了。她闻到了非常美妙的香味：是各种花混合成的气味。她也感觉到有草刺着她的小腿与裸露的背。

她成功了，她跨过障碍来到了这里。

“不。”丽赛的眼睛虽然仍闭着，但眼睑已非常放松，几乎就要睁开了。

你很清楚，丽赛，斯科特的声音低语道，时间并不多，要静动哦，小宝贝。

她知道那个声音说得没错，时间真的不多，于是马上睁开眼睛，坐起身子，看着她先生童年时期常来的避风港。

丽赛来到了异月之湾。

6

现在不是夜晚，也不是白天，而她一点也不惊讶。她前两次来时都在黄昏之前；这次又是黄昏之前，有什么好奇怪的？

太阳散发着亮橘色光芒，坐落在长满紫色植物、看似一望无际的地平线那端。丽赛转向另一侧，看见月亮升起时的第一道弧线，那远比她此生见过的所有满月要大上许多。

那不是我们世界的月亮吧？怎么可能？

一阵微风吹动她沾满汗水的发梢，不远处传来了钟声，她还记得那个声音。

你动作最好快一点哦，对吧？

没错。池子那里很安全（斯科特是这么说的），但通往池子的路要穿越精灵森林，可就不安全了。这段路距离不长，但她还是尽量快一点。

她小跑上山坡，寻找保罗做的标示牌，一开始没找着，不过后来就看见它斜立在前方。她没时间把十字架扶正……但还是决定从容行事，要是斯科特在，他也会从容不迫的。丽赛把银铲子先放在旁边（她真的把铲子带过来了，还有那块黄色小方巾也是），才能同时使用双手。她心想，这里一定有天气变化，因为十字架上的“保罗”两个字已经褪得差不多，颜色淡到几乎跟鬼魂一样了。

我上次应该已经把它扶正了吧，她心想，就是九六年来的那一次。当时我还想找那根注射针筒，但时间不够。

现在的时间也不够了。这是她第三次实际来到异月之湾。第一次到这里的感觉还不错，因为她是跟斯科特一起来的，而且他们也只逛到“通往谜池”的标示牌前，就直接回到安塔拉镇的旅馆。然而第二次，也就是一九九六年那次，她就得独自走小径穿过精灵森林。她不记得当初自己是鼓起多大勇气才敢这么做，也不知道池子有多远，在那里会发现什么。而现在的情况又跟前两次不一样：她上半身赤裸着，左胸的重伤现在也又开始抽痛了，还有，天知道她的血会不会引来什么可怕的东西。哎呀，现在担心这些已经太晚啦。

如果真有什么东西来找我，她边想边拿起铲子，比如会发出笑声的家伙，我就跳上前用“小丽赛的疯狂拍打”对付它，这可是我在一九八八年申请注册的专利招式呢。

前方某处又传来钟声了。她光着脚，赤裸着胸部，身上沾满血迹，只穿着一件旧牛仔短裤，右手拿着一把银铲子，就这样走上正迅速变暗的小径，朝钟声的方向而去。池子就在前方不到半英里距离。就算天黑了，那里还是很安全，而她会在那里脱掉身上仅剩的裤子，好好清洗自己。

7

丽赛走在树林中，天色变暗得非常快。她有股冲动想加快速度，但一阵风吹过之后，钟声响起（声音现在听起来很近，而她知道那个钟是用粗绳绑在某根树枝上头），她因此停下脚步，想起某个错综复杂的回忆。她之所以知道那个钟绑在粗绳上挂着，是因为上次（十年前）她来的时候曾看过。而斯科特早在他们结婚前就敲过那个钟，她在一九七九年就听过。虽然钟声很熟悉，但她听起来不太舒服。她在那个钟来到异月之湾之前就不喜欢它的声音了。

“我还告诉过他呢。”她喃喃地说，一边把铲子换到另一只手，然后将头发往后拨。黄色方巾就挂在她左肩上。她四周的情人树窸窸窣窣的仿佛在窃窃私语。“他没说什么，不过我想他应该听进去了。”

她又开始前进，小径逐渐倾斜，升上一个小山丘顶，那里的树林较稀疏，强烈的红光还能从枝叶间透进来。这么说现在还没完全日落。很好，钟就挂在这里，极轻微地晃动着，发出非常微弱的响声。

从前这个钟曾挂在克里夫磨坊镇的帕特小馆，就摆在收款机旁。这不是你会用手掌去拍的钟铃（比如摆在饭店柜台会发出“叮！”一声然后安静下来的小铃），而是学校使用的银钟缩小版，顶部有个把手，只要你一直摇，就会不断发出叮铃声。而那年丽赛在那里当服务生时的一个晚班厨师（叫做恰吉·G）就爱死了这个钟。她记得自己曾告诉斯科特，有时她会在梦中听见它烦人的声音，还有恰吉·G的大嗓门喊着：可以上菜了，丽赛！来吧，动作快点！客人正饿着呢！

没错，她是在床上向斯科特提起这件事，说她恨死了恰吉·G那烦人的钟声；她还记得自己是在一九七九年春天说的，因为在她说完这件事没多久后，那个讨厌的小钟就不见了。她从来没有把它的消失和斯科特联想在一起，就连她来到这里后第一次听到那钟声时也没想到，因为当时她周遭发生了太多事，有太多不可思议的经历，所以完全没去注意。而且对这件事他也从来没提过只字片语。后来在一九九六年丽赛去找他的时候，听见了恰吉·G的钟，而她马上就

（来吧动作快点客人正饿着可以上菜了）

明白了。这整件事太合理了。像斯科特·兰登这种会把“奥克整人玩具专卖店”当成宇宙中心的人，如果想来个恶作剧，把他女友讨厌的钟带到异月之湾，这有什么好奇怪的？而且还把它挂在小径旁，让风吹动它发出声响。

上次它上面沾了血，她脑中有个深沉的声音说，在一九九六年沾上的血。

对，当时她很害怕，但还是勉强自己往前走……而现在上面的血迹已经不见了。这里的天气变化让十字架上保罗的名字变淡，也把这个钟冲洗干净了。至于斯科特二十七年前用来挂这个钟的粗绳（她一直假设这里的时间跟外面世界的时间一样快）也快磨坏了。这个钟很快就会坠落地面，而斯科特的恶作剧也将随之画上句号。

她突然有种强烈的直觉（这辈子还没如此强烈过），指示她接下来该怎么做，但直觉并不是对她说话，而是向她显现一幅景象。接着，她看见自己的手将银铲子放在钟树下方，而且动作完全不停顿，心里也毫无迟疑。她甚至没问自己为何要这么做；铲子摆在这棵老树下，看起来完美极了，上方有银钟，下面又有银铲子。至于这个画面为什么看起来完美极了，她觉得要考虑这个问题，还不如先问自己异月之湾这种地方为什么会存在。她本来以为那把铲子是该带来这里保护自己的工具，但显然不是。最后，她再看看铲子一眼（剩下的时间也只够她再看一眼），便继续上路。

8

小径带她走向下坡，通往另一片森林。到了这里，傍晚强烈的红光已经退成暗淡的橘色，而她前方那一大片黑暗之中的某处也传来第一阵笑声，似人般可怕嚎叫声不断升高，让她全身冒起鸡皮疙瘩。

快点啊，小宝贝。

“嗯，好的。”

第二个笑声也出现了。虽然她感觉赤裸的背部又冒起更多鸡皮疙瘩，但她认为自己应该还算安全。她还清楚地记得，前方的小径会在一颗灰色大石头边转弯，过了那里就会看到一处很深的岩谷（噢，没错，谢天谢地）跟池子。来到池边后她就安全了。虽然待在池子那里感觉很可怕，但不会有危险。然后——

丽赛突然有种古怪的感觉，确信某个东西在跟踪她，而那个东西正等着天色完全变暗，然后采取行动。

那个东西想扑上来。

她的心跳得厉害，胸口的伤都痛起来了。她马上躲到灰色大石头后面，池子就在那里，看起来有如梦境。她低头望向如镜的水面，记忆中的最后一块拼图终于拼凑起来了，她想起过去，感觉就像回家了一样。

9

她绕过灰色大石头后，完全忘记了钟上沾到的血迹、那些嚎叫，以及她遗留在回忆里的北极光。她还一度忘了斯科特，忘了自己是来找他、带他回去的……她低头看着镜子般的水面，忘了一切。这都是因为它太美了。虽然她从没来过这里，但感觉就像回家了一样。即使那些东西开始发出笑声，她也不再害怕，因为这里是安全之地。不必任何人告诉她，她就是知道这里很安全，正如她知道斯科特多年来在演讲与写作中不断提起的地方就是这里。

她也知道这里是个伤心地。

我们都会到那个池子去喝水、游泳，在岸边抓小鱼；一些拥有坚定灵魂的人还会驾着他们脆弱轻薄的木船去捕大鱼。这是个生命之池，是想象力的源头。丽赛知道每个人见到的池子都不一样，但有两项共通点：这个池子永远位于往精灵森林内一英里深处，还有，这里永远是个伤心地。这地方不只跟想象力有关，还跟

（让步）

等待有关。你只是坐着……看着那梦幻般的水面……然后等待。快来了，你心里会这么想。就快来了，我知道它就快来了。但其实你并不知道它是什么，就在这等待的过程中，好几年已经过去了。

你怎么会知道这些事呢，丽赛？

她猜是月亮告诉她的吧，还有那些冷冽壮丽的北极光，还有在情人丘上那些玫瑰与赤素馨花的香味，她想起斯科特的眼神里告诉她，他一直不断努力坚持、坚持、再坚持，让自己不要再走上小径来到这个地方。

树林的黑暗深处又传出更多笑声，然后又突然出现一阵吼叫，使得笑声暂时消失。她听见后方的钟叮当了几声，接着便安静下来。

我得快点了。

没错，她得快点，但她也知道在这种地方，所谓“快点”也只是相对的说法而已。他们之所以要尽快回到位于苏克塔丘的家，不只是因为永远阴暗的精灵森林里有危险的野兽、巨人跟……

（虚幻的）

其他奇怪生物，更是因为斯科特：他在这里待得愈久，她就愈难带他回去。还有……

丽赛想知道如果月光反射在这平静的池面会是什么样子。她心想：我可能也会被这里迷住。

没错。

她站的斜坡这面有道木头阶梯，每层阶梯两侧各有一根石柱，每根石柱上都刻着一个词。在异月之湾，她读得懂这些字，但她知道这些字在她原来的世界里没有意义，再说，虽然她看得懂却记不住，只能勉强记得一个最简单的词：XΓ，指的就是面包。

阶梯逐渐向下，最后弯往她的左边，连接到一处平地，再过去有片沙滩。白沙在渐暗的日落光芒下闪着微光，漂亮极了。沙滩上方有面石墙，石墙上约有两百张弯曲的石头长凳，坐在那里可以往下看见池子。如果长凳全部坐满，大概可以容纳一千人，甚至两千人，但是那里并没有这么多人。她觉得那里顶多只有五六十人，而且大部分都覆着看起来很像裹尸布的薄纱。可是，如果他们死了，怎么可能坐着？丽赛真的想知道答案吗？

沙滩上大概有七八十人零零星星站着，其中有几人（六个或八个）就在水里，正安静地涉水前进。丽赛到了阶梯最底部后开始往沙滩走去，发现自己脚下几乎都是其他人踩过的凹陷。她看见一个女人弯着腰洗脸，动作很慢，像在梦境之中，这让她想起在纳什维尔那天，她发现金毛小子想射杀斯科特时的画面也是慢动作。那时也像梦境，但不是梦。

她看见了斯科特，就坐在从池子数过来第九或第十排石头长凳上。他还带着老妈给的那件毛线衣，不过现在很暖，他没用大衣裹住身体，只是放在膝上。丽赛不知道这件大衣为什么可以同时存在这里和外面的世界，于是心想：也许有些东西比较特别吧，比如说，斯科特就很特别。

丽赛自己呢？外面的世界同时也存在一个丽赛·兰登吗？丽赛可不这么想。她觉得自己没那么特别，她只是平凡的小丽赛而已。她认为自己是连人带灵魂完全进入了这个世界，或者该说是完全失魂了；这要看你是从哪个世界的角度来看这件事。

她吸了口气，正想喊他的名字，但并未开口。一股强烈的直觉阻止了她。

嘘，她心想，嘘，小丽赛，现在别出声。

10

现在别动，就像她在一九九六年那样，她心里这么想。

这里的一切都跟上次一样，不过由于这次她来的时间比较早，所以能看到的景物比上次清楚一点；包覆着池子的石谷现在正在开始变暗。水面的形状看起来很像女人的臀部，到沙滩尽头便缩成腰部，最后由漂亮的白沙形成一个箭头。箭头上方站着四个人，两男两女正全神贯注盯着池子。水里大概有十几个人，但没半个人在游泳，水只浸到大部分人的小腿而已，只浸到了一个男人的腰部。丽赛希望自己看得出那男人的表情，但她距离太远看不清楚。在那些涉水者与站在沙滩上的人（丽赛认为他们还不敢下水）后方，是个倾斜的陆岬，那里刻了好几十张、甚至好几百张石头长凳。她记得上次只看到五六十张，数目多了不少。在她眼前所见的这些人中，至少有四个人包着看来令人毛骨悚然的……

（裹尸布）

薄布。

那里也有一处墓地啊，你记得吗？

“记得。”丽赛低声说。她的乳房又痛了起来，但当她看着池子，马上想起斯科特割伤的手。她也记得他被那个疯子射伤肺部之后，复原得非常快，连那些医生都吓一跳呢。这里有比止痛药更好的处方，就离她不远。

“记得。”丽赛又说了一次，然后开始往下走。一切都跟上次一样，只有一点不同：斯科特·兰登并未坐在下方那儿的长凳上。

她就在快要到达沙滩之前，发现左边岔出一条远离池子的小径。她想起那个月亮，差点又被回忆淹没了……

11

她看见月亮从包覆池子的巨大花岗岩裂缝中升起，膨胀而庞大，跟之前她未婚夫从安塔拉镇的旅馆房间带她过来时一样大，不过从裂缝前那片广大的林中空地望去，染成红橘色表面的月亮，看起来就像被众多树木与十字架轮廓切割成好几块锯齿状碎片。这地方有太多十字架了，丽赛觉得这里很像乡下墓园。那些十字架跟斯科特做给保罗的一样，都是用木头做的，虽然有些体积比较大，还有些上面加了装饰，但全是手工做的，而且几乎都磨损严重。其中还有些圆形墓碑，丽赛认为可能是石头做的，不过因为天色越来越暗，她并不能确定。墓地里的所有东西几乎都背向月亮，所以月光不但无法照明，还让她看得更不清楚。

如果这里就是墓地，那他为何把保罗葬在外头？是因为保罗死于中邪吗？

她不知道原因，也不在乎。她只在乎斯科特，而斯科特就坐在其中一张长凳上，像个观众，正在看一出没什么人进场观赏的球赛。不管丽赛想做什么，最好现在就采取行动，正如老妈说的“发条上紧吧”（这可是她从池子获得的灵感）。

丽赛离开墓地和那些粗糙的十字架，在沙滩上朝她先生坐的长凳走去。沙子很坚实，不知怎么的还有些刺人，她走着走着才想起，原来自己赤着脚。她还穿着睡袍跟内衣，但拖鞋没跟着来到这里。踩在沙子上，她一方面感到不安，同时又觉得很愉快。她有种奇妙的熟悉感，当她走到第一张石头长凳边，马上就想起来了：她小时候常梦见自己坐在魔毯上绕着房子飞，所有人都看不见她，而她醒来后，总觉得既兴奋又害怕，头皮冒汗。这些沙子也给她同样的感觉……仿佛她只要屈膝一跳，就能飞到空中。

我会像蜻蜓一样向池子俯冲，说不定还一边把脚趾浸在水里一边飞……飞到外头连接这个地方的小溪……一路飞下去，小溪变成了河……我低空飞着……闻着水面的湿气，穿透薄雾，一直飞到大海……然后继续飞下去……对，就这么飞啊飞……

把注意力拉回来、让自己脱离这些想象，是丽赛这辈子做过的最费力的事。那就像一大早就起来辛勤工作整天后，在只有短短几小时的好眠里强迫自己起床。她发现自己已经不是站在沙子上，而是坐在从沙滩数来的第三排长凳上，下巴靠在手上，一边静静看着水面。月光里的橘色已经消失，现在变成奶黄色，很快就要转为银色了。

我在这里多久了？她不安地自问。她觉得似乎没有很久，十五分钟到半小时之间，但就算这样还是浪费了太多时间……不过她现在已经能确定这里的时间是如何运作的，对吧？

丽赛的眼神被吸引回池子，那里多么平静，池中现在只剩两三个人了（其中有个女人，她手里抱的不是大包裹就是个小孩）。接着她强迫自己别过头，看看环绕这整个地方的岩石，看着星星从暗蓝色天空探出头来，再看看远处花岗岩上的几棵树。等稍微回过神后，她便起身背对池子，找出斯科特的位置。这太简单了：就算天色越来越暗，他那件黄色毛衣还是非常显眼。

她一层层往上走向他，就像在足球场观众席上一样。她绕过其中一具包着裹尸布的生物……但距离还是近得足以看见里面的人形，有两个空洞的眼窝和一只伸出的手。

是女人的手，上头的红色指甲油已经干涸碎裂。

虽然往上爬并不累，但到了斯科特身边时，她还是心跳加快，有点喘不过气来。远处的笑声正高高低低起伏着，似乎永远停不下来。而在她过来的路上，恰吉·G 的钟也传出断续的细微声响。她又想起：可以上菜了，丽赛！来吧，动作快点！客人正饿着呢！

“斯科特？”她轻声叫唤。不过斯科特并未转头看她，而是专注地看着池子。在月光照耀下，看得见水面有股朦胧薄雾（稀薄得就像呼气产生的白雾一样）。丽赛只让自己往那里看了一眼，就坚定地拉回注意力，看着斯科特。她知道盯着池子看太久会有什么结果；她已经学到教训了（她是这么希望）。“斯科特，该回家喽。”

半点反应都没有。她记得自己反驳斯科特，说他没有发疯，是写故事才没让他发疯，而斯科特则告诉她，我真希望你能一直这么幸运，小丽赛。然而她没有一直幸运下去，不是吗？现在她知道了更多的事。保罗·兰登中了邪，不断疯言乱语，最后被用链条拴在某个偏远农舍的地窖里。而保罗的弟弟结了婚，有份光鲜亮丽的工作，但现在是该他偿还命运的时候了。

那么你那患了紧张症的姐姐呢，她突然想到这里，不禁颤抖起来。

“斯科特？”她再次轻唤他，这次几乎是对着他的耳朵讲话。她握住他苍白而放松的双手，感觉光滑冰凉。“斯科特，如果你在，又想回家，就握紧我的手。”

过了好久，他还是没反应，而丽赛只听见树林深处的笑声，以及附近一只鸟因为受惊而发出的叫声，那真像女人在尖叫。后来，不知是不是错觉，丽赛突然感觉到他的手指稍微使力了。

丽赛试着思考接下来能做什么，却只想到她不能做什么：不能让夜晚笼罩他们，用银色月光迷惑住她，用阴影淹没她。这个地方是陷阱。她确信，任何待在这池边太久的人，都会发现自己无法离开。她知道只要你往池子多看一眼，就能看见你想要的任何事物：失去的爱人、过世的孩子、错过的机会——一切的一切。

这里最令她惊讶的是什么？就是那些长凳上没什么人。他们竟然没像世界杯足球赛的观众那样，肩并肩挤着坐在上面。

她从眼角发现一些动静，于是抬头望向沙滩通往阶梯之处，看见一个胖男人，下半身穿着白裤子，上半身则是白衬衫，扣子全都没扣。他的左脸有道很大的红色切口，头部呈奇怪的扁平状，铁灰色头发全都竖了起来。他左右张望了一会儿，便往沙滩的方向走。

她身旁的斯科特似乎用尽力气才吐出几个字：“车祸。”

丽赛的心跳疯狂加速，但丽赛还是勉强让自己别左顾右盼，也不要太用力握他的手，不过她还是克制不住抽动了一下。她尽量让声音保持平静：“你怎么知道？”

斯科特没有回答。那个胖男人轻蔑地看了安静坐在长凳上的人一眼，就背向他们，进入池子。月光照耀下的银色薄雾如卷须般在他四周升起，丽赛又得强迫自己别过头不去看。

“斯科特，你怎么知道的？”

他耸了耸肩。在丽赛看来，他的肩膀好像有一千磅重，然而他还是努力动了动。“我猜是心电感应吧。”

“他现在会变好吗？”

斯科特又沉默了很久。就在丽赛以为他不会回答的同时，他说话了：“可能吧，”他说，“他……这里……很深。”斯科特摸着自己的头，丽赛认为他应该是说那个人的脑袋伤得很重。“有时候有些情况实在是……太严重了。”

“那么他们都会过来，坐在这里吗？还把自己包在裹尸布里？”

斯科特没反应。丽赛现在很怕失去他。不用谁来提醒，丽赛也知道这种事很容易发生。她全身上下都感受得到。

“斯科特，我猜你应该想回来吧。我猜那就是以前每年十二月你那么坚持的原因。你也因此带了这件毛衣来；就算一片昏暗，也还是很容易认出来。”

他低下头，仿佛是第一次看到这毛衣，然后露出笑容。“你每次……都能拯救我啊，丽赛。”他说。

“我不知道你指的是——”

“纳什维尔那次，我倒下了。”他每说一个字，整个人似乎就越来越有生气。于是丽赛第一次让自己开始抱持着希望。“我迷失在黑暗中，而你找到了我。当时我好热……热得受不了……而你拿了冰块给我。还记得吗？”

她还记得另一个也叫丽赛的女孩

（真该死，一路跑回这里，杯里的可乐已经洒了一大半了）

也记得她将一块带银色光泽的冰块放到斯科特血淋淋的舌头上时，他的颤抖马上就停了。丽赛还记得棕色的可乐滴到他眉毛上的样子。她一切都记得清清楚楚。“我当然记得啊。我们离开这里吧。”

斯科特摇着头，速度缓慢但十分坚定。“太困难了。你走吧，丽赛。”

“你不陪我走，要我自己一个离开这里？”她用力眨着眼，感觉一阵刺痛，才发现自己开始哭了。

“那很容易，你只要想想新罕布什尔那次就行了。”斯科特很有耐心地说，但速度还是很慢，似乎每个字都很重。丽赛几乎可以完全确定，他是故意曲解她的话。“只要闭上眼睛……专心想着你来的那个地方……想象着……然后你就能回去了。”

“你不陪我走？”丽赛激动地重复这句话，此时下方有个穿法兰绒衬衫的男人转过来看他们，动作很慢，就像在水中一样。

斯科特说：“嘘，丽赛——现在别动。”

“如果我不想照做呢？这里又不是他妈的图书馆，斯科特！”

精灵森林深处传来一阵大笑，仿佛这是那些东西听过的最有趣的笑话，是“奥本整人玩具专卖店”里最有价值的玩意儿。池子那里则传来一阵很大的溅水声。丽赛放眼望去，发现那个胖男人已经去了……呃，某个地方。她下定决心，不去管那池子底下究竟是水还是X度空间；她现在最在乎的就是丈夫。斯科特说得没错，她每次都能拯救他，就像美国陆军装甲部队一样可靠。她并不在意这件事，因为从嫁给斯科特开始，她就很清楚现实世界对斯科特来说并不是最重要的。不过，她好歹也有要求他帮点小忙的权利吧？

他的目光又移回水面。丽赛知道等夜晚降临，月光笼罩这里之后，她就会永远失去斯科特了。一想到这里，她就既害怕又愤怒。于是她站起来，一把抓起老妈送的毛衣，毕竟那是她家的东西，如果现在这样算是离婚的话，她就要拿回属于她的一切，就算会伤害斯科特，她也要这么做。尤其是那些拿走后会让他难过的东西。

斯科特呆滞的表情中流露出惊讶，这让丽赛不再那么愤怒。

“好吧。”丽赛故意生气地说，这种语气连她自己也没听过。好几个人往他们这里看，显然觉得受到了打扰，甚至不太高兴。呃，操他们的，管他们是搭马车、灵车还是救护车来的。“你想待在这里吃莲花[①]？那句话是怎么说来着？管它的。好，我就走小径回去——”

---

① 典出《荷马史诗》，食莲者会忘掉过去。

然后她第一次在斯科特脸上看见如此强烈的情绪，那是恐惧。“丽赛，不要！”他说，“你就从这里秘动回去！不能走小径！现在太晚了，快要晚上了！”

“嘘！”有人说。

好，她会安静点。于是她抱着那件黄色毛衣，回头往下走。到最底下倒数第二排时，她偷偷回头瞄了一眼。她心里有一部分很确定他会跟上来，毕竟他可是斯科特啊。不管这地方有多奇怪，斯科特仍是她丈夫，仍是她的爱人。离婚的念头闪过她脑中，但这太荒谬了，其他人会离婚，但斯科特跟丽赛才不会。斯科特不会让她独自离开的。不过当她往回看，却发现斯科特还是坐在原地。他穿着白色T恤、绿色睡裤，膝盖并拢、双手紧握，仿佛觉得很冷，但这里的天气跟热带差不多。他不过来，而丽赛也终于承认，他可能真的无法过来。如果真是这样，那丽赛就只有两种选择了：跟他留在这里，或者自己独自回去。

不对，还有第三个选择。我还能赌赌看，放手一搏，赌上一切。来吧，斯科特。要是小径真的很危险，你就起来阻止我过去吧。

她走过沙滩时很想回头看，但这么做会让她显得懦弱。笑声越来越近，也就是说，潜伏在小径附近的那些东西也越来越近了。树林里现在一定已完全陷入黑暗，不过要是有东西跟踪她，她觉得自己应该能够发现。亲爱的，它已经很接近了，这是斯科特那天躺在纳什维尔的柏油路面时对她说的话，当时他的肺部受到重创，差点就死了。而丽赛告诉他，她不知道他在说什么时，但斯科特叫她不要侮辱他的智慧。

也不要侮辱她自己的智慧。

没关系。有必要的话，我会对付树林里的东西，不管那是什么。现在我只知道德布夏家的小丽赛终于准备好了。至于准备好面对什么，斯科特说那是不可能解释清楚的，因为我们所面对的“它”总是瞬息万变。总之，保持静动就对了，小宝贝。还有，你知道吗？这种感觉真是太好了。

她开始走上斜坡，而在她身后……

12

“他喊了我。”丽赛喃喃说。

本来站在池边的一个女人，现在踩进水里，水浸到膝盖，她一副做着梦的表情望向地平线。那女人的同伴转向丽赛，眉头皱了起来，似乎想表达不满。丽赛一开始没看懂，但很快就明白了。她认为在异月之湾，有些事会变化，可是人们不喜欢听到谈话声这点倒是没变。

她点点头，仿佛觉得那女人要她解释清楚。“是我丈夫叫我的名字，想要阻止我。天知道他费了多大力气，但他就是这么做了。”

沙滩上那女人有着一头金发，不过发根却是深色的，她对丽赛说：“请……安静一点。我需要……思考。”

丽赛点点头，要她安静当然没问题，不过她不认为那女人能思考出什么东西。她走进水里，本来还以为水会很凉，但其实水几乎是热的。热流沿着她的腿往上升，触动了她许久未燃起的性欲。她继续走，但最多只让水浸到腰部。接着她又走了六七步，环顾四周，看见自己离前方最远的涉水者至少还有十码，然后她突然想起一件事：在异月之湾，天黑后美食都会腐坏，那么这些水会不会也变得有害？比如说会有鲨鱼出现？如果真是这样，她是不是应该别离岸边太远，免得成了它们的晚餐？

这里是安全之地。

只不过她现在踩的不是地面，而是水，这让她感到一阵惊慌，想在某个有牙齿的可怕东西咬掉她的脚之前回到岸上。然而她最后还是压抑住恐惧。她好不容易才来到这里，而且不只一次，还来了两次，现在她的乳房又痛得要命，因此无论如何她都要达成目标才行。

虽然她不知道会发生什么事，但还是深吸一口气，慢慢弯屈膝跪下，让水盖过乳房（两边都浸了下去）。有那么片刻，她的左乳疼痛无比，她以为这股疼痛会直窜脑门，让她的头炸开。可是后来……

13

斯科特又喊了她的名字，声音又大又惊恐："丽赛！"

声音如同一枝尖端燃着火焰的箭，划破此地梦幻般的寂静。他的呼叫中同时带着痛苦和惊慌，丽赛差点回过头看，不过内心深处有个声音告诉她，千万别这么做。如果她想把握那一丝丝拯救斯科特的机会，就绝对不能回头。她得赌一赌。她穿越墓地，经过那些在月光下闪烁的十字架，目不斜视抬头挺胸爬上阶梯，还把老妈的毛衣拿高，以免绊到自己。她有种疯狂般的愉悦感，就像把一切（房子车子存款宠物）全都赌在一颗刚丢出手的骰子上。那颗灰色大石头就在她上方不远处，转个弯过去就是回情人丘的小径了。天空布满奇怪的星星，构成她没见过的星座。北极光正在某处燃烧般闪耀着，有如好几道彩色的长幕。丽赛也许再也见不到这些景色了，但她不以为意。她爬到阶梯最高处，毫不犹豫地绕过大石，斯科特就在这时拉住了她。丽赛爱死了他身上那熟悉的味道。同时，她也感觉到有东西在她左方移动，速度很快，就在小径旁边。

"嘘，丽赛。"斯科特轻声说。他的嘴唇非常贴近她耳朵，弄得她都发痒了。"为了你跟我的命，现在千万别动。"

不用说她也知道，那东西就是斯科特提过的高个子。这些年来，丽赛一直感觉得到它存在某处，似乎照镜子时用眼角就能瞄到，或是秘密藏身于地窖里的某种不知为何的东西。现在这东西跑出来了。它就在她左边树林中的间隙，像个大块肉团，用特快车的速度滑行着。它看起来几乎是光滑的，但身上散布着深色斑点与坑洞，那可能是痣，但她猜测（她不想猜，但忍不住）搞不好是皮肤癌。她开始想象那是某种巨大的虫，不过随即又愣住了。树林里的那个东西不是虫；不管是什么，它是有意识的，因为丽赛感觉得到它在思考。她完全无法理解它的想法，那根本不是人类的思考，然而那些奇异的想法却带着某种可怕的魅力……

那就是“邪”，想到这里她立即就背脊发凉。它的思维就是纯粹的“邪”。

这个假设很可怕，但她猜对了。她不小心发出一种介于尖叫与呜咽间的声音，音量很小，但她感觉到那东西的特快车速度突然放慢，说不定它听见了。

斯科特也发觉了，他绕过她乳房下方的那只手臂，不自觉抱得更紧。接着，斯科特的嘴唇再次贴近她耳边。“如果我们要回去，就得现在出发。”斯科特低声说。他又回到她身边，完全变回她的斯科特了。她不知道这是因为他没再看着池子，还是因为害怕而吓醒了。说不定两者都有。“你懂吗？”

丽赛点头。她实在害怕到了极点，甚至连救回他的那股愉悦都消失了。他一辈子都跟这种可怕的事一起活着？真是如此的话，他到底怎么撑下去的？虽然她现在已陷入极度惊恐，但她认为自己知道答案。让斯科特能活在现实世界并远离高个子的原因有两个：一是他的写作；另一个则是他现在抱着、在耳边窃窃私语的她。

“集中注意力，丽赛。马上让你的大脑开始运作。”

丽赛闭上眼睛，看见他们在苏克塔丘那个家的客房，斯科特坐在摇椅上，她自己则坐在他旁边冷冰冰的地板上，握着他的手。他们俩用力紧握着彼此。在他们后方，结霜的窗户透出不断变化的美丽光芒。电视开着，又是《最后一场电影》，那些男孩正在“狮子”山姆的子房里，自动点唱机播放着汉克·威廉斯的《强巴拉亚》。

丽赛本来感觉到异月之湾发出闪光，但她脑中的音乐（一度那么清楚、那么快乐的音乐）却变得微弱了。丽赛睁开眼，急切地想看到家里，但只见到那颗灰色大石头跟穿越树林的小径。那些奇怪的星星依旧发出灿烂的光芒，不过远处的笑声倒是沉默了，原本窸窣的灌木丛也平静下来，就连恰吉·G的钟也不再叮当作响，这一切都是因为高个子，因为它停下来注意聆听，使得整个世界似乎都屏住呼吸跟它一起聆听。它就在那里，在他们左方不到五十英尺处。丽赛现在甚至闻得到它，它闻起来就像高速公路休息站厕所的陈年屁味，或像廉价旅馆房间里混着波本威士忌跟香烟的臭味，也像老妈老年失禁时的尿布味。它就停在树林里最靠近小径那排树的后面，谢天谢地，这种东西不会来到他们的世界、不会跟着他们回去，出于某种原因，它们被困在这里。

斯科特压低声音说话，她几乎快听不到了。要不是她敏感的耳朵感觉到他嘴唇在动，她搞不好会相信这就是心电感应。“是那件毛衣，丽赛。有时候有些东西只能过来，不能回去。通常是那种能同时存在于两个世界的东西。我不知道为什么，但就是这样。我觉得那件毛衣就像锚一样拉住我们了，把它丢掉吧。”

丽赛松手，让毛衣往下掉。毛衣落在地面时只发出极细微的声音，但高个子听见了。她感觉得到它的思考有了变化，那种疯狂但无法理解的想法让她有着极大压迫感。它转了个身，弄断一根树枝，发出可怕的爆裂声，于是丽赛立刻闭上双眼，急切地想象客房的每个细节。

“就是现在。”斯科特低声说，接着最神奇的事发生了。她觉得全身的空气像被抽了出来，突然间，汉克·威廉斯唱起《强巴拉亚》。他正在唱歌……

14

丽赛之所以听见他在唱歌，是因为电视开着，她记得非常清楚，她不知道自己怎么可能忘记这点。

该是离开回忆列车的时候了，丽赛。该回家了。

池里的人都上岸了。就在上次遇到高个子的那个可怕回忆里，丽赛达到了她来这里的目标。她的乳房还会痛，但原来的剧痛已经转为普通的钝痛。她想起自己的少女时期，有一天热得要死，她穿的胸罩又太小，那种不舒服的感觉比现在还糟呢。她跪在水里，下巴碰着水面，看见月亮（现在小多了，也几乎只剩下银色）几乎已升到墓地与树林的最高处了。现在她又开始担心：万一高个子回来了呢？万一它听见她的思考而回来呢？丽赛相信这里应该是安全之地，至少那些笑声与精灵森林里的其他脏东西不会过来，但她觉得高个子可能不受这里的规则拘束。她觉得高个子很……不一样。有些恐怖故事的标题出现在她脑中，像是铁钟般铿锵作响，比如：《笛声响起我就会去找你啦，小伙子》，接着她就想起斯科特·兰登的作品中她最讨厌的那本《空虚的恶魔》。

然而就在她准备起步走回岸边前，另一段更近的回忆又来侵袭她。她想到黎明前跟她姐姐阿曼达躺在床上，而她相信那个人并不是阿曼达，是她死去的丈夫。从某方面来说，她是对的。虽然那个人穿着阿曼达的睡衣，用阿曼达的声音说话，但所用的语言却只有跟她结婚多年的斯科特才知道。

你很快就会找到一个“血秘宝”，跟她一起躺在床上的人说。结果没过多久，那个疯狂的遗稿狗仔就用她的开罐器让她流了一摊血。

秘宝藏在“紫色”后面。最前面三个线索你都已经找到了。再多找到几个线索，你就可以拿到奖品了。

躺在床上那个人承诺给她什么奖品？饮料。她当时还猜想可能是可口可乐或皇冠可乐，但现在她知道是什么了。

丽赛低头，将憔悴的脸埋进池子，毫不考虑地喝了两口水。她进入池里时，感觉水几乎是热的，但喝进嘴里却十分清凉香甜，精神为之一振。她本来想再多喝几口，但出于直觉，还是在喝完两口后就停住。喝两口就够了，她碰碰嘴唇，发现肿胀的部分几乎都消失了，但她并不惊讶。

丽赛费力地回到岸边时，并未刻意保持安静（也还没费心想要感谢斯科特）。她觉得岸边离她好远，似乎永远都到不了。岸边现在没人涉水，沙滩上也空无一人。丽赛以为自己看到了那个对她说话的女人正跟同伴坐在石头长凳上，但由于月亮升得还不够高，她不能确定。她把目光稍微往上移，看见那些包着裹尸布的东西，他们就坐在从岸边数过去第十二排左右的长凳上。她注意到其中一个人形，月光洒在他身体一侧，像是镀了层银。她突然有种奇怪的感觉，确信那就是斯科特，而斯科特正看着她。这种想法虽然疯狂，但不也很合理？斯科特黎明之前不是进入她姐姐的身体，躺在她身边？他不就是为了再对她说最后几句话吗？

丽赛有种想喊他的冲动，尽管这种疯狂举动可能会有危险。她张开嘴时，头发上的水跑进了眼睛，让她觉得刺痛。接着她就听到恰吉·G 的钟被风吹动，传来一阵微弱的钟声。

这时，斯科特说话了，这是斯科特最后一次对她说话。

——丽赛。

那声音带着无限温柔，呼唤着她的名字，呼唤着她回家。

小——

15

“丽赛，”他说，“小宝贝。”

斯科特坐在摇椅中，而她坐在冰冷的地上，但发抖的人却是他。丽赛突然想起德布夏家老奶奶说过在黑暗中害怕发抖这句话，马上就明白了，他会发抖是因为现在两件黄色毛衣都留在了异月之湾。还不只如此，这整个房间都冷冰冰的。之前这里还只是有点凉，但现在可冷得要命，而且所有灯光都熄了。

原本始终发着嘶嘶声的火炉已经停了，而当她透过结霜的窗户往外看，看见了缤纷的北极光。隔壁加洛韦家的门灯也暗了。停电，她心想，可是电视亮着，还在播放那部该死的电影：那几个来自德州安纳里的男孩正在台球室里混，他们很快就会去墨西哥，而等他们回来后，“狮子”山姆就死了，他会被包在裹尸布里，坐在石头长凳上看着池——

“不对劲。”斯科特说。他的牙齿微微打颤，不过丽赛听得出他声音里的困惑。“我没开电视，因为我怕吵醒你，丽赛。还有——”

丽赛知道他说得没错。她来找他时，电视是关着的，不过她心里还有件更重要的事。“斯科特，它会跟着我们吗？”

“不会的，宝贝，”他说，“除非他掌握你够多的气味，或者能确定你的……”但他话还没说完注意力就被转移开来。“而且，这一幕的配乐也不是《强巴拉亚》。这部‘最后一场电影’是除了《公民凯恩》之外最棒的片子，我看了不下五十次，绝对确定台球室的配乐不是《强巴拉亚》。背景歌曲是汉克·威廉斯的歌没错，但是《咔哇——里加》这首歌，另外，如果电视跟录像机都在运转，为什么灯不亮？”

他从摇椅上起身，走到墙边按下电灯开关，结果没反应。从黄刀山脉吹来的冷风不只切断了他们的电力，城堡岩镇、堡景镇、哈洛镇、摩顿镇、塔希莫池镇，以及大半个西缅因州全都停电了。斯科特一打开电灯开关，电视就同时熄掉，屏幕的影像缩成一个白点，没多久后就消失了。下次他再试着播放《最后一部电影》的录像带时，发现中间有段十分钟的空白画面，仿佛带子内容被强力磁场洗掉了。他们俩从没再提起这件事，不过心里很清楚，虽然丽赛只是靠想象这间客房的样子带他们回来，但由于她发出的力量太强大，竟使得汉克唱的歌从《咔哇——里加》变成了《强巴拉亚》，甚至让录像机跟电视在停电时还运转了快一分半钟。

斯科特去拿几块橡木丢进炉子里时，她也在旁边地毯上搭了张临时床铺（把气垫床铺上毛毯）。他们一起躺下后，斯科特便伸出双手抱住她。

“我不敢睡，”她说，“我怕早上醒来后，炉子的火就没了，你也会再次消失。”

他摇摇头。“我没事的……很快就会结束了。”

丽赛用希望中带着怀疑的表情看着他。“你是真的知道，还是在哄我？”

“你觉得呢？”

她觉得眼前这个人不再是从十一月起就失魂的斯科特了，但她心里还是很难相信这个奇迹。“你好像好多了，不过我怀疑这只是我一厢情愿的想法。”

炉子里传来一阵木柴的爆裂声，吓了她一跳。斯科特将她抱得更紧，而丽赛则舒适地依偎着他。盖着毛毯很温暖，被他抱着也很温暖。在黑暗中，丽赛想要的只有他。

斯科特说：“这个……这个烦扰着我家人的东西……它会来来去去。在它离开时，会让人觉得有种如释重负的感觉。”

“不过它有可能再回来吧？”

“丽赛，它也有可能不再回来。”他的声音充满力量与信心，丽赛惊讶地抬起头确认这真是他说的话。他的表情中不带一丝欺骗。“就算它真的回来，它的力量应该也不会再比这次强了。”

“是你爸爸告诉你的吗？”

“我爸爸对失魂的事知道不多。以前……我就曾被那个地方拉过去两次，第一次是在我们相识之前的同一年，我在酒精跟摇滚乐的影响下被拉过去。第二次……”

“在德国。”她肯定地说。

“对，”他说，“在德国。那次你救了我，丽赛。”

“有多近，斯科特？在不来梅那次，它离得有多近？”

“很近。”他的回答很简短，丽赛冒出冷汗。要是她在德国那次失去斯科特，可能就永远见不到他了。老天（Mein goott）。“不过跟这次比起来，那次简直是小巫见大巫。”

她还有很多其他事想问斯科特，但她现在只想好好抱着他，相信他说的，事情可能会好转。丽赛心想，这就像相信医生说你的癌细胞可能不会再出现一样。

“但你没事。”她要亲口听斯科特再说一次。一定要。

“对，我很好。”

“那么……它呢？”她不用说得太白，斯科特知道她指的是什么。

“它很久以前就掌握住我的气味了，而且它也知道我的想法。经过这些年，我们几乎算得上是朋友了。如果我想要，它或许可以随时带走我，但这么做很累，而那家伙又很懒。而且……有个东西看顾着我，那是能与黑暗抗衡的光明力量。你知道吧，其实还有个光明的地方。你一定要知道，那个地方确实存在着，因为你也属于那里。”

“你告诉过我，如果你想，能召唤它来。”她低沉地说。

“对。”

“有时候你真的想这么做，对不对?”

他没否认。窗外传来强风的呼啸声，但躺在厨房的炉子前，身上盖着毛毯，丽赛觉得十分温暖。跟他在一起十分温暖。

“留下来陪我，斯科特。”她说。

“我会的，”斯科特对她说，“我会尽量留……”

16

“我会尽量留久一点的。”丽赛说。

她在一瞬间弄懂了好几件事。第一，她已经回到她卧房的床上了；第二，她得换床单，因为她不但全身浸湿，脚上还沾着另一个世界的沙子；第三，虽然房间里不冷，但她还是颤抖着；第四，那把银铲子已经不在她身边，她把它留在那里了；最后，如果那个坐在长凳上的人形真的是她丈夫，那么她可以说已经见到他最后一面了。他已经是那些包着裹尸布的东西的一分子，成了一具未下葬的尸体。

丽赛全身湿透，躺在床上，突然哭了起来。她有好多事要做，而且也很清楚要从何做起（她认为这可能也是斯科特给她最后一次寻宝游戏的奖励），但首先她要停止为他哀悼。她一手盖住眼睛，就这么躺了五分钟，啜泣到眼皮肿得快睁不开，喉咙也开始发疼。丽赛从来不知道自己竟是如此需要他、想念他。这真令人惊讶。然而，虽然受伤的胸部还会痛，但丽赛从来没有感觉这么好过，不但很高兴自己还活着，也准备好起床大展身手了。

第十二章　丽赛在绿茵（蜀葵）

1

她看看时钟，十一点五十分，然后一边脱掉湿透的短裤一边笑着。她笑，并不是因为那个钟看起来很有趣，而是因为她突然想到电影《圣诞颂歌》的主角史顾己讲的一句话：“精灵在一夜间全部完成了。”丽赛似乎也在很短的时间里完成了某件很重要的事，而且就是在刚过去的几小时内做到的。

但别忘了，我一直活在过去，而那可是会让一个人花掉许多时间的，她心想……但仔细思考一会儿，她突然发出一阵狂笑，要是楼下大厅有人听到，一定会觉得她疯了。

没关系，继续笑吧，小宝贝，这里没有别人只有我们，她边想着边走进浴室。她继续放松地大笑，不过没多久后又突然停住。她想到杜利搞不好在这里，他可能躲在地窖，或在这栋大屋的某个橱柜里；说不定他就在她上方的阁楼，还因为正午的炎热而满头大汗。她不了解这个人，但相信他真的有可能就躲在她家里，因为他是个无耻的混账。

现在先别担心他了。担心黛拉跟坎塔塔吧。

说得没错。丽赛可以赶在姐姐之前先去绿茵，而且不必赶路，但这可不表示她可以浪费时间。上紧发条，她心想。

不过她还是花了点时间站在卧室门后的全身镜前，双手叉腰，看着她那纤细而没什么特色的中年妇女身体；当然，她也看了看自己的脸，斯科特以前曾经描述她的脸蛋就像夏天时的性感美女。她的脸现在有点肿，看起来仿佛睡了很久（也可能是喝了太多水），她的嘴唇有些外翻，带点怪异的性感，让她一方面觉得不太自在，另一方面又有点高兴。她迟疑了一会儿，不知道该怎么办，后来在化妆柜里找到一支口红。她先碰了碰口红测试颜色，然后点点头，不过心里还是有点犹豫。如果人们注意到她的嘴唇（她觉得他们一定会注意），那她最好还是大方地让他们看，而不是想办法掩饰藏不住的部分。

疯子杜利割开的伤口，现在已经变成一道丑陋的红色疤痕，从最明显的腋下逐渐消退到胸廓，外观像是两三个星期前受的重伤，现在已经愈合得很好。至于另外两道较浅的伤口，看起来只像是穿了太紧的衣服造成的压痕而已，或者（如果你想象力够丰富的话）也可以说是被绳子勒伤的痕迹。她看到这情景，觉得实在太神奇了。

“兰登家的人受伤后，伤口都愈合的很快，你这王八蛋。”丽赛说完，便走进了淋浴间。

2

她的时间不多，她大概冲洗一下就出来了。由于胸部受伤处碰到还是会痛，所以她决定不穿胸罩。她找了件有很多口袋的裤子，搭配一件T恤。接着她又在T恤外加了件背心，以防有人盯着她的乳头看——假设有男人会看五十岁女人乳头的话。不过根据斯科特的说法，男人真的会这么做。她记得在以前那段快乐的日子里，有一次斯科特告诉她，性向正常的男人都会这样，从十四岁到八十四岁的女人都不放过，他还说这纯粹是因为他们的眼睛跟那玩意儿间有条神经连接着，跟大脑运作完全无关。

正午了。她走下楼，往客厅看看，发现咖啡桌上那包剩下的香烟，但她现在已经不想抽了。她进食品储藏室找了罐新鲜的吉比花生酱（还得鼓起勇气，做好杜利就躲在储藏室角落或门后的心理准备），再从冰箱拿出草莓果酱，加上白土司后，做了个花生草莓果酱三明治，先满足地大咬两口之后，就打电话给伍伯迪教授。虽然城堡郡警长办公室已经派人把“扎克·马库尔”的恐吓信收走了，但丽赛一向很会记电话号码，而且这组数字也很好记：开头是匹兹堡区域号码，以八一八八结尾。如果是那个遗稿狗仔王的王后接电话，丽赛也很乐意跟她谈。如果接通的是电话录音机，就不方便了；她是可以留言，但无法确定留言来不来得及让他听到。

结果她不用担心，因为应答电话的正是伍伯迪本人。而他的语气听起来一点也不像国王，反而十分压抑、谨慎。“喂？您好？”

“你好，伍伯迪教授，我是丽赛·兰登。”

“我不想跟你说话。我已经找过律师，他说我才不用——”

“冷静点。”她说，然后用渴望的眼神看了三明治一眼。如果嘴巴塞得满满的，她就不能说话了，不过从好的一面来看，她认为这场谈话很快就会结束。“我不会找你麻烦，你也不用担心警察、律师的问题。我只要你帮我一个很小很小的忙就好。”

“帮什么忙？”伍伯迪听起来疑心很重。丽赛知道这不能怪他。

“你的朋友吉姆·杜利今天有可能会打电话给你——”

“那人才不是我朋友！”伍伯迪激动地说。

对，丽赛心想。你已经快说服自己他不是你朋友了。

“好吧，他只是个酒伴，你们有过几面之缘而已。我才不管你们是什么关系。总之，如果他联络你，你就跟他说我改变心意了，行吗？就说我想通了，今晚八点会在我先生的书房等他。”

“你听起来像是很想替自己制造麻烦，兰登太太。”

“嘿，你够识相吧？”她越来越想吃那个三明治了。“教授，他可能不会打电话给你，真是这样的话，那你就没事了。如果他真的联络你，你只要把我的话告诉他，那你也没事了。但要是他联络你，你却没把我的话——只要说‘她改变心意了，她今晚八点会在斯科特的书房见你’就好——转达给他，而让我发现的话……先生，我绝对不会让你好过的。”

“你不能这么做。我的律师说——”

“别管他说什么。你只要放聪明点注意听我说就好。我先生留了两千万美金给我，有这些钱，只要我想搞你，你接下来三年铁定是吃不完兜着走。懂了吗？”

丽赛在他开口前就挂掉电话，大咬一口三明治，然后从冰箱拿出酸橙汁，她本来要找个杯子，但想了想还是直接喝。

好吃！

3

接下来几小时内，丽赛不会在家，所以假如杜利打电话来，她就没办法接了。不过还好，她知道他会打哪支电话。于是她走到谷仓里那间还没整理好的办公室，还经过她跟斯科特从德国不来梅带回来的那张床。她坐在一张像是厨房用的朴素椅子上（她到现在都还没去买张像样的办公椅），按下录音机上的"录制留言"按钮，没想什么就直接说话。她从异月之湾回来后，脑中就有个计划，也想好了明确步骤，她相信只要照着做，吉姆·杜利也一定会照她预期行动。我会吹响笛子，而你也会来找我的，小伙子，她心里这么想。

"扎克——杜利先生——我是丽赛。你听到这段话时，我已经去奥本的一家医院看我姐姐了。我跟教授谈过，也非常高兴这件事总算能够解决。今晚八点我会在我先生的书房等你，如果你担心有警察，也可以在七点打给我，我们再作其他安排。可能会有辆副警长的车停在我家外面，也说不定会停在对面的树林，所以你要小心点。我回来后会注意看看有没有你的留言。"

她怕录音机录不下这么一长串，结果可以。那么吉姆·杜利打电话来，听到这些话以后，会有什么反应？他是个疯子，丽赛无法预测。他会因此联络教授吗？有可能。她也无法预测教授究竟会不会把她的话转告杜利，但这或许不重要了。杜利会认为她真的想解决这件事，或者怀疑设计他，她其实都不太在乎了。她只想让他既紧张又好奇，就像鱼看见湖面的鱼饵一样。

她不敢在门上留纸条，因为贝克曼或艾斯顿副警长可能会比杜利先看到，使事情更加复杂。到目前为止，她做的应该够了。

你真的觉得他今晚八点会出现吗，丽赛？然后他愉悦轻快地走着楼梯上到斯科特的工作室，心里没有任何怀疑？

她并不觉得杜利会愉悦轻快地上来，而且在见识过他的疯狂之后，丽赛也不觉得他会完全相信她，但丽赛的确认为他会出现。他会像野兽一样小心翼翼，到处寻找陷阱，说不定下午就会先偷偷摸摸躲进树林观察状况，然而丽赛觉得，他会知道这不是什么把戏，不是她跟警长办公室或州警串通的计谋。他会听得出丽赛的语气不是骗人，而且在对她做了那些事之后，他一定认为丽赛现在怕得要命。她把录好的话回放听了两次后点点头，很好，她听起来像个想赶快解决这件麻烦事的女人，但她很清楚杜利会听出她声音的惊恐与痛苦——因为他以为会听到这些东西，也因为他是个疯子。

丽赛觉得有些事起了变化。她已经得到饮料的奖励，也得到了秘宝，而这个秘宝让她在某种程度上变得更坚强。它的效力可能持续不了太久，但没关系，因为她已经把这股（带有一点神秘的）效力注入录音机留言里了。她认为只要杜利打来，听到那段话，就会做出她期待的反应。

4

她的手机还在宝马车上，现在已经充满电了。她本来想回谷仓办公室重新录制留言，把手机号码加进去，不过突然发现自己不知道号码。我几乎没拨过自己的手机啊，亲爱的。她想道，然后大笑起来。

她慢慢开到车道尽头，希望艾斯顿警长在那里。他确实在，而且体型看起来更庞大。丽赛下车向他敬了个礼。副警长看见她的脸后，没有吓得立刻呼救支持或尖叫跑开，他只是露出笑容，也对她回礼。

丽赛当然想过如果遇到值勤警官，要编个故事说“扎克·马库尔”联络过她，告诉她因为这里有太多警察，所以他要放弃，然后回西弗吉尼亚，忘掉一切关于她的事。她认为自己能够表现得很有说服力，但最后还是决定不这么做。这种说法搞不好会让那“操他的”[①]代理警长和他手下那群副警长紧张起来，认为吉姆·杜利只是想骗他们，因此更加强警戒。不，最好还是让事情维持现状。杜利已经找上她一次，就算警察更多，他也还是可能会想出办法找上她。要是他们抓住他，那她的问题就解决了……不过老实说，吉姆·杜利落网已经不是她乐见的结果了。

总之她不想骗艾斯顿或贝克曼。他们是警察，只是尽义务全力保护她，不过他们就是一副蠢蛋双人组的样子。

“一切都好吧，兰登太太？”

“很好。我停下来是要告诉你，我要去奥本。我姐姐进医院了。”

“真遗憾听到这件事。她住 CMG 医院还是金顿医院？”

“是绿茵。”

她不确定他听过这名字，不过从他脸部稍微紧绷的表情看来，她猜他应该知道。“呃，那真是太糟了……不过至少今天是开车的好天气。你最好在傍晚前回来，收音机上说会有大雷雨哦，尤其是西部这里。”

丽赛看看四周，然后露出笑容。今天天气看起来真的还不错（至少目前是这样）。“我尽量。谢谢你提醒。”

“不用客气。对了，你的鼻子侧面看起来有点肿，被什么东西咬到了吗？”

“应该是蚊子，”丽赛说，“还有一只叮了我的嘴唇，你看得出来吗？”

艾斯顿盯着她的嘴。没多久前杜利还一直反复打她的嘴呢。“没有，”他说，“我看不出来。”

“很好，看来我吃的抗过敏药还真有效。希望它不会让我想睡。”

“如果你想睡的话，就停到路边休息一下。别逞强。”

“是的，老爸。”丽赛说完，艾斯顿笑了起来。他的脸还有些泛红。

“对了，兰登太太——”

---

① 丽赛把代理警长 Clutterbuck 的名字改为 Clusterfuck。

“叫我丽赛。”

“好的，女士。丽赛。安迪打过电话来，他希望你有空到警长办公室一趟，替这件事做个正式笔录，只是留个记录而已。你会去吗？”

“好的，我从奥本回来后有空就去。”

“还有，告诉你个小秘密，兰登太——丽赛。因为晚点要下大雨，我们两位秘书都会提早离开。他们住在莫顿，那里的路会淹水，得加盖阴沟了。”

丽赛耸耸肩。“嗯，到时候就知道喽，”她假装看手表，“哇，太晚啦！我得赶紧了。如果你要用厕所，艾斯顿副警长——”

“叫我乔。你要我叫你丽赛，那你就叫我乔吧。”

她对他比出大拇指。“行，我就叫你乔。在后门廊台阶下有把钥匙，你注意一下就能找到了。”

“唉呀，我可是个受过训的警探呢。”他故意装出严肃的表情。

丽赛噗嗤笑了出来，然后举起手，乔·艾斯顿副警长也笑着举起手。大太阳下，他们就站在装过加洛韦家那只死猫的信箱旁，相互击掌。

5

在开车前往奥本的路上，她若有所思地回想刚才的情景，想起他们站在车道尽头时，乔·艾斯顿副警长看着她的样子。她已经很久没有吸引过男人的目光了，然而今天却有个男人注意她，而且她鼻子还有点肿呢。神奇，太神奇了。

“‘吉姆·杜利——拳打脚踢美容疗法’，”她笑着说，“我可以到第四台购物频道推销了。”

她的嘴现在感觉到极度香甜的味道，她应该不会想再抽烟了，说不定她也可以到购物频道推销这种“戒烟疗法”呢。

6

丽赛抵达绿茵时是下午一点二十分。她预计应该不会看到黛拉的车，不过她还是快速扫视分散在访客停车场上的十几辆车，确定真的没有之后才松了口气。黛拉跟坎塔塔目前人都在缅因州南部，她觉得这样很好，因为她们离疯子吉姆·杜利很远。她想起小时候（呃，其实也不小，已经十二三岁了）曾经帮席尔弗先生做分类马铃薯的工作，他每次都叮咛她要穿长裤，还有站在分类机的梭道附近时要记得把衣服袖子卷起来。要是你被卷进去，它可是会把你扒光哟，他这么说，而她也一直谨记在心，因为她知道老席尔弗的重点并不是她的衣服，而是说如果她不小心，他那部巨大的马铃薯分类机就会伤害她。当时就是阿曼达和她一起替老席尔弗工作，而现在阿曼达也同样和她一起陷进这起疯狂事件里。关于这点，丽赛只能接受。至于黛拉跟坎塔塔，她们没有必要介入，而且她们会让事情更复杂。如果老天够帮忙的话，就让她们待在冰雪暴餐厅，边吃龙虾边喝苏打白酒，就让她们待得越久越好，比如说到午夜。

下车前，丽赛用右手轻轻碰了一下左乳房，还没碰到前面就先皱起来准备感受剧痛，结果只感觉到一阵细微的抽痛。太神奇了，她想。感觉就像两星期前的淤青。每当你怀疑异月之湾的真实性，丽赛，你就想想杜利不到五小时前对你做了什么，再想想现在伤口的感觉吧。

她下了车，按遥控器锁门，然后在原地站了一会儿，四面张望，试着让思绪沉静。她这么做没什么理由；就算要她想个理由也想不出来。这种事要一步一步来，跟第一次照食谱烤面包差不多，而她认为这样也没什么不好。

绿茵的访客停车场刚铺好柏油，停车网格线还很新，让她马上想起十八年前她丈夫倒下时躺的那个停车场，甚至还听见助理教授罗杰·达西米尔（也就是那个胆小南方佬）鬼魂般的声音，他说，我们到尼尔森厅去吧，那里有冷气哦。这里并没有尼尔森厅；尼尔森厅已经是过去的事，而那个曾在当时挖了一铲土、宣布谢普曼图书馆破土动工的人，也已经成为往事。

她望向修剪整齐的树篱后方，那个隐约的景象并非英语系系馆，而是窗明几净的砖造建筑，一栋二十一世纪的精神病院。要是斯科特没自杀，可能就会在这个干净明亮的地方度过余生，等他死了，医生会决议宣布他死于肺炎（像斯科特这种过世时会被《纽约时报》头版报道的角色，死因不明可不是大众愿意接受的说法）。

在树篱靠她这面有棵橡树；丽赛停在这里，是为了让这棵树替她的宝马遮阳，然后她发现西边正有大量云团聚集，搞不好乔·艾斯顿副警长说的午后大雷雨真的会来。如果停车场只有这棵橡树，正好就能替她标出她车子的位置，但这里不只一棵，沿着篱笆有一整排树。在丽赛看来，这些树全都长得一模一样……不过这他妈的有什么关系呢？她才不在乎。

她正要走向主建筑时，心里有个声音（而且完全不像自己的声音）唠叨地阻止了她，还坚持要她再看一眼车子在停车场的位置。她纳闷是不是有某种力量想叫她把宝马移到另一个车位，如果是的话，那个声音也表达得太不明确了吧。丽赛绕了车子一圈，想起爸爸说过，长途开车前一定要先把车子检查一遍。她现在不是要检查胎压是否平均、尾灯亮不亮、消音器有没有松脱之类的事，但她也不知道到底该找什么。

也许我只是不想见到她。也许就只是这样而已。

不是。有其他更重要的原因。

她看着自己的车牌，号码是5761RD，旁边印着一只愚蠢的潜鸟图案，保险杆上还贴了张褪色严重的标语贴纸，那是乔德莎半开玩笑送的礼物，上面写着："我知道耶稣爱我，所以我才开快车。"此外就没什么特别的了。

还不够，那个声音唠叨地说，接着她就发现停车场另一个角落有个东西，差不多就在篱笆下方。原来是个绿色空瓶。她几乎可以确定那是个啤酒瓶。负责打扫的人要么是没看见，要么就是还没清理到这个地方。丽赛匆匆过去把瓶子捡起来，马上从瓶口闻到一阵酸臭味。瓶子上的商标印着一只嚎叫的狗，颜色有点褪了。从商标上的字看来，这瓶子曾经装过“北欧之狼优质啤酒”。丽赛带着酒瓶走回车旁，把它放在车牌正下方地上。

米色的宝马，不够好。

米色的宝马停在橡树阴影下，仍然不够好。

米色的宝马停在橡树阴影下，一个“北欧之狼优质啤酒”空酒瓶摆在 5761RD 车牌下方，而且还靠近左边的标语贴纸……够好了。

勉强够好了。

为什么？

丽赛才不管他妈的为什么。

她立刻赶往主建筑。

7

虽然规定的探访时间两点才开始，离现在还有半小时，但丽赛还是顺利见到了阿曼达。托休斯·埃布尔尼斯医生的福（当然也托斯科特之福），丽赛在绿茵还算小有名气。丽赛向柜台报上自己的名字（柜台很大，但跟后头那幅壁画相比起来就显得矮小许多），十分钟后就已经跟阿曼达坐在她病房外的露台上，一边啜饮潘趣酒一边看着外头草皮上的人打棒球。某处传来割草机的一阵单调粗哑的声响。值班护士问阿曼达要不要喝点“混合饮料”，然后将阿曼达的沉默当作同意，把饮料放在旁边桌上，但阿曼达碰也没碰。阿曼达穿着薄荷绿的睡衣，头发刚洗好，上面绑着一根配合睡衣裤颜色的缎带，眼神茫然地望着远方。丽赛觉得阿曼达并不是在看那些打棒球的人，目光好像穿过了他们。她的双手紧扣的放在膝上，不过丽赛看得见左手周围的丑陋伤疤，上头还涂着油油亮亮的药膏。丽赛试了三段开场白，但阿曼达一声都不吭。阿曼达目前不在，无法接收留言，她去吃午餐了，她去度假了，她已经神游太虚了。她的一生遭遇过无数麻烦，但那些麻烦跟她现在的状况比起来，根本不算什么。

丽赛快没时间了，她六小时后还要回斯科特的书房跟人见面。她喝了一大口淡而无味的酒（其实她很想喝可乐，但因为含咖啡因所以这里禁止供应），接着将杯子放到旁边。她看看四周，确定附近没人，然后身子前倾，拉起阿曼达的手，摸到黏滑的软膏跟凹凸不平的伤疤，她压抑自己不露出恶心的表情。虽然伤口被碰到可能很痛，但阿曼达还是面无表情，感觉就像睁着眼睡觉。

“阿曼达。”丽赛说。她试着和姐姐四目相对，但对方仍然没反应。“阿曼达，听着，你之前说过想帮我整理斯科特留下的东西，我现在正好需要你帮忙。”

没反应。

“最近出现了一个坏人。是个疯子，就像纳什维尔事件里那个叫科尔的混账，像极了。当时我阻止了科尔，但现在没办法独自处理这个疯子。不管你在哪里，我需要你回来帮我。”

没反应。阿曼达看起来还是正盯着那些玩棒球的人，或者应该说是目光穿过了他们。割草机的声音还在喋喋不休地响着。纸杯装的混合饮料就放在一张没有尖角的桌上，在这里，尖角跟咖啡因一样禁止出现。

“你知道我在想什么吗，阿曼达兔宝宝？我在想，你应该正和其他失魂的人坐在那些石头长凳上，凝视着池子。我在想斯科特去那里时见过你，他还对自己说：‘噢，一个会拿刀割自己的人。我之所以认得出这类人，是因为我爸爸也会拿刀割自己。’他会自言自语地说：‘除非有人阻止，否则这位女士可能要困在这里喽。’我说得对吗，阿曼达？”

毫无反应。

“我不知道斯科特是不是预见了吉姆·杜利，但他确实预见了你会进绿茵。有多确实？就像狗屎紧黏着鞋底那么确实。你还记得以前老爸常说这句话吗？像狗屎紧黏鞋底一样确实。每次老妈骂他，叫他不要说脏话时，他总说狗屎比较像是诅咒，不算脏话。你还记得吗？”

阿曼达一丁点反应都没有，依然一副空虚茫然的表情。

丽赛想起她跟斯科特一起待在客房的那个寒冷夜晚，于是她靠近阿曼达耳边。“如果你听得见我，就紧握我的手，”她轻声说，“尽量用力紧握我的手。”

她等了几秒，正要放弃时，突然感觉手上有了反应。那或许是阿曼达不自主的肌肉抽搐，也可能只是错觉，但丽赛不这么想。她认为在遥远某处的阿曼达，听见了她的呼喊，她呼喊着阿曼达回家。

“好，”丽赛说，她的心脏跳动得很剧烈，她感觉自己就要窒息了，“很好。这是好的开始。我会去接你的，阿曼达。我要带你回家，你回家后要帮我的忙。听见了吗？你要帮我的忙。”

丽赛闭上眼睛，用力握住阿曼达的手。虽然这样可能会让姐姐很痛，但她不在乎。阿曼达可以回来后再抱怨。如果她回得来的话。唉，斯科特曾对她说过，这世界真是充满了如果啊。

丽赛集中注意力，专心想象池子的样子，看见了那道岩谷，看见沙滩的白色箭头以及上头的石头长凳，看见第二条分叉的小径就像喉咙般通向墓地。她将水面想象成亮蓝色，阳光变成数千个点散落其上。另外她还想象池子那里是正中午，因为她已经受够异月之湾的黄昏了。

就是现在，她想，然后开始等身边的气氛改变，等绿茵的声音渐渐消失。有那么一会儿，她以为那些声音真的消退了，但其实只是错觉。她睁开眼，看见的还是露台，还是阿曼达那杯混合饮料，而阿曼达依旧穿着绣有魔鬼毡的薄荷绿睡衣（要是用真的扣子，搞不好会被她吞下去），有如一尊会呼吸的蜡像。她看到的还是头发别着绿色缎带、有着海蓝色眼珠的阿曼达。

丽赛一度充满怀疑与困惑。也许是她疯了，这整件事都是她的幻想——当然，吉姆·杜利除外。兰登一家不是 V.C. 安德鲁小说里那种哥特式家族，异月之湾这种地方也只存在于童话故事中。她嫁给一个作家，后来作家死了，就这样。她是救过斯科特一次，但那次事件的八年后，他在肯塔基州生病了，她却无可奈何。总不能用铲子挥击害他生病的细菌啊，对吧？

她放松原本抓着阿曼达的手，然后又紧握住。她的心每跳一下，似乎就发出一声抗议。不！那是真的！异月之湾真的存在！一九七九年，我跟他结婚前就曾到过那里，后来一九九六年我去了第二次，把他救回来，而且今天早上我又去了一遍。如果我还在怀疑，只要想想当时吉姆·杜利在我胸部割出的伤口，再想想现在伤口的感觉就行了。我之所以无法过去——

“是那件毛衣，”她喃喃说道，“他说不知怎么，那件毛衣像锚一样拉住了我们。是你在这里拉住我们吗，阿曼达？你心里是不是有种惊恐又顽固的力量拉住了我们？要把我留在这里？”

阿曼达没反应，但丽赛认为没错，这就是答案。阿曼达心里有一部分希望丽赛去带她回来，但另一部分又不希望被拯救，因为这部分的她并不想回来再面对这个肮脏世界的一堆肮脏麻烦。这部分的她很乐意继续用流管进食，排泄在尿布里，穿睡衣坐在中午温暖的露台上，盯着草皮上的人打棒球。阿曼达的目光穿过了那些打棒球的人，她究竟在看什么？

那个池子。

早晨的池子、中午的池子、黄昏的池子，以及星光与月光照耀下的池子。在夜里，池子表面还会散发出能令人失忆的梦境般的薄雾。

丽赛觉得嘴里还能尝到香甜的味道，心想：这是从池子里得来的。是我的奖品。是给我的饮料。我喝了两口，一口为了我自己，另一口是为了——

“另一口是为了你。”她说。她恍然大悟，知道接下来该怎么办了。没想到她竟浪费了这么多时间。她还握着阿曼达的手，身体往前倾，把脸移到姐姐面前。阿曼达的目光依然没有焦点，仿佛穿过了丽赛。当丽赛将手移到阿曼达手肘上，嘴对嘴贴上去，阿曼达的眼睛顿时睁大，并开始挣扎，但丽赛嘴里的香甜已经淹没了阿曼达。她用舌头顶开阿曼达的嘴唇，感觉自己喝的第二口池水正从她身上流进姐姐嘴里。这时，丽赛看见了池子，而且是白天的样貌。她这次闻到的香味不但有赤素馨花和九重葛，还多了种带有悲伤气息的橄榄味，而她知道这是情人树在白天会发出的气味。她感觉得到脚下紧实的沙子正在发热（因为她的鞋子没跟着过去，所以她赤着脚）。她成功了，她做到了，她……

8

她回到了异月之湾，站在温暖紧实的沙滩上。天空中挂着明亮的太阳，阳光不是变成数千个点，而是数百万个点散落在水面，因为这次水面比她先前来过的几次宽阔许多。丽赛看了一会儿，就被强烈地吸引住，吸引她的不只是水面，还有水面上一艘巨大笨重的旧帆船。她一直看着，突然明白了那天附在阿曼达身上的东西所说的话。

我的奖品是什么？当时丽赛这么问，而那东西（似乎是斯科特跟阿曼达的合体）告诉她是饮料，不过在她问是可口可乐或是皇冠可乐后，那东西却说，别说话，我们要看看蜀葵。丽赛以为那东西指的是花，完全忘记这个词在很久以前其实有另一个意义，这是个神奇的词。

阿曼达指的就是水面上那艘船……因此，躺在床上对丽赛说话的那东西是阿曼达没错，斯科特不太可能有这种美妙的童年幻想。

丽赛所见的并不是池子，而是个港湾，里头只有一艘船下锚停泊，而这艘船是为敢于出海寻找宝藏（及男友）的女孩所打造。至于女孩们的船长呢？嗯，当然是阿曼达·德布夏啰。那艘帆船不就是阿曼达从前最爱幻想的东西吗？这是她在她变得外在易怒、内心惶恐前所拥有的梦想。

别说话，我们要看看“蜀葵”号。

噢，阿曼达，丽赛心想（她差点要悲哀地说出这句话来）。我们都会到池子喝水，而池子是想象力的源头，因此这地方在每个人眼中看起来都不一样。这里是阿曼达版本的童年避风港。不过水边的那些长凳还是一模一样，所以丽赛推测它们是基本配备，无论在哪种版本里都不会变。这一次，她看见长凳上坐了二三十人，全都如做梦般凝视着水面，而包着裹尸布的人形差不多也有二三十具。在阳光下，那些包着裹尸布的东西像极了包覆在丝织品里的超大蜘蛛，看上去很恶心。

她很快找到了阿曼达，就在离岸边第十几排长凳上。丽赛绕过两个安静盯着水面的人，还有一个可怕的裹尸布人形，最后坐在阿曼达身边并握起她的手。在这个地方，她手上的伤口消失了，甚至连疤痕都没有。丽赛发现阿曼达的手缓慢地出力握住她时，突然有种奇怪的直觉。阿曼达并不需要丽赛在池子喝的第二口水，也不需要丽赛劝诱她到水里泡泡身子让自己痊愈。阿曼达确实想要回家。她心里有一大部分就像童话故事里的睡美人（或像被丢进肮脏大牢的英勇女海盗），正等待有人来救她。除了那些包着裹尸布的之外，这里的人到底有多少跟阿曼达的情况一样？丽赛知道，这些人虽然看来外表平静、眼神茫然，但并不表示他们内心没在尖叫着，他们希望有人帮助他们，带他们回家。

然而丽赛能帮的也只有她姐姐（如果帮得上忙的话）。她打了个颤，不再去想这件事。

“阿曼达，”她说，“我们现在要回家了，但你也要帮忙哦。”

阿曼达一开始没反应，后来才缓慢地像说梦话般吐出几个字：“莉——西？你喝过那……恶心到爆的潘趣酒了吗？”

丽赛忍不住笑了出来。“为了表示礼貌，我还是喝了一点，现在看着我。”

“我不能。我正看着‘蜀葵’号。我要当海盗……扬帆出海……”她的声音越来越小。“……遨游七海……寻宝……去食人岛……”

“那只是幻想，”丽赛说。她讨厌自己的严厉语气，那有点像拔剑杀掉一个平静躺在草地上的小婴儿。但童年幻想被戳破的感觉不就是这样？“这个地方想困住你，才会让你看那艘船。那只是个……只是个秘宝而已。”

阿曼达接下来所说的话不但让她惊讶，也令她心痛：“斯科特告诉我你会来。他说如果我需要你，你就会想办法过来。”

“什么时候的事，阿曼达？他什么时候告诉你的？”

“他很喜欢这里，”阿曼达深深叹了口气，“他叫这里‘异界之夜’，念起来差不多就像这样。他说人们很容易爱上这个地方。太容易了。”

“这是什么时候的事，阿曼达，他在什么时候说的？”丽赛激动地想摇晃阿曼达的身体。

阿曼达似乎很费力地……露出笑容。“就是上次我割伤自己的时候。斯科特带我回家。他说……你们所有人都想要我回去。”

丽赛都明白了。当然，明白这些事并不能改变什么，但知道总比不知道好。为什么斯科特从没告诉过她？因为他知道小丽赛很害怕异月之湾以及住在异月之湾的那些东西（尤其是高个子）？没错。因为他觉得丽赛总有一天会自己把这些事弄明白？没错。

阿曼达又将注意力移回那艘船上，于是丽赛摇摇她的肩膀。“我需要你帮忙，阿曼达。有个疯子想伤害我，我需要你帮我解决他。我现在就需要你！”

阿曼达转头看着丽赛，露出一副纳闷的表情，看起来很滑稽。在她们下方，有个身穿长袖衣服、手里拿着一张快照（上头是个牙缝很大的小孩）的女人转过头，用缓慢的语气抗议：“安静点……我……要思考……我……在……干什么。”

“管好自己的事吧，女人。”丽赛对她说，然后又回头看阿曼达。阿曼达还看着她，这让她松了口气。

“丽赛，是谁？”

“一个疯子。他一开始是为了斯科特那些该死的文件和手稿而来，不过现在则对我感兴趣了。他今天早上伤害过我，如果我不……如果我们不……”阿曼达又把目光转往港湾里下锚的那艘船，于是丽赛再度紧握她的手。她们俩现在又看着彼此了。“注意听好，你这个瘦干巴。”

“别叫我瘦——”

“只要你注意听，我就不那么叫你。你记得我的车吗？那辆宝马?”

“记得，可是丽赛……”

阿曼达还想再看水面。丽赛差点要动手强迫她回过头来，但直觉告诉她这样没什么用。如果丽赛真想让阿曼达离开这里，就得运用她的声音、意志说服阿曼达。

“阿曼达，我说的这个家伙……他才不怕伤害别人有什么后果，要是你不帮我，我想他可能会杀了我。”

阿曼达马上既惊讶又困惑地看着她。“杀你?”

“对，没错。我答应会对你把一切解释清楚，但不是在这里。如果我们在这里待太久，我最后只会跟你一起痴呆地盯着‘蜀葵’号看。”她觉得自己不算说谎，因为她感觉得到那东西的吸引力，它一直想引诱她的目光。假如她屈服了，她就会跟大姐阿曼达兔宝宝坐在这里，数十年如一日，一直凝视那艘不断呼唤着她们却又从未出帆的海盗船。

“我得喝那恶心到爆的潘趣酒吗?是不是一定要喝……”阿曼达皱起眉头，在回忆里挣扎。没过多久，她说话又开始变得顺畅。“还有讨厌的混混混混混合饮料?”

听到如此孩子般的语气，让丽赛又惊讶地笑了出来，而那个穿长袖衣服手拿照片的女人也再次转头看她们。阿曼达对那女人露出的眼神像就像在说，看什么，贱人?还对她比了中指。

“我得喝那些东西吗，丽赛?”

“不用再喝潘趣酒，也不用再喝混合饮料，我保证。现在你只要想着我的车子就好。你还记不记得颜色?你确定还记得吗?”

“是米色。”阿曼达的表情恢复正常，丽赛十分高兴。“我就跟你说米色最容易脏了，可是你不听啊。”

“你还记得保险杆上的贴纸吗?”

“是关于耶稣的玩笑吧，我看迟早会有被惹火的基督徒拿钥匙把它刮掉。搞不好还会在车身上划几道，表示祝你好运。”

她们上方传来一个男人的声音，听起来很不满：“如果你们要说话，就别待在这里，去别的地方。”

丽赛根本不想回头理那个人。“贴纸写着：‘我知道耶稣爱我，所以我才开快车。’阿曼达，我要你闭上眼睛想象我的车，想象车尾，想象贴纸上的字，想象它停在一棵树的阴影下，而且因为附近吹着微风，所以那些树影还会晃动。你做得到吗？”

“可——以……我想应该没问题吧……”她透过眼角渴望地瞥了港湾里那艘船最后一眼。“如果是为了让你不受伤害，我想应该没问题吧……虽然我看不出这件事跟斯科特有什么关系。他都已经死了两年……我想他告诉过我关于老妈那件毛衣的事，而且他还希望我告诉你。当然，我从来没跟你提过。我猜我常会故意……遗忘那时候的事吧。”

“哪时候的事？阿曼达，什么时候的事？”

阿曼达看着丽赛，仿佛她问了个蠢问题。“就是每次我割自己的时候啊。上次我割完自己以后，我们就到这里了。”阿曼达伸出一根手指压着脸颊，形成一个酒窝。“这都是为了一个故事。是你的故事，丽赛的故事。那件阿富汗毛衣也跟这一切有关，只是他喜欢叫它非洲大衣。他还说这是个迷宝？咪宝？还是念米宝？也许只是我在做梦吧。”

听到这些出乎意料的话，丽赛大感震惊，但她并未因此忘了现在最要紧的事。如果她要带阿曼达（还有她自己）离开，那就是现在。“别管那些了，阿曼达，闭上眼睛，专心想着我的车，尽量想象每个细节。其他的就交给我吧。”

希望如此，她心想。她看见阿曼达照做后，自己也闭起眼睛，紧握住姐姐的手。现在她知道她为什么要看清楚自己的车了：因为这样她们才能回到访客停车场，而不是阿曼达上锁的病房。

她看见她的米色宝马（阿曼达说的没错，她真是买错颜色了），不过随即就将这部分交给姐姐，她自己专心在那块5761RD的车牌，以及能帮助她们回去的主要对象：那个“北欧之狼优质啤酒”的瓶子，而它现在就摆在靠近“我知道耶稣爱我，所以我才开快车”贴纸的柏油地面上。对丽赛而言，那景象太完美了，不过这地方的独特香味还是没有变化，她也还是能听到微风吹动帆布起伏的声音。她还是感觉得到自己坐着冰冷的石头长凳。这时她突然开始惊慌：万一这次我回不去怎么办？

接着她听见阿曼达的声音仿佛从远方传来，语气中充满恼怒：“噢，可恶，我忘记车牌号码旁边那他妈的潜鸟图案了。”

没过多久，帆布如波浪随风起伏的拍打声，刚开始先跟割草机的声响混在一起，然后就消失了。不过现在割草机的声音听起来很远，这是因为——

丽赛睁开眼，看见阿曼达站在访客停车场，站在她那辆宝马后面。阿曼达还握着丽赛的手，双眼紧闭，皱着眉专心想象着。她穿的还是那件薄荷绿睡衣，但脚上没有鞋子。丽赛知道，等下次值班护士去看她们时，就会发现阿曼达·德布夏跟丽赛·兰登不见了，病房外的露台上只剩两张空椅、两杯混合饮料、一双室内拖鞋，以及一双里面还有袜子的运动鞋。

也就是说，要不了多久，护士就会按下警报。

在往城堡岩镇跟新罕布什尔州方向的远处，有阵雷声传了过来。快要下大雷雨了。

“阿曼达！”丽赛心里又开始担心另一件事：会不会阿曼达睁开眼后，仍是那副茫然的眼神，只剩空洞的海蓝色眼珠？

然而阿曼达的眼神完全正常，还带着点愉快之意。她看看停车场，看看宝马跟妹妹，然后低头看看自己。“别握这么紧，丽赛，”她说，“痛死啦。还有，我得换衣服才行，这套睡衣太透明了，我没穿内衣，连胸罩都没有。”

“我会替你弄些衣服。”丽赛说完，突然又担心起另一件事，于是马上拍拍裤子右前方口袋，接着才松了口气。她的皮夹还在。不过她没轻松多久，就发现她固定放在左前方口袋的车钥匙不见了。钥匙无法跟着她穿梭，也就是说，它要不是跟她的鞋袜一起摆在阿曼达房间外的露台上，就是在——

“丽赛！”阿曼达抓住她手臂大喊。

“什么事？什么事！”丽赛急忙四处张望，不过目前停车场里只有她们两人。

“我真的又清醒了!”阿曼达嗓音嘶哑地喊着，泪水在她眼眶里打转。

“我知道。”丽赛说。虽然找不到钥匙，她还是开心地露出笑容。“真他妈太好了。”

“我去拿我的衣服。”阿曼达边说边走向主建筑，丽赛差点拉不住她。就一个几分钟前还是紧张症患者的人而言，大姐阿曼达现在还真是生龙活虎。

“别管你的衣服了，”丽赛说，“你现在回去就很难再出来了。你想这样吗?”

“不想!”

“很好，因为我也需要你待在我身边。不过很可惜，我们可能要搭市公交车了。”

阿曼达差点开始尖叫：“你要我穿着这身像跳钢管舞的衣服上公交车?”

“阿曼达，我的车钥匙不见了，它不是在你的露台，就是在那个地方的石头长凳上……你还记得那些长凳吧?”

阿曼达勉强点了点头，然后说：“你以前不是都会把备用钥匙放在你那部雷克萨斯后保险杆下方的磁性装置吗?对了，那部车的颜色还比较正常。”

丽赛几乎没听进阿曼达说的第二句话。所谓的“磁性装置”是斯科特五六年前送给她的生日礼物，是个有磁铁的金属盒，后来她刚换现在这部宝马时，就把备用钥匙放进那个小金属盒里了。如果金属盒还吸附在车尾底部没掉的话，备用钥匙应该还在。她马上单膝跪地，伸手摸索，正要失望地放弃时，指尖碰到了那个还在原来位置的盒子。

“阿曼达，我爱你。你真是个天才。”

“不客气，”阿曼达装出一副高贵尊严的口吻，“我只是你姐姐而已。现在我们可以上车了吗?虽然这里有树阴，地面还是很烫。”

“当然，”丽赛拿备用钥匙开了门，“我们得离开这里，只是，噢，我真讨厌——”她话说到一半便停住，然后摇摇头笑了起来。

“什么?”阿曼达的语气像是在说又怎么了?

“没事。呃……我只是刚好想到以前刚拿到驾照时，爸爸对我说的话。有天我从怀特沙滩载群小孩回来……你还记得那地方吧?”她们上了车，丽赛正倒车出树阴。到目前为止，这地方还很平静。她希望在被发现前赶快离开。

阿曼达哼了一声，然后系上安全带。她的动作很小心，因为她手上还有伤口。“怀特沙滩啊！哈！只是个底下刚好有冷泉的沙砾区而已！”话才说完，她原本的轻蔑表情马上又融化成渴望的神色，“完全比不上‘南风’的沙子。”

“你是这么叫那个地方的?”丽赛好奇地问。她在停车场出口处停住等车流出现空隙，准备左转上米诺特大道回城堡岩镇，但车子实在很多。她实在太想立刻离开，但必须压抑住直接右转的冲动。

“当然啦，”阿曼达听起来对丽赛有点生气的样子，“‘蜀葵’号每次都会去‘南风’采购补给，女海盗也都是到那里去见她们的男友啊。难道你忘了?”

“我差点忘了。”丽赛怀疑自己是不是听见了警报声。也许没有吧。院方拉响警报会吓到病人的。她看见车阵中有空隙，随即踩下油门，有辆车不得不减速让她过去，那位司机不耐烦地对她按喇叭。

阿曼达对那司机比了中指，而且还是双手举高一起比。

“这招真不错，”丽赛说，“有一天它会害你被先奸后杀的。”

阿曼达对丽赛投来恶作剧的眼神。“真会说教，”接着她马上说，“你从怀特沙滩回来那天，老爸对你说了什么?我猜不管他说什么，都是傻话。”

“他看见我下车时没穿鞋，就说在缅因州赤脚开车是违法的。”丽赛说完，内疚地看了踩在油门上的脚一眼。

阿曼达发出一阵生硬的声音。丽赛以为她可能在哭，或是试图哭，后来才发现她其实在咯咯笑。丽赛也笑了出来，她之所以笑，部分是因为她看见前方的路会接上二〇二号公路，这条路最后会通向市区最塞车的地带。

“他真是个傻子!”阿曼达边笑边挤出话来，“真是个可爱的傻子！老爸丹迪·戴维·德布夏！他的想法真可爱！你知道他跟我说过什么吗？”

“不知道，他说了什么？”

“如果你想知道的话，就吐口水。”

丽赛按下车窗，朝外面吐了口口水，然后用手背擦擦还有点肿的下唇。“到底是什么，阿曼达？”

“他说如果我亲男生的时候把嘴张开，就会怀孕。”

“放屁，他才没说过！”

“是真的，我再告诉你另一件事。”

“是什么？”

“我很确定他真的相信这句话！”

她们俩都笑了起来。

第十三章　丽赛与阿曼达
（姐妹之间）

1

虽然找回了阿曼达，但丽赛此刻却不确定接下来该怎么办。在绿茵，所有步骤似乎都很清楚，但当她们开向城堡岩镇，雷暴云顶正在新罕布什尔州集结，一切似乎都变得不明朗了。天哪，她刚才竟然从缅因州最有名的疯人院绑架了被诊断有精神病的姐姐。

然而阿曼达看起来一点也不像发疯；丽赛很快就不再担心阿曼达会陷入紧张症。阿曼达·德布夏已经好几年不曾像现在这样生气勃勃了。听完丽赛叙述吉姆·“扎克”·杜利的事情后，她说：“我懂了。他一开始可能是为了斯科特的手稿，但现在的目标是你，因为那个疯子伤害女人会得到快感，他就像堪萨斯州威奇塔那个叫里德尔的怪人。”

丽赛点点头。杜利没有强暴她，但确实得到了快感。不过令丽赛讶异的是，阿曼达说话很简洁，甚至提起里德尔这名字……丽赛连他的名字都记不得了。阿曼达的头脑清楚得令她吃惊。

前方有个写着“城堡岩镇 十五英里”的路标，她们经过路标后，太阳便被集结的云遮蔽了。阿曼达再次开口，这次的声音小了点。“你想在他伤害你之前先解决他，对不对？杀掉他，然后把尸体丢到另一个世界。”她们前方传来隆隆雷声。丽赛等待着。这能算是姐妹间的事吗？她心想，这算吗？

“为什么，丽赛？应该有别的解决方法吧？”

“他伤害我。他惹毛我了。”她觉得自己的声音变了。她认为，没错，这算是姐妹间的事。“亲爱的，我告诉你，下次他再来惹我，我就要让他从这世上消失。”

阿曼达双手交叉胸前，眼睛看着前方的路，过了好一会儿才像喃喃自语般开口说：“你真是他的支柱。”

丽赛震惊不已地看着她。“你说什么？”

“我是指斯科特。他也知道这点。”她举起一只手，看看上面的红色伤疤，然后再看看丽赛。“杀他，”她的语气十分冷淡，“我没问题。”

2

丽赛咽了口口水，听见自己喉咙咕噜一声。“听着，阿曼达，你首先要知道，我真的不清楚自己在干什么，我几乎是在黑暗中乱冲乱撞。”

“噢，我才不相信，”阿曼达半开玩笑地说，“你在录音机上留言，也向匹兹堡那位教授留言，就是要让杜利知道你八点钟会在斯科特的书房等他。你想杀他，那没什么，毕竟你也找过警察，结果警察拿他没办法，对吧？”在丽赛开口回话前，她又接着说：“你找了警察，那家伙竟然还是躲过了他们，最后差点用你的开罐器把你的乳头割掉。”

丽赛开过弯道，发现前面是辆开得很慢的卡车，不禁想起她跟黛拉去看阿曼达那天，在路上也遇到一辆很慢的卡车。丽赛踩下煞车，再度因为自己赤脚开车而有股罪恶感。没办法，旧习难改。

“斯科特有很多支柱。”她说。

“嗯。他就是靠那些支柱撑过童年的。”

“你对他那段时间的事知道多少？”丽赛问。

“什么也不知道。他从没提过童年的事。你以为我没注意吗？黛拉或坎塔塔可能真的不会注意，但我确实注意到了，他也很清楚我察觉到了这件事。我们了解对方——那感觉就像在个狂欢大派对里，只有我们两个没喝酒。我想这就是他在乎我的原因吧，而且我还知道其他事。”

“什么？”

“你最好在我被那台卡车的废气闷死前赶快超过去。”

“我看不清楚前面的路。”

“你看得够清楚了。而且上帝讨厌胆小鬼。”她停了一会儿。“那件事只有我跟斯科特这种人才知道。”

“阿曼达——”

“超车！我快窒息了！”

“我真的看不清楚——”

“丽赛交了个新男友！丽赛与扎克哦，他们待在树上亲——亲——”

“瘦干巴，你真是个恶心鬼。”

阿曼达笑着说：“嘴对嘴亲亲哦，小丽赛！”

“要是对面有来车——”

“一开始是爱，然后结婚了，然后丽赛有了个——”

丽赛豁出去了，赤脚踩下油门准备超车。她开到跟卡车车头平行处时，对向山丘弯道上出现了另一辆卡车。

“噢，糟了，我们惨啦！”阿曼达大喊。她现在不咯咯笑了，因为她已经开始大笑。丽赛也跟着笑。“踩到底吧，丽赛！”

丽赛照做。宝马以惊人速度向前飞奔，等她回到原车道时，对向车道那辆卡车离她们还有好一段距离。丽赛突然想到，要是那天载黛拉时也是这样，黛拉一定会尖叫得把车窗都震破。

“好啦，”她对阿曼达说，“你高兴了吧？”

“嗯，”阿曼达说，然后伸出左手，摸摸丽赛紧握在方向盘上的右手，让她放松。“我很高兴能回来，也很高兴你来接我。我心里有一部分并不想回来，但有一大部分却因为离开家而感伤。我怕自己很快就不在乎一切了。所以，谢谢你，丽赛。”

“谢谢斯科特吧，他知道你需要帮忙。”

“他也知道你会帮忙，”阿曼达的语气现在非常温柔，“我敢打赌，他知道我们姐妹中也只有你敢帮忙。”

丽赛把目光移到阿曼达身上。“你跟斯科特谈过我的事吗，阿曼达？你们在那个地方谈过我吗？”

“谈过。不管在这里或那里都谈过，但我已经不记得也不在乎了。我们谈的都是自己有多爱你。”

丽赛没办法回应，因为她的心里涨得满满的。她很想哭，但这样会看不到路，而且她觉得自己已经流了太多泪。但这不表示以后不会再有更多眼泪。

3

好一阵子，她们俩都没再说话。经过皮格渥奇露营区后，路上就没车了。她们头上的天空还很蓝，但太阳已经被聚集的云遮住了。阿曼达用一种不寻常的语气问丽赛：“如果你不需要犯罪伙伴，还会来找我吗？”

丽赛考虑了一会儿。“我觉得应该会吧。”她说。

阿曼达拉起丽赛的手亲了一下（丽赛觉得就像被蝴蝶的翅膀碰触一下那样轻），再把她的手放回方向盘上。“我也希望你会，”她说，“‘南风’是个有趣的地方，你会觉得那里的所有事物就跟这个世界同样真实，而且比这世界的一切都还棒。不过回到这里之后……”她耸耸肩。丽赛觉得她似乎陷入了沉思。“就会觉得那里特别得只有月光而已。”

丽赛想起她跟斯科特在安塔拉镇那次，他们躺在床上看着月亮。斯科特对她说故事，听着听着丽赛就跟他过去了。过去那里。

阿曼达问：“斯科特怎么叫那地方？”

“异月之湾。”

阿曼达点点头。“我的发音很接近了，对吧？”

“没错。”

“我认为大部分小孩在害怕、孤单或无聊时都会去个地方。有些想象力丰富的小孩会把那里叫成梦想国、仙境或异月之湾等等，然后开始编造那个地方的现实。不过到最后，大部分人都会忘记那个地方，只有少数像斯科特这种有天分的人才能驾驭自己的幻想。”

“你也很有天分。你不就想象出了‘南风’吗？我们家乡的女孩都很爱扮海盗，搞不好那里现在还有人在扮呢。”

阿曼达笑着摇摇头。“像我这种人只是觉得好玩，从来也没想过更进一步。我的想象力可让自己陷入了不少麻烦。”

“阿曼达，才不是这样——”

“就是这样，”阿曼达说，“精神病院里有很多跟我一样的人。幻想驾驭我们，轻柔地对我们挥着鞭子——噢，被鞭打的感觉真棒——然后我们一直跑，一直跑，永远待在同一个地方……那艘船……丽赛，它的帆从没张开过，它的锚也从没下过水啊……”

丽赛又瞄了一眼，阿曼达的泪水从脸颊滑落。丽赛心想，也许坐在那地方的石头长凳上，眼泪是流不出来的，但她们现在可是回到现实世界了呢。

“我知道我会去那个地方，”阿曼达说，“我们在斯科特的书房时……我在小笔记本上写那些没意义的数字时就知道了……”

“看来小笔记本是这整件事的关键。”丽赛说。她想起笔记本上还有“蜀葵”跟德文的“老天”这两个词……丽赛觉得那就像瓶中信。搞不好那是另一个秘宝——丽赛，我在这里，请快点来找我吧。

“你是认真的吗？”阿曼达问。

“是。”

“这太有趣了。我生日的时候，斯科特给了我一大堆笔记本——几乎一辈子都用不完。”

“真的？”

“嗯，就在他过世那年。他说那些东西可能会派上用场，”她挤出笑容，“我想，其中一本真的派上了用场。”

“没错。”丽赛说。她很好奇其他笔记本的封底商标下是不是也都印着老天这个词，也许有天她会检查看看吧。不过前提是她跟阿曼达都要活着度过这个危机。

4

丽赛在城堡岩镇的闹市区放慢车速准备到警长办公室时，阿曼达抓住她的手，问她到底在想什么。听完丽赛的回答后，她露出惊讶的表情。

“你做笔录填表格时，我要干什么？”阿曼达语气非常尖酸，“穿着这身激凸睡衣坐在外面等着吗？还是我该坐在车上边听收音机边等？你怎么向他们解释你赤着脚？要是绿茵已经有人打给警长办公室，叫他们注意你呢？”

丽赛困惑极了。她太专注在救回阿曼达和对付吉姆·杜利这两件事上，完全忘了她们的衣着打扮太随便，也没想到她们从绿茵逃出来后会有什么结果。她们的车就停在警长办公室建筑前的停车场，左边有辆来访的州警巡逻车，右边是辆印着“城堡郡警长办公室”字样的福特轿车，这让丽赛突然产生幽闭恐惧症。这时她脑中突然蹦出一首乡村音乐歌名——《我在想什么？》。

她觉得这太荒谬了：她不是逃犯。绿茵又不是监狱，阿曼达也不是犯人啊，不过她的脚……她要怎么解释自己打赤脚呢？还有——

我根本没在思考，只是跟着步骤走。照着食谱做。我现在就像翻到食谱下一页，却发现页面是空白的。

“还有，”阿曼达继续说，“我们得想想黛拉跟坎塔塔。你今天早上做得很好，丽赛。我不是要批评你，但——”

“你是在批评我，”丽赛说，“而且你说得没错。也许现在情况还好，但事情迟早会变得一团乱。我不想太早去你家，或在那里待得太久，搞不好杜利也在监视——”

“他知道我的事？”

我想你也知道我们姐妹俩的命运已经交缠在一起了，是吧？

“我猜……”丽赛话还没说完就停住。这种模棱两可的答案跟废话一样。“我知道他很清楚你的事，阿曼达。”

“就算这样，他又不是神，不可能同时出现在两个地方。”

“是没错，但我也不希望有警察在附近，我根本不想他们介入。”

“我们去美景区，丽赛，你知道那里吧。”

美景区是当地人对一处郊游区的昵称，在那里可以俯瞰城堡湖跟小京池。它是城堡岩州立公园的入口，有很多停车处。现在下午刚刚过半，加上又有大雷雨要来，那附近应该不会有人，是个适合停下来思考、评估状况兼打发时间的好地方。阿曼达或许真是天才。

“走吧，离开这里，”阿曼达拉拉睡衣领口，“我觉得自己像出现在教会的脱衣舞女郎。”

丽赛小心翼翼倒车到街上——既然现在她不想让警长办公室的人介入，就得谨慎点，避免擦撞其他车子引起注意。接着她掉头往西走。十分钟后，她们看到一个路标，上头写着：

城堡岩州立公园

附设野餐区与洗手间

开放时间为五月至十月

日落时闭园

为了您的健康，本园依法禁止翻挖垃圾筒

5

停车场内只有丽赛的车，野餐区也空无一人——连个到大自然找乐子（吸大麻）的背包客都没有。阿曼达走向其中一张野餐桌。她的脚底是粉红色，另外，虽然太阳被云遮住了，但她的薄荷绿睡衣看起来还是很透明。

“阿曼达，你真的觉得这样好——”

“如果有人来，我会马上冲回车上，”阿曼达回头露出笑容，“来试试吧——踩在草地上感觉很鬼鬼祟祟哦。”

丽赛踮着脚走到人行道边，然后踩进草地。阿曼达用鬼鬼祟祟来形容还真贴切，这个词就是从斯科特那个语汇之池中捞起来的鱼。西边的景象令人震撼，大量雷暴云顶正穿越怀特山脉的锯齿状山顶朝她们而来。丽赛数了数，山坡高处共有七个大雨笼罩形成的黑点。明亮的闪电不时在那几团暴风雨中闪现；两团阴影间仅剩的蓝色天空像个小孔，小孔中有两道平行的彩虹在克兰莫山上方划过，看起来有如童话里某种由小妖精所造的桥。丽赛看见那个小孔封闭起来，随后另一个小孔又在一座她不知道名字的山顶上方打开，彩虹也再度出现。在她们下方，城堡湖已变成脏脏的暗灰色，而湖后方的小京池则是鹅眼般暗淡的黑色。风越来越大，不过感觉竟是温暖的。头发被吹起时，丽赛抬起双手，仿佛要飞了起来，但让她飞的不是魔毯，而是一阵普通夏季暴风雨的魔力。

“阿曼达！”她说，“我真高兴自己活着！”

“我也是。”阿曼达严肃地说，接着伸出双手。风正把她的灰发向后吹。丽赛小心地握住她的手以免碰到伤口，然而丽赛自己也有种越来越疯狂的感觉。雷声轰隆作响，暖风越吹越强，在她们西方九十英里处，雷暴云顶越过了那些山头。阿曼达跳起舞来，丽赛也跟着跳，她们的脚踩在草地上，双手对握着举向天空。

“对！”由于雷声太大，丽赛得叫喊。

“什么？”阿曼达也叫喊着，接着又大笑起来。

“对，我真的要杀他！”

“我就说嘛！我会帮你！”阿曼达大声说。雨开始下了，于是她们边笑边用手遮着头跑回车上。

6

在第一阵倾盆大雨来临前，她们就已躲回车上，要是她们刚才在外头多嬉戏一会儿，现在一定淋成了落汤鸡；在第一滴雨落下三十秒后，她们已经看不见二十码外离她们最近的那张野餐桌了。雨水很冷，而车内很暖，挡风玻璃马上形成雾气，于是丽赛发动引擎，按下除雾按钮。阿曼达拿了丽赛的手机。“该是联络虫虫小姐的时候了。”她说的是黛拉的昵称，丽赛已经好几年没听过了。

丽赛看看手表，发现已经过了三点。坎塔塔跟黛拉（以前的昵称是虫虫小姐，她本人非常讨厌这名字）不太可能还在吃午餐。“她们现在可能在波特兰跟奥本之间的路上。”她说。

“对，她们可能在路上，”阿曼达仿佛在对小孩说话，“所以我才要打虫虫小姐的手机。”

我对科技用品不在行，这都是斯科特的错，丽赛本来想这么说。他死了以后，我就跟流行科技产品脱节了。哎，我连每个人都有的DVD播放器都还没买呢。

不过她说的是：“如果虫虫小姐知道是你打来的，搞不好会直接挂电话呢。”

“要是我才不会这样。”阿曼达看着车窗外，大雨已经在宝马的挡风玻璃上流成一条小河了。“你知道我跟坎塔塔为什么要这样叫她，还有我们为什么那么坏吗？”

“不知道。”

“黛拉三四岁时有个红色塑料小娃娃，那才是原版的虫虫小姐。有天晚上很冷，她把虫虫小姐放在暖气上忘了拿走，结果娃娃融化了。老天啊，真是臭死人了。”

丽赛努力克制自己，但还是忍不住笑了出来，由于她压紧喉咙闭着嘴，于是笑时压力便从鼻子释放，让她喷了一堆鼻涕到手上。

“哦，真棒，下午茶时间到啦，夫人。”阿曼达说。

“置物箱里有面纸，”丽赛满脸通红，“帮我拿几张好吗？”接着她又想到娃娃在暖气上融化的样子，想到老爸那句可爱的口头禅——耶稣基秃啊——又笑了起来。不过她同时也感到悲伤，因为现在早已长大、做事仔细有主见的黛拉，其实还是跟以前那个身上沾着果酱又爱发脾气的小孩一样，似乎永远需要有人陪。

“噢，把手在方向盘上擦擦就好了啦，”阿曼达笑着说。她拿着电话抵着肚子。“我笑到快尿出来了。”

“阿曼达，如果你尿在那件睡衣上，睡衣会融化的。快把该死的面纸盒拿来。”

阿曼达继续笑，不过还是打开置物箱把面纸递给她。

“你觉得联络得到她吗？”丽赛问，“现在雨下得这么大？”

“只要她开机，就能联络到她。除非她在看电影或者正在什么重要场合，否则一定会开机的。我几乎每天跟她讲电话，有时候麦特出外演讲，我们还一天讲两通呢，因为我女儿梅兹会打电话给黛拉，黛拉再把她说的话告诉我。现在梅兹只愿意跟黛拉讲心事了。”

丽赛很惊讶。她从不知道她们两人会讨论阿曼达那个麻烦女儿的事，而且黛拉也从没提起过。丽赛想把这件事再弄清楚一点，但她觉得现在可能不是时候。“你联络上她之后，要跟她说什么？”

“你听我说。我想到一个好说法，不过我怕我先告诉你后，就会失去……新鲜感，或者说可信度。总之我只想把她们远远引开，以免她们靠得太近，被——”

“——被席尔弗先生的马铃薯分类机卷进去？”丽赛问。她们帮席尔先生工作了好几年。那个工作总会弄得你全身脏兮兮，光是挑完四分之一桶马铃薯，你指甲缝里的泥土可能就要好几个月才能洗干净。

阿曼达瞪了她一眼，然后笑着说：“差不多就是那样。黛拉跟坎塔塔有时候很讨厌没错，但我爱她们。我不想要她们因为在错误的时间地点出现而受到伤害。”

“我也是。”丽赛轻声说。

车顶和挡风玻璃又被一阵倾盆大雨袭击了。

阿曼达拍拍她的手。“我知道的，小小。”

小小，不是小丽赛。阿曼达是唯一会这么叫丽赛的人，而阿曼达有多久没叫这个昵称了呢？

7

阿曼达手上有伤，输入电话号码时有些费力，一开始按错了，不过第二次就成功了。她按下拨号键，然后把手机贴到耳朵上。

外面雨势减弱了，丽赛发现她又能看见离她们最近的那张野餐桌。阿曼达开始拨号到现在，已经过去了几秒？她把目光从野餐桌移到姐姐身上，挑眉示意，阿曼达摇摇头，不过随即又坐直身子，举起右手食指，像在高级餐厅召唤侍者。

“黛拉？听得见吗？你知道我是谁吗？对！没错，真的是我！”

阿曼达吐着舌头，露出烦扰的眼神，静静模仿黛拉的反应。

“对，她就在旁边……黛拉，说慢一点！我刚刚恢复！我等一下会让你跟丽赛说话……”

阿曼达这次听得久了些，边点头，边用右手拇指跟其他手指做出不断开合的动作，表示黛拉正像鸭子呱呱呱滔滔不绝。

“嗯，我会告诉她的，黛拉，”阿曼达没遮住话筒（可能是因为她要让黛拉知道她有传话），又对着丽赛说，“她跟坎塔塔一起，不过还在机场。飞机因为大雷雨误点，真遗憾，对吧？”

阿曼达对丽赛比出大拇指，然后把注意力移回电话上。

“还好在你们出发前联络上。我不在绿茵了。丽赛跟我正在德里的阿卡迪亚精神病院……对，就是德里。”

她边听对方回答边点头。

“对啊，我猜这真是奇迹吧。我只知道自己听到丽赛的呼唤，然后就醒了。在那之前我记得的最后一件事，是你们带我到斯蒂芬纪念医院。然后我就……我听见丽赛喊我，那种感觉就像睡梦中被人叫醒一样……结果绿茵的医生就把我送到这里做检查，搞不好我能靠这个脑袋赚上一笔呢……”

接着阿曼达又听对方说了一会儿。

“是啊，亲爱的，我真的很想跟坎塔塔打招呼，我相信丽赛一定也是，不过他们现在叫我们过去了，检测室里不能讲手机。你们会开车来这里吧？我想你们七点应该能到德里，最晚八点……”

此时天空出现一道缺口，是第二阵豪雨来了，比上一阵还要猛烈，雨水突然打在车身上，声音有如沉闷的鼓声。阿曼达表情茫然（她回来后第一次有这种表情），睁大眼睛惊慌地看着丽赛，指着车顶用唇语说：她想知道那是什么声音。

丽赛没有迟疑，直接抓走阿曼达手中的电话。虽然有暴风雨，通话质量还是很清晰（对丽赛这种不懂科技产品的人来说，她觉得搞不好就是暴风雨让话质变好的），她不但听得见黛拉跟坎塔塔用混着激动、困惑、欢愉的语气对话，还听得出有广播在宣布班机因天气延误的声音。

“黛拉，我是丽赛。阿曼达回来了！完全回来了！这真是太棒啦，对不对？”

“丽赛，我真不敢相信！”

“来看看就相信了，”丽赛说，“你们赶快过来德里的阿卡迪亚看她吧。”

“丽赛，刚才是什么声音？听起来好像你们那边在下大雨！”

“是水疗法啦，走廊另一头传来的！”丽赛觉得有点晕眩，心想到时候我们绝对没办法解释这一切——大概要用上一百万年吧。“他们把门开着，真是吵死人。”

电话那头有一阵子没声音，丽赛只听到汽车外面的大雨。然后黛拉说话了：“如果她确实没事的话，那我跟坎塔塔或许就能去冰雪暴餐厅了，毕竟到德里路程远得要命，我们俩又都饿得半死。”

丽赛一度对黛拉感到愤怒，甚至想揍她一拳。她们花的时间越久越好，不是吗？然而黛拉说话时的暴躁态度还是让丽赛一阵厌恶。丽赛猜想，这应该也算姐妹之情的一种吧。

“当然好啊，”她边说边对阿曼达比出 OK 的手势，阿曼达微笑点头，“我们就在这儿等，不会乱跑的，黛拉。”

是啊，除了去异月之湾处理那疯子的尸体。不过前提是好运站在我们这边。

“你再让阿曼达听一下电话好吗？”黛拉听起来还是很不高兴，仿佛她从不了解患有那种可怕精神疾病的感觉有多沉重，还怀疑阿曼达一直以来都在假装。“坎塔塔要跟她说话。”

“当然。”丽赛用唇语对阿曼达说坎塔塔，然后把手机递过去。

阿曼达不断重复着对对对，我很好，对，真是个奇迹；不，她不在意坎塔塔跟黛拉照原订计划去冰雪暴吃午餐，不，她们不用绕路去堡景镇到她家带东西。她要的丽赛都打点妥当了。

电话快讲完时，大雨连半点减弱的迹象都没有，就这么直接停了，犹如上帝立刻拧紧了天空的水龙头，而丽赛这时突然有个奇怪的想法：异月之湾的雨就是这么下的，迅速而狂暴，马上出现又立刻停止。

我已经忘了那地方，但还没彻底忘记，她心想，接着口中又感觉到那股干净香甜的味道。

阿曼达说完她也爱坎塔塔后，便挂上电话，此时潮湿的六月阳光竟然穿透云朵，在天空形成一道彩虹。这道彩虹离她们很近，就在城堡湖上空闪耀着。那个地方就像承诺，丽赛心想，虽然你很想相信，但心里仍会怀疑它是不是真的存在。

8

阿曼达的喃喃低语让丽赛把注意力从彩虹移回她身上。她正打给查号台问绿茵的电话，然后在雾气未散的挡风玻璃底部用手指写下号码。

“你知不知道就算雾除掉了，你在上面划的号码还是会留着，”丽赛在阿曼达挂电话时说，“我得用清洁剂才擦得干净了。中间的置物箱里有笔啊，你怎么不问我呢？”

“因为我有紧张症。”阿曼达把电话还给丽赛。

丽赛没有伸手去接，只是盯着阿曼达。“我要打给谁？”

“你很清楚吧。”

“阿曼达——”

“这通电话得由你来打，丽赛。我根本不知道跟谁谈，也不清楚你是怎么带我进去的。”阿曼达沉默了一会儿，手指玩弄着睡裤。云层又聚集起来，天色再度变暗，刚刚那道彩虹像梦幻般消失了。“其实我知道是谁安排我进去的，”她说，“不是你，是斯科特。他安排好了，替我留了个床位。”

丽赛只能点头，她说不出话来。

“是什么时候的事？我上次发作以后？就是我上次在‘南风’见到他以后？或者照他的说法，那里该叫异界之靥？”

丽赛没纠正她。“他闲聊时提过一个叫休斯·埃布尔尼斯的医生。埃布尔尼斯看了你的病历后，认为你有麻烦，你这次发作时，也是他替你检查、安排你住院的。你不记得吗？完全忘光了？”

“不记得。”

丽赛接过手机，看着挡风玻璃上的号码。“我根本不知道该跟他说什么，阿曼达。”

“斯科特会跟他说什么，小小？”

小小。又来了。车外又是一阵大雨，然而这次只持续了不到二十秒，这段时间，丽赛回想起她陪斯科特去做演讲——斯科特习惯说他们在做马车之旅。除了一九八八年纳什维尔那次之外，丽赛似乎都玩得很开心，当然啦，不就是这样吗？他说出他们想听的话，而丽赛只要在适当时候微笑、鼓掌就好了。噢，对了，有时候人们对她表示谢意，她还要装腔作势地对他们说谢谢。有时人们会送斯科特东西（比如纪念品），他接过以后会把东西交给她，而她就要拿在手上。有时人们会拍照，有时托尼·艾丁顿（东溺）之类的人会报道他的演讲，他们有时候会提到她，有时候不会，有时拼对她的名字，有时则会拼错；有一篇报道还把她写成斯科特·兰登的女性友人，但这没关系，都没关系，因为她不会大惊小怪，她能保持低调，但她跟作家芒罗故事中的那个小女孩不一样，她并没有即兴创作的专长，而且——

“听着，阿曼达，如果你觉得我能联络上斯科特，我告诉你，这是不可能的。我现在完全不知道怎么办。你何不自己打给埃布尔尼斯，告诉他你没事……”丽赛边说边把手机递回去。

阿曼达把她那双被严重割伤的手举到胸前表示拒绝。“我说什么都没用。他们已经认为我疯了。可是你不但心智正常，还是名作家遗孀。所以这通电话还是由你打吧，丽赛。叫埃布尔尼斯不要再介入我们的事，现在就打。”

9

丽赛拨了号码，接下来的事令她想起在那无比漫长的星期四（她找到第一个秘宝线索那天），她今天又打电话到绿茵，一切是如此相似。接电话的又是卡桑德拉，而等待时的背景音乐也跟上次一样。唯一不同的是，这次卡桑德拉听到她的声音后十分兴奋，而且有种松了口气的感觉。她说她会帮丽赛转接埃布尔尼斯医生家里。

“别挂断哦。”她告诉丽赛，接着出现一段背景音乐，是唐娜·桑玛的舞曲《爱你，宝贝》。别挂断哦，听起来像在预示着什么，然而休斯·埃布尔尼斯在家里……这是不是表示她有希望了？

医生或许已经直接从家里打电话给警察，这跟在他办公室报警一样容易，这点你很清楚。搞不好绿茵的值班医生早就通知埃布尔尼斯医生了。还有，他接起电话时，你要怎么说？你他妈要跟他怎么说？

斯科特会说什么？

斯科特会告诉他：现实就是罗夫。

没错，就是这样。

丽赛想到这里，露出了微笑。她回忆当时斯科特在饭店房间里踱步，那是在……林肯市吗？内布拉斯加州林肯市？好像是阿马哈市，因为那是饭店房间，很高级，好像还是套房。那天斯科特在看报时，饭店服务生把他编辑的传真从门下塞进来。他的编辑叫卡森·弗里，在传真上说要斯科特修改一下他送去的第三份草稿。那是斯科特的新小说，丽赛忘记是哪一本了，只记得是他一部后期作品，而斯科特有时会称那是“令人悸动的兰登爱情故事”。总之，卡森（照老丹迪的说法，这个编辑跟斯科特合作了真他妈死久）觉得书中两位主角失散二十年后再偶遇的情节写得不好。“这里的安排有点勉强，老兄。”他在传真上这么写。

“勉强个鸟蛋，老兄。”斯科特咕哝道，然后一只抓着自己的裤裆（他这么做时，额头上那绺讨厌的头发是不是又垂下来了？当然是）。就在丽赛想说些话安慰他时，他一把抓起报纸，迅速翻到后面一个叫“世界无奇不有”的版面。斯科特要她看的报道标题是《三年跋涉——狗狗重返家园》。有个家庭带着他们养的柯利牧羊犬（名字叫罗夫）到佛罗里达州的夏洛特港度假，结果狗狗走失了。三年后，罗夫出现在他们位于奥勒岗州尤金市的住宅外头。狗变得很瘦，项圈也不见了，除了脚可能因长途跋涉而酸痛，其他没什么大碍。它就这么走上那家人的车道，坐在地上吠叫着，叫家人替它开门。

“你觉得要是我把这故事写成书，卡森·弗里阁下会怎么想？”斯科特用盘问的语气说，然后把额头上那绺头发往后拨，“你觉得他会不会传真给我，说情节有点勉强，老兄？”

丽赛一方面因为斯科特的愤怒而惊讶，另一方面也被罗夫多年后终于回家的故事感动（天知道它经历了多少冒险），最后她同意斯科特的论点，认为要是他真把这故事写成书，卡森也会传真过来抱怨的。

斯科特又抓起那张传真纸，再瞥了报上的照片一眼。照片里的罗夫戴了新项圈，绑着一条有涡纹的印花大手帕，看起来生龙活虎。接着斯科特便把传真丢到一边。“我告诉你，丽赛，”他说，“小说家是在许多极不利的条件下创作的。现实就是罗夫，它在三年后出现，没人知道原因，但小说家竟然不能写这个故事！因为情节有点勉强，老兄！”

丽赛记得，斯科特在恶言讽刺完后，还是回去重写了那些有问题的段落。

背景音乐停了。“兰登太太，你还在吗？”卡桑德拉问道。

“还在。”丽赛说。她觉得平静多了。斯科特说得没错，有些故事虽然听起来很扯，但就是活生生的现实。一个酒鬼买了张彩券，中了七千万元，跑去跟他最喜欢的酒吧女侍平分；在德州，一个小女孩困在井里六天，最后活着出来；一个大学男生从五楼阳台摔下，结果只有手腕骨折。现实就是罗夫。

“我现在替你转接。”卡桑德拉说。

她听见咔哒两声，然后就是休斯·埃布尔尼斯的声音。他听起来很担心，但不惊慌。“兰登太太？你在哪里？”

“在往我姐姐家的路上，我们再过二十分钟就到了。”

“阿曼达跟你在一起？”

“对。”丽赛决定回答他的问题，但其他绝不多说。不过她心里有一部分其实很好奇他会问什么问题。

“兰登太太——”

“叫我丽赛。”

“丽赛，今天中午绿茵有很多人担心你们，尤其是值班的斯坦医生，负责艾克利大楼的护理长布里尔，还有约什·费伦，他是我们的保全负责人。”

丽赛认为这些话同时隐藏了问题（你干了什么好事？）与指控，（你今天吓死一堆人了！）她觉得最好说点话回应，简短的回应。说得太多，她搞不好会露出马脚。

“对，呃，我很抱歉，非常抱歉。但是阿曼达很坚持要离开，也坚持我们要在离开够远后才打电话回绿茵。我只好配合她了。”

阿曼达充满活力地用双手对她竖起大拇指，但她可不能分心。虽然埃布尔尼斯医生是她先生的忠实书迷，但丽赛很清楚这个人很会用计套出别人不想说的话。

然而埃布尔尼斯听起来却很兴奋。“兰登太太……丽赛……你姐姐有反应吗？她是不是清醒了，也能做出反应？”

“你听听看就知道了。”丽赛说完，便把手机交给阿曼达。阿曼达一脸惊恐，但还是伸手接过电话。

丽赛用唇语告诉她：小心点。

10

“喂，埃布尔尼斯大夫？”阿曼达缓慢仔细地把话说清楚，“对，我就是。”她听了一会儿。“阿曼达·德布夏，没错。”她静静听着。“我的中名是乔吉耶。”她继续听。“一九四六年七月，也就是说我还不到六十岁。”她继续听。“我有个女儿，叫英特梅索，小名梅兹。”她继续听。“很遗憾，是乔治·W.布什，我觉得这个人老是自以为是上帝，其实他跟自己指控的敌人一样危险。”她继续听，然后摇摇头。“我……我现在不想再回答问题了，埃布尔尼斯大夫。我叫丽赛听电话。”她递出手机，露出恳求的眼神，仿佛在询问丽赛，自己刚才表现如何。丽赛马上点头，接着阿曼达便倒回椅背，像是刚赛跑完。

“——还在吗？”丽赛把电话拿到耳边时听到这几个字。

“埃布尔尼斯大夫，我是丽赛。”

“丽赛，到底发生什么事了？”

“我得长话短说了，埃——”

“休斯，请叫我休斯就好。”

丽赛本来在椅子上坐得挺直，听到这句话后，便轻松了些，让自己靠到椅背上。他要她叫他休斯，这表示他们又是朋友了。她只要继续保持谨慎，一切应该都会没事。

“我去看她，陪她坐在露台上，结果她突然就清醒了。”

罗夫脚有点跛，项圈也不见了，但身体状况大致良好，丽赛想到这件事，差点克制不住笑了出来。湖的另一头不断有明亮的闪电出现，她的脑袋也有思绪不停闪现。

“我从没听过这种事。”休斯·埃布尔尼斯说。他不是在发问，于是丽赛保持沉默。“那么你们是……呃……怎么离开的？”

“什么意思？”

“你们怎么通过柜台的？谁按开门钮让你们出去的？”

现实就是罗夫，丽赛提醒自己。她装出有点困惑的样子说：“没人要我们签名后再离开或办什么手续，大家看起来都很忙。我们是直接走出去的。”

“门呢？”

“当时门开着，”丽赛说。

“我会被——”埃布尔尼斯说到一半停了下来。

丽赛安静等着，她知道对方会再说话。

“护士找到一串钥匙圈、一个小钥匙包、一双拖鞋，还有一双里头有袜子的运动鞋。”

丽赛听到钥匙圈后，愣了一会儿。她没发现其他钥匙也不见了，这点最好别让埃布尔尼斯知道。“我在我车子保险杆下装了个磁铁盒，里面有备用钥匙。至于钥匙圈……”丽赛假装笑了几声。她不知道自己装得像不像，但至少阿曼达觉得还好。“真抱歉把它忘在那里！能请你吩咐工作人员先帮我保管吗？”

“当然可以，不过我们得见见德布夏小姐。我们这里有些程序要办，然后她才能出院。”埃布尔尼斯的语气似乎表示他并不建议以这种方式出院。这句话不是问题，所以丽赛继续等着他说话。在城堡湖另一边，天空再度变得阴沉。另一阵暴风雨正急速往这里移动。丽赛想在大雨来临前结束这场对话，不过她还在等对方开口。她觉得接下来就是最重要的时刻了。

“丽赛，”他终于说话了，“你跟你姐姐为什么把鞋留下来？”

“其实我也不太清楚。阿曼达一直坚持我们马上离开，而且不穿鞋，还不能带钥匙——”

“她可能担心钥匙会触动金属探测器吧，”埃布尔尼斯说，“不过依她的状况，我真的很惊讶她能想到——算了，你继续说吧。”

丽赛望向前方，暴风雨已经来到城堡湖另一头的山顶了。“你记得自己为什么坚持我们要打赤脚离开吗，阿曼达？”她边问边把电话移向她们之间。

“不记得，”阿曼达大声说，“我只记得我想感受踩在草地上的感觉。”

“你听见了吗？”丽赛问埃布尔尼斯。

“踩在草地上的感觉？”

“对，我确定原因不只如此，但她就是要我们赤脚。”

“所以你就照她的话做了？”

“她是我姐姐啊，休斯——应该说是我大姐。而且见到她清醒，我实在太兴奋了，根本没考虑那么多。”

“可是我——我们——必须见见她，确定她真的恢复了才行。”

“我明天带她回去接受检查行吗？”

阿曼达用力摇头，头发都快飞起来了，她的眼神十分惊恐。丽赛则断然对她点点头。

“那太好了。”埃布尔尼斯说道。丽赛听得出他放松了许多，心里不由得又升起一股欺骗别人的罪恶感。然而，有些时候欺骗是必要的。“我明天下午两点会到绿茵跟你们两位谈谈，这样好吗？”

“没问题。”假如明天下午两点我们还活着的话。

“那好。丽赛，我在想——”就在此刻，她们上空云层间突然出现一道闪电，似乎打中了公路上的某个东西。她一辈子从没这么近距离看过闪电。阿曼达吓得尖叫一声，接着她的声音便被轰隆隆的雷声淹没了。

“那是什么声音？”埃布尔尼斯大喊。丽赛觉得通话质量还是很好，但医生的声音却像从很远的地方传来。

“闪电打雷，”丽赛平静地说，“我们这里有暴风雨，休斯。”

“你最好先停到路边。”

“我已经停车了，不过我最好赶快挂掉电话。明天见——”

“在艾克利大楼——”

“嗯，两点，我会带阿曼达去。谢谢你的——”上空再次出现闪电，她不自觉缩起身子。然后雷声也来了，虽然很大声，但还不至于震破她的耳膜。“——谅解。”她接完话，没说再见就挂掉了。大雨突然倾泻而下，仿佛一直在等她挂电话。雨点重重落在车上，车外看起来简直一片白。别说那张野餐桌，丽赛现在连车头都看不到。

阿曼达紧抓着她的肩膀。“我才不要回那里去，丽赛。我才不要！”

“哎唷，阿曼达，很痛！”

阿曼达松手，但手没有收回。她的眼神仿佛散发着火光。“我才不要回那里。”

“你得去，只要跟埃布尔尼斯大夫谈谈就好。”

“不要——”

“闭嘴！听我说。”

阿曼达眨眨眼，被丽赛的怒气吓得靠回椅背。

“黛拉跟我把你送到那里，这是没办法的事。当时你不过是块会呼吸的肉，上面流着口水，下面乱撒尿。斯科特早就知道会发生这种事，所以在两个世界里都替你先安排好了。这是你欠我的，大姐阿曼达兔宝宝。所以你今晚要帮我，明天下午要帮你自己，而从现在开始，我再也不要听到除了‘是的，丽赛’以外的话。你明白吗？”

“是的，丽赛。”阿曼达咕哝道。她低下头，看见手上的伤，又开始嚷着：“万一他们又把我关到那房间里呢？万一他们把我锁起来，喂我喝混合果汁呢？”

“不会的。他们不能这么做。你犯病以后，是我跟黛拉把你送过去的，他们没有权利做决定。”

阿曼达露出悲伤的笑容。“斯科特常说，有时候他觉得某个人很高傲，会说那个人是犯了自大病。”

“对啊，”丽赛也难过地说，“我记得。总之，重点是你现在已经没事了。”她小心地握起阿曼达的手，避免弄痛伤口。“你明天要去，而且要把那个医生迷倒。”

“我尽量，”阿曼达说，“但我这么做不是因为我欠你。”

“不是吗？”

“我这么做是因为我爱你，”阿曼达认真地说，接着她的声音变小了，“你会跟我一起去吧？”

“当然。”

“也许……也许你男朋友会把我们解决掉，那我就完全不用担心去绿茵的事了。”

“早告诉你别再说他是我男朋友了。”

阿曼达露出苍白的笑容。“如果你别再提阿曼达兔宝宝这个恶心的称呼，也许我就会记得。”

丽赛笑了出来。

“还待在这里干吗，丽赛？雨变小啦。拜托开个暖气吧，车里变冷了。”

丽赛发动引擎，倒出停车场，重新上路。“我们去你家，”她说，

“如果你家也下着跟这里一样的大雨，他或许不会待在那里吧——至少我希望这样。就算他在那里，他看到的是什么？我们先去你家，然后再去我家。只是两个普通的中年妇女，他有什么好担心的？”

“没错，”阿曼达说，“不过我很高兴我们把坎塔塔跟虫虫小姐引开了，你呢？”

丽赛也很高兴能把她们引开，不过她知道到时可有得解释了。她开上目前毫无人车的公路。她希望等一下半路上不会看到有棵树倒在中间，不过她知道这种状况很可能发生。雷声不断轰鸣作响，听起来好像老天在发怒。

“我可以找些合适的衣服，”阿曼达说，“另外我冰箱里还有两磅牛肉，用微波炉很快就能解冻。我快饿扁啦。”

“我家才有微波炉。”丽赛眼睛还是看着前方的路。雨暂时停了下来，不过前方又有更多乌云聚集。就跟戏里坏人的帽子一样黑，如果是斯科特一定会这么说。丽赛又开始想念他了，她心中那块空缺永远无法填满，那块需要他陪伴的空缺。

“你听见了吗，小丽赛？”阿曼达一问，丽赛才发现她姐姐刚才在说话，但不知说了什么。二十四小时前，她还怕阿曼达永远无法说话，而现在阿曼达讲话了，她却没注意听。世事不就是如此吗？

“没有，”丽赛说，“我没听见，不好意思。”

“你就是这样，一直都是。活在自己的……”阿曼达没把话说完便望向窗外。

“一直活在自己的小世界？”丽赛笑着问。

“我很抱歉这么说。”

“别这样。”车子来到一个弯道，丽赛突然转向，避开一棵倒在路上的冷杉木。丽赛本来想停车把木头搬到路肩，不过还是决定放弃，让下个驾驶来做好了，毕竟下位驾驶的车上，应该不会像她一样载了个精神病患。“如果你指的是异月之湾，那我告诉你，那里才不是我的世界。在我看来，每个人有自己的异月之湾，只是版本不同而已。你刚才说什么？”

“我是说，我可能有你想要的东西。但你搞不好已经有了。”

丽赛吓了一跳。她将目光暂时移向阿曼达。“什么？你在说什么？”

“我在说话啊，”阿曼达说，“我是说，我有一把枪。”

11

阿曼达家的纱门门槛上摆了个长长的白色信封，由于门廊上有屋顶遮蔽，所以信封没被雨淋湿。丽赛看到信封后，第一个惊觉的念头就是杜利来过这里了。不过丽赛之前在信箱里与死猫一并发现的那个信封，信封外两面都没写字，但这个信封正面印有阿曼达的名字。她把信封递给姐姐。阿曼达看看正面，再翻到印有霍尔马克标签字样的背面，轻蔑地从口中吐出一个名：“查尔斯”。

丽赛一开始还记不起这个名字，后来才想起在这些疯狂事件发生前，阿曼达有过一个叫查尔斯的男朋友。

青春痘，她心想，接着喉咙哽了一下。

“丽赛？”阿曼达疑惑地问。

“只是想到坎塔塔跟虫虫小姐正冲去德里，”丽赛说，“我知道这不好笑，但——”

“噢，从某方面来看满好笑的，”阿曼达说，“说不定这封信的内容也很好笑呢。”她打开信封，拿出里头的卡片。“噢，我的天哪。发生什么事了。”

“我可以看吗？”

阿曼达把卡片递给她。卡片正面有个小男孩的图，牙缝很大，手里拿着一束花，他的毛衣太大，裤子上还有很多补丁。制作这张卡片的霍尔马克公司显然想塑造一个粗鲁但可爱的形象。那顽皮男孩破旧的鞋子下方印着一行字：“啊，我很抱歉！”丽赛翻开卡片，看见内容：

我知道我伤了你的心，你现在应该很难过吧，送这张卡片给你是要让你知道，难过的不只你一个！
一想到你忧郁不已，我就十分悲伤，
所以我决定向你道歉！

到外头走走，闻闻玫瑰的香味吧！让自己快乐一下！
你要重拾雀跃的脚步！再度挂上兴高采烈的笑容！
虽然今天我使你感到沮丧，
但希望明天我们仍是好友！

最下面一行的签名：你的朋友（永远都是！记得那段好时光！）查尔斯·“查理”·克里夫。

丽赛努力想做出严肃的表情，不过实在没办法，还是笑了出来。阿曼达也跟着笑。两人就这样站在门廊上止不住地哈哈大笑。她们稍微平复之后，阿曼达站直身子，将卡片举到面前（姿势看起来像个唱诗班成员），对着被雨水浸湿的前庭发表她的演说：“亲爱的查尔斯，我真等不及叫你来这里吻我他妈的屁股了。”

丽赛笑得倒在地上，力道大到离她最近的那扇窗子都震动作响。阿曼达对她露出高傲的笑容，然后大步走下门廊阶梯。她往庭院里走了两三步，拿起摆在玫瑰丛边的小精灵雕像，从底下抽出一把备用钥匙。她弯下腰时，趁机拿查理·克里夫的卡片迅速抹了自己屁股一下。

丽赛不再在意吉姆·杜利是否在树林里监视了，甚至完全没想到他；现在的她已经笑得喘不过气来，只能无力地坐在门廊上。跟斯科特在一起时，她可能也曾大笑过两三次吧，说不定那几次还没今天这么开心呢。

12

阿曼达的录音机上只有一通留言，是黛拉留的，不是杜利。“丽赛！”她的声音生气勃勃地说，“我不知道你是怎么办到的，太神奇了！我们正在往德里的路上！丽赛，我爱你！你真棒！”

丽赛一想起斯科特也对她说过丽赛，你真棒，你最在行的就是这个！于是丽赛便笑不太出来了。

阿曼达的枪是点二二口径左轮手枪，丽赛接过来后拿在手上，感觉对极了，仿佛这把枪完全就是为她量身打造的。阿曼达本来一直把枪装在鞋盒里，鞋盒放在她卧室衣橱的最上层。丽赛抚弄了一会儿，直接拉开旋转弹膛。

“天杀的，阿曼达，这东西已经上了膛！”

老天似乎对丽赛的粗话不太高兴，雨又大了起来，没过多久，屋顶和窗户被大雨敲得作响。

“要是有个强暴犯闯进屋里，你说我这独居女子要怎么办？”阿曼达问，“用没装子弹的枪指着他，然后大喊砰吗？丽赛，帮我扣一下好吗？”阿曼达已经换上一条牛仔裤，现在正用骨瘦如柴的背对着丽赛，要她帮忙扣胸罩的背钩。“我想自己扣，不过手痛得要命。你应该带我去那池子里浸一下。”

“光是叫你离开那里就够困难的，更别说要带你进池子啦，”丽赛边说边帮她扣上，“你穿那件上面有黄色小花的红衬衫好不好？我喜欢看你穿那件。”

“我的小腹会露出来。”

“阿曼达，你根本没有小腹。”

“我有——奉圣母玛利亚跟耶稣之名，你干吗把子弹拿出来？”

“这样我才不会射到自己的膝盖。”丽赛把子弹放进裤子口袋。“我晚一点再装上去。”然而她不知道自己是否能……拿枪指着吉姆·杜利，对他扣下扳机。也许吧。如果回想起开罐器，她或许就开得了枪吧。

但你是真的要解决他，对不对？

当然了。他伤害她，这是一好球；他很危险，两好球；她不放心把这件事交给别人做，三好球。三振出局！她着迷地凝视手中的枪，斯科特曾为了写一本小说而仔细研究过枪伤（她很确定是《圣物》这部作品），而她到现在都还后悔自己当初看了那个装满可怕照片的文件夹。她看了那些东西后，才知道斯科特在纳什维尔那次有多幸运。如果科尔的子弹击中肋骨，肋骨碎裂之后会——

“为什么不放在鞋盒里带着？”阿曼达边问边穿上一件T恤，而不是丽赛想要她穿的那件衬衫。“盒子里还有很多子弹。我去冰箱拿牛肉时，你可以用胶带把盒子封起来。”

“你从哪里弄来这东西的，阿曼达？”

“查尔斯。”阿曼达说道。她转过身，从化妆盒里拿了把梳子，开始用力梳自己的头发。“去年给的。”

丽赛将手枪放回盒子里，她觉得这把枪跟科尔用的那把实在太像。她看着镜中的阿曼达。

“我跟他在一起四年，每星期会一起睡个两三次，”阿曼达说，“很亲密呢。你觉得这样很亲密吗？”

“嗯。”

“我还帮他洗了四年内裤，每星期还帮他刮头皮屑，免得他穿深色西装时出糗。我觉得这些事比做爱还亲密，你觉得呢？”

“我觉得你说的有点道理。”

“是啊，”阿曼达说，“我为他这么做了四年，最后只收到一张卡片当遣散费。后来跟他在一起那女人应该更是做牛做马吧。”

丽赛很想欢呼。不，她认为阿曼达已经不需要到池子里疗伤了。

“我们把肉拿出来，然后去你家吧，”阿曼达说，“我快饿死了。”

13

她们快开到帕特超市时，太阳已经探出头了，还在前方道路上空划了道彩虹，让她们就像朝着童话故事中的大门而去。“你知道我晚餐想吃什么吗？”阿曼达问。

“不知道，你想吃什么？”

“我想吃个又大又恶心的汉堡。我猜你家应该没有吧？”

“我家有，”丽赛内疚地笑着，“不过我吃掉了。”

“在帕特超市停一下吧，”阿曼达说，“我去买吃的。”

丽赛停车。阿曼达坚持要用她藏在厨房某个罐子里的钱付账，然后从口袋拿出一张皱了的五元钞票。“你想吃什么，小小？”

“除了起司汉堡，其他都行。”丽赛说。

第十四章　丽赛与斯科特
（小宝贝）

1

傍晚七点十五分，丽赛心中突然有股不祥的预感。这已经不是第一次了；之前她至少有过两次类似经验。一次是她丈夫在英语系的招待会上倒下，她去博灵格林医院看他的时候，另一次是他们坐飞机去纳什维尔当天早上，也就是她摔碎漱口杯那天。而刚才大雷雨停止，灿烂的金色阳光从消散乌云间透出时，她有了第三次预感。她跟阿曼达正在谷仓里斯科特的那间书房。丽赛翻查着斯科特那张“傻大个”桌子里的文件，目前为止找到最有趣的东西，是一捆春宫照，斯科特还写了张便条纸贴在上面：*谁寄给了我这些东西？*

装左轮手枪的鞋盒就放在未开机的电脑旁，盒子还盖着，不过丽赛已经用指甲把胶带划开。阿曼达站在书房另一边的小房间，里面摆着斯科特的电视跟家庭影院音响组。丽赛咕哝着说斯科特什么东西都随便乱放，阿曼达则很纳闷斯科特怎么能从这团乱中找得到任何他要用的东西。

预感就是这时出现的。丽赛把正在翻找的桌子抽屉关上，坐到那张高背办公椅上，闭上眼睛静静等着预感来找她。预感变成了一首歌。她听见汉克·威廉斯用带有鼻音的声调愉快唱着：“再见，乔，我们得走了，哦咦哦；我们得走了，将独木舟划向河口……”

“丽赛！”阿曼达从小房间喊道。斯科特以前常在小房间听音乐，偶尔也会在这里看录像带（其他时候都是半夜在客房里看）。丽赛听见普列特学院那位英语系教授的声音——那地方离纳什维尔只有六十英里远。不算很远呢，太太。

我想你该尽快到这儿一趟，米德教授在电话上说。你先生病了，恐怕病得很严重。

那首歌继续唱着："我的伊芳，甜美的女孩，哦唛哦……"

"丽赛！"阿曼达喊得更大声了。听到这种声音，谁会相信她八小时前还像个植物人般毫无知觉反应？

精灵在一夜间全部完成，丽赛心想，对，精灵。

约翰逊医生觉得有必要动手术，手术名称好像叫胸廓切开术。

丽赛心想，那些男孩从墨西哥回来了。他们回到了安纳里，因为安纳里是家乡。

拜托告诉我，是哪些男孩？是黑白影片里那些男孩，是杰夫·布里吉和蒂摩西·巴坦斯，是"最后一场电影"里的男孩。

在那部电影里，时间永远停在当下，他们也永远保持年轻，丽赛心想，他们永远年轻，而"狮子"山姆则是永远会死。

"丽赛？"

丽赛睁开眼睛，看见大姐正站在小房间门口，眼神跟她的声音一样明亮。当然，她手里拿着"最后一场电影"的录像带，那感觉就像……呃，就像回家一样。那感觉就像回到家了，哦唛哦。

为什么会有这种感觉？是喝了池子里的水后才有的吗？因为你有时候会将那个世界的东西带回来这个世界？比如说你可以拿得起来或喝下去的东西？对，对，就是这样。

"丽赛，亲爱的，你还好吧？"

阿曼达如此衷心关怀，如此他妈的母性流露，跟她平常的本性实在相差太远，丽赛觉得好不真实。"我很好，"她说，"只是让眼睛休息一下。"

"我可以看看吗？这是跟斯科特的那堆带子一起发现的，大部分看起来都像垃圾，不过我以前一直很想看这片子却没机会，说不定能让我轻松一点。"

"当然可以，"丽赛说，"不过我先告诉你，这卷带子中间有一段空白。这带子太旧了。"

阿曼达看着录像带盒背面。“杰夫·布里吉那时候还真年轻。”

“他当时是很年轻，不是吗？”丽赛有气无力地回答。

“而班·约翰逊死了……”阿曼达愣了一下，“我还是别看好了，如果你男朋……如果杜利来了，我们说不定会听不见。”

丽赛打开鞋盒，取出手枪，指着通往楼下谷仓的楼梯口。“我把另一边的门锁上了，”她说，“所以只有这条路能上来，我会注意盯着的。”

“他大可以在下面的谷仓放火。”阿曼达紧张地说。

“他不会这么做，把我烧熟有什么好玩的？”再说，丽赛心想，我还可以去个地方。只要我嘴里还有现在这股香甜滋味，我就能去那个地方，而且我也能轻松地带你一起过去，阿曼达。虽然她吃了两个大汉堡，喝了两杯樱桃果汁，但嘴里那股香甜味道还在。

“呃，如果你确定我这样不会打扰到你……”

“我看起来像在准备期末考吗？你放心去看吧。”

于是阿曼达走回小房间。“希望还放得出来。”她听起来像是刚发现一部手摇留声机跟一沓古董唱片一样兴奋。

丽赛看着斯科特桌子的一堆抽屉，如果一个个慢慢看，可能只会浪费时间。她直觉认为这里面找不到什么有用的东西。抽屉、档案柜、电脑硬盘里应该都是些没用的数据。噢，或许对那些只会在期刊上写深奥文学批评的收藏家或学者（亦即疯狂的遗稿狗仔们）来说，这些资料还算是个小宝藏吧；那些爱炫耀、认为自己受过高等教育的傻瓜，早就忘了书本与阅读的本质，一定很想分析解释这些数据，并在上面不断添加自以为是的脚注。然而真正的宝藏不在这个谷仓里。斯科特·兰登最令读者着迷的创作——也就是人们在从洛杉矶到悉尼的飞机上读、在医院候诊时读、在暑假休闲时坐在门廊上读的书——早就出版完了。在他死后一个月发行的那本《秘密珍珠》，就是他的最后一部作品。

不，丽赛，有个声音告诉她。她一开始以为是斯科特在说话，后来又觉得像汉克，但那又不是男人的声音。是老妈在她脑中低语吗？

我想他还希望我告诉你。这都是为了一个故事。

不是老妈，是阿曼达在讲话。她们当时一起坐在石头长凳上，看着那艘从未扬帆出航的“蜀葵”号。丽赛到现在才知道老妈跟大姐的声音竟然这么像。而且——

都是为了一个故事。是你的故事，丽赛的故事。

阿曼达真的这么说吗？现在回想起来，当时就像梦境，虽然丽赛无法完全确定，但她认为应该是这样没错。

那件阿富汗毛衣也跟这一切有关，只是——

“只是斯科特喜欢叫它非洲大衣，”丽赛低沉地说，“他还说那是秘宝。不是迷宝或咪宝，而是秘宝。”

“丽赛？”阿曼达从小房间喊道，“你刚才说话了吗？”

“我在自言自语，阿曼达。”

“自言自语可是有钱人的专利呢。”阿曼达说完后，小房间便只剩下电影配乐声。丽赛似乎记得所有旋律，甚至连那几处沙沙作响的不清楚的片段都没忘。

斯科特，如果你留了个故事给我，放在哪里了？我敢打赌，一定不在书房里。谷仓里也没有——那里只有《艾克归乡》这种假秘宝。

这么说也不完全正确。谷仓里至少有两项奖励：那把银铲子，以及放在不来梅那张床下的老妈柏木盒。盒子里还有块欢喜巾。阿曼达说的会是这东西吗？

丽赛觉得不是。那盒子里确实有个故事，不过是他们的故事：“斯科特与丽赛：两人世界”。所以，她的故事是什么？到底在哪里？

说到这里，那个发疯的遗稿狗仔在哪里？

他不在阿曼达家的电话录音机上，也不在这房间的录音机里。她只在房子的录音机里发现一个留言，是艾斯顿副警长打来的。

“兰登太太，这场暴风雨在镇上造成不少破坏，尤其是南端部分，因此我们必须派人力支持，不过我或丹·贝克曼副警长会尽快回到你那里。同时我要提醒你记得把门窗锁好，别让不认识的人进去。也就是说，就算外面下大雨，也别让他们进去躲雨，了解吗？还有，手机要随身携带，如果发生紧急状况，只要按下快速拨号键跟号码 1，就能直接联络上警长办公室了。”

“很好，”阿曼达说，“这样警方就能在我们的血干掉前赶来，说不定 DNA 测试也能更快有结果呢。”

丽赛没有回应这通留言。她一点都不想让城堡郡警长办公室来处理吉姆·杜利的事。在她看来，如果吉姆·杜利落网，搞不好会用她的开罐器割喉自杀。

谷仓办公室的录音机闪烁着灯号，在“已接收留言”的窗口里有个数字 1，不过丽赛按下“播放”钮时，只听见对方沉默了三秒钟，然后轻轻吸了口气，挂掉电话。一般人打错电话时都会这样，但她知道这不是打错的。

不是打错。是吉姆·杜利打来的。

丽赛靠在办公椅上，一根手指抚摸着点二二手枪握把上的橡胶，然后把枪拿起来，拉开旋转弹膛。这种动作只要重复几次就熟练了。她装上子弹，再把弹膛甩上，发出小小的咔哒声。

在小房间里，阿曼达正因为电影的某个片段而笑着。丽赛也跟着微笑。她不相信斯科特完全策划了这一切；他连写书都没规划过呢（尽管有些作品内容相当复杂）。根据他的说法，预先策划情节会剥夺写作的乐趣。他还说对他而言，写书就像在草丛中找出一条颜色鲜明的线，并且跟着这条线走，看看最后会发现什么。有时线会断掉，最后什么也得不到。但有时候（如果你够幸运、够勇敢、够坚持的话）却能发现大宝藏。这宝藏指的并不是写书所赚的钱，而是他完成的那本书。丽赛猜想，罗杰·达西米尔跟约瑟夫·伍伯迪应该都不吃这一套，但和斯科特朝夕相处的她却完全相信这种说法。写一本书，就像玩一个寻宝游戏。他从没告诉过丽赛的是（不过她认为她猜得到），如果他说的线没断掉，最后一定会通往那座沙滩，通往那个所有人会在其中喝水、撒网、甚至浸湿自己身体的池子。

而他知道吗？故事说到最后，他会知道快结束了吗？

她稍微坐直身子，试着回想斯科特是不是劝她别跟他一起去普列特？那里地方虽小，却有所名望很高的文学院，他还在那里第一次（也是最后一次）替群众朗读《秘密珍珠》这部作品。后来，他在招待会中途倒下，九十分钟后丽赛就已在赶往那里的飞机上。有位心血管外科医生被太太拉去听斯科特的演讲，正好救了他一命，替他动手术。或者该这么说：那位医生至少让斯科特在转到大医院前撑着没死。

他知道吗？因为他知道自己要晕倒了，所以才故意不让我去？

她并不完全相信是这样，但米德教授打来时，她不就发现斯科特其实已经知道有某个东西要来找他了吗？是不是高个子？所以他才把财务相关文件都安排妥当？所以他才那么细心地替阿曼达未来会遇到的麻烦做准备？

我想等你打完电话去授权同意手术后，最好尽快安排出发到这里来，米德教授这么说。于是她先打去向博灵格林小区医院确认自己是斯科特·兰登的太太丽赛，同意让约翰逊医生对斯科特进行胸廓切开术（她差点记不住这个词）以及“所有必要之医疗程序”，再打给包机公司，要他们安排最快的飞机。湾流公司的飞机比李尔型（Lear）快吗？那好，就订湾流的票。

小房间里，黑白画面的《最后一场电影》正播放着，在这部影片里，安纳里永远是主角的家乡，而杰夫·布里吉和蒂摩西·巴坦斯也永远是年轻人。汉克正唱着那首歌颂英勇印第安酋长的《咔哇——里加》。

谷仓外头的天空，逐渐被染红了——就像两个受惊的宾州男孩曾在一个秘密之地看到的一样。

一切都太突然了，兰登太太。我希望至少能回答你一些问题，但实在没办法。或许约翰逊医生会有答案。

虽然约翰逊医生替斯科特动了手术，但他也一样不知道答案。

我什么都不知道，丽赛心想。外面天空中的红太阳越来越接近西边山丘。我没听过胸廓切开术，也不知道到底发生了什么事……我只知道我藏在后面的那块紫色帘幕是什么东西。

她还在半空中时，机长就先替她安排了一辆接送轿车。飞机在晚上十一点过后降落，而她到达医院（外观简直像堆煤渣砖）时也已经过午夜了，不过由于白天气温很高，所以即使半夜还是很热。驾驶替她开车门时，她还觉得自己只要伸出双手，就能在空气中拧出水来。

对了，那里还有一堆狗叫声，听起来很像博灵格林所有的狗都在对月吠叫。另外，我的天哪，当时丽赛有种似曾相识的感觉：有个老先生在走廊擦地，候诊室里坐着两个女人，从长相看来是同卵双胞胎，大概有八十岁了，而在前方……

2

在她前方有两座漆成蓝灰色的电梯，电梯门口摆着一个架子，那是块故障告示牌。丽赛闭上眼睛，伸手抵着墙壁，一度以为自己快晕倒了。这有什么奇怪的？她不但通过好长一段距离来到这里，也穿越了时间。这里不是二〇〇四年的博灵格林小区医院，而是一九八八年的纳什维尔纪念医院。她先生肺部有问题，好像没什么大碍，但要看那个点二二口径的枪伤而定。有个疯子对他射了一枪，如果丽赛没来得及用银铲子阻止，搞不好还会多射几发。

她等着有人来问她是否还好，或许甚至安抚她，让她不再害怕地颤抖。然而她只听见那部擦地机的吱吱声，以及不知哪里传来的轻柔钟声（这让她想起在那紫色帘幕后方传来的另一种钟声）。

她睁开眼睛，看见接待柜台没有人。窗口后方的“服务台”指示灯亮着，所以她很确定这里应该有人值勤，只是目前不在，可能去上洗手间了吧。那对老双胞胎正在看候诊室杂志，两本还是一模一样的。医院入口外，接送她的轿车正亮起双黄灯等待着，有如某种奇异的深海鱼类。至于入口内，整间医院此时弥漫着一股瞌睡的气息，丽赛知道除非她像老爸丹迪说的那样敲响钟铃，不然这里没人会理她。她突然有种感觉，但不是恐惧，不是恼怒，也不是困惑，而是相当深沉的悲伤。稍晚，在跟斯科特的遗体飞回缅因州途中，她会想：我就是在那时候知道他没办法活着离开的。他已经走到尽头了，我早有预感。而且我的预感是来自电梯前的告示牌。没错，就是那个他妈的故障告示牌。

丽赛可以查院方的住院记录，也可以问正在擦地的工友，但她两样都没做。她确信如果斯科特手术结束，就会被送到三楼的加护病房。那股直觉强烈到她走至楼梯间时，还以为自己会看见印有“皮尔斯布里顶级面粉”字样的魔毯。当然，现实世界里没有这种东西。她爬到三楼时，已经心跳加速、满身大汗了。不过三楼门口确实写着“博灵格林小区医院加护病房”这几个字，而她那种混合了过去与现在的半梦半醒感觉也越来越强烈。

他的房号是三一九，丽赛心想。她很确定是这个号码，不过这里跟上次她先生受伤时进的医院比起来已经变了很多，最明显的就是每间病房外的监视器。屏幕上面有各种红色及绿色读数。丽赛唯一能完全确定看懂的，只有脉搏数跟血压而已。噢，对，她还看得懂那些病人的名字：克罗维—约翰、杜博顿—亚卓安、陶森—理查德、范德沃—伊丽莎白（丽赛·范德沃，她觉得念起来真像绕口令）以及卓瑞顿—富兰克林。她走近三一九号病房，心想护士会拿着斯科特的托盘出来，她的眼睛没看前面，而是转头看着病房里面；我并不想吓她，但我还是会吓到她。她的托盘会掉到地上。咖啡杯跟盘子都没破，因为古董餐具老当益壮，但装果汁的玻璃杯会摔得粉碎。

然而现在是半夜，不是早上，天花板下也没有吊扇，而且三一九病房外屏幕上的名字是雅尼兹—托马斯。虽然她那股似曾相识的感觉还是强得让她探头偷看了一下，结果只见到一个像鲸鱼的巨人躺在病床上。接下来，她突然有种梦游到一半惊醒的感觉；她看看四周，既害怕又困惑，心想我在干吗？我怎么一个人来这里？接着她又想到：胸廓切开术。她打完电话去授权同意手术后，几乎可以看见“手术”的鲜红色字体在眼前跳动着。不过她没有马上离开，而是继续快步走到走廊中央的护理站，她心中有个可怕的念头开始……

（万一他已经……）

但又马上把这念头赶开，不再去想。

丽赛到了护理站，看见一位护士正在一堆图表上做笔记，她穿的制服上还有华纳兄弟卡通人物图案。另一位护士则正朝她白色上衣翻领别着的小麦克风轻声说话，显然是在读屏幕上的数据。在她们后方，一个身材细瘦、整头红发、穿着白衬衫的男人正懒散地坐在折叠椅上打盹，椅背上挂着一件跟他裤子颜色一致的深色西装外套。他的鞋子脱掉，领带也拿下了——丽赛看见领带一端就从他外套口袋露出来。而他的双手则松弛地交握着，放在膝盖上。她的确预感斯科特可能无法活着走出博灵格林小区医院，但完全没想到会是眼前这位医生替他动的手术，让他们这对经历了二十五年（几乎都很美好）婚姻生活的夫妇俩有足够时间道别。她认为那个在睡觉的人大约只有十七岁，看上去就像那些护士的儿子。

“不好意思。”丽赛一说话，两位护士差点就从椅子上弹起来。这次她吓到了两位护士，而不只是一位。领子别着小麦克风的那位还“噢！”了一声，这声惊呼肯定会留在她的录音带里，但丽赛才不在乎。“我是丽赛·兰登，我先生斯科特他——”

“原来是兰登太太，”衣服上有卡通图案的护士说。她的一边胸部上有个兔宝宝，另一边则是拿猎枪对准兔宝宝的小猪猎人艾默，而达菲鸭则在胸部中央的下方看热闹。“约翰逊医生正等你来呢。他在招待会现场就先做了急救。”

丽赛还搞不太清楚状况，一部分可能是因为她没时间在《医生药用指南》查胸廓切开术到底是什么东西吧。“斯科特……怎么了，他昏倒了吗？”

“我相信约翰逊医生会详细说明的。你知道他除了替你先生做胸廓切开术，还做了壁层肋膜切除术吗？”

什么切除术？与其问明白那是什么，不如直接说“知道”就好了。接着，那位护士便伸手摇了摇正在睡觉的红发男人。他眼睛一睁开，丽赛就知道自己估计错他的年纪了；他或许已经到了能喝酒的年龄，但她实在看不出他就是切开她先生胸部的人。

“手术。”丽赛不确定自己究竟是在对这三人中的哪一个说话。她的声音里有股绝望，虽然她自己不喜欢这样的语气，但也无可奈何。“还顺利吗？”

穿卡通图案上衣的护士迟疑了一会儿，而丽赛马上从她眼中看出了一切。那位护士镇定下来说：“这位是约翰逊医生，他正在等你。”

3

约翰逊起来稍微活动了一下，很快就清醒了。丽赛觉得医生应该都是这样，搞不好警察跟消防员也是。作家就不可能了。斯科特以前每次都要喝完第二杯咖啡，才有办法清醒过来。

她发现自己竟然用“以前”这个词，简直把他当成过往。这让她颈背发凉，汗毛直竖，手臂上还起了鸡皮疙瘩。接着她又有股奇妙却可怕的感觉，仿佛身体变轻，随时都会像断了线的气球飘浮起来。飘到……

（嘘，小丽赛，现在不能说出来）

某个地方去。也许是月球吧。丽赛得握紧拳头，才能使自己保持平衡不倒下。

这时，约翰逊正跟穿华纳兄弟卡通图案的护士低声交谈。护士听完约翰逊讲话后便点点头。“你到时会记得把它写进报告吧？”

“我两点钟前会弄好。”约翰逊向她保证。

“你确定真的要这么做？”护士说。虽然丽赛不知道他们在讨论什么，那位护士似乎很坚持，但她不是要与约翰逊争辩，只是想把话完全问清楚。

“我确定。”他说完话就转身面向丽赛，问她准备好到楼上加护病房了没。“呃，”约翰逊露出一个疲累而且不很真诚的笑容，“希望你带了登山鞋来。病房在五楼呢。”

他们往回走向楼梯间时（经过了雅尼兹—托马斯跟范德沃—伊丽莎白的病房），穿着华纳兄弟卡通图案的护士便打起电话。后来丽赛才知道，约翰逊其实是叫那位护士通知楼上的人，要他们把斯科特的呼吸器拿掉，希望他能清醒点，认出丽赛，然后跟她告别。要是上帝肯再多给他一些气力的话，或许他还能再对丽赛说些话。后来丽赛才知道，把呼吸器拿掉，其实是将斯科特的寿命从几小时缩短到只剩几分钟，然而约翰逊认为如果这样能让他醒着跟丽赛相处到最后一刻，也算是公平的交易了；因为就算斯科特·兰登再多活几小时，也仍旧无法痊愈。后来丽赛才知道，这个小小区医院竟然将斯科特当成传染病患者来处理……

丽赛是后来知道这一切的。

4

在那段温热楼梯间缓慢爬上五楼的途中，丽赛发现约翰逊对斯科特的症状所知不多。他说胸廓切开术并无法治愈斯科特，只能清掉一些越来越多的积水；至于另外那个肋膜切除的手术，则是为了解决斯科特的气胸。

“他是哪个肺出了问题，约翰逊医生？”丽赛问他。而他的回答让丽赛十分惊恐：“两个都有问题。”

5

约翰逊问她斯科特已经病了多久，以及他在“越来越常抱怨身体状况前”有没有去看医生。她说斯科特从来没抱怨身体不舒服，也没生过什么病。过去十天内他是有些流鼻涕的现象，偶尔会咳嗽、打打喷嚏，但也就这样而已。他连药都没吃，只觉得是小小的过敏，而丽赛也这么认为。每到春末夏初季节交替时，她自己也会有同样的症状，所以没什么好大惊小怪的。

“没有严重咳嗽？”医生问这句话时，他们刚好走到五楼楼梯口。“没有严重的干咳，像吸烟的人那样咳？对了，顺便跟你说声抱歉，我们的电梯坏了。”

“没关系，”她试着不让自己气喘吁吁，“我刚说过，他确实咳嗽了，但非常轻微。他以前抽烟，不过已经戒掉好几年了。”她仔细回想了一下。“我猜他最近几天是咳得比之前稍微严重了点，有天晚上他还吵醒我——”

“是昨天晚上吗？”

“嗯，可是他喝了点水后，咳嗽就止住了。”约翰逊推开门，门后是另一道安静的走廊。丽赛拉住他。“听着——像昨晚那种朗诵会，斯科特以前在华氏一〇四度的气温下参加过六七场，他非常享受听众的掌声，就这样沉迷地一直念下去。但那已经是五年前，甚至七年前的事了。如果他真的病得很重，我相信他一定会联络米德教授——他是英语系的系主任——然后取消他……这可恶的行程。”

“兰登太太，我们安排你先生入院时，他已经发烧到华氏一〇六度了。”

她说不出话来，只能眼睁睁看着约翰逊医生那张不可靠的年轻脸孔，心里充满震惊，却又不得不接受现实。不过在这时候，有个景象开始在她脑中逐渐浮现；她已经在自己无法完全埋藏的那些回忆里找到了蛛丝马迹。

斯科特在波特兰搭包机前往波士顿，然后再坐联合航空班机从波士顿到肯塔基州。一位曾找斯科特签名的联合航空空服员后来告诉记者，说兰登先生的咳嗽“几乎没停过”，而且全身皮肤泛江。“我问他还好吗？”空服员对记者说，“他说只是小感冒，等会儿吃几颗阿司匹林就没事了。”

负责接机的研究生费德里·波伦也提到斯科特咳嗽的事，他说斯科特叫他帮忙到药店买瓶感冒药水。“我想我可能得了流行性感冒。”斯科特这么告诉波伦。波伦说他非常期待那场朗诵会，很担心斯科特撑不撑得住，结果斯科特说：“你会大吃一惊的。”

波伦的确大吃一惊，而且听得很高兴。当晚大部分听众也都如此。根据博灵格林当地《每日新闻》报道，斯科特的那场朗读“迷住了大家”，他只因为小咳嗽暂停了几次，然后拿起讲台上那杯水喝了一口后又继续念。约翰逊对丽赛说，他对斯科特的活力实在印象深刻。正是约翰逊的这句话，加上米德在电话中代为转达的信息，让丽赛小心压抑的那些回忆又暂时涌现出来。斯科特在朗读过后、招待会刚开始时对米德说的最后一句话是："能请你打电话给我太太吗？告诉她，她可能得飞来这里了。告诉她我好像在日落后吃错了东西，这算是我跟她才懂的笑话吧。"

6

丽赛不假思索就对年轻的约翰逊医生说出她最担忧的事："斯科特这次会死，对不对？"

约翰逊迟疑了一下，这时丽赛突然发现，他虽然很年轻，但也不是小孩子了。"我要你见见他，"他过了一会儿才说，"我也要他见见你。他现在清醒着，不过无法维持多久。你能跟我来吗？"

约翰逊走得很快。他在护理站停步，值班男护士便放下手中的《现代老年医学》，抬起头看他。约翰逊和他低声交谈，整层楼非常安静，丽赛听得很清楚。男护士对约翰逊说的五个字尤其令她害怕："病人在等她。"

走廊另一头有道双扇门，上头用亮橘色字体写着：

奥顿隔离病房
进入前请先向护士报到
请遵守一切相关规定
为了您好
也为了病人好
请依照医护人员要求视情况配戴口罩与手套

门的左边有个洗手槽，约翰逊清洗完后，要丽赛也照着做。门右边的轮床上摆着医用口罩、密封成小包的乳胶手套、一个装着黄色弹性鞋套的纸盒（盒子上有个一切尺寸均适用的戳记），以及一沓整齐折好的绿色手术衣。

“隔离，”她说，“天哪，你们竟然认为我先生染上了什么他妈的天外病菌。”

约翰逊委婉地说：“我们觉得他可能染上某种奇特的肺炎，说不定是禽流感，但不管是什么，我们目前都还没辨认出来，这种病……”

他不知该怎么说，于是丽赛帮他接下去。“这种病对他伤害很大。”

“只要戴口罩就够了，兰登太太，除非你有伤口。我没注意到你有——”

“我不用担心伤口问题，也不需要口罩。”丽赛在他阻止前就直接推开左边那扇门。“如果会传染，我早就得病了。”

约翰逊只好自己戴上口罩，跟着她进入加护病房。

7

五楼的走廊有四个房间，其中只有一间病房外的监视器亮着，也只有这个病房传出仪器的哔哔声，以及柔和而稳定的氧气输送声。监视器上的名字是兰登—斯科特，他的心跳数高得异常（一百七十八下），血压也低得异常（收缩压七十九，舒张压四十四）。

病房的门半开着。门上有个用大“X”划过的橘色火焰图案，下方是一行亮红色的字：“严禁火花。”她不是作家，更不是诗人，但她却从这几个字中看出其他意思；她的婚姻就要到此为止。再也没有任何光明，任何火花。

斯科特出门时，一如往常地对她喊：“再见喽，丽赛！”然后边开着他那辆旧福特边大声播放摇滚CD。而现在，他却只能躺在病床上用苍白至极的脸面对她。唯一特别的，是他的眼神充满活力，而且太炽热了，感觉就像一只困在烟囱里的猫头鹰的双眼。他侧躺着。呼吸器已经推离病床，不过她还看得见呼吸管上的黏液，知道——

（别说出来，小丽赛）

——就算使用世上最先进的电子显微镜与任何医学数据库，也没人能辨认出其中的细菌或微生物。

“嘿，丽赛……”

他的声音十分微弱（照老爸丹迪的说法，是比从门缝底下吹进来的风还微弱），但丽赛还是听见了，马上走到他身边。他脖子上有个氧气罩，正发出嘶嘶的声音。他的胸部插着两根塑料导管，其他地方还有看起来刚缝好没多久的切口。而他背上突出的那几根导管，跟胸前的比起来真是大得吓人。在惊慌失措的丽赛看来，这些东西简直就像大水管。它们是透明的，所以丽赛看得见里面有混浊的液体混合着某种血红色物质，从斯科特的身体一路通向他床头后方的小箱子。这里不是纳什维尔，他身上也不是点二二口径的枪伤；虽然丽赛的心正顽强地呼喊着，但只要看一眼现在的情况，她就知道斯科特无法见到明天的太阳了。

“斯科特，”她跪到他床边，用她冰冷的手握住他发热的手，“你到底做了什么？”

“丽赛。”斯科特勉强抓紧她。他呼吸紊乱气喘不已，使丽赛又清楚记起他倒在停车场那天。她知道斯科特接下来会说什么，而他也真的说了：“丽赛，我好热，求求你，拿冰块给我好不好？”

丽赛朝他床边的小桌瞥了一眼，上面什么也没有。于是她回头看着那个戴了口罩、一头红发的医生。“医生……”她突然脑中一片空白，“不好意思，我忘了你的名字。”

“我叫约翰逊，兰登太太。没关系。”

“能不能拿些冰块给我先生？他说他很——”

“当然可以，我这就去。”他马上离开。丽赛知道他早就想让她跟斯科特独处了。

斯科特又握紧她的手。“走了。”他用同样有气无力的声音说。“抱歉。我爱你。”

“斯科特，不要！”虽然荒唐，不过她还是说，“冰块！冰块就要来了！”

斯科特喘得更严重了，似乎用尽全身力气才能举起手，斯科特用一根手指抚过她的脸颊。丽赛的眼泪也在这时掉了下来。她知道自己得说什么，虽然她心里那个惊恐的声音喊着要她别这么做，但她不予理会。每段长久的婚姻都有两面，一个是光明面，另一个是黑暗面。他们目前就是在黑暗面。

丽赛靠近他垂死的温热身躯，还闻得到他昨天早上的刮胡泡跟沐浴乳的气味。丽赛把嘴贴上他烧烫的耳朵，轻声说：“去吧，斯科特。如果这么做能让一切好转的话，那就把你自己拉进那他妈的池子里。要是医生回来发现你不见了，我会编个理由骗他，反正这不重要。重要的是你赶快进池子让自己恢复，你这该死的家伙就当是为了我这么做吧！”

“我不能，”他低声说，然后轻轻咳了一下，吓得丽赛后退了些。丽赛以为这次咳嗽会害死他，不过最后他还是撑住了。为什么？因为他还有话要说。虽然他就要死了，但还有话没说完。“我……没办法。”

“那么我去！你帮我过去！”

他摇摇头。“是它。就躺在往……往池子的路上。”

丽赛立刻知道斯科特指的是什么。那东西会出现在池子附近，或出现在镜子里，或出现在你眼角余光中。它总是在深夜、总是在一个人迷失或痛苦（或两者都有）时出没。那是斯科特的老朋友。高个子。

“睡……觉。”斯科特从他那快报废的肺部挤出一阵怪声。丽赛以为他窒息了，正准备伸手按紧急通知铃时，看见他那强烈的眼神，才知道他应该是在笑，或者说试着要笑出来。“在……那条小径上睡觉。侧面……高高的……天空……”他的眼睛望向天花板。丽赛知道他是指那东西侧着身，就像天空一样高，挡住了他的路。

斯科特想拿氧气罩，可是拿不起来，于是丽赛把氧气罩拿到他口鼻上。斯科特深吸了几口气，然后示意她拿掉面罩。她照做了。接下来斯科特的声音有力多了，大概持续了一分钟之久。

“我在搭飞机时去了异月之湾一趟，”他用惊讶的语气说，“以前从没这样试过。我本来以为自己会坠到地面，不过还是跟以前一样直接出现在情人丘。后来我又从……机场厕所过去了一次。最后一次……是在演讲前从休息室过去的。还在。老弗雷迪。一直都在那儿。”

天哪，他还替那见鬼的东西取了名字。

“我没办法去池子，于是找了点浆果来吃……通常吃这些东西都没事的，可是……”

他没力气把话说完。丽赛把氧气罩戴到他脸上。

“太晚了，”丽赛在他吸氧气时说，“当时太晚了，对不对？你是日落以后吃的。”

他点头。

“但是你也只能想到这个办法。”

他又点头，然后示意丽赛拿掉氧气罩。

“不过你在演讲时还好好的啊！”她说，“米德教授说你真是他妈的棒极了！”

斯科特笑了。这可能是丽赛见过最悲伤的笑容。“是露水，”他说，“我从树叶上舔的。就在我从休息室过去的时候舔的，我以为……”

“你以为那也有治愈的效果，就像池子一样。”

他用眼神对丽赛说没错。他的眼睛从一开始就盯着丽赛，没有看过其他地方。

“露水也真的让你好了一点。至少暂时好了点？”

“是啊，暂时好了点。现在……”他带着歉意向丽赛耸了耸肩，然后别过头。这次他咳得严重多了，丽赛还看见流进导管的液体是又浓又厚的深红色。他摸索着丽赛的手。“我迷失在黑暗中，”他轻声说，“而你找到了我。”

“斯科特，别再说——”

他点点头。我要说。

“你了解我。一切……”他用另一只手虚弱地画了个圈：一切都是老样子。他微笑看着丽赛。

“撑着，斯科特！撑住！”

他点点头。“撑住……再撑一下。”

“不要走，斯科特，冰块！”她只能想到这些话，“等冰块来！”

他说宝贝。他叫丽赛小宝贝。接着，病房里只剩下氧气罩持续发出的嘶嘶声。丽赛双手掩面……

8

丽赛发现自己竟然没掉泪。她一方面觉得惊讶，另一方面又不觉得有什么好讶异的。当然，她松了口气；似乎不再悲伤了。虽然她现在还有很多事要做（她跟阿曼达在斯科特的书房里半点进展都没有），不过她认为在过去两三天里，她已经解决了自己的很多问题，这实在出乎她的意料。我已经把伤痛痊愈从生理提升到心理层面了呢，她心想，然后笑了出来。

阿曼达正在小房间里愤慨地看着电视。“噢，你这蠢蛋！别管那贱人了，你难道看不出她没什么好吗？”丽赛往小房间侧头倾听，知道剧情已经来到洁西用甜言蜜语哄骗桑尼娶她的桥段，电影快演完了。

她一定快进了某些片段，丽赛这么想，不过当她看见外头天色变暗后，才发现阿曼达应该没快进。为了回忆过去那些片段，她已经在斯科特的桌子前坐了一个半小时，这样也算是，像新世纪理论者说的：为自己做了点事吧。而她最后得到了什么结论？就只有她丈夫已经死掉这个事实而已。他死了，一切还是继续运行。他没在异月之湾的小径上等她，没坐在曾跟她同坐的那张石头长凳上；他也没有包在那些可怕的裹尸布里。斯科特已经离开了异月之湾。

至于死因呢？死亡证明书上写的是肺炎，这点她完全没意见。不管证明书上写什么，就算写着被鸭子啃死，他也一样已经死了。然而丽赛还是很好奇，他究竟是因为在异月之湾摘了朵花起来闻闻，还是因为某种虫咬而死的？他的病是在为了肯塔基州那场演讲前一周或一个月去异月之湾时染上，还是十几年前去异月之湾时就得到，只是一直潜伏到最后那场演讲后才发作？病菌搞不好就附在他替保罗挖坟时指甲沾到的某粒灰尘上，而这只坏虫沉睡了好多年，最后在斯科特用键盘敲下小说最后一个字时醒来。这些想法太可怕了，但谁知道会不会真是其中一个原因呢？说不定是丽赛去异月之湾时带回来的致命小虱子；它附在一颗花粉上，花粉落在她的鼻头，而斯科特亲吻她时就吃下去了。

噢，可恶，丽赛现在真的哭了。

她记得桌子左边最上方的抽屉里有盒面纸，于是拉开抽屉，拿出面纸盒抽了几张来擦眼泪。此时，她听见小房间里传来提摩西·巴坦斯的喊声："他在扫地，你们这些混账！"她知道自己又想事情想了一段时间。电影只剩最后一场戏了。桑尼会回到教练的妻子，他的中年情人身边。接着就是演员及幕后工作人员名单。

桌上的电话叮叮响了一声。丽赛很清楚这通电话代表什么，正如她很清楚斯科特死前划那个圆圈指的是一切都是老样子。

电话只响了这一声就停了，可见电话线要么是被割断要么就是被拔掉了。杜利在这里，遗稿狗仔的黑暗王子来找她了。

第十五章　丽赛与高个子
（全垒打墙边的帕夫科）

1

“阿曼达，到这里来！”

“等一下，丽赛，电影快结——”

“阿曼达，现在就过来！”

她拿起话筒，确认没声音后又放回原位。她很清楚是怎么回事。那种感觉就像一直在她嘴里的香甜感一样。接下来他会切掉灯光电源，如果阿曼达不在那之前先过来的话——

她出来了，站在小房间外，突然露出一副害怕又苍老的脸。电影等一下就要播到教练的妻子把咖啡壶摔向墙上的片段了，她之所以生气，是因为她先生倒咖啡的手不稳。丽赛也觉得自己的手在颤抖。她拿起手枪时，阿曼达更显惊恐，仿佛觉得自己不该出现在这里，应该去费城。太晚啦，阿曼达，丽赛心想。

“丽赛，他来了吗？”

“对。”

远处的雷声似乎在附和丽赛。

“丽赛，你怎么知道——”

“因为他切断了电话线。”

“手机——”

“还在车上。接下来他会切断电源，灯光会全部熄灭。”她走到那张书桌边缘（她心想，这张桌子真是有够大，在上面停架喷射飞机都没问题），跟阿曼达之间只有一小段距离，大约在那块沾了她的血的地毯上走八步她就能走到阿曼达身边。

丽赛走到阿曼达身边时，灯还亮着，她怀疑自己是不是想错了。会不会是中午的暴风雨吹歪了树枝，那根树枝现在断了，掉下来时刚好压断了电话线？

当然有可能，但事情当然不是这样。

她想把枪交给阿曼达，但阿曼达不肯拿，结果掉到地上，丽赛很怕枪支走火，然后她或阿曼达因为脚踝被子弹击中而痛苦地尖叫。幸好，手枪没走火，落下的枪口也没对着她们。丽赛弯下腰捡枪时，听见楼下砰的一声，好像有人撞到什么东西。也许是撞在那个装满白纸的箱子上。

丽赛抬头看阿曼达，发现她正双手交叉抱在胸前，一脸苍白，眼神惊慌不已。

"我不能拿那把枪，"她低声说，"我的手……你看见了吧？"她伸出手掌，向丽赛展示伤口。

"拿着就好，"丽赛说，"你不用对他开枪。"

阿曼达不情愿地接过手枪。"你确定？"

"不确定，"丽赛说，"但应该不用。"

她凝视着通往下方谷仓的楼梯口，那里变得阴暗了许多，让丽赛有种不好的预感，而且现在枪在阿曼达手上。阿曼达很不可靠，不知道最后会做出什么事来。就算直接命令她，她也有一半的可能不会照做。

"你有什么计划？"阿曼达压低声音问道。小房间里又传出老汉克的歌声，丽赛因此知道《最后一场电影》已经开始播放工作人员名单了。

丽赛伸出一根手指压在唇上，做了个嘘的动作。

（千万别动）

然后她慢慢离开阿曼达。一步，两步，三步，四步。现在她到了房间中央，也就是门口跟大书桌的正中间。阿曼达笨拙地拿着枪，枪口对着浸有血迹的地毯。雷声轰隆作响，电视里播着乡村音乐。除此之外，一切寂静无声。

“他应该不在下面吧？”阿曼达低声说。

丽赛朝大书桌走了一步，她仍然十分紧张，全身紧绷到发抖，但理智告诉她，阿曼达或许是对的。电话线是断了没错，不过在这种地方，她的电话几乎每两个月就会断线一次，尤其在暴风雨期间。至于她捡枪时听到的砰一声……她确实听见砰一声吗？那是不是她的幻觉？

“他应该不在下——”阿曼达话没说完，所有灯光就都熄灭了。

2

头几秒钟（简直就像永恒般漫长）丽赛看不见任何东西，还咒骂自己怎么忘了把车上的手电筒带来。不然一切就简单多了。现在的她只能待在原地，还得让阿曼达也待着不动。

“阿曼达，别动！除非我向你打暗号，否则别动！”

“他在哪里，丽赛？”阿曼达快要哭了，“他到底在哪里？”

“哦，就在这里啊，太太，”吉姆·杜利的声音从完全黑暗的楼梯口传来，“我戴着夜视镜，能看见你们两位哦。你们看起来有点绿绿的，不过很清楚。”

“他才看不见我们，他在说谎。”丽赛虽然这么说，却感觉胃里一沉。她没料到杜利会带夜视镜来。

“噢，太太——如果我骗人，就让我不得好死。”他的声音听起来还在楼梯口，而现在丽赛也慢慢能看见一个模糊的人影了。她听见噼啪声，猜想他可能拿了个纸袋。“我看得够清楚，知道那位瘦竹竿太太拿着把只能射豆子的玩具枪。我要你把那把枪放到地上，瘦竹竿太太。现在就做。”他的语调变得尖锐，听起来感觉像是鞭子击打在人身上。“照我的话做！丢掉！”

外面也有月亮，但它要么是还没升起，要么就是被云遮住了，因为现在房间里一片漆黑，不过丽赛还是从天窗透进的微光看见阿曼达正准备把枪放下。她还没完全松手，只是慢慢往下放。丽赛早知道就自己拿枪了，可是——

可是我得空出双手，这样时机一到我才能抓住你这混账。

“不，阿曼达，把枪拿好。我想你不用对他开枪，这不在计划之中。”

“丢掉吧，太太，这就是我的计划。”

丽赛说：“他出现在这不该来的地方，用难听的话叫你，还叫你丢掉手里的枪？你自己的枪？”

丽赛看见阿曼达的身影再度把枪举起，她并未将枪口对准楼梯口的人影，而是指着天花板，但至少她仍然拿在手中。而且她也站直了身子。

“我叫你丢掉！”杜利几乎在咆哮了，但丽赛听得出他知道自己占下风了，他手中那个纸袋里发出短促的咯咯声。

“不要！”阿曼达喊着，“我才不要！你……你给我滚远一点。别再纠缠我妹妹！”

“他不会听的，”丽赛在杜利响应前先说话，“因为他疯了。”

“你说话小心点，”杜利说，“你好像忘了我还能清楚看见你们两个吧。”

“但你真的疯了。就跟在纳什维尔射伤我先生的那小子一样疯，他叫格德·埃伦·科尔。你知道这个人吗？你当然知道，因为你很清楚斯科特的一切。我们经常取笑你这种人，吉米——”

“够了，太太。”

“我们都叫你们这种人‘太空牛仔’。科尔是其中一个，你也是。因为你年纪比较大，所以你比他狡猾，也比他狠毒，但其实都是同一种人。太空牛仔就是太空牛仔，你是从他妈银河系来的怪人。”

“你最好闭嘴，”杜利说，丽赛觉得这次他是真的生气了，“我是来办正事的。”纸袋发出窸窣声，而丽赛也看见他的身体开始移动。楼梯离桌子大约五十英尺，这段距离是整个房间里最黑暗的地方，不过吉姆·杜利却直直走向她。现在她的眼睛也适应黑暗了。只要再走几步，他那副邮购来的夜视镜也没什么用了。她跟他会重新站在相同的立足点上，至少在视觉上如此。

“我为什么要听你的？这是事实。”没错。她突然完全看清了吉姆·杜利（别名扎克·马库尔，也叫遗稿狗仔界的黑暗王子）这个人。事实就在她嘴里，就像那股香甜的味道。事实就是那股香甜的味道。

“别刺激他，丽赛。”阿曼达害怕地说。

“是他自己刺激自己，那些怒气都是从他脑袋跑出来的。就跟科尔一样。”

“我跟他完全不一样！”杜利大喊。

杜利果然很清楚科尔的事。他气得快爆炸了。他可能是在读偶像斯科特的相关报道时知道科尔这个人，但丽赛明白事实并非如此。没错，一切就是这么合理。

“你才没进过监狱，那只是你编给伍伯迪听的故事，酒吧里的瞎聊闲谈。但你被关过，这是事实，不过你是被关在疯人院，跟科尔关在一起。”

“闭嘴，太太！你最好听我的话，现在就住口！”

“丽赛，别说了！”阿曼达哭喊道。

她不理会他们两人的要求。“科尔吃完药比较清醒的时候……你们俩就会讨论最喜欢斯科特·兰登的哪本书是吧？我猜你们一定谈过。他最爱《空虚的恶魔》这本对不对？当然啦。你喜欢《船长之女》。两个太空牛仔在整修脑袋时一边讨论着哪本书最棒——”

“我说，够了！”他的影子从黑暗中跃出，就像个戴着目镜的潜水员从阴暗的水底浮上水面。当然，潜水员不会拿个纸袋举在胸前，好像怕某个知情太多的寡妇会突然偷袭他的心脏。“我不会再警告你了！”

丽赛才不在乎，也不管阿曼达是不是还拿着枪。现在的她非常兴奋。“你跟科尔在接受团体治疗时有没有讨论过斯科特的书呢？当然有，而且是谈论书中的父亲角色。等他们放你出院后，你遇见伍伯迪，他就像斯科特·兰登书中描写的父亲，是那些好爸爸之一。等他们把你从疯人院，或者又叫尖叫工厂，或是傻笑学院放——”

杜利突然大喊，然后放掉手中的纸袋（掉到地上时还发出哐啷声），冲向丽赛。她不疾不徐，心想，对，这就是我要空出两只手的原因。

阿曼达也开始尖叫，声音跟杜利相互重叠。这三人中，只有丽赛最镇定，因为只有她才知道自己在做什么。她完全没有躲开，反而张开双臂，仿佛充满热情地抱住吉姆·杜利。

3

丽赛很明白他的意图，杜利想把她撞倒在地（要不就是桌面上），然后压住她。丽赛没有抵抗，让他的体重将她向后推；她闻到杜利头发和皮肤上的汗味。杜利的夜视镜碰到她的太阳穴，接着她左耳听到了急促的喀嚓声。

那是他的牙齿，她心想。他想咬我的脖子。

她的臀部猛然撞上书桌正面。阿曼达又开始尖叫，接着砰的一声黑暗中发出亮光。

"放开她，你这个王八蛋。"

语气非常狠，但只敢对天花板开枪，丽赛心想。她双手紧紧扣在杜利颈后，而杜利则将她的上半身往后推，两人的姿势看起来就像在跳热情的探戈。她闻到子弹击发后的火药味，那声巨响也让她有些耳鸣，她还感觉得到杜利又粗又硬挺的那活儿。

"吉姆，"她抱着他低声说，"你想要的我都会给你。我会给你的。"

他稍微放松了点，丽赛也察觉到他的困惑。这时，阿曼达发出猫一般的叫声，跳到他背上，使得丽赛又往后倒，几乎整个身子都摊在桌面上，她的脊椎还发出一阵吱嘎声，听起来不太妙。不过她看清杜利脸上的表情，似乎十分害怕。他一直很怕我吗？她好奇地想。

趁现在，否则就没机会了，小丽赛。

丽赛透过那副怪异的夜视镜搜索他的眼神，然后紧紧盯着不放。阿曼达仍像只猫不断乱跳一通，丽赛还看见她用拳头捶打杜利的肩膀，两只手都用上了。可见她在对天花板扣下扳机后就把枪丢了。唉，好吧，至少她表现不错。

“吉姆。”天哪，杜利快把她压死了。“吉姆。”

他低下头，仿佛被她的眼神与意志力吸引了过来。丽赛本以为自己抓不到他，不过她最后一次用尽全力往上扑时（正如全垒打墙边的帕夫科，这句话不知是斯科特从哪里引用来的），终于成功了。她把双唇贴上杜利的嘴时，闻出他晚餐吃了肉跟洋葱。接着她用舌头挤开他的嘴唇，更用力地吻了下去，将她在池子里喝的第二口水传送过去。她感觉那股香甜也过去了。周围的世界开始摇晃。一切发生得很快。墙壁变得透明，她也闻到另一个世界里那股混合的香味：赤素馨花、九重葛、玫瑰、昙花。

“杰洛米诺。”她说话时仍和杜利嘴对着嘴。这个词仿佛某种指令，因为丽赛一念完，她下方的书桌随即变成雨水，再过一会儿就完全不见了。她往下掉；吉姆·杜利在她上方，仍在尖叫的阿曼达则在他们两人上方。

秘宝，丽赛心想，秘宝找到了，游戏结束。

4

丽赛的下方是那块她最熟悉的厚草地，而且她还认出了情人树的位置。掉到草地上时，她只听见自己叫了一声，接着就喘不过气，好像肺里所有空气都被坠落的冲击力挤掉了。她的眼前出现了好几个黑点。

幸好杜利没摔到她身上，要不然她可能会被撞昏。丽赛看见杜利把紧抓在他背后的阿曼达甩掉，好像觉得阿曼达是只烦人的小猫。杜利马上站起来，先看向那片紫色山丘，然后转往另一边，面对由保罗跟斯科特命名的精灵森林。丽赛很惊讶，没想到杜利这么快就恢复了方向感。她觉得他的头看起来很像长了肉跟毛发的奇怪骷髅，后来才发现那是因为他的脸很瘦，而且又戴着夜视镜的缘故。他的镜片没跟着他过来异月之湾，所以透过那副粗镜框可以直接看见他的眼睛。他吓得嘴巴都合不拢，上下唇间还有口水连接着，看起来像银色的丝线。

“你一直……很喜欢……斯科特的书。”丽赛说。她听起来像刚跑完比赛后喘着气的选手，不过呼吸已慢慢恢复正常，眼前的黑点也逐渐消失。“那你喜不喜欢他的世界啊，杜利先生？”

“这是哪……”他连话都没办法说完。

“这里叫异月之湾，在精灵森林边缘，保罗的墓就在附近，他是斯科特的哥哥。”

她知道就算来到这里，只要杜利恢复理智，对她（以及阿曼达）而言仍然是个大威胁，但她还是花了点时间看看那道紫色山坡还有正在变暗的天空。太阳成了一团橘色火焰，正在下沉，而满月则从另一边正要升起。她心想，这个混杂着热度与银色冷光的景象实在美极了，美到简直能要她的命。

然而她现在不用担心这个问题了，因为有只被太阳晒红的手抓住了她的肩膀。

“你对我做了什么，太太？”杜利问。他透过没有镜片的镜框看着丽赛。“你想催眠我吗？没有用的。”

“不是这样哦，杜利先生，”丽赛说，“你想要斯科特的一切，对不对？这个地方比他还没出版的任何作品都棒，甚至比用开罐器割伤女人身体的感觉还棒，你说是吗？看吧！这是个截然不同的世界！用想象力建筑的国度！完全由梦想打造而成！当然啦，森林里很危险，其实，任何地方在入夜之后都很危险，而且现在又是晚上，不过我确信像你这样高大又勇敢的疯子才不怕——”

她看见杜利采取行动，知道他想干什么，于是马上大喊阿曼达的名字……她想叫姐姐小心点，不过喊完之后便克制不住笑了出来。尽管情况危急，她还是不停地笑杜利，有一部分是因为他戴着那副没镜片的夜视镜，模样实在很滑稽，但主要原因是，在这生死存亡的紧要关头，她竟然想到某个笑话中的一句话：嘿，老兄，你的东西掉了。而她却记不起这整个笑话讲的是什么，这让她笑得更开心了。

接着丽赛便无法呼吸，只能发出快窒息的咯咯声。

5

她用很短的指甲（总比没有好）划过杜利的脸，留下三条抓痕，但他抓着她喉咙的那只手还是没松开，反而更加用力。她的喉咙发出更大的咯咯声，听起来像是某种旧机器运转时，齿轮卡到泥土的声音，或许就像席尔弗先生的马铃薯分类机吧。

阿曼达，你他妈跑哪去了？她心想，阿曼达立即出现，徒劳无功地捶打着杜利的背部和肩膀。不过然后阿曼达学聪明了，她直接跪在地上，用受伤的手抓住他的裤裆……使劲一扭。

杜利惨叫一声，马上把丽赛推开。丽赛背部着地，摔到茂盛的杂草堆中，然后忙乱地起身，用似乎快着火的喉咙拼命呼吸空气。杜利蹲在地上，低头抓着自己的鼠蹊，这姿势让丽赛想起从前黛拉在学校听见有人玩跷跷板发生意外时说的话："这就是我庆幸自己不是男生的原因之一。"

阿曼达冲向杜利。

"阿曼达，不要！"丽赛大喊，但已经来不及了。虽然杜利痛到不行，但反应速度还是很快。他轻松躲开了阿曼达，然后一拳打中她体侧。接着他用另一只手拿掉头上的夜视镜，丢入草丛中，还咒骂了它几句。他的蓝眼珠里已经毫无理性了。现在的他，就跟《空虚的恶魔》里那个恶魔一样，准备爬到井外进行复仇。

"我不知道这是哪里，不过我告诉你，太太，我不会让你活着回去的。"

"除非你抓到我，否则回不去的人可是你呢。"丽赛说完又开始笑了。虽然她心里非常害怕，但这时候感觉很好，也许是因为她知道她的笑就像能攻击杜利的刀子吧。她那痛得像要烧起来的喉咙每大笑一声，刀尖就越往他肉里刺进一点。

“不要对我发出那种笑声，你这个贱人，不准你那样笑！”杜利大吼着冲向她。

丽赛转身就逃，不过才朝通往树林的小径跑没两步，就听见杜利痛苦的嚎叫声。她回头看，发现他跪倒在地，有个东西从他上臂突出，他的衣服也立刻被染成深色。他摇晃着身体，一边咒骂一边伸手去拔，但拔不掉。丽赛看到某个黄黄的东西晃了一下。杜利又痛苦地叫了一声，终于把那东西拔下来。

丽赛知道那是什么了。虽然她只瞥到一眼，不过已经够了。杜利正要起步追她时，阿曼达把他绊倒，结果他压到保罗·兰登的墓碑上。十字架上的横向木片就像特大号的针，直接插进了他的二头肌。他拔掉木片时，更多鲜血从伤口流出，他的袖子从上臂到手肘慢慢染成红色。阿曼达正无助地躺在杜利脚边，丽赛得想个办法别让杜利把怒气出在她身上。

“连个跳蚤都抓不到，别想抓我哦！”丽赛突然唱出这句，没想到她竟然还记得以前在操场玩时唱的歌。接着她对杜利吐舌头，拨着自己的耳朵向他挑衅。

“你这贱人！你这淫妇！”杜利大叫着冲向她。

丽赛拔腿就跑。她已经害怕到无法再对杜利大笑了，不过当她跑上小径进入精灵森林时，虽然惊恐，但脸上还是露出了微笑。森林里已经进入夜晚了。

6

写着“通往谜池”的标示牌不见了，不过丽赛在黑暗的树林中隐约看得见一条白色小路，于是循着路继续跑。前方传来咯咯声。是笑声，她心想，然后冒险回过头，看看杜利是否听见那些东西发出的声音，担心他或许不会追上来——

结果他没听见。杜利还在，而且越来越靠近她；虽然他受了伤，但跑起来还是飞快。丽赛被路上的树根绊了一下，差点摔倒，幸亏保持了平衡，否则她倒下后不到五秒钟杜利就会扑上来，而她这辈子闻到的最后一种气味，将是附近树林入夜后那股凝结的植物香气，她所听到的最后一个声音，将是住在森林深处那些东西的疯狂笑声。

我听得见他的喘气声。因为他离我越来越近，所以我才听得见。我已经尽全力跑——而且维持不了多久——他的速度还是比我快一点。为什么阿曼达那么用力抓他的鸟蛋，他还是能跑这么快？为什么他流了一大堆血，还是能跑这么快？

这些问题的答案很简单，用逻辑就能推理出来，他的速度确实减慢了。要是没受到那些伤害，杜利早就抓到她了。丽赛目前在三挡，她想打到四挡但没办法。可见她根本没有四挡。在她后方，吉姆·杜利的呼吸声渐渐逼近，而她知道再过一分钟（可能不到一分钟），他的手指就能碰到她的背了。

或者抓到她的头发。

7

小路开始倾斜，有几段变得很陡；树林里也越来越暗。她觉得自己终于跑得比杜利快一点了。她继续跑，不敢回头看，一边祈祷着希望阿曼达不要跟上来。情人丘或许没什么危险，池子那里也是，但树林里一点也不安全。相较之下，吉姆·杜利还不算这地方最危险的呢。她听见了恰吉·G的钟发出的微弱声响，知道它就挂在下个坡顶的某棵树上。

丽赛发现前方有些较亮的光线了，但不是橘红色光芒，而是夕阳快消失时的粉红色余晖。光线透过树林较稀疏的部分透了进来，使小路也变得明亮了点。她看到小路的坡度缓缓上升，知道过了那个坡顶后，现在这条小径会再次下降，穿越更浓密的森林，最后抵达那块大石头，而大石头后方就是池子。

来不及，她心想。她已经快喘不过气，而且两胁也因激烈的跑步而开始疼痛。跑到坡顶的半路上我就会被他抓住了。

她听见斯科特在笑，还用暗藏着愤怒的语气对她说：你这么辛苦来到这里，可不是为了这种下场哦。坚持吧，小宝贝——静动。

静动，没错。现在的她最需要静动。丽赛冲上斜坡，头发因汗水沾黏在脸上，双手配合脚步挥动，嘴巴不断大口呼吸着空气。她希望嘴里还能尝到那股香甜味道，可是她已经把在池子里喝的最后一口水吐到杜利嘴里，现在她口中尝到的只有精疲力竭的感觉。她听见杜利的呼气声接近，但杜利没有喊叫，显然是为了追她而保存气力。她肋部的疼痛更加剧烈了。这时一阵高亢愉快的歌声先传进她左耳，接着她两耳都听见了。笑声十分接近他们，仿佛那些东西也想加入这场猎杀。她闻到树的气味变了，原本宜人的芳香变得刺鼻，就像奶奶死后没多久，她跟黛拉在奶奶房间厕所里闻到的染发剂的气味，感觉就像毒气，而且——

这不是树的味道。

所有笑声都沉寂下来，她只听见杜利紧追在后不断喘气。她回想起当时斯科特抱着她，将她拉向他的身体，低声说，嘘，丽赛。为了你跟我的命，现在千万别动。

她心想：二〇〇四年那次它是躺在路上，但这次它是沿着这条路跑，就跟斯科特阻止我进入树林时一样。

不过正当她看见还挂在树上的那个钟（它的边缘反射着最后一抹天光），吉姆·杜利做出了最后冲刺，而丽赛也真的感觉到他的指尖划过她的背，似乎杜利觉得能抓住任何东西都好，就算是内衣肩带也行。丽赛克制住尖叫的冲动，勉强加快速度，不过好像没什么帮助。幸好这时候杜利又绊倒了，同时还大声叫喊：“你这个贱人！”丽赛觉得，他一定会后悔自己喊得这么大声。

他也没剩多少时间可以后悔了。

8

微弱的钟声又出现了，是从

（可以上菜了，丽赛！来吧，动作快点！）

那棵以前叫钟树、现在改叫钟铲树那边传来的。斯科特的银铲子还在那里。她出于直觉（现在知道为什么了）将铲子放在树下时，树林里的那些东西正歇斯底里地大笑，但现在整座精灵森林却是一片死寂，只有她自己的喘息与杜利的咒骂声。高个子本来在睡觉（至少在打盹），杜利的叫喊声把它给吵醒了。

事情到目前为止大都依照她的预期发展，但她可没因此而轻松丝毫。她觉得心底压抑的恐惧正要苏醒，这种恐惧就像无数只触手，随时想找缝隙乘虚而入。她发现自己有太多恐惧的念头，而这些念头已经一点点侵蚀了她的内心，让她可能一看到某种情景就感到害怕：在电影院厕所地上看到两颗沾了血的牙齿；两个小孩互抱着站在便利商店门口大哭；斯科特临死前躺在病床上用炙热的眼神看着她；德布夏家老奶奶躺在地上快要死了，一只脚还不断抽搐。

可怕的念头，也就是那种月黑风高夜深人静时，你心里会突然出现的可怕影像。

换句话说，一切的邪，现在就潜伏在那几棵树后面。

就在此刻……

9

丽赛上气不接下气，耳里还听得见脉搏猛烈作响。她弯下腰，伸手抓起那把银铲子。虽然她的脑中充满失落、痛苦与绝望，但她的手依然和十八年前一样紧紧地握好铲子。她听得见杜利要来了，杜利已经不再咒骂，不过丽赛听得见他的呼吸声。这次他离她会很近，比金毛小子还近，而且就算他没拿枪，只要他在丽赛转身前先抓住她——

可是他并没有抓住她，而且还差得远。丽赛像个看到红中直球的打击手，用尽全力挥动手中的银铲子。铲子反射着夕阳最后的粉红色余晖，上半部边缘在高速移动中打到了挂在树上的钟，让它叮的一声直接飞向树林里的黑暗里，断了一半的系绳还平直地跟着它飞舞而去。丽赛看见铲子的轨道往上行进，心想妈的！我这一挥还真有力！接着，铲子底面撞击在猛冲过来的吉姆·杜利脸上，发出的不是嘎吱声（她记得在纳什维尔听到的就是这种声音），而是低沉的"锵"一声。杜利又惊又痛地尖叫着，整个人摇摇晃晃倒向小径外的树林，还不断胡乱挥舞双手想维持平衡。丽赛瞥见他的鼻子完全歪向一边，就跟科尔一样；接下来他的嘴角跟下唇就会流出鲜血。突然，她感觉在她右侧离杜利不远处有东西在动，动作非常大。潜藏在她心中那些晦暗可怕的念头，现在变得更加深沉阴郁了；丽赛还以为这些念头要么会杀了她，要么会害她发疯。后来，这些念头稍稍改变了方向，而树林后方那个东西也同时往另一边移动。她听见树叶掉落、树枝与矮树丛撕开断裂的声音，然后它突然出现了，那就是斯科特说的高个子。她当即就知道，只要看到高个子，你的过去未来都会立刻化作一场梦。天哪，只要看到高个子，你就只能感受到现在，感受到一股仿佛永无止境的痛苦。

10

在丽赛知道发生了什么事并做好心理准备前（其实面对那东西，任谁都无法做好心理准备），它就突然出现了。那个身上有斑纹的东西，它就是斯科特所谓邪的具体化身。

她看见它庞大有如装甲的侧面，外表很像蛇皮。它逐渐靠近，身影不停膨胀，甚至撞弯并折断了一些树，似乎想从那几棵最高大的树木之间穿过。当然，它是出不来的，不过它给人的压迫感并未因此而有丝毫减弱。它的身上没有气味，可是会发出一种令人不快的声音，听起来像是肠子在蠕动，它那颗奇形怪状的头还从树林上方冒出。丽赛抬头透过树叶看见一只眼睛，就像井底那么黑，像排水孔一样宽，虽然眼神死寂，但仍能察觉一切动静。她看见那颗巨大迟钝的头上有个开口，凭直觉就知道从那里被吃进去的东西不会真正死掉，而是活着并不断尖叫……活着并不断尖叫……活着并不断尖叫。

丽赛无法尖叫，根本连半点声音都吭不出来。她往后退了两步，发现自己的脚步竟出乎意料的镇静。接着她的手一松，那把又沾了另一个疯子鲜血的银铲子直接掉到地上。她心想，它看到我了……这条命再也不属于我了。它不会让我拥有这条命的。

它直立了一会儿，丽赛看见它湿滑的肉身上随处长着杂乱无章的毛发。透过粉红色余晖及银色月光，她还看到它身体的其余部分仍躺在矮树丛间，感觉就像条蛇。

然后，它的眼睛不再看着丽赛，转而移到吉姆·杜利身上，他正挣扎着要从缠住他的小树丛中起身。他的嘴唇破了、鼻子断了、一边眼睛肿得很大，甚至连头发上都沾了血。杜利发现那个东西正在看他，于是立刻停止叫喊。丽赛看到他一开始本想伸手遮住自己还完好的那只眼睛，不过双手随即垂在身侧，可见他已吓得失去力气。见到这个情景，丽赛甚至有那么一刻觉得他很可怜，甚至考虑不管他做过的一切，先救他再说（就算她会因此而死），不过当她一想到阿曼达，又马上硬起心肠。

那个纠结在树林中的庞然大物以近乎优雅的姿势迅速向前移动，卷住了杜利的身体。它头上洞口周围的肌肉似乎皱缩起来，让丽赛想起斯科特在纳什维尔被枪击那天。在听见嘎吱的咀嚼声及杜利发出的最后尖叫声时，她也想到了那天斯科特低声对她说，我听得到它好像在吃什么东西。她记得斯科特嘴唇噘成圆形，也清楚记得他在发出那种难以形容的恶心声音时，鲜血就从他口中喷出，有如一颗颗小红宝石挂在当时炙热的空气中。

她不知道自己是怎么办到的，但一听到它进食的声音，她马上拔腿就跑。她冲向通往紫色山丘的小路，远离钟铲树，远离高个子吃下吉姆·杜利的地方。丽赛知道它帮了她和阿曼达一个忙，不过她也很清楚它这个忙帮得毫无诚意，因为要是她能活过今晚，她也将和斯科特一样，永远无法摆脱它的阴影。它已经记住她，把她列为目标了。从现在起，她只能自己随时小心，尤其是刚好在半夜醒来时……她心里明白，今后她再也无法睡得安稳了。在夜深人静时，她只有尽可能让自己不去看镜子、窗户，特别是玻璃水杯的表面（天知道为什么）。她得尽可能保护好自己。

它已经靠得很近了，斯科特躺在滚烫柏油路面上打颤时是这么说的。靠得很近了。

杜利的尖叫声从她后方传来，仿佛永远不会停止。丽赛觉得那可怕的声音会让她发疯。搞不好，她已经因此发疯了。

11

丽赛快跑出树林外时，杜利的尖叫终于停止。然而，她却找不到阿曼达。丽赛又开始害怕：万一姐姐乱跑怎么办？或者她还在附近，可是精神病又发作了，整个人蜷缩在阴影中，找不到了呢？

“阿曼达？阿曼达？”

丽赛一开始什么都没听见，后来（谢天谢地！）才发现她左边高高的草堆中传出窸窣声，接着阿曼达站了起来。她的脸在月光照耀下更显苍白，看起来简直像个鬼魂，或者说像只鸟身女妖。她想往前走却被绊倒了，还好丽赛马上接住她。阿曼达不断发抖，冰冷的双手紧紧扣着丽赛的后颈。

“噢，丽赛，我好怕他会追到你。”

“我也是。”

“声音好尖……我分不出来……声音太尖了……我希望那是他的

叫声，可是心里又想，万一那是小小呢？万一是丽赛呢？”阿曼达靠着丽赛的肩膀开始啜泣。

“我没事了，阿曼达。我不是好好站在这儿了吗。”

阿曼达站直身子，看着丽赛的脸。“他死了吗？”

“嗯。”虽然丽赛直觉知道杜利不算真的死去，而且将在那个东西的肚子里过着地狱般的生活，但她不会告诉姐姐。“死了。”

“那我想赶快回去！我们回得去吗？”

“可以。”

“我不知道自己能不能想象得出斯科特的书房……我现在心里好乱……”阿曼达害怕地看看四周。“这里跟‘南风’完全不一样呢。”

“对啊，”丽赛抱紧阿曼达，“我知道你很害怕。你的表现很棒。”

丽赛现在担心的，并不是如何回到斯科特的书房、回到堡景镇，而是回去之后如何继续留在她们的世界不再来这个地方。她想起有次溜冰时严重扭伤了脚踝，医生叫她以后都要非常小心。他说：肌腱一旦拉伤，下次就会更容易再度受伤。

下次会更容易被它发现的。它看见她了。那颗跟排水口一样大、眼神死寂却又敏锐的眼睛已经盯上她了。

“丽赛，你真勇敢。”阿曼达轻声说。她往紫色山坡（现在被月光镀上一层金色）看了最后一眼，然后又把脸埋到丽赛肩上。

“要是你再这样说话，我明天就把你送回绿茵。闭上眼睛吧。”

“已经闭上了。”

丽赛也闭起双眼。她在脑海中看见那颗头，但感觉那不是头，倒像是咽喉，又像根吸管，也像个漏斗，通往盘绕着邪的黑暗深渊。她能听见吉姆·杜利就在里面尖叫着，不过音量变得很小，还混杂了其他尖叫声。她好不容易才撇掉这些画面，开始想象那张红色枫木大书桌，以及汉克（不然还会有谁？）唱着《强巴拉亚》的歌声。另外她想起了当时高个子也在附近，还想到她跟斯科特一开始无法回去的那次，然后想到……

（是那件毛衣，丽赛，我觉得那件毛衣像锚一样拉住我们了）

他说的话，又想到阿曼达以期盼眼神看着“蜀葵”号的样子（好像在跟它道别）。突然，她发现四周的空气开始变化，月光也消失了，虽然她闭着眼，可是仍然感觉得出来。接着她们便往下掉，回到了书房；因为吉姆·杜利切断了电源，所以书房还是一片昏暗，但汉克·威廉斯的声音依然唱着我的伊芳，甜美的女孩，哦唛哦。

12

“丽赛？丽赛！”

“阿曼达，你快把我压扁了，快走开——”

“丽赛，我们回来了吗？”

黑暗中，两个女人纠缠成一团倒在地毯上。

“许多亲戚都来看伊芳哦……”小房间里飘出歌声。

“对，你能不能从我身上滚开，我不能呼吸了！”

“抱歉……丽赛，你压到我的手了……”

“你这好小子啊，我们会玩得很开心的……到河口去吧！”

丽赛勉强把身体拉向右边，让阿曼达抽出手臂，一会儿之后阿曼达的重量从她身上移开。丽赛深深地（也满意地）吸了口气，等她呼气时，汉克·威廉斯唱到一半的歌声也停了。

“丽赛，为什么这里那么黑？”

“因为杜利切断电源了，你记得吗？”

“他是把灯的电源切断了，”阿曼达开始推理，“但如果他弄坏了整间谷仓的电源，电视里不可能有歌声啊。”

丽赛本来想反问她，那为什么电视的声音突然停了，不过没说出口。这不是重点，她们还有其他要紧事。“我们回屋子去吧。”

“我完全同意。”阿曼达说，接着用手指碰碰丽赛的手肘，一路往下摸索，握住她的手。两姐妹一起站起来。阿曼达像在说什么秘密似的：“不是冒犯你哦，丽赛，我觉得我会有很长一段时间不想再来这里。”

丽赛了解阿曼达的感觉，而她自己对这里的感觉也变了。毋庸置疑，斯科特的书房确实让她很气馁。这个地方已经整整困扰了她两年。然而，她认为这里最需要的改变现在达成了：她跟阿曼达已经完全（时间会告诉她到底是不是这样，不过她几乎能百分之分确定）净化了斯科特的鬼魂。

“走吧，”她说，“我们回屋子去，我来泡点热可可。”

“在那之前先喝点白兰地如何？”阿曼达期待地问，“还是疯子不能喝白兰地？”

“疯子不能喝酒，但你可以。”

她们手牵手摸黑走向楼梯口。丽赛走到一半突然停住，觉得踩到某个东西。她弯下腰，捡起一片足足一英寸厚的圆形镜片，一想到那是杜利的夜视镜，便马上露出恶心的表情，把它丢掉。

“是什么？”阿曼达问。

“没什么。这里好暗，我看不太清楚，你呢？”

“我也是。别放开我的手哦。”

“亲爱的，我不会放开。”

她们慢慢走下谷仓。虽然速度很慢，但心里觉得安全多了。

13

丽赛拿出家里最小的杯子，再从用餐室最角落的柜子里翻出一瓶白兰地，替阿曼达跟她自己各倒一杯。她们站在厨房流理台边，高高举起互相碰杯。室内所有灯都开着，连最远那张小桌上的鹅颈台灯也是。

“渗透牙齿。”丽赛说。

“渗进牙龈。”阿曼达说。

“渗入内脏吧。”她们一起说，然后一口喝下。

阿曼达曲着身体，吐出一口气，她站直后，苍白的脸上出现了血色，额头也逐渐红润起来，连鼻梁都变红了。她的眼眶里还有泪水。

“真他妈要命！这是什么酒？”

丽赛觉得自己的喉咙也跟阿曼达的脸一样发烫。她拿起酒瓶看标签，上面写着：“星辰白兰地，产自罗马尼亚。”

“罗马尼亚的白兰地？”阿曼达看起来吓了一跳。“太烈了吧！你从哪儿弄来的？”

“是斯科特收的礼物，不过我忘记他是做了什么事才得到的——他们好像还连同这瓶酒一起送了个笔架吧。”

“搞不好有毒。你去把它倒掉，我来祈祷，希望我们不会中毒而死。”

“你去倒吧，我来泡点热可可，来自瑞士的热可可，不是罗马尼亚的哦。”

正当她要转身离开，阿曼达拉住她的肩膀。“或许我们应该暂时忘了热可可，先在副警长回来找你之前离开这里。”

“你这么觉得吗？”虽然她知道阿曼达说的没错，但还是问了。

“对，你还敢再上楼去那间书房吗？”

“当然敢。”

“把我的枪收起来。别忘了那里的灯不亮。”

丽赛打开抽屉，从里面找出一支长形手电筒，打开测试了一下，照出的光束十分明亮。

阿曼达正在洗杯子。“如果有人发现我们在这里，那也没什么大不了。但要是副警长知道我们带了枪过来……而杜利又刚好从这世界消失……”

丽赛的计划其实只设法把杜利引到钟铲树下而已（她从没想到高个子会来插一脚），听完阿曼达的话，她才明白其实还有很多事要做，而且最好尽快做。那个疯子消失了，伍伯迪教授是绝对不会吭声的，但杜利总有些亲戚，而且这世上唯一想干掉他的人，就是丽赛·兰登。当然世上没人找得到他的尸体，不过她跟阿曼达可能还是得解释清楚她们今天中午跟下午到底做了些什么事。另外，警长办公室的人也都知道杜利在骚扰她；是她向他们报案的。

“我会处理的。”丽赛说。

阿曼达严肃地说：“很好。”

14

手电筒的光照范围很宽，而书房也不像丽赛原来担心的那么可怕。抱着要办正事的心情过来，也比较不容易紧张。她首先把枪收进鞋盒，然后拿着手电筒在地板上搜索，找到了两片夜视镜的镜片，以及六颗三号电池，她猜这些是给夜视镜供电用的。虽然她不确定自己见过，不过电池盒应该跟着杜利过去异月之湾了，而这些电池则留在原处。接着她捡起杜利拿来的那个可怕纸袋。她纳闷阿曼达要么是忘了这个纸袋，要不就是她从一开始就不知道杜利拿着这个纸袋，总之无论如何，最好不要让警方看到纸袋里的东西，否则对她可不妙。而且手枪也不能让他们发现。丽赛知道他们会对那把枪做一系列检测，查出它最近击发过子弹；她可不是笨蛋（她还看过《犯罪现场调查》呢）。她也知道，检测无法查出它唯一开过的一枪是对着天花板的。她试着拿稳纸袋，不让里头的东西发出碰撞声，不过它还是叮当作响。最后她再四处巡视一遍，检查是否有杜利遗留下的痕迹，结果没有。地毯上是有血迹，然而要是警方真的拿去化验，也只会发现是她的血而已。地毯的血加上纸袋里的东西，应该会组合成对她相当不利的证据，不过她处理掉纸袋后没问题了。应该不会有问题。

他的车在哪里？我知道之前看到的那辆车就是他的。

但她现在担心这个也没用。天黑了，这才是她要担心的。还有她那两位姐姐的问题：黛拉跟坎塔塔现在正往德里的阿卡迪亚精神病院路上。因为这样她们才不会卷入吉姆·杜利事件。

可是她真的得担心她们两个吗？不用。当然，她们会很火大……而且很好奇……但要是她跟阿曼达叫她们别声张，她们一定会照办，为什么？因为这也算姐妹间的事。她跟阿曼达只要小心点应付她们，编个故事就行了（丽赛完全想不出能完全掩饰这次事件的说法，不过她很确定要是斯科特活着，一定能想出来）。之所以要编故事，是因为黛拉与坎塔塔都有老公，而老公是全世界最容易将家务事泄露出去的人。

丽赛转身要离开时，眼神被靠着墙角的那些书吸引住了。各种当季评论、学术期刊、年鉴、报道以及影印本中都有讨论斯科特的文章，很多本里头都有照片，然而那些都已经成为过去——就把它称作“斯科特与丽赛！婚姻初期！”好了。

她很轻易地想象一群大学生来搬这些书，一本接一本放进外头印着酒厂商标的纸箱里，再把纸箱堆在卡车上载走。载到匹兹堡大学吗？死都别想，丽赛这么想。她不认为自己是个内心充满怨恨的女人，但经过吉姆·杜利事件后，她才不想把斯科特的东西摆在伍伯迪身边，最好让他每次想看就得付昂贵的机票钱长途跋涉。嗯，送到缅因州立大学的佛格勒图书馆好了——那里就在从“克里夫磨坊”出来的路上。她想象着自己站在一旁看那些孩子包装完，说不定再弄一大壶冰茶请他们喝。喝完后，他们会放下杯子，异口同声感谢她，其中一位或许还会告诉她，说自己很喜欢她先生的书，然后大家一起安慰她。那语气听起来好像斯科特两星期前才刚过世一样。她会谢谢他们，看他们载着那些里头有她与斯科特照片的书籍离开。

你真的放得开？

她觉得自己可以。不过那些书还是吸引着她的目光。那些早就阖起来、沉睡已久的书，仍然吸引着她。她又看了一会儿，想起以前有个叫丽赛·德布夏的年轻女孩，当时她的胸部还很坚挺呢。她寂寞吗？对，她曾经有些寂寞。她害怕吗？当然，因为她才二十二岁。接着，有个年轻人踏进她的生活。他是个头发每次都会不听话盖到额头上的年轻人。他是个有很多话、很多故事要说的年轻人。

“我永远爱你，斯科特。”她对着空荡的书房说。或许她是在对那些书说话吧。“我爱你，也爱你的吻。我可是你的女性友人呢，对不对？”

然后，她握着手电筒，一手夹住鞋盒，另一手夹住杜利的可怕纸袋，慢慢走下楼梯。

15

丽赛回去时，阿曼达站在厨房门口等她。

“很好，”阿曼达说，“我正担心你呢。袋子里是什么？”

“你不会想知道的。”

“噢……好吧，”阿曼达说，“他……真的不见了吗？”

“我想是。”

“希望如此，”阿曼达打了个冷战，“他是个吓人的家伙。”

你还没完全见识过他的可怕呢，丽赛心想。

“好啦，”阿曼达说，“我想我们也该走了。”

“去哪里？”

“里斯本瀑布，”阿曼达说，“老家的旧农场。”

“什么——”丽赛说到一半停了下来。虽然奇怪，不过去那里不无道理。

“按照你对埃布尔尼斯大夫的说法，我在绿茵突然清醒，然后你带我去我家换衣服。你就说后来我又开始变奇怪了，一直讲那个农场的事。走吧，丽赛，赶快在有人来之前把一切处理掉。”阿曼达拉着她走到屋外。

丽赛有些困惑，不过还是任由姐姐拉着她走。德布夏老家在里斯本瀑布镇的塞伯特路终段仍然有块五英亩的土地，离堡景镇约六十英里远。按照遗嘱，这块地属于五个女人共有（其中三位的先生都还活着），不过农场长年无人照料，应该长满了很高的杂草，土地也都荒废了。除非地价涨到可观的程度，否则大家应该不太可能想拿这块地来做什么。斯科特·兰登在八〇年代晚期设了个信托基金，负责支付这块地的地产税。

“你为什么想去旧农场？”丽赛边坐上宝马驾驶座边问，“我不太懂。”

“因为我就是想去，”阿曼达看着丽赛回车，然后开上长长的车道，“因为我说我想去看看那个老地方，所以你当然会带我去。”

“我当然会带你去。”丽赛说。她看看左右两边，确定没人（拜托老天，千万别让警车出现），然后左转，开上通往麦卡尼瀑布、波兰泉、格里镇，最后到达里斯本瀑布的路。“那我们为什么要把黛拉跟坎塔塔引开？”

“是我坚持这么做的，”阿曼达说，“我怕万一她们出现，会先带我去我家或你家，甚至是绿茵，这样我就没机会回老家看看爸爸妈妈了。”丽赛一开始还听不懂——去看爸爸妈妈？后来她才了解阿曼达在说什么。德布夏家族就葬在老家附近的塞伯特谷公墓，老爸跟老妈都埋在那里，爷爷跟奶奶也是，还有一些天知道是谁的其他人。

她问阿曼达：“可是你不怕我带你回绿茵吗？”

阿曼达任性地看了丽赛一眼。“你为什么要带我回去？是你带我离开那里的嘛。”

“搞不好我看你又开始有点疯疯癫癫，所以才想带你回去。你不是说要回去那三十年没人在的老家吗？”

“啧！”阿曼达轻蔑地挥挥手，“我可以随时掐住你的脖子哦，丽赛——坎塔塔跟黛拉都知道我会这么做。”

“你最好可以！”

阿曼达没说话，只给她一个疯狂的笑容，被仪表板照得发绿的脸孔接着露出一副怪异的表情。丽赛张嘴正想反驳，但随即又停住。她觉得这个说法可能行得通，因为只要掌握重点就行了：阿曼达行为怪异（大家都知道），而丽赛一直迁就她（大家都能理解）。没问题的。至于装枪的鞋盒……还有杜利的袋子……

“我们要在麦卡尼瀑布停一下，”她对阿曼达说，“那里有座桥，底下是安德罗斯科金河，我得处理一些东西。”

“没错。”阿曼达说完，就把双手放到膝盖上，头靠着椅背，闭上眼睛休息。

丽赛打开收音机，正好听见汉克·威廉斯在唱《乡村酒馆》，但她并不惊讶。她低声跟着唱，一字一句都记得很熟，这点她也不惊讶。有些事是永远不会忘的。她开始相信，在这世上被认为短暂而少受重视的事物（比如歌曲、月光、吻），有时却能在回忆里留存最久。这些事或许很傻、很好笑，却不会被遗忘。她觉得这样很好。

这样很好。

/

第三部　丽赛的故事

你呼唤，而我回答，
你许愿，而我实现，
你是夜晚，而我是白天。
还需要什么？这样已十分足够。
这样已非常完美，
你与我，
夫复何求？——
奇怪的是，我们竟然还会为爱受苦！
——D. H. 劳伦斯，《贝伊 · 汉尼夫》

第十六章　丽赛和故事树
（斯科特有话要说）

1

丽赛开始着手清空斯科特的书房，发现进度出乎预料的快。而且她也没想到自己还是跟黛拉、坎塔塔与阿曼达一起整理的。有好一段时间，坎塔塔表现得很冷淡，也很猜疑（丽赛觉得那还真是好长一段时间），但阿曼达一点也不担心。“那是装的。她迟早会放下身段和好的。给她点时间吧，丽赛。我们的姐妹情谊可是很深厚的。”

坎塔塔最后还是恢复正常了，不过丽赛感觉坎塔塔仍旧怀疑阿曼达是为了“引起注意”才假装发病，而阿曼达跟丽赛一定暗中“做了些什么事”。或许是“不好的事”。黛拉则很纳闷阿曼达到底怎么恢复的，也对她跟丽赛两人去里斯本瀑布旧农场那件事觉得很奇怪，但至少她从未觉得阿曼达装疯。

毕竟黛拉可是亲眼目睹过呢。

总之，在七月四日这个星期，四姐妹合力整理，清空了谷仓楼上的杂乱书房，还雇了几个健壮的高中男生负责搬重物。最重的东西应该就是那张大书桌了，大家把可拆卸的部分拆掉之后，就用租来的吊车把桌子吊下楼。那些高中生还相互大声叫对方加油、使劲。丽赛跟姐姐们站在旁边看，拼命祈祷那几个男孩中不会有人被吊车的吊绳或滑轮弄断手指。还好，他们最后都没事，而在那个星期结束时，斯科特书房里的所有东西都处理完毕，有的搬走，有些标记为要捐赠出去，还有些丽赛尚未决定如何处理，就先收藏起来。

一切就绪，只剩墙边那些讨论斯科特的期刊书籍还在原处。这些剩下来的书就在空荡的长形房间里打着瞌睡；由于冷气搬走了，所以这里变得很热。虽然白天时会开天窗，房间里也有几台电扇吹着让空气流通，但室内温度还是很高。怎么会不热呢？这里以前是个文学宝地，现在只是个普通的谷仓了。

染了血迹的丑地毯也还在，要等到那些期刊书籍搬走后再处理。坎塔塔问起时，丽赛说是不小心泼到了油漆，不过阿曼达知情，黛拉也有些怀疑。地毯要撤掉，可是得先弄走墙边的期刊书籍才行，但丽赛其实还没做好心理准备处理那些讨论过斯科特的文章。她不清楚为什么，也许因为它们是斯科特在这里仅存的遗物吧。

所以她还要再等等。

2

在她们姐妹整理斯科特书房的第三天，贝克曼副警长打电话给丽赛，说他们在离她家三英里处的斯戴普路边发现一辆 PT 漫游者弃置轿车，挂着特拉华州车牌。他问丽赛，能不能到警长办公室看看那辆车？副警长说车子已经拖到他们专门存放扣押车辆的停车场了。丽赛是跟阿曼达一起去的。黛拉跟坎塔塔都没什么兴趣，她们只知道有个怪人在附近出没，是个烦人精，想打斯科特作品的主意。她们对这种人早就见怪不怪，斯科特成名后的这些年来，常会有人如飞蛾扑火般被他吸引过来。当然，其中最出名的就是金毛小子科尔。然而丽赛跟阿曼达都没让黛拉与坎塔塔知道，其实这次事件的主角跟科尔几乎是同量级的选手，她们当然也没提到信箱里的死猫。丽赛十分谨慎，小心地与副警长讲话，以免露出马脚。

第七号车位上的米黄色轿车，可能就是丽赛在那个漫长星期四从绿茵回家途中看到的那一辆，但也可能不是，因为这种车型实在太普遍了。她是这么告诉贝克曼副警长的，另外她还提醒副警长，当时那辆车是从西边日落方向过来，所以她向着阳光，没办法看得太清楚，于是副警长只能一脸可惜地摇摇头。不过丽赛心里很确定，就是这辆车没错，她闻得出杜利的气味。她想到杜利说的话：我要让你身上那个不让男生碰的地方痛不欲生，还得克制住自己不发抖。

“车子是偷来的吧？”阿曼达问。

“你猜对了。”贝克曼说。

一位丽赛没见过的副警长走过来。他很高，大概六英尺多一些，在这里好像不高就不能当警察似的。还有，他的肩膀也很宽。他自我介绍，说他叫安迪·克拉特巴克，然后跟丽赛握了握手。

“啊，”她说，“就是那位代理警长。”

他露出灿烂的笑容。“现在不是啰，诺里斯已经回来了。他中午还在法院，不过已经算是回到岗位，所以我又回到克拉特巴克副警长的身份啦。”

“那就恭喜你喽。这是我姐姐阿曼达·德布夏。”

克拉特巴克跟阿曼达握手。“很高兴认识你，德布夏女士。”接着他对她们两人说：“那辆车是从马里兰州罗里尔的一个大卖场偷来的。”他双手拇指扣着皮带，盯着车子看。“法国人把 PT 漫游者叫作吉米·凯格尼[①]之车，你们知道吗？”

阿曼达听到后没什么反应。“车上有指纹吗？”

“半个都没有，”他说，“擦得干干净净。而且偷车的人还把车灯灯罩拿掉，弄破灯泡。你们有什么想法？”

“我觉得这非常可疑。”阿曼达说。

克拉特巴克笑了。“是啊。总之呢，这部车的车主是拉特华州的一个退休木匠，他一定很高兴能找回车子，尽管车灯都坏了。”

丽赛说：“你们查出吉姆·杜利的背景了吗？”

“应该说是约翰·杜林，兰登太太。他出生于田纳西州一个小镇，五岁时跟家人搬到纳什维尔。一九七四年冬天，他的父母和姐姐死于火灾，于是舅舅跟舅妈便接他到西弗吉尼亚州，那年他才九岁。官方鉴定原因是圣诞树灯泡走火，但是我跟办这案子的一位退休探员谈

---

① 吉米·凯格尼（1899—1986），好莱坞著名性格演员。

过，他说当时有人怀疑那男孩与起火原因有关，不过最后还是没有证据。”

丽赛觉得没有继续关心这件事的必要，因为不管那个疯子自称什么，他都无法再从她带他去的那个地方回来了。不过克拉特巴克说，杜林在田纳西州一个精神病院待了好几年，这让她更相信他与格德·埃伦·科尔见过面，而科尔的妄想症……

（为了小苍兰，我一定要让这可怕的钟声消失。）

就像病毒般传染到他身上。斯科特以前有句格言，丽赛以前一直不太懂，不过在马库尔／杜利／杜林事件后，她可是完全明白了。斯科特说：有些事是怎样就怎样，因为没有其他选项。

“无论如何，你们还是得注意那家伙，”克拉特巴克对姐妹俩说，“如果有他出现的迹象——”

“或者他暂时离开一阵子又决定回来。”贝克曼补充。

克拉特巴克点点头。“对，那也有可能。要是他再出现，我想我们可能就得跟你家人见个面，让大家了解状况。你同意吗？”

“要是他再出现，我们当然会配合你们。”虽然丽赛的表情很严肃，但她和阿曼达在回家路上却笑得近乎歇斯底里，因为她们知道杜利再也不会出现了。

3

第二天的黎明前一两小时，丽赛睡眼惺忪地拖着身子走进浴室，只想上完厕所后再回去睡，却突然看见卧房里好像有东西在动。她因此立刻清醒过来，踮起脚尖偷看，结果什么也没有。她从洗手槽边的架上拿了条手巾来盖住药柜的镜子，还小心夹好，免得掉下来。她就是在那面镜子上看到动静的。接着，她上完厕所，回去继续睡觉。

丽赛相信斯科特一定能理解她为何这么做。

4

夏天不知不觉过去，有天丽赛发现城堡岩镇大街上好几家商店橱窗上都挂起了“供应开学用品”的招牌。当然喽。转眼间，现在已经过八月中了。接下来该是处理斯科特书房里那些书跟沾血地毯的时候了（如果还有接卜来的话，丽赛甚至开始考虑把房了卖掉）。坎塔塔跟理查德八月十四日办了他们一年一度的“仲夏夜之梦”派对，而丽赛也找到正当理由喝理查德的长岛冰茶来大醉一场，她可是从斯科特死后就没再这么玩过了。一开始，她先要理查德弄杯双份，结果却放在桌上动都没动。她觉得似乎看见了某个东西，好像反射在玻璃杯上，又仿佛在琥珀色饮料深处游泳。当然，里面根本没什么，只是她的错觉而已，但她想喝个烂醉的冲动却消失了。老实说，她不确定自己是不是真敢喝醉，不确定自己敢借这种方式卸下防备。如果她引起了高个子的注意，如果它偶尔会监视她……甚至想到她……呃……

她心里有一部分认为这些都是狗屁。

有一部分则认为这些都是真的。

八月仲夏的热力继续发威，新英格兰地区进入最炽热的时节，炎热不但使人容易暴躁，也让用电量进入高峰。这时候，有件事也开始让丽赛越来越烦恼……有时候她觉得好像会在某些能反射影像的物体表面上看到东西，但又无法确定这到底是不是真的。

有时她会在正常起床时间前一两小时挣扎着惊醒，就算室内开着冷气，她也是气喘吁吁、全身大汗，就像小孩做了噩梦，觉得自己逃不过正在追她的东西，而且那东西还躲在床下，随时能卷起冰冷扭曲的手指抓到她脚踝，或者直接穿过枕头扣住她的脖子。每次惊醒时，她都会在睁开眼睛前先用手摸摸床单，确定自己不是在……别的地方。等她睁开眼看看四周熟悉的环境，总算松了一大口气后，她常会想到一句话：肌腱一旦拉伤，下次就更容易受伤。而她就像拉伤了某组特定的肌腱，不是吗？没错。一开始是拉阿曼达回来，后来又拉杜利过去，她可是拉得很用力的。

后来几天，她又这样惊醒了六七次，但每次睁开眼看见的都还是她的卧室（本来是她和斯科特的房间）；她以为习惯后就不会再担心自己身在异处，然后一切好转，她也能睡得更安稳。可是情况却不如她预期，反而越来越糟。在大热浪来袭的第一天（和十年前斯科特失魂时的那场强烈冷锋刚好形成讽刺对比），她害怕的事终于发生了。

5

丽赛躺在客厅的长沙发上，想要小憩片刻。电视上的杰里·斯宾格脱口秀正唠叨着“我妈偷走了我男友，我男友偷走了我妈”之类的话，虽然节目似乎很白痴，不过偶尔看看还蛮有趣的。她伸手拿起遥控器关掉电视——或者该说她只是梦到自己这么做，因为她睁开眼睛找遥控器时，竟然发现自己躺着的不是长沙发，而是异月之湾的紫色山丘。那里是大白天，感觉没什么危险，而斯科特的高个子（不过现在可能是她的高个子了，丽赛的高个子）也不在附近，但她还是非常害怕，差点要无助地发出尖叫。最后她没有尖叫，而是闭上眼睛想象客厅的样子，结果突然听到斯宾格脱口秀里的“来宾”正对着彼此叫嚣，而椭圆形遥控器也握在她的左手。她立刻瞪大眼睛，从长沙发上跳起来，全身冒出鸡皮疙瘩。或许她在做梦（毕竟她一直对这件事感到焦虑），再说这样想也会让她好过一点，但刚才那栩栩如生的景象实在无法让她相信只是错觉。而且她拿遥控器的左手背上，还沾到一片紫色的污迹。

6

第二天她打电话到佛格勒图书馆，跟特藏组负责人贝尔特拉姆·帕特里奇·派翠基先生谈话，他听到丽赛说斯科特书房里还有一批书籍时，显得很兴奋。他称斯科特的那些书为“关联书册”，还说佛格勒图书馆的特藏组很高兴能收下它们，“并且跟你一起处理扣抵税额的问题”。她说这样很好，表现出一副被扣抵税额问题困扰了好几年的样子。派翠基先生说他第二天就会派“一组搬运工”过去，把那些书册装箱，载到离她家一百二十英里的缅因州立大学。丽赛提醒他现在天气非常热，而斯科特的房间已经变回原来的谷仓阁楼，没有冷气了。她说，或许他可以等天气凉一点再派搬运工来。

“没关系，兰登太太，”派翠基开朗地笑着说，丽赛知道他其实是怕她到时会改变心意，“我已经想到合适人选，明天你就会见到他们了。”

7

她跟贝尔特拉姆·帕特里奇谈完后不到一个钟头，电话又响了，那时她刚好在做鲔鱼三明治当晚餐——分量不多，但她也只想吃这么多。外头的热气像毛毯一样覆盖着一切，在阳光照耀下，所有颜色都变淡了，天空似乎也被高温炖成一整片白。她用鲔鱼酱配美乃滋，再加些洋切片葱夹进全麦面包时，心里正想着她在石头长凳上找到阿曼达的情景，还有“蜀葵”号的样子。这很奇怪，因为她几乎没再想过这件事了。对她来说，那就像场梦境。丽赛记得阿曼达问过，回去后是不是还得喝

（混混混混混合饮料）

恶心到爆的潘趣酒，记得她那副很怕再被囚禁到绿茵疗养院的表情，而丽赛也向她保证，以后不用再喝潘趣酒跟混合饮料了。虽然阿曼达心里不愿意，也很乐意继续坐在长凳上看着“蜀葵”号度过“大半个永恒”（这是老妈的说法），但她还是答应跟丽赛回来。她大可以坐在那些包着裹尸布的可怕东西之间，就这么静静看着水面。在她

下方还有那个穿长袖衣服手里拿照片的女人，那个杀了自己孩子的女人。

丽赛放下三明治，突然觉得全身发凉。她不可能知道这种事。她怎么会知道这种事。

但她还是知道了。

安静点，那女人说，我在思考我为什么要这么做。

然后阿曼达突如其来地说了些话，对不对？是有关斯科特的。虽然阿曼达当时说的话现在已不重要，因为斯科特死了，吉姆·杜利也死了（希望他是死了），不过丽赛还是清楚记得那些话。

“她说她会回来，”丽赛喃喃着，“她说如果是为了让我不受杜利伤害，她就愿意回来。”

没错，阿曼达是这么说，而她也做到了，上帝保佑她，然而丽赛想记起阿曼达随后说过的话。我看不出这件事跟斯科特有什么关系，阿曼达心不在焉地说，他都已经死了两年……我想他告诉过我关于——

电话就在这时响起，打断了丽赛脆弱的思绪。她拿起话筒时，竟然有个疯狂的念头，觉得是吉姆·杜利打的。你好啊，太太，遗稿狗仔界的黑暗王子说，我是从怪兽肚子里打来的。你今天过得好吗？

“喂？”她说。她知道自己很用力握紧话筒，但就是没办法放松。

“我是丹·贝克曼，兰登太太，”电话那头的声音说道。贝克曼副警长听起来异常兴奋，兴奋到几乎忘了形，所以讲起话来语气突然变得像个大男孩。“猜猜发了什么事？”

“猜不到。”丽赛说。她又有另一个疯狂念头了：他们在警长办公室抽签，看谁要打电话来找她出去约会，而抽中的人是他。不过，他会因为这样就这么兴奋吗？

“我们找到灯罩了！”

丽赛不知道他在说什么。“不好意思，你指的是？”

“杜林——就是自称扎克·马库尔跟吉姆·杜利的那家伙——他偷了那辆车跟踪你，兰登太太，这件事我们很确定。他把车子藏在我们发现的那个地方，这我们也很确定，但没有证据，因为——”

“他把指纹擦掉了。”

“是啊，而且擦得干干净净。不过我跟插头偶尔会到那里去——”

“插头？”

“抱歉，我指的是乔。就是艾斯顿副警长，你认识吗？”

插头，她心想。她这才第一次意识到，原来他们也是普通人，过着普通的生活，当然也会有昵称。插头，她心想。乔·艾斯顿副警长，别名插头。

“兰登太太？你还在吗？”

“我还在，丹。我可以叫你丹吗？”

“当然可以。话说回来，我跟他偶尔会去那里巡一巡，看能不能找到些有用的东西，因为他显然在那里待了很久——还丢了些糖果包装纸、皇冠可乐瓶之类的东西。”

“皇冠可乐。”她轻声说道，然后心想：秘宝，丹。秘宝，插头。秘宝找到了，游戏结束。

“是啊，他似乎偏好某些品牌，不过瓶子上还是找不到他的指纹。我们只在数据库中比对出一枚指纹，那个人在七〇年代晚期偷过一部车，现在是牛津镇一家超市的店员。我们也采集了瓶子上的其他指纹，推测应该也都是店员的。但是昨天中午，兰登太太——”

“叫我丽赛就好。”

他愣了一会儿才继续说：“昨天中午，兰登太太，我在那附近找到了超级大奖——车灯的灯罩。他拆掉以后，就把灯罩随手丢了。”贝克曼的声音越来越大，显然十分得意——听起来不再像个副警长，而像个普通人。“他忘记处理上面的指纹啦！他拿灯罩的时候，在一边留下清楚的拇指指纹，另一边则是食指的！我们今天早上就收到传真结果了。”

“是约翰·杜林？”

“对啊，比对后有九处符合。九处！”他停了一下，再开口时，那股得意的语气已经消失了。“现在就剩找出那个混蛋了。”

“我想他迟早会出现的，”她说完话，渴望地看了三明治一眼。她忘了阿曼达当时说过的话，不过又重新找回了食欲。丽赛觉得在这热死人的天气下，这样的交易也算公平了。“但要是他没出现，应该也不会再骚扰我了。”

“我敢说他目前一定不在城堡郡。”丹·贝克曼的声音透出一丝骄傲。“这里对他来说可能太热，所以他把车丢了，直接离开。插头也有同感。吉姆·杜利跟猫王一样消失了。”

“插头这个外号怎么来的，跟插座之类的东西有关吗？”

“不是的，女士，完全不是这样。高中的时候，他跟我是城堡丘骑士队的足球队员，那年我们得了州冠军。虽然对手班格尔公羊队有三次达阵得分，但我们可不是好惹的，最后得到本区自一九五〇年来唯一的一座冠军。那个球季，乔简直是锐不可当，就算四个人围堵他，还是无法阻挡他深入敌方阵地。所以我们才叫他插头，我到今天还是一直这样叫他。”

“如果我那样叫他，你觉得他会揍我吗？”

丹·贝克曼开心地笑了。“不会！他会被你逗得呵呵笑呢！”

“好吧，那么我是丽赛，你是丹，他是插头。”

“我没问题。”

“谢谢你打来通知我，警方效率真高。”

“谢谢你这么说，女士。丽赛。”丽赛听见他愉悦的声音，自己的心情也跟着变好了。“要是有其他事情需要帮忙，或者你又看到那个怪人，尽管联络我们。”

“我会的。”

丽赛挂着笑脸吃起三明治，后来一整天都没再想阿曼达、“蜀葵”号或异月之湾的事。但是那个晚上，她听见远处雷声醒来时，却感觉有个东西在……不算在追捕她（它根本懒得这么做），而是打量着她。一想到它那深不可测的脑袋正在打量她，丽赛就既想哭又想尖叫，或是同时进行。它害得她想起床看电影、抽烟、喝浓咖啡以保持清醒。喝啤酒应该会更好，但可能会让她想睡觉。不过最后她没起床，只是打开床头灯，然后静静躺着。我才不会睡着，她心想，我就这样躺着等到天亮，然后起床弄我要的咖啡。

然而三分钟后，她就开始打盹。十分钟后，她已经睡得很沉。再晚一点，月亮高高升起后，她梦见自己在印有“皮尔斯布里顶级面粉”字样的魔毯上，飞过一处白沙滩，而她的床上也暂时空无一人，房间里充满了赤素馨花、茉莉花和昙花的味道，那是她既期待又害怕的气味。不过到了早上，丽赛就回来了，也几乎忘了那个梦，那个飞过异月之湾池边沙滩的梦。

8

派翠基先生派人来拿剩下那些书的情景，跟丽赛先前预料得差不多，只有两处小地方不同：第一，搬运工是两位年轻人，其中一位是个女孩，二十几岁，身材还满高大的，绑着焦糖色的马尾，还戴着红袜队棒球帽；第二，丽赛没料到搬运工作竟然这么快就完成。虽然书房热得要命（就算把三台电扇开到最强也没什么用），但他们不到一个钟头就把书装箱并搬到他们的深蓝色厢型车上了。丽赛问两位特藏组的图书馆员（他们自称派翠基的奴隶，不过丽赛觉得应该是半开玩笑）要不要喝点冰茶，他们马上一口答应，各喝了一大杯。女孩名叫柯柔。她告诉丽赛，她非常喜欢斯科特的书，尤其是《圣物》，读了三遍。男孩名叫迈克尔，他则对斯科特的过世表示哀悼。丽赛发自真心向两位道了谢。

“看到这里空荡荡的，你一定很难过吧。”柯柔拿着杯子对谷仓比了比，杯里的冰块发出碰撞声。丽赛提醒自己别直接注视那个杯子，免得看到冰块以外的东西。

“是有点难过，可是也感觉松了口气，”她说，“我早就想清理这个地方，不过一直没动手。前阵子我几位姐姐过来帮我，我很高兴总算处理好了。还要再喝点茶吗，柯柔？”

“不用了，谢谢。在出发前，我可以借用一下洗手间吗？”

“当然可以。你穿过客厅，右边第一扇门就是了。”

于是柯柔先离开书房。丽赛装得心不在焉，将柯柔那个空杯子移到装冰茶的褐色塑料茶壶后面。“再来一杯吗，迈克尔？”

“我也不用了，谢谢，”他说，“我猜你也要处理掉这块地毯吧。”

丽赛故意笑出声。“是啊。很丑吧？斯科特有一次不小心把油漆倒了出来，真是糟糕。”她心想：抱歉，亲爱的。

“看起来有点像干掉的血迹。”迈克尔说，然后喝完他的冰茶。炽热的阳光照在他的杯子表面上，丽赛仿佛瞥见有只眼睛在看她。等迈克尔把杯子放下时候，她还差点克制不住，直接抓起杯子放到茶壶后面。

“大家都这么说。”她回答。

“也像全世界最严重的刮胡子意外事件。”迈克尔说完，自己就笑了起来。他们两人都笑着。丽赛觉得自己装出的笑容几乎跟他的一样自然。她不去看他的杯子，也不去想斯科特的高个子现在了变成她的高个子这件事，她心里只想着高个子。

“你确定不要再喝一点？”她问。

“最好不要，我还得开车呢。”迈克尔说，接着他们两人又笑了起来。

柯柔回来时，丽赛以为迈克尔也会想去上洗手间，结果他没问（她想起斯科特常说男生的肾比较大、膀胱比较大之类的话），丽赛觉得这样也好，因为他就不会像那女孩离开时脸上挂着奇怪的表情。噢，在往北回缅因州立大学的漫长路程中，柯柔一定会告诉迈克尔，说她在客厅跟厕所里看到些什么。丽赛一开始并不明白那女孩的表情，还摸摸自己的头，以为头发或脸上沾了什么东西。后来（在看都不看就把杯子砰的一声丢进洗碗机之后）她去上厕所时，发现了挂在镜子前的毛巾。她清楚记得自己在楼上曾用毛巾盖住药柜的镜子，不过这面镜子是什么时候盖住的？

丽赛不知道。

她回到客厅，看见壁炉台上的镜子挂了条被单。照理说，她经过这里的时候应该会注意到，因为柯柔显然就注意到了。可见在这些日子里，小丽赛根本没花什么时间照镜子。

她巡了一遍，发现一楼的镜子几乎都用被单或毛巾盖住，或者转过去对着墙壁，只有两面镜子例外；于是一不做二不休，她干脆把剩下的两面也盖了起来。这么做的时候，丽赛很好奇那个戴红袜队球帽的时髦女孩有何感想。是否会认为知名作家的遗孀要么是个犹太人，不然就是遵循犹太教的早晨规范？还是她会认为丽赛相信大作家冯内古特的话，说镜子并不是反射影像的物体，而是种裂缝，是能通往另一个空间的开口？丽赛自己不就这么想的吗？

不是开口，是窗户。还有，我干吗这么在意某个大学图书馆员的想法？

噢，应该不必。但话说回来，生活中有太多能反射影像的物体了，不是吗？不只是镜子。早上要避免看到果汁的杯子，日落又得注意不能盯着酒杯，开车时也常在仪表板上发现自己的脸在盯着自己。然而要怎么才做得到？怎么才能让自己不去想某件事？根据已故斯科特·兰登的说法，心智就像个穿苏格兰短裙的活跃反抗分子，它能联结上许多狗屁倒灶的事，它也能联结上邪。

还有其他更可怕的事就。算它不来找你，你也无法克制自己不见到它。因为肌腱一旦拉伤……一旦你的生活开始变得像颗松动的牙齿——

在她走下楼、坐上车子、打开莲蓬头、读书或翻开有填字游戏的杂志时，她都会有种特别的感觉，就像知道自己快要打喷嚏或是

（老天，小宝贝，老天，小丽赛！）

快要高潮。然后她会想：噢，妈的，我没有完全回来，我要过去了，我又要过去那地方了。她周围的世界似乎又开始摇晃，另一个世界即将出现，那是个天黑以后一切香味都会凝结而变得有毒的世界。那个世界近在眼前，仿佛只要轻弹一下手指就能过去。丽赛会感觉一切都往下掉，只剩下她自己在如刀刃般的细索上行走。接着，她又回到这个世界，正常地走下楼，甩上车门，调整莲蓬头热水，翻到书的下一页，或者猜想填字游戏的提示。

9

斯科特最后那批书被运走后的第三天，是缅因州与新罕布什尔州

今年气象纪录中最热的日子，而丽赛就在这天拿着一台手提音响跟一张《汉克·威廉斯畅销金曲集》走上空荡荡的书房。这里的电源早就修复了；杜利当时只是在楼下电箱弄坏了书房的三条线路。所以她可以在这里播放音乐。

丽赛不清楚书房里到底有多热，只知道一定超过华氏一百度。她爬完楼梯时，觉得上衣已经黏着身体，脸也湿了。她忘记哪篇文章里提过，说女人不会流汗，只会发热，那真是胡说八道。要是她在这里待得太久，可能会因为中暑而昏倒，还好她并不打算在这里久留。有时她会在收音机上听到一首叫《这样活不久》的歌，不知是谁写的，也不知道主唱是谁（不是汉克），但她觉得这首歌很有道理。她下半辈子总不能一直害怕在镜子里看到自己（或者看到其他东西），也不能害怕自己可能会失去掌握现实的能力而跑到异月之湾去。

这件屁事得做个了结。

她插上音响插头，盘腿坐在机器前，然后放进 CD。汗水流进她的眼睛，又刺又痛，于是她用手背擦掉汗。斯科特以前在这里放过很多音乐，声音大得要命；他在这方面很讲究，曾在小房间里装了价值一万两千美元的立体音响组合，放了一堆喇叭，还做了隔音设施。他第一次放《罗克威海滩》给丽赛听时，丽赛还以为屋顶会被炸开。相较之下，她现在要放的歌音量小多了，她觉得这样就够了。

一种老式礼物，四个字母，字头是 B，字尾是 N。

阿曼达坐在其中一张长凳上，看着南风，她的下方是那个杀了自己小孩的女人。阿曼达说："这都是为了一个故事。是你的故事，丽赛的故事。那件阿富汗毛衣也跟这一切有关，只是他喜欢把它叫成非洲大衣。他还说这是个迷宝？咪宝？还是念米宝？"

不对，阿曼达，不叫米宝。这个词是礼物的意思，根据斯科特的说法——

那个词叫秘宝。汗水从丽赛脸上滑落，看起来像眼泪。丽赛不管它。"就是'秘宝找到了，游戏结束'的那个秘宝。最后会得到一个奖品。奖品有时候是糖果，有时候是穆利百货商店的皇冠可乐，有时候是一个吻。而有时候……有时候则是一个故事，对不对，亲爱的?”

她觉得跟斯特特说话感觉很好。因为他还在这里。虽然电脑、家具、瑞典高级音响组、装满手稿的档案柜、纪念品（有些他自己的，有些是朋友或仰慕者送的）以及那些讨论过他的期刊文章全都被搬走了……但她还是能感觉得到斯科特。她当然感觉得到。因为他的话还没说完。他还要再说个故事。

丽赛的故事。

她认为自己知道是哪个故事，因为他唯一还没写完的就是这个故事。

她抚摸地毯上的血迹，想起和那个疯子的争执。她想到在那棵“嗯嗯树”下的感觉：就像在另一个世界，一个只属于他们的世界。她想到“邪”，想到“血秘宝”。她想到吉姆·杜利看见高个子时，立刻停止叫喊，双手垂到两侧，那是因为他失去了力气。只要你看着邪，而邪也看着你，你就会失去力气。

“斯科特，”她说，“亲爱的，我在听。”

没有响应……但丽赛自己响应自己。那个镇叫安纳里。“狮子”山姆拥有台球室跟电影院。对了，还有餐厅，而且里面那部点唱机似乎只播放汉克·威廉斯的歌。

空荡的书房里，似乎有某个东西在某处发出叹息声以示同意。也许只是她的错觉吧。总之，是时候了。丽赛还不知道自己到底该找什么，不过她觉得只要一看见就会知道（如果是斯科特留给她的，她当然一看就知道），而现在也该出发去寻找了。她不能再这样痛苦地活下去。她要赶快找到才行。

她按下播放键，汉克·威廉斯慵懒愉悦的声音开始歌唱。

再见，乔，我得走了，
唛哦唛，
我得将独木舟
划向河口……

静动，小宝贝，她这么想，然后闭上眼睛。一开始，音乐还在，不过声音变得空洞而遥远，像是从长廊或喉咙深处发出来的。突然间，阳光变成了红色，气温也下降了二十几度。一阵凉风带来花香味，抚过她汗湿的皮肤，吹起黏在太阳穴上的发丝。

丽赛在异月之湾睁开双眼。

10

她仍然盘腿坐着，不过现在的位置是在一条小路旁，一边能通往紫色山坡，另一边则通往情人树下。她以前到过这里，是斯科特跟她结婚前带她来的，他还说有东西要给她看。

丽赛站起来，享受着微风吹拂，然后拨拨因汗水黏在脸上的头发。微风带来混合的香气；更棒的是，它让人感觉十分凉爽。她猜现在是中午，气温是最舒适的摄氏二十四度。她听见小鸟在歌唱，很确定有山雀与知更鸟的声音，或许还有雀科鸣鸟和云雀，但幸好都是正常的动物，不是树林里那些发出可怕笑声的怪东西。她猜，现在对它们来说可能还太早吧。另外她也不觉得高个子在附近，这是最棒的。

她面对树林，踮起脚尖转了半圈。她不是要找十字架墓碑，因为手臂被刺到后，杜利就把它拔起来丢掉了。她是要找那条小径入口左侧，两棵树前方的另一棵大树——

“不对，错了，”她低声说，“那两棵树是在小径的两侧，就像守卫着树林入口的士兵。”

她看见了。而她要找的第三棵树，就在小径左侧那棵守卫树的前方。第三棵树是最高大的一棵树，树皮外面浓密的苔藓，看起来就像绿色的毛。在它下方的地面仍然有些凹陷，那里就是斯科特埋葬保罗之处。她发现在附近的杂草之间，有个东西正用空洞的眼睛盯着她看。

她一开始以为是杜利（或他的尸体）复活了，跑来跟踪她，不过后来想到，他在揍了阿曼达一拳后，就把头上的夜视镜丢到一边。她看到的就是那个夜视镜，正静静躺在保罗墓地的边缘。

这是另一个寻宝游戏，她边想边走向夜视镜。从小路到大树，从大树到墓地，再从墓地到夜视镜。接下来呢？下个线索在哪里，小宝贝？

下个线索是墓碑，上面的横条木片被杜利撞歪，还裂了一块，使得它现在看起来像是指着七点五分的时针与分针。直条木片的顶端被杜利的血染成褐紫红色，跟斯科特书房地毯上的血迹颜色不同。她看见杜利丢到一旁的横条碎木片上写着“保罗”两个字，而在她（恭敬地）弯腰拿起那块碎木片时，也看见了其他东西：一条紧紧缠绕的黄色纱线。丽赛很确定是绑上去的，而且打的结跟恰吉·G那个钟被绑在树上的结一模一样。看着这条黄色纱线（是老妈在里斯本瀑布老家里边看电视边打毛线用的）绑在碎木片上，她突然想起来，杜利拔下碎木片丢掉时，她已经在昏暗的天色里看过这条线了。

是我们上次丢在这里的黄色毛衣。他后来又找时间回到这里，拿起毛衣拆成了线绑到十字架上。他料到我会沿着剩下的线走，通往最后的秘宝。

丽赛的脉搏没有加快，但心跳得更用力了。她放下碎片，开始跟着黄线走，离开小路，走到精灵森林边缘。高高的杂草擦过她的大腿，蚱蜢被惊动而跳开，紫色山坡散发着特有的香气。某处传来一只蝉的鸣叫声，森林里有只乌鸦（真的是乌鸦吗？听起来很像）沙哑地问了声好。这里完全没有车声、飞机声，也没有人声。她穿过草地，跟着毛衣的线走，这是她那失眠、惊恐又衰弱的丈夫在十年前的许多寒冷夜晚过来这里布下的线索。前方不远处就是那棵高大的情人树，正伸展着枝叶，遮出一片诱人的树阴。她看见树下有个金属废纸篓，还有一大团黄色的东西。那团黄色的东西没有光泽，羊毛已不再光滑，形状也变了，就像一顶被丢弃在雨中的假发，又像只老雄猫的尸体，不过丽赛一看就知道这是什么，她的心跳也随之加快。她在脑中听见约翰逊兄弟正演奏着《现在回头已太迟》，也感觉到斯科特的手牵着她走。她循着黄色毛线来到情人树下，跪在母亲送给她和斯科特的结婚礼物旁。她捡起大衣——还有里面包着的东西，不管那是什么。她把脸埋进去，闻起来潮湿而且有霉味，这是件被遗忘的旧物，感觉比较像葬礼而不是婚礼物品。不过没关系，放久了本来就会这样。她闻着它这些年待在这里累积出的气味，它就像锚，一直等着她到来。

11

过了一会儿，等眼泪停住，丽赛便将盒子（她很确定是个盒子）放下，抚摸着大衣的线头边缘。她很惊讶，毛线竟然没断，就算杜利压到十字架，再把碎片从身上拔下丢掉，还用粗话咒骂，它还是没断。多年来在这恶劣的环境中，它竟然没有断裂，这真是太神奇了。简直是个奇迹。

不过正如有时走失的狗还是会回家，有时老旧的毛线也能带人找到寻宝游戏的奖品。她打开大衣剩下的部分，顺便往废纸篓里看了一眼，然后露出悲伤的笑容。废纸篓里装满酒瓶，其中一两个看起来还算新，而她很确定最上面的瓶子是十年前的产品，因为上头印着“迈克硬柠檬水”的商标。除此之外，大部分瓶子都很旧，这些是他九六年喝的。但即使他是个酒鬼，还是很尊敬异月之湾，所以才没有乱丢瓶子。如果她多花点时间，会不会找到斯科特在其他地方存放的东西？有可能吧，不过这里是她唯一需要寻找的地方。她知道，斯科特就是来这里完成此生最后一部作品。

她认为自己已经知道所有答案了，现在她只剩下最后一个大问题，也就是她来此的目的——在高个子的阴影下，她要怎么过接下来的生活，还有在它想到她的时候，她要如何才不会从现实世界被拉来这里。或许斯科特留了答案给她。就算没有，他也留了某个东西给她……就放在这棵树下。

丽赛再次拿起大衣，就像小女孩收到圣诞礼物一样感受着。大衣里包着一个盒子，可是感觉不像老妈的柏木盒。它没有柏木盒那么硬，几乎可说是柔软的，似乎包在大衣里放在树下这些年间，湿气都渗了进去……这时，她才第一次想到，所谓的这些年到底是几年，从最上头那个酒瓶商标看来，应该还没多少年。至于这个盒子感觉起来——

“这是个手稿盒，”她低声说，“是他装手稿用的硬纸盒。”对，她很确定。这个盒子可能在树下放了两年……或三年……或四年后，于是变成了软纸盒。

丽赛打开大衣取出盒子，确实是手稿盒，不过原来的浅灰色外表因为吸收水气而变深了。斯科特习惯在盒子上贴张纸，写上作品名称，不过这个盒子上贴的纸已经有些松脱卷曲，于是她用手指推平，看见斯科特的深色字迹：“丽赛”。她打开盒子，看见里面装着一沓从笔记本上撕下来的横纹纸，总共约有三十张，上头挤满了他的笔迹。虽然斯科特在这篇文章里用的都是现在式，有些地方很像幼稚的散文，而且看来故事还是从一半写起，但丽赛一点都不惊讶。她知道，除非拥有背景知识（即两兄弟如何熬过疯子父亲的摧残，其中一位发生了意外，而另一位无法救他），并了解失魂与邪是什么意思，否则读者还真会以为这故事只有后半段。而且还得知道……

12

到了二月，他开始用奇怪的眼角余光看我。我一直以为他会对我大吼，甚至拿他那把旧折叠刀对我乱划。虽然他已经很久没这么做了，但要是他真的这样，我反而松了口气，至少我不用再成天提心吊胆。用刀子割我，并不能释放我体内的邪，因为我没有这种东西——保罗被绑在地窖时，我就见识过真正的邪，那可不是爸爸的幻想——而我身上绝对没有那样的东西。不过爸爸体内有，而且就算用刀割也无法释放出来。我还知道他试过很多次都没用；我曾在洗衣机里看到他沾满血的汗衫跟内裤，也在垃圾筒里看过。如果割我能够帮助他，那么我愿意让他这么做，因为我还爱他。在家里只剩下我们两人之后，我更加爱他。在我们经历过保罗的死后，我更加爱他。那样的爱有如厄运，就像邪一样。“邪的力量很强。”他说。

可是他不割我。

有一天，我去小屋坐了一会儿，在那里回想保罗的事，回想我们在那个老地方的快乐时光；我回来后，爸爸抓着我，不断用力摇晃我的身体。“你去那里了！”他对着我大喊。我发现他的情况变得更严重了。他以前不会这样的。“你为什么要去那里？你去那里干吗？你跟谁说过话？你想做什么？”

他一直摇我的身体，我都晕了。结果我的头撞到门，眼冒金星倒在地上，刚好上半身在闷热的厨房里，下半身在凉爽的门外。

“我没有，爸爸，”我说，“我没有去哪里，我只是——”

他蹲下来，双手放在膝上，低头看着我。他的脸上除了眼珠的颜色，其余一片苍白，我看见他的眼睛一直来来回回转动，就知道他不对劲。于是我想起保罗说过：斯科特，爸爸不对劲的时候，你千万不能跟他唱反调。

“你这说谎的小王八蛋，还敢说你哪里也没去，我在这间他妈的屋子里都找不到你！”

我本来想告诉他我在小屋那里，不过这样可能会让事情更糟。既然我知道他指的是哪个地方，我就照保罗的话做，不跟他唱反调，于是我说是的，爸爸，是的，我去了异月之湾，但只有到保罗的墓前献花而已。结果，这么做蛮有效的。至少在当时起了作用。他松了口气，甚至握着我的手把我拉起来拍一拍，好像我身上沾了雪或灰尘的样子。我的身上没沾到脏东西，可是搞不好他真的看到了，天知道。

他说：“还好吗，速克达？他的墓还好吗？没什么东西去动他的墓地吧？”

“一切都还好，爸爸。”我说。

他说：“有些纳粹分子蠢蠢欲动，速克达，我告诉过你这件事吗？我一定提过。他们在地下室里膜拜希特勒，替那个杂种做了个小雕像。他们还以为我不知道。”

虽然我才十岁，可是我知道希特勒早在第二次世界大战结束时就死了；我也知道“美国石鬼公司”才没人会在地下室里膜拜他，更别说做雕像了；我还知道第三件事，就是爸爸中邪时绝对不能跟他唱反调，于是我说：“那你想怎么办呢?”

他靠近我，我以为他这次一定会揍我，要不就是又开始摇晃我的身体，不过他却只是盯着我看（我没看过他的眼睛竟然这么大又这么黑），然后抓着自己的耳朵。“这是什么，速克达?你觉得这看起来像什么?”

“那是你的耳朵，爸爸。”我说。

他点点头，手还抓着耳朵，眼睛还盯着我看。后来这些年，我有时候还会在梦里看见那双眼睛。“我会先保密，”他说，“等时机成熟……”他做出扣扳机的手势。“干掉每一个，速克达。干掉那里所有的纳粹混蛋。”搞不好他真的会这么做。爸爸散发出一种恶心的骄傲感。或许哪天新闻会报道——宾州隐士发狂，残杀九名同事后自杀，动机不明——不过在他动手之前，邪就已经使他变了个人。

二月很晴朗，温度不高，但进入三月，天气变了，爸爸也跟着变了。气温逐渐升高，天空出现乌云，下过第一场冻雨后，爸爸就越来越孤僻沉默。他不再刮胡子，然后也不再洗澡、煮饭。快到三月中时，我发现他因为轮班而有的三天假期变成四天……接着是五天……六天。最后，我问他何时要回去上班。我很怕去找他，因为他现在几乎一整天都待在楼上卧室里，要不就是躺在楼下沙发听广播里的乡村音乐。不管在楼上或楼下，他几乎都没跟我说过话，而我也看见他的眼睛又来回转动，好像在找它们，找那些“邪”东西跟“血秘宝”。总之，我实在不想去问他，但又不得不问，如果他不回去上班，我们要怎么办?虽然我才十岁，可是我很清楚没有钱的话，我们的生活会起变化。

“你想知道我何时回去上班?”满脸胡子的他躺在沙发上，用若有所思的语气说。他身穿旧毛线衣跟一件牛仔裤，打着赤脚。收音机里，里德·索维恩正在唱《上吧》。

“是的，爸爸。”

他用手肘撑起身体看我时，我就知道他失魂了。更糟的是，有个东西躲在他体内，而且力量越来越强。“你想知道。我。何时。要。回去上班。”

“我猜这不关我的事吧，”我说，“其实我只是来问你要不要喝点咖啡。”

他用力抓住我。那天晚上，我看见我的手臂上有深蓝色瘀青，是他手指留下的抓痕。“想知道。我。何时。要。去那里。”他松开手，坐了起来，眼睛比以前更大，而且转啊转的没停过，看起来很紧张。“我再也不去那里了，斯科特。那个地方已经关了。那个地方都炸掉了。你什么都不知道吗，白痴小混账？”他低头看着客厅的地毯。收音机上已经换成弗林·哈斯奇的歌。然后他又抬起头，变成正常的爸爸，对我说了些几乎让我心碎的话。“你或许很笨，速克达，可是你很勇敢。你是我勇敢的孩子。我不会让它伤害你的。”

说完后，他又别过头躺回去，叫我不要再来吵他，他要打个盹。

那个晚上，我被冻雨打在窗户上的声音吵醒，睁开眼就看到他坐在床边对我笑。然而那不是他的笑容。他的眼里几乎只剩下邪而已。“爸爸？”我说。但他没有回应。我心想：他要杀我。他会不管我们经历过的一切、我们跟保罗经历过的一切，直接勒住我的脖子掐死我。

结果，他反而用一种听起来快窒息的声音说：“继续睡吧。”接着他站起来，抬头挺胸走出房间，仿佛正在假装自己是个军人或什么的。过了一会儿外头就传来撞击声，我知道他从楼梯上摔下去，搞不好还是他自己摔的。一开始我躺在床上没动，一方面希望他死了，另一方面又希望他没事，心想如果他死了我要怎么办，谁来照顾我；我不知道自己想看到哪种结果。我心里有一部分甚至希望他干脆一点，直接回来杀了我，免得我还要继续活在恐惧中。最后，我大声说：“爸爸？你还好吗？”

好长一段时间都没声音。我躺着听外面的雨声，心想他死了，没错，爸爸死了，只剩我孤单一人了，然后他的怒吼就从黑暗中传来：

“对，没事！闭嘴，你这蠢家伙！除非你想让墙壁里的东西听见，跑出来生吃我们两个，否则你就闭嘴！还是你希望它跑进你体内，就像它跑进保罗体内那样？”

我什么也没说，只是躺着发抖。

“回答我！”他大叫，“回答啊，蠢蛋，别逼我上去，你会后悔的！”

可是我回答不出来，我太害怕了，我的舌头像片牛肉干似的动也不能动，我害怕到哭不出来。我只能躺在床上，等着他上楼伤害我，或是把我杀了。

后来，过了好长一段时间（顶多一两分钟，但感觉像一小时那么久），我听见他在咕哝着，似乎在说我的头流血了还是冻雨怎么下不停。他的声音越来越远，走向客厅，我知道他又要到沙发上睡觉了。明天早上他可能会醒来，也可能不会，无论如何，今晚他不会再找我麻烦了。但我还是很害怕。我害怕，是因为真的有某个东西存在。它不在墙壁里，但真的存在。它解决了保罗，可能还会解决爸爸，接下来就是我了。我一直在想这件事，丽赛……

13

丽赛坐在树下，背靠着树干，她看到这里，立刻惊讶地抬起头来，仿佛斯科特的鬼魂在呼叫她的名字。从某个角度来看，也的确是这样，她有什么好惊讶的？斯科特当然在对她说话，而且只对她说话，不是对其他人。这是她的故事，丽赛的故事，虽然她读的速度不快，但现在也已经看完手稿的三分之一了。她觉得自己能在天黑前看完，这样很好。异月之湾是个好地方，但仅限于白天。

她低头看着手稿，再次觉得不可思议，因为斯科特竟然能熬过这种童年。她发现斯科特是用过去式写那些事，好像在现场对她讲话一样。丽赛露出笑容，重新开始读，一边好希望自己能搭着魔毯飞过去安慰那孤寂的孩子，在他耳边低语，告诉他噩梦终将结束，至少童年那段噩梦会结束的。

14

我一直在想这件事，丽赛，后来想出了两个结论。第一，不管保罗体内被什么东西附上，那都是真的；它是种有生命的东西，活动的方式或许就像病毒或细菌。第二，它不是高个子。那个东西是我们完全无法理解的。它是很奇特的东西，我们最好别再去想了。永远都不要再想。

总之，我们的小英雄斯科特·兰登终于睡着了，而在宾州那个乡下的农舍里，一切又照常运作了几天：爸爸像块熟了的臭奶酪躺在沙发上，斯科特自己煮饭、洗碗盘（只是他都念成“洗网盘”），而屋子里都是冻雨滴答地打到窗户上的声音，以及电台里播放的乡村音乐——有唐娜·法歌、韦伦·詹尼斯、钱宁·凯许、康威·特维提、查理·普莱德，当然还有汉克。

后来，某天下午三点左右，一辆侧门上印有“美国石膏公司”的棕色雪佛兰轿车开上我们家车道，车子两旁还溅起污泥。安德鲁·兰登现在大部分时间都待在客厅沙发上，晚上在这里睡，白天也一直躺着，但斯科特从没想到他竟然一听到车声就能马上反应，还分得出那不是邮差先生开的旧福特货车。才一转眼，爸爸就已经站在窗户边看着外面门廊左侧。他把窗帘拨开一些，曲着身子窥视，他后脑勺的头发因为长时间被压着翘了起来；斯科特一手拿盘子一手拿抹布站在厨房，看见爸爸上次摔下楼梯时在脸上撞出的紫色肿块，也看见他一只脚的裤管几乎快卷到了膝盖。

斯科特听到收音机播放着狄克·卡雷斯的《走近墓碑》，发现爸爸正龇着牙，眼神露出杀意。爸爸飞快地离开窗边，裤管自然落回原位，他双脚像疯狂的剪刀迅速开合，大步走向柜子；此时那辆雪佛兰轿车也正好熄火，斯科特听见了开门声，那个人正不知不觉走向死亡之门，他妈的一点也不知道爸爸从柜子里取出那把用来解决保罗的0.30—0.06步枪。或者该说是解决了保罗体内的那个东西。那个人的鞋子重重踏上门廊阶梯。门廊的阶梯有三层，中间那层每次都会发出令人受不了的吱嘎声。

“爸爸，不要。”我用请求的语气低声说。安德鲁·“热火”·兰登正用怪异的剪刀步走向门口，高高举起步枪。我还拿着盘子，可是觉得手指很麻，我心想，它会掉到地上的。他妈的掉到地上破掉，而外面那个人这辈子最后听到的声音，就是盘子破掉，还有狄克·卡雷斯在这间臭屋子里传出的歌声。“爸爸，不要。”我又诚心说了一次，还流露出恳求的眼神。

“热火”·兰登犹豫了一下子，然后站到墙边，如果门打开（当门打开）刚好会遮住他。他这么做的时候，外面那个人也敲了敲门。我很轻易就看出爸爸那四周都是胡子的嘴巴用唇语说：那你就把他弄走，速克达。

我走向门口，把本来想擦干的盘子从右手换到左手，接着打开了门。我竟然不用抬头就能看清楚他的脸。这个美国石膏公司派来的人算矮的，大概五英尺七或五英尺八，没比我高多少，不过他的穿着散发着十足的权威感：黑色帽子，有锐利折线的卡其长裤，在卡其衬衫外还穿了一件拉链拉到一半的黑色厚风衣。他打了黑色领带，手里拿着某种小盒子，不像是公文包（几年后我才学到“卷宗夹”这个词）。他有点胖，胡子刮得很干净，脸颊散发出粉红色光泽。他穿着一双高筒橡皮鞋，上头是拉链而不是带扣。我看着眼前的情景，心想要是有人得在乡下的门廊被射杀，那一定非他莫属。他鼻孔里那一根根卷曲的鼻毛都在说，没错，就是这个人，就是他该被派来吃剪刀人的子弹。我又想，就连他的名字应该也很适合让报纸头条写着“被谋杀”。

“你好啊，孩子，”他说，“你一定是‘热火’的儿子吧。我叫法兰克·荷西，负责公司的人事部门。”接着他就伸出一只手。

我以为我没办法伸手，但还是跟他握了手。我也以为我没办法讲话，结果却可以，而且语气还很正常。我的反应能决定这个人是否会在心脏或头上挨一枪，所以我最好表现得好一点。“是的，先生，我就是他儿子。我叫斯科特。”

“很高兴认识你，斯科特，”他把眼神移到我身后的客厅，而我试图观察他在看什么东西。我昨天才打扫过这里，不过天知道我做得好不好，毕竟我只是个他妈的小孩子而已。“我们有点担心你爸爸呢。”

嗯，我心想，你可能就快要担心其他事了，荷西先生。担心你的工作，你的老婆；如果你有小孩的话，也会担心他们。

“他没从斐利打电话给你吗？”我问。我完全不知道那是哪里，也不知道怎么去，但我并不害怕。这方面我可是很拿手的。我可以一整天编这些谎话。我只怕爸爸失去控制，从门后蹦出来。他可能会揍荷西吧，说不定会同时揍我们两个。

“没有啊，孩子，他没联络我。”冻雨敲打着门廊屋顶，但至少没淋到他身上，所以我也不一定要请他进屋，但要是他自己想进来呢？我怎么阻止他？我只是个穿着拖鞋、手拿盘子肩膀挂抹布的小孩而已啊。

“呃，他很担心他姐姐。”我说，然后想起我当时在读的棒球传记。那本书就放在二楼我的床上。我也想到了爸爸的车，就停在后头小屋的屋檐下，荷西先生走到门廊底就能看见。“她得了跟洋基队那个明星球员一样的病。”

“‘热火’的姐姐得了跟路·盖里格一样的渐冻人症？哎呀，真是狗屎——我是说真可惜。我不知道他有姐姐呢。”

我也不知道，我心想。

“孩子——斯科特——那真是太糟了。他不在家的时候，谁来照顾你们兄弟呢？”

“是住在这条路尽头的科尔太太。”我胡诌的这个名字来自杰克森·科尔，是《洋基的铁人》这本书的作者。“她每天都会来看我们。另外，保罗自己还会做四种肉丸。”

荷西先生咯咯地笑。“四种啊？‘热火’他什么时候回来呢？”

“呃，他姐姐已经不能走路了，而且她的呼吸就像这样。”我夸张地喘了一口气。这么做很容易，因为我的心突然跳得很快。在我很确定爸爸会杀荷西先生时，我的心跳还很慢，可是现在我似乎看到能让我们安然脱困的机会了，而且要快点把握才行。

“哎呀，亲爱的。”荷西先生说。他以为自己一切都明白了。“呃，这真是我听过最令人难过的事了。”他伸手从外套取出皮夹，拿了张一元钞票，后来又想起我应该还有个哥哥，所以又拿了另一张。突然间，丽赛，最奇怪的事发生了。突然间，我好希望爸爸真的杀了他。

“拿去，孩子。”他说。突然间，我也明白了一件事，就是他已经忘记我的名字，这让我更恨他了。“拿去吧。一张给你，一张给你哥哥。到路底那家小店去买点糖吃吧。”

我才不想要他的臭钱（而且保罗也用不到了），不过我还是收下，对他说谢谢你先生，而他说不客气孩子，然后摸摸我的头；我趁这时候往左边瞥了一眼，看见爸爸正从门缝偷看。我也看到步枪的枪口。最后，荷西先生终于往回走下门廊。我关上门，跟爸爸一起看着他坐进公司的车，慢慢倒出车道。我心想，万一他的车轮卡住，他就会走回来借电话，接着就会被杀掉，结果他的车轮没有卡住，这表示他还能回家亲吻他的老婆道晚安，跟她说他今天给了一对兄弟两块钱买糖果吃。我低头看看手里的钞票，然后交给爸爸。他看也没看接过以后，直接塞进裤子口袋。

“他还会回来的，”爸爸说，“要不就是另一个人来。你做得很好，斯科特，不过这种情形维持不了多久的。”

我仔细盯着他看，发现他变回正常的爸爸了。在我跟荷西先生交谈时，他回来了。这算是我最后一次见到真正的他吧。

他发现我看着他，于是点了点头，然后又看看手中的枪。“我得处理掉这个，”他说，“我完蛋了，没有——”

“不，爸爸——”

“没别的办法了。不过要是我在完蛋之前先干掉几个像荷西这样的人，他们一定会在夜间新闻报道我是个疯子。他们也会提到你跟保罗，一定会的。无论是死是活，你都会被认定是疯子的小孩。”

“爸爸，你会没事的，”我告诉他，还想上前抱他，“你现在就好好的！”

他把我推开，似乎觉得很可笑。“哟，你说的话还真有道理呢，”他说，“你待在这里，斯科特，我有个活儿要干。很快就好。”他进了走廊，经过我常在上面跳的那张长椅，然后走入厨房。他低着头，手里拿着那把枪。他一从厨房门走出房子，我就跟上前去，从洗手槽上的窗户看见他没穿雨衣走过后院，仍然低着头拿着枪。他把枪放在冰冷的地上，推开那口枯井的盖子。由于冻雨让盖子跟枯井接触的地方结了冰，所以他得用双手使劲推开才行。接着，他再拿起枪，看了一会儿，好像在说再见，然后把它滑进他推开的缝隙。办完事情后，他低着头走回屋子，衬衫的肩膀部分被雨水浸湿成了深色。这时候我才注意到他没穿鞋，我想他自己也完全没发现。

见到我在厨房里，他似乎不怎么惊讶。他拿出荷西先生给我的两元钞票，先低头看了看，再抬头看我。“你确定不要这个？”他问。

我摇头。“除非那是世界上最后两张钞票。”

我看得出他喜欢我的答复。“很好，”他说，“不过我要告诉你一件事，斯科特。你知道用餐室橱架上那几个奶奶的瓷器吗？”

“当然知道。”

“在架子最上面那个蓝色壶里有一捆钞票。那是*我的*钱，不是荷西的——你知道有什么不同吗？”

“知道。”我说。

“嗯，我也认为你知道。你有很多特质，但没有愚蠢这一项。如果我是你，斯科特，我会带着那些钱上路——总共大概有七百块。我会在口袋里放五块钱，其他的塞进鞋子。十岁就只身到外头实在是太年轻了，尽管你只是出去一阵子；我猜你在上了匹兹堡的那座桥之前，有百分之九十五的几率会被抢，但要是你待在这里，铁定会遇上更糟的事。你明白我在说什么吗？”

“明白，可是我不能离开。”我说。

“人们常觉得自己不能做很多事，后来却发现在紧急状况下，他们都做得到。”爸爸说。他往下看着自己红肿的脚。“假设你到得了匹兹堡，我想，以你这样聪明到能编故事骗到荷西先生的孩子，要在电话簿里找到‘儿童福利中心’的号码应该不是难事。不然，要是你的钱没被抢走的话，你或许也能找到更好的安身处。只要你够精明，别被警察盯上，只要你够幸运，只让人抢走口袋里那张五块钱，我想七百块应该够你撑上好一阵子了。”

我再次告诉他：“我不能离开。”

“为什么？”

我无法解释。一部分可能是因为我这辈子都住在这里，只有爸爸跟保罗陪伴。我只有从三种地方知道外面世界的样子：电视上，收音机里，还有我的想象力。没错，我是去过电影院，也去过城里几次，但都是跟爸爸和哥哥一起去。一想到要独自出去外面那个陌生的世界，我就吓得半死。而且，重点是，我爱他。我对爸爸的爱，不像我对保罗那种简单而不复杂的爱，然而我还是爱他。他拿刀割过我，揍过我，骂过我猪头、蠢蛋跟他妈的浑球，他让我童年许多时光蒙上了阴影，让我在夜晚带着觉得自己一无是处的心情上床睡觉，可是比较起来，一些难得的快乐时刻就显得格外珍贵；他的吻就像黄金，而即使是他最不经意的称赞，也让我非常珍惜。虽然我只有十岁，但我很清楚他的吻跟称赞都是发自真心，都是最真诚的。他是个怪物，却不是没有爱的怪物。那就是我爸爸的悲惨之处啊，丽赛：他爱他的孩子。

“我就是没办法。”我说。

他想了一会儿——我猜是考虑要不要逼我吧——然后又点点头。“好吧。不过我要你知道，斯科特。我对你哥哥做的那件事，是为了救你一命。你明白吗？”

“明白，爸爸。”

“可是，如果我会对你做不好的事，那并不是出于我所愿。就算是我体内的某个东西强迫我这么做，我也会觉得很痛苦，痛苦到要下地狱。”他的目光从我身上移开，于是我知道他又看到它们了，就是它们，他很快就将不再是刚才跟我说话的同一个人。接着他又把眼神移回来，而这也是我最后一次能清楚地看着他。“你不会让我下地狱吧？”他问我，“你不会让爸爸下地狱，在那里永远受煎熬吧？”

“不会的，爸爸。”我差点说不出话来了。

“你保证？用你哥哥的名字担保？”

“就用保罗的名字担保。”

他别过头，看着角落。“我要回去躺着了，”他说，“饿的话就自己弄点东西吃，不过别他妈的把厨房搞乱。”

那个晚上，我醒来——或者说是有东西把我吵醒——然后听见外头的冻雨下得比之前更猛烈。我听到屋子后面有个重物掉下的声音，知道那是冰块的重量压断了树枝。有可能是之前另一根树枝断掉而把我吵醒的，但我觉得不是这样。我觉得我听到了他的声音，尽管他已经小心不出声了。我没时间做出其他反应，只能赶快躲到床底下，这就是我在无助时会做的事；小孩子总是会躲到床底下，而那也是他第一个会找的地方。

我看见他的脚出现在门口。仍然没穿鞋子。他没说话，只是走到床边站着。我以为他会像以前那样站着，或许还坐下来，不过他没这么做。我听见他发出呼噜声，好像举起某个重物，像是箱子之类的；他踮起脚尖，一会儿之后我就听见空气中有道呼啸声，然后砰的一声，那个东西击中床垫中央，地面的灰尘还被冲击力吹了起来。我看见一把鹤嘴锄的尖端穿透了我的床。它就停在我的脸前，离我的嘴巴还不到一英寸。我好像能看清楚它上面所有的锈斑，还有它刮过床垫弹簧时那几道磨出光泽的痕迹。它在原处静止了一两秒钟，然后我又听到他使力要拔起它的可怕呼噜声。他很用力，但锄头还是紧紧插着，尖端就在我面前来回摆动。后来他放弃了。我看到了他的手指，知道他把手掌放在膝盖上休息。他正弯下身子，想要查看床底，确定我在，然后再继续拔他的锄头。

我没思考，只是闭上眼睛直接过去。自从埋葬保罗以后，这是我第一次过去，也是第一次从二楼直接过去。我突然想到我会摔下去，但我不在乎，这总比躲在床下被那个戴着爸爸面具的怪人找到要好；总比看见那个占据他身体的邪要好。

而我也真的摔下去了，不过摔的距离没多高，只有几英尺而已，我想这是因为我相信自己会摔下去的关系吧。很多关于异月之湾的事，只需要单纯的相信；在那里，只要相信，就能看见，至少大部分时候是这样……除非晃得太远，在树林里迷路了。

我去那里的时候是晚上，丽赛；我之所以清楚记得，是因为那是我唯一一次故意挑晚上过去。

15

"噢，斯科特。"丽赛边说边擦去脸颊上的泪水。每次看到他直接对她说的话，她的心里就像遭受一次打击，但同时又有无比亲切温柔的感觉。"噢，我真难过。"她翻了翻，检查一下还剩几页——已经不多了。八页吗？不对，还有十页。她低头继续读，把看完的每一页放到膝盖上。

16

有个披着爸爸外皮的东西想杀我，于是我离开了那个冰冷的房间，来到这个地方，在比丝绒还轻柔的夏夜里坐在哥哥的墓旁。月亮像是有污点的银币挂在天空，而精灵森林里传来笑声，那里好像在开派对。有时候，树林深处好像会有另一个东西发出吼叫，接着笑声就安静了，不过才没多久，它们似乎又会忍不住开始笑起来——刚开始只有一个在笑，然后是两个，再来十六个，最后全部都疯狂大笑。

我看见一种比老鹰跟猫头鹰还大的东西无声地在月光下飞过，心想应该是异月之湾这里特有的夜行动物出来猎食。我闻到保罗跟我都很喜欢的香味，但这些气味入夜之后就变得酸臭凝结，有如尿床味，闻久了相当刺鼻。我往紫色山丘看去，发现那里飘浮着许多水母般的光球，我不知道那是什么，但我不喜欢。我觉得接触到它们的话，搞不好会黏在皮肤上，甚至爆开，就像摸到有毒植物那样在身上留下刺痒的痕迹。

我待在保罗的墓旁，有种毛骨悚然的感觉。这并不是因为我怕他，我才不怕他，可是我一直会想到他体内的那个东西，怀疑它是不是还在。既然这里白天的香气和食物到晚上会变得有毒，那么沉睡在尸体与腐肉中的坏东西说不定也会苏醒。万一它让保罗的手从土里伸出来怎么办？万一那双死手抓住我呢？万一他龇牙咧嘴的脸突然蹦到我面前，泥土还像泪水般从眼角滑落呢？

我不想哭，而且十岁也不是爱哭的年纪了（尤其是我还经历过那些事），但我还是忍不住开始哽咽。这时候，我看见一棵情人树，它的位置离别的树有点远，而它伸展的枝叶看起来就像低空的云。

对我而言，丽赛，那棵树看起来很……*亲切*。当时我还不清楚原因，然而经过这些年后，我想我明白了。我写这些东西的时候，还特地来找这棵树。那些飘浮的光球都不会到这棵树下来。我慢慢走近它，发现即使在夜晚，它散发的香气还是跟白天一样甜美，或者说几乎没变。那就是你现在靠的这棵树啊，小丽赛（如果你读得到这最后一篇故事的话）。现在的我好累，甚至觉得自己已经无力写完剩下的部分了，不过我还是得试试。毕竟这是我最后一次能跟你说话了。

那个小男孩来到树下坐着，待了——呃，谁知道待了多久？不到一整晚，不过月亮（这里似乎永远是满月，你注意到了吗？）落下时，他已经打了六七次瞌睡，还做了几个奇怪的梦，偶尔也有好梦，其中至少有一个梦后来还成了他写小说时参考的骨干。他待的时间久到足以让他把这个奇妙的避难所命名为“故事树”。

另外，他待的时间也久到足以让某种可怕的东西（比占据他爸爸身体的东西还可怕多了）发现他……那个东西记住他后，就把注意力移开了。这就是我第一次感觉到那家伙的存在啊，丽赛，它让你的生活蒙上阴影，而它也跟你一样，对所有事物一视同仁。这种概念很棒，可是却有其阴暗面。我很好奇你知道吗？你会懂吗？

17

“我懂，”丽赛说，“我现在懂了。上帝保佑，我真的懂了。”

她再翻翻那几张纸，只剩六页。很好。异月之湾的下午很长，不过她觉得天色正要开始变暗，也该是回去的时候了。回她的家，回到她姐姐身边，回去过她的生活。

丽赛渐渐知道该怎么做了。

18

我一度听见笑声接近精灵森林的边缘，还觉得笑声中带有嘲讽的意味。我靠着树干望去，发现森林边缘的浓密处有些黑影。那可能是我想象力过度作祟，但我不这么认为。虽然我的想象力很丰富，但经过了漫长的白天以及更漫长的夜晚之后，我已经吓得快想象不出任何东西了，所以我看见的不是错觉。而且就在离我蹲伏处不到二十英尺的高草堆里，还传出一阵听起来满嘴口水的咯咯笑声。我完全没意识到自己在做什么，只是闭上眼睛，在脑中摸索我卧房里那股寒气的感觉。不一会儿，我就回到了床底下。我的鼻子因为突然吸进灰尘想打喷嚏，于是我马上拱起背，脸部的肌肉也随之扭曲，尽量在打喷嚏时不发出太大的声音，结果额头撞上床垫破掉而露出的弹簧。幸好那把鹤嘴锄已经不在了，要不然我可能会受伤，也许会少掉一只眼睛。

我慢慢爬出床底，发现清晨五点的微弱天光照进房间。外头的冻雨听起来又下得更猛烈了，但我没心情去注意。我趴在地上往四周看，现在我的卧室已经变得像废墟一样。衣柜门的上半部已经被扯掉，无力地垂在半空中；我的衣服散落一地，有许多件——应该说是大部分——都被撕破了，似乎爸爸体内的那个东西因为找不到我，才对我的衣服发泄怒气。更糟的是，那东西还撕毁了我最爱的几本运动员传记跟科幻小说，书的封面都变成了碎片；我的书桌翻了过来，抽屉被丢到角落。鹤嘴锄在我床上留下有如月球表面火山口的坑洞，看着那个洞，我不禁想到：如果我躺在上面的话，肚子就会被刺穿了。另外，房间里弥漫着一种淡淡的酸味。虽然这让我想起异月之湾夜晚的气味，不过我觉得这股气味很熟悉，是我认得的。我努力想，但还是想不出来，只能联想到*坏掉的水果*。后来我才知道那不是坏掉的水果气味，但也很接近了。

我不想离开房间，可是我也知道不能继续待着，因为他迟早会回来。我找到一条没破的牛仔裤直接换上。运动鞋不见了，不过我猜靴子或许还在置鞋间吧。没错，还在，而且雨衣也在。我会换上它们再跑进冻雨中，沿着车道跟着荷西先生车子轮胎留下的痕迹到大路上，然后到穆利百货商店。我会为了活命逃离这里，逃进我连想都不敢想的未来。不过前提是，他没先抓到我，把我杀了。

我爬过挡在门口的书桌，进了走廊，看见墙上挂的照片全被扯下，墙壁还有好几个大洞，可见那个东西还真的因为没抓到我而非常愤怒。

出房间后，那股酸酸的水果味更浓了。去年，美国石膏公司办了个圣诞派对，爸爸说要是不去的话会“很怪”，所以就参加了。抽礼物时，爸爸得到一罐自制的黑莓酒。安德鲁·兰登有很多麻烦，但酒精不算其中一项。有天晚上（介于圣诞节跟新年之间，当时保罗被绑在地窖）他在晚餐前倒了杯酒，才喝一口，就马上皱着脸要把酒倒进水槽。他发现我在旁边看，于是将酒杯拿到我面前。

*你要试试看吗，斯科特？*他问，*感受一下威力？嘿，要是你喜欢的话，整罐都他妈给你好了。*

我就跟所有小孩一样，对酒精很好奇，可是那股味道实在很恶心。也许喝了以后会很快乐，就像电视上演的那样，但我才不想碰那种像坏掉水果的东西。

你真是聪明的孩子啊，速克达，他说完话，就把整杯酒倒进水槽。不过他一定把剩下的那罐酒留着（或者忘记倒掉），因为我现在百分之百确定就是它的气味没错。我走下楼梯时，那股酸味已经变成了恶臭。这时候，除了屋外持续的冻雨声，我还听见另一个声音，是乔治·琼斯在唱歌。那是爸爸的收音机，还是同样的电台，用很小的音量播放着。我还听见打鼾声。一直到现在，我紧绷的心情才放松下来，感动得快哭了。我最害怕的，就是那个东西躲起来等我出现。幸

好，他现在在睡觉，还发出长而刺耳的打呼声。

然而我还是保持谨慎。我从用餐室绕进客厅，这样才不会直接出现在沙发前面。用餐室里也是一团乱。摆着奶奶那些瓷器的架子被掀掉，看起来他好像想把架子拆去烧了。所有盘子都破了，那个装着钱的瓷器也是。钞票当然全撕烂了，绿色的碎片散落四处，有一些还黏在大灯上，看起来就像除夕夜用的五彩碎纸。爸爸体内的那东西显然不会用到书，也不会用到钱。

虽然他在打呼，虽然我在沙发后面不会被看见，但我还是像个军人，小心翼翼地从附近被猛烈炮轰的散兵坑里探头张望。这么做其实没有必要，他的头挂在沙发一侧，从保罗变坏以后就没剪过的长头发已经快碰到地上。就算我像游行般直接从他面前走过，还一边敲着铙钹，他也不会被吵醒。爸爸不只是睡着，而是他妈的不省人事了。

我向他走近一点，发现他一边脸颊上有道割伤，闭着的双眼泛着紫色，仿佛已经精疲力竭。他的嘴唇往里缩，让他看起来像只想在睡梦中吠叫的老狗。他在沾了油污跟血迹的长沙发上铺了块旧毛毯，顺便也将自己裹在里面。他回到这里时一定很累，已经懒得再搞破坏了，因为他只有戳坏电视跟弄破他死去老婆的相框而已。收音机还摆在原来的桌面上，而那罐酒则放在收音机旁的地上。我看着罐子，心里不可置信：里面只剩下一点点。我不敢相信他竟然喝了这么多，毕竟他是完全不喝酒的人，但从他身上浓到几乎可见的酒臭味来判断，事实很明显了。

鹤嘴锄就放在沙发另一侧，刺穿我床垫的那一端上贴着一张纸条。我知道那是留给我的纸条；我不想看，然而却不得不看。他写了三行，但只有寥寥几个字。我永远不会忘记。

杀了我

然后把我跟保罗葬在一起

拜托

19

丽赛哭得很厉害。她把这一页放在膝上，跟看过的放在一起。现在只剩两页了。斯科特的字迹越来越松散，开始有点不整齐，无法沿着纸上的横条纹写，看得出他写到这里时已经很累了。她知道接下来会看到什么——我趁他睡觉时拿着鹤嘴锄刺穿了他的脑袋，这是他在"嗯嗯树"下告诉丽赛的——丽赛还需要继续看他描述细节吗？婚姻的誓约里，有包括妻子一定要看丈夫弑父后的自白这一项吗？

然而，这几张纸呼唤着她，仿佛一种失去了一切只剩下声音的东西。她将目光移到最后的段落上，心想，如果她一定得读，那就长痛不如短痛，尽快看完吧。

20

我不想这么做，但我还是拿起鹤嘴锄，站在沙发旁看着他，看着这个在我生命中待我如暴君的人。我常怨恨他，而且他也没给我足够的理由爱他，但至少总有一些，尤其是在保罗变坏以后的那几个星期。清晨五点，我站在客厅，灰白的天光正准备爬进屋子，我听见外头的冻雨像时钟滴答作响，也听到房内他的打呼声与收音机传出的音乐。就在这时，我知道自己必须做出决定：爱他还是恨他，我得问问自己内心对他的真正感觉。我大可以让他活着，直接逃到穆利去，逃向未知的新生活，而这也等于宣告让他坠入他害怕但却是他应得的地狱。他确实该下地狱。他真的很怕被送进疯人院，永远被关在那个地狱里。或者，我可以直接杀了他，让他解脱，而这也是我最后选择的做法；这不是上帝帮我选的，因为我不信神。

我是向哥哥祷告。在邪占据了他的心智之前，他一直深爱着我。我问他，如果他在的话，就告诉我怎么办。后来我得到了答案——我不知道真的是保罗告诉我，还是我自己想象出来的。无论如何，这都不重要了，因为我已经得到了答案。我的耳朵清楚听见保罗说：“爸爸的奖品是一个吻。”

我举起鹤嘴锄。收音机的广告刚结束，汉克·威廉斯的歌声正唱着：“你为什么不像从前爱我了，为何把我当成旧鞋？”然后……

21

写到这里，纸上出现三行空格，然后才有字出现，而且变成直接对丽赛说话的语气。后面的字迹很挤，也没依着横纹线写，丽赛知道他在写到这里时一定很赶。于是丽赛也加快速度把剩下的读完。她翻到最后一页，还先擦了擦泪水才开始看，因为这样才能看清楚他字里行间的意思。她发现要想象斯科特经历过的一切，实在太简单了。那个小男孩光着脚，穿着唯一没破的牛仔裤，在黎明前的灰白天光中举起鹤嘴锄，四周飘荡着收音机的声音，空气里弥漫着黑莓酒的臭味，锄头尖端在半空中挂了一会儿。然后……

22

我往下挥。丽赛，我发誓，我是带着爱挥下锄头杀了爸爸。我本来以为还要再对他敲第二下，不过一下就够了，而我一辈子也忘不了这件事，我的一切想法或念头都有这件事的阴影，每天起床我就会想到*我杀了我爸爸*，每天睡觉前也会想。它就像鬼魂一样潜藏在我每个小说、故事里的每一句话里：*我杀了我爸爸*。那天在“嗯嗯树”下，我跟你说了这件事后，心里真的轻松许多，足够让我正常地再多活五年、十年甚至十五年，不会因过度压抑而崩溃。然而，用文字表达跟亲口说是不一样的。

丽赛，你读到这些时，我已经不在了。我想我活得并不长，但这些时光（非常快乐的时光）都是你给我的。你给我太多太多了。请你现在再给我一些时间，看完我写的最后几段话，这也是我这辈子最难下笔的几段话。

没有任何故事能描写出死亡的丑陋与可怕，尽管它可能只发生在一瞬间。幸好我没有打歪，不必再做第二次；也幸好他没有尖叫或蠕动身体。我刺穿了他脑袋的正中央，和预计的一样，但就算他死得很干脆，那种惨状还是很可怕。他的头盖骨爆开，头发、鲜血和脑浆四处飞溅，散布在他铺在沙发的那块毯子上。他的鼻子流出鼻涕，舌头从口腔掉出来。他的头歪向一边，血跟脑浆从破洞漏出，发出噗噗声，有些喷到我脚上，感觉很温热。收音机里还是汉克·威廉斯在唱歌。爸爸的一只手突然握拳，接着又放松了。我闻到屎味，知道他在裤子里拉了一坨。我也知道，那是他留下的最后一样东西。

鹤嘴锄插在他的头上。

我爬到客厅角落，缩起身子哭着，一直哭一直哭。我猜我也睡了一会儿，因为等我意识清楚后，发现天空明亮许多，太阳也已经出来，可能快中午了。这么说来，刚刚到现在大概过了七个小时。我试着带爸爸去异月之湾，可是没办法。我以为弄点东西吃以后才有力气带他过去，但吃完后还是不行。后来我想，说不定我先得洗个澡，弄干净他喷到我身上的血，再清理他周围那一团糟，不过这些都做完之后，还是没办法带他过去。我不断地试，试了或许两天吧。有时候我会看着裹在毯子里的他，假装他对我说你要继续试啊斯科特你这小混账，你会成功的。我继续试，然后休息，清理一下屋子，偶尔找点东西吃，就这样重复下去。最后把整间屋子都清理完了！每个角落都干干净净的！结果还是没办法。有一次我还自己过去异月之湾，证明我做得到，然而我就是无法把爸爸一起带过去。我已经很努力试了啊，丽赛。

23

接下来又是几行空白。他在最后一张纸的底下写了些字：有些东西就像锚哦，丽赛，你记得吗?

“我记得，斯科特，”她低声说，“我记得。而你爸爸就像是锚，对不对?”丽赛心想，他不知道试了多少天。不知道斯科特到底跟安德鲁·“热火”·兰登的尸体独处了几天，才终于放弃尝试。不知道他究竟怎么熬过这次事件而没有发疯。

在纸的另一面还有些字。她翻过来，发现斯科特回答了她的问题。

我试了五天才放弃，然后用毯子包着把他推到那口枯井里。冻雨结束后，我就去穆利找人，跟他们说“爸爸带着哥哥离开，我猜他们丢下我了”。他们把我送到警长办公室，那里有个叫格斯林的胖子带我去儿童福利中心。据我所知，格斯林是后来唯一会去儿童福利中心看我的人，而且常常去。我想起来，爸爸有一次说过：“格斯林警长胖到拉完屎后，还看不到自己的屁股呢。”

下方有些空白，然后是最后几行字——也就是她丈夫对她说的最后几句话了——她看得出斯科特是多么努力想克制情绪，并找出真正的自我。她认为，不，应该说她知道，斯科特也想帮她找出她的自我。

小宝贝：如果你需要能让你固定待在自己世界的锚——我指的不是异月之湾，而是我们一起生活的那个世界，那么你就利用那件非洲大衣吧。你知道怎么把它带回去的。最后让我亲吻你——至少一千次。

斯科特

又：一切都是老样子。我爱你。

24

丽赛本来可以拿着他的信，在树下待上很长的时间，可是傍晚快到了。太阳还黄澄澄的，不过太阳正慢慢往地平线靠近，很快就会变成她熟悉的那股橘色。她不想在日落时走上那条小径，也就是说，现在该是离开的时候了。她决定把斯科特最后的手稿留在这个世界，但不是放在“故事树”下。她要把它放在保罗·兰登的墓前。

她带着剩下的黄色阿富汗毛衣与潮湿发软的手稿盒，走回那棵像长了绿毛的情人树边。她把毛衣跟盒子放下，拾起上面写着“保罗”的木片，木片已经裂开，上面也沾了血迹，但没有破掉，于是她把木片放回原位摆正。这时，她发现附近高高的杂草堆里有个东西，而在她过去捡起来之前，她就已经知道那是什么：是那根注射针，盖子还盖着，不过上头的锈斑比以前更多了。

这像是玩火啊，速克达，这是斯科特在建议用药治疗保罗时，爸爸对他说的话……而他爸爸说得一点也没错。

还好我没扎到自己！斯科特从安塔拉镇带丽赛过来异月之湾时曾这么说过。不然就好笑了。总之，过了这么多年，它竟然还在，而且盖子还没掉呢！

盖子还在上面。而且针筒里的东西也还在，就跟当年看起来一样没变。

丽赛在针筒上吻了一下（她也不知为何要这么做），然后把它放进斯科特的手稿盒。接着，她把老妈送的毛衣裹起来夹在手臂下，走向小径。她往旁边草堆里的标示牌瞄了一眼，上面的字已经褪得差不多，不过“通往谜池”这几个字还是看得很清楚。最后，她走进树林。由于担心那个东西可能在附近，所以她一直刻意放轻脚步，免得引起注意，可是后来就慢慢放松了。高个子不在这里。她突然想到，说不定它目前根本不在异月之湾，就算它在，应该也去森林深处了。

丽赛·兰登对它而言只是个小东西，而且，要是丽赛的计划成功，她对它而言就会变得更微不足道，因为她应该再也不会来这个奇妙却可怕的世界了。毕竟解决了杜利之后，她再也没有必要刻意过来这里。

有些东西就像锚哦，丽赛，你记得吗？

丽赛加快脚步。她看见那把银铲子掉在路边，上头还沾着杜利的血，不过她只瞥了一眼就继续往前。

她几乎跑了起来。

25

丽赛回到空荡荡的书房时，谷仓楼上变得更热了，但她却觉得很凉爽，因为她全身湿透，而那件像宽皮带绑在腰间的黄色毛衣也全湿了。

利用那件非洲大衣，斯科特这么写着，还说她知道怎么把它带回来——不是带回异月之湾，而是带回这个世界。当然，她成功了。

她把它绑在身上，涉水进了池子再出来，然后站在坚实的白沙滩上（不是面对长凳上那些静静看着水面的人，而是背对他们），望向永远盈满的月亮会升起的地平线那端，闭上双眼，接着——接着怎么样？祈求能够回去吗？不是，她的想法更积极，……但免不了还是带有一些悲伤，毕竟她经历了这么多。

“我把自己呼唤回来了，”她对着已经没有斯科特的书桌、电脑、书籍跟音乐的空房间说，“就是这样，对不对，斯科特？”

没有响应，看来他已经说完他要说的话了。也许这算是好事吧，也许这是最好的结果。

现在，那件大衣还是湿的，如果她要的话，可以继续将它绑在身上，再度回到异月之湾，她甚至可以绑着它前往异月之湾之外的世界……她相信一定还有其他世界存在，而那些坐在长凳上看水面的人腻了以后，或许会离开位置前往其他地方。只要身上绑着这件湿大衣，她搞不好还能像梦中的情境那样飞起来，然而她不会去做这些事。斯科特能醒着做梦，有时还因此写出很棒的作品，但那是他的天赋、他的工作。对丽赛·兰登来说，一个世界就够了，尽管她的心里可能有一小部分也想看见另一个世界，在那里，太阳会轰隆隆地移动，而月亮则散发安静的银色光芒。不过，算了吧。她已经有屋子能遮风避雨，有车子可开，有衣服鞋子可穿。她有几个姐姐，其中一位还需要她帮忙才能安然度过下半辈子呢。所以，最好让这件非洲大衣自然风干，让它原来能够产生美丽但致命梦境的魔力蒸发掉，让它再度成为锚。她会把它裁剪成好几片，身上永远带着一片，算是护身符，使她能安稳地待在这个世界，不受其他东西侵扰。

同时，她也想吹干头发，换掉湿衣服。

丽赛走向楼梯，身上的水滴在地板之前沾过她血迹的地方。大衣从她的腰际滑到臀部，使她看起来像穿了件特别的裙子，她甚至有些性感。在八月午后的阳光下，她回头往空房间看了一眼，觉得自己好像做了个梦。阳光将她照成金色，让她看起来年轻许多，不过她自己并不知道。

“我想，该做的都做完喽，”她突然觉得有些犹豫，“我要走了。再见。”

她静静等着，至于等什么，她并不清楚。什么事也没发生。但她又好像感觉得到什么。

她举起一只手，似乎想挥手道别，但仿佛又因为不好意思而放下。“我爱你，亲爱的。一切都是老样子。”

丽赛走下楼梯，她的影子在这里停留了一会儿，然后也跟着她离开。

房间发出一声叹息。然后陷入永远的沉默。

于缅因州中央罗维镇

二〇〇五年八月四日

作者声明

我们确实会到一个池子去喝水并撒网——这里的我们是指广大的读者及作者群。为了阐明这个概念,《丽赛的故事》从小说、诗及歌曲里引用了一些字句。我并不是要卖弄聪明，而是想对一些可爱的鱼表示谢意，让各位知道它们来自何处——大部分字句都是衷心的感受，小部分带点机智。

我好热，拿冰块给我好不好:《后车厢挽歌》，作者迈克尔·康奈利。

热得像烤炉:《冷狗汤》，作者斯蒂芬·杜宾。

臭婊子:《夏日之石》，作者唐·德里罗。

全垒打墙边的帕夫科:《黑社会》，作者唐·德里罗。

更糟的等在后头：曼利·韦德·威尔曼的短篇故事选集标题。

没有人喜欢三更半夜看到小丑：朗·查尼。

他在扫地，你们这些混账：“最后一场电影”，作者赖里·麦可莫崔。

空虚的恶魔:《暴风雨》，作者威廉·莎士比亚（“地狱空了，所有的恶魔都在这里。”）。

《这样活不久》这首歌是由洛德尼·克劳威尔创作。除了克劳威尔的版本，翻唱过的还有艾米露·哈里斯、杰里·杰夫·沃克、韦伯·怀尔德，以及欧尔·威伦。

对了，当然还有引用自汉克·威廉斯的一切。如果这本书里有鬼的话，那应该就是他和斯科特·兰登了吧。

我想再花点各位读者的时间，向我太太表示谢意。她不是丽赛·兰登的翻版，她的姐妹也不是丽赛的姐妹，不过我很高兴能看到塔碧莎、玛格莉特、安妮、凯瑟琳、斯蒂芬妮与玛茜拉在过去的三十年来“姐妹之情”维系不辍。她们姐妹间每天都会发生不一样事情，但都很有趣。如果我在本书中写出了好例子，那都要谢谢她们。倘若我写得不好，各位也饶了我吧，行吗？我是有个很棒的老哥，但没有姐妹呢。

这本书的编辑是妮·格拉翰。很多小说的书评家（尤其是评论畅销作家时）常会说“要是编辑做得好，什么什么方面就会好得多了”之类的话。对那些想向《丽赛的故事》说这种话的人，我很乐意请他们看看我初稿的范本，上头有妮·格拉翰满满的注记。比较起来，我以前被批改过的法语试卷简直算干净的了。妮做得非常棒，而且我得谢谢她让我面对大众，还提醒我扎好衬衫、梳好头发。至于少数那些拒绝接纳她编辑意见的作者……我只能说：“现实就是罗夫”。

谢谢 L. 及 R.D.，他们读了我的初稿。

最后，我要感谢缅因大学的伯顿·海特兰，他是我最棒的英语老师。他带我走上通往池子的路，还把那称为“语汇之池，同时也是谜池，而我们都会在其中喝水”。当时是一九六八年。从那时候起，我就经常走上那条小径，而我认为那里是消磨一天时光的最佳去处；现在，池里的水依然香甜，池里的鱼也仍悠游其中。

S.K.

我会呼唤你回家。